La femme égarée

Du même auteur
chez le même éditeur

La Femme égarée

en collection de poche

Cet œil, le ciel (n° 225)

Tim Winton

La femme égarée

Roman traduit de l'anglais (Australie)
par Nadine Gassie

Rivages

Couverture : © Photonica - Stock Image

Titre original : *The Riders*
Pan Macmillan Australia Pty Limited, 1994

106, boulevard Saint-Germain, 75006 Paris

ISBN : 2-7436-0430-1
ISSN : 1160-0977

Pour Denise

Vanné et blessé
Et c'est pas l'effet de la gnôle
Je l'ai maintenant, ce pour quoi j'ai payé
On se voit demain
Hey Frank tu peux me prêter
Deux trois dollars
Pour aller
Faire valser Matilda
Faire valser Matilda
*Tu iras faire valser Matilda avec moi *...*

Tom Waits, « Tom Traubert's Blues »

* *Waltzing Matilda :* célèbre ballade de Banjo Patterson, grand nom de la littérature australienne mort en 1941, qui faillit devenir l'hymne australien.

I

Sur Raglan Road par un jour d'automne
Je l'ai vue pour la première fois et j'ai su
Que ses cheveux noirs tisseraient un piège
Que je pourrais regretter un jour…

« Raglan Road » (chanson traditionnelle)

1

Avec la rude poussée du vent de nord dans le dos, Scully s'arrêta sur le seuil et renifla. La bise froide s'engouffra dans la maison, dénichant le moindre recoin, le moindre interstice d'ombre. Elle fit branler des planches à l'étage et souleva des croûtes de peinture sur les murs avant de lui revenir en plein visage chargée d'odeurs de moisissure, de tourbe, de suie, de merde d'oiseau, de sauce Worcestershire et du parfum renfermé des morts et enterrés. Scully racla ses bottes boueuses sur les dalles de pierre et referma la porte derrière lui. Le bruit soudain causa une explosion dans la cheminée où des choucas s'enfuirent de leur forteresse de branchages. Le cœur trépidant, il les écouta battre des ailes vers le ciel pour sortir dans le jour finissant, et quand ils furent partis, il craqua une allumette et la déposa dans les débris. Aussitôt, le feu rugit comme une foule dans l'âtre en projetant une lumière brusque et mouvante. Il y avait des traînées vertes sur les murs, les poutres du plafond étaient emmaillotées de toiles d'araignées et le sol noyé d'ordures, mais ce nouveau bruit et cette nouvelle lumière dans la maison le réconfortèrent, c'était une présence en plus de son propre souffle.

Il resta simplement debout là stupéfié par le feu comme le garçon de ferme de son adolescence, à regarder les flammes consumer des feuilles à demi fossilisées, des brindilles, des pommes de pin. Là, dans la fournaise, il vit les larges brûlures de la mémoire, les andains des grands eucalyptus déracinés dont les étincelles montaient comme des fusées éclairantes pendant des jours et des jours au-dessus de la terre fraîchement défrichée. Ici les murs dansaient maintenant, et des morceaux de suie enflammée dégringolaient du conduit sur les dalles du foyer. Scully sautillait d'un côté à l'autre en les repoussant du pied, pris de vertige par l'odeur fétide et la perspective de la nouvelle vie venant à lui.

La cheminée trembla, aspira et souffla, et les ordures dans la maison se mirent à fumer. Scully courut dehors et vit sa nouvelle demeure vomissant des flammes sur le ciel noir de l'après-midi, sa cheminée, un flambeau au-dessus de la vallée détrempée où son hurlement de bonheur résonna jusqu'à mi-hauteur des montagnes. Elle était vraiment à lui. À eux.

C'était une petite maison, simple comme un dessin d'enfant et plus ancienne que la nation de Scully. Deux pièces à l'étage, deux au rez-de-chaussée. Architecture vernaculaire, tel un exemple tiré des vieux manuels scolaires. Elle se tenait isolée sur le crâne nu d'une colline dénommée le Leap. Trois cents mètres en contrebas, séparées par un bosquet de frênes et un chemin bordé de haies, se trouvaient les ruines d'un château gothique, une tour et des ailes écroulées qui se dressaient, monolithiques, au-dessus de la vallée, de ses fermes et de ses terres détrempées. De là où il se tenait, Scully embrassait toute l'étendue jusqu'aux Slieve Bloom Mountains au pied desquelles la vallée et son patchwork de fermes s'étendaient tel un châle entortillé. Où que l'on regardât dans cette direction, on voyait des montagnes dans le fond et un château du coin de l'œil. La vallée se pressait entre les deux ; les choses, les couleurs, les êtres se faufilaient dans leur ombre, et derrière, derrière le Leap, il n'y avait que le ciel le plus bas.

Pas de temps à perdre. Dans ce qu'il restait du jour septentrional, il lui fallait isoler la maison du mauvais temps ; il entreprit donc de mastiquer des carreaux branlants et de scier dans du contreplaqué des panneaux de remplacement provisoire. Il descendit ses outils et ses provisions du vieux Ford Transit et les traîna à l'intérieur où il installa une porte arrachée sur deux caisses en guise d'établi. Il apporta un seau en fer blanc et un sac de ciment, du bois brut, quelques boîtes de clous, de vis et de bric-à-brac merdique qu'il avait trimballés à travers la moitié de l'Europe. Près du feu, il installa un poêlon et une marmite en fer, et sur le banc, à côté de livres de poche presque en lambeaux, il déposa son carton de provisions. Il laissa les bagages dans le fourgon. C'était un vieux tacot percé mais il était plus sec et plus propre que la maison.

Il aligna son outillage électrique cabossé le long du mur le plus proche du feu et haussa les épaules. L'humidité avait tout envahi. La maisonnette ne connaissait pas les prises électriques ou les interrupteurs. Scully se résigna et attrapa une truelle, prépara une gâchée de ciment dans son seau en fer blanc, dressa son échelle en alu contre le mur de façade et grimpa sur le toit pour calfater des ardoises fêlées tant qu'il faisait jour et que la pluie n'avait pas recommencé à tomber. De là-haut, il vit de nouveau toute la vallée : le château en ruines, les mares et les tourbières, les pâturages et les champs d'orge dans leur quadrillage de haies d'aubépine et de murets en pierres sèches grimpant à l'assaut des montagnes. Ses mains s'étaient ramollies ces dernières semaines. Il sentit la chaux mordre dans ses crevasses et il ne put s'empêcher de chanter – son enthousiasme était si débordant –, entonnant d'une façon plutôt médiocre la seule chanson irlandaise qu'il connût.

C'était un farouche petit gars des colonies
Jack Dougan qu'il s'appelait...

Il la brailla à tue-tête à travers la campagne bourbeuse, improvisant sans scrupule des couplets qu'il ne connaissait pas, et la tension du long trajet en fourgon le quitta lentement et il eut le travail automatique de ses mains pour l'apaiser jusqu'à ce que la seule lumière fût celle des corps de fermes dans le lointain et l'unique bruit l'aboiement des chiens.

À la lueur de sa lampe torche, il se lava au petit puits près de la grange et rentra faire bouillir quelques pommes de terre. Il chargea le feu de bois charnu et des quelques morceaux de tourbe sèche qu'il trouva, puis suspendit sa marmite à la crémaillère. Il alluma ensuite trois bougies blanches qu'il fixa sur un appui de fenêtre. Se redressant un instant devant le feu, il sentit le poids de la journée s'abattre durement sur lui. L'affaire était conclue à présent. C'était un commencement.

Il posa l'une de ses bottes sur une pile spongieuse de numéros de l'*Irish Times* et lut contre l'intérieur de son pied :

L'HOMME DE TOURBE DU CHESHIRE

Des ramasseurs de tourbe du Cheshire ont exhumé hier le corps d'un homme apparemment conservé dans la tourbière depuis des siècles…

Scully déplaça son pied et le papier se désagrégea comme du compost.

Il faisait bon à l'intérieur maintenant, mais il faudrait des jours et des jours de feux de bois pour assécher la maison, et même ensuite, l'humidité rampante reviendrait. Étrange de posséder une maison plus ancienne que sa propre nation. Étrange de seulement s'en soucier, en fait, songea-t-il. Rien de plus bizarre qu'un homme amoureux.

À présent, les rebuts fumaient vraiment et la puanteur était terrible, aussi, avec la pelle et le râteau, et avec ses mains nues, il tira manteaux pourris et pantalons de serge, chapeaux de feutre, bottes, chemises de flanelle, couvertures gorgées d'eau, bouteilles, roues de bicyclettes, rats crevés et morceaux de cartons gondolés à l'extérieur, derrière la grange. Il balaya, racla, trimballa de nouveaux chargements jusqu'au tas près du mur tortueux. Le vent du nord s'était levé à nouveau et tournoyait tout autour dans le noir, appelant d'un coin à l'autre de la grange. Trébuchant dans l'obscurité, Scully alla au fourgon chercher de la térébenthine, en arrosa toute la pile puante et sortit ses allumettes. Mais le vent soufflait et pas une allumette ne voulut prendre, et plus le temps passait, plus Scully réfléchissait et moins lui plaisait l'idée de faire flamber les affaires d'un mort, comme ça, d'entrée. Maintenant qu'il avait tout sorti, le reste pourrait attendre le matin.

Quelque part au bas de la vallée, des vaches meuglèrent dans leur étable. Scully huma la fumée de son feu de bois et le fumet terreux des patates en train de bouillir. Il discerna le contour de sa maison sous le ciel bas. Au puits, il lava pour la seconde fois ses mains engourdies et rentra chez lui.

Quand les patates furent cuites, il tira une chaise en rotin délabrée devant l'âtre et les mangea coupées en gros morceaux avec du beurre et des tranches de pain. Il ouvrit une bouteille de Guinness et ôta ses bottes d'un coup de talon. Cinq heures et demie et il faisait noir dehors, et ce depuis déjà près d'une heure. Quel hémisphère. Quelle journée. En vingt-huit heures, il avait accompagné sa femme et sa fille à l'aéroport d'Heathrow, acheté le vieux tacot à deux hippies à Waterloo Station, récupéré ses outils et tous leurs bagages entreposés chez un copain dans le nord de Londres et pris la route de la côte ouest avec la sensation d'être un mulet étourdi sur le pont d'un bateau. L'Angleterre était toujours encombrée de débris et d'arbres déracinés par les tempêtes et tout le pays semblait pris de folie sous l'invasion des flics et des soldats. Scully n'avait pas de radio et il n'avait lu aucun journal. Enniskillen, disaient les gens, onze morts et soixante blessés dans un attentat foireux de l'IRA. Toutes les correspondances étaient engorgées et tous les flics voulaient inspecter tes affaires. Le ferry sur la mer d'Irlande, les routes au sortir de Rosslare, la traversée du pays. Le monde vacillait, ou bien était-ce juste lui, surpris et las chez le notaire à Roscrea, puis dans son premier supermarché et son premier magasin de vins et spiritueux irlandais. Les gens parlaient d'Enniskillen, de Wall Street, du mauvais temps venu droit de l'enfer, et il replongea sur la route, soûl de fatigue et d'informations. Il devait y avoir une limite à ce que tu pouvais absorber, songea-t-il. Et maintenant il était enfin tranquille, à l'abri, de retour à la case « Situation I ».

Le vent allait et venait lourdement au-dehors pendant qu'il terminait sa Guinness. La bière brune tiède et mousseuse se répandit dans ses tripes et il gémit de plaisir. Bon Dieu, Scully, pensa-t-il, il t'en faut peu pour te satisfaire. Non mais, regarde-toi !

Et puis d'un coup, sans crier gare, la bouteille vide sur les genoux, affalé devant le feu mourant dans un pays dont il ignorait tout, il s'endormit, et rêva comme un chien.

2

Scully s'éveilla endolori et gelé, son feu mort depuis longtemps et ses vêtements humides sur lui. Au puits, il fit bravement sa toilette puis partit fouiller dans son tas d'ordures imbibées de térébenthine où il trouva un morceau de miroir brisé devant lequel se raser. Te revoilà, Frederick Michael Scully. Même face ronde de carême et dents robustes. Le nez large avec sa balafre boursouflée sur l'aile gauche depuis une bagarre sur un bateau de pêche au homard, la même stupide connerie qui lui avait valu son œil de guingois. L'œil ne marchait pas trop mal, sauf quand il était fatigué, mais il se débinait un peu sur le côté, ce qui donnait à Scully un air dément qui énervait parfois les inconnus, décelant dans les cheveux mouillés de gel et le visage ravagé en dessous un signe de mauvais augure. Scully s'était depuis longtemps fait à l'évidence qu'il avait l'air d'un meurtrier à la tronçonneuse, d'un renifleur de selles de vélos. Il passait aussi inaperçu que des chiottes en plein désert. Il avait terrorisé les Français et flanqué des suées aux Anglais. Face aux Grecs, il ne cassait pas trois pattes à un canard, mais en ce qui concernait les Irlandais, c'était encore une inconnue. Cette gueule. Et pourtant, quand on la regardait en face, elle était chaleureuse et plutôt belle à sa façon. Une tête d'optimiste, d'homme empressé à faire plaisir, heureux de céder du terrain. Scully croyait dans les possibilités infinies de la vie. Ses parents envisageaient leur existence comme tout un chacun ; pour eux, la vie était un coup unique tenté dans une seule direction, tu étais agriculteur, pêcheur, boucher du début à la fin. Mais Scully avait découvert que ça ne marchait tout simplement pas comme ça. Il fallait juste un brin d'imagination et un peu de cran pour se refaire soi-même encore et encore. Quand il regardait en arrière – trente ans de vie – il n'en revenait pas de sa chance. Il avait quitté l'école de bonne heure, travaillé sur le pont d'un bateau, s'était recyclé dans le maraîchage, puis la vente d'articles de pêche, avait conduit des camions, empilé des parpaings sur des chantiers, appris tout seul la menuiserie et suivi deux années d'architecture à l'université. Il était devenu mari et père, avait vécu quelques années à l'étranger, et à présent, voilà qu'il était propriétaire dans le comté d'Offaly et qu'il s'employait à restaurer de ses mains nues une maison paysanne du XVIIIe siècle. L'année prochaine, il serait père à nouveau. Incroyable. Toutes ces vies, et toujours la même tête. Toutes ces choses nouvelles tentées, toutes ces occasions saisies, et c'est toujours moi. Vieux Scully.

Il avait l'habitude d'être apprécié et souffrait d'être incompris, mais même en Europe, la plupart des gens avaient fini par bien s'entendre avec lui. Ce qu'on voyait de lui, c'était ce qu'il était, mais les gens n'arrivaient jamais à déterminer exactement ce qu'ils voyaient : un ouvrier pas très futé flanqué d'une épouse mariée en dessous de sa condition, un bohémien hirsute flanqué d'une famille magnifique, le bâtard expatrié traînant son mal du pays avec son accent et une femme ambitieuse dans son sillage, le pauvre con au grand cœur qui ne voyait même pas que le ciel allait lui tomber sur la tête. Personne ne parvenait à le situer, alors on lui racontait des secrets, on lui ouvrait des portes, on le rappelait au téléphone, sans cesser de se demander ce que diable il pouvait fabriquer à bosser comme un nègre d'un bout à l'autre du continent pour en retirer si peu de plaisir. Les enfants l'aimaient; sa fille les chassait à coups de poings à la sortie des crèches. C'était plus fort que lui : Scully aimait sa vie.

La brume reflua des sommets des Slieve Bloom Mountains, le patchwork des champs s'ouvrit au soleil, étincelant de givre. Scully balançait sa pioche dans les ombres de la façade sud. La terre était lourde et minée de pierres, si bien qu'il heurtait régulièrement du granite et que le choc remontait le long de son bras et irradiait son corps telles les décharges des clôtures électriques de son enfance. Les orties lui piquaient les mains et le froid faisait couler son nez. Des cheminées de la vallée, la fumée montait toute droite dans l'air.

Dans la haie à côté de lui, deux petits oiseaux tournoyaient dans une danse nuptiale. Il reconnut des craves à bec rouge. Il articula ce nom en s'arrêtant un instant pour se reposer et se frotter les mains. Craves. Drôle de nom. Cela faisait deux ans et il pensait toujours avec la mentalité de son hémisphère. Il savait qu'il ne pourrait continuer ainsi éternellement. Il devait cesser de penser à la mer bleue et au sable blanc ; il avait une nouvelle vie à assumer.

Les oiseaux se posèrent sur une vieille charrette près de la haie pour le considérer, lui et la grosse colonne de vapeur que son souffle produisait.

« On se la coule douce, hein, petits veinards, leur dit-il. Nous autres, faut qu'on bosse. »

Les craves redressèrent la queue pour le saluer et s'envolèrent. Scully sourit en les regardant s'élever dans le ciel et virer pour traverser le bois en contrebas, puis survoler les créneaux du château, là-bas, où il les perdit de vue, l'œil attiré par la masse noire des corneilles entourant le donjon. Un énorme frêne avait pris racine dans l'aile ouest de la ruine et dans ses branches nues Scully distinguait les tachetures des nids. Il tenta d'imaginer cet arbre au printemps lorsque son nouveau feuillage devait quasiment éventrer les murs du château.

Il se remit à sa tranchée inégale le long du mur. Il n'y avait pas de drain, naturellement, et à l'intérieur les murs étaient verdâtres de moisissure, surtout de ce côté-ci où la terre s'était amoncelée contre la maison. C'était une ruine, ça oui. Dix années de décrépitude en étaient pratiquement venues à bout. Côté est, le mur pignon penchait vers l'extérieur, il aurait besoin d'être étayé. Il n'y avait ni eau ni électricité, et pas de mobilier à proprement parler. Scully devrait décaper et enduire les murs intérieurs dès que possible. Il lui faudrait une niveleuse pour ôter de la grange des siècles de bouse de vache et une clôture pour éloigner le bétail des voisins de son modeste territoire. Il lui faudrait planter des arbres – bon sang, il faudrait en planter dans tout le pays – et acheter des draps, des couvertures, des ustensiles de cuisine. Une cuisinière à gaz, un évier, des toilettes. Ce n'était pas vraiment le moment d'y penser ce matin.

Tout ce dont Scully était capable, c'était de faire le boulot à portée de main.

Il continua de piocher le sol, jurant de temps à autre et s'émerveillant de voir des étincelles jaillir quand même de pierres couvertes de boue.

Il pensa au reste de l'équipe, et se demanda combien de temps encore il devrait rester seul. Il n'était pas du genre solitaire, et elles lui manquaient déjà. Comment Jennifer et Billie supporteraient-elles de revoir l'Australie ? Dur de rentrer au pays pour s'employer à le quitter pour toujours. Scully était soulagé que ce soit elles. Lui aurait retiré ses billes du jeu. Un pied sur le tarmac, une bouffée d'eucalyptus et il aurait été foutu. Non, il valait mieux que ce soit elles qui repartent pour tout liquider. Lui était plus à son affaire à s'occuper de tout aménager ici. Ainsi il pourrait en venir à bout. Scully n'était capable de ressentir les choses que jusqu'à un certain point avant de devoir agir. Faire, voilà ce à quoi il excellait. À plus forte raison quand ce qu'il faisait servait un but. Et cette fois ne faisait pas exception. Il le faisait pour Jennifer, inutile de se voiler la face, mais elle appréciait à sa juste valeur ce qu'il lui en avait coûté de dire oui. C'était simple. Il l'aimait. Elle était sa femme. Il y avait un bébé en route. Ils étaient ensemble dans l'aventure, point.

Il travailla toute la journée pour dégager la terre et la végétation, arrachant le lierre des murs quand la pioche devenait trop lourde. Il passa ses mains couvertes d'ampoules sur les vieilles pierres et les angles arrondis de sa maison et la pensée que tout ça était complètement déglingué le fit sourire. Deux cent cinquante ans et vraisemblablement pas une seule pierre d'aplomb.

L'Irlande. Parmi tous les coins du monde, l'Irlande, et tout ça grâce à Mylie Doolin, cet enfoiré.

Au départ, Scully était juste venu faire un tour dans la République pour le week-end, par politesse. Le gars de la campagne en lui, soucieux d'éponger ses dettes, de laisser les choses en bon ordre. Enfin, ils quittaient l'Europe, ils renonçaient, ils rentraient à la maison. C'était comme si la grossesse avait fini par les décider. De Grèce, ils avaient pris un vol bon marché pour Londres où ils avaient entreposé des affaires. Le vol Qantas au départ d'Heathrow était encore loin que leurs bagages étaient déjà bouclés et eux prêts à partir, si tôt qu'ils avaient manqué devenir fous à attendre en tournant comme des lions en cage. À la fin, Scully avait suggéré un week-end en Irlande. Ils n'y étaient jamais allés, alors pourquoi pas. Quelques jours agréables à se balader et Scully pourrait aller présenter ses respects à Mylie Doolin grâce à qui ils avaient survécu pendant leur première année à l'étranger.

Tout frais débarqué de l'avion de Perth, Scully avait travaillé pour Mylie sur des chantiers de construction louches dans tout le Grand Londres. L'Irlandais corpulent dirigeait une équipe de Paddies * sur des boulots pas vraiment déclarés qu'il fallait accomplir avec vitesse et discrétion pour être payé cash. Scully était complètement fauché quand il avait dégoté la bande à Mylie dans un pub de Fulham Road à l'heure du déjeuner, mains blanchies par la chaux, cheveux couverts de poussière, chantant à tue-tête dans leurs pintes de bière. Les Paddies

* Paddy : surnom plus ou moins péjoratif que les Anglais donnent aux Irlandais.

avaient eu l'air surpris qu'il vienne jeter un coup d'œil, mais il avait décroché un boulot pour l'après-midi : décrasser une baignoire à Chelsea et déblayer les gravats. Il travaillait comme un bœuf et en quelques jours il fit partie de l'équipe régulière. Sans ce travail, jamais Scully, Jennifer et Billie n'auraient survécu à Londres, ni réchappé de son ventre lugubre. Ce fou de Mylie le payait bien, lui racontait des mensonges merveilleux et il les hébergea pendant pas mal de temps. Scully épargnait comme un protestant. Et il n'oubliait jamais un service rendu. Ainsi, il y avait tout juste un week-end de cela, il les avait embarquées toutes les deux à bord d'une Volkswagen de location pour traverser l'Irlande jusqu'à la ville de Banagher où, selon Mylie, Anthony Trollope avait inventé la boîte à lettres, et un ancêtre des Doolin avait obtenu, grâce à son cheval, l'annulation de son mariage par le pape. Voilà le tableau, le coup de tête dans toute sa splendeur. Un petit tour dans les tourbières. Un rendez-vous manqué. Un panneau sur le bord de la route. Une maison dont personne ne voulait, et un billet de retour que Scully s'était fait rembourser pour acheter un fourgon asthmatique et des matériaux de construction. La vie était une foutue aventure.

Il travailla jusqu'à la tombée de la nuit, sans finir, et d'un bout à l'autre de la vallée, des fenêtres aux étables et aux sentes bourbeuses, les gens levaient les yeux vers cette vision curieuse de trois flammes de bougies à la fenêtre et d'un fantôme de fumée à la cheminée de la bicoque où ce gars bargeot se défonçait les tripes en ressemblant chaque jour un peu moins à un riche Américain.

3

Dans la chiche lumière du matin, Scully piochait le sol collant avec acharnement, et à mesure qu'il progressait péniblement sur la dernière portion de tranchée, chaque rigole de sueur glacée qui dégoulinait dans son dos faisait sombrer un peu plus bas son moral. Il commençait à se demander si ce travail n'était pas au-dessus de ses forces. Après tout, il n'était pas ouvrier qualifié et il travaillait dans un pays dont il ignorait toutes les règles. Seul, pardessus le marché. Chaque fois qu'il apercevait ce triste tas de vêtements et d'ordures, là-bas derrière la grange, il se mettait à le voir comme le sien propre. Cela arriverait-il ? Un jour futur, un tas solitaire comme celui-ci signalerait-il son échec ? Merde, il n'avait pas le moral ce matin. Il n'était pas lui-même. Il observa une tache floue remonter à flanc de coteau. Un lièvre. Marrant comme ils couraient toujours vers le haut. L'animal fit un saut de côté, courut en zigzag et disparut dans des coupes de bois.

Des chiens aboyèrent dans la vallée en contrebas. Scully se reposa à nouveau, appuyé sur le manche blanc en noyer poli de la pioche, et il aperçut une voiture, une petite camionnette Renault de couleur verte, qui ahanait dans la montée. Plein d'espoir, il jeta sa pioche et, pataugeant dans la boue qu'aspiraient bruyamment ses bottes en caoutchouc, il gagna le devant de la maison où, Dieu soit loué, la camionnette de la poste était en train de freiner prudemment. Il essuya ses mains sur son jean maculé. Le conducteur coupa le contact et ouvrit la portière.

« Bon Dieu, lança une longue broussaille d'homme piqueté de taches de rousseur en se dépliant comme un meuble de jardin rouillé. J'étais sûr tout du long que c'était la vérité. »

De la casquette chiffonnée du facteur débordaient deux oreilles géantes et une émeute de cheveux roux. Inquiet, Scully demeurait planté devant lui.

« Ainsi quelqu'un habite de nouveau la cabane à Binchy.

– Exact, dit Scully. Troisième jour.

– Peter Keneally. On m'appelle Tonton Facteur. »

Scully serra sa main couverte de taches de son. « B'jour. »

Le facteur rit, dévoilant un formidable assortiment de dents au complet.

« Seriez pas m'sieur F.M. Scully, par hasard ?

– Lui-même.

– Vous êtes les Australiens, alors.

– L'un d'eux, ouais.

– Par Dieu, z'êtes déjà aussi connu que Seamus dans le coin. Jimmy Brereton, là en bas près du château, dit que vous avez vu cette bicoque et que vous l'avez achetée en moins de temps qu'il en faut pour pisser. »

Scully se mit à rire. « C'est à peu près ça.

– Et signé les papiers au pub de Davy Finneran, rien que ça.

– Ouais, sans hésiter. Et on dit que les Paddies sont idiots. »

Le facteur hurla de rire.

« Ma femme a… ressenti quelque chose pour cet endroit », reprit Scully, comme mu par un besoin de se justifier, tout en sachant que rien ne paraîtrait jamais assez raisonnable pour expliquer leur geste.

« Ben, j'suppose alors qu'y a aucune raison d'en rire. »

Scully haussa les épaules. « Ça paraît pourtant fou à certains moments de la journée.

– Ah, mais c'est un beau coin ici, en hauteur et isolé. Et vous êtes tout ce qu'y a de bienvenus.

– Merci. »

Scully racla ses bottes boueuses, les yeux fixés maintenant sur l'enveloppe pâle dans la main du facteur. Les deux hommes demeurèrent un moment là, immobiles et gauches.

« Un boulot qui donne soif, non ? »

Il fallut un long moment à Scully pour comprendre que l'homme avait besoin de boire quelque chose.

« N'avez pas envie d'une p'tite goutte ?

– Une p'tite goutte ? » L'Irlandais le regarda en plissant les yeux.

« Un petit verre, dit Scully. Je sais, il est tôt.

– Ah. C't-à-dire… fait encore frisquet dehors.

– J'ai du Tullamore Dew à l'intérieur.

– Un bon whisky du matin, ça », commenta le facteur avec un clin d'œil.

Ils entrèrent près du feu où Scully jeta un piquet de clôture pourri. L'intérieur était crasseux et lugubre dans la pâle lumière du jour.

« Excusez le désordre.

– Ce Binchy a toujours été un pauv' vieux

dégueulasse, que l'bon Dieu aiye son âme. Jamais vu c't endroit aussi propre.

– J'y arriverai.

– Pour sûr, m'sieur Scully.

– Je m'appelle Fred. Mais tout le monde m'appelle Scully, même la patronne.

– Ben, si ça lui convient...

– Ils avaient laissé ses vêtements et tout, là-dedans.

– Dix ans, c't-à-dire. C'est rien que resté là à pourrir. Fallait vraiment que ça foute les jetons aux gens. Pourtant, les Irlandais adorent se flanquer des frousses terribles.

– J'aurais cru que sa famille serait venue récupérer ses affaires...

– Pas de famille, le pauvre homme. C'était le jardinier du château comme son père avant lui. Tous morts.

– Le château y compris, dit Scully. C'était quand, la dernière fois que quelqu'un s'est occupé de son jardin ?

– Oh, il a été brûlé au moment des événements. Personne l'a plus habité depuis. Les châtelains sont partis et les Binchy sont restés dans la bicoque du jardinier. On la leur a laissée. Binchy et son vieux Pa cultivaient quelques patates et braconnaient un brin. Ils aimaient boire, on peut dire.

– Oh, ne bougez pas. » Scully extirpa la bouteille de son carton de provisions et en versa une rasade dans deux tasses en fer.

« Santé.

– *Slainte.* »

Le whisky lui brûla tout l'intérieur. Il n'aimait vraiment boire qu'à la nuit tombée.

Scully lorgnait avec angoisse l'enveloppe pâle que tenait le facteur. C'était un télégramme, il le voyait maintenant. Il recroquevilla les orteils à l'intérieur de ses bottes.

« Votre femme a ressenti quelque chose, vous dites ? »

Scully se contorsionna, convoitant le télégramme, content d'avoir de la compagnie et un peu embarrassé d'être là. Il n'osait imaginer ce que l'Irlandais devait penser de lui.

« Ouais. Ouais, elle est devenue toute bizarre d'un coup et elle a dit c'est ça. Qu'elle avait l'impression d'être venue ici avant, une impression de déjà-vu. Elle a eu ce sentiment étrange que c'est ici qu'on devait vivre.

– Elle est irlandaise, alors.

– Non. C'est pas l'appel des racines. Les gens parlent de trucs comme ça mais... non, rien.

– Vous, vous l'êtes. Avec un nom comme Scully...

– Ben, Irlandais des tourbières, y a peut-être belle lurette. Aujourd'hui, ça serait plutôt Irlandais du désert.

– Ah, Irlandais du désert ! » Le facteur tapa des pieds par terre.

Le feu sifflait et crachait. Les murs fumaient et la maison dégageait l'odeur d'un vestiaire aspergé de sang de poisson. Scully jeta un coup d'œil aux crevasses noires sur les mains de travailleur de l'Irlandais.

« Savez où je pourrais louer une bétonnière ? Je me disais qu'il devait y avoir un endroit en ville.

– Une bétonnière ? Conor est votre homme.

– Conor.

– Mon frère, à Birr. C'est l'électricien, mais il touche un peu à tout, vous voyez.

– Formidable. Je peux peut-être avoir son numéro de téléphone, ou quelque chose ?

– Laissez tomber, je m'en occupe demain personnellement, déclara Tonton Facteur en abattant sa tasse sur le manteau abîmé de la cheminée. Dans cette petite machine verte là-dehors ; elle arrivera posée sur le courrier de la République, rien que ça.

– Écoutez, ne vous dérangez pas pour moi.

– Ça m'dérange pas un brin. »

Scully regarda le facteur se lécher les lèvres, comme pour y savourer la dernière trace de whisky, yeux fermés face à la lumière blafarde qui se réfractait à l'intérieur par la fenêtre, et il se demanda s'il aurait jamais son télégramme.

« Sur ce, faut y aller. » Le facteur se donna une claque sonore sur la joue. « Ah, failli oublier... quelque chose des Télégraphes de Dublin. »

Il lui remit l'enveloppe et, dans son excitation, Scully dut se retenir pour ne pas la lui arracher des mains.

« Bonnes nouvelles, j'espère. Jamais aimé les télégrammes, personnellement.

– Merci, dit Scully en le fourrant dans sa poche et en suivant Tonton Facteur jusqu'à la porte.

– À demain matin ! »

Pendant que la fourgonnette s'éloignait dans un horrible grondement de moteur à plein régime, Scully déchira l'enveloppe, et le télégramme en deux, si bien qu'il dut se pencher dans la boue pour rassembler les morceaux.

MAISON EN VENTE. AGENT PROMET AFFAIRE RAPIDE. BILLIE CHEZ TA MÈRE. MOI RANGEMENT. RETOUR

AVANT NOËL. ENVERRAI TÉLÉGRAMMES JUSQU'À INSTALLATION TÉLÉPHONE LÀ-BAS. JENNIFER.

Une bruine légère commençait à entrer de biais. Corneilles et choucas décollaient et atterrissaient sur le donjon du château dans la cuvette qui s'emplissait de brume. Scully dansait d'un pied sur l'autre, inexplicablement déçu.

C'était de bonnes nouvelles. Un contact, une confirmation. Mais zut, tellement concis, presque administratif... Qu'avait donné l'échographie ? Comment allaient-elles ? À quoi ressemblait le grand pays ocre ? Était-ce l'été là-bas, le vrai été d'acétylène ? Et Scully lui manquait-il moitié autant qu'elle-même lui manquait ? D'accord, c'était un télégramme. On pouvait difficilement s'échauffer dans un télégramme.

Il fourra le papier dans sa poche. C'était vraiment en train de se réaliser. Ils pouvaient enfin s'arrêter de bouger et s'installer quelque part chez eux, tous les trois. Peut-être a-t-elle raison quand elle parle de la magie du coup de tête. Peut-être bien qu'elle a été prudente et raisonnable trop longtemps. C'était son nouveau truc, ça, rompre les amarres.

Ç'avait été son attitude majeure, exactement depuis leur arrivée à l'étranger, mais Scully devait reconnaître qu'il aimait tout autant la Jennifer d'avant. Elle était comme une ancre de salut parfois, une influence rassurante pour lui, pour tous ceux qui l'entouraient. Ce côté raisonnable en elle, ça faisait rire les gens, mais c'était aussi ce qui lui donnait de l'étoffe. Jennifer n'était pas juste une belle femme, Scully l'avait dit un jour à ses parents pincés, c'était aussi quelqu'un avec qui il fallait compter. Oh, comme elle lui manquait, comme elles lui manquaient toutes les deux. Leurs corps bruns onduleux et les pépiements d'oiseaux de leurs voix – jusqu'au bruit discret, féminin, de leur jet d'urine derrière une porte fermée. Les plaisanteries bébêtes échangées avec Billie lui manquaient, et les parties de Monopoly faussées qu'elle faisait durer inlassablement avec son obsession des « vraies règles, justes et comme il faut ». Sept ans et demi. C'était une gamine intelligente et, toute fierté paternelle mise à part, il savait qu'elle était différente des autres gamins. Elle ressentait puissamment les choses. Elle était ardente, précoce, loyale. Elle ne se laissait mener en bateau par personne et il lui arrivait de voir si clairement la réalité que tu en restais baba. Maintenant qu'il y pensait, il avait passé plus de temps avec elle qu'avec Jennifer. Leurs silences complices lui manquaient. Ils se comprenaient, lui et Billie. Scully se demandait parfois si Jennifer le voyait, cette façon qu'ils avaient d'évoluer ensemble dans une foule, sur un bateau, à la table du petit déjeuner. Un peu comme si chacun se reconnaissait en l'autre. C'était surnaturel, comme un don. Jennifer était toujours occupée, mais elle avait dû le remarquer.

Tard dans l'après-midi, suant et soufflant, les murs enfin débarrassés de terre et de pierres, il s'assit pour se reposer sur une souche derrière la grange et vit les affaires de Binchy entassées là, puant la térébenthine. Il secoua les allumettes dans sa poche mais les laissa où elles étaient. Pourquoi gâcher ce moment de triomphe ? Renversant la tête en arrière, il laissa la sueur ruisseler dans ses cheveux en bataille. Ce soir, il ferait bouillir de l'eau et se livrerait à une toilette en règle. Il se bricolerait un lit avec une vieille porte et quelques briques. Le carrelage était trop froid pour dormir par terre une nuit de plus. « À force de vivre comme un animal, disait son père, tu vas finir par penser comme un animal ! » se souvint Scully, se moquant de lui-même. Tout ça, c'était comme les cabanes dans les arbres de son enfance, le syndrome Robinson Crusoé, la recherche immuable du confort matériel. Une tasse de thé lui rendrait son humanité – il le savait.

La nuit tombée, récuré, nourri et pleinement satisfait, Scully partit marcher, simple silhouette se déplaçant dans le bois de frênes, avec le vent qui malmenait la cime nue des arbres au-dessus de lui. Il était endolori et heureux, ses mains brûlaient encore de la piqûre des orties et ses bottes étaient pleines de cailloux. Il voyait les lumières des fermes en bas dans la vallée, et il se demanda ce qu'on faisait, le soir, dans ces familles de paysans. Il n'était pas encore allé se présenter. Mais le temps ne manquerait pas. Il sentit la nuit se durcir de froid. La masse noire du château se profilait en contrebas. Scully aspira l'air métallique et observa les arbres tourmentés, écouta leur violence guerrière rageant contre le ciel au-dessus de lui. Quand il se retourna et regarda vers le sommet de la colline, il vit la flamme des trois bougies derrière la fenêtre sans rideau. Le vent le rudoyait, soufflait dans le froid mouillé de ses cheveux, mais Scully demeura longtemps là, dans le bois en bas de chez lui, juste à regarder ces trois bougies qui brillaient dans la maison vide.

Dans ses rêves cette nuit-là, Scully courut dans l'herbe haute, entre haies et murets, vers le sommet de la colline, avec dans son dos des lumières qui se rassemblaient, et seulement devant lui l'herbe et la nuit. Il courut, courut, sans jamais s'arrêter pour regarder ce qu'il y avait derrière lui, s'enfonçant aveuglément dans les ténèbres.

4

Scully se réveilla en sursaut. Un moteur tournait au ralenti à l'extérieur. Il faisait déjà jour. Se tortillant pour sortir de son sac de couchage taché, il gagna la fenêtre où il ne vit que sa propre image effilochée dans le givre. Il ouvrit le battant supérieur de sa porte d'entrée, sentit le froid mordant, et vit un camion gris et crasseux descendre la colline verglacée en glissant et en zigzaguant, son hayon battant derrière lui. Une odeur de diesel flottait dans l'air. Scully sortit pieds nus sur la terre gelée et aperçut deux tonnes de sable de construction en tas contre le mur de la grange.

Au détour du virage, à flanc de colline, apparut la petite camionnette verte.

« Je vous conseille les bottes, m'sieur Scully, lança Tonton Facteur en descendant pour ouvrir les portières arrière. Par une matinée comme celle-ci, y'a pas mieux que les bottes, c'est pas votre avis ? »

Scully esquissa un sourire en recroquevillant ses orteils sur la boue dure. Il aida le facteur à décharger la bétonnière et plusieurs sacs de ciment.

« Moins cher que le courrier par avion, vrai.

– C'est vraiment très gentil à vous, dit Scully.

– Un chargement de blocs doit arriver dans l'heure, et moi en personne j'serai là à une heure pour attaquer. »

Scully plissa les yeux de surprise.

« Ben, dit l'autre, vous aurez besoin d'un porteur de seau, non ?

– Ben. Moi. Vous n'avez pas le courrier à distribuer ?

– De la diversité, m'sieur Scully, voilà ma devise. Nous faisons partie de l'Europe à présent, vous savez. C'est la nouvelle Irlande que vous avez sous les yeux.

– Vraiment ?

– Non, c'est la même vieille merde, croyez-moi, répondit le facteur en riant, mais faut surtout pas le dire ! »

Ce matin-là, Scully nettoya la maison de fond en comble. Il déblaya, racla, balaya jusqu'à ce que les quatre pièces toutes simples fussent assez propres pour y circuler sans faire la grimace, puis remit ses outils en ordre. Il rampa à quatre pattes sur le plancher de l'étage pour marquer les lattes à remplacer, et explora opiniâtrement la grange où il trouva de vieux sacs de charbon, des ustensiles de cuisine, du bois encore bon, et une autre porte large qu'il installa sur des blocs pour améliorer son lit provisoire. Dehors, derrière la grange, il jeta un nouveau coup d'œil aux affaires de Binchy et retira du tas un petit rosaire noir qu'il accrocha à un clou dans le mur au-dessus de la cheminée. À côté, il installa une photo en noir et blanc d'eux trois, Jennifer, Billie et lui, qu'une amie avait prise par un jour de grand froid en

Bretagne. Il la regarda longuement, fixement, en se remémorant cette journée. Leur amie parisienne, Dominique, n'avait cessé de jouer avec son Leica tout le week-end. Elle avait pris tant de photos qu'ils avaient fini par en être blasés et par se mettre à poser. Celle-ci avait été prise dans le cimetière de Saint-Malo. Ils étaient tous en train de rire. Les cheveux noirs de Jennifer tombant en cascade de sous un béret. Les siens et ceux de Billie semblables à des cimes d'arbres assortis, rien que feuillage fou de la même forêt. C'était une bonne photo. Ils avaient la forme d'une grappe, pendus tous les trois les uns aux autres. Juste derrière eux, il y avait la croix celte dans son cercle, en pierre taillée toute noueuse de détails, visages entrelacés de saints et de pécheurs. Elle était superbe, si belle qu'elle leur conférait à tous trois de la dignité. Dominique connaissait son affaire. La photo n'avait pas de secret pour elle. Elle leur avait manqué. En voyage, la moitié du temps se passe à regretter des choses, des sensations, des êtres. Scully avait passé tant de temps à regretter si fort, au cours des deux dernières années, que c'était tout juste s'il pouvait y repenser. Et il avait encore pas mal de temps devant lui, de la pire sorte, jusqu'à Noël.

Il toucha la photo. Le charbon brûlait avec vigueur dans l'âtre. La maison commençait à fumer et à sécher. Scully sortit inspecter le mur pignon.

5

La porte se referme sur les vaches meuglantes et les gerbes de bouse tandis que le type à la casquette se retourne vers l'échafaudage dressé contre la cabane de Binchy et les deux silhouettes qui s'agitent dessous comme des trolls, en haut de la colline. Le ciel est couleur poisson, couleur de vendredi saint, et les arbres nus ont l'air mélancolique. C'est Tonton Facteur, là-haut, avec ce pauvre jeune couillon aux yeux pleins d'amour.

Il plonge les doigts dans son gilet pour retrouver le mégot humide qu'il a économisé. La puanteur de l'ensilage lui brûle le fond du gosier et il bat le briquet pour la chasser.

C'est de l'amour, pour sûr. Jimmy Brereton, célibataire jusqu'à la tombe, sait reconnaître un homme ensorcelé par l'amour, piégé par une femme. Ça se voyait déjà le jour où ils se sont pointés dans cette batteuse de Volkswagen. Elle, les cheveux au vent comme un drapeau noir et les mains sur les pierres douces du mur de Binchy comme si elle y sentait battre un pouls fiévreux, et lui, on n'a jamais vu plus chevelu en terre chrétienne, patientant près d'elle avec de grands yeux de bouvillon condamné. Les chaînes du mariage, napperons et rideaux de dentelle et maux mystérieux de bonne femme, là, qui le regardent droit dans les yeux, et lui, tu peux pas imaginer plus gai, plus gai et plus pitoyable, pitoyable comme un agneau qu'on pousse vers l'abattoir, pauvre bougre.

Jimmy Brereton tape ses bottes pour en ôter la merde et regarde encore un peu. Il aimerait qu'ils descendent et, pendant que le gouvernement sommeille à Dublin, flanquent un coup de bulldozer sur cette saloperie de mocheté de château pour en débarrasser son champ du haut. C'est un danger pour tout un chacun. Par grand vent de nord, pierres et gravats dégringolent du donjon comme de la grêle, et il n'y a plus moyen pour un homme d'y laisser ses bêtes à l'abri du mauvais temps de peur de les retrouver assommées par l'histoire celte. Brereton rend grâce à Dieu et à Arthur Guinness de dormir assez bien la nuit pour ne pas se ronger les sangs à cause des choses qu'il a vues là-bas au fil des ans. Des choses à vous faire dresser les cheveux sur la tête, comme si tous les pauvres bougres emmurés vivants, jetés en pâture aux cochons, abandonnés dans les cachots, se réveillaient tout soudain. Parfois, tu entends des voix dans le vent et des pierres qui s'abattent comme des hommes sur le sol. Clameurs, joutes, chahut de corneilles, et lumières qui descendent des montagnes en longues processions qu'il ne guette même plus. La folie ou la boisson n'ont rien à voir là-dedans, même s'il culbute vigoureusement la bouteille. Tous les gens de la vallée se méfient de cet endroit. Jimmy Brereton se revoit encore debout là exactement avec son propre père, à observer le prêtre de Limerick beugler du latin en direction du donjon, et agiter des cierges dans le vide. Pas un Brereton, adulte ou enfant, ne se serait aventuré là-haut passé le crépuscule, dans ce putain d'endroit maudit. C'est une verrue sur ses terres, qui a fait de lui un retraité avant l'heure, un homme aux six chopines dans le ventre au coucher du soleil. Mais il n'est pas malheureux. Les choses auraient pu tourner plus mal. Il aurait pu épouser Mary Finneran en 1969 au lieu de se débiner à la dernière minute comme un homme résolu. Il pourrait avoir un frère comme celui de Peter Keneally, au lieu d'une famille pour ainsi dire inexistante. Il pourrait se trouver là-haut sur la colline avec ces deux pauvres fous en train d'essayer de sauver ce qui est perdu à jamais et de s'agiter comme des guignols.

Pitoyable, oui, parfaitement. Ce gros lourdaud avec son seau sur l'épaule et son amour dans les yeux.

Jimmy Brereton se retire en compagnie de monsieur Guinness dans ses appartements.

6

Juste comme la nuit tombait, Scully et Peter Keneally posèrent le dernier bloc de leur contrefort brut et s'immobilisèrent, l'haleine fumante, sur leur échafaudage de fortune.

« On l'a eu, déclara le facteur. Demain, on l'enduira ! »

Scully se mit à rire en appuyant son front contre la gouttière. Ce type savait bosser. C'est à peine s'ils avaient échangé deux mots de tout l'après-midi et maintenant, le facteur avait l'air décidé à rattraper le temps perdu.

« Alors comme ça, où t'as appris à balancer des blocs comme un vrai Paddy ? demanda Peter.

– À Londres, je crois bien », répondit Scully les yeux dans la vallée. C'était beau, d'une façon inquiétante, organisée, européenne.

« Bon Dieu, t'as balancé des blocs pour les Angliches !

– Non, pour un Irlandais en fait, dit Scully en descendant de l'échafaudage.

– Je suis allé une fois à Londres.

– Une fois suffit.

– Oh, je suis d'accord. »

Peter entrechoqua les truelles l'une contre l'autre et ils se dirigèrent vers le puits.

« J'ai travaillé avec une équipe de gars d'Offaly, raconta Scully. Des durs à cuire, j'crois qu'on peut dire. Du boulot payé cash, tu vois. Du boulot pas tout à fait déclaré, quoi.

– Comme celui-ci, c't-à-dire. »

Scully lui sourit. « Allons boire un coup, je me gèle. »

Au puits, pendant qu'ils lavaient le mortier collé à leurs bras, Peter fredonnait un air d'une basse voix de gorge. Dans le noir, on aurait dit un vieil homme, et il vint à l'esprit de Scully qu'il n'avait aucune idée de l'âge du facteur. Brusquement, le fredonnement cessa.

« Comment s'appelait-elle déjà, ta femme ?

– Jennifer.

– Ils racontent que c'est une belle fille.

– Bigre, ils sont plutôt rapides dans le coin, non ? »

Le facteur laissa échapper un rire rauque.

« Mais est-ce qu'ils racontent des bobards ?

– Non, ils ont tout juste.

– Alors, t'en as de la chance, comme type.

– Eh mec, elle en a de la chance, comme nana. »

Ils entrèrent en riant, fatigués, et s'approchèrent de la chaleur mouvante de l'âtre. Scully leur versa une bière brune à chacun et ils s'assirent, l'un sur une chaise l'autre sur une caisse, pour écouter la plainte du feu. Scully rédigea le texte d'un télégramme au dos d'une enveloppe : TOUT BAIGNE ICI. ENVOYEZ NOUVELLES. VOUS AIME TOUTES LES DEUX. SCULLY.

« Un télégramme ? Je te l'envoie.

– Tu ferais ça ?

– Vous avez des serpents là-bas en Australie, fit pensivement Peter.

– Et comment. Pas de saint Patrick chez nous.

– Des serpents venimeux, hein ? »

Scully esquissa un sourire. « Dugites, taipans, serpents bruns, serpents tigres. Un serpent tigre m'a poursuivi un jour d'un bout à l'autre de l'enclos derrière la maison.

– Ils sont rapides alors ?

– J'étais à moto.

– Bon sang de bonsoir !

– Des serpents et des requins », poursuivit Scully, forçant la note. Il tendit à Peter l'enveloppe souillée.

« Et Skippy le kangourou, parbleu ! »

Scully se mit à rire. « Moins imprévisible qu'un Paddy, en tout cas. Ces gars irlandais à Londres, c'était une fameuse équipe de dingues. Genre, tuez-lez tous, Dieu reconnaîtra les siens.

– Des gars d'Offaly, tu dis ?

– Ouais, le patron était de Banagher. »

Peter se lécha la lèvre inférieure en décroisant lentement les jambes. « Banagher.

– Ouais, tu dois le connaître. »

Peter avala sa salive. « Ça se pourrait.

– Il s'appelle Doolin.

– Mylie, souffla le facteur.

– Alors tu le connais ?

– Jésus, Marie, Joseph…

– Le pauvre couillon s'est fait pincer à Liverpool.

– J'ai entendu dire qu'on l'avait… arrêté.

– À cause de la TVA, j'imagine.

– Pas la peine de jouer la comédie avec moi, m'sieur Scully.

– Quoi ?

– On veut pas d'ennuis ici. Je veux dire, on est tous de bons catholiques, mais… »

Scully le regarda. L'homme était pâle.

« On veut juste oublier tout ça. On veut pas voir les Guards fourmiller dans toute la campagne, les voitures banalisées, les questions à toute heure du jour ou de la nuit. »

Les énormes oreilles du facteur étaient rouges à présent et de la sueur perlait sur son front.

« Peter…

– On veut juste vivre notre vie tranquillement. Je regrette de faire mauvaise impression.

– Il y a un truc que je ne comprends pas, là.

– J'ai deux cents livres en liquide sur moi, et je suis un homme qui sait se taire. J'aurais dû m'en douter, oh Seigneur. Vous voir débouler comme ça de nulle part et vouloir cette maison au milieu du désert. C'est l'accent, j'suppose. Je ne pensais pas… ouais, avec Mylie au trou, tu vas recruter des gars.

– Quels gars ?

– *Les* gars, répondit Peter en inclinant légèrement la tête pour regarder Scully dans les yeux pour la première fois. Qu'est-ce que tu insinues, quels gars ? Tu te moques de moi ? »

Scully se leva prudemment. « Mais de quoi diable parles-tu ? »

Peter lécha ses lèvres exsangues. « Comment, tu ne sais pas… sur la tête de la sainte Vierge Marie mère de Dieu, tu jures que tu ne sais pas ?

– Savoir quoi ? Dis-moi ce que je devrais savoir ! »

Maintenant qu'il s'échauffait et que son œil commençait à se débiner, Scully avait l'air menaçant aux yeux d'un non-initié.

« Tu le jures ?
– D'accord, je jure !
– Tu es catholique, alors ?
– Non, je ne suis rien.
– Alors c'est un faux nom.
– Non, mon nom est Scully, j'ai été baptisé à l'Église anglicane.
– Tu veux dire qu'honnêtement il se pourrait que tu ne saches pas ? Oh, bon Dieu, Peter, espèce de vieil idiot, quelle trouille tu t'es foutue ! M'sieur Scully, c'est pas le fisc qu'a coincé Mylie Doolin à Liverpool, c'est la Section spéciale. Tu as foutrement plus de chance que tu le crois. Quel doux et naïf agneau de Dieu tu dois être ! Mylie est avec les Provos. »

Scully posa son verre. « Avec... l'IRA, tu veux dire ?
– Exactement.
– Putain, tu veux rire !
– Ai-je l'air d'un type qui a envie de rire ?
– Merde, c'est pas possible.
– Bah, bois un coup et t'en fais pas, dit Peter en essuyant son visage plein de sueur et en retrouvant son sourire.
– Tu en es sûr ?
– La vie est mystérieuse, m'sieur Scully, mais de ça, j'suis absolument sûr.
– Je ne me suis jamais... tu penses qu'il y était pour quelque chose dans le truc d'Enniskillen ? Tous ces pauvres gosses. »

Tonton Facteur vida son verre et haussa les épaules. Un vent s'était levé et gémissait dehors maintenant.

« Il a été pris avant. Cela fait plusieurs semaines.

Et pourtant, ça a été un tel merdier, comment savoir. On ne connaît jamais personne à fond, ni les uns ni les autres. C'est à peine si un homme se connaît lui-même, c'est pas ton avis ? »

Scully avait les yeux perdus dans le feu. Peter gloussa un instant pour lui-même puis se mit debout brusquement.

« Je reviens demain à une heure. T'inquiète pas pour Mylie Doolin, c't enfoiré. Bon sang, j'ai bien failli faire dans ma culotte ce soir ! Bonne nuit, mon gars.

– Ouais, toi aussi. Fais gaffe aux serpents. »

Resté seul avec le feu déchaîné dans la cheminée, Scully continua à boire en repensant à cette année de rigolade avec les gars de Mylie. Il savait que c'étaient des durs à cuire. Un jour, sachant que les Irlandais ne pouvaient pas recourir à la loi, un vieux salaud costard-cravate avait invoqué une soudaine pauvreté une fois le boulot achevé. Mylie avait tranquillement commencé à balancer télé, micro-ondes et chaîne stéréo par la fenêtre du cinquième étage jusqu'à ce que l'argent liquide apparaisse comme par miracle sur la table. Un autre jour, à la fin de trois semaines cauchemardesques de rénovation éclair à Hampstead, ils avaient découvert que le proprio avait filé à Majorque et qu'ils ne seraient jamais payés, alors Mylie avait déversé du ciment dans tous les éviers et dans toutes les cuvettes de W.-C. Trois étages de plomberie bourrés jusqu'à la gueule. Ça ne valait pas du fric au fond des poches, mais ça leur avait valu un franc succès, au pub, par la suite. Des dingues d'Irlandais, voilà pour quoi Scully les prenait, mais des poseurs de bombes et des racketteurs ? Des terroristes et des voleurs ?

Toute la soirée il resta assis là, en oubliant de manger, passant de nouveau en revue ces mois à Londres, dubitatif et pas vraiment incrédule, jusqu'au moment où aux alentours de minuit il traîna son sac de couchage sur la vieille porte et grimpa à l'intérieur.

7

Scully travailla sans relâche, en cette semaine de novembre, ne s'interrompant que pour manger et dormir, ou se surprendre, par moments, le regard rivé par-delà la vallée sur les Slieve Blooms et leur lumière changeante. Il entendait ses propres bruits dans la maison, sa respiration, ses pas, ses coups de grattoir et de marteau, et savait qu'il n'avait jamais été plus seul de toute sa vie. Il était si occupé, si aiguillonné par l'objectif de rendre cet endroit habitable, qu'il n'avait pas encore fait connaissance avec ses voisins, même s'il connaissait leurs noms par Tonton Facteur qui apportait tous les jours le courrier, un journal, des matériaux de construction, et bien souvent aussi plusieurs litres de lait, une miche de pain et un paquet de bacon pour les casse-croûte frustes de leurs fins d'après-midi obscures, quand la pluie battait au-dehors et que l'odeur de la tourbe brûlée se répandait autour d'eux. Peter lui tenait compagnie presque tous les après-midi, le faisait rire, et accélérait considérablement le travail. Scully se vantait sans vergogne de sa bagarreuse de fille et des remarques culottées qu'elle balançait aux gens, de la témérité avec laquelle elle corrigeait les profs, les commerçants et les flics. Comment elle restait assise pendant des heures à lire et à crayonner des bandes dessinées élaborées sur leur vie à Fremantle, à Paris, en Grèce. Comment elle avait été leur sauf-conduit à travers l'Europe, celle qui amadouait les fonctionnaires, ravissait le cœur des serveurs, s'attaquait aux langues étrangères comme à des puzzles à résoudre. Les trucs qu'elle disait, sa façon de se demander à quoi pensait un espadon à la seconde où il voyait le bateau auquel il était attaché, les visages penchés sur lui tandis qu'il gisait sur le flanc, épuisé, les yeux posés sur ce monde sec. Scully voyait bien que son évocation enchantait Peter. Il faisait pour lui des imitations de sa petite voix et des flots de paroles dont elle était capable. Peter écoutait, la tête penchée, les oreilles écarlates. Peut-être ne le croyait-il pas. Peut-être pensait-il que ce n'était que de la fierté, que de l'amour. Mais l'enthousiasme de Scully était contagieux, lui-même s'en rendait compte. Le facteur gloussait de rire et flanquait des coups de truelle approbateurs et retentissants contre les pierres. Scully avait plus d'affection pour lui que pour tous les hommes dont il se souvenait. Il avait travaillé avec des hommes toute sa vie, depuis ses débuts dans la pêche, puis de ferme en ferme, où il avait appris ce que c'est que d'être persécuté, harcelé sans pitié ou ignoré. Surtout les jours de pêche, c'était les pires ; sept jours sur sept à bosser sur le pont pour un Serbe qui gardait une barre de fer dans sa timonerie. Ce salaud de Dimic le harcelait du départ jusqu'au retour, mais que peux-tu bien faire tout seul, à vingt milles au large, sans témoin ? Scully avait travaillé dans des jardins maraîchers dont le sol puait la rouille et les engrais chimiques, avec des Italiens effacés dont les femmes étaient tapageuses, sexy et dangereuses. Mais les plus gros cons de tous étaient les petits bourges de l'université, des types capables de t'assassiner avec des mots, juste pour le plaisir. Ils mirent un terme à ses fantasmes de prolétaire sur la clémence de l'existence dans les professions libérales. C'était les costards qui étaient à craindre. C'étaient eux les vrais salauds. Scully ne savait pas de quoi il s'agissait avec Peter Keneally. C'était peut-être tout bêtement la solitude, mais il était toujours heureux comme un gosse de le voir.

Le vendredi suivant, avec le litre de lait et le paquet de côtelettes, Peter apporta un autre télégramme.

Scully l'ouvrit avec précaution et s'approcha de la fenêtre.

MAISON VENDUE. RÈGLEMENT DANS TROIS SEMAINES. ARRIVÉE SHANNON AE46, 13 DÉCEMBRE. JENNIFER.

« Merde, fit Scully. Je ferais mieux d'ouvrir un compte à l'Allied Irish.

– Bonnes nouvelles ?

– Notre maison est vendue. Elles seront là dans trois semaines.

– Tu ferais bien de t'activer, alors. Tu ne peux pas les installer dans ce trou à rats. »

Scully replia gravement le télégramme. Et voilà. Partie, leur maison. Mais elle n'en restait pas moins dans sa tête comme une notion, un fait. Les murs en pierres calcaires qu'il avait décrépis lui-même, les planchers en jarrah décapés, le toit métallique à grandes pentes, les vérandas spacieuses et les frangipaniers en fleur. La vibration matinale des diesels dans la marina. C'était la notion intacte qu'il avait de leur vie ensemble. Le plus étrange des sentiments. Quinze jours pour vendre une maison ? Les gens investissaient peut-être dans l'immobilier en ce moment – Scully ne comprenait rien à l'économie. Mais elles allaient arriver. C'était tout ce qui comptait. Il avait du pain sur la planche. Une maison, il y en avait une ici. N'était-ce pas le but pour lequel travailler, pour l'avenir !

« Tu es riche alors ? demanda Peter du haut de l'échelle cet après-midi-là.

– Riche ?

– Ce n'est pas par curiosité, rigola-t-il. Je veux juste savoir si tu as un gros paquet de ce putain de pognon.

– Voilà pourquoi tu attends pour m'envoyer tes factures, rusé renard !

– Voilà que tu fais ton impertinent, répliqua Peter en lui passant un seau de mortier.

– Regarde ces mains, dit Scully. Est-ce que ce sont les mains d'un type qui a du fric ? »

Peter lança une ardoise cassée et tous deux la regardèrent se ficher dans la boue et disparaître.

« Ben, j'suis déçu, répondit le grand rouquin. Moi qui me figurais que t'étais peut-être un baron de la drogue. Parce que tu es trop moche pour être une rock star.

– T'aurais pas encore bu de ton whisky trafiqué ?

– Écoute, faut que tu voies les choses du point de vue d'un Paddy ignorant. Deux saltimbanques s'amènent un jour en Volkswagen de l'aéroport d'Heathrow à Londres en route pour Perth en Australie. Et les voilà qui disent, aaaahhh, quelle jooolie maiiison, aahh, on l'achèèète chéri ! Ça peut être que trois choses, moi j'me dis : la drogue, le rock and roll, ou une putain de tumeur au cerveau. Acheter ce vieux tas de merde en plein désert irlandais !

– Tiens, arrache cette gouttière tant que tu es là-haut. »

Le facteur tira sur la gouttière pourrie qui s'effondra dans une pluie de rouille et de mousse.

« J'me dis que si c'est le rock and roll, ça doit être ta jolie femme la star et toi le porteur. M'enfin, où est-ce qu'on peut bien choper un bronzage pareil ?

– En Grèce. On vivait en Grèce.

– J'croyais que t'avais dit Londres.

– Londres d'abord. On a vécu à Paris aussi, presque toute l'année dernière.

– Paris. Ça alors.

– Et puis la Grèce cette année.

– Vous trois ? Vagabonder comme une bande de bohémiens. Dis-le-moi sans détour, Scully, parce que j'ai des neveux, moi. C'est la drogue ? »

Scully le regardait en souriant. « T'es sérieux ? Mon vieux, je suis rien qu'un pauvre bourreau de travail comme toi. Ma femme est fonctionnaire – enfin, était fonctionnaire parce qu'elle a démissionné après son congé sabbatique. Je ne suis pas riche, il n'y a pas de drogue, et pas vraiment de rock and roll. Et pas de terrorisme non plus, vieux con va.

– Attention ta tête ! Ben voilà, toute la gouttière est barrée. J'en ai un bon vieux morceau pour toi à Roscrea.

– Voilà la pluie », annonça Scully en battant en retraite sous l'échelle. Elle arrivait en biais, silencieuse et ignorée du facteur, tandis que Scully s'abritait sous la grange.

« Et à quoi tu joues, Scully ?

– J'me tire de sous cette putain de pluie, qu'est-ce que tu crois ?

– Un peu de beau temps te fait peur, on dirait ? »

Scully haussa les épaules.

« Tu t'y habitueras, garçon !

– Tu parles », répondit Scully. Il rassembla ses outils et rentra dans la maison.

Quand Peter arriva à son tour, Scully était déjà à l'étage, ôtant des lattes de plancher pourries et en posant de nouvelles à la place. Il avait le goût cuivré des clous dans la bouche. C'était marrant mais ce goût-là lui rappelait l'étable, l'édifice penché fait de bric et de broc que son père avait gardé debout pendant vingt ans. Le vieux se promenait partout avec des clous à la bouche. L'odeur de sciure de bois était suave à présent, et la pluie crépitait contre les vitres. Scully considéra l'inclinaison de la soupente. On se sentait comme dans une mansarde ici. Cela ferait deux petites chambres bien confortables, réchauffées par la cheminée qui les séparait. Maintenant, il les imaginait bien tous les trois, s'éveillant par des matins aussi tranquilles et mouillés que celui-ci, leurs voix ensommeillées toutes proches dans l'espace anguleux.

« Allons, Scully, dit Peter en surgissant près de lui. Cesse de te morfondre avec cet air d'amoureux transi, parle-moi d'elle.

– Jennifer ?

– Tu m'dis rien, Scully. Je commence sérieusement à croire que t'es anglais, en fin de compte. Un type travaille toute la journée avec toi et tu lui causes pas. Tu restes juste planté là avec les yeux dans le vague.

– Et alors.

– Et alors mon cul. »

Scully sourit.

« Oh, pour l'amour du ciel, mec, parle-moi de Jennifer. Juste pour faire passer l'heure, garçon, file-moi quelque chose à me mettre sous la dent. Elle travaille, tu disais ?

– Exact. Ministère de l'Immigration. C'est pas la moitié d'une imbécile.

– Et maintenant, c'est elle qui émigre ?

– Ouais, elle a démissionné. Elle détestait ce boulot. Mais elle aimait travailler à l'extérieur, tu sais. Elle n'a jamais été du genre à rester à la maison garder les gosses. C'est plus moi, ça. »

Peter laissa échapper un gloussement. « Et tu prétends être un bosseur ?

– Quand Billie – notre fille – était plus petite, je travaillais à mi-temps pour pouvoir être avec elle.

– Où travaillais-tu ? C'est quoi que tu fais au juste, Scully ? »

Scully se mit à rire. « À cette époque-là, je travaillais dans un magasin d'articles de pêche. À vendre des leurres et des trucs comme ça, à réparer des moulinets. Est-ce que t'as jamais vu une mitraillette à maquereaux?

– Oh, bon Dieu, j'ai horreur du poisson !

– J'ai quitté l'école à quinze ans, filé dans le nord pour bosser sur un bateau de pêche au homard. Ça rapportait gros. Je crois bien que j'ai fait toutes sortes de choses.

– Alors comment t'as fait pour la rencontrer ? »

Scully arracha une latte dans un éclaboussement de poussière de bois pourri. « Merde, tu veux des détails, c'est ça ? »

Peter enfonça un ciseau à bois dans l'interstice

pour en extraire de la pulpe de bois. « C'était dans un bal, peut-être ?

– Les Australiens ne dansent ni ne chantent, crois-moi. Non, on s'est rencontrés à l'université. J'essayais de faire de l'architecture. Je suis revenu, j'ai terminé le lycée et je suis rentré en fac. On avait un cours ensemble. J'ai oublié ce que c'était. Un truc au département d'Anglais, un sujet que j'avais pris pour pouvoir lire quelques livres, tu vois ? Elle, on la payait pour s'ennuyer aux frais de la princesse dans des cours du soir. Cheveux noirs, jolie. Je veux dire vraiment jolie, et elle n'ouvrait jamais la bouche. Moi non plus, d'ailleurs. Tu comprends, avec tous ces morveux tellement sûrs d'eux qui se gargarisaient de noms de bouquins et de gens dont t'as jamais entendu parler… Moi, je la fermais en essayant de pas me faire remarquer, et elle, elle faisait exactement la même chose. »

Peter tripotait la lame du rabot qu'il ajustait distraitement.

« Et puis, et puis ?

– Un soir, elle m'a demandé si je voulais prendre une bière.

– Elle *t'a* demandé ?

– Oh, mec. »

Scully roula des yeux en y repensant. Elle l'avait attiré près d'une fenêtre un soir et lui avait sorti des répliques qu'elle avait dû répéter. Elle s'était entraînée.

« Quel pays ça doit être. Probable que c'est parce qu'il y fait chaud à crever. Pas le temps de conter fleurette. »

Scully lui jeta une poignée de sciure à la figure et

reprit son travail. « On a quitté l'université ensemble et on s'est mariés, cria-t-il. Huit ans !

– Bon sang, qu'est-ce que vous venez fiche ici ? Elle laisse tomber un bon boulot pour s'en aller rôder dans des endroits pas possibles et finir ici, en haut d'une colline avec les vaches de Brereton ?

– En fait, son travail l'ennuyait, elle avait la bougeotte, et moi, ça me disait bien de changer. Alors tu vois, on a loué notre maison et on est partis en voyage.

– Avec un bébé et tout.

– Un enfant de cinq ans n'est pas un bébé, Peter. »

Non, se dit-il. Pour un bébé, il fallait un endroit tranquille, chaud et stable. Un endroit comme ici.

« C'est l'idée de qui ?

– La sienne, j'crois bien.

– Et tu as suivi.

– Ça me disait bien de changer, ouais. Je n'ai pas vraiment suivi.

– Autrefois, c'était les femmes qui suivaient. »

Scully rit, mais la pique le blessait quelque part. Avoue-le, Scully, songea-t-il. Tu as suivi, tu la suivrais n'importe où. Il y a quelques semaines de ça, t'arrivais pas à dormir parce que tu rêvais de chez toi, des plages blanches et brûlantes, de l'odeur coquine de l'huile de coco et du Docteur du Fremantle qui, en soufflant, faisait gonfler les rideaux vers l'intérieur, contre la longue table, là, dans cette maison sur laquelle tu as transpiré toutes ces années. T'en étais comme un chien fou, mec, comme un cheval dans le paddock familier, bondissant le nez au vent, envoyant à l'Europe des baisers d'adieu, et rien à foutre si elle t'embrassait sur la bouche, et puis, bang, tu retournes ta veste pour elle. Tout ça pour une sensation étrange, un truc qu'elle ne pouvait pas expliquer, juste pour la voir heureuse.

« Ben, peut-être que notre tour est venu de suivre, dit-il.

– P't-êt' bien. Je connais rien aux femmes. Ces planches ont besoin d'être poncées à présent. Tu as besoin de l'électricité, Scully. Tu ne peux pas faire tout ça à la main.

– C'est le fric, mon pote. Je suis coincé jusqu'à ce que l'argent arrive de chez moi. Je vis sur le remboursement de mon billet d'avion. Je ne sais même pas si je peux te payer ce que je te dois déjà.

– Quoi, tu crois peut-être que j'en dors pas la nuit, d'attendre d'être payé ? Protestant, va. J'envoie Conor te mettre un compteur demain matin, j'aurais dû y penser lundi. Faut pas déconner, on va pas se taper ce bazar à la main. Et t'as des trous dans ta cheminée, là, va faire un peu de mortier. Un seau de Portland, un de chaux et six de bon sable. S'il ne s'est pas pointé à onze heures, il faudra que tu ailles le chercher. C'est la Conor Keneally Electric à Birr. Lui, c'est le grand corniaud qui me ressemble. »

8

Mais Conor Keneally ne vint pas, ni ce jour ni les suivants, et Scully jugea préférable d'attendre. Il racla la moisissure, la crasse et le mortier pourri des murs intérieurs et boucha les trous et les fissures, avant de redonner un coup de neuf à toute la surface, emplissant l'espace de l'odeur entêtante de la chaux. Il gratta la peinture du plafond en soupente des chambres du haut et le lessiva jusqu'à en avoir les mains à vif. La maison s'emplit de copeaux, de sciure, de lambeaux de peinture, de mousse des murs et se mit à ressembler à la cuisine d'un crevettier. Scully se retrouvait assis sur ses talons devant l'âtre, la nuit venue, à manger avec les doigts. Dans son éclat de miroir, il avait l'air sauvage. Il continuait à travailler sans électricité, se surmenant, dormant sur sa porte en chêne dans la poussière et les courants d'air. Il ne pouvait tout bonnement pas se résoudre à faire une descente à Birr pour embarquer Conor Keneally, alors que le frère du bonhomme s'amenait tous les jours, un bleu de travail passé sur son uniforme de la poste, une truelle dans une main et une pinte de Power's toujours prête. Ce type s'était pointé avec une bouteille de gaz, tu te rends compte, et un évier de cuisine, et des lits apportés morceau par morceau avec le courrier de la République. Tous deux se retrouvaient le soir, plantés là à observer en silence l'absence d'électricité.

« Tu devrais sortir de temps en temps, Scully, dit Tonton Facteur. Tu te tues à la tâche ici, sans jamais voir personne, même pas tes voisins.

– T'arrêtes pas de m'apporter ma bouffe. Je peux jamais trouver un prétexte pour descendre en ville. Tu anticipes tous mes désirs.

– Ben, j'ai pitié de toi, Scully. »

Cette remarque déclencha le rire embarrassé de Scully. Avait-il donc l'air si pitoyable ? D'accord, il vivait à la dure, mais ce n'était qu'un état transitoire.

« J'y arrive.

– Bien sûr, fils. Tu travailles comme un nègre. »

Scully broncha mais ne releva pas.

« J'aimerais bien que tu m'envoies les factures.

– Tu cherches du boulot ?

– Aux alentours du Nouvel An, j'en chercherai, oui.

– Très bien, quand tu auras ton travail, tu auras tes factures. »

Scully n'allait pas chercher Conor Keneally par respect. Quand un homme te dit des trucs pareils, comment peux-tu le mettre dans l'embarras en allant pourchasser son frère, ainsi que Scully avait envie de le pourchasser, jour après jour, quand il ne se montrait pas ? Son outillage électrique gisait au rez-de-chaussée, vilainement aligné et, jour après jour, il s'attaquait à sa tâche à la main, à la lueur des bougies, à celle du feu, canalisant son anxiété dans le travail.

En deux jours fous, Scully blanchit tout l'intérieur à la chaux et la maison soudain parut plus claire, plus grande, plus propre, et si étrangement saine qu'il prit conscience de l'insalubrité dans laquelle elle se trouvait auparavant, du bouge dans lequel il avait véritablement vécu nuit et jour. Puis il colla le plancher de l'étage et le ponça à la main, laqua ensuite la rampe en chêne de l'escalier et les grandes poutres qui couraient d'un linteau à l'autre au rez-de-chaussée. Avec des planches en pin trouvées dans le grenier de la grange il fabriqua un placard pour l'évier de la cuisine auquel il ne manqua qu'un habillage en contreplaqué et des gonds pour les portes. Il rabota d'autres planches pour confectionner une bibliothèque et l'installa en haut, près du lit de Billie, et elle était si jolie qu'il se demanda pour la première fois si en fin de compte l'électricité ne gâcherait pas cette vie. Peter arriva avec du contreplaqué de récup' et il termina la cuisine. Le carrelage était sec et balayé. C'était un endroit simple et propre, sa nouvelle maison, un endroit où il était content de s'éveiller à présent, mais qui était encore dépourvu de musique, de voix et de rires la majeure partie de la journée.

À la pensée de l'été qu'il s'apprêtait à manquer chez lui, il y avait des moments dans la journée où Scully ne pouvait tout simplement se servir ni d'un pinceau, ni d'un rabot, ni d'un marteau. L'herbe décolorée prosternée devant le vent, la mer d'huile chauffée à blanc le long du rivage et les bateaux paralysés sur leurs amarres par la chaleur, et l'odeur du désert descendant sur eux dans les marinas, les criques et les méandres des fleuves. Les grosses grappes de raisin lourdes et luisantes au-dessus de leurs têtes et le fumet de la daurade grillant sur les charbons. Le ciel bleu uniforme et les vêtements amples sur les corps bruns. Seigneur, à l'idée d'abandonner tout cela, à la pensée de Jennifer et de Billie emballant cette vie dans des caisses et quittant pour toujours leur maison de Fremantle, il en avait de douloureux pincements au cœur. Peut-être n'auraient-ils dû se lancer qu'à moitié dans cette affaire, contracter un prêt au cas où les choses marcheraient mal. La maison de Fremantle valait dix fois plus cher que ce qu'on leur donnerait pour celle-ci. Ils n'auraient pas dû vendre, vraiment. Et puis il repensait à cette tendre et rêveuse expression de bonheur sur le visage de Jennifer, ce jour-là, le mois dernier, cette expression résolue qui pour la première fois depuis bien des années lui avait donné un air d'assurance sans faille. Ça méritait qu'on suive, ça ne pouvait pas ne pas mériter le risque de la confiance.

Plus terrible encore que les moments de doute et de terreur qu'il éprouvait dans la solitude du travail, Scully voyait Jennifer ici, dans des rêves éveillés si vivaces qu'il pouvait sentir son haleine sur lui. Il voyait des draps dans son lit et leurs deux corps, luisant, hoquetant dans le silence, et ses longs cheveux noirs faisant une ombre sur le drap. La forme endormie de Billie près du mur, avec le ciel d'encre derrière elle, et un berceau dans l'angle encore animé d'un doux oscillement dans l'air clair, si clair.

Le soir, Scully se douchait au jet sous la porte cintrée de la grange et l'eau était si froide que, des champs et des bois en contrebas, on pouvait l'entendre bramer comme un homme en proie à de véritables souffrances.

Conor Keneally ne venait pas et ne venait pas, et un après-midi où Scully ne put supporter de s'escrimer davantage, il jeta ses outils par terre et sortit marcher. Le ciel était bas. Le vent soufflait dur des collines. Il fourra ses poings tout au fond de ses poches et partit à pas lourds entre les haies d'aubépines et les murets écroulés le long des sentiers menant vers la vallée. Il entendit un tracteur qui épandait du fumier dans un champ par là, et des chiens aboyer. L'odeur du feu de tourbe flottait dans l'air. Il contourna le château et sa ferme et s'enfonça plus profondément dans la vallée où les champs étaient noirs et lourds et devenaient des tourbières au pied des collines. Une petite église se tenait solitaire au détour du sentier. Scully grimpa l'échalier pour entrer dans le cimetière et marcha au milieu des tombes de granite sous les croix celtes et les fleurs fossilisées. Il aimait ces croix avec leur topographie de visages, de plantes et d'histoires, tellement plus puissante que les symboles nus de son éducation d'Armée du Salut. Il y avait de la souffrance ici, de la vie vécue, et de la beauté. Il toucha leurs veines mangées de lichens et s'essaya un instant à se signer avant de s'éloigner, confus.

Dans un bois silencieux plus loin, il aperçut des faisans et quelques lapins apeurés. Ses propres empreintes de pas semblaient menaçantes dans l'humus de feuilles et son haleine jaillissait devant lui. La vallée lui rappelait la ferme-laiterie de son enfance, avec ses flaques permanentes, ses portails de fortune et ses murmures de diesel quelque part dans l'atmosphère. Ici, les bâtisses étaient en pierre et avaient survécu à des lignées entières de familles, de nations antérieures, d'accents, d'arrangements, alors que les étables et les fermes de l'enfance de Scully étaient toutes en bois taillé de la forêt alentour, leur toit de fer blanc claquait au vent et leur bois argenté par le soleil était déjà vieux avant l'heure. C'était ça la vie que les banques avaient ravie à son père. Les costards-cravates avaient fondu sur lui et la ferme lui avait échappé. Scully n'avait que le souvenir, la nostalgie par moments de cette vie d'avant le poil sur la poitrine, les filles et les virées en ville. C'est peut-être pour ça que je suis ici, songea-t-il, étonné. Peut-être est-ce que je rachète la ferme d'une certaine façon, que je rachète mon enfance. Il pensa à son père ruiné faisant l'expérience des banlieues, sa mère comme un zombie derrière lui. Le déclin rapide. Les attaques. Les costards faisant une nouvelle descente. Racheter la ferme, quelle manière adéquate de décrire l'oubli.

En se retournant, il vit sa minuscule maison blanche là-haut sur la colline contre le ciel. Entre lui et elle, les champs détrempés s'élevant à la rencontre de l'énorme chêne chauve, devant la carcasse du château et ses murs d'enceinte, avec toutes leurs fenêtres noires au regard fixe. Il imagina six cents ans de paysans levant les yeux de leur labeur pour les poser sur la sévère silhouette normande de cette sentinelle postée en haut de la vallée. Elle avait des yeux aussi nombreux que Dieu, cette ombre, là-bas. Pas étonnant qu'ils l'aient brûlée.

Scully allait à pas lourds par les champs bourbeux avec la sensation vive du vent sur ses joues.

Comme il s'approchait d'un mur de pierres, à la recherche d'un échalier, Scully entendit des chiens. Il s'arrêta, pencha la tête et faillit battre en retraite dans la gadoue à la vue de deux grands chiens de chasse élancés franchissant silencieusement le mur au-dessus de sa tête.

« Salut à vous ! » cria un fermier, une jambe dans le vide et la crosse de son fusil cassé sous le bras.

« Salut », répondit Scully, les chiens dans les jambes.

Le fermier enjamba le mur et atterrit bien d'aplomb sur ses pieds dans la boue. Il était en tenue de chasse.

« Je m'appelle Scully. Nous sommes voisins, j'crois bien.

– Ah, c'est donc vous l'Australien de la cabane à Binchy.

– C'est moi. Ravi de vous connaître. »

Scully serra sa petite main tachée de son. L'homme était décharné, plutôt roux, avec des sacrées rouflaquettes et de mauvaises dents, et sa dégaine plut à Scully.

« Jimmy Brereton, rentier de son état. J'ai pas peur d'vous dire que la première fois que j'ai vu ces bougies à la fenêtre là-haut, la semaine dernière, j'ai failli chier dans mon froc. J'ai cru que c'était le vieux Binchy qu'était revenu, le vieux fainéant.

– Non, ce n'est que moi.

– Et la famille suit, à ce qu'on m'a dit.

– Vous avez parlé à Tonton Facteur.

– Ohw, bon Dieu non, rigola l'homme. C'est Tonton Facteur qui m'a parlé !

– C'est un brave homme.

– Ah, c't un sacré marrant, le Peter. Suivez Peter, qu'ils disent tous, car avec Peter, la blague est dans l'air. »

Scully se mit à rire. « Eh bien ils ont raison.

– Il dit que vous vous en sortez plutôt bien là-haut, que vous bossez comme un nègre.

– Il me donne un fameux coup de main, dit Scully.

Je sens que je vais me trouver mal quand je vais recevoir sa facture. »

Jimmy Brereton chassa ses chiens d'un coup de pied et se rapprocha. « Juste entre nous, j'vais vous dire, c'est Peter qui entretient l'ambiance dans le coin. Et il s'y entend aussi bien pour entretenir la famille de son frère, que le bon Dieu le garde ! À présent le pauvre type ne veut même plus sortir du lit la plupart du temps.

– Conor ?

– J'achèterais un stock de bougies si je devais attendre après Conor Keneally pour m'installer l'électricité. »

Scully dut avoir l'air affligé car l'autre éclata d'un rire bon enfant en agitant son calibre douze.

« Ah, vous n'êtes pas le premier à l'attendre, Peter fait tout là-bas, sauf le boulot pour lequel il faut une autorisation, et même ça, il le fait parfois, mais il devrait y avoir des lois pour les types bien et des lois pour les salauds. C'est c'que j'dirais si j'étais le bon Dieu.

– Et comment les distinguez-vous ? demanda Scully avec un sourire. Les types bien et les salauds.

– Ben, si vous étiez le bon Dieu et que vous saviez pas les distinguer, vous seriez au chômage, non ? Nous autres, pauvres mortels, faut qu'on trouve par expérience. Faut qu'on fasse les frais du bien et du mal pour arriver à comprendre. »

Scully leva les yeux vers la massive bâtisse à deux étages près de la route où quatre grandes cheminées crachaient de la fumée.

« C'est votre maison ?

– La maison et les écuries de l'ancien cocher. Dans la famille depuis Dieu seul sait quand. Bon sang, ces chevaux-là étaient soignés comme des rois dans le temps.

– Le château est à vous aussi ?

– Oueye, depuis les événements, putain de cadeau. Y va me tomber sur la gueule un de ces jours, ce vieux tas de merde mal embouché. Le gouvernement veut pas me laisser le foutre en l'air.

– Ça vous dérange si je vais y faire un tour ?

– Passez-y donc en rentrant chez vous, mais prenez garde. C'est à vos risques et périls, je vous préviens. Saloperie de château. Ils auraient dû faire le boulot proprement, ces gars-là dans le temps. Ça aurait épargné de la peine à tout le monde. Arrêtez-vous un de ces soirs, m'sieur Scully, on boira une chopine.

– Merci, j'y penserai.

– Amenez ces demoiselles avec vous quand elles arriveront, d'accord ? Vous avez vu quelque chose bouger, dans ces bois là-bas ?

– Deux, trois lapins.

– Allez, on y va ! »

Ses chiens filant en tête dans les haies et le bois mort, Scully le regarda descendre la pente sur ses jambes arquées, en direction des bosquets de frênes et de mélèzes au pied de la colline.

Il se hissa par-dessus le mur et s'avança dans le champ que surplombait le château dont la base semblait être une grande butte de granite enfouie dans le flanc du coteau. Il le voyait distinctement à présent. Scully avait longtemps pensé que l'architecture s'opposait au paysage, qu'elle était un signal de perte, d'imitation. Parce que la terre y manquait depuis longtemps, que les contrées sauvages n'y étaient même plus un souvenir, l'Europe était le berceau par excellence de l'architecture. Mais ça… c'était là où l'architecture *devenait* paysage. Il y fallait une échelle vaste, et du temps, quelque chose d'étrangement situé au-delà de l'humain. Ça, ce n'était pas dans les livres.

Il n'était pas beau. Son donjon normand émoussé se dressait, balafré, entre des ailes gothiques plus tardives dont les créneaux semblaient avoir été rajoutés après coup et dont les nombreuses fenêtres qui vomissaient des arbres se suivaient à perte de vue comme sur un dessin d'enfant. Scully resta debout sous le chêne qui poussait au pied de l'escalier d'honneur et étendait dans l'air ses doigts nus sous les premières fenêtres. Les pierres des marches, hérissées de mousse, usées en creux, abritaient des flaques de pluie. De l'herbe, du lierre et des ronces montaient à l'assaut des murs pour étouffer l'unique porte gothique. Scully siffla entre ses dents et entendit le bétail se plaindre dans les étables de Brereton, cinquante mètres plus loin.

Il se faufila à travers la végétation et la porte entrebâillée jusque dans la fosse jonchée de gravats qu'avait été la grande pièce centrale, et dont le plancher gisait aujourd'hui en amoncellements carbonisés et moussus dans les caves du dessous. Tout s'était effondré par-dessus tout le reste. De grandes poutres de chêne gisaient, tels des mâts abattus et des gréements, parmi des ossements de bétail et des tonnes de briques de cave.

Tout en haut, par-delà la galerie noircie par la fumée dans les murs poudreux desquels des générations de gamins du cru semblaient avoir gravé leurs initiales, se profilait le plafond voûté, obscur comme un ciel d'orage. Scully contourna l'arête d'une dalle de pierre et entendit, haut au-dessus de sa tête, le froissement écœurant d'ailes invisibles. Il atteignit l'escalier bâti dans la cavité du mur du donjon. Des murs épais de soixante centimètres. Une bourrasque de vent traversa l'espace en diagonale, agitant l'air brûlé. Scully avait gravi sept ou huit marches en spirale quand il se mit à penser à sa cuisine chaude et à la bouilloire qui devait à présent commencer à siffler. Passé le premier tournant, la seule lumière pénétrant dans l'escalier provenait d'une source inconnue au-dessus. Grottes et niches ménagées pour les flambeaux devenaient des trous d'ombre et le bruit de ses bottes résonnait plus fort qu'il ne l'aurait voulu. La lumière crût et une petite loge s'ouvrit sur le côté. Scully entra dans son espace en fente et vit le vaste lit de brindilles et de joncs laissé par les oiseaux. Les meurtrières laissaient entrer des plaques de lumière et il se pencha pour contempler le bois de frêne en contrebas de chez lui. Les oiseaux y décrivaient des cercles, leurs cris s'élevaient, retentissants. Il continua de gravir les marches, enhardi, trouvant son chemin à tâtons dans le long couloir humide jusqu'à ce que la lumière reparût et avec elle une cavité latérale, analogue à la première, qu'il dépassa pour atteindre le long pilier d'une porte qui ne céda que lentement sous son poids. Devant lui s'ouvrit une pièce voûtée avec de hautes et larges fenêtres laissant entrer une lumière bleue qui illuminait l'océan de ramilles et de guano marbré s'étendant d'un mur à l'autre. Des corneilles voletèrent, s'enfuyant à son approche, le prenant de vitesse pour atteindre la fenêtre sans vitre devant laquelle il se posta pour promener son regard sur la vallée et dans la passe entre montagnes et château, où chaque flaque, chaque fenêtre, chaque plaque de tôle vibrante accrochait la lumière et se rendait vulnérable à l'œil. Des bandes de nuages zébraient les cimes des Slieve Blooms et les champs labourés se déroulaient, nus, dessinant des chevrons. Traversant la pièce, Scully gagna la fenêtre côté colline et observa par-delà le bois sa petite maison au toit croûteux. Sa cheminée crachait de la fumée. Les chemins, les haies, les bosquets d'arbres et les sentes tourbeuses filaient dans tous les sens sous son regard et le vent soulevait ses cheveux. D'ici, tout semblait assez ordonné, menant visiblement, à partir de ce point central, dans toutes les directions. C'était une petite campagne travaillée, hachurée, simple, d'une sidérante simplicité vue d'en haut. Chaque champ avait un nom, chaque chemin un échalier. Toutes les choses imaginables avaient été réalisées ou tentées par ici. Ce n'était pas le sentiment qu'on avait en observant le pays de Scully. En Australie, on regardait et on voyait le possible, les espaces, les peut-être. Ici, la nature sauvage était contrainte en autre chose, en ce qui avait déjà été. Et là, sous les oiseaux, dans ce dédale de traits, de lignes, de correspondances de la vallée, se trouvait sa nouvelle vie.

9

À l'aube le lendemain, alors que le sol était gelé sur plusieurs centimètres et que la brume lui pesait sur le dos comme la couverture d'un incontinent nocturne, Scully comprit que le temps de ses expéditions derrière la grange, avec pelle et rouleau de papier à fleurs, était révolu. Tel du béton armé, la terre ne cédait qu'après avoir reçu sa ration de coups de l'extrémité pointue de la pioche, et le trou qui en résultait n'était guère plus grand qu'un bocal de confiture. Il fumait comme l'enfer et Scully en gémissait tout haut. Il lui foutait en l'air son espoir du matin, cet affreux petit trou de forage, et Scully se sentait totalement ridicule accroupi dessus tel un pêcheur des glaces faisant tremper son appât. Son dos gelait, ses mains hurlaient de douleur. Et pas plus tard qu'hier, à peine s'était-il assis sur ses talons dans la brume que Jimmy Brereton s'était amené sur son tracteur, agitant la main avec bienveillance par-dessus la haie d'aubépine et ôtant son couvre-chef en un salut ironique. Le clou de la matinée, vraiment.

Et ce n'était pas encore l'hiver, ça ne pouvait donc qu'empirer. Faire son tas d'excréments ne tarderait pas à devenir l'activité la plus exténuante et la plus rébarbative de la journée, et pour un adepte des cabinets extérieurs comme Scully, qui aimait bien réfléchir, lire et se souvenir, le pantalon sur les chevilles et la porte entrouverte, le sacrifice était devenu trop grand.

Dès que ses mains eurent dégelé et que la poêle fut sur le feu, il prit du papier et un crayon et entreprit de dessiner le plan de sa fosse septique. Comment Binchy et sa famille avaient-ils fait toutes ces années ? Des générations de Binchy à croupetons sous la pluie, la boue, la neige, dans la grange même, à en croire le sol de terre battue inégal. Il se pouvait bien que les seules épreuves de la défécation eussent poussé les pauvres bougres à boire.

Il était en train de creuser dans le champ partiellement dégelé, tard dans la matinée, quand une voiture noire passa, descendant la colline dans un chuintement lent et paisible avec un train d'autres voitures dans son sillage. Scully s'appuya sur sa pelle pour regarder la procession serpenter à travers les haies, cinquante voitures et plus prenant le virage vers Birr sous un ciel couleur d'eau de vaisselle. Scully resta planté là, pendant que les champs perdaient leur vert chatoyant, et lorsque la dernière voiture eut disparu, l'air était lourd, et le monde soudain encalminé.

Tonton Facteur le trouva, un peu après midi, enfoncé dans la terre jusqu'à la taille. Les pierres, les os, les bouts de ferraille qu'il avait lancés par-dessus le monticule de terre chocolat qui bordait le trou jonchaient le sol. Scully était mal à l'aise dans la terre dont l'odeur était trop puissante pour un homme grandi dans le sable. Elle était trop molle, trop spongieuse sous le pied et il fut soulagé de voir le facteur traverser le champ avec un petit sourire narquois en faisant claquer le courrier.

« T'étais pas au courant, Scully, ils ont déjà extrait tout l'or d'Irlande.

– Je n'extrais rien, répondit Scully en soulevant une pelletée de terre. Je dépose... C'est ma fosse septique. Il y aura toujours un coin de terre étrangère marqué au sceau de Scully pour l'éternité. Qu'est-ce que tu deviens ? Ça fait des jours que je t'ai pas vu.

– Quelques affaires de famille. »

Scully s'adossa à la paroi de terre et s'essuya le front. Le sol sentait la pourriture et le brûlé comme à l'intérieur du château. « Tout va bien ? dit-il.

– Super, super. Du courrier pour toi.

– Tu peux le laisser dedans ? Je suis crado, Peter. »

Peter jeta un coup d'œil à l'intérieur du trou puis son regard remonta l'alignement de piquets balisant la tranchée jusqu'à la grange en contre-haut. Pente correcte, distance correcte. « T'installes les chiottes dans la grange, à ce que je vois ?

– Pas de place dans la maison. Chez moi, je les aurais flanquées à l'extérieur mais ici pas moyen. Pas envie de laisser un matin la peau de mes fesses collée au siège des cabinets. »

Peter se marra et ses oreilles étincelèrent.

« Je t'amènerai un tuyau et une fosse à quatre heures. J'ai même une cuvette, rose et tout.

– Eh mec, le rose, c'est ma couleur.

– Parfait. Hmm, et l'eau, Scully ? »

Scully leva les yeux et agrippa sa pelle. « Meerde ! J'y avais pas pensé.

– La cuvette a beau être en Téflon, me semble que tu risques d'avoir quelques problèmes sans eau.

– Eh, du con. Est-ce qu'on peut l'amener avec la pompe, à ton avis ? Remplir la chasse à la main ?

– Bon Dieu, t'es plutôt primaire, sur ce coup, Scully. Je présume que chez toi, c'était mieux que ça.

– Et de loin, marmonna Scully.

– Il te faut une pompe électrique au départ de ton puits et une plomberie complète.

– Bon.

– Je sais, je sais. Je reviens à quatre heures. Tiens, signe ici. Ah, c'que t'es sale, mon vieux. Va te laver les mains. »

Scully lut son courrier près du feu, une chope de thé fumant à côté de lui. Il y avait une carte de sa mère, au ton distant, blessé. La photo montrait la Swan River à la tombée de la nuit avec les lumières de Perth brillant dans un ciel pourpre. Une enquête du service des impôts australien demandant pourquoi il n'avait pas rempli de déclaration pour les deux dernières années. C'était Jennifer qui l'avait fait suivre, apparemment, de même qu'une carte envoyée par la femme d'un vieux copain de pêche. À en croire l'incohérence du message, elle était soûle. Sur la carte, on voyait un koala surfant sur les vagues. SOUVENIR DE GERALDTON. Dans une grosse enveloppe, il trouva une affiche de kiosque à journaux du *Daily News*, que lui envoyait un collègue du magasin d'articles de pêche. JOH S'EN VA ! Bjelke-Petersen, le despote sénile, se retirait enfin de la politique. Dieu soit loué. L'enveloppe recommandée contenait tous les documents relatifs à la vente de la maison de Fremantle, prêts à signer, et sous pli séparé se trouvait un chèque de deux mille dollars. C'était un chèque au nom de Jennifer sur un compte que Scully ne connaissait pas, une banque où ni l'un ni l'autre n'avait de compte. Il n'y avait aucun message. Écriture et signature étaient bien celles de Jennifer, et le cachet était celui de la poste de Fremantle. Pourquoi n'avait-elle pas simplement viré de l'argent ici sur le compte de l'Allied Irish ? Il devait s'agir de quelque chose de spécifique. Peut-être juste de quoi lui permettre de tenir le coup en attendant, liquider la dette sur la carte de crédit. L'argent, ça le fichait toujours mal à l'aise. Il s'intéressa à la dernière missive, une carte de Billie. Au recto figurait une photo de Round House, l'ancienne prison sur la plage de Fremantle. Rendue scandaleusement pittoresque avec ses murs de calcaire octogonaux adoucis par le soleil couchant. Ils s'y rendaient fréquemment, Billie et lui. Pendant que Jennifer était au travail, tous deux flânaient jusqu'à la plage en traversant la ville, parlant des constructions, de ce qui avait été. Scully était reconnaissant de toutes ces années, d'avoir été celui qui l'avait eue la plupart du temps. Elle écoutait si attentivement, on pouvait voir fonctionner son cerveau affamé. C'était la raison pour laquelle il n'avait plus tellement d'amis, comme si la gosse, soudain et de façon inattendue, lui suffisait.

> Aujourd'hui on est allé à Bathers Beach avec Granmère et maintenant je pense aux bagnards. Ils ont dû se dire que Dieu les avait oubliés. Comme s'ils avaient passé par des-sus le bord du monde. Quand on est allé à Londres j'avais cinq ans. Je me sentais comme un bagnard, comme si c'était trop différent pour moi. Mais j'étais toute petite. Gran-

mère dit que les poissons bleus sont bons, maintenant. Je sais vachement bien faire les nœuds palomar, alors tu vois. Passe pas par-dessus le bord du monde, Scully. Et m'oublie pas, c'est moi BILLIE ANN SCULLY. (Tous pour un !)

Et un pour tous, songea Scully. La maison était silencieuse, exception faite des expirations douces du feu de tourbe. Scully regarda le cachet de la poste et se sentit piqué au vif et mal à l'aise. Cette gosse. Elle lui flanquait la frousse, parfois.

Il la revoyait à présent, telle qu'elle était le jour où ils avaient acheté la maison. Plongée dans la lecture de cette vieille BD. Elle transportait tous les vieux *Classiques illustrés* de Scully dans une sacoche de cuir craquelée datant de l'époque de la ferme. Elle les avait tous. *Moby Dick, Huckleberry Finn, Le Comte de Monte-Cristo.* Oui, il la revoyait se prélassant dans ce tas de ferraille de Volkswagen de location, avec son préféré de tous, *Le Bossu de Notre-Dame*, aux illustrations criardes et aux forêts de points d'exclamation. Remuant des lèvres tandis qu'elle fourrageait dans un paquet de chips en fredonnant une chanson de Paul Simon. La chevelure florissante, sa grande bouche bordée de sel. Ses lacets de chaussures défaits.

Ce jour étrange, quand Jennifer avait mis pied à terre pour inspecter la bicoque, ils avaient échangé des regards, lui et Billie, dont Scully n'avait su que penser. Un doute mutuel, peut-être. Et même lorsqu'il s'était laissé gagner par les prières de Jennifer, son excitation contagieuse et son bonheur, Billie était restée sceptique. Il s'en souvenait à présent. Ça, et sa résistance à l'aéroport. Pleurer à la porte d'embarquement, se faire traîner à travers le hall par sa mère qui avait l'air tout simplement sereine. C'était le seul mot adéquat – sereine. D'être enceinte peut-être, ou d'être décidée. Le dernier éclat. Cheveux noirs chatoyant derrière elle. Balançant les bras comme une femme satisfaite et enfin sur la bonne voie, détendue comme elle ne l'avait jamais été auparavant. Oui, les traits sereins mais indistincts, même à présent. Et Billie comme une ancre marine, traînée à terre jusqu'à l'avion.

À la fin de la journée suivante, Scully avait son W.-C. raccordé, et sans eau. Sur le mur de la grange juste à côté il avait collé son affiche : JOH S'EN VA ! Il emplit la chasse à l'aide d'un seau, la tira, et entendit l'eau s'écouler vers le bas de la colline. Il avait couché des planches sur des blocs entre maison et grange en guise de pont par-dessus la boue. Peter se tenait à proximité, un sourire désabusé sur les lèvres.

« Ça te rappellera quand tu écopais l'eau de cale.

– Entre et viens boire un coup, vieux rigolo. »

Dans leur dos, le vent du nord ébranlait les fenêtres de Donegal, et à côté d'eux la cheminée ronflait tandis qu'ils buvaient leurs pintes de Harp. Le ragoût qui mijotait emplissait la pièce de chaleur et d'humidité.

« Tu penses que tes demoiselles se plairont ici, Scully ?

– Ben, d'après moi, Jennifer n'aura pas besoin de se laisser convaincre.

– Quel âge a ce petit bout ?

– Billie ? Sept, sept ans et demi.

– Une vie extra pour elle ici. Tu peux l'amener à Birr jouer avec les enfants de Conor. »

Au seul nom de Conor Keneally, Scully se figea d'irritation.

« Et il y a un ramassage scolaire pour Coolderry. Une gentille petite école.

– Elle n'est pas catholique, tu sais.

– Ohw, ils s'en foutent. Et qui sait, elle pourrait peut-être le devenir. Un peu de civilisation n'a jamais fait de mal à personne. »

Scully rit. Il les imaginait tâchant de « civiliser » Billie ! Mais ils apprendraient, et ils l'aimeraient. Elle s'entendrait bien avec les Irlandais. Ils aimaient la bonne humeur, non ?

Il faisait déjà noir dehors et la pluie se mit à tomber, fine au début, puis à torrents rugissants. Le feu sifflait.

« Tu as de la chance d'avoir un enfant, dit Peter, les yeux dans le feu.

– Oui, répondit-il de tout son être. Oui. C'est une surprise, tu sais, rien ne t'y prépare. Il ne m'est jamais rien arrivé de mieux. C'est drôle mais tu vois, j'éprouve tellement de reconnaissance. À l'égard de Jennifer, de Dieu. » Il eut un rire gêné. « Tu vois, c'était un truc automatique autrefois, naturel. Mais les femmes ne sont plus très partantes aujourd'hui, du moins dans mon pays. Elles ont d'autres chats à fouetter, ce qui est parfaitement légitime. Mais elles ne se rendent pas compte, parfois, à côté de quoi elles passent, ou ce qu'elles refusent de donner, tu comprends ? Le pouvoir qu'elles ont. J'ignore si Billie était un accident ou pas. J'ai pensé qu'elle l'était. C'est difficile à dire. Alors je suis content, vraiment. »

Scully rougit. Oui. Voilà pourquoi il l'habillait avec tant de soin quand elle était petite, pourquoi il se mettait trop martel en tête à propos des ceintures de sécurité, pourquoi il faisait enrager la gamine avec des sermons sur les caries dentaires. Ça ne lui ressemblait guère, mais elle ne pouvait pas le savoir. C'était elle, le fait de son existence à elle. Et quand elle tombait de vélo ou d'un arbre, c'était vers lui qu'elle courait. Scully en avait honte devant Jennifer, de cette façon qu'avait Billie de courir d'abord vers lui. Jennifer ressentait-elle ce que son propre père avait ressenti à être le deuxième parent ? Peut-être prenait-il tout cela trop à cœur. Peut-être les autres ne ressentaient-ils pas ces choses-là.

« Tu voudrais en avoir, alors, un de ces jours ?

– Oh, je m'y verrais assez bien, répondit Peter en se versant un autre verre et en posant sa botte sur l'âtre. S'il n'y avait juste le petit problème du mariage, Scully. Tu sais, si je cherchais les ennuis, il me suffirait de déménager en Ulster. J'aime bien aller et venir à ma guise. Et j'ai ceux de Conor quand il me prend l'envie. »

Peter observa Scully se lever et allumer ses trois bougies sur l'appui de la fenêtre. Tous deux regardèrent fixement les flammes dansantes et les reflets qu'elles projetaient sur les vitres.

« Ça a failli t'arriver ? demanda Scully. De te marier ?

– Ohw, une fois. Mais j'étais jeune. Ça vaut pas le coup d'en reparler. Les aventures sont devant nous, pas derrière. Faut aller à leur rencontre. À propos, tu as eu une patience d'ange avec mon frère.

– Peter, ce n'est pas…

– Non, non, je te remercie de ta compréhension.

– Écoute…

– Peux-tu me retrouver à Birr demain matin de bonne heure, disons sept heures et demie ?

– Bien sûr. Pourquoi ?

– On dit que le pouvoir corrompt, mais sans celui de l'électricité, pas moyen de griller ton pain, ni de chier un coup. Sept heures et demie. »

Il faisait presque jour dans les rues de Birr à sept heures et demie le lendemain matin et les maisons, flanc contre flanc sur la place brumeuse, étaient grises et tremblantes du cri perçant des bouilloires et des bagarres de chiens. Dans la grand-rue laquée de pluie, Scully aperçut la camionnette et se rangea à côté au moment où Peter en descendait en agitant la main, l'air sombre.

Le facteur les conduisit à la petite porte verte jouxtant une vitrine. Il frappa et souffla sur ses mains.

Une femme lasse et apeurée les laissa entrer sans un mot.

« 'jour, Maeve.

– Y se lèvera pas avant des heures, Peter. Pas la peine de te fatiguer.

– Je te présente Fred Scully, de là-haut, du Leap.

– Ah oui, l'Australien, fit la femme avec un sourire triste.

– Enchanté, dit Scully qui reniflait des odeurs de chou bouilli, de fumée de cigarette, de tourbe et de couenne de lard.

– Peter parle de vous toute la journée.

– Oh. J'espère qu'il ne dit pas que du mal, répondit mollement Scully.

– Prêt, Scully ?

– Prêt pour quoi ? » demanda Maeve Keneally.

Scully était au bord du malaise, à cause du manque d'air et du désespoir de cette maison. On aurait dit que pas une fenêtre n'avait été ouverte depuis des générations.

« Garde juste la porte d'entrée ouverte, Maeve. »

Scully suivit le facteur à travers la maison lugubre jusqu'à une chambre fétide où Conor Keneally dormait en bottes, et ils le prirent par ses bottes, le traînèrent à bas du lit et le long du corridor avec ses images verdâtres du pape, des saints et de Charlie Haughey, passèrent la porte d'entrée et sortirent dans la rue noyée de crachin où, enfin réveillé, l'homme se mit à se débattre.

« Céquoi, c'bordel ? Foutez-moi la paix !

– On a un boulot pour toi, Conor, alors tu peux embarquer dans ton fourgon. »

Peter tira son frère mais l'autre glissa en arrière et retomba sur le trottoir défoncé.

« Chuis dehors en p'jama sous c'te putain de pluie, 'spèce de saligaud !

– Ohw, Conor Keneally, t'as dormi dans tes nippes comme d'habitude. Grimpe dans ton fourgon. »

Conor se mit debout péniblement. Il était plus grand que son frère, avec les mains rouges. Ses rouflaquettes ressemblèrent à des flammes sur ses joues quand il prit appui contre le fourgon Toyota, écopant d'un coup de tuyau en PVC sur la nuque lorsqu'il tituba.

« J'ai pas d'ordre à recevoir.

– Ferme-la et monte dans ton fourgon, dit Peter en essayant de sourire.

– Qui peut me forcer, hé, peigne-cul ? » Le grand

bonhomme se redressa, et avec lui l'odeur des houblonnières de la République. « Toi, m'sieur Facteur ?
– Non, répondit Peter en désignant Scully. Lui. »
Conor fit un effort pour concentrer sa vision sur la figure de l'Australien, avec sa cicatrice et son œil fou, et il lui trouva tout simplement l'air assez rogue pour en être capable. Rien à voir avec une tête de facteur.
« Écoute, Conor, c'est un des gars de Londres de Mylie Doolin et il a un travail à faire. »
L'électricien voûta les épaules et porta une grande main épaisse à sa tête en un geste horrifié.
« Ohw ! Bon Dieu, à quoi qu'tu joues, Peter Keneally, enfoiré !
– Pose pas de questions à la con. Prends un compteur et toute la quincaillerie.
– Y'en a un dedans, répondit Conor en esquissant un mouvement de tête faiblard en direction du fourgon. J'allais au retour de Tullamore…
– Allons-y alors, coupa Peter d'un ton bourru. Notre homme suivra à bord du Transit. »
Conor se couvrait le visage à deux mains maintenant.
« Sainte Mère, Peter. Mylie Doolin…
– Oueye, dit Peter en lançant un clin d'œil à Scully par-dessus l'épaule de son frère. Mylie en personne. »
Il les regarda grimper dans le Toyota avec une bouteille de *poteen* de prunelle. Un chien aboya. La pluie tombait.

Scully se tint à distance de la bicoque toute la matinée, préférant se cantonner à la grange pleine de courants d'air pour poncer et vernir une vieille chaise en acajou qu'il avait trouvée au grenier. De temps à autre, il entendait gueuler dans la maison : cris de colère, d'exaspération, de lendemain de cuite, de frayeur. C'était drôle, d'accord, mais il avait pitié du pauvre Conor, qui trimait là-dedans avec un revolver imaginaire sur la tempe et une très réelle gueule de bois sous le crâne. Scully poursuivit son travail parmi les vapeurs étourdissantes, empli encore une fois de reconnaissance envers Mylie.

Juste avant midi, incapable d'endurer plus longtemps le froid, il rentra et entendit un transistor diffuser de la musique traditionnelle dans la cuisine.

Assis à la table, Conor remplissait des papiers en tremblant et Peter jetait de la tourbe dans le feu.

« Le pouvoir au peuple, Scully.

– Fais pas de la lèche, p'tit frère. »

Scully se contenta de sourire. Conor tendit les papiers à Scully qui les prit sans les regarder.

« Qu'est-ce que tu vas faire, maintenant que ta perceuse électrique marche, Scully, mon garçon ? dit Peter. Un peu de *kneecappin'* *, peut-être ? »

Conor pâlit.

« Allez, Peter, dit Scully, parlant en présence de Conor pour la première fois de la journée. Lâche-le un peu, tu veux.

– Ce type est même pas irlandais ! gueula Conor.

– Australien, confirma Scully.

– Irlandais du désert, à la limite ! »

La table partit en avant et Conor tendait déjà les

* Kneecaping : mode de représailles employé par l'IRA consistant à mutiler quelqu'un en lui faisant sauter la rotule d'un coup de revolver.

mains vers la gorge de son frère quand l'angélus de midi retentit à la radio. Sans hésitation, les deux Irlandais se relâchèrent et, reniflant et tremblant, adoptèrent la posture propre à la prière tandis que la cloche de l'église sonnait clair. Le vent se colla aux vitres. Le feu se replia sur lui-même et la cloche carillonna, carillonna dans le calme factice. Scully observa les boucles tombantes des Keneally en réprimant le fou rire diabolique qui lui montait dans la gorge. Et puis la dernière volée s'éteignit dans le silence. Les deux hommes se signèrent et Conor Keneally remarqua que Scully avait le dos droit, que ses mains étaient toujours dans ses poches.

« Seigneur, il est même pas catholique non plus !

– Et ce n'est pas tout, renchérit Peter en gloussant et en se préparant à recevoir des coups. Il croyait que Mylie était en prison à cause de la TVA ! »

Conor dévisagea Scully avec une soudaine mansuétude sur le visage – de la pitié.

« Bon Dieu, mec, mais où es-tu donc allé à l'école ?

– Ailleurs, disons.

– Espèce de salauds. » Conor fit claquer sa casquette sur ses genoux. « Vous m'avez baisé, p'tits cons. Il est même pas avec les Provos, hein.

– Je suis désolé », dit Scully.

Peter repoussa sa casquette en arrière et éclata de rire, et il riait toujours lorsque Conor le traîna dehors et le coinça contre la portière du Toyota, et il ne cessa pas de rire lorsque son frère, empoignant ses mèches rousses, lui heurta la tête contre le toit en hurlant, une fois, deux fois, jusqu'à temps que le grand bonhomme le lâchât, reculât d'un pas et se mît à pleurer.

« Oh, mon Dieu, mon Dieu. »

De la porte de sa maison qui déversait musique et odeur de feu de tourbe, Scully vit Peter agripper son frère et l'étreindre farouchement dans le vent. Le grand type sanglotait et ses joues dégoulinaient de larmes et de morve. Son visage en carte routière luisait de honte et de désespoir et d'une espèce d'impuissance que Scully n'avait jamais vue auparavant. Peter avait les mains dans les boucles rousses de son frère et lui aussi pleurait, le regard détourné, la tête haute dans le vent.

Scully rentra et s'approcha du feu, suspendit la bouilloire à la crémaillère, rajouta de la tourbe. La radio diffusait une ballade et une voix de femme mélancolique emplit la maisonnette. Il retourna à la porte d'entrée et offrit aux Keneally une tasse de thé. Ils se redressèrent, acceptèrent avec dignité et tapèrent leurs bottes pour en ôter la boue.

10

Le 11 décembre, un vendredi ensoleillé à l'air vif et clair, Scully, debout devant un évier rempli d'eau chaude, chantait de sa grosse voix cassée une vieille chanson qu'il avait entendu Van Morrison brailler la veille à la radio.

La mer est immense
Je n'peux traverser
Je n'ai pas d'ailes
Pour la survoler...

La maison sentait bon la tourbe et le propre. Il y avait de la vaisselle dans le buffet en pin et de vieux livres de poche déjà rangés sur une étagère sous l'escalier. Il y avait un balai de bouleau près de la porte et un paquet de petit bois de mélèze pour allumer le feu près de la caisse à tourbe. Un ciré pendait à une patère sur le mur de la cheminée, au-dessus des bottes en caoutchouc de Scully. À côté, le petit réfrigérateur vibrait doucement sur le carrelage. Il y avait des rideaux bon marché aux fenêtres, bleus sur le blanc de chaux, et le soleil éclaboussait l'évier en acier inoxydable. Avoue-le, se dit Scully, tu l'aimes, tu aimes cette maison maintenant qu'elle est pleine d'objets. Parce que tu as toujours aimé les objets.

Pour ça, Scully ressemblait à son père. Les salutistes avaient beau dire, le vieux bonhomme pensait que certains objets étaient divins. Les moteurs Briggs et Stratton, la tronçonneuse McCulloch, le vieux niveau à bulle qui vivait à l'atelier près de la laiterie, celui-là même qui avait mis dans la tête du petit Scully des idées de dessin et de construction. Ah, ces objets. Leur vieille pensait que c'était de l'idôlatrie, mais elle-même avait un dé à coudre en laiton qu'elle chérissait plus que sa bague de mariage.

Ce n'était pas s'approprier des choses que Scully avait appris ; c'était simplement les admirer, être investi, par leur étrange présence, d'une responsabilité.

Du coude protégé par son pull, Scully frotta la vitre et vit l'éclat de zirconium des champs gelés. Trop beau pour travailler. Il n'avait pas le cœur d'y passer encore une journée alors que le soleil brillait. Peter avait raison, il ne voyait rien du tout, enterré vivant qu'il était dans son travail. Il ne savait même pas où il habitait.

Sur la table de la cuisine, il commença une lettre pour l'Australie avant de s'apercevoir qu'elle ne leur parviendrait pas à temps. Il relut le petit aparté qu'il avait écrit pour Billie dans la marge. *Même si je passe par-dessus le bord du monde, Billie Ann Scully, je t'aimerai toujours de l'Espace.*

Il sourit. Oui.

Ce matin-là, il descendit en fourgon à Birr et mit de l'ordre dans son compte en banque. Il avait établi un chèque à l'ordre de Peter Keneally pour paiement partiel. Il acheta à un prix exorbitant un gigot d'agneau de Nouvelle-Zélande et une branche de romarin, trouva des oranges d'Espagne, des olives, des anchois, des tomates, toutes choses qui renfermaient encore le soleil. Des hommes et des femmes le saluèrent quand il chargea un sac de pommes de terre sur son épaule et l'emporta jusqu'au Transit sous une bruine fine. Il acheta l'*Irish Times* et lut ce qu'on disait du forcené qui avait abattu huit personnes au bureau de poste de Melbourne avant de se jeter du dixième étage à travers une baie vitrée. Un autre, à Miami, un mari séparé de sa femme, avait tué toute sa famille à coups de marteau avant de se suicider au gaz afin qu'ils fussent de nouveau tous réunis. Merde, c'était donc ça les hommes ?

Deux gosses coiffés de casquettes de base-ball fluorescentes passèrent en chantant. Scully démarra le fourgon. Oui, ici du moins ils chantent, quoi qu'il arrive.

Le long des petites routes sinueuses contenues par haies et murets Scully conduisait, collant dangereusement aux ronciers dans les virages, patinant doucement sur des flaques dures comme de l'acier, quand il parvint en vue d'un arbre planté au milieu de la route, décoré de lambeaux d'étoffe accrochés à ses branches nues. L'arbre se dressait sur un petit îlot d'herbe que contournait la route de part et d'autre. Scully s'arrêta à sa hauteur et vit que les morceaux de tissu attachés çà et là étaient délavés et pourris pour certains, récemment noués pour d'autres. Un petit arbre triste avec une robe de bitume autour de lui. Il avait l'air plutôt comique et désolé. Scully redémarra.

À Coolderry, il s'arrêta devant l'école du village. Il sortit dans la lumière et se posta près du terrain de *hurling* * tandis que sonnait la cloche de midi. Le bêlement des enfants lui réchauffa le cœur.

Une voiture descendait paresseusement la colline.

« Comment va, Scully ? »

Il se retourna et vit Tonton Facteur, un bras passé à la vitre de sa fourgonnette.

« Moi ? J'ai un peu les boules.

– Les boules ?

– Oui, j'me sens anxieux, impatient, nerveux...

– Fébrile, quoi. »

Peter sourit et éteignit le moteur.

« Plus longtemps à attendre, fils. Deux jours maintenant, c'est ça ?

– Comment va Conor ? »

Le facteur fit la moue et tourna son regard vers le terrain boueux où des garçons dégingandés commençaient à déferler et à fourmiller en agitant leurs battes. « Le vieux Conor baisse un peu plus chaque jour. La boisson, tu le sais bien. C'est ce que tu peux voir de pire, Scully, un homme qui laisse sa vie lui glisser entre les doigts. »

Scully fit crisser ses bottes dans le gravier. « Il y a une raison ?

– Ohw, une trop longue histoire pour que j't'ennuie avec ça. Il est arrivé quelque chose de terrible

* Hurling : sport national de l'Irlande, sorte de hockey sur gazon.

dans la famille, il y a cinq ou six ans. Quelque chose... enfin, quelque chose de terrible. Conor est le genre de type qui peut pas se résoudre à accepter. Il n'en parle jamais, bien sûr, pas un mot. Mais il rumine, tu vois. Il y a des choses qui n'ont jamais de fin, Scully, jamais de fin à proprement parler. Il n'y a aucune justice là-dedans, mais ça, c'est la vérité de Dieu. Certaines choses n'ont de fin que celle que tu leur donnes. Et voilà que je te radote à l'oreille comme une radio. »

D'un geste, Scully écarta son excuse. « Tu es un bon frère pour lui.

– Y a un pub du tonnerre à Shinrone où on chante. J'y vais demain soir. Si tu venais avec moi ? On fêterait ta dernière soirée de célibataire irlandais. »

Scully grimaça, hésitant. Il se sentait aussi réticent qu'un ermite, et ridicule d'éprouver ce sentiment.

« Allez, Scully, viens faire la fête !

– D'accord, sourit-il. Merci. »

Scully resta debout dans le nuage bleu que la camionnette de la poste laissa derrière elle et entendit Peter traverser le village en faisant craquer les vitesses. Il tapa des pieds pour se réchauffer et entendit des fillettes pousser des cris perçants dans son dos. La petite fourgonnette freina brusquement à mi-côte, effectua un demi-tour et redescendit en hennissant. Peter s'arrêta une nouvelle fois, et rougissant comme un coq, tendit le bras par la vitre ouverte.

« J'savais que j'm'arrêtais pour quelque chose. Télégramme, Scully. »

Scully l'ouvrit pendant que Peter repartait.

TOUT EST RÉGLÉ. CONFIRMATION AE46 SHANNON DIMANCHE MATIN. JENNIFER.

Il le fourra dans sa poche et resta là devant l'école,

indécis, les imaginant soudain ici, avec lui. Ses mains tremblaient. Et puis brusquement, il réalisa : ce salaud l'avait lu ! Peter savait avant lui. Ah, la vie à la campagne !

Le samedi soir, Scully se rasa et enfila son meilleur jean, ses bottes en cuir de kangourou et un pull noir. De la malle en fer, dans le Transit, il retira le pardessus noir et luisant acheté un jour, place Monge, à l'époque désespérée de Paris. Quatre cents francs d'occasion. Scully secoua la tête en y repensant. Il avait travaillé dur pour ce pardessus. Il l'épousseta devant le feu et le suspendit pour l'aérer pendant qu'il se brossait les dents avec une concentration féroce. Scully, songea-t-il, tu as l'air d'un bagnard. Tu confirmes les soupçons les plus méprisants des Anglais. Ta tronche, t'y peux rien, mais pour l'amour du ciel, fais-toi couper les cheveux.

Il tisonna le feu, le chargea de tourbe, puis ramassa la clé de la maison, un gros machin moyenâgeux qui pesa comme un revolver dans sa poche.

Il relut le télégramme chiffonné. CONFIRMATION. DIMANCHE. Le papier gisait, pâle et étrange, sur la table en pin récurée, projetant sur le bois des ombres créées par le feu.

Il pensa au soir où ils avaient acheté cette maison. Quand il s'était réveillé dans la grande chambre au relent de moisi, au-dessus du pub de Davy Finneran, et qu'il avait vu Jennifer nue, debout à la fenêtre, éclairée par le néon du vendeur de frites d'en face, à l'heure où les derniers buveurs rentrent chez eux en tanguant dans la rue. Son corps avait encore le hâle du soleil de Grèce. Le lit retenait le parfum de leur amour. Billie dormait sur un canapé près de la porte, bras et jambes dans tous les sens. Étendu dans le lit creusé au milieu, la bouche sèche d'avoir fêté ça, Scully ne bougea pas. Il la regardait, simplement, debout à la fenêtre, pendant que les cloches de l'église sonnaient. Ses épaules tressaillirent ; elle renifla. Scully l'aimait. Il ne rentrait pas chez lui, il ne reverrait jamais sa maison, ni toutes ses affaires, mais il l'aimait et elle devait le savoir. Elle s'essuya les yeux, les essuya et se retourna, et sursauta en le trouvant réveillé.

« Un… un rêve », chuchota-t-elle.

Mais on aurait dit qu'elle n'avait même pas dormi.

« Ça va ? »

Elle hocha la tête.

« Viens te coucher. »

Un instant, le corps soudain statufié, elle hésita avant de venir vers lui à pas feutrés. Elle était froide, presque moite contre lui.

« Excuse-moi, murmura-t-elle.

– Pour un rêve ? »

Son souffle était tiède sur son épaule. Il la prit contre lui et il dormit.

Scully entendait maintenant la Renault peiner en montant la côte. Il tisonna le feu, éteignit la lumière et sortit retrouver Peter.

Dans la pluie croissante, Tonton Facteur les conduisit lentement jusqu'à Shinrone, passant de temps en temps sa bouteille de Bushmills à Scully qui prenait une petite gorgée sans quitter des yeux le tunnel formé par les phares entre les haies et les murs de pierre.

« Tu as un super manteau.
– Acheté à Paris.
– Paris. Foutu Paris, hein ? »
Scully rit. « Paris.
– C'est comme dans les films ?
– On peut pas dire que ça saute aux yeux.
– J'ai bien aimé ce film, tu sais, de Gene Kelly, avec les parapluies, où ils dansent et s'embrassent devant la fontaine.
– Ah, ça, on l'a pas mal fait, bien sûr.
– Mais qu'est-ce que tu foutais là-bas ? »
Scully soupira. « Je me suis défoncé le cul à bosser, Peter. Je peignais et Jennifer écrivait.
– Tu peignais ? Tu m'avais pas dit que t'avais la fibre artistique.
– Je peignais des appartements, mon vieux. Payé en liquide. Pire boulot que j'ai jamais fait, m'en parle pas.
– Et l'écriture ? »
Scully avala une gorgée brûlante de Bushmills à la saveur de tourbe. Paris n'était pas exactement le genre de sujet qu'il avait en tête, un soir de sortie. Il voulait oublier cette putain de ville une bonne fois pour toutes. Ces longs jours de misère à gratter le plafond de radins de Parisiens culs pincés. La lutte désespérée avec Billie tous les matins devant l'école, les soirs de pleurs et de rage quand le dépit de Jennifer était comme un animal dans la pièce avec eux. C'était une sorte de détresse pour elle. Après l'exaltation première, les semaines enivrantes d'excitation et d'espoir, les journées passées à lambiner dans leur minuscule appartement, vibrante d'idées, et les nouveaux amis sur qui les éprouver, elle était devenue cette créature contrariée.

Certaines nuits, ils restaient debout à boire trop de pastis pendant qu'il tentait de la consoler, mais elle se rebiffait avec violence, comme une bête sauvage acculée. C'était sa faute à lui, disait-elle. Il était paresseux, dénué de motivation – aucune ambition, pas de couilles, ce qu'il trouvait pour sa part un peu fort, compte tenu des circonstances. Il exécutait des travaux de merde toute la journée pour qu'elle puisse écrire. Et avec le sourire. Bon Dieu, comme il souhaitait qu'elle perce un jour et qu'elle ait du succès, une nouvelle version d'elle-même qui la rendrait heureuse.

Mais Paris était un trou noir, un lieu où Jennifer s'était durement heurtée au mur de ses limites, et lui ne pouvait rien faire d'autre qu'être là et regarder.

« Scully ?

– Hmm ?

– Parle-moi de ce qu'elle écrivait. Tu dors ou t'es déjà soûl ?

– Ben, moi j'aimais.

– Qu'est-ce qu'elle écrivait ? Sûr qu'elle doit être du genre poète pour se toquer de la bicoque comme elle l'a fait. »

Scully sourit et lui repassa la bouteille. « En fait, elle fait plutôt femme d'affaires, Peter. Elle aime que les choses soient nettes et précises, tu comprends. Sa famille est très comme il faut. Mais elle s'est fait la malle. Elle a toujours pensé que ses parents l'ont bridée, empêchée d'expérimenter ce qu'elle avait envie de tenter. Ils l'ont poussée dans une carrière de fonctionnaire… Elle dit qu'ils ont fait d'elle quelqu'un d'ordinaire alors qu'elle ne l'était pas. Raisonnable, pas drôle, ce genre de trucs – qu'elle n'est pas. Elle m'a plu pour ça justement, parce qu'elle était tellement… normale, je suppose. Mais elle déteste ça, être normale. L'écriture était un de ces trucs qu'elle avait toujours pensé faire. Des trucs farfelus, risqués, tu vois, le genre de choses que les parents détestent. Cette vie de voyage, c'était sa chance. Elle a laissé tomber son travail, elle avait envie d'aller à Paris. Paris, c'était la poésie pour elle. Et elle a écrit de jolis poèmes, puis elle les a montrés à des gens et ça l'a… brisée pour ainsi dire. Ces connards – ses amis – ils ont cru à une plaisanterie. Quelle bande d'enfoirés. Pour moi, c'était de bons poèmes.

– Tu les aimais parce que tu l'aimais.

– Non, je les aimais parce que je les aimais. » Scully regardait défiler les haies échevelées. « N'importe, ça n'a pas marché.

– Voilà ce que c'est que de danser devant les fontaines.

– Ouais. »

Peter téta la bouteille de whisky et exhala de plaisir. Il conduisit un moment à l'aide des genoux en fredonnant avec emphase.

« Bon sang, Scully, t'as vu le monde !

– Pas le grand, mon pote, pas le grand.

– Et tu faisais quoi, en Grèce, te bronzer au soleil en sirotant ces petits verres coiffés d'un chapeau ? »

Scully se mit à rire. « Non, je travaillais pour un tailleur de pierre, à charrier des blocs de granite jusqu'en haut d'une colline. J'adorais ça. Un endroit super. La Grèce ressemble à l'Australie envahie par les Irlandais.

– Bonté divine, tu déconnes !

– C'est vrai. Rien ne marche et tout le monde s'en fout. Impeccable.

– Et que faisait Jennifer ?

– Elle peignait.
– Des maisons ?
– Non, des œuvres d'art. Oui, tu comprends, il fallait qu'elle s'y essaye. Elle était bonne, à mon avis. Le problème avec Jennifer, c'est qu'elle peut réussir en tout. Elle est douée pour beaucoup de choses, mais ce qu'elle voudrait, c'est être un génie. Ça arrivera peut-être. Un jour. Elle mérite sa chance.
– Tu es complètement amoureux d'elle.
– C'est vrai. »
Ils entrèrent sans encombre dans Shinrone. La pluie dérivait en oblique sous les lumières de la petite ville bondée de voitures en stationnement.
« Arlo Guthrie est venu ici l'année dernière, Scully. Je me suis déplacé pour le voir. Tu connais cette chanson :

J'débarque à Los Angeles
Avec deux ou trois clés
Touchez pas à mes bagages
S'il vous plaît, m'sieur le douanier !

– Je la connais. C'est une chanson sur la drogue, Peter.
– Jamais de la vie ! »
Scully lui prit la bouteille et rit à en avoir mal aux côtes.
« Un des types de U2, tu sais, était descendu de Dublin pour voir ce bon vieux Arlo. J'ai failli lui rentrer dedans aux pissotières. Où est-ce qu'on serait sans musique, hein ? Dis, c'est pas vrai que c'est une chanson sur la drogue ? »
Scully se contenta de rire, en faisant oui de la tête.

« Putain de bordel ! »

Dans le remugle chaud et sauvage du pub, ce soir-là, Scully se défit de l'angoisse qui lui était tombée dessus quelques heures plus tôt. L'orchestre sautait de la gigue au quadrille et la poussière montait des planchers crasseux sous le martèlement des pieds des danseurs et le volètement des écharpes et des manteaux. Le violon, anguleux, était atteint de folie, le flûteau pris de démence, et le tambour comme un avertissement de la migraine à venir. Quelqu'un entra avec une cornemuse, un vieil homme prit le micro et la fièvre du lieu s'apaisa en même temps que s'élevait une ballade. Scully ne se souvenait pas avoir entendu son plus mélodieux que le murmure triste de cette cornemuse. Ça n'avait rien à voir avec le braiment d'une cornemuse écossaise ; c'était une mélopée funèbre, une plainte lourde de remords et de désir. La cravate de travers, le dentier vaguement décollé, le vieil homme chantait une chanson des Slieve Blooms qui parlait de trahison, d'être abandonné dans les collines à l'approche de l'hiver. Scully écouta, figé, jusqu'au moment où, au dernier refrain, il posa son verre et se fraya un chemin jusqu'à la porte.

Dehors, il pleuvait et la rue était déserte. Il n'y avait qu'un chien noir et maussade enchaîné à une bicyclette. En face, le marchand de frites faisait chauffer son huile en prévision de l'heure de fermeture, ses néons durs tombaient comme un bloc de glace sur l'asphalte. Le visage engourdi par plaques, Scully resta debout, cherchant à comprendre son brusque accès de terreur. Car c'était bien ça, de la terreur. C'est qu'une chanson, Scully.

Peter passa la tête à la porte.

« Tu vas pas vomir à c't'heure, dis-moi ?

– Non. Ça va.

– Tu n'aimes pas la musique ?

– La musique est géniale. Super, vraiment.

– Bon sang, y a quelques filles faciles de Tullamore là-dedans.

– Vas-y, mon vieux.

– Ça va, tu es sûr ?

– Je reviens tout de suite. »

Peter fut ravalé dans le ventre brûlant du pub et Scully secoua la tête pour chasser la pluie de son visage. Le chien noir gémit. Scully s'approcha de lui et le détacha de sa chaîne. Le chien lui donna un petit coup de dent avant de bondir dans la nuit.

Dans la vapeur graisseuse d'une barquette de frites, les deux compères rentraient à la maison en chantant.

Ne touche pas à Mary la rousse
J'm'en vais la marier
Ce matin devant le prêtre
Ce soir dans le lit nuptial...

En passant devant l'étrange petit arbre planté au milieu de la route avec sa triste décoration de chiffons, Scully se renseigna.

« L'arbre aux souhaits, répondit Peter en s'arrêtant à sa hauteur et en baissant la vitre pour laisser entrer une bourrasque d'air froid. On y attache un bout de chiffon en faisant un vœu.

– Et ça marche ? »

Peter hurla de rire. « Putain, est-ce que ça en a l'air, fils ? Est-ce que ce pays ressemble tant que ça à Hawaï ? Les vœux de bien peu d'entre nous sont exaucés en Irlande, Scully.

– Les choses ne sont tout de même pas aussi catastrophiques que cela, dit Scully, sentant la bonne humeur lui échapper.

– Bon Dieu, hurla Peter. Tu te figures un peu dans quel pétrin on serait ! »

Les dents du facteur étaient immenses et hilares dans l'obscurité.

Sur une longue distance, dans la côte derrière la bicoque de Binchy, un lièvre galopa aveuglément devant eux sur le bas-côté de la route, sa queue tressautant dans la lumière des phares tandis qu'ils ralentissaient. Il courait sans s'arrêter, obliquant par moments pour chercher une ouverture dans le mur de pierre, ricochant sur des plaques de boue lisses comme du verre, jusqu'à ce qu'enfin il virât à gauche dans une sente et se fondît dans l'obscurité du champ. Scully et Peter Keneally l'accompagnèrent de leurs encouragements jusqu'au sommet de la colline.

Arrivé à la maisonnette, Scully mit pied à terre et resta debout près du véhicule.

« Courage, Scully. On est déjà demain.

– C'est vrai.

– Dieu te garde.

– Merci pour ce soir. Merci pour tout.

– Tu veux que j't'emmène à Shannon après la messe demain ?

– Je te remercie, mais c'est sûrement mieux que j'y aille seul.

– D'accord, à lundi alors », dit Peter en repartant. Ses phares incendièrent les haies et disparurent.

Scully ouvrit la porte. Il restait encore un brin de vie dans le feu. Il y entassa un peu plus de tourbe, quelques morceaux de charbon et tisonna le tout pour le ranimer. De pièce en pièce, il fit le tour de la maison, tâchant de les imaginer ensemble entre ses murs, mais il était trop fatigué et peut-être trop soûl, car les images glissaient et lui échappaient pendant qu'il rajustait un tapis ici, plaçait une chaise là, avant de finir par monter se coucher dans des draps qui sentaient les usines, les boutiques et les lieux plus ensoleillés.

11

Scully s'éveilla au milieu de la nuit, la gorge sèche et à vif. Avec un effort, il sortit du lit, plongea dans le froid et descendit lourdement boire un verre d'eau. Les vaches meuglaient dans l'étable de Brereton, là-bas derrière le château. Une fois arrivé à l'évier, il vit que le ciel était plus clair et qu'il y avait des étoiles. Une lune biscornue et brillante flottait très haut dans le noir. En bas, au château, on voyait des lumières. Scully resta là, nu et frissonnant devant la fenêtre, à les regarder bouger à travers les arbres. Des gosses, songea-t-il, des adolescents du coin qui font les quatre cents coups le samedi soir. Il termina son verre et le reposa sur l'évier. Il se demanda si Jimmy Brereton était au courant. Pourquoi ne pas aller jeter un coup d'œil ?

Près de la porte, il endossa son pardessus, chaussa ses bottes en caoutchouc et s'entoura d'une écharpe. L'air glacé, mordant, lui gifla le visage quand il sortit dans la nuit. Le cadran lumineux de sa montre indiquait trois heures du matin.

Dans l'obscurité, Scully descendit prudemment le champ. Il n'y avait pas de vent, rien qu'une brume âpre qui montait du sol. Là-bas, au milieu des arbres

– non, derrière les arbres, au milieu de la vallée –, les lumières se déplaçaient. Lorsqu'il gravit l'échalier au bout de son champ, Scully vit comment les lumières serpentaient ; c'était une procession. Il inclina la tête, guettant l'écho des festivités, mais il n'entendit rien, que le bruit des vaches de Jimmy Brereton.

Scully traversa la route et franchit le mur de pierre à l'endroit où le bois de frênes la jouxtait. Il se fraya un passage parmi des branches mortes, se courbant pour passer au travers de la pierraille gelée, et son haleine s'élevait comme un fanal devant lui. L'ombre formidable du château se profilait derrière les arbres, silencieuse, blanche, immobile. L'herbe gelée giflait ses mollets nus. Il traversa la cour attenante à la station de pompage, réduite à des blocs sombres et vacillants à la périphérie de son regard, et parvint au sommet de la butte, d'où il vit la joyeuse bande de torches enflammées pénétrer dans les champs et venir décrire un cercle sous le chêne nu en contrebas des marches du château. Des torches. Oui, c'était des flammes qu'il voyait circuler haut au-dessus du sol. À présent, Scully entendait un sourd martèlement de pas, et au moment où les lumières passèrent sous le vieil arbre, il vit luire des corps fumants de chevaux, aperçut des visages d'hommes barbus. Des hampes. Un étendard pendant. La boue éventrée s'ouvrait devant eux comme une vague de proue.

S'accrochant aux buissons de mûres et aux orties, Scully bondit à couvert sous un muret écroulé. Le froid lui étreignait les couilles, il les sentait friables entre ses cuisses comme des boules de Noël. Il resserra son pardessus contre lui et glissa un œil par une brèche entre les pierres. Là-bas, dans la pente douce du champ, sous les marches du château, les cavaliers s'étaient rassemblés. Ils devaient être une vingtaine, déguisés. La tignasse en bataille, de grandes capes, des bottes hautes. Deux d'entre eux portaient des plaques pectorales grises et des loques autour du front. Scully entendait les chevaux s'ébrouer et haleter. Ils soufflaient des colonnes de vapeur et cliquetaient de frissons métalliques. L'éclat des flammes dansant dans leurs orbites sombres, les cavaliers levaient les yeux vers le donjon, et Scully tenta de réfléchir, de s'y retrouver devant tout cela. Il tremblait de froid. Là-bas dans la vallée, il n'y avait plus de lumière, plus de halos inondant les cours de fermes, aucun signe de vie à portée de main. Il observa et attendit, fasciné. Il voyait les armes à présent, les balafres et le sang, les saccades nerveuses sur les rênes. Il voyait la sueur qui lustrait les flancs des chevaux et le regard fixe des cavaliers. Ils semblaient une bande de mercenaires, farouches et stoïques. De toute sa vie, jamais Scully n'avait vu d'hommes semblables. De là où il était recroquevillé, il distinguait mal la façade du donjon pour savoir si une lumière y brillait ou non, si une porte y était entrouverte, ou si quelqu'un se tenait là-haut.

Rampant à quatre pattes, Scully longea le mur d'enceinte écroulé jusqu'au moment où il put gravir une pile de blocs moussus pour gagner le couvert de la haie de mûres, tout contre la cour d'honneur du château. Mais il n'était qu'à mi-chemin de la haie quand il mit le pied dans un trou, trébucha et perdit l'équilibre. Il tomba en avant, s'écrasa sur le sol et roula le long de la pente en jurant. Et quand il s'arrêta, cuisant de douleur et d'effroi, il était à découvert, aussi voyant qu'en plein midi. À quoi bon courir. Il estima qu'il valait tout autant se redresser et se montrer dans la lumière surnaturelle des torches crépitantes. Il se rétablit sur ses pieds et sentit la boue molle glisser sous la surface éventrée. Mais les cavaliers n'avaient pas bougé de leur position fixe d'attente. Ils étaient tous en selle, tendus, les yeux levés vers le donjon où nulle lumière ne brillait, nulle silhouette ne bougeait. Par politesse pour ainsi dire, Scully se racla la gorge et d'un coup de pied fit s'entrechoquer deux pierres afin d'attirer leur attention, mais c'était comme s'il n'existait pas.

Élevant bien haut les mains en l'air, il s'avança dans l'odeur forte des chevaux en trébuchant sur l'herbe boueuse. Plus près, l'odeur était plus âcre, une puanteur d'hommes pas lavés. Surpris par le soudain jet de pisse d'un cheval à l'arrière, Scully grogna de frayeur, mais pas un seul homme ne broncha. Leurs flambeaux crépitaient, flammes rigides dans l'air immobile, répandant un relent de poix. Le cœur battant comme un animal sauvage pris au piège, Scully se déplaça parmi les cavaliers, presque à toucher les flancs palpitants et rances de leurs montures. Certains chevaux avaient des blessures noires et gelées sur le poitrail, et l'air aussi fatigué, frigorifié et hébété que leurs écuyers. Certains étaient de jeunes garçons aux jambes nues et décharnées, hérissées de chair de poule. Et comme ils tendaient le cou, ces cavaliers. Comme si d'un moment à l'autre, un événement formidable et terrible allait s'abattre sur eux, comme si quelque chose, quelqu'un là-haut pouvait les mettre en branle. Le ciel était une couverture inconfortable sur eux. Le sol était piétiné et bourbeux. Entre les sabots, le crottin s'entassait en piles vaporeuses. Devant eux, le donjon du château se dressait à la manière d'un gourdin. Scully se sentait lui-même tendre le cou, attendre, en oublier presque de respirer. Un cheval secoua sa crinière et Scully reçut des embruns de sueur sur la joue. Ses pieds s'enracinèrent dans le sol cependant qu'ils attendaient toujours et qu'il attendait avec eux. C'était vrai, il le savait, quelque chose était sur le point de se produire.

Mais l'effrayante immobilité durait.

« Il y a quelqu'un ? » cria Scully en direction du donjon et sa voix se brisa sous l'effort. Il hoquetait de froid à présent et sentait la terre l'aspirer, l'attirer dans la fange féconde. « Il n'y a personne, alors ? Personne ? »

Pas une tête ne se tourna. Rien ne bougea dans l'obscurité béante du donjon et de ses ailes brisées. Le lierre qui parasitait les vieilles pierres miroitait sous l'éclat des flammes. Les marches tordues de la voie d'accès au château demeuraient vides, si l'on exceptait les crottes de lapins, mais les cavaliers attendaient toujours, sans se décourager. La peau de Scully lui faisait mal à présent. Ses yeux étaient comme boursouflés. L'air lui déchirait les poumons et les boutons de son pardessus lui brûlaient le corps de haut en bas. Ses jambes se raidirent et il eut soudain peur d'être avalé par la terre. S'il restait plus longtemps, il en mourrait, mais il demeurait cloué sur place, incapable d'imaginer pire froid que celui-là, incapable de se convaincre de bouger. Tu vas mourir, se dit-il, tu vas mourir si tu ne pars pas. Il entendit son cœur craquer dans sa poitrine. Tel un homme en dehors de lui-même, il vit son corps se mouvoir. Il était un homme cherchant à s'envoler, et la terre et le froid se déchirèrent comme un rideau quand il ramena son pardessus autour de lui et courut.

Au sommet de la colline, agité de tremblements devant la porte de sa maison, sanglotant de froid et de frayeur, il se retourna encore et vit les lumières qui brûlaient, patientes comme la nature même, telles des étoiles à travers les arbres.

12

D'un bout à l'autre de la longue cabine nauséabonde du jumbo-jet, les lumières s'allument et les gens s'étirent comme des chats. Billie lève les yeux de sa bande dessinée du pauvre bossu hideux et voit sa mère bâiller et s'étirer sur le fauteuil voisin du sien. Elle a les cheveux noirs. Ils brillent comme des ailes de corbeau, comme quelque chose qui peut s'envoler d'un moment à l'autre. Elle jette un coup d'œil au dessin du sonneur de cloches et fronce son petit nez à l'adresse de Billie.

« Ce vieux machin. »

Billie hausse les épaules. Il reste son préféré, même si les pages sont abîmées. Il appartenait à Scully quand il était petit. Elle a toutes ses vieilles B.D. et ses livres de Biggles (qui sont complètement débiles, je te jure) et *Les aventures de Magic Pudding*. Quelque part dans une caisse à présent, elle a une peau de serpent entière, un bâton de sourcier, et un vieux sac rempli de livres et de papiers. C'est dur d'imaginer ton père petit. En train de traire les vaches. Sans télé. Avant les fusées spatiales, même. Menant la vie de Tom Sawyer, c'est ainsi que Billie le voit. Elle plaint les gamins qui ont des pères ordinaires. On n'a fabriqué qu'un seul Scully. Il n'est pas beau, mais il est spécial. Il lui a appris à nager et à faire du vélo. Avant l'école, il lui a appris à lire et à écrire. Billie n'oublie pas des choses comme ça. Il sait des trucs et il n'a pas de secrets. Ce qu'on voit de lui, c'est ce qu'il est, comme il dit.

Elle remue les jambes, en faisant attention de ne pas cogner le fauteuil devant pour que le vieux cinglé avec du poil dans les oreilles ne se remette pas en rogne.

Sa maman empoigne son sac à main et enfile ses chaussures. Des jolis pieds avec des ongles rouges. Des jolis pieds.

« Je vais juste faire un brin de toilette, lui souffle-t-elle.

– D'ac », répond Billie.

Billie retourne à son histoire. Elle aime le bossu. Il est laid et triste mais son cœur est bon. Il voit très loin par- dessus la ville. Paris. Elle a vécu là-bas une fois et elle sait qu'il devrait y avoir une tour Eiffel quelque part dans ce livre, un truc qu'a oublié le type qui a dessiné les images. Le vieux Quasimodo peut voir pour toujours. Il a les oiseaux en liberté là-haut et le ciel et la musique des cloches qui lui a bousillé les oreilles ; il les aime tant. Là-haut sur Notre-Dame, géante et effrayante avec ses statues flanquées dans ses alcôves et ses pigeons et ses ânes sur le parvis. En fermant les yeux, Billie arrive à voir le sonneur de cloches qui s'élance dans tous les sens là-haut – elle n'a plus besoin de la B.D. pour ça. Sa bosse le courbe en avant, le plie en deux comme Jésus sous la croix qu'il traîne. Personne ne l'aime, et surtout pas la belle bohémienne. Elle ne voit que son pauvre visage et sa bosse. Personne ne l'aime comme Billie l'aime parce qu'elle sait qu'il y a de la bonté dans son cœur.

Les gens dans l'avion relèvent les tout petits stores pour laisser entrer un peu de lumière. L'avion vole si haut qu'il est presque dans l'espace. Sa sensation de nervosité revient. Elle va vivre dans une petite maison en pierre avec des fenêtres carrées et une cheminée. Son papa sera là. Elle n'a aucune raison d'avoir peur. Mais c'est difficile de rester calme quand tu es presque dans l'espace, et que tu ne sais pas ce qui va arriver.

13

Scully s'éveilla à la harangue d'un frais vent de nord dans les ardoises, et à la pensée du froid l'attendant hors de l'édredon, son corps se raidit. Il avait le visage sensible et une démangeaison au fond de la gorge lui promettait l'angine. Il sentit la piqûre des orties sur ses mains et une douleur lancinante au genou. Dans la maison encore obscure perchée sur une colline dans un pays étrange, il referma les yeux et là, une lente brûlure lui parcourant tous les membres, il se détendit. Ça y était. C'était aujourd'hui le grand jour. Il tâtonna pour trouver sa montre. Merde, il était en retard; il était huit heures passées et l'avion arrivait à Shannon à dix heures.

Il rejeta l'édredon d'un coup sec et rugit sous l'assaut du froid, et c'est pendant qu'il bataillait avec son jean qu'il vit la boue sur ses jambes. Il y en avait aussi entre ses orteils, et là sur les draps. Il se souvint vaguement du froid et des cavaliers, comme on se souvient d'un rêve. Cet après-midi, il descendrait y jeter un coup d'œil, juste pour en avoir le cœur net. Peut-être en toucher un mot à Brereton. Mais pour le moment, il était en retard. Le soleil était déjà levé.

Il arracha le drap et l'emporta au rez-de-chaussée

où la cheminée respirait et les vitres jacassaient. Il aurait dû se lever deux heures plus tôt. Alors qu'il attendait ce jour depuis si longtemps, comment avait-il pu oublier de se réveiller ?

Avec de l'eau froide, il se lava debout dans une bassine en fer blanc, se rasa approximativement et remonta en courant à l'étage avec des draps propres. Il enfila alors son Levi's, ses bottes et son pull et se donna l'air de quelque chose.

Huit heures trente-cinq. La frénésie s'était emparée de lui maintenant, une frénésie telle qu'il en expédia l'eau grise de la bassine contre la fenêtre fermée de la cuisine, qui la lui renvoya instantanément au visage. Il s'assit, trempé et calmé, gémissant de dépit. Il regarda autour de lui et vit la vaisselle dans l'évier, les draps sales, les traces de boue, la mare d'eau à ses pieds. Il avait bossé à y laisser sa peau pour que cet endroit soit presque parfait et voilà qu'il ressemblait maintenant à un bouge d'étudiant. Elles noteraient cependant le changement, elles sauraient qu'il y avait mis tout son cœur. Il se leva, alluma le feu, le chargea de charbon et sortit avec ses vêtements mouillés dans le vent.

Sur la route sinueuse menant à Roscrea, Scully conduisait vite, coupant les virages, expédiant des rideaux de boue partout où il passait, et les vitres embuées frôlaient les murs de pierre et les ronciers. La pluie brouillait les brefs aperçus qu'il avait des champs et des espaces libres. Il n'y avait pas de ciel.

La ville était encombrée de voitures garées n'importe comment pour la messe, et les cloches carillonnèrent tout au long des rangs serrés de maisons grises et de boutiques. Revenu sur la route, Scully poussa le Transit à plein régime, ne tenant plus en place à présent, transpirant d'impatience. Les collines vomissaient nuages et pluie et les champs de Tipperary s'ouvraient pour accueillir l'eau, faisant germer çà et là l'échine en ruines d'une tour, un corps de garde, un manoir d'autrefois. Il voyait des cottages effondrés sous le poids du chaume mangé par l'herbe folle. Tout le long de l'autoroute, partout dans la campagne, se dressaient des cheminées solitaires, de grands murs perdus, des églises écroulées avec des croix livrées aux lichens inclinées comme des leviers dans la terre. Beaucoup plus rare était de voir un bosquet d'arbres, un bois, un vestige de forêt, avant la terre couleur chocolat et les fermes en stuc trapues avec leur cour de gravier gris et leurs arcades espagnoles. Chaque ville annonçait *Failte*, Bienvenue à Moneygall, Toomyvara, Nenagh, et toutes étaient encombrées par les voitures des gens à la messe, les parapluies des fidèles à pied et le carillon des cloches, alors que les routes étaient calmes et bienheureusement désertées par les camions. Trois hourras pour cette nation pieuse, songea Scully, et pour les routiers agenouillés.

Traversant l'étendue gris ardoise de Limerick, il saisit l'heure au vol à la vitrine d'une friterie : 9 h 55. Il franchit le pont, découvrit le clapotement de la houle au large de Shannon, et comme par enchantement sa tension céda momentanément au bien-être : il y serait à temps, il y serait bientôt maintenant.

La pluie reflua. La route était dégagée.

Sur la longue étendue plate et morne menant à l'aéroport, Scully arborait un tel sourire fendu jusqu'aux oreilles que les autres automobilistes s'écartaient sur son passage et gardaient leurs distances. Un jumbo de la Pan-Am s'éleva dans les airs et passa au-dessus de lui, son ombre le suivant comme une ancre à la traîne d'un navire. Bon voyage, songea-t-il ; amusez-vous bien à New York, soyez heureux, vous tous. Le monde est bon, et l'avion un bienfait du progrès.

À l'intérieur du terminal, l'air était épaissi par la fumée des cigarettes, l'odeur du serge mouillé et les appels de bienvenue et d'adieu. Çà et là, on voyait les larges pantalons à carreaux d'Américains se dirigeant vers le comptoir d'Avis ou de Dan Dooley Rent A Car. Des Irlandais avec des vestons affreux et des chaussures à semelles épaisses montaient boire une pinte à l'étage, et des femmes munies de porte-documents attendaient la navette pour rentrer à Londres.

Scully s'assit un instant près d'une pompe à incendie et vit un homme se signer – binocles, couilles, portefeuille, clés – en montant l'escalator vers la zone Départs. Bonne chance, vieux frère, songea-t-il.

L'écran clignotant indiquait l'atterrissage imminent du vol Aer Lingus en provenance de Londres. Quelle synchronisation ! Elles seraient fatiguées après les vingt heures de vol Qantas depuis Perth et l'attente à Heathrow. Il leur mitonnerait un bon déjeuner, ferait flamber le feu et les mettrait au lit avec le fracas du vent au-dehors. Et flûte, il se coucherait avec elles, sommeil ou pas sommeil. Il se demanda s'il pourrait trouver une bouteille de vin correct avant la nuit quelque part dans ce pays. Non, pas le dimanche. Voilà qu'il avait besoin de pisser à présent. Il était comme un gosse, exalté, ne tenant pas en place.

Il trouva les toilettes Messieurs au fond du hall. Devant la glace, il se dévisagea quelques secondes. Ses boucles hérissées, son œil fou et son teint rouge lui donnaient l'air désespéré. Il avait de la chance que les Gardai à l'entrée du terminal ne l'aient pas collé au mur pour le fouiller à la recherche d'un suppositoire de Semtex. Il sourit mollement, rajusta sa mise du mieux qu'il put, aplatit ses cheveux de la paume moite de ses mains et sortit pour aller les retrouver.

L'écran lumineux affichait ARRIVÉ. Une paroi humaine encercla les portes de sortie électriques de la douane. Scully se faufila au milieu, et d'une manière pas très catholique, se retrouva lui-même au premier rang.

Rabattant sur eux leur trench-coat, les attachés-cases apparurent les premiers, sans même lever les yeux sur la cohue des parents des autres passagers derrière la barrière chromée. Puis vinrent les chariots, avec leur empilement incertain de valises, poussés par les yeux larmoyants et les franchement en pleurs. Les appels familiers commencèrent. Des familles s'étreignaient et sanglotaient par-dessus le rail de sécurité. On se passait des bébés à bout de bras jusqu'au premier rang. Scully avait du mal à supporter les éclats de rire et les cris stridents du bonheur des autres. On l'écrasait sur les côtés, on le poussait par-derrière et il se mit à sauter d'un pied sur l'autre en tendant le cou pour surprendre un trait familier dans le flot de visages qui continuaient à arriver.

Et là, à hauteur de ceinture, il aperçut les boucles blondes.

« Billie ! »

Elle disparut derrière un chariot.

« Billiiiie ! »

Quand elle reparut, il vit la petite valise en rotin dans sa main, le sac à dos vert fluo sur ses épaules et l'hôtesse de l'air à ses côtés. Les yeux de Billie se posèrent sur lui et elle le reconnut d'un clignement des paupières. La pauvre enfant avait l'air pâle et fatiguée, complètement lessivée. Des yeux, Scully chercha derrière elle le chariot que Jennifer devait pousser. Il avait peine à se représenter la quantité de bagages pour lesquels elles avaient dû payer un supplément. Mais les chariots qui venaient derrière étaient tous poussés par des hommes. Scully vit l'autocollant vert sur le blouson de Billie. Vit sa petite main tenant la main de la femme en uniforme. Vit l'écritoire à pinces et le sourire cosmétique et cassant. Il sauta d'un bond le rail de sécurité.

« Tu aurais dû attendre maman, Billie. »

Il la souleva, valise et tout, et la sentit l'étreindre à bras- le-corps tel un boxeur. Mon Dieu, que c'était bon. Elle sentait la framboise et Jennifer. À travers la brume des cheveux de Billie, il voyait les chariots arriver par petits groupes, puis quitter un à un son champ de vision.

« Monsieur Scully ? »

Il se retourna. L'employée d'Aer Lingus lui souriait.

« Je m'excuse, monsieur, mais il nous faut une

pièce d'identité. Le règlement, vous comprenez. C'est une petite fille tellement silencieuse.

– Je regrette, je ne crois pas… elle a son passeport, non ?

– Oh, oui, je l'ai ici. »

Billie se terrait dans son cou et il sentait son propre sang battre contre le front de l'enfant.

« Bon, pourquoi une carte d'identité ? Elles ont perdu leurs bagages ?

– Non, monsieur, il n'y avait que ça.

– Très bien, je vais attendre », dit-il en reniflant les cheveux de Billie ; il délirait de joie.

« Un permis de conduire suffirait, monsieur Scully, et une signature. Tous les enfants non accompagnés doivent…

– Qu'est-ce que vous venez de dire ? »

Il souleva Billie et vit le badge Je-Voyage-Seul. Il reposa l'enfant à terre et se saisit de l'écritoire à pinces comme s'il s'agissait d'une arme ensanglantée. Enfant non accompagnée B. Scully, sexe féminin, âge 7 ans. Tenant le petit stylo dans sa main, Scully le laissa trembler au-dessus du document puis regarda de nouveau la femme d'Aer Lingus.

« Juste ici où c'est indiqué, monsieur. »

Scully signa et c'est à peine si son nom était reconnaissable. Les portes d'arrivée étaient en train de se refermer. Personne d'autre n'arrivait. Il reporta son regard sur l'imprimé. London Heathrow-Shannon, 13 décembre. La signature de Jennifer.

« Votre carte d'identité, monsieur ? » Le sourire de la femme n'était plus qu'une ombre.

Scully baissa les yeux vers sa fille. Elle était blanche, raide comme un monument.

« Que se passe-t-il ? Il n'y avait pas assez de places

libres ? Elle arrive par le prochain vol avec les bagages, c'est ça ? Tu as dû laisser le mot dans ta poche, hein, Billie ? »

Billie lui renvoya un regard fixe de somnambule. Merde, il était pris d'une envie de chier tout à coup.

« Monsieur Scully, je vous en prie… »

Il pêcha son maigre portefeuille dans sa poche arrière, l'ouvrit d'une pichenette sans même regarder la femme. Son permis de conduire international, sa carte American Express, une vieille photo d'eux trois sur la plage. La femme griffonna quelques notes et son écritoire à pinces se referma en claquant.

« Au revoir, Billie », murmura-t-elle avant de partir.

Billie regardait les gens qui passaient.

« Mais bon sang, chérie, que se passe-t-il ? Pourquoi n'est-elle pas là ? Où sont tes affaires ? Elle n'aurait pas dû t'envoyer toute seule devant. »

Il se pencha pour fouiller les nombreuses poches du blouson en jean de Billie. Des papiers de bonbons, un paquet de chewing-gums à la framboise, un Darth Vader en plastique, dix livres anglaises, mais aucun mot de Jennifer. Là, à même le sol, il tira sur la fermeture Éclair de la petite valise en rotin et, pour le plus grand amusement du nouvel arrivage de congratuleurs et d'embrasseurs, il fouilla à l'intérieur avec un désespoir criant. Des vêtements de couleurs gaies, une vieille B.D., des affaires de toilette, une chemise pleine de documents – non mais des fois – et quelques photos. Des jouets, encore des vêtements. La poix lui emplit la bouche. Ses tripes se retournèrent. Il leva les yeux vers l'écran. Le prochain vol en provenance de Londres était un British Airways, dans vingt minutes, et il y avait un autre Aer Lingus à midi, un Ryanair en milieu d'après-midi et plus rien jusqu'à dix-huit heures.

« Viens t'asseoir par ici une minute, ma grande, dit-il d'une voix qui tremblait. Il faut que j'aille aux cabinets. »

Il la conduisit à un banc en plastique, posa sa valise à ses pieds.

« Tu ne bouges pas, d'accord ? Tu ne parles à personne, tu attends juste là que je revienne. Et pendant ce temps, ajouta-t-il en s'efforçant de faire redescendre sa voix de l'octave de panique où elle était montée, souviens-toi très fort, pour pouvoir me raconter ce qui s'est passé à Londres, d'accord ? »

Billie acquiesça d'un mouvement de paupières. Il ne pouvait rester plus longtemps.

Dans l'horrible réduit éclairé, il se mit à trembler. Il chiait de l'acide de batterie. Ses orteils se recroquevillaient dans ses bottes. Quoi ? Quoi ? Quoi ? Elle a trop le sens des responsabilités pour rompre un engagement. Elle est trop solide, trop fonctionnaire dans l'âme, bordel, pour dévier sans une putain de bonne raison. Son cerveau bouillait. Qantas jusqu'à Heathrow, Aer Lingus jusqu'à Shannon. Un retard quelconque, elle aurait envoyé un télégramme et attendu, sans tout disperser. Dimanche, Scully, pas de télégramme. D'accord, mais c'est une bureaucrate, nom de Dieu, elle sait ce que c'est que l'ordre et l'angoisse d'être pris au dépourvu. Elle aurait imaginé quelque chose. Elle aurait envoyé un message par Billie. Non, il s'est passé quelque chose. Préviens les flics, Scully. Quels flics ? Non, non, commence par te calmer, tu perds ton sang-froid. Laisse retomber la pression et essaie d'y voir clair. Et net. Clair et net – Seigneur.

Scully déposa le cornet de frites et le jus d'orange devant sa fille et s'efforça de réfléchir avec calme. Elle n'avait pas prononcé un mot depuis son arrivée, ce qui aggravait son angoisse. Ils étaient assis face à face à une table en Formica blanc, et pour des yeux étrangers, ils avaient l'air aussi livides et hébétés l'un que l'autre. Billie mangeait ses frites, le regard vide.

« Tu peux me raconter ? »

Billie regarda le bar-buffet, la procession des passagers avec leur plateau en plastique rouge à la main.

« Billie, j'ai un gros problème. Je ne sais pas ce qui se passe. J'attendais deux personnes et une seule est arrivée. »

Billie mastiquait, son regard croisa un instant le sien avant de retomber dans son jus de fruit.

« Est-ce que maman a eu un accident, est-ce qu'elle est tombée malade ou quelque chose à l'aéroport de Londres ? »

Billie mastiquait.

« Y a-t-il eu un problème avec les bagages ? »

Merde, se dit-il, peut-être la douane... mais elle ne transportait rien d'idiot, à moins qu'il n'y ait eu une erreur, une confusion. Est-ce qu'on passait seulement la douane à Londres, ou bien y avaient-elles simplement transité ? Scully se tenait la tête.

« Était-elle dans l'avion avec toi au départ de Perth ? Oui, elle devait y être. Elle ne pouvait pas ne pas y être. Billie, faut que tu m'aides. Peux-tu m'aider ? »

Scully la regarda et comprit à la terrible immobilité de son visage que, quoi que ce fût, ça n'était pas une broutille. Billie était un moulin à paroles, on ne l'arrêtait pas d'habitude, et elle savait se débrouiller d'une petite anicroche, se tirer crânement d'un brin de complication. Mais *là*.

« Tu me le diras quand tu le pourras, d'accord ? »

Un instant, les yeux de Billie s'embuèrent, comme si elle allait pleurer, mais elle ne pleura pas. Il lui tint la main, effleura ses cheveux et vit ses propres mains trembler.

Au guichet de la British Airways, Scully tenta de soutirer par la cajolerie le nom de Jennifer de la liste des passagers, mais les costards-cravates ne voulaient rien entendre.

« Je regrette, monsieur, mais c'est contraire aux règles de sécurité.

– Je suis son mari, et voici sa fille. Quelle sécurité ?

– Ce n'est pas moi qui établis le règlement, monsieur. L'avion va bientôt atterrir. Vous pourrez vous rendre compte par vous-même.

– Merci pour votre info de merde. »

Scully traîna Billie jusqu'au comptoir d'Aer Lingus où il la joua plus cool, perchant l'enfant sur sa hanche.

« Je sais que c'est contraire au règlement et tout et tout, annonça-t-il à un type au visage doux et aux yeux tristes, mais on attend notre maman, n'est-ce pas ma chérie, et elle n'était pas dans l'avion de Londres, tout à l'heure, et...

– Ohw, monsieur, c'est terrible pour vous, je sais, mais le règlement...

– Je me demandais juste si je devais attendre ici toute la journée, qu'est-ce que vous en pensez ? Ma petite fille arrive d'Australie, elle vient de passer vingt heures dans l'avion, vous voyez comme elle est fatiguée. Moi, j'ai fait tout le trajet en voiture depuis le comté d'Offaly, et si je repars et que ma femme arrive… et ma fille a tellement envie de voir sa maman… Écoutez, ça dérangerait qui que je sache si elle arrive ou pas ? »

Scully lut le regret sincère dans le premier hochement négatif de la tête et il embraya.

« Je vais vous donner son nom. Si elle n'y est pas, vous n'aurez qu'à vous détourner, c'est tout. Mme J. Scully, vous la voyez ? Sur un vol de la BA pour l'Irlande aujourd'hui… »

L'employé d'Aer Lingus soupira. Oh, merci mon Dieu pour le grand cœur des Irlandais, songea Scully. Les touches du clavier cliquetèrent. Scully s'accrocha à Billie en recommençant à transpirer.

« Non.

– Vous n'avez pas besoin de parler, faites oui ou non avec la tête, c'est tout.

– Non, je veux dire qu'elle n'est pas enregistrée, ni aujourd'hui, ni hier, ni demain. Je suis navré, monsieur. »

Scully sentit l'information descendre en lui tel un cube de glace qu'on avale, lui contractant les entrailles.

« Merci quand même, mon vieux. Y a-t-il un bureau de Qantas en Irlande ?

– Je ne pense pas, monsieur. Leurs lignes ne nous desservent pas.

– Bien sûr.

– Alors au revoir, monsieur. »

Scully attendit jusqu'à ce que le dernier pékin épuisé fût descendu en titubant du vol de Londres et que le dernier chariot eût traversé le hall avant de ramasser la valise de Billie et de la conduire vers la sortie. Voilà, c'était tout.

« Veux-tu aller aux toilettes d'abord, ma chérie ? »

Billie lui lâcha la main et fila vers les toilettes pour dames. Scully resta debout pendant que la porte battante se refermait. Il tenait la valise en rotin et faisait face au mur. Il sentait Jennifer sur le sac, et même dans son propre cou, et qu'est-ce que ça faisait mal de sentir. L'une de ses jambes se mit à trembler indépendamment du reste de son corps. Il était debout, seul au milieu de la foule grouillante, les yeux fixés sur la porte indiquant « Dames », jusqu'au moment où la panique lui rampa dessus tel un spasme de nausée. Sa petite fille était seule dans les toilettes d'un aéroport en pays étranger. Sa mère avait disparu et lui restait là à attendre avec la confiance d'un imbécile. Il manqua renverser les femmes qui glapirent lorsqu'il enfonça la porte pour courir comme un fou d'un cabinet à l'autre en criant son nom.

14

La pluie et le vent avaient cessé et pourtant, sur le chemin du retour le long de la route de Dublin, la terre semblait aplatie et tous les bâtiments gris comme de l'eau sale. C'était une litanie de caniveaux, de traînées de boue, de ruines et d'échecs. Les hommes qu'il apercevait dans les rues des villes crasseuses étaient des imbéciles aux traits vulgaires et le ciel au-dessus d'eux une couverture étouffante sur le point de tomber. Scully s'agrippait au volant. Il cherchait des choses à dire, des choses rassurantes, mais l'effort qu'il faisait pour ne pas hurler comme un fauve et les faire dérailler tous les deux dans les champs de la République était déjà surhumain. Les pieds de la petite assise sur le siège ne touchaient pas le sol, elle ne disait rien depuis des kilomètres quand enfin, Dieu merci, elle s'endormit.

Scully versa du charbon dans la grille et l'entendit rouler et siffler. La bicoque était tiède et momentanément réconfortante. Il retourna dans le froid vif de l'après-midi pour ramener Billie du Transit. Elle était renversée en arrière dans une position gauche, bouche béante, et elle remua à peine quand il murmura quelques mots à son oreille et la toucha. Il dégrafa sa ceinture de sécurité, la prit dans ses bras et l'emporta dans sa nouvelle chambre à l'étage. L'atmosphère était fraîche là-haut mais les pierres de la cheminée l'empêchaient d'être froide. Il étendit Billie sur le lit, lui dénoua ses lacets et lui ôta ses chaussures. L'ayant délivrée de son blouson, il la glissa sous les couvertures. Là, sur l'oreiller, elle sembla retrouver un semblant de confort et l'infime esquisse d'un sourire traversa furtivement son visage.

Au pied du lit, il ouvrit sa valise et en retira le petit koala chauve et unijambiste qui était le dernier péché mignon de Billie. Scully le porta à son visage et huma la vie familière. Il glissa la peluche près d'elle et redescendit l'escalier.

Il plaça la bouilloire sur le feu et s'assit à la table, les deux mains à plat devant lui. Ma femme a envoyé mon enfant seule. Sans message, sans explication, sans avertissement. Pour le moment. On est dimanche, donc pas de télégramme. Il y aura un message demain. Inutile de s'affoler ou de faire le gars piqué dans son amour-propre. Tu es inquiet, tu es déçu, mais un peu de cran, que diable, Scully. Demain, Peter apportera un télégramme et ça nous fera tous rire comme une bande de fous.

Dès quatre heures, le soleil avait disparu. Scully se retrouva dehors, derrière la grange, en proie à une froide et étrange immobilité, les yeux posés sur le grand tas de détritus qu'il avait charriés jusque-là le premier jour. La pluie avait lessivé tous les biens de

Binchy jusqu'à en faire un crassier, une tache informe, là à ses pieds. Au printemps, décida-t-il, il labourerait ce morceau de terre pour y planter des choux et des poireaux, en tirer quelque chose. Oh, il y avait des choses à faire, ça ne manquait pas. Il fallait juste passer le cap de cette nuit, ensuite le reste de sa vie suivrait son cours.

De la fenêtre de la cuisine, la lumière se déployait comme un ruban sur le champ. Scully avait le nez qui coulait et la poitrine douloureuse. Il se dit que c'était le froid, c'est tout, rien que le froid. Dans quelque étable fangeuse, au bas de la colline, une vache meugla, et Scully regarda, émerveillé vraiment, s'élever son souffle dans l'air calme du soir.

Cette nuit-là, Scully observa une sorte de veillée funèbre. Il était doublement seul, assis dans la bicoque, sachant Billie endormie à l'étage, éloignée de lui par le rêve qui la tenait sous son emprise. Pauvre petite chose, que devait-elle ressentir ?

Il déballa tous ses vêtements et les plia soigneusement. Sa coiffeuse miniature sentait la mer Baltique, la cire des tantes et la vie paisible. En bas, il passa en revue ses affaires, son album de coloriage de Peter Pan, ses crayons de couleur étiquetés, ses livres de poche de Roald Dahl. Il mit de côté ses petites bottes R.M. Williams et y passa un peu de cirage. Sur la table, il ouvrit la chemise de documents. Certificat de naissance, 8 juillet 1980, hôpital de Fremantle. Oui, juste à l'aurore. Il était rentré à la maison, ce matin-là, dans le clapotement hivernal des moteurs diesel de la marina. Carnet jaune de vaccinations. Bulletins scolaires, l'un en français, l'autre en grec. Un certificat de natation. Trois photos d'identité de rechange – le sourire plein d'entrain, les boucles folles des Scully. Prises chez le pharmacien de Market Street. Une photo froissée d'elle debout à l'entrée du tunnel des baleiniers à Bathers Beach avec un gamin dont il avait oublié le nom.

Scully monta dans la chambre pour la regarder dormir. Il faisait plus chaud maintenant, là sous le toit. Il était tard. Scully avait les yeux brûlants mais il n'était pas question de dormir, impossible. Pas avant que tout cela fût terminé, qu'il sût que Jennifer allait bien. Avec précaution, il s'allongea près de Billie et l'enlaça par-dessus l'édredon, et il sentit ses cheveux et son haleine contre son visage. Dans la bande de clair de lune qui s'élargissait sur le mur opposé, il vit les défauts de son badigeon hâtif à la chaux. Le long, impitoyable déroulement de la nuit se poursuivit.

Juste avant l'aube, il s'en fut dans le froid emplir des seaux de charbon à la grange, à la lumière de la lampe de poche. La terre était silencieuse, la boue gelée. Devant la porte d'entrée, il s'arrêta un instant pour regarder en contrebas dans la direction du château, mais il ne vit pas de lumière. Les étoiles pâlissaient, la lune avait disparu. Scully rentra et alluma le feu. L'espace d'un moment, il songea à leur bébé, et se demanda si cette maison serait assez chaude et sèche pour lui. Puis il se reprit. Dieu Tout-Puissant, où était-elle ?

Le jour arriva lentement, avec la lumière parcimonieuse du nord, et Billie dormait toujours. Scully résolut de dresser la liste de toutes les possibilités sur une feuille de papier, mais tout ce qu'il obtint, ce fut trois fois le nom de Jennifer tel un mantra figé. Il relut tout son courrier, reprit chacun des télégrammes souillés. Rien. Il s'était tout juste écoulé un mois – que pouvait-il se passer en un mois, ou en une heure à Heathrow ?

En fin de matinée, il mit le gigot d'agneau au four. Le fumet emplit la maison, mais Billie dormait toujours et le rôti refroidit sur la paillasse. Scully mangea une patate froide, se fit une tasse d'Earl Grey.

La fourgonnette postale tourna sur la route un peu après midi. L'entendant brinquebaler dans la vallée, il courut dehors, manquant tomber dans sa précipitation, mais la voiture ne fit pas demi-tour. Pas de courrier. Pas de télégramme. Dans la boue en dégel, Scully vomit son thé et sa patate rôtie, et quand il se redressa pour regarder sa maison empanachée de fumée, il vit Billie devant la porte ouverte, toute chiffonnée de sommeil.

« Mon petit Rip van Winkle », s'exclama-t-il d'un ton gai en recouvrant le sol souillé à coups de bottes.

Billie frissonna en serrant ses jambes l'une contre l'autre.

« Envie de faire pipi ? »

L'enfant hocha solennellement la tête.

« Je vais te montrer. C'est là-bas dans la grange. »

Elle lui jeta un coup d'œil suspicieux mais se laissa emporter sur le pont de planches jeté pardessus la boue jusqu'à la grange où, dans un angle du fond, se dressait la vieille cabine de téléphone. Billie regarda l'affiche JOH S'EN VA !

« Super, hein ? »

Il la déposa sur la paille pourrie et Billie ouvrit la porte d'un geste circonspect avant de se retourner, attendant qu'il s'en aille.

« Super chiottes, qu'est-ce t'en dis ? » Le soleil

brille, Scully ; du nerf, bon sang, se dit-il, et le sourire. Elle n'a pas envie de t'avoir collé à elle sur le trône.

Il regarda la vallée et vit les oiseaux autour du donjon du château, et les nuages bas et immobiles sur les montagnes. La lumière perçait, par instants fulgurants, sur toute la surface des champs. Les arbres se dressaient, nus, leur ramure figurant des cartes, les nœuds de leurs nids clairement visibles. C'était une journée exceptionnelle.

Il entendit la chasse.

« Pas mal les cabinets, hein ? » fit-il lorsqu'elle ressortit, clignant des paupières devant le sol fangeux. Elle regarda devant elle les champs déserts, les haies, les clôtures, les barrières écroulées. Un long moment, elle garda les yeux fixés sur le donjon du château.

« Aucune bête, *hein* ? C'est la première chose que j'ai remarquée, dit-il. Ils les gardent à l'intérieur à cause du froid. Tu te rends compte. Tous les deux jours, tu vois passer des tracteurs avec ces grosses citernes qui aspergent de la crotte partout dans les champs. C'est marrant. Viens, je vais te faire quelque chose à manger. Qu'est-ce que tu penses de la maison ? J'ai fait du bon travail ? Il manque encore la peinture. »

Billie prit sa main et franchit le pont de planches en recroquevillant les orteils. Ça le terrifiait, ce silence. Ils étaient si proches, tous les deux, si copains. Rien d'innocent, rien de bénin n'avait pu lui arriver pour qu'elle se taise ainsi.

Elle but de l'Ovomaltine près du feu en mangeant une tartine. Scully fit réchauffer quelques vêtements propres sur une chaise devant les flammes et versa de l'eau chaude dans la bassine métallique.

« Tu peux faire ta toilette pendant que je fais ton lit. Un Levi's tout neuf, je vois. Cadeau de grand-mère ? »

Billie mastiquait en regardant les charbons.

« Je suis en haut si tu as besoin de moi. »

Patiente, se dit-il. Réfléchis et patiente. Le télégramme va bien arriver. La journée n'est pas encore terminée. En haut, il s'agenouilla contre le conduit tiède de la cheminée et récita le Notre-Père comme un bon salutiste, les mots s'amoncelant comme ses pensées sous le faîte douillet du toit.

Aucun télégramme ne vint.

Billie dormit encore. Scully s'assoupit et transpira. Il hanta l'escalier, à l'affût d'un bruit de voiture, l'annonce d'un terme à cette merde terrifiante. Mais rien ne vint. Dans les heures d'après minuit, il dressa la carte des possibles, songeant à Londres, à ses amis là-bas, à une explication simple. Bon Dieu, pourquoi ne se faisait-il pas installer le téléphone ?

Et la nuit se dévida, avançant par à-coups, d'heure en heure, d'impasse en trou brumeux, avec le monde empli de silence alentour.

Le lendemain matin, Scully descendit à Roscrea avec Billie sans cesser de babiller tristement tel un papa enjoué le premier jour des vacances. Il voyait bien que ça n'avait pas le moindre effet car Billie regardait fixement le paysage, muette, aussi lugubre que le ciel déchiré. Rien. Pas un mot. Voilà, l'attente était terminée. Il fallait qu'il bouge avant que ça ne le tue.

Il fit chou blanc au bureau de poste. Peter était déjà parti en tournée. Pas de télégramme de toute façon.

Il demanda une poignée de monnaie et partit en quête d'une cabine téléphonique dans la grand-rue.

« J'ai juste besoin de savoir si elle se trouvait sur le vol QF8 en provenance de Perth via Singapour avant-hier, dit-il d'une voix aussi égale que possible à la voix, à Londres. C'est le cinquième... Non, non il n'y a pas de problème, vraiment. »

La cabine était tout embuée par leur haleine.

« Je voulais juste m'en assurer, vous comprenez – vingt mille kilomètres, c'est long. Je sais ce qui peut se passer avec les horaires... Oui, je comprends. »

Accroupie dans la cabine, Billie lui passa d'autres pièces.

« Ah, formidable, ainsi elle était à bord... descendue à Heathrow, super. Et avait-elle un billet de correspondance à partir de là ? »

Un camion des abattoirs, qui montait péniblement la côte, fit trembler la vitre près de son visage. *Maura suce les nègres* avait écrit au feutre une main sur la paroi. Distraitement, Scully se mit à le gratter avec le tranchant d'une pièce de vingt pence. Il remarqua la beauté du motif figurant sur la pièce. Un cheval, semblable à une étude de Léonard de Vinci. Il n'y avait que les Irlandais pour ça. À Londres, la voix avait pris un accent désagréable.

« Ouais mais, je sais, mais je suis son mari, vous comprenez. Oui, mais réfléchissez un peu... Non, je ne crois pas que je doive... oh, écoutez, je vous demande juste un... putain, allez vous faire foutre ! »

Il fit claquer le récepteur sur son support et les pièces dégringolèrent. Billie reniflait, le regard vide.

Scully tourna les yeux vers le bout de l'étroite rue

grise et recommença à gratter. Elle était donc arrivée à Heathrow, et avait fait continuer la gamine seule. Ou bien elle est à Londres, ou bien, ou bien elle est partie ailleurs. Mais pourquoi ? Oh, putain, on s'en fout du pourquoi, Scully, c'est quoi ce qui compte en premier lieu ? Réfléchis, espèce de niquedouille. Pars du moins probable et fais le chemin à reculons. Quelles sont les hypothèses possibles ? Les tractations pour la maison tombées à l'eau ? Un problème économique avec les actions en bourse, un problème de papiers ? Peut-être est-elle retournée là-bas pour les régler, t'épargner du tracas ?

Il composa le numéro de la maison à Fremantle. Le soir en Australie. L'été. Le message des Telecom susurra – plus en service actuellement. Sans réfléchir, il composa le numéro de sa mère mais raccrocha avant la première sonnerie. Non.

Londres. Tout s'éclairait. Elle serait chez Alan et Annie. Elle perdait du sang. Mon Dieu, il y avait un problème avec le bébé et elle était coincée à… Mais Alan et Annie étaient des saints. Ils s'occuperaient d'elle. Oui, des douleurs à l'aéroport, un taxi jusqu'à Crouch End.

Il les appela, ses doigts s'embrouillant dans le stupide numéro.

« Alan ?

– Désolé, il est sorti avec Ann.

– Qui êtes-vous ?

– Ce serait plutôt à moi de vous le demander. »

Qui était ce trou du cul à l'accent pincé d'Oxbridge ?

« Quand rentreront-ils ?

– Vous êtes qui ?

– Scully, dit-il. Un ami.

– L'Australien.

– Écoutez, quand rentreront-ils ?

– Sais pas. »

Scully raccrocha. On était mardi, bon sang. Ils travaillaient chez eux – ils n'allaient jamais nulle part le mardi. Il rappela.

« Écoutez, c'est encore moi. Ont-ils eu des visites ce week-end ? »

Le gamin au bout du fil ne répondit pas tout de suite.

« Hmm, je n'aime pas vraiment le tour que prend cette conversation.

– Bordel de Dieu. Écoute-moi, fiston. Je veux savoir si une femme du nom de Jennifer… »

Le gamin raccrocha. Qui d'autre pouvait-il appeler ? Ils avaient des amis dans toute l'Europe, mais à Londres, tous leurs œufs étaient dans le même panier. Personne ne les connaissait mieux qu'Alan et Annie. Leur maison était toujours pleine de paumés. Cétait le seul endroit à Londres où elle avait pu aller. Que faire – appeler l'ambassade ? Toutes ses autres connaissances londoniennes faisaient probablement partie de l'IRA. Merde alors.

Il attendit. Il gratta. Il rappela Fremantle. Rien. Il tira son petit carnet d'adresses de sa poche et composa le numéro que Peter lui avait donné, un jour. Rien. Des tortillons de peinture tombaient dans les cheveux de Billie. Il se mit à traîner des pieds sur place. Il ferma le poing et le pressa contre la vitre. Elle était en train de perdre le bébé et il était coincé dans une putain de ville irlandaise, impuissant.

Il refit le numéro d'Alan.

« Scully ?

– Alan, enfin ! »

Alan avait l'air surpris, un peu acerbe même. Peut-être avait-il eu droit au rapport en règle de Jeremy Irons junior, ou consort.

« C'est comment, l'Irlande ?

– L'Irlande ?

– On meurt d'envie de venir voir votre coin. On pourrait se faire passer pour des Australiens, nous aussi. Améliorer notre standing, tu comprends.

– Écoute, Alan, est-ce que Jennifer est déjà passée ?

– Jennifer ? Elles sont déjà revenues d'Australie ? » Le cerveau de Scully avait repris sa course effrénée. Il était incapable de l'arrêter. Mais Alan avait une intonation bizarre.

« Elle est la bienvenue bien sûr, elle et Billie. Super pour la maison, hein ?

– Com… comment es-tu au courant pour la maison ?

– On a eu une carte. Tout va bien, Scully ?

– Ouais. Ouais, ça va. » Dis-le-lui, songea-t-il. Dis-le- lui.

« Tu crois qu'elles vont passer ? On peut préparer un lit.

– Tu n'irais pas me cacher quelque chose, hein, mon vieux ? Je veux dire, elle aussi, c'est ton amie.

– Que se passe-t-il, Scully ? »

Pourquoi ne peux-tu pas le lui dire ? Quelle sorte de fierté soupçonneuse et imbécile te…

« Scully, tu vas bien ? »

Scully écouta le sifflement de la mer d'Irlande dans les câbles.

« Je pensais que c'était peut-être le bébé, murmura-t-il.

– Quel bébé ? Personne ne nous a parlé d'un bébé.

Annie ! Annie, prends le téléphone du bureau, je te... »

Scully raccrocha. Il ne pouvait pas remettre ça. Son cerveau se tordait. C'étaient les seules personnes au monde en qui il pouvait avoir confiance. Ça n'était pas Londres. Putain de Dieu, ça n'était pas Londres.

Les pièces tombèrent par terre dans un bruit de ferraille. Billie leva vers lui un regard entendu. Elle savait. Il le voyait bien, mais que pouvait-il faire, la frapper pour le lui faire cracher ?

« Écoute, mon amour », dit-il à Billie en s'accroupissant à sa hauteur, se logeant comme un bouchon dans le fond de la cabine. Il lui saisit les deux mains et plongea un regard implorant dans son visage fermé. « Il faut que tu aides ton papa. Je t'en prie, je t'en prie, il faut que tu m'aides. Si tu ne peux pas parler, je comprends, mais ne... ne refuse pas de le faire parce que tu es en colère, ne fais pas ça pour te venger de moi. Je suis inquiet moi aussi. Je suis si inquiet... Je suis... Dis-moi, est-ce que maman a été malade, dans l'avion, à l'aéroport ? Est-ce qu'elle t'a paru un peu bizarre, pas comme d'habitude ? Est-ce qu'elle t'a dit quelque chose, quand elle arriverait, où elle allait, est-ce qu'elle t'a dit de me dire quelque chose ? »

Le front de Billie se creusa. Elle ferma très fort les yeux. Scully posa doucement ses doigts sur ses paupières. Si fatiguée, si fragile et traumatisée. Ça devait être une chose terrible, trop terrible. Il voulait poser d'autres questions, des pires. Y avait-il quelqu'un d'autre dans l'avion, à l'aéroport ? Y avait-il eu quelqu'un d'autre avec elles ces dernières semaines en Australie ? Mais c'était des questions qui, une fois prononcées, ne pouvaient être effacées. Il redoutait, en en disant davantage, d'attirer sur sa tête une calamité pire encore. Dès qu'on cessait de penser aux innocentes éventualités, le poison s'introduisait, de la façon dont il s'infiltrait déjà en lui, le spectre affreux des peut-être malsains qui l'étreignait tel le froid du verre environnant. Ce bon vieux Scully qui, selon Jennifer, n'avait aucune imagination pour envisager le pire. Une phrase qu'elle avait prononcée un jour, comme si la névrose était une forme d'art. Proférée sans acrimonie, acceptée avec un haussement d'épaules.

Scully se sentit de nouveau toucher terre, revenir aux hypothèses plausibles. Avait-elle tout bêtement eu la frousse ? D'accord, elle avait fait une erreur, il n'était pas trop tard pour changer d'avis pour l'Irlande. Peut-être était-ce de revoir leur ancienne maison à Fremantle qui avait fait s'effondrer tous leurs plans dans sa tête. Putain, c'était une idée saugrenue depuis le départ, et clairement la sienne. Elle était embarrassée, voilà tout. C'était peut-être aussi simple que cela. Mais pourquoi tout ça ? Pourquoi le silence ? Être enceinte ne l'avait jamais rendue bizarre, avant. Peut-être plus timide qu'à l'accoutumée. Mais les femmes ne perdaient pas subitement la boule parce qu'elles avaient un bébé en route. Et si, en attendant d'en trouver le courage, elle retardait le moment de lui annoncer qu'elle ne pouvait pas aller jusqu'au bout en Irlande ? Le problème n'était pas insoluble, ils pouvaient le surmonter. Seulement voilà, Scully ne trouvait pas que ça collait, rien de tout ça ne collait. Il était en rade, le bec dans l'eau, bordel ! À quoi cela rimait-il ? Cherchait-elle à lui transmettre un message au sujet de leur couple, à exprimer une insatisfaction ? Elle ne pouvait être aussi cruelle. Ce fut alors qu'il repensa à ces soirées sordides de Paris, à la rage qui s'emparait d'elle quand elle était acculée. Son estomac se souleva. Elle pouvait lui réserver une surprise. Non. Le courrier d'aujourd'hui le dirait. À une heure, Tonton Facteur passerait. Un télégramme avait encore le temps d'arriver. Adopte l'attitude juste et patiente. Pense à Billie.

Mais si ce n'était pas Londres et s'il n'y avait pas de télégramme ? La vitre était froide contre sa joue. Un convoi dépenaillé de fourgons de voyageurs passa lentement avec des chevaux et des ânes dans son sillage. Scully les suivit des yeux jusqu'au sommet de la colline.

« Allons à l'agence de voyages, Bill. Tu pourras prendre de jolies brochures pour découper les images. »

Il ouvrit avec fracas la porte de la cabine et, libéré de son atmosphère de placard, sentit comme une résolution l'apaiser. Oui, il devait *faire* quelque chose.

L'agence de voyages près du fleuve était une modeste échoppe procurant essentiellement aux gens du coin leurs excursions à Londres, Lourdes et Rome, ou leurs voyages organisés pour la Costa del Sol. Scully y entra, gonflé de charme, tout sourire déployé, mais l'agent, une petite femme aux joues roses flamboyantes, n'en manifesta pas moins de la nervosité.

« Je cherche juste des correspondances, vous voyez, de bonnes correspondances au départ de Londres.

– Hum, et ce serait pour quelle date, monsieur ? » s'enquit la femme avec un sourire de reconnaissance pour le client suivant qui venait d'entrer dans sa petite boutique.

Scully était rouge et agité, son regard était alarmant et son visage surmonté d'une crinière hirsute.

« Hmm, aujourd'hui, hier, enfin, à cette période de l'année à peu près, bafouilla-t-il. Écoutez, servez donc cette dame et laissez-moi chercher moi-même dans le guide. »

Billie s'était assise dans un fauteuil en rotin et regardait ses pieds. Non sans décocher un coup d'œil méfiant à Scully, l'agent de voyages lui passa l'épais volume d'horaires avant de reporter son attention sur une grande femme en tweed coiffée d'un feutre et pourvue d'un accent anglais aux sonorités chevalines.

Scully s'assit près de Billie et se plongea dans le guide. Il trouva la date de la veille et son cœur chavira devant la masse d'informations. Il pensa à l'avion de Billie et à son arrivée à Shannon. Bon, une demi-heure de vol environ, ce qui faisait un départ de Londres vers 9 h 30. Le vol de Qantas était arrivé à 6 heures du matin. À savoir… Avait-elle mis elle-même Billie dans l'avion pour l'Irlande ? Il devait se convaincre que n'importe quelle mère l'aurait fait, quel que soit son état. Donc, elle était encore à Heathrow à… voilà, Aer Lingus 46… à 9 h 35. À présent, où était-elle allée à partir de là ? En taxi jusqu'à Londres, peut-être, mais sinon ?

Scully découvrit une liste de vols au départ de Londres aux alentours de 9 h 35.

Karachi, 9 h 40.

Kuala Lumpur, non.

Moscou – en décembre ?
Miami.
New York.
Rome.
Paris. Peut-être, oui, peut-être. Mais pourquoi serait-elle retournée sur le lieu de son échec ?
Barcelone.
Athènes, 10 h 25. Oui. Un vol de Qantas, aussi. Elle était paranoïaque en ce qui concernait la sécurité aérienne. Oui. La Grèce, c'était logique. Elle connaissait le pays et l'aimait. L'île lui serait une sorte de refuge. Un endroit où voir clair en elle-même. Sans la grossesse, elle y serait restée indéfiniment, Scully le savait. Et c'était à peu près pareil pour lui. Si tout venait à péter, dans quel coin de l'Europe irait-il se terrer, lui ? La Grèce. Oui. Oui.
Scully revint au vol pour Paris. British Airways – elle les détestait, jamais elle n'aurait emprunté cette compagnie, ni une compagnie américaine. C'est qu'ils étaient de vrais globe-trotters maintenant, pas vrai ? Non, ça ne pouvait être que Qantas, Singapore, Thai ou KLM. Le vol pour Athènes, ça devait être ça. Putain, comme c'était facile, brandir la magique et terrifiante carte de crédit et aller d'un endroit à un autre. Tant que la carte ne vous fondait pas dans la main et que la magie ne se dissipait pas. Un filet empoisonné coula dans sa poitrine. N'avait-elle rien dit à personne ? Pas même à Alan et Annie ? Ne savait-elle pas que ce serait eux que Scully appellerait en premier ? Il devait croire qu'ils ne savaient rien. Ne laisser aucun message – ça paraissait insensé, mais ne laisser aucun message n'était-il pas un signal en soi ? Merde, il manquait de sommeil. Ne se doutait-elle pas qu'il devinerait son plan, que si ça

n'était pas Londres, ça ne pouvait être que la Grèce ? Il connaissait le fonctionnement de son esprit. C'était un truc entre eux, une complicité, tout comme le bébé. Seigneur, c'était vraiment un message. Elle avait besoin de parler, de le rencontrer, mais dans un lieu sûr, un lieu agréable, familier. Tel que l'île où les choses s'étaient le mieux passées pour eux.

L'espace d'un instant, lui sembla-t-il, le brouillard du chagrin et de la fatigue se leva. Il avait un planisphère dans la tête, un horaire. Il se livra à un bref calcul mental et sortit sa carte American Express. Aujourd'hui encore, il la tenait à la façon d'un prolétaire, comme si elle pouvait lui glisser des mains à tout instant. Il vérifia une deuxième fois ses comptes. Oui, il lui restait encore un peu de crédit, peut-être la moitié du montant autorisé. Suffisamment de toute façon. Retenant son souffle, il déposa avec précaution, presque avec révérence, la carte de crédit sur le comptoir. C'était un soulagement, comme une fenêtre ouverte subitement, le sentiment de faire quelque chose, de prendre des décisions et d'agir. Oui, c'était un début.

À partir de Roscrea, Scully chercha Peter Keneally tout le long de la route. Il venait de pleuvoir et l'eau formait des plaques de bronze sur les bas-côtés. Lorsqu'il aperçut la petite camionnette verte à travers un bosquet de frênes nus, il se rangea le plus loin qu'il l'osa sur l'accotement mouvant pour attendre son retour en marche arrière sur la route.

« C'est un copain à moi, dit Scully. Tu vois, il regarde jamais dans son rétroviseur, un de ces jours il va se faire emplafonner. »

Le facteur s'arrêta et tourna la tête. Ses yeux s'agrandirent de surprise.

« Bon sang, je veux bien aller en enfer si ce n'est pas là l'Irlandais du désert en personne ! » s'exclama Peter tandis que Scully venait se garer près de lui. Les joues de Peter étaient écarlates, son uniforme de guingois et sa casquette posée à l'envers sur le siège à côté de lui. Sur ses genoux gisait un paquet d'enveloppes piteux.

« B'jour, Peter.

– Alors, mon vieux, vas-y ! Raconte-moi comment ça s'est passé. Ohw, bon Dieu, mais je vois-t-y pas quelqu'un, là, assis à côté de toi ? Qui ça peut bien être ? Bonjour à toi ! C'est une grande fille, Scully.

– Billie, c'est Peter. »

Billie baissa les paupières d'un air sombre.

« Ohw, voilà qu'elle fait sa timide, à présent. Regardez-moi un peu ce bronzage qu'elle a, on dirait que t'arrives d'Afrique, ma belle. »

Scully vit Billie observer les oreilles de Peter. Elles ressemblaient à de grands coquillages australiens, des volutes melons – il s'y était habitué.

« On va partir quelques jours, Peter. Ça t'ennuierait de garder un œil sur la maison ? Je te laisse une clé dans le cabinet, dans la grange. »

Le grand sourire de Peter rétrécit et disparut. « Il y a quelque chose qui ne va pas ?

– Quelques affaires à régler, c'est tout. »

La bouche de Peter se retint de remuer. On voyait bien qu'il s'efforçait, avec son naturel accommodant, de se mêler de ses affaires. Scully pensa : j'espère de tout mon cœur qu'il n'est pas en train de se dire que je me fais la malle en lui laissant la facture.

« C'est l'affaire de deux, trois jours, Peter. Écoute, redonne-moi ton numéro de téléphone, juste au cas où. »

Surpris, Peter récita son numéro. Scully le nota sur la bretelle du sac à dos de Billie.

« Du courrier pour moi ? dit-il, sentant monter dans sa gorge une dernière bulle d'espoir. Un télégramme ?

– Rien du tout. »

Scully ferma une seconde les yeux.

« T'as besoin d'un coup de main, Scully ? »

Le facteur léchait ses lèvres gercées, anxieux à présent.

« Ça va, mon vieux.

– T'as l'air à moitié mort.

– On se revoit dans deux, trois jours. »

Scully repassa la première et le Transit s'éloigna dans une embardée.

Dans la maison en train de refroidir, Scully fit des sandwiches à l'agneau et s'assit avec Billie pour manger consciencieusement, mécaniquement, ainsi qu'il mangeait dans une autre vie ces petits déjeuners de pêcheurs des heures avant l'aube, mastiquant au nom de son propre bien et sans plaisir. Il emplit deux verres de lait à l'aide du pichet de faïence. Sur la cheminée, il s'empara de la photo prise par Dominique et la coupa aux dimensions de son portefeuille. Le bruit des ciseaux rendit un son chirurgical. Trois visages, une stèle bretonne inclinée.

Il étala leurs papiers sur la table, vérifia leurs visas, l'état de leurs passeports surchargés. Carte. Couteau suisse. De l'aspirine. De l'argent liquide. Dans la valise en rotin de Billie, il plaça une tenue de rechange pour chacun. Dans son sac fluo, il rangea leurs papiers avec le walkman, ses cassettes de Midnight Oil, sa B.D. et son coloriage. Billie en retira le Darth Vader et le déposa sur la cheminée.

« Ça va, ma chérie ? »

Elle se rassit et but. Le lait laissa une clarté lunaire sur sa lèvre supérieure. Elle haussa les épaules.

Scully prit une brosse sur l'évier et lui coiffa doucement les cheveux. Ils ressemblaient tellement aux siens. Dans quelques années, ils seraient exactement pareils, complètement indisciplinables, le genre de tignasse dans laquelle tu te passes les doigts avant de renoncer en haussant les épaules.

« J'aime cette maison, murmura-t-il en mettant quelques affaires de toilette dans la valise. Tout ira bien dans cette maison, Billie. Je te le promets. Tiens, je t'ai ciré tes bottes. Il te faut un cheval, avec des bottes pareilles. Un hunter irlandais. Ouais. »

Il se leva, attentif au silence de la maison, au regard dans ses yeux.

Une voiture se traînait dans la côte, en seconde. Scully attendit qu'elle passe, mais elle s'arrêta et il la reconnut.

« Scully, dit Peter sur le seuil.

– Salut, Peter.

– Tu t'en vas, alors.

– À la gare, ouais.

– Dublin ?

– Ouaip.

– Laisse-moi t'y conduire. » Les yeux détournés, Peter triturait ses mains en se dandinant d'un pied sur l'autre.

« T'en fais pas, mon vieux. On a un avion pour Athènes demain matin.

– Athènes, en Grèce ? Si tu laisses ce fourgon à la gare, les maudits *tinkers* vont te le foutre sur cale avant la tombée de la nuit. Laisse-moi te conduire. »

Scully restait planté là, la main dans les cheveux de Billie, à regarder le facteur réfléchir.

« D'accord. Merci.

– Athènes. On peut boire un coup ?

– Deux jours tout au plus, Peter. Pas la peine de t'en faire comme ça.

– Oh, je ne m'en fais pas, fils, c'est seulement que le temps n'est pas chaud chaud dehors aujourd'hui. »

En souriant, Scully prit la bouteille de Bushmills sur la cheminée et la lui tendit. « Tiens. *Slainte.*

– *Slainte.* »

Puis Scully reprit la bouteille et avala une longue, solide gorgée qu'il sentit descendre en vrilles cruelles dans les ressacs de son estomac. « Tu as raison, dit-il en lâchant un rire vide. Il fait froid dehors. »

Ils avaient peu roulé dans la petite fourgonnette verte quand Peter ralentit et s'arrêta à hauteur de l'arbre frêle planté au milieu de la route.

« Tu peux me passer ton mouchoir, Scully ? » dit-il en ouvrant la portière et en tapant des pieds sur la route luisante.

Scully sortit son torchon disgracieux, s'attendant à voir le facteur se plier en deux et vomir dans l'herbe boueuse. Mais Peter traversa la route en direction du petit arbre rabougri et noua le mouchoir à l'une de ses branches. Il se signa par deux fois et revint gravement vers la fourgonnette.

« Ne dis pas un mot, Scully. Pas un traître mot. »

Le train entra en gare de Roscrea et ralentit dans la profonde fosse de granite pour venir stopper juste en face d'eux. Peter ouvrit la portière de la voiture et, ôtant comiquement sa casquette à la manière d'un portier, aida Billie à grimper sur le marchepied.

« Ne fais pas de bêtise, Scully, tu m'entends ?

– Je vais essayer.

– Tâche d'être de retour pour Noël.

– Tu plaisantes. C'est l'affaire de deux jours, Peter.

– Crois-moi, Dieu et les femmes, c'est à n'y rien comprendre. »

Les hommes aussi, songea Scully qui ne trouvait rien de digne ou d'honnête à dire, sauf tout raconter, craquer, là, sur le quai, et lui balancer toutes ses craintes. Peter était un ami, non ? C'était même un sacré bonhomme. Il méritait de savoir, mais un instinct de fer commandait à Scully de se taire et d'y aller, de commencer à agir. Des portières se refermaient en claquant le long de la voie. Scully hésita, grimpa sur le marchepied.

« Prends bien soin de cette petite, Scully.

– Prends bien soin de ma maison. »

Le train s'ébranla.

II

J'ai vu le danger,
J'ai pourtant emprunté la voie enchantée
Disant au jour naissant
Que le chagrin soit feuille dans le vent...

« Raglan Road »

15

Arthur Lipp ouvre ses fenêtres et sort sur le balcon fouetté par le vent, le crâne prêt à exploser de douleur. Sa robe de chambre en flanelle lui bat les jambes. Ses cheveux clairsemés se soulèvent et instantanément le vent lui fait venir les larmes aux yeux. Il est surpris, au bout de trente ans, de détester aussi subitement l'arrivée de l'hiver. Certes, ces benêts de touristes sont repartis avec leurs slogans sur leurs tee-shirts et leurs coups de soleil, et les prix sont revenus à la normale dans les tavernes. Les premières pluies ont lavé à grande eau la poussière sur les murs des ruelles et la merde d'âne dans les escaliers vertigineux, et la péninsule continentale se dessine, rose et claire, de l'autre côté du golfe, dans l'air adouci par le changement. Il devrait être en extase tel un Anglais devant la première neige – l'Anglais qu'il était naguère.

Mais la perspective est répugnante, il doit le reconnaître. Pour la première fois, il redoute le calme douillet et interminable de l'hiver. Et aujourd'hui, l'année même où il souhaite y échapper, s'envoler vers Norwich voir sa mère, vers Chamonix rendre visite à de vieux potes, les Bluster Boys de Cardiff, ou vers cette putain d'Australie au fin fond de la planète, où ils parlent tous sans desserrer leurs belles dents saines, il n'en a plus l'ombre d'une chance. Le krach qu'il pensait avoir évité a fini par le rattraper. Quelques mouvements de portefeuille hasardeux. Une série de bluffs qui n'ont pas abouti. Et puis cet excès maladroit et humiliant de dépenses, à l'automne, pour les beaux yeux de cette étudiante danoise. Tout à coup, il n'a même plus de quoi se payer deux semaines civilisées au Grande-Bretagne d'Athènes. « En rade », voilà l'expression juste. Pour quelques mois au moins, il fait partie de la même ligue que ce pauvre pitoyable Alex, et cette seule pensée le fait gémir de rage et repousser brutalement ses larmes du dos de sa main.

Dans le port, les bateaux se balancent et gîtent entre les môles déserts et les grandes maisons des corsaires de l'histoire. Il leur tourne le dos et rentre, pousse les portes-fenêtres et se retrouve confronté au tic-tac pesant et intolérable de la pendule de bureau. Près de la pendule, il y a un petit dessin de l'île au crayon avec cette inscription en pattes de mouches : *Pour Monsieur Arthur de la part de Billie S.*

Lipp pose la main sur le bureau en bois de rose et voit la chaleur de sa paume embuer le vernis. Eh bien, songe-t-il, ils sont partis au bon moment. Voilà l'île rendue à toute cette clique. Il y a quelque chose de pourri en son sein, quelque chose à quoi nous contribuons tous jour après jour.

Avec pour seule compagnie la pendulette et sa gueule de bois, il passe les heures précédant son premier verre à penser à eux, ces étranges Australiens. La jeune femme, avec ses jambes et sa faim dévorante d'être remarquée. L'enfant, aux cheveux comme de l'éponge et à l'accent sauvage. Et le grand brouillon de bonhomme amical qui les suivait tel un chien de chasse laid, loyal et indestructible dans son optimisme, dans sa détermination de gars des antipodes à voir le bon côté des choses. Quelle famille. Les innocents originels à l'étranger. Il se demande s'il a jamais rencontré un homme aussi étrange que ce jeune Scully. Ces trente dernières années, tous les hommes de son âge sont plutôt du genre jeunes mecs en colère, mais Scully était si décontracté qu'il en avait presque l'air paresseux. Pourtant Arthur l'a vu au travail. Comme un nègre, il bossait, pour Fotis, le tailleur de pierre. C'est juste qu'il était d'un tempérament trop optimiste et tellement accommodant que c'en était irritant. Il semblait que rien ne lui plût davantage que de plonger tel un phoque hirsute tout autour de l'île, et quand ton mépris pour lui te montait irrépressiblement à la gorge, voilà qu'il débarquait chez toi avec une pieuvre ou quelques poissons pour la soupe, comme pour te faire honte. Armée du Salut. Ça expliquait pas mal de choses.

Scully et sa gamine, pareils à deux gouttes d'eau, échangeant constamment de petits sourires narquois d'un bout à l'autre de la table de la taverne comme deux demeurés. Deux larrons en foire, voilà ce qu'ils étaient. Parlaient une langue rien qu'à eux. Arthur leur enviait cela, cette proximité, cette complicité. Et c'était une petite futée. Elle lui cueillait des figues dans son propre figuier. Lui posait des questions sur Victor Hugo et le laissait se délecter pendant des heures.

Une famille de primitifs. Honnêtement, Arthur ne pourrait prétendre qu'ils ne lui manquent pas un peu.

La vue de ces appétissantes jambes brunes. Le

sourire tranquille du gars. Sa façon polie de ne pas courber l'échine devant ses supérieurs. Simplement leur fraîcheur à tous.

Ben, restez donc sur votre grande île, là-bas, songe Arthur, et faites-vous la faveur de n'en jamais partir. Ne jamais vieillir. Ne jamais chasser la fesse dure des Scandinaves. N'encaissez pas l'hiver, nom de Dieu. Et ne déposez jamais vos dents dans un verre de bière Newcastle Brown, le soir, à moins d'être devenu un triste travesti malade, comme quelqu'un que nous connaissons tous mais dont chacun se fiche éperdument.

Gravement, un grand rictus sordide fendant sa face de lune, il débouche la Stolichnaya, et sans précipitation, s'en verse un doigt en guise de petit déjeuner.

16

De façon plutôt soudaine, et sans changement de direction, l'avion s'arracha lourdement aux nuages et réintégra le monde. Scully, qui n'avait ni dormi ni reposé son esprit une seule seconde, aperçut aussitôt, par-delà la tête de sa fille endormie, les pierres déchiquetées, les vastes ravines et les visages inexpressifs des montagnes du pays d'en bas. Il était tard et la terre grouillait d'ombres. Quelques semaines à peine auparavant, il avait quitté la Grèce avec suffisamment de tristesse pour éprouver le sentiment de quitter pour la deuxième fois sa patrie, or maintenant qu'il la revoyait, il ne ressentait rien, pas même de l'angoisse.

Des stewards longeaient les fauteuils, le sourire inébranlable. Billie s'éveilla, vit la mer monter vers eux lorsque l'avion s'inclina. Elle considéra son père avec une expression indéchiffrable.

« Retour en Grèce », dit-il.

Billie posa ses mains sur ses genoux et regarda vers le bas en direction de la mer de cuivre. Scully posa ses doigts dans ses cheveux, et elle secoua doucement la tête pour les chasser.

Dans la cohue de la circulation, Scully comprit qu'ils allaient manquer le dernier hydrofoil de la journée pour les îles. La lumière déclinant et le taxi s'enfonçant de plus en plus dans le chaos, il se résigna à passer la nuit au Pirée. Il pouvait respirer la différence que l'hiver avait apportée à Athènes. La pestilence du *nephos* était largement disséminée par les vents marins, de sorte que l'endroit était tout bonnement aussi infect que n'importe quelle ville. Le béton brut, omniprésent, était rafraîchi par la pluie et Athènes semblait éteinte, soumise au début de l'hiver.

Près de la marina de Zéa, ils descendirent et marchèrent sous les néons en direction d'un petit hôtel qu'il connaissait. Le vent leur rabattait les cheveux dans les yeux, mais ils montaient aisément.

« Juste ce soir, dit-il. Le premier bateau part de bonne heure. Tu as faim ? »

Billie fit oui de la tête.

Derrière eux, les mâts du port dansaient dans le vent et la pluie qui passait au travers pourchassa Scully et Billie jusqu'à la porte de l'hôtel.

« On va dormir ensemble, qu'est-ce que tu en penses ? » dit Scully en tirant les rideaux pour regarder dans la rue.

Assise sur le grand lit à deux places, Billie contemplait l'éventail de billets grecs posé près d'elle sur le couvre-lit.

« Pour pas être trop seuls, hein ? »

En silence, elle se mit à pleurer. Scully s'assit à côté d'elle pour la prendre doucement contre lui et il sentit ce premier éclair de haine se réveiller en lui comme une brûlure d'estomac. Comment as-tu pu faire une chose pareille, Jennifer ? Que t'est-il arrivé pour que tu puisses nous faire cela ? Il sentit ses dents se serrer très fort et faire trembler sa mâchoire, puis le sentiment reflua. Il observa la petite chambre nue et froide.

« Tu peux me dire, mon amour. »

La pluie aspergeait les longues fenêtres sans volets et Billie ne dit rien.

Le lendemain, le soleil brillait et la mer par-delà la marina était houleuse, mais follement illuminée, et bleue. Le ciel était clair, l'air frais lorsqu'ils montèrent à bord de l'hydrofoil qui paressait de façon grotesque le long du quai. Quelques touristes attardés dans l'arrière-saison avaient pris place dans l'étrange cabine aéronautique, mais la plupart des passagers étaient des insulaires rentrant chez eux chargés de commissions, leurs cageots et leurs sacs empilés entre les rangées de fauteuils. Un homme barbu veillait sur une chaîne stéréo, et une femme, une habitante de l'île que Scully ne reconnaissait pas, transportait un berger allemand dans une caisse en pin.

Ils s'assirent à la proue et le bateau recula pour quitter le port, dépassant les yachts de l'été abandonnés, avant de virer pour gagner la haute mer derrière le môle, et se redresser sur ses membres tel un insecte géant sous la puissance de ses moteurs diesel. Tandis que l'hydrofoil fonçait dans le golfe Saronique, Scully emmena Billie respirer l'air frais sur le pont arrière. Il vit le Lycabette et l'Acropole, clairement découpés sur le ciel. Il vit la zébrure fluorescente du sillage. Il passa les doigts sous la sangle du sac à dos de Billie. La couleur de l'eau, le profil ferme, net, de la pierre et du ciel, suffisaient à faire ressurgir ses souvenirs. De la cabine monta l'aboiement solennel d'un berger allemand hurlant à la mer, et Scully parvint à lâcher un rire.

Au bout d'une demi-heure, ils croisèrent au large du mont Égine puis bifurquèrent vers Póros. Le chien continuait tel une sirène. Le soleil illumina le pont.

À Póros, ivrognes expatriés et riches Athéniens prenaient le soleil sur la terrasse des Sept Frères, et en les voyant, Scully pensa clairement à Jennifer pour la première fois de la journée. Il n'avait rien projeté de plus que simplement débarquer. Il ignorait ce qu'il dirait, comment il s'y prendrait. À présent, il l'imaginait prenant son petit déjeuner au Lyko ou au Pigadi, roulant son pantalon kaki pour exposer ses jambes au soleil. À moins qu'elle ne puisse déjà plus mettre de pantalon. Une jupe. Oui.

Un couple de touristes débarqua à Póros et un Américain que Scully connaissait de l'époque d'Hydra monta à bord. Scully soupira de soulagement en voyant l'homme, un noceur doté d'une mère fortunée à Boston, s'asseoir à l'avant et s'endormir promptement. Apparemment, il n'avait pas fermé l'œil de la nuit.

Les façades pastel, les dalles de pierre et les mules fatiguées du front de mer s'estompèrent lorsque l'hydrofoil s'élança à nouveau vers la mer. Scully examina la petite valise en rotin posée à ses pieds. Un bagage d'optimiste. Un bagage pour deux jours. Un bagage à la Scully. Avec au fond, roulant parmi les moutons de poussière et les papiers de chewing-gum, trois bougies blanches.

Scully sut qu'Hydra approchait au premier changement de tonalité des gros moteurs diesel. Faisant face à la proue, il ne pouvait voir l'île mais il sentait intuitivement son ombre tomber sur l'eau. Il conduisit Billie à l'intérieur, lui ajusta le sac à dos sur les épaules, arrangea un peu ses vêtements et l'embrassa.

« On y est, Billie, murmura-t-il. On va aller doucement. D'abord prendre une chambre et laisser faire les choses. »

D'autres passagers s'agitaient à leur tour, et le berger allemand se mit à vomir. Une puanteur atroce s'éleva. Des mouchoirs sortirent des poches. Le chien éructait comme un vieillard cherchant à s'éclaircir la gorge.

Lorsque l'hydrofoil accosta et que la porte s'ouvrit, il y eut une bousculade athlétique pour rejoindre l'air libre, et la petite foule de badauds s'écarta précipitamment pour laisser les passagers sauter sur le quai.

La main de Billie dans la sienne, Scully débarqua sur le dallage de pierre lisse, et vit le front de mer fermé pour l'hiver avec ses murs pastel écaillés, ses balcons vides et ses mules désœuvrées. L'eau du port était immobile, les môles déserts à l'exception de quelques pêcheurs en train de réparer leurs filets. Yachts et bateaux de croisière avaient disparu. Derrière le port, l'île s'élevait haut dans le ciel, avec ses maisons regroupées entre deux sommets montagneux dont les pentes présentaient des étendues vertes que Scully n'avait jamais vues. Les tuiles en terre cuite d'un millier de toits vénitiens se brouillaient doucement dans le soleil et des collines pleuvait un tintement de clochettes de chèvres porté par la brise. Deux tavernes étaient ouvertes au bord de l'eau, mais il était trop tôt pour les retardataires du petit déjeuner et Scully en fut soulagé. Il retrouva la ruelle après le boulanger, où l'odeur de pâte, de chaleur et de graines de cumin était suffocante. Des mules se tenaient en file indienne devant le bar de Pan et des hommes coulaient du béton à l'angle de la rue, cigarette au bec et haleine chargée d'ouzo. Le cœur de Scully ferrailla dans sa poitrine lorsqu'il vit les petites rues latérales et les allées, les bougainvillées, la petite place avec ses citronniers aux troncs blanchis à la chaux, les chats fouillant les ordures devant la pharmacie où, encore maintenant, le vieux Vangelis se tenait debout, toussant dans ses mains. Ici ou là, une femme balayait les marches de sa maison ou blanchissait sa façade à la chaux, mais il y avait peu de monde dans les rues et pas un seul touriste.

Ils gravirent le long escalier menant au petit hôtel que Scully avait en tête, un endroit discret et assez retiré du bord de l'eau. Il se demanda s'ils avaient déjà été repérés, si Jennifer se tenait à une fenêtre en hauteur ou sur une terrasse ensoleillée à l'arrivée du bateau. À quoi pensait-elle ? Enverrait-elle un message, se présenterait-elle simplement, s'affolerait-elle ? Elle était peut-être en train de faire ses bagages à l'heure qu'il était. Il s'arrêta à mi-chemin, sur une petite terrasse d'où il pouvait apercevoir une bande de mer, et la brise de la montagne s'enroula autour de ses chevilles. Dans une maison plus haut, une femme chantait d'une voix profonde et grave. Il connaissait cette chanson mais n'avait jamais suffisamment possédé le grec pour la comprendre. Billie se tenait à ses côtés, passive, frottant ses pieds contre les dalles de granite poli, au centre creusé par l'usure. Scully fredonna quelques mesures et là, dans la lumière du soleil, s'aperçut qu'il tremblait.

Il frappa à la lourde porte de la cour et attendit dans l'étroite ruelle. Une petite femme brune avec un buste énorme sous son tablier noir tira la porte à elle. Un balai à la main, elle les dévisagea.

« *Kyrios* Scully ? »

Scully bafouilla, agacé d'être reconnu par quelqu'un qu'il ne reconnaissait pas. Jennifer connaissait-elle cette femme ? « Hmm, *nè, Kyria, kali mèra*, hmm, bonjour. »

La femme passa la main dans les boucles blondes de Billie et les fit entrer dans la cour où la lumière du soleil filtrait à travers la vigne dépouillée et illuminait les gourdes suspendues et les marches de pierre.

« Hm, *Kyria*, avez-vous une chambre... *dhomatio* ?

– *Nè, nè, poli !* »

Elle les précéda dans l'escalier où des chats qui se prélassaient au soleil ne bronchèrent pas quand ils les enjambèrent. Au sommet des marches, elle ouvrit une porte donnant sur une grande chambre à plusieurs lits, avec des portes-fenêtres ouvrant sur un balcon.

« *Kala*, articula Scully. *Kala, poli.* Nous la prenons. *Efcharisto.*

– C'est très bon endroit. Vous revenir.
– Oui. Oui.
– Pas cher pour vous.
– Deux cents drachmes, ça ira ? »

La femme esquissa une moue dubitative avant de hausser les épaules en signe d'accord. « *Endakse.*
– D'accord, parfait. »

Elle leur apporta des serviettes et du savon, ouvrit les portes-fenêtres et quitta la pièce, souriante. Scully ôta le sac à dos des épaules de Billie et sortit sur le balcon. Le port en forme d'hameçon était clairement visible en contrebas, et Scully porta son regard vers le golfe, et au-delà sur la masse bigarrée du Péloponnèse où la fumée lointaine des charbonniers obscurcissait l'air au-dessus de la péninsule.

Il se demanda où elle serait. À moins de s'être organisée depuis l'Australie, elle n'aurait pas encore de maison. Peut-être un hôtel près de l'eau ou une chambre d'amis dans la maison d'un étranger. Il s'efforça de réfléchir. Où serait-il allé, lui, après avoir tout plaqué dans un accès de panique ? Mince, l'imaginer en pleine dépression dans une chambre vide à vingt mille kilomètres de chez eux. Car cela mis à part, qu'est-ce qui pouvait bien vous pousser à agir de la sorte ? Ça n'était tout de même pas une façon de mettre les points sur les *i.* Il fallait être dérangé dans sa tête pour faire ça à des gens qu'on aimait.

Scully sentit ses ongles s'enfoncer dans ses paumes et, au prix d'un effort, il se débarrassa de ces pensées. Ce n'était pas le moment de se laisser aller à ce genre de conneries macho. Ni mea culpa, ni torrent de récriminations. Prépare-toi juste à écouter, se dit-il, va pas chier dans ton propre nid.

Il sentit la main de Billie sur l'arrière de sa jambe.

Elle avait un lacet défait, il se pencha donc pour le renouer et plongea son regard dans son petit visage perturbé.

« On va descendre pour chercher maintenant, d'ac ? C'est pas grand ici... on l'aura sûrement retrouvée avant midi et elle nous expliquera pourquoi c'est arrivé. Tout s'éclaircira à ce moment-là et je pense qu'on comprendra, tous les deux. Je veux juste que tu sois courageuse et que tu nous laisses nous expliquer. La laisser dire ce qu'elle a à dire, d'accord ? Parfois, les femmes qui attendent un enfant deviennent très nerveuses – instables, tu vois, comme un cheval. Mais dis-moi, tu es sûre que tu ne veux rien me dire d'abord ? »

Les yeux de Billie se remplirent de larmes pendant qu'elle secouait la tête.

« C'est bon, c'est bon. Je vais arranger ça. »

En redescendant les marches chaotiques vers le port, Scully, la bouche emplie de bile et le corps couvert de chair de poule, passait dans les rais de lumière qui filtraient entre les blocs unis de maisons blanches sans sentir véritablement la brève chaleur due à la concentration du soleil. Il était plus léger, dépouillé de tous ses vêtements chauds, et en dépit de cette folie complète, il se sentait davantage lui-même ainsi. Jean, tennis, coupe-vent en coton, le bon vieil uniforme Scully.

Sur le front de mer, tous stores relevés pour laisser entrer le soleil, quelques tables étaient disposées çà et là à la terrasse des tavernes. Des pêcheurs, de vieux marins et quelques muletiers dentés d'or siégeaient dans le *kafenion*, jouant au *tavli* en bavardant.

Les boutiques d'orfèvres, les stands de cartes postales et les boîtes pour touristes gogos étaient fermés pour l'hiver, et il n'y avait plus de haut-parleur pour diffuser *Zorba* au-dessus de l'eau. La banque, ouverte, somnolait, et les portes du magasin de quincaillerie et spiritueux étaient grandes ouvertes face à la mer. L'Up 'n' High était fermé et, privé de sa faune européenne, le Bar du Pirate avait l'air désolé. Les lieux dégageaient une impression de propreté et de bonheur accrus pour l'hiver.

Esquivant le front de mer, Scully se dirigea vers les Trois Frères. Dans les ruelles, les insulaires lui adressaient des saluts embarrassés, comme s'ils cherchaient à le situer, ou plutôt, se dit Scully, comme s'ils cherchaient à ne pas le situer, comme s'il était le dernier homme qu'ils souhaitaient voir ce matin-là. Il les sentait, tous autant qu'ils étaient, se retourner sur son passage pour le suivre des yeux. Quand ils vivaient ici, tous trois se distinguaient, même parmi les *xeni*. Personne n'oubliait Billie et cette explosion de boucles blondes. Elle s'était révélée un ambassadeur si plein de vie, leur ouvrant la voie partout où ils allaient, et ici, à Hydra, elle leur avait conféré aussi la respectabilité, l'illusion de la santé, de la solidité familiale.

En passant devant un atelier dont la scie se tut aussitôt, Scully respira l'odeur du pin et de l'huile de lin. Il faisait sombre derrière les portes à double battant. Aveuglé par la lumière du soleil, Scully ne distingua rien à l'intérieur. Il lança tout de même un salut et, devant l'absence de réponse, entraîna Billie plus loin. On dirait qu'ils flairent la catastrophe, se dit-il, la poisse. Je me fais des idées, ou bien sont-ils mal à l'aise ? Ils l'ont vue arriver, puis ils m'ont vu moi, et comme il ne faut pas être devin pour comprendre, ils ont reniflé la poisse.

Sur la place du marché, un boucher, cigarette au bec, débitait une carcasse de chèvre à la hache. Scully passa sans mot dire.

Dans la ruelle, devant les Trois Frères, quelques tables étaient disposées au soleil, leur nappe en plastique ondulant légèrement dans la brise. À l'intérieur, deux vieux insulaires en gilet et à grandes bacchantes boucanées par la fumée le saluèrent avec lassitude. Dans le coin se trouvait Max Whelp dont les paupières tombaient comme la cendre qui pendait au bout de sa cigarette.

« Max », dit Scully sans s'asseoir.

Billie resta debout à l'écart pendant que les deux vieux messieurs lui adressaient des grimaces comiques.

« Scully ? Vieil idiot, pourquoi es-tu revenu ?

– Où sont-ils tous ?

– La lie, tu veux dire ?

– Si tu veux.

– Je les encule.

– Il y a une gamine ici.

– Je les encule doublement. Ils m'ont jeté. Cet enfoiré d'Alex !

– Tu as l'air mal en point.

– Bizarre, tu vois, mais je me sens mieux chaque jour. 1963, Scully : date de mon arrivée ici, et je me sens mieux chaque jour.

– Ouais, bien sûr. »

Max se redressa vaguement et détailla Scully de haut en bas.

« Tu es retourné aux colonies ?

– D'où t'ont-ils viré, Max ?

– Du Lyko. Ils se prennent pas pour de la merde. Hmm, voilà une jolie fille.

– C'est ma fille, Max. Elle a sept ans.

– Et l'air perdu. Comme sa mère.

– Tu l'as vue, alors. »

Max écrasa son mégot, toisa Scully et se mit à rire. Scully traîna Billie au-dehors et reprit la direction du bord de mer.

« Quand j'étais petit à la ferme, dit Scully à l'enfant, ma mère me disait toujours de me méfier des pauvres types. Je la trouvais un peu dure avec les gens, tu comprends, parce qu'elle était femme de paysan et tout ça, mais en arrivant ici, j'ai découvert qu'elle avait raison. Max est un pauvre type. Ne t'approche jamais de lui. »

Billie lui tenait la main et elle devait courir pour suivre ses grandes et rapides enjambées.

Le Lyko, alors. D'accord, le Lyko. Il l'avouait sans honte : les expat's l'avaient toujours intimidé. En leur présence, il se sentait le vrai paysan, le manœuvre, le matelot. Il lui arrivait de les regarder et de sentir ses phalanges traîner par terre. Ils étaient imprégnés de mondanité, las, pleins d'assurance, et pendant que tu apprenais le grec dans un Berlitz à deux dollars, tu ne pouvais pas les éviter. Avant la Grèce, Scully n'avait jamais rencontré de gens nantis d'argent caché et vivant de leurs rentes, et ceux-là l'effrayaient et le fascinaient à la fois. C'étaient des diplômés d'Oxford, des aristocrates sans le sou, des Américains bohèmes, des artistes et des célébrités de bas étage flétries dont les espoirs s'étaient en quelque sorte écroulés. Il y avait un mercenaire d'Adélaïde que Scully aimait bien, et un prêtre défroqué du Montana qui descendait de temps à autre de son nid d'aigle au sommet de la colline, mais ceux qui l'inquiétaient étaient ceux que tu voyais tous les jours sans faute, matin après matin, descendre en titubant sur le front de mer et y rester jusqu'après minuit, à boire, à médire, à se remémorer des jours meilleurs. Ils vivaient pour l'afflux de jeunesse de l'été, au cours duquel ils pouvaient se mêler aux nouveaux venus et aux originaux, se lamenter devant toute une cour, et tomber amoureux, et prendre des poses, et se soulager l'un l'autre du fardeau des vieux cancans. Ils étaient brillants, drôles, pleins de morgue et de talent aussi pour la plupart, et à peu de choses près, totalement oisifs. Pour Scully, ils ressemblaient à des personnages de fiction. Il apprenait à ne pas se hérisser à leur contact.

Jennifer les trouvait attirants. Elle adorait leurs histoires à n'en plus finir, enviait aux poètes leurs propos surannés, aux sculpteurs leurs mains oisives ou non, et aux héritiers leur indépendance. Elle aimait nager avec certains d'entre eux l'après-midi, ou les retrouver pour dîner quelques soirs par semaine, et Scully l'accompagnait, pour tuer le temps le plus souvent. À Scully, dans l'intimité, Jennifer rapportait des plaisanteries cyniques sur les expat's. Tous deux levaient les yeux au ciel à l'évocation de Rory la Fleur, l'étalon canadien qui écrivait des romans dans ses rares heures de veille diurne, ou des deux gentils pédés espagnols qui avaient fait monter un Steinway chez eux, mille marches à dos d'âne avec l'aide de deux vieux insulaires. Scully savait pourquoi elle les aimait. Ces garçons et ces filles n'avaient pas suivi les directives chiantes de leurs parents, ni fait leurs études dans des écoles raisonnables, ni eu des petits amis raisonnables, ni condamné toute spontanéité, ni fini par s'emmerder comme des rats morts dans un boulot de bureaucrate, avec, pour seul acte de révolte sur le tard avant la trentaine, se marier légèrement en dessous de sa condition. Jennifer admirait le pauvre Alvin, l'orfèvre à qui il fallait sa bouteille de vodka quotidienne juste pour être capable de signer son nom. Alvin, disait-elle, avait de la classe. Il refusait simplement de se laisser intimider par le bon sens, la médiocrité, la moyenne, le raisonnable. Elle aimait Lotte, la princesse allemande déchue qui sous-louait ses chambres l'été et couchait avec tous ses hôtes, hommes ou femmes, en facturant un supplément pour service rendu. Et il y avait Alex, un pauvre minable franchement, qui se gargarisait de son amitié avec Francis Bacon, de sa collaboration avec Leonard Cohen, et de sa liaison avec Charmian Clift. Alex était un furoncle, mais Jennifer considérait qu'il avait un talent phénoménal comme peintre, même s'il n'avait plus pressé un seul tube de peinture depuis les années 70.

Scully patouillait au milieu de cette faune, dans les soirées sur des terrasses en surplomb au-dessus du port, dans les excursions en grandes caïques roulant sur les flots, partant pique-niquer à Dolos ou à Palamidas de l'autre côté de l'île. Mais il apprit à survivre et il voyait bien le plaisir qu'en retirait Jennifer. Lui n'avait pas besoin de grand-chose pour être heureux. Il avait la mer, après tout. Il plongeait pour pêcher le poulpe, et crapahutait dans les collines arides avec Billie. Il avait de l'espace, du soleil à revendre, et assez de travail chez Fotis, le tailleur de pierre, pour conserver les mains calleuses et le frigo plein. Peut-être avait-elle raison, peut-être se satisfaisait-il trop facilement.

Sur le môle au bout du port, un vieil homme battait un poulpe en le jetant par terre à ses pieds, sans se lasser. Le bateau-citerne accosta pour déverser sa cargaison d'eau dans le réservoir de la ville. Scully longea la mer par le quai jusqu'à l'endroit où les petites tables du Lyko étaient installées au soleil, leurs nappes de plastique claquant avec bienveillance dans le vent. Scully hésita un instant, prit son inspiration. L'avait-il imaginé ou bien ce silence soudain dans les conversations sur la terrasse était-il réel ? Il tira Billie en avant et, se faufilant par la porte ouverte, entra dans le remugle de fumées de feta frite, de cigarettes, de café et de pain frais. Tables et chaises ici étaient simples et occupées. Il vit les visages. Dans un lieu aussi exigu, les expat's devenaient une foule, une nation à eux tout seuls, et leur bavardage décrut lorsque Scully s'approcha du bar.

« Bonté divine ! »

Arthur Lipp pivota lourdement sur son tabouret en écrasant son havane. Scully sentait le champ des visages tournés vers lui.

« B'jour, Arthur. »

Il y eut un long moment de malaise et de silence. Cette bonne vieille Lotte chassa un chat de sa table en piquant un fard magnifique. Bertie et Rory la Fleur esquissèrent un mince sourire et Alvin leva sa main tremblante pour les saluer.

« Tu as une mine terrible, p'tit bagnard », dit Arthur.

Scully haussa les épaules. Agacé, Arthur fit rouler son cigare mort entre le pouce et l'index. Un type que Scully ne connaissait pas se leva et sortit. À la porte, il parut hésiter et jeter un coup d'œil derrière lui. Arthur fit la moue. Le type disparut.

« Ai-je une mine si terrible que ça, Arthur ?

– Quel besoin as-tu d'avoir l'air terrible ? Tu t'es trouvé des ambitions, tout à coup ? »

Scully fit monter Billie sur le tabouret et s'assit à son tour, le torse appuyé contre le bar.

« Franchement, dit Arthur, tu as l'air paumé.

– Paumé. »

Scully n'avait jamais réussi à se faire une idée exacte de l'activité d'Arthur. Il savait que le vieux fou était dans l'île depuis trente ans, que c'était un Juif londonien qui s'enfilait des vodka-orange au petit déjeuner, qu'il avait toujours un projet mystérieux en cours, qu'il recevait des appels de Londres et de New York mais ne révélait jamais dans quelles affaires il trempait. La soixantaine, il était carré, fort en gueule, bien en chair, évasif et un brin pompeux. Un homme étrange, solitaire, avec un côté magistral et bienveillant. Scully en était venu à lui vouer un respect réticent. C'était vraiment un personnage et le roi officieux des expat's. Tous les étés, semblait-il, le vieux barbon craquait pour quelque jeune touriste lascive, sac à dos et dos-nu, qui lui piquait son oseille avant de le virer par la peau des fesses. C'était un être d'habitudes. À part ça, il était difficile à connaître.

« Paumé, dit Arthur. Plutôt.

– Où est-elle ?

– Elle ? Elle ? »

Scully sourit, sentit Billie se presser contre son flanc.

« Il n'y a pas de elle, dit Arthur. La petite garce est rentrée à Copenhague le dernier jour de l'été. En me laissant son putain de diaphragme dans le placard de la salle de bains.

– Ce n'est pas d'elle que je parle, Arthur. Tu le sais. »

Tous les autres, aux diverses tables, s'en retournèrent à leurs bavardages circonspects. Derrière, dans la cuisine, Sofia jura en entrechoquant des poêles. Arthur le dévisagea, puis dévisagea Billie. Une petite rigole de sueur apparut sur son vaste front.

« Allez, Arthur, te fous pas de ma gueule.

– Oh, mince alors.

– Je vais te la décrire, si tu préfères. Grande, longs cheveux noirs, super bronzage, jambes interminables, comme tu me l'as dit toi-même, un jour que t'étais bourré, australienne, rationnelle, amicale, intelligente, mariée.

– Peux rien faire pour toi. »

Billie regardait ses genoux. Elle avait les poings serrés juste à côté, sur son jean. Scully la regarda, et vit Arthur baisser lui aussi les yeux d'un air mal à l'aise, avant de tourner le regard vers l'extérieur et le port à travers les vitres tachées.

« Je suis navré, vieux frère.

– De quoi ?

– Qu'il y ait des ennuis dans l'air.

– Tu escomptes des ennuis, Arthur ?

– Je te présente juste mes condoléances, pauv' con. Un peu de tenue.

– Tu veux dire…

– Je ne veux rien dire du tout, Scully. J'aimais bien votre couple, c'est tout. Passe donc ensuite chez moi prendre un verre. Combien de temps restes-tu ?

– Tout le monde a l'air interloqué, dit Scully tout haut.

– Ben, vous nous avez quittés sur le quai, en pleurs, pas plus tard qu'il y a quelques semaines. On vous croyait aux colonies.

– Et Jennifer ?

– Bon Dieu de bon Dieu.

– Ce serait plus simple si vous me le disiez, dit Scully.

– Te le dire ? Te le dire ? » Arthur fronça les sourcils et le regarda dans les yeux avec une expression vexée et interrogatrice. Il abattit ses deux mains sur le bar. « Est-ce que quelqu'un veut le lui dire ? S'il vous plaît, notre Scully veut qu'on le lui dise ! »

Mais seuls quelques visages se levèrent. Quelqu'un fit entendre un petit rire narquois, un autre haussa les épaules.

« Personne ne te dira rien ce matin, Scully, peu importe de quoi il s'agit.

– Je pensais pas que tu serais aussi con sur ce coup-là.

– Pourrait bien être tes manières primitives, dit Arthur en allumant son cigare. Paye à manger à ta gosse. Elle a l'air morte de fatigue.

– Tu es tellement désolé pour nous, putain, t'as qu'à lui payer quelque chose, *toi*.

– Sois adulte, fiston.

– Où est-elle ?

– Ta femme ? Tu veux que je te dise où est ta femme ?

– Ça y est, Billie, je crois que je tiens le bon filon.

– C'est *ta* femme, mon gars. Fallait pas la laisser traîner en route.

– Traînée ! » gloussa Rory.

Scully descendit de son tabouret.

« Rory, dit Arthur, tu ferais mieux de déguerpir.

Notre ami a de grandes mains calleuses, et s'il te chope les couilles, il en fera de la *fasolia*.

– Putain, tu crois pas si bien dire », gronda Scully entre ses dents.

Rory se leva et sortit, puis deux par deux, puis par trois, tout le monde l'imita sauf l'oncle sourd de Sofia, Ioannis, qui souriait gaiement par-dessus son journal.

« Charmant, commenta Arthur. On dirait que tu as réussi à mettre tout le monde de ton côté. Je crois que je vais me tirer aussi. Je peux pas me permettre de me faire tabasser à mon âge. »

Scully avait été choqué de voir la peur envahir les visages, de les voir s'imaginer tout de suite qu'il allait s'en prendre à eux. Il se sentit stupide, incompris.

« Pourquoi ne me dis-tu pas simplement ce qui se passe, Arthur ?

– Pourquoi ne me lâches-tu pas la grappe, bordel, et ne cherches-tu pas par toi-même ? D'où arrives-tu ?

– D'Irlande.

– Pour faire ça ? » Arthur agita son cigare en direction de la taverne déserte. « Pour te ridiculiser ?

– J'ai toujours été ridicule à vos yeux à tous.

– C'est juste que tu étais un putain d'ouvrier puritain, Scully. Ça te dérange de voir les gens s'amuser et ne pas payer pour leurs péchés.

– Apparemment, la plupart d'entre vous ne payent même pas pour ce qu'il boivent, ne parlons pas de leurs péchés.

– Un type angoissé n'est une vision réjouissante pour personne. Pas exactement une compagnie de rêve, figure-toi.

– Va te faire foutre, Arthur.

– Va nourrir ta fille. »

Arthur se recolla son havane aux lèvres, ramassa son numéro du *Sunday Times* de la semaine dernière, et les planta là en compagnie de Sofia qui dévisageait froidement père et enfant de derrière son comptoir.

17

Père et fille étaient assis au soleil sur la terrasse du Lyko, devant des assiettes de calamars, de *tzatziki* et de salade à peine entamées. Scully avait commandé à manger pour amadouer Sofia après avoir fait fuir sa clientèle, et puis il était temps qu'ils mangent, tous les deux. Mais il avait l'estomac noué et acide, et Billie se contentait de picorer du pain, les jambes ballantes sur sa chaise. L'eau clapotait contre la jetée. De l'autre côté du petit port, un âne brayait à s'en enrouer.

« Qu'en penses-tu, Billie ? Tu crois qu'ils savent ? Bien sûr qu'ils savent. Tu as vu comment ils nous regardent – on les enquiquine drôlement. »

Les yeux de Billie le survolèrent un instant, puis elle regarda plus loin, par-delà le môle où un homme à bord d'une petite barque se trémoussait pour attraper des seiches.

Que diable fabrique-t-elle ? songea-t-il. Je suis là, je suis venu, et tous ces enfoirés de l'île me regardent me défaire. Que veut-elle de plus ? Qu'ai-je fait ? Que puis-je faire ? Donne-moi un indice, Jennifer, quelque chose à quoi me raccrocher.

Peu après treize heures, Scully commanda un

demi-pichet de *kokkineli* et un Milko pour Billie. Ils sirotèrent sans parler pendant que des habitants de l'île passaient par là, curieux, en secouant la tête. Le rosé résineux l'apaisa provisoirement.

Patience, se dit-il. Du calme. Donne-lui du temps. Le seul fait d'être là suffit pour le moment. Ne bronche pas.

À quatorze heures, Billie repoussa sa chaise et partit aux toilettes. Bon Dieu, pourquoi ne voulait-elle pas lui parler ? Il balança son verre loin dans le port et se rassit. Il mangea quelques calamars, épongea un peu de sauce au yaourt avec le pain, et repensa à sa vie ici avec Jennifer, cherchant la faille, quelque chose qui aurait pu entraîner tout cela. Il s'était pourtant montré patient. Certes, il était facile d'être patient dans un lieu qu'on aimait, mais il pensait honnêtement avoir fait ce qu'il fallait. Ce n'était pas comme à Paris, où il était réduit en miettes par la ville elle-même, mais même à Paris, il n'avait pas fait de vagues par égard pour elle. Idem à Londres. Merde, c'était toujours pareil ; il était toujours prêt à faire des concessions pour elle. Il l'aimait. Ce n'était pas plus compliqué que ça. En Grèce, il avait été facile de l'aimer, facile d'attendre qu'elle trouve ce qui pourrait lui permettre de se détendre enfin et d'être elle-même.

N'avaient-ils pas été heureux, tous les trois ?

Vise cet endroit ! Un monde sans voitures, sans paperasse, sans calendrier les trois quarts du temps, au milieu de gens simples et bons, heureux de vivre et de laisser vivre. Le vieux Fotis, le tailleur de pierre, était un patron magnanime et le boulot était agréable et irrégulier. Il y avait de longues journées sur la plage de galets pour eux trois, des balades en montagne, des soirées sur la terrasse avec les grappes de muscat lourdes au-dessus de leurs têtes, les spirales anti-moustiques et les habitués arrivant et repartant comme des membres de la famille. Les longues lettres pour l'Australie, les repas interminables, les séances de coloriage à deux sur l'album de Mickey et les lectures de Jules Verne. Il y avait la couleur dorée de leur peau toujours nue. Les chansons. Les moments idiots. Il y avait le jour où Billie avait appris à nager, comme dans un miracle de l'École du dimanche. L'après-midi, Scully redescendait de la montagne où cette grande bâtisse prenait forme à flanc de falaise, et il arrivait sur la terrasse fraîche de leur maison sur le rivage, où l'attendaient quelques bouteilles glacées d'Amstel et où Jennifer et Alex achevaient leur leçon de la journée. Billie rentrait de l'école avec les garçons du voisin, sur le dos de leur cheval. Ah, ça oui, ils l'avaient été, heureux, ou alors il était plus qu'un imbécile.

Même d'Alex et des leçons quotidiennes de peinture qui garantissaient au vieux raseur son argent pour boire, Scully se réjouissait plus ou moins. Alex Moore. Un pauvre type, comme aurait dit la mère de Scully, mais plutôt sympathique. Sa peinture figurait dans quelques bonnes collections américaines, mais Scully pouvait seulement s'en faire une idée d'après les toiles des années 60 qu'il voyait dans les plus grosses maisons des expat's de l'île. Elles étaient mieux que bien, pour autant que pût en juger quelqu'un qui avait terminé le lycée aux alentours de vingt ans et fait un passage éclair à l'université. Mais Alex avait tout foutu en l'air, ne faisant rien d'autre, depuis que les hommes avaient posé le pied sur la lune, que jouer les parasites, tirer au flanc, manier l'équivoque et se lamenter sur son sort.

Avoir ce vieux déchet fumé comme un hareng tous les jours chez eux, et pour la moitié des repas, exigeait pas mal de patience, c'était vrai, mais Jennifer avait le sentiment de parvenir à quelque chose. Son enthousiasme était si contagieux que Scully se contentait de tolérer la situation. La maison au bord de la mer l'apaisait. Jennifer se couchait le soir avec la douce saveur musquée de l'ouzo entre les lèvres, et dans le clair de lune crémeux sur les draps, ils faisaient l'amour comme aux premiers jours.

Rétrospectivement, Scully ne discernait rien de prémonitoire. Certes, il lui arrivait de discuter sec avec Arthur ou des amis d'été de l'un ou l'autre des expat's, et il était à cran lorsque le *meltemi* soufflait comme un possédé au mois d'août, mais tout un chacun à ce moment-là était chiant, les yeux emplis de craie, la mer trop dangereuse pour nager, et la chaleur vous suçant la sueur par les pores.

Billie revint des toilettes. Elle s'était aspergé le visage et son chandail de coton était tout mouillé. Elle faisait décrire à ses tennis de petits cercles sur le dallage lisse.

Scully était toujours assis, le goût de résine dans la bouche, et il essayait de réfléchir. Il détestait boire du vin dans la journée. Cela faisait exactement cet effet-là, ça t'arrêtait le cerveau.

Juste à cet instant, Arthur reparut, ahanant le long du quai, son pantalon de toile taché de sueur et de soupe.

« Sofia aimerait fermer la boutique, Scully.

– Hmm ?

– C'est l'après-midi. Elle veut se reposer. Et toi tu restes planté là comme le lait de la veille.

– J'ai fait manger ma gosse. »

Arthur s'assit. « Qu'est-ce qui t'est arrivé, putain de Dieu ? »

Scully sourit et promena ses doigts dans une flaque de *kokkineli* sur la table en pin. « C'est justement pour le savoir que je suis ici, Arthur.

– Repars par l'hydrofoil. Épargne-toi une vilaine scène.

– Dis voir, à ton avis, pourquoi Rory est-il parti si vite ce matin ?

– C'est un péteux. Il avait peur que tu lui entames son beau capital.

– Entamer, voilà bien le mot.

– Il y a un hydrofoil à six heures.

– Ce n'est pas à Rory que j'aurais pensé, de toute façon.

– Rory est une mouche à merde.

– Tu n'as pas tort, aucun changement. Je ne pense pas qu'elle soit là-haut chez Lotte ? »

Arthur ferma les yeux pour ne plus le voir.

« Tu ne diras donc rien.

– Oh, pour l'amour du ciel, je n'ai rien à te dire, mais barre-toi de cette île par égard pour tout le monde. »

Ça cognait dans la tête de Scully. Une ombre indéfinissable vacillait dans sa mémoire, quelque chose qui voulait attirer son attention, mais qui n'arrivait pas à se préciser. Il continuait à voir la figure jaune d'Alex, ses longues mèches grises.

« Dis-moi, où se trouve Alex en ce moment ? Ça ne lui ressemble pas de gâcher une réunion par son absence. »

Les dents d'Arthur s'entrechoquèrent sous sa moustache avec un claquement suffisamment audible pour faire sursauter Billie. Un point sensible, là, c'était le moins qu'on puisse dire.

« Il ne voit personne, en ce moment.

– Tu rigoles. Vous êtes tous devenus fous ?

– Il est là-haut, dans la montagne.

– Voilà que tu improvises maintenant, Arthur.

– Ta gueule, Scully.

– Et la route est longue jusqu'à une taverne, c'est ça ?

– Parfaitement.

– Il a arrêté de boire ?

– Ben, ça reste à voir. Il garde la maison que tu as bâtie avec Fotis, pour le copain athénien de Bertie.

– Là-haut, à Episkopi.

– N'y va pas. »

Avec un air de profonde pitié, Arthur posa une main sur la tête de Billie. Il avait la peau lisse et très bronzée, et avec sa moustache tombante, on aurait dit un grand phoque luisant là au soleil.

« Qu'est-ce que tu veux dire par là, Arthur, "n'y va pas" ?

– Je veux dire, n'y va pas ! Les Irlandais t'ont déjà rendu marteau ou quoi ?

– Il est seul ?

– Sofia veut que tu t'en ailles. »

Scully fit claquer quelques billets sur la table et se leva. Billie se leva comme une automate à ses côtés.

« Rentre chez toi, mon gars. »

Chez toi. La bouche de Scully forma ces deux mots. Il n'était plus très sûr de savoir où c'était, chez lui, en ce moment précis.

« Depuis combien de temps vis-tu ici, Arthur ?

– Trente ans. Tu le sais.
– Es-tu resté trop longtemps, à ton avis ?
– Ça reste à voir.
– Toi, tu restes pour être vu.
– Je m'y emploie. C'est ma réussite.
– Ce n'est pas tout le monde qui reste pour être vu, Arthur. Ma femme, par exemple. Elle n'est pas restée, et on ne la voit pas davantage. Du moins pas moi. Tous les autres connards, par contre, ont l'air de cacher un secret.
– Tu es soûl.
– Non, mais je chancelle. Viens, Billie.
– Où vas-tu ?
– Oh, à l'hôtel, probablement. La sieste, tu comprends.
– Six heures, départ du bateau.
– Je ne serai pas à bord.
– Par pitié, ne va pas là-haut ! »

Scully entraîna Billie sur le chemin des crottins d'ânes, dans le labyrinthe de maisons, d'escaliers et de ruelles bâtis verticalement dans la colline. On aurait dit des dents plantées dans la mâchoire de la montagne, ces maisons dont les murs blanchis à la chaux et les portes peintes de couleurs vives dissimulaient des cours luxuriantes et des caves obscures, dont les volets laqués bleu étaient entrebâillés pour le repos paisible de l'après-midi. Sur la terrasse d'une taverne qui ne portait pas de nom, ils tombèrent sur un chien enchaîné qui coupa net Billie dans sa démarche de zombie.

Elle bifurqua vers l'endroit où il se tenait debout sous un figuier dépouillé. Le chien l'observa un instant, oreilles dressées, mais se rassit à son approche. C'était le pauvre berger allemand de l'hydrofoil. Scully reconnut le chien et sa maîtresse qui sortit balayer sa terrasse, le visage inexpressif.

« *Kali mèra !* » dit Scully.

La femme s'interrompit, inclina la tête dans sa direction et reprit sa tâche. La taverne était fermée. Ses géraniums, plantés dans des boîtes d'huile d'olive sur la terrasse, étaient tout nus.

Billie tapota le museau du chien et tous deux reprirent leur marche vers le sommet de la colline, grimpant en direction de la rue des Puits-Purs et des grandes maisons de l'époque des corsaires du siècle dernier. À Kalo Pigadi, ils progressèrent un moment sur terrain plat et aperçurent le port et ses toits de tuiles loin en contrebas. Ils passèrent devant des murs de blocaille derrière lesquels on entendait des poules pondre, devant un cheval à l'attache et trois chats scrofuleux qui mangeaient dans la même poubelle renversée. Les volets des maisons étaient clos et il n'y avait personne dehors cependant qu'ils longeaient l'arête de la montagne et la crête des maisons en ruines qui avaient commencé à s'écrouler, pierre après pierre, dans le long couloir d'éboulis qui descendait en louvoyant vers le village et la marina de Kaminia. Ici en hauteur, l'air était plus frais et le golfe Saronique n'était qu'une bande de mer, tout là-bas. Des chants d'écoliers leur parvinrent de derrière le mur de l'école. Billie appuya les deux mains sur le parapet de blocaille pour écouter. Scully pouvait seulement se demander à quoi elle pensait. Il la laissa faire jusqu'à ce qu'elle se lasse. Sans rien dire. Qu'y avait-il à dire ? Ils arrivèrent bientôt devant l'asile de vieux, avec son eucalyptus murmurant devant le portail, puis les murs devinrent des murs de ferme et des murs de cimetière à mesure que les terres qui entouraient la route pavée de pierres lisses se changeaient en vergers et en champs et que les escaliers commençaient à s'estomper devant eux.

Scully laissait simplement ses pieds le guider. Les champs, escarpés et déchirés entre les promontoires sans chemin des montagnes, avaient viré au vert et s'étaient piquetés de fleurs sauvages. Il y avait des parcs à moutons en pierre avec des barrières d'épines semblables à des illustrations de bible pour enfants. Des cabanes de bergers se nichaient dans les dénivellations. Une brise vint rafraîchir la sueur sur leur front au moment où Scully et Billie empruntèrent le sentier qui descendait dans le défilé aride. Là, dans l'entonnoir formé par les falaises blêmes et les promontoires chauves, la brise se mua en vent sur leur visage. Jusqu'au minuscule village de Vlihos où une douzaine de maisons blanchies à la chaux avaient trouvé le bord de l'eau, c'était un paysage de ravins jonchés de pierres. Scully le sentait faire pression sur ses joues, ce vent, et il suivit Billie sous les ruines familières du pont de pierre, au fond du couloir d'éboulis où un âne était attaché à un pin solitaire et où des bateaux reposaient, retournés sur la plage de galets comme des tortues endormies.

Les émotions surgirent en une bourrasque fraîche. Avec les volets fermés pour la sieste, Scully était soulagé de pouvoir traverser les lieux sans être vu ni jugé sur le chemin de terre entre les maisons de ses anciens voisins. Mais, sachant que Billie le ferait de toute façon, il s'arrêta un instant devant la maison aux volets vert foncé.

Le terrain rocailleux descendait en pente jusqu'à

la mer dans une confusion d'abricotiers, d'amandiers et de pruniers. La saison des figues était passée, celle des raisins et des olives aussi. Comme par ironie, quatre eucalyptus d'eau, les plus répandus en Australie, avaient poussé dans le ravin jouxtant la maison où ils avaient balancé, de la terrasse d'un soir, du marc de café et des noyaux d'olives. Ces nuits parfumées où la musique de bouzouki leur parvenait des bateaux de pêche, portée au-dessus de l'eau, et où la masse mauve du Péloponnèse, avec les feux des charbonniers, continuait à luire doucement après le crépuscule. Juste à la tombée de la nuit, son harpon accrochant toutes les lumières allumées, Scully sortait de l'eau chargé d'un sac de poulpes ou d'un *rofos* semblable à un mérou australien, aux ouïes encore palpitantes. L'air était saturé de la fumée des grils et des rires provenant des autres maisons.

Scully s'engagea seul vers le fond de la petite ravine. Billie demeura en haut sur le sentier, à se mordre les lèvres en le regardant traverser sans bruit l'étendue sèche et craquelée tout contre la vieille maison, jusqu'aux volets verts, jusqu'à la fenêtre elle-même. Il se glissa sous la treille de vigne dépouillée de ses feuilles, le cœur battant follement dans sa gorge. La terrasse de granite, la substance cubique de la maison dans son entier, son ombre jumelle. Le chhut de conspirateur en provenance du rivage en contrebas, la chute en cascade des petits cailloux. N'avaient-ils pas été heureux ici ? Après tous les appartements prêtés, les chambres meublées, les *pensiones* merdiques, n'était-ce pas un endroit de rêve, ici ? Tellement semblable à l'Australie, et pourtant si frais, si clair, si neuf.

Mais la mine de ces bâtards minables, au Lyko, ce

matin – leurs yeux baissés, leurs ricanements étouffés, leur fuite embarrassée dans la rue. L'horreur d'Arthur à l'évocation d'Alex Moore. Il y avait de quoi gamberger. Scully avait-il vécu tout ce temps dans un brouillard béat ? Était-il passé à côté de quelque chose ? Jennifer était-elle cafardeuse et dégoûtée de la vie ? Ou pis encore ?

Il lorgna à l'intérieur à travers le volet entrebâillé et aperçut un homme et une femme endormis. La cinquantaine. Bras écartés tel du varech sur les rochers de leurs corps. Des inconnus. Dans son lit. Étrange, mais leur vue fit remonter un souvenir. Cette chose-là. Cette chose ancienne et embarrassante. Le regard posé fixement sur le drap entortillé et les chaussures en désordre, il repensa au jour où, revenant de travailler dans la montagne, il avait trouvé la maison vide. Le sentiment étrange qui s'était emparé de lui. Billie qui jouait avec les enfants d'Électre dans la maison voisine, son accent à couper au couteau résonnant sur le chemin de terre. Le chevalet et une croûte quelconque sur la toile tendue. Les foutus mégots d'Alex jonchant la terrasse. Et le lit sens dessus dessous comme si un chien s'y était vautré. Il avait fallu un temps interminable, interminable à la terreur pour s'infiltrer en lui, le poison étranger l'avait frappé alors qu'il retapait négligemment les draps, il les avait alors rabattus comme un fou, farfouillant dans tous les sens à la recherche d'un signe, d'une méchante tache mouillée qui n'y était pas. Rien. Et bizarrement, il n'y avait eu aucun réconfort dans le fait de ne rien trouver. La rage enfantine et aveugle de la jalousie. Putain, ce que c'était pitoyable. Y avait-il rien de plus désolant qu'un homme aux abois fouillant son propre lit à la recherche du sperme d'un autre ? Elle le surprit ainsi, toute dégoulinante d'eau de mer, si gaie qu'il avait voulu mourir de honte. Le mal du pays, qu'il avait dit, ne t'en fais pas. Il avait pleuré dans ses bras. Glissante et salée, enflammée de désir, elle l'avait repoussé sur le lit, et il n'avait plus jamais repensé à cette histoire.

Jusqu'à aujourd'hui. Juste à l'instant. À la vue de ces deux inconnus. Une fois que tu as ouvert la porte, tu ne peux plus la refermer si facilement. Tu laisses à ton esprit la bride sur le cou et tu n'as plus qu'à aller où il t'emmène. Qu'espérait-il en venant sur l'île ? Une opération de sauvetage ? Une entrevue ? Un règlement paisible ? Pas se retrouver devant son ancienne maison, en tout cas, à méditer le genre de chose à laquelle il pensait en ce moment. Ce vieux déchet jauni par la nicotine faisant ça à sa femme. Les après-midi dont ils disposaient, les bouteilles de vin, les grottes ombragées qu'ils avaient pu trouver, toutes ces choses stupides et idiotes que Scully s'autorisait à penser maintenant, et qu'il pensait avec une espèce de plaisir froid. Penser à ce bébé à présent, à l'éventualité merveilleuse et réconfortante qu'il puisse ne pas être de lui, et que Jennifer l'ait piégé dans une souricière irlandaise bête à pleurer pour s'en retourner tranquillement à la maison empocher son fric avant de foutre le camp avec le héros. Ce qu'il était crétin ! Un peigne-cul avec de la merde dans les yeux ! Quelle tête de nœud, tellement compréhensif.

Il remonta la ravine comme un bolide et rejoignit d'un bond le sentier où Billie se tenait pétrifiée.

« Quelqu'un d'autre habite là maintenant », dit-il, et il entendit le tremblement de sa voix.

Elle lui prit la main quelques instants et il perçut une ouverture en elle, une pression de tendresse. Elle le tira en direction du port, et sur quelques mètres, il se laissa conduire. Puis tout d'un coup il résista.

« Episkopi, dit-il. Par là. »

Billie chassa sa main à toute volée. Il voulut la rattraper mais elle se laissa tomber dans la poussière, la tête entre les genoux. Ainsi, elle savait. Dieu ait pitié de lui, sa gosse savait. Elle avait été informée à l'aéroport.

« 'llez, viens, croassa-t-il. Je vais te porter sur mon dos. »

Il restait debout, là, tandis que le vent faisait la navette entre eux. Des grillons stridulaient alentour. Il l'entendit se lever et brosser la poussière de ses vêtements, et quand il ouvrit les yeux, il la vit se mettre en marche sur la route d'Episkopi.

À Palamidas, la petite baie striée de traînées d'huile au pied de la montagne de l'île, Scully prit Billie sur son dos et gravit à pas lents la piste sinueuse qui traversait des bosquets d'oliviers noueux. Il sentait l'haleine de l'enfant dans son cou, son corps qui se détendait contre le sien tandis qu'elle sombrait dans le sommeil. Il sentait ses chevilles lisses sous ses cals. Il ne savait tout bonnement pas comment une chose comme celle-là pouvait être abandonnée. Qu'y avait-il après un enfant, que pouvait-on souhaiter plus au monde qu'un enfant ?

Il ignorait à quoi il devait s'attendre à Episkopi, comment il se comporterait. Pourquoi était-il plus facile d'espérer qu'elle soit devenue folle ? Après tout, sa mère n'avait-elle pas eu des « épisodes » ? À soixante ans, on l'avait trouvée en train de courir nue dans les rues de Perth. La folie était une excuse en soi, c'était l'absolution de tous. Quelle merde de penser ainsi, quelle lâcheté.

Suant et soufflant, Scully parvint aux bois de pins et aux derniers angles droits de la piste qui cherchait son chemin pour atteindre le sommet. C'était marrant tout de même de les imaginer, Alex et elle, vivant dans la maison même qu'il construisait pendant qu'eux se payaient du bon temps sur la terrasse, cette année. Mesure un peu l'ironie. Un truc très civilisé, ça, mesurer l'ironie. Quel champion du self-control il faisait. Mesure l'ironie, Scully. Ne fais pas irruption comme un voyou. Pense à la gosse, pour l'amour du ciel.

Au sommet de la pente, dans une petite clairière, se dressait une chapelle blanche, comme une étoile là au-dessus de la mer. Il y avait du crottin frais à l'extérieur et Scully s'arrêta un moment pour humer. Son ventre se noua curieusement. Du crottin de cheval, une odeur magique. Il resta là quelques instants, à regarder le crottin et la chapelle, un peu essoufflé après la longue grimpée. Il gagna la porte à pas lourds, posa la main dessus, la fit prudemment pivoter sur ses gonds. Derrière lui, une bande de cailles se leva et il tressaillit.

Un souffle d'air moisi quitta en tournoyant la pénombre des lieux. Scully pénétra à l'intérieur. Il y faisait frais. Les fenêtres étroites laissaient filtrer des rais de lumière, et contre le pignon se trouvait un simple sanctuaire avec un autel. Une icône, un visage triste de Christ tout or et bordeaux, était animée par les trois cierges qui brûlaient là en silence. La bouche de Scully s'assécha et il eut mal aux bras. Il ressentit une horrible faiblesse, un besoin pressant de s'agenouiller, là, sur le sol en béton, mais l'enfant sur son dos lui épargna cet exercice. Il avança les lèvres pour parler, mais le silence de la chapelle était écrasant, alors il se tourna vers la porte et vit, découpée dans la lumière, une femme. Il tressaillit et grommela. Elle portait une robe noire et un châle.

« *Yassou, Kyria* », dit-il en guise de salut.

Elle avait des yeux noirs et aux pieds de larges chaussures d'homme. Elle tenait à la main un balai de brindilles et elle inclina la tête vers lui en s'écartant pour le laisser passer.

« *Efcharisto*, murmura-t-il. Merci. »

Elle pointa son balai vers l'autre côté de la crête plate, là où la route, enjambant l'épine dorsale de l'île, continuait vers Episkopi.

Elle sait aussi, songea-t-il. Le vent s'enroulait autour de son châle et elle ne bougeait pas. Elle continuait à pointer son balai vers la route et son visage était dépourvu d'expression. Lorsqu'il passa près d'elle à la porte, il vit le jet de salive frapper le gravier devant lui et l'entendit de nouveau derrière lui. Il se retourna et la vit faire calmement le signe de croix sur sa poitrine plate.

Il partit lourdement sur la route, trop furieux pour s'accorder une pause et boire à la citerne près de la piste. L'enfant était un sac sur son dos. Tout autour de lui, les pins rendaient les sons d'un chœur qui inspire. Il alla de l'avant, déterminé à présent à en finir et à reprendre l'hydrofoil à six heures ainsi qu'Arthur l'avait suggéré. C'était tout à fait faisable. Dire ce qu'il avait à dire, quoi qu'il lui reste à dire le moment venu, et foutre le camp retrouver les ruines fumantes de sa vie.

Émergeant de l'ultime goulet de pierres, il entra dans l'agglomération de cabanes, de loges de chasseurs et de maisons qu'était Episkopi. Quelques mules étaient attachées à l'extérieur d'un abri postal qui résonnait de ronflements. Scully sentit de la salive lui couler dans le cou. Il remonta un peu la gosse sur son dos et continua de marcher jusqu'à la grande et fraîche maison blanchie à la chaux postée sur la falaise, à l'endroit où l'île descendait vers la mer de l'autre côté.

La maison, vaste et de plain-pied, semblait s'être enracinée dans la couche arable de ce flanc de montagne osseux. Le figuier solitaire se dressait près d'elle, projetant à son pied un chiffon d'ombre noir. Les volets gris étaient entrebâillés et en se rapprochant, Scully entendit le son d'un flûteau s'agitant à l'intérieur. Il avait mal aux pieds, il transpirait, il avait soif, et toute sa colère s'était envolée. Sans rien de plus que de la tristesse, il leva les yeux vers la maison dont il avait taillé et charrié les blocs.

« Alex ? »

Le flûteau hésita puis se tut. Une voix basse. Ou des voix.

« Alex, tu es là ? »

Un bruit de bagarre, une chaise repoussée d'un coup de pied sur un sol en pierre. Scully fit glisser Billie à terre et la laissa se tenir debout, chancelante près de lui. Il essuya la sueur de ses yeux, puis ses mains, avant de se donner le courage d'avancer jusqu'à la porte. Il avait dépassé l'ironie, plus encore la violence.

Dans sa veste froissée, avec ses verres à double

foyer, Alex Moore n'aurait pu avoir l'air plus coupable lorsqu'il tira la lourde porte vers lui. Il porta sa main à sa bouche. Recula, regarda brièvement par-dessus son épaule, avant de les regarder à nouveau.

« Oh. Mes aïeux. La petite Billie !

– Salut, Alex, dit Scully.

– Scully !

– Fais-nous entrer, Alex. »

18

Alex se tint un instant sur le pas de sa porte, vacillant, se grattant la tête, et Scully songea qu'il devrait peut-être lui en balancer une après tout, juste pour se mettre en train, mais le vieil homme recula subitement à l'intérieur et Scully prit Billie par la main pour lui emboîter le pas.

L'intérieur était un capharnaüm épouvantable. On marchait sur des bouteilles et des soucoupes débordant de mégots, de croûtes de fromage, de noyaux d'olives. La moindre surface était couverte de vieilles pages de l'*Observer*. L'endroit sentait le résiné, la fumée et la mauvaise pitance. Sur la grande table en pin gisait un bloc de papier crème, un pot de tubes, un bocal de crayons et de plumes, et une petite toile brute sur un châssis, le tout posé là solennellement intact.

« Alors, on te l'a dit », commenta Alex en poussant les portes donnant sur la terrasse.

Scully le suivit dehors dans l'air propre.

« Aucun de ces salauds ne m'a rien dit.

– Enfin, tu as dû savoir quelque chose.

– Je suppose que j'avais mes soupçons.

– Ben oui. Voilà. Je suis là. »

Scully observa la voussure vaincue du petit homme puis son regard fit de nouveau le tour de la maison. C'est un signe, se dit-il. Elle a perdu la raison. La petite merde se sert d'elle pendant qu'elle n'est pas dans son état normal. Personne n'accepterait de venir vivre comme ça sans être d'une façon ou d'une autre passé par-dessus le bord du monde. Ce n'est pas la bohème, ça, c'est le tiers-monde.

« Pas duré longtemps, murmura Alex. Je suis une épave vivante. Ça commence toujours bien, n'est-ce pas, une résolution, un nouveau départ.

– Alors elle est partie ?

– Hmm ?

– Oh, je t'en prie, Alex, te fous pas de ma gueule.

– Écoute, tu es le premier à venir mater le désastre. Si les autres étaient capables de marcher autant que toi, c'est ce qu'ils auraient tous fait.

– Pour quoi t'imagines-tu que j'ai fait tout ce chemin, pour renifler tes chaussettes sales et contempler la vue de ta terrasse ? Je veux ma femme.

– Ta femme ? »

La pomme d'Adam d'Alex s'éleva et s'abaissa.

« Billie, rentre, veux-tu.

– Scully, je...

– Je veux juste la ramener à la maison, Alex, la faire aider. Je te promets, je ne ferai rien.

– Jennifer. » Alex s'appuya contre le mur frais et regarda au loin vers la mer, en bas du versant obscurci. Billie se tenait debout près de la porte, immobile et dépourvue d'expression. Un chat glissa entre ses jambes, sauta d'un bond sur le parapet et se posta devant Alex, en attente.

« Où est-elle, Alex ? »

Alex sourit et le regarda avec des yeux humides.

« Tu la cherches ici, avec moi ? Mon pauvre garçon, tu n'es pas bien ?

– Je vais monter voir moi-même. Billie, reste ici. »

Chambre après chambre sordide, Scully explora les lieux, son dégoût et sa peur allant croissant à mesure qu'il ouvrait des placards, fouillait sous des lits. La chambre principale, à l'étage, présentait son lot de bouteilles, de croûtes et de mégots, et dans le lit à baldaquin, Scully inspecta avec terreur la tourmente de draps gris et de couvertures dans l'obscurité. Il s'assit un instant sur le matelas, regardant fixement l'étalage de flacons de pilules sur la table de chevet, et il comprit finalement qu'elle n'était pas là, qu'elle n'avait probablement jamais été là du tout. Au moins y aurait-il eu quelque soulagement à voir et savoir le pire. C'était bien ça – il découvrait combien il était plus cruel de ne rien savoir du tout.

Quand il revint sur la terrasse, Billie était assise le dos contre la maison et Alex tenait sa tête entre ses mains. Une brise s'était levée de la mer, portant avec elle l'odeur de charbon de la terre brûlée. Scully connaissait cette odeur familière de son lointain continent. Le soleil de l'après-midi s'allongeait sur l'eau et une brume jaune montait de l'horizon, comblant la distance.

« Excuse-moi, Alex. »

Le vieil homme s'essuya les yeux sur la manche de sa veste et sourit avec désespoir.

« Tu sais, c'est très flatteur, vraiment. Je n'ai pas eu droit à une scène comme ça depuis dix ans. »

Scully ouvrit les mains et les referma.

« Tu vois, il y a une terrible ironie dans cette scène, même hors de la présence d'un enfant, murmura

Alex en ployant humblement le cou. Parce que vois-tu, Scully… ben, c'est tout bonnement tordant, vraiment. » Alex posa sa main quasi transparente sur le parapet. Ses ongles étaient jaunes, il souriait de son reptilien sourire de lèche-cul. « Parce que je… je ne suis pas capable… plus. Je suis impuissant, bordel. Ah, voilà le grand mot lâché !

– Alex…

– Pourquoi ne restes-tu pas dîner ? » dit le vieil homme en tapant sans grande conviction dans ses mains.

Scully éclata de rire. « Oh, putain ! »

Alex rit longuement avec lui mais ses éclats de rire se muèrent bientôt en sanglots qui le plièrent en deux, et Scully resta là à regarder le pauvre diable pleurer avant de s'approcher de lui et de lui poser une main dans le dos.

« T'en fais pas, mon pote. »

Alex se redressa et s'accrocha à lui.

Scully sentit la tête de l'autre homme contre son torse, son souffle chaud sur lui. Il jeta un coup d'œil à Billie qui avait déjà détourné le regard. Autour de lui, l'après-midi touchait à sa fin, l'hydrofoil de six heures arriva et repartit, et la nuit tomba vite.

Après avoir allumé le feu avec des brindilles d'olivier et des morceaux de bois d'amandier, Scully fit le tour de la pauvre cuisine d'Alex, trouva des yaourts de brebis, de l'ail, un concombre et quelques boîtes de conserve dont il commença à faire quelque chose pendant qu'Alex jouait du flûteau pour Billie. Sur la table, il y avait une bouteille de rosé de Patras et un litre de vin rouge crétois. Billie caressait le chat en esquissant de temps en temps un pauvre sourire à l'écoute de l'interprétation tremblante du « Sauvage p'tit gars des colonies » par Alex. Pendant que de vieilles pâtes bouillaient sur la cuisinière, Scully nettoya un peu la maison, toutes lumières allumées.

« Tu me gâtes, dit Alex.

– Ouais. » Scully sourit, c'était plus fort que lui. « Tu y es habitué, non ? Regardons les choses en face, Alex, tu as été dorloté toute ta vie. »

Le vieil homme acquiesça solennellement d'un papillonnement des paupières.

« Depuis combien de temps est-elle partie ?

– Deux jours, dit Scully. Je suis allé les chercher à l'aéroport et seule Billie est descendue de l'avion. Elle a pas décroché un mot depuis.

– Et la police ?

– Peut-être après, lorsque j'aurai tout essayé.

– Seigneur, on est bien amochés tous les deux, dit Alex en se versant un verre de rosé qu'il vida d'un trait.

– Toi aussi, alors, tu en baves, dit Scully en considérant son propre verre vide.

– Je suis monté ici pour travailler. Sur les conseils de ce cher Arthur. Il veut sauver ma vie et mon talent, qu'il s'imagine.

– Et ça ne marche pas.

– Non, j'suis foutu, mon garçon. Sais-tu qu'autrefois, sur cette île, ils hissaient leurs vieillards en haut des falaises dans des paniers. Quand les vieux devenaient un fardeau. Quand les temps étaient plus durs. Et ils les jetaient en bas, tu vois. Voilà qui éclaire d'une nouvelle lumière cette bonne vieille tradition de la vannerie. Ou une expression comme "c'est le fond du panier". »

Scully le regarda écluser un autre verre, et finit par s'en servir un lui-même.

« J'ai été peintre, Scully, et, excuse-moi mon cher, un sacré baiseur et une sacrée crapule par la même occasion. Aujourd'hui, je peux m'estimer heureux si je fais encore partie de la catégorie des crapules.

– Oh, ça passe encore, d'un poil, dit Scully en regardant le vieux schnock taper encore une fois dans la bouteille.

– Tu le crois vraiment ? » dit Alex en s'illuminant.

Scully apporta sur la table du *tzatziki* accompagné d'olives ridées, de trois œufs durs et de fettucine à l'ail et à l'huile de Kalamata.

« Repas frugal, ce soir, annonça-t-il en s'asseyant. Billie, viens manger quelque chose, mon petit. »

Tous trois prirent place devant le feu qui craquait paisiblement derrière eux. Dehors, le vent chargeait par à-coups dans le silence. Scully regardait Alex mâcher avec circonspection, comme s'il avait mal aux dents. Il éclusa un peu plus de rosé. Il ressemblait à un petit garçon goulu.

« Ne gâche pas ta vie, Scully. Ni la sienne, dit-il en désignant Billie de la tête.

– Ce n'est pas mon intention.

– C'est une chouette fille, Jennifer.

– Ouais. Je l'ai toujours pensé.

– Mais pas le moindre instinct artistique.

– Quoi ?

– Je veux dire, à part avoir eu le bon sens de déserter la félicité domestique. »

Scully se versa le fond de la bouteille de rosé afin de dissiper son malaise. « Elle veut être quelqu'un de créatif, murmura-t-il.

– Ce n'est pas quelque chose à vouloir. C'est

quelque chose à avoir. C'est une malédiction. Une malédiction qu'elle n'a pas.

– Ce n'est pas ce que tu disais quand on te payait pour lui donner des cours. Bien installé sur la terrasse avec les chevalets et tout ça.

– Mais, mon cher enfant, j'avais besoin d'argent et ça n'avait rien d'un calvaire. Elle a des jambes délicieuses.

– Tu es *vraiment* une foutue crapule, dit Scully d'un ton qu'il parvint à rendre amical.

– Ouf, tout n'est pas perdu. »

Billie avait fini de chipoter sa nourriture et elle glissa à bas de sa chaise pour rejoindre le chat. Scully se dit qu'il ferait mieux de se hâter d'en finir et de partir.

« Je pense que Jennifer est passée à côté de quelque chose qu'elle cherche aujourd'hui à retrouver, c'est tout, dit Alex, un filet d'huile sur le menton. C'est une snob, une dilettante. Elle veut être reconnue. Elle veut être plus intéressante.

– Oui.

– Et elle a des jambes merveilleuses.

– Est-elle sur l'île ?

– Ça fait des semaines que je suis ici et je n'ai vu personne à part la vieille Athena qui veille sur moi, là-bas à la chapelle. Je ne saurais le dire.

– Tu n'as pas une idée ? Tu ne vois pas quelqu'un... avec qui elle pourrait être ?

– Chez les expat's ? Non.

– Rory ?

– Mon Dieu, non, c'est mal la juger. Rory est un reptile.

– Je pense qu'il s'est façonné sur ton modèle.

– Raté, raté.

– Personne ?

– Un insulaire ? Non, ils seraient incapables de garder le secret plus d'une nanoseconde, même si bon nombre d'entre eux ont pu nourrir des espoirs, m'est avis. Une toquade d'été qui aurait la vie dure, peut-être ?

– Je n'avais pas pensé à ça, dit Scully. Un touriste, tu veux dire ? »

Alex haussa les épaules. Scully y réfléchit. Cela signifiait qu'elle n'était probablement pas nécessairement revenue ici. Et le bébé ? Oh, pourquoi fallait-il qu'il y ait ce bébé ? Mais Scully ne savait toujours rien. Peut-être n'y avait-il eu ni toquade, ni un autre homme. Peut-être était-elle arrivée en Irlande, à l'heure qu'il était, pensant que Billie avait transmis son message. Putain, il avait la tête près d'éclater.

« Je m'excuse pour tout le pognon, dit Alex sans grande conviction.

– Elle te tranchera la gorge dans ton sommeil quand elle l'apprendra.

– J'aurais cru qu'elle en serait plutôt flattée. N'oublie pas de le lui dire, pour les jambes.

– Elle est sérieuse, Alex. Ce n'est pas une lubie, d'après moi. Elle veut vraiment être davantage.

– Tu es trop indulgent avec les autres, mon garçon. Tu penses toujours le meilleur d'eux. Elle veut juste qu'on la remarque.

– Que t'est-il arrivé, Alex ?

– Moi ? Oh, l'inverse. Je suis devenu trop intéressant. À mes yeux et à ceux des autres. Je suis devenu un putain de chien de cirque. Je suis ici depuis trop longtemps.

– Pourquoi ne pars-tu pas, simplement quitter cette île ? »

Le vieil homme rit. « Dans un panier alors. Je ne sais plus comment vivre dans le monde. Trente ans, c'est long. »

Alex soupira, déboucha le litre de rouge crétois et s'en servit un verre, laissant celui de Scully vide encore une fois.

Scully tendit la main et s'en versa une longue rasade. Ce vin avait une saveur aussi sombre que sa couleur.

« J'imagine que tu vas redescendre leur raconter que je n'ai rien à montrer pour la grande retraite. Je vois déjà la lueur malveillante du maquignon dans tes yeux.

– Prends une olive, Alex. »

Le vieil homme pressa ses doigts sur ses yeux et soupira. « Excuse-moi, Scully. Je suis un fumier.

– Crapule est le terme choisi, je pense. »

Alex se mit à rire et ses yeux se fendirent de nouveau.

« Tu ne peux pas peindre ?

– Tu vois, ta femme et moi avons cela en commun maintenant. Alors, que vas-tu faire ? Maintenant que tu es un mari lâché ? »

Scully vida son verre, s'en versa un autre, considéra ses mains couturées. « Je ne sais pas.

– Ne les poursuis pas, c'est indigne.

– Je me fous de la dignité. Je poursuivrai. De toute façon, il faut que j'y réfléchisse un minimum. Et toi ?

– Je m'en vais me tirer de ma misère. À la tienne ! » Alex engloutit son vin et ferma les yeux de plaisir.

« Faut que j'y aille.

– Oui, il y a un enfant à prendre en considération. Tu pourrais rester ici, suggéra Alex avec espoir.

– Merci, mais on va y aller.
– Attends, j'ai quelque chose pour toi. »

Alex s'éclipsa à l'étage pendant que Scully rhabillait Billie et relaçait ses chaussures. Il y avait des ombres bleuâtres sous ses yeux et elle réagit avec irritation à son contact.

« Tiens, voilà. »

Scully se redressa et aida Alex à poser sur la table, au milieu de la nourriture et des assiettes sales, un carton à dessin en lambeaux. Le vieil homme en retira une feuille de papier jaunie que Scully accepta en silence. C'était un dessin à l'encre et au crayon représentant une scène de rue parisienne, riche en détails et plutôt belle.

« Rue de Seine, dit Alex. 1960.
– J'avais trois ans en 1960.
– Promets-moi juste de ne le montrer à personne sur cette île. Ces vipères ne se paieront plus ma tête. Bacon l'aimait, celui-ci. »

Scully avait la tête qui tournait à cause du vin et de la fatigue. C'était un vrai chef-d'œuvre, même lui était capable de s'en rendre compte.

« Merci, Alex.
– Là, roule-le. Passe le bonjour à cette fille quand elle reparaîtra. Dis-lui de retourner à la bureaucratie. C'est une forme de parasitisme nettement plus efficace. À propos, t'aurais pas quelques drachmes de reste, dis-moi ? »

Scully fouilla sa poche en riant.

La nuit était limpide et fraîche. Il n'y avait pas de lune et le chemin de gravier se déroulait indistinctement. L'île était silencieuse tandis que Scully franchissait son épine dorsale avec sa fille et redescendait à travers les bosquets de pins dans l'ombre des montagnes. Il était tard lorsqu'il rejoignit la large piste plate au-dessus de Kaminia et longea le cimetière avec toutes ses bougies allumées et tous ses tombeaux éclairés. Il s'arrêta près du mur, il sentait Billie endormie contre son cou en sueur, et il observa le vacillement des flammes près des pierres tombales où les chats glissaient, furtifs, grossis d'ombres et hérissés au moindre frémissement de fleurs en plastique. Sa sueur refroidissait sur lui, et à regarder ce petit lac de bougies, il eut peur, sans savoir pourquoi. Il reprit sa marche, presque au trot, jusqu'à ce qu'il eût amorcé la descente vers le port de cet endroit qu'il avait tant aimé.

Somnolent, il arriva enfin à l'hôtel dont la porte de la cour était encore entrebâillée, et il monta l'escalier avec Billie, tâtonna bruyamment avec la clé tandis que la fillette glissait à bas de son dos. Il la fit entrer, l'allongea sur le lit, la déshabilla et la glissa sous la couverture. La lueur des étoiles entrait en oblique par les portes-fenêtres du balcon et l'hameçon du port miroitait en contrebas. Il avait besoin de dormir, besoin de réfléchir, mais la mer lui rappelait douloureusement d'autres nuits et, laissant Billie, il retraversa la cour et se glissa au-dehors par le portail.

19

Alex Moore s'en revient à pas traînants de la cabane des âniers, serrant contre sa poitrine la bouteille froide d'ouzo de contrebande. Les étoiles sont accrochées à travers les pins qui soupirent, de la façon la plus peinturluresque et irritante. Le sol, inégal devant lui, est méchamment terrestre.

La grande maison blanche bâille devant lui, vide, virginale – oui, avoue-le, vierge dans tous les sens imaginables – et voûté, flottant dans son pantalon, il monte les marches conduisant à la lourde porte et au silence qui l'attend.

Sur la terrasse, il se verse deux doigts d'ouzo et tant pis pour l'eau. Bon sang, ce qu'il a pu faire, en son temps, avec deux doigts habiles. Il rit tout haut et entend le désagréable petit bêlement produit. À ta santé, Scully, celui-ci est pour toi, pauvre cloche.

Alex frotte ses paumes l'une contre l'autre et sent leur consistance lisse de papier. Au loin, la dernière tranche de lune projette sur l'eau une traînée d'un effet tape-à-l'œil et grotesque aux yeux de n'importe qui. Toute l'étendue de rêve de la mer Égée s'estompe et se perd dans la noirceur. Alex allume un cigarette et observe sa petite lueur efféminée là, dehors, dans la nuit déclinante. Non mais regarde-moi cette lune. Dieu dans une parodie de bon goût, son dernier acte de malveillance, l'insulte finale.

Alex se surprend à penser à ces divines jambes au ton caramel, étendues devant lui sur la terrasse, là-bas, à Vlihos. S'il avait pu le faire, l'aurait-il fait ? Elle était si appliquée à la tâche, et l'ambition contrariée est si excitante. Après tout, c'était bien ce qu'elles venaient chercher en moi, toutes ces années, non ? Ma faillite héroïque et érogène, la gloire de ma vie fantastiquement foutue en l'air. Je devrais le savoir.

Alex essaie de se figurer qui ça peut être, mais personne ne lui vient à l'esprit. Il culbute son verre qui tombe par-dessus la rambarde alors il boit directement au goulot. Quel super coup elle aurait fait. Pauvre simplet de Scully. Cette fille était une bombe qui attendait de lui sauter à la figure. Un si gentil garçon, qui cuisinait, faisait le ménage, et payait une bouteille in extremis à un homme. Quelque chose de terriblement provincial dans cette forme de gentillesse. La patience de Job et le visage du Cyclope. Une curieuse absence de fierté. Les femmes aiment les monstres, ne le sait-il donc pas ?

Alex se lève dans une embardée et ouvre sa braguette, extrait sous le clair de lune son pauvre pénis mort, ce bon vieux John Thomas, son fidèle Ioannis Tomassis. Un homme digne de ce nom l'emporterait loin dans la nature et le descendrait d'un coup de revolver comme il le ferait d'un cheval boiteux. Il verse un peu d'ouzo sur son petit engin foutu et le sent picoter vertueusement. Tel un éclat de jade dans ses tripes, vert, acéré et lourd, il sent sa jalousie pour cette pauvre petite merde, Scully. De la haine. Une pierre en lui d'authentique haine pour tout ce qu'il possède en dépit de tout. Les perdants hériteront de la planète, les petits, les humbles et les enfoirés de gentils, et c'est ce qu'Alex ne peut plus supporter.

Il renverse la tête en arrière et laisse l'ouzo lui dégouliner dans le cou, de la première à la dernière goutte. Voilà !

20

Les ruelles étaient désertes, et la ville entière dégageait l'odeur des géraniums épuisés et du blanc de chaux crayeux tandis que Scully descendait le labyrinthe d'escaliers menant au port. Le long du front de mer, les réverbères étaient encore allumés mais la dernière taverne fermait. Il commanda un ouzo à un homme somnolent et à son louchon de fils qui balayait autour de lui en empilant les chaises contre le mur. Scully s'assit à moitié dans la lumière et sirota en écoutant le clapotement de la mer par-delà le môle. Des caïques et des barques plus petites se balançaient doucement et remuaient sur leurs amarres. Sur les dalles de pierre polie, des chats partaient en chasse. Scully avait mal au dos et les pieds meurtris d'avoir porté Billie, mais il y avait maintenant en dedans de lui un curieux assourdissement, un vide montant. Il prit un deuxième ouzo qu'il se hâta de boire afin de ne pas faire veiller davantage les deux hommes. Légèrement titubant, il leur souhaita bonne nuit et partit à pied au bord de l'eau où de tout petits mulets étincelaient sous les lumières.

Il était mort en dedans maintenant, mais ça ne l'empêchait pas de se souvenir. Des nuits paisibles comme celle-ci, là-bas dans le village de Vlihos. Des nuits étouffantes où la chaleur irradiait encore des pierres de l'île, la fumée des spirales anti-moustiques emplissait la maison d'une atmosphère capiteuse, les rideaux pendaient, inanimés, le long des murs, et le petit hameau de maisons se tapissait dans l'obscurité. Pour seuls bruits les tintements de clochettes au cou des chèvres là-haut dans la montagne. Ces nuits-là, sous le couvert de l'obscurité, tous deux laissaient Billie endormie pour se glisser, nus et riants, jusqu'à la plage de galets. L'eau était fraîche et noire. Ils nageaient entre les bateaux amarrés, soulevant des traînées de phosphorescence qui s'accrochaient à leurs corps tels des colliers de perles minuscules. Le vieux Sotiris, qui se trempait les pieds en contrebas de la taverne locale, tirait sur sa cigarette à la fin de sa longue journée et ne les voyait pas dans le noir. Certaines nuits, il jouait de sa guitare délabrée en chantant des airs mélancoliques, sans se douter de leur présence.

En septembre, le soir où elle était revenue du Pirée avec la confirmation de sa grossesse, ils avaient fait l'amour là, sur une saillie de rochers plats, lui le dos pressé contre la roche, elle l'eau montant à l'assaut de ses jambes cramponnées à lui, ses seins mouillés luisant contre son visage. Il tenait ses fesses à pleines mains tandis qu'elle s'élevait au-dessus de lui. Sur la falaise en surplomb, les sabots des mules cliquetaient sur le sentier. Elle le poussait fort contre le rocher, fort en elle, et du plat de sa main, parcourait son visage, jusqu'à l'instant où elle poussa un cri d'oiseau, un son étonné et plaintif qui se répandit sur l'eau, et sur la peau de Scully comme une brûlure soudaine. Jamais Scully n'avait été aussi heureux. Il avait la vie qu'il souhaitait, les gens qu'il aimait.

Il longea les vieux canons à l'entrée du port et regarda le toit de la grotte. La mer était assez calme, mais un changement s'annonçait. Scully descendit par les rochers plats et trouva le plongeoir que les pères de la ville avaient bâti pour les touristes. Un moment, il demeura assis, les yeux baissés vers la faible clarté sur l'eau. La sueur de la journée, le choc, l'inquiétude, la peur et la déception avaient ranci en lui. Il avait de la poussière dans les cheveux, du gravier dans ses chaussures. Personne alentour – allez vas-y. Nager valait mieux que de se baigner, et il avait besoin de quelque chose, une sensation bienfaisante et limpide pour laver la merde de cette journée.

Il se dévêtit et frappa l'eau d'un affreux plat qui lui brûla le ventre et fit tinter ses couilles comme des clochettes, si bien qu'il lui fallut dix bonnes secondes pour mesurer à quel point l'eau était froide, et se rappeler d'un coup combien il avait d'alcool dans le coffre. La lumière sous-marine, une lueur phosphorescente, frappait le plafond de la grotte et illuminait les rochers immergés d'un bleu glacier spectral qui palpitait et vibrait telle une piscine éblouissante d'hôtel cinq étoiles, un bleu qui dérivait toujours plus loin de lui à mesure qu'il regardait.

« Aïe ! » Le choc fut audible. Il se jeta dans un crawl frénétique, les battements précipités du mauvais nageur, du fouineur de criques, du touriste angliche, du connard bituré et inconscient. Il boxait l'eau. Elle brûlait, pâle, dans ses yeux, et lorsqu'il s'arrêta pour voir où il en était et se calmer, il découvrit qu'il n'avait pas gagné un pouce de terrain, et que la grotte dérivait vers la droite. Il repartit, ses gestes puissants et mesurés, frappant l'eau bien droit et repoussant chaque inspiration, étirant son corps, plaçant ses mains en cuillère pour ramer dans l'eau, jusqu'à en avoir la vision éclaboussée de lumières et les sinus submergés d'ouzo. Le souffle lui manquait. Il n'y arriverait pas. Seigneur, il n'y arriverait pas. La grotte dérivait toujours en glissant. Il se lança dans une brasse haletante et désespérée et vit la grotte disparaître quand même, avalée par la falaise noire et anonyme qui reculait tel le visage de Dieu. Scully cessa de nager. Il flottait là, en hyperventilation. Il se mit sur le dos. Tout ce noir, c'était trop à regarder. Il sentait ses couilles lourdes comme des plombs de pêche au gros.

Bravo, Scully, songea-t-il, tu as vraiment réussi ta journée. Chapeau. D'abord en te ridiculisant de toutes les manières possibles et imaginables, et maintenant, ça. Vivre idiot, mourir jeune.

Il sentit la première crampe remonter de ses orteils à ses mollets.

Scully, tu es un perdant.

Cette vaste étendue noire le dominait.

Une chiffe molle, voilà ce qu'il était. Un empoté. Bien sûr qu'elle t'a laissé tomber – tu n'as rien à ton avantage.

Des remous froids aspiraient ses membres. Il sentit son corps abandonner la partie et se mit à trembler. Il n'y avait plus d'étoiles dans le ciel et un cruel bruit de clapotis lui rugissait aux oreilles. Il supposa que c'était le moment où l'on avait le droit de s'apitoyer sur soi-même. Le choc à la tête l'ébranla de haut en bas et soudain, ce fut plus qu'il n'en put supporter. Il tourna rageusement sur le ventre pour défier du regard cette ultime humiliation et vit la masse arrogante du môle du port passer en glissant à moins d'un mètre de lui. La lumière clignotante du phare lui aspergea le visage et une petite vague le souleva pour le rejeter, bras en croix, crachotant, sur les rochers froids et luisants où il demeura étendu, trop mal en point et dégoûté pour en être soulagé ou amusé. Il attendit, avec une pensée morose pour ses vêtements de l'autre côté du port, et pour la longue marche, nu en pleine lumière, qui l'attendait.

21

De son gouffre de sommeil sans rêve, Scully revint à lui, seul dans le lit, les volets claquant au vent et la tête comme une pierre au bout de son cou.

« Billie ? »

Il se redressa en sursaut. « Billie ? »

En enfilant ses vêtements, il vit ses écorchures et ses ecchymoses. Il s'élança en tanguant dans le couloir, descendit à la salle de bains, mais la porte commune était entrouverte et la pièce malodorante vide. Quatre à quatre, il dévala l'escalier menant à la cour. La pluie tombait dru et les chats se rassemblaient dans les minuscules îlots abrités formés par les angles des murs où les vignes flétries et les gourdes peintes s'entrechoquaient dans le vent.

« *Kyria ? Kyria ?* » appela-t-il, la voix cassée.

La lourde porte en chêne de la cuisine s'ouvrit.

« *Nè ?* »

La petite femme s'essuya les mains sur son tablier en rétrécissant les yeux pour le toiser avec mépris. Debout sous la pluie, Scully aperçut derrière elle, assise près du fourneau, un bol de soupe sur les genoux, sa fille qui levait vers lui un regard curieux.

« Oh, oh, très bien, oh. »

Et juste là sous la pluie, entre les boîtes d'huile de Kalamata aux géraniums desséchés et le mur de bougainvillée, il s'écarta et vomit jusqu'à ce que la porte se refermât sur lui.

C'était l'après-midi quand Scully s'éveilla pour la seconde fois. Il se doucha lentement, fit leurs bagages et descendit récupérer Billie. La pluie tombait toujours et le vent tourbillonnait dans la cour d'où ses souillures avaient depuis longtemps disparu. Il toqua à la porte et la femme le regarda de haut en bas avant de s'écarter pour le laisser entrer.

« *Signomi, Kyria. Ema arostos*. Malade. Je suis vraiment désolé. Hmm, nous allons partir maintenant. Merci de vous être occupée de ma fille. Combien ? Hum, *poso kani ?* »

Scully déposa quelques billets sur la table et la femme haussa les épaules.

« Viens, Bill. »

Billie se leva, cheveux brossés de frais, bouche et joues rougies par l'érythème, et le rejoignit. *Kyria* Dina se pencha pour embrasser ses boucles drues, puis Billie mit sa main dans celle de Scully et ils sortirent sous la pluie, traversèrent la cour et débouchèrent dans la ruelle où l'eau dévalait à hauteur de cheville en un torrent venu de la montagne, de la ville haute, de Kalo Pigadi. Ils prirent le chemin du port, sautant de marche sèche en marche sèche sans se parler.

Le front de mer était désert, lessivé par l'eau du ciel qui inondait le quai et se déversait dans le port. Les bateaux se cabraient sur leurs amarres. Le ciel était noir au-dessus de la mer et la houle lourde contre les digues.

Au bureau du Flying Dolphin, l'employé les informa qu'il n'y aurait ni hydrofoil ni ferry de la journée. Le port était fermé et aucune embarcation n'était autorisée à en sortir. Scully regarda au loin, vers la mer grosse. Même le Péloponnèse n'était qu'une tache indistincte. Mais les choses pouvaient changer, il le savait, et un bateau pouvait arriver de Spetsai ou d'Hermione si la houle faiblissait. Cependant, la rotation de voyageurs serait rapide sur le quai, aussi le meilleur moyen de s'assurer une traversée était-il d'attendre à proximité toute la journée. Malgré ses vertiges, Scully se dirigea vers le Lyko. Il n'avait pas le choix – c'était la taverne la plus proche de l'endroit où accostaient les bateaux, et la seule ouverte d'ailleurs. Et puis, Dieu ait pitié de lui, il fallait qu'il en eût vraiment le cœur net.

La taverne enfumée était bondée, mais à part le crépitement de la pluie contre les vitres embuées et le craquement du gril à charbon, tout était calme. L'ovale pâle des visages se tourna momentanément vers lui avant de se dérober. Soulevant sa valise entre tables et chaises, Scully conduisit Billie vers Arthur Lipp qui replia son journal et leur fit de la place à sa table près du bar.

« Autant vous asseoir.

– Salut, Arthur.

– Tu as une tête à faire peur.

– Je me fais peur.

– Pas assez peur, m'est avis. » Arthur tira sur sa moustache et le considéra attentivement.

« Ben, merci.

– Tu es allé à Episkopi.

– Ouais, j'y suis allé.

– On ne peut rien te dire, n'est-ce pas ?

– Je suis à l'école, ou quoi ? Je croyais que ma femme y était, Arthur. Je suis allé voir.

– Ta foutue bonne femme ! » Arthur jeta son journal de côté. « Pour l'amour du ciel, mec, elle t'a plaqué, alors je te conseille d'encaisser le coup et de rentrer chez toi !

– Si tu t'occupais de tes affaires, petite merde prétentieuse ?

– Tes affaires sont les nôtres, maintenant ! » gueula Rory d'une table proche.

Scully se leva. « Regardez-vous, bande de connards, assis sur votre cul toute la journée comme dans un mauvais feuilleton ! Moi, j'en ai rien à foutre de vos affaires ! »

Arthur Lipp soupira. « Et l'affaire finale d'Alex Moore ? »

Scully baissa les yeux vers Arthur dont le bronzage avait jauni et les yeux plutôt viré au rose.

« Je ne l'ai pas dérangé en plein travail, si c'est ce que tu insinues. Il n'a rien pondu, le pauvre bougre.

– Pauvre bougre, en effet. » Arthur détourna les yeux. « Que diable lui as-tu dit ?

– J'ai dîné avec lui – putain, c'est *moi* qui ai fait à manger pour lui. Je suis resté un peu puis je suis parti. Que me crois-tu capable de lui faire ? Le tabasser ? C'est un vieil homme. Je me suis excusé de l'avoir dérangé, j'ai nettoyé sa cuisine... peu importe, il a dit que vous pouviez tous aller vous faire foutre.

– Stavros Kolokouris, l'ânier, a trouvé son corps au pied de la falaise ce matin. »

Scully regarda Billie. Elle n'aurait pas dû entendre

ça, rien de tout ça, ni aujourd'hui, ni hier, ni avant-hier. C'était moche.

« La police est partie récupérer le corps. Ça va leur prendre quelques heures, sans bateau.

– Il… il m'a donné…

– Ils voudront savoir si on l'a poussé.

– Il n'y avait pas de lettre ?

– Pourquoi, tu en as écrit une ? gueula Rory.

– Je…

– Garde ton histoire, dit Arthur sans méchanceté.

– Tu veux dire que les flics veulent me voir ?

– Ben, ils savent que tu es monté là-haut.

– Merde, c'est sympa de m'avoir recommandé à eux.

– Tu as été vu », dit Arthur.

Scully croisa le regard de Rory, empoigna sa valise et le sac à dos de Billie, et entraîna la gamine avec lui, repassant devant les visages, les conversations et la fumée, jusqu'à l'air propre et sauvage du port. Sous la pluie battante, il traîna enfant et bagages le long du front de mer. Des fenêtres encombrées d'éponges ruisselaient de buée. Il parvint à une ruelle menant aux Trois Frères. Un grand chien, si trempé qu'il ne ressemblait presque plus à un chien, gisait misérablement au bout de sa chaîne sous la pluie. Scully et Billie le dépassèrent en coup de vent et coururent jusqu'à la porte et l'odeur de calamars frits.

Pêcheurs, muletiers, vieillards et oisifs buvaient du café et de l'ouzo en jouant au *tavli*. Scully repéra une table contre le mur et s'y installa.

« Eh, Afstralie ! »

C'était Kufos – le Sourd – qui se levait de sa chaise.

« *Yassou* », dit Scully, dégoulinant sur la nappe en plastique.

Kufos s'avança, ses dents en or étincelant, son torse en tonnelet se gonflant à mesure qu'il approchait.

« Pitite Afstralie ! dit-il en plongeant ses pouces dans la nuque de Billie. *Ti kanis ?* »

Scully lui fit signe de s'asseoir et le vieux capitaine de caïque redressa d'une pichenette la chaise en osier et s'assit.

« Pas heureuse aujourd'hui, ah ? »

Billie secoua la tête.

« Toi revenir à Hydra ? dit-il à Scully. Si vite.

– Juste pour aujourd'hui, dit Scully en haussant les épaules. Pas de bateau aujourd'hui pour le Pirée.

– Ah, trop de ça ! dit le capitaine en dessinant des vagues avec les mains.

– Ouais. »

Scully avait toujours aimé Kufos. C'était un vieux roublard fier et arrogant qui aimait maudire les touristes et prendre leur argent. Il avait été marin dans la marine marchande et il racontait à Scully des histoires améliorées sur Sydney et Melbourne et les filles en pleurs qu'il y avait laissées. Aujourd'hui, il transportait les *xeni* autour de l'île et pêchait un peu le poulpe, mais ce qu'il préférait, c'était s'asseoir sous les auvents du front de mer pour regarder les touristes en bikini. C'était un excellent marin reconnu par tous sur l'île pour être le dernier homme à s'avouer vaincu par grosse mer. Scully lui commanda un ouzo.

« Malade, cette fille ?

– Triste.

– *Kyria* en Afstralie ? »

Scully sourit sans répondre.

« Nous devons aller au Pirée.

– Trop ça. Fini, aujourd'hui. Pas dauphin, pas bateau.

– Ouais, je sais. Mais toi, tu irais ? » demanda Scully en se penchant vers l'homme à la moustache grise.

Kufos avait l'air dubitatif.

« Pour trois mille drachmes peut-être, capitaine ? »

Avec son doigt, Scully écrivit le chiffre sur le plastique et le vieil homme fit la moue.

« Quatre mille ? » murmura Scully.

Kufos se gratta le menton.

« D'accord, cinq, alors. »

On entendit des assiettes s'entrechoquer à la cuisine, autour d'eux des hommes riaient et discutaient. Leurs verres arrivèrent et le serveur, sans qu'on lui eût rien demandé, posa un bol de soupe devant Billie. Elle le regarda un instant, la vapeur lui monta au visage et elle prit la cuillère.

« Cinq mille, dit Scully. Ça fait cinquante dollars. Même pas jusqu'au Pirée, juste Hermione de l'autre côté du détroit. »

Kufos sirota son ouzo en s'adossant un moment à sa chaise, observant Billie manger sa soupe. Elle s'arrêta au bout de quelques instants et le vieil homme lui essuya le visage avec une serviette en papier.

« C'est gentille fille. Tu aimes mon bateau ? »

Billie hocha la tête. Elle semblait aller un peu mieux. Elle réagissait un peu plus. Scully savait que le vieil homme était près de toper là. Il était temps de partir. Il ne savait pas où aller, mais il était plus que temps de se tirer de cette île. Il était certain que

Jennifer n'y était pas. Peut-être n'y avait-elle jamais été. Elle avait pu prendre l'hydrofoil de six heures hier pendant qu'il était à Episkopi. Si vraiment elle ne voulait pas le voir, elle n'avait pas manqué d'avertissements. Et maintenant, avec cette affaire d'Alex, Scully était pris de panique, il se sentait piégé. Au mieux, si les flics prenaient les choses tranquillement, l'enquête prendrait du temps et la piste refroidirait. Putain de piste – il fallait juste qu'il se tire de cette île.

Dehors, la pluie avait cessé et le chien attira son regard en se mettant debout pour s'ébrouer. L'eau dégoutta de son pelage et Billie glissa à bas de sa chaise.

« Ne t'éloigne pas, ma chérie. »

Billie passa à côté des tables bondées et se dirigea vers la porte. Scully comprit ; c'était encore le chien de l'hydrofoil.

« Hermione, c'est trop.

– Quinze, vingt kilomètres.

– Trop ça, dit Kufos en refaisant le mouvement de houle.

– Et la plage d'Hydra, juste de l'autre côté ? Moins de dix.

– *Signomi, Kyrios* Afstralie. Mon bateau c'est trop lent pour ça. Toi prendre taxi Niko.

– Nick P'tite Tête ?

– *Nè*. Lui rapide. Volvo Penta. »

Scully réfléchit. P'tite Tête était le plus gros macho de l'île. Son taxi faisait l'envie de tous, hommes et jeunes garçons. Cinq mètres vingt. Cent soixante-cinq chevaux, moteur arrière, et une verrière coulissante en plexiglas comme les vieux avions de combat Spitfire. Quarante nœuds sur mer calme, les doigts dans le nez. Joan Collins et Leonard Cohen avaient compté au nombre de ses passagers l'été dernier. P'tite Tête était une légende vivante.

« *Pouinè ?* Où est-il ? »

Voyant l'argent lui échapper, Kufos haussa les épaules.

Scully commanda une bouteille de Metaxa pour le vieil homme et le remercia. On entendit alors un grondement et un cri strident venant du dehors, et un tumulte envahit la taverne entière.

22

Scully sauta de table en table pour gagner l'endroit où Billie était assise dehors, hurlant dans son masque de sang. Elle avait les yeux hagards et dilatés comme des pièces de monnaie. Scully la tint, toute rigide, entre ses bras et lui parla doucement pendant les quelques secondes qui précédèrent l'invasion de la terrasse par une cohue d'hommes et de femmes glapissant. Du bout des doigts, il tâta son visage, cherchant les blessures, et découvrit des plaies dans sa joue, son front et son arcade sourcilière. Il essuya le sang avec son mouchoir et vit qu'elle avait une entaille devant l'oreille et un trou dans le cuir chevelu qui soulevait un épais morceau de chair. Avant toute autre chose, il s'efforça de l'apaiser, de la calmer, mais c'était impossible avec le vacarme des cris et les multiples mains qui se tendaient vers elle pour témoigner leur sympathie. Il la souleva sur sa hanche, à temps pour voir le vieux Kufos battre le chien à mort avec sa bouteille de Metaxa encore bouchée, et il se mit à courir vers l'hôpital.

Le long des ruelles pavées aussi glissantes que le fond d'un ruisseau, Scully courait, dérapait, se rattrapait, laissant un sillage écarlate sur la pierre. Il vit les bouches et les yeux béants des gens sur le pas des portes tandis qu'il plongeait sur la place et traversait la forêt fantomatique de troncs de citronniers blanchis à la chaux avant de gravir les marches de la clinique.

Il longea un corridor obscur, trouva une pièce vide, puis une pièce emplie d'ennui où des gens attendaient, adossés aux murs. Ils se levèrent, surpris, effrayés, en cris, et puis la foule fit irruption par-derrière avec ses rugissements, ses beuglements et les grands enveloppements indéchiffrables de la langue grecque. Scully voulait crier, appeler, mais il n'avait plus de souffle et ne parvenait pas à se souvenir de suffisamment de mots grecs.

Deux femmes en blanc écartèrent la foule avec raideur, alors leurs yeux s'écarquillèrent et leur ennui professionnel s'évapora. Le visage de l'enfant était à tel point défiguré par le sang noir et caillé, ses vêtements en étaient tellement maculés et englués qu'il était difficile de distinguer ce qu'elle était, encore moins quel était le problème. Les femmes l'empoignèrent mais Billie s'accrocha à Scully. Ses ongles transpercèrent ses vêtements et s'enfoncèrent dans sa chair. Des hommes crièrent par-dessus sa tête à l'adresse des infirmières qui les entraînèrent tous les deux dans une autre pièce où un médecin attendait avec cigarette et stéthoscope.

D'un geste aimable, presque jovial, le docteur les invita à approcher tandis que les infirmières continuaient à entourer Billie contre le torse de Scully. Au-dessus du grand évier en inox, elles lui maintinrent les bras et la tête pour lui laver le visage. Elle avait les yeux fous. Des yeux bovins. Des yeux d'abattoir. Elle poussait des hurlements à détacher la peinture des murs. Les infirmières grimaçaient. Et quand Billie découvrit les dents pour se jeter sur tous ces avant-bras bruns et poilus qui la tenaient, elles perdirent tout le sang-froid dont elles avaient pu envisager de faire preuve.

« *Occhi, occhi !* »

Le docteur hurla quand Billie, grognant et grondant, referma les mâchoires sur son poignet. Les autres la lâchèrent aussitôt et Billie se replia contre la poitrine de son père.

« Arrêtez ! Ça suffit. Vous ne voyez pas qu'elle est complètement hystérique, bordel, elle est folle de terreur, putain de Dieu !

– Scully ? » appela quelqu'un derrière lui.

Il se retourna et vit Arthur, accompagné de Kufos, du sang et de la cervelle plein sa tunique.

« Dis-leur de me filer ce qu'il faut, je la soignerai moi-même ! Elle crève de peur.

– Qu'est-ce que tu comptes faire, la recoudre tout seul ? lui cria Arthur.

– Dis-le-leur, c'est tout ce que je te demande.

– Et les cicatrices ?

– Oh, Seigneur Dieu, aidez-moi ! »

Hurlement, hurlement. Cirque. Cauchemar. Pantomime au ralenti. Les muscles de Scully se tendaient en lui comme des câbles. Son épine dorsale craquait de frayeur et de haine. Il se noyait dans le bruit, se débattait désespérément entre des mots qu'il était incapable de reconnaître. Il tenta d'apaiser Billie, l'implorant avec presque des sanglots dans la voix, tandis qu'Arthur et Kufos discutaient âprement avec le personnel médical qui secouait la tête et les repoussait avec des gestes indignés. En arrière, en avant, mots, sourcils froncés, prières, poings claquant contre les paumes, et lorsque Scully prit conscience qu'il ne respirait plus, il pivota avec Billie dans les bras et se rua hors de la pièce, face à la foule qui s'écarta de frayeur devant lui. Il remonta le long corridor aseptisé, les antichambres avec leurs portraits majestueux, et déboucha sous le ciel. Et sur les marches rafraîchies par la pluie, il ne cessa de rugir que lorsqu'il sentit les petites mains de Billie sur sa gorge en éclats et sa petite voix à son oreille.

« Arrête. Arrête, ça fait mal ! »

23

Arthur apporta une autre bassine d'eau chaude et Scully, serrant les dents, coupa avec les ciseaux à ongles la touffe de cheveux emmêlés. Quand il pressa du doigt l'épaisseur de cuir chevelu décollé et qu'il prit le rasoir jetable, Billie ferma les yeux et retint sa respiration. Arthur détourna la tête. Comme il appliquait la lame sur la plaie pour raser la peau déchirée, Scully sentit son anus se contracter. Il vit les larmes couler entre les paupières étroitement serrées de l'enfant et il s'appliqua jusqu'à temps que la plaie fût propre et exsudât à nouveau un sang clair. Le cuir chevelu était tellement soulevé qu'il en avait la nausée.

« Tu ne peux pas recoudre ça, Scully.

– File-moi ces machins adhésifs, tu veux ? On va rapprocher les lèvres de la plaie et les ressouder.

– L'hôpital veut que tu signes une décharge.

– Tu veux bien relaver ces ciseaux, je te prie ? »

Billie se mit à geindre quand il arrosa d'antiseptique sa dernière entaille.

« Tu es une fille courageuse, murmura-t-il avec un tremblement dans la voix. C'est presque fini.

– C'est Kufos qui est venu me chercher, dit Arthur.

– Oui, dit Scully en séchant l'endroit rasé.

– Il a dit que tu cherchais Nikos Keftedes.

– Arthur, s'il te plaît, les bandelettes. Elle souffre, là.

– La mer est dangereuse, dit Arthur en ouvrant maladroitement un paquet de steri-strips.

– Là, maintiens les bords l'un contre l'autre avec tes pouces.

– Oh ! lala ! Tu aurais dû…

– Tes pouces, s'il te plaît… parfait, je colle. Tiens bon, ma chérie. »

Billie cria quand les mains des deux hommes se pressèrent sur elle. Ses deux pieds s'élevèrent en direction de leur estomac et son dos se souleva du canapé. Elle transpirait et les bandelettes ne voulaient pas coller.

« D'autres strips. »

Il n'entrait plus de lumière par les fenêtres sans volets à présent, et le vent secouait les vitres. Scully sentait l'odeur de tabac de l'Anglais contre lui tandis que tous deux s'affairaient au-dessus de l'enfant qui se contorsionnait en criant. Il chuchotait, la câlinait de la voix, et haïssait ses mains pour leur brutalité.

« Ça y est.

– Dieu soit loué. »

Scully prit Billie dans ses bras pour se calmer. Ses blessures rendaient livide son visage enflé et encroûté par endroits.

« Merci, Arthur. Peux-tu me vendre une couverture ? »

Arthur cessa de s'agiter avec la bassine et les ustensiles. « Te vendre ? »

Scully se pencha pour ramasser d'une main la petite valise et le sac à dos tout en hissant Billie sur sa hanche.

« Les flics ne vont plus tarder maintenant.

– Ne me dis pas que c'est vraiment toi qui l'as tué ?

– Je dis que je veux partir.

– Ils pourraient te poursuivre, tu sais.

– Possible.

– Que diantre t'est-il arrivé ? »

Scully partit d'un rire aigre. « On pourrait dire que ce n'est pas ma fête en ce moment. » Il sentit sa bouche se déformer en disant ces mots et l'Anglais, posant sa bassine, s'approcha de la fenêtre et alluma un cigare.

« Il faut que je sache, c'est tout.

– Pourquoi serais-tu le seul à obtenir des réponses ?

– C'était un ami.

– Il m'a raconté comment autrefois on jetait les vieillards du haut de la falaise dans des paniers. Je n'y ai pas attaché d'importance. J'étais préoccupé, je suppose. Je suis vraiment désolé, Arthur. C'est horrible. »

Arthur tira sur son cigare, il tremblait un peu. « Ce petit trait folklorique est une invention, naturellement. Le petit con vaniteux. »

La maison était froide et silencieuse. Son mobilier de pêcheur luisait obscurément. Le tapis persan étendu sur le carrelage de marbre avait l'air épais et suffisamment profond pour s'y endormir. Au mur, derrière l'épaule d'Arthur, était accrochée une petite toile sur laquelle tous deux posèrent en même temps le regard.

« C'est de lui, murmura Arthur d'une voix mal assurée.

– Je sais. »

La toile représentait un paysage lumineux, d'une relative simplicité. Des rochers pâles, nus. Un ciel bleu-sommeil. Perchée sur une falaise de granite au-dessus de l'eau, une petite chapelle blanche.

« Tu connais cette chapelle ?

– Juste avant Molos.

– Oui. La chapelle du vin. Le capitaine d'un navire transportant du vin de Crète fut pris dans la pire tempête de sa vie, juste en vue de cette île. Il implora la Vierge et promit de construire une chapelle en son honneur s'il vivait. C'est ce qui est arrivé. Il a gâché le mortier avec sa cargaison. Ciment et vin. La chapelle du vin. La préférée d'Alex. Facile de comprendre pourquoi. Cette anecdote folklorique, au moins, est réelle. »

Il laissa Scully et Billie seuls au salon. Scully regarda la toile et songea aux après-midi où il avait nagé près de cet endroit, pêchant poulpes et *rofos*, avec le soleil sur le dos et l'eau parcourant son corps comme une brise. Dans l'eau régnait toujours une immobilité déniée au reste du monde, un calme qu'il était difficile de se rappeler, debout là, à crever de trouille, abasourdi par le choc. Sous l'eau n'existait que la température, ni temps, ni mots, ni gravité. C'était ce que les moines obtenaient à force de discipline, ce que les drogués se détruisaient à poursuivre. Était-ce là ce qu'atteignaient par moments les dauphins et les oiseaux, un point immobile au centre des choses ? Les assassins ? Les marathoniens ? Les artistes ? Est-ce là ce que Jennifer recherchait, cette convergence totale ? C'était une chose qui valait la peine d'être vécue, Scully devait en convenir.

Arthur revint avec des couvertures, des analgésiques, de la nourriture.

« Dans dix minutes, devant le bar du Pirate. Quinze mille d'avance.

– Merci.

– Je vais t'aider à descendre.

– Je pensais que Kufos serait venu.

– Je crois bien qu'il est blindé comme un rat.

– Il n'a pas cassé la bouteille ?

– De Metaxa ? Non. C'est un grand héros ce soir.

– Pauvre vieux chien.

– Bah, il aura eu une mort plus rapide qu'avec la traditionnelle boulette de viande à la naphtaline.

– C'est son maître qu'on devrait tuer.

– Son maître, c'est la femme de Kufos. L'Albanaise. » D'un geste, Arthur fit refermer la bouche à Scully. « Pose pas de question. On y va ? »

24

Le long du front de mer obscur, tous volets clos, Scully serrait l'enfant frissonnante contre lui et regardait Arthur marcher devant, cramponné aux bagages qui ruaient et se balançaient dans le vent. Le ciel sans étoiles gémissait. Les mâts faisaient des embardées parmi les cris d'orfraie des gréements et les grognements fantomatiques des haussières. Scully se sentait déjà loin. Il en défaillait presque de soulagement. Le vent faisait pleurer ses yeux et tirait tant ses cheveux en arrière qu'il en avait mal aux racines.

Sous la statue du héros, dont la tête semblait flamber à la lumière d'une fenêtre à l'étage, la silhouette d'un homme s'avança. Arthur alla à sa rencontre, Scully entendit leurs chuchotements sifflants. Il attendait, il se sentait léger, insouciant, lointain.

Arthur revint vers lui.

« Laisse tomber, Scully. Il en veut vingt mille.

– Donne-les-lui, dit Scully en tendant la liasse de billets qui claqua dans le vent.

– C'est trop cher et la mer est trop forte.

– Dis-lui que nous partons tout de suite.

– Pour l'amour du ciel !

– Donne-les-lui, Arthur.

– Tu n'y penses pas ! dit l'Anglais, et la paume pâle de ses mains brilla un instant dans le noir. Tu es à bout, Scully !

– Allons-y. »

Scully sentit son corps se dérouler, la chaleur quitter ses tempes et ses pieds, et il comprit que si le bateau ne partait pas, il se jetterait tout bonnement du quai pour s'enfuir à la nage. Il vit l'éclat des dents de P'tite Tête, le scintillement de ses ongles quand il prit l'argent. Le Grec les guida entre les bateaux de pêche vers l'endroit où son taxi peinait dans la houle.

« Est-elle venue ici, Arthur ? » demanda Scully quand P'tite Tête fit coulisser la verrière en arrière.

Arthur se rembrunit. « Personne ne veut me répondre franchement, Scully. Rory et ses potes disent des choses, mais peut-on les croire ? Ce qui est sûr, c'est qu'elle n'y est pas en ce moment.

– D'accord. Merci.

– Eh bien, ta visite m'a fait plaisir.

– Je vais louper l'enterrement. »

Arthur émit un grognement, haussa les épaules et repartit le long de la jetée.

Scully l'observa brièvement avant de monter à bord du taxi. Le gros Volvo démarra et ronronna. P'tite Tête largua les amarres de proue et de poupe et le bateau glissa entre les pontons. Billie leva la tête pour voir les lumières de la ville s'élever au-dessus d'eux comme un Noël.

P'tite Tête ralentit brutalement.

« Assis ! Assis ! »

Scully retourna s'asseoir sur la banquette rembourrée pendant que la verrière se refermait en coulissant au-dessus de leur tête. Le Volvo commença à mugir. Les lumières de l'École maritime se brouillèrent. Le bateau se mit en aquaplanage et ils sentirent l'eau durcir sous eux en quittant l'enceinte du port.

Les feux de navigation disparurent et la première vague s'écrasa sur la proue. L'eau ruisselait sur les vitres. P'tite Tête était entouré d'un halo vert émanant de la lueur de son tableau de bord. La police du port, les digues étaient déjà hors de vue. Filant dans le creux de la houle, ils fracassèrent le dos de la vague suivante dans un choc assourdissant qui projeta Billie et Scully à terre. Commotionnés, tous deux s'agrippèrent à la banquette pour se rasseoir en cherchant des yeux des points d'appui. Leurs bagages roulaient sous leurs pieds. P'tite Tête engagea une cassette dans le lecteur de bord et la musique grinçante de bouzouki emplit la petite cabine. Scully s'accrochait et observait le visage de Billie pendant qu'ils fonçaient droit devant, labourant les ténèbres.

La mer accourait vers eux de toutes parts. Le bateau tanguait, roulait, plongeait et voltigeait. L'hélice se libérait de l'eau en hurlant avant de la frapper à nouveau. La coque en fibre de verre tremblait – Scully en ressentait l'impact jusque dans ses dents. Déjà, il se repliait dans la stupeur familière du matelot, cette catalepsie qui lui avait permis de ne pas devenir fou, toutes ces années auparavant. À cette époque, quand ça devenait vraiment trop atroce, il lui suffisait de se renfermer à l'intérieur de lui-même et de continuer à fonctionner en pilote automatique. Le pont qui vacillait et se soulevait, la mer qui se brisait en rideaux glacés sur la timonerie, les appâts puants lessivés par les dalots. Comme dans un rêve, voilà comment Scully évoluait, et cet animal d'Ivan Dimic peinard au gouvernail, et les galettes de cordages qui ne tenaient pas en place et sautaient par-dessus bord. Les seaux puants pleins de homards, de requins et de poulpes convulsionnés, heurtant la benne. Oui, Ivan Dimic, le dernier de la flotte à partir et le premier à revenir. Il pêchait toute la journée à plein régime, avec la gueule de bois et la méchanceté dans la peau. Du haut du pont volant, gueulant sur ta tête dégoulinante. Il avait ce genre de voix bestiale qu'entendent les fous, à la différence près que le bonhomme était aussi réel que la torture qu'il infligeait. Être le premier à acheter, le dernier à payer, et toujours balancer ton poing dans la gueule de l'autre pauvre con d'en face avant qu'il t'ait vu venir, telle était la philosophie d'Ivan. Scully restait avec lui pour l'argent, bien sûr, et parce qu'il croyait que les choses ne pouvaient aller qu'en s'améliorant, et qu'il était capable de tenir le coup. Mais il n'était pas de la même étoffe qu'Ivan et les équipes de marins qu'il avait connus au temps de la pêche. Scully n'était tout bonnement pas un dur, or la seule façon d'avoir le dessus avec Ivan, c'était par la force. La revanche du matelot. Vlan. Par-dessus bord à vingt milles des côtes. Cela s'était déjà produit. Mais pas pour le jeune Scully. Tous ces matins de février qu'il avait passés à trimer, là-bas dans l'est, Scully s'imaginait qu'il était ailleurs. Mais ce soir, c'était là le plus loin qu'il pouvait aller à l'extérieur de lui-même.

Billie se mit à vomir. Il n'y avait aucun endroit vers où la diriger ; Scully ne pouvant tout à la fois l'aider et se cramponner, il reçut donc les gouttelettes fumantes contre son blouson en la serrant contre lui. Le siège s'en retrouva tout gluant et une puanteur âcre emplit la cabine. Pauvre petite chose. Il sentait ses mains accrochées à sa nuque et il se détesta pour sa stupidité et sa maladresse, pour avoir laissé tout cela lui arriver, pour s'être mis dans cette situation insensée. Qu'allait-il encore lui arriver ? Elle était si forte, si résistante, mais jusqu'à quel point un enfant pouvait-il encaisser ? Il songea qu'il aurait peut-être dû rester, mais de quelle utilité aurait-il été à Billie, en prison sur une île grecque ? Comment savoir ce qui pouvait arriver avec cette histoire d'Alex, comment les choses allaient tourner ? Il aurait pu aller à la pharmacie, faire venir un médecin chez Arthur, mais les flics le talonnaient et c'était un risque que Scully ne pouvait tout simplement pas courir. Et la vue de Billie, folle de terreur au milieu de tous ces gens vociférant, les infirmières la ceinturant comme un animal. Non, il ne pouvait pas infliger ça à sa fille. Il ne lui restait plus qu'à prier pour qu'elle comprenne, qu'elle le connaisse suffisamment pour comprendre que tout ça n'était pas normal, que c'était quelque chose qu'il ne ferait jamais à moins d'y être contraint. Mais ça n'était pas juste, ça n'aurait pas dû se passer ainsi, jamais Billie n'aurait dû avoir tout cela à endurer, et l'énormité de tout cela l'entamait jusqu'au sang. Fameux père, Scully, fameux père.

P'tite Tête se tourna, sourcils froncés.

« Hermione, mauvais ! Nous aller plage d'Hydra ! Plage d'Hydra ! »

Le bateau décolla sur le creux d'une vague et demeura suspendu en l'air, mugissant, si longtemps que Scully le sentit dériver latéralement sous la poussée du vent. Lorsqu'il heurta l'eau de nouveau, la valise en rotin de Billie s'ouvrit sous le choc, répandant sous-vêtements, rasoirs, papiers aux quatre coins de la cabine. Renonçant à s'en occuper, Scully continua à se cramponner.

« Il n'y a *rien* à la plage d'Hydra en cette saison ! Je t'ai donné vingt mille balles !

– Plage d'Hydra. Rien d'autre. »

Un paquet d'eau lessiva la verrière d'avant en arrière et la proue fut momentanément engloutie. Il y avait de quoi être claustrophobe sous l'eau. Des chapelets de bulles s'accrochèrent au pare-brise comme des colliers de perles. Le bateau frissonna et pulvérisa de nouveau l'air. Cela faisait déjà une heure qu'ils étaient partis et Scully savait qu'il pouvait en falloir bien davantage pour descendre la côte jusqu'à Hermione. À ce rythme, cela pouvait prendre la moitié de la nuit.

Billie se raidit. Sa plaie au cuir chevelu s'était remise à saigner et elle était trop faible pour pouvoir encore se cramponner. L'eau clapotait par terre, et sous les pieds de Scully, souillée, à moitiée roulée, gisait l'esquisse d'Alex, *Rue de Seine*, avec ses immeubles solides et anguleux, sa chaussée grouillante de monde, de chiens, de voitures, sa perspective, vue d'en haut, stupidement rassurante. Scully se surprit à la regarder fixement, à contempler par sa fenêtre ouverte la solidité de la terre en contrebas.

« Plage d'Hydra, Afstralie ! »

Scully leva les yeux vers Nick P'tite Tête et le vit, avec sa figure verte terrifiée, toute sa connerie macho envolée. La bave lui blanchissait les lèvres. Scully regarda autour de lui, cherchant des yeux des gilets de sauvetage – aucun – et juste à cet instant, la clameur de bouzouki se tut et, entre des éclats de parasites, une sonore voix d'homme retentit dans le poste de radio.

Imagine une panne au milieu de cette merde, songea Scully. Tous ces îlots de granite. Les falaises de Dolos.

Ils roulèrent lourdement et s'aplatirent sur le flanc dans l'eau qui se pressa, noire, contre la vitre.

Alex devait reposer sur une table d'autopsie dans le port d'Hydra à l'heure qu'il était. Les flics sonnant à droite et à gauche. Les obsèques en train de s'organiser. Arthur faisant passer le chapeau. Enterré comme un infidèle, sans aucun doute. Peu importe le temps que tu restais, tu étais toujours un étranger, au sein ou en dehors de l'église, mort ou vif. C'est moi, Alex, c'est à cause de moi ?

« Afstralie ?

– Okay, plage d'Hydra.

– Toi garçon intelligent !

– J'te crois. »

Scully baissa les yeux vers la *Rue de Seine*, de plus en plus souillée, et vit des femmes sur le trottoir, à la démarche dansante. Il voulait aller là-bas, se retrouver à l'intérieur de cette image, avec ses odeurs de Chanel, de café, de pâtisserie, être au cœur de sa vie, dans sa composition parfaite et régulière et dans sa touche légère, mais le monde réel, le cauchemar tordu qui l'entourait le serrait trop fort dans son étau. La mer suçait, agrippait, sifflait, empoignait, et la sueur de Billie brillait d'un éclat vert. Pas moyen de s'enfuir dans la netteté ordonnée de l'imagination. Scully pouvait seulement prier pour qu'elle le pardonne, qu'elle prenne ce qui restait de lui, qu'elle le frappe à mort, qu'elle le sauve.

25

Plongée dans quelque formidable et folle histoire, une histoire de Jonas, une histoire de Sindbad, une histoire de Jésus et des pêcheurs, de cette sorte d'histoires trop vraies pour être bizarres, trop oniriques pour être inventées, Billie s'agrippait au blouson de Scully, entendait la mer gronder et voyait le ciel descendre sous terre avec elle. Pardon pardon pardon pardon pardon pardon pardon pardon, disait-il, tel le moteur d'un bateau qui l'emportait au loin, qui la poussait à travers des vagues de nausée, de douleur et d'images qui la déchiraient. À l'intérieur de sa tête, aussi, elle entendait la chanson de l'école d'en haut qui flottait dans l'air par-dessus le mur.

Quelque chose, quelque chose, parakalo,
Quelque chose, quelque chose, parakalo…

Sa tête était trop encombrée, elle en oubliait le grec. C'était quoi, ce qu'ils demandaient ? Que tout soit paisible ? Que tout redevienne comme avant ? Que tout s'arrête ?

Billie voyait le pauvre chien mouillé. Comment son œil bougeait lentement. L'intérieur grand et rose de sa bouche et l'odeur de viande de son haleine. Et tous les gens. Qui hurlaient sur elle. L'or de leurs dents, le sang qui lui piquait les yeux comme le shampoing Pears. Et tous qui se bousculaient, qui essayaient de l'emporter, en lui tordant les bras, leurs mains molles et poilues partout sur elle. Et Scully qui la tenait, sa figure comme une citrouille, grosse et congestionnée par la terreur. Billie voyait la main de Scully sur ses cheveux, qui la brossait comme un chien, en disant des mots trop doux. Son grand cœur là dans sa chemise, l'amour dans son cou. Il ne la lâchait pas, il ne les laissait pas faire. Le gros cigare, la puanteur du cigare de M. Arthur. Des doigts tendres sur son visage. Chaque élancement de douleur semblable au clignotement de l'enseigne des toilettes d'un avion – ting, ting, ting. Un visage blanc dans les nuages. Quelque part, aussi, le pioupiou d'un flûteau. Une nouvelle vague de gens et des portes vitrées qui s'écartent comme la mer devant Moïse et la figure déglinguée de Scully sur l'autre rive, sous les cloches qui se balancent et qui sonnent et qui carillonnent. Lui qui ne lâche pas prise et leurs doigts qui se nouent et qui s'entortillent comme des nœuds palomar et des nœuds du pendu, et qui ne glissent pas, noués comme il faut, qui ne cèdent pas d'un pouce. Le chien n'avait personne, à présent, et elle, elle avait Scully. C'était elle qui avait de la chance.

Quelque chose, quelque chose, parakalo,
Efcharisto poli…

Oui. Elle avait le cœur de Scully qui cognait contre son oreille comme une cloche, comme le chant de Dieu.

26

Scully entendit le Volvo rétrograder et il comprit d'un coup qu'il avait dormi. La mer était différente, la houle longue et régulière. La verrière coulissa en arrière et un flot d'air les assaillit. Scully se mit debout et aperçut des lumières, des silhouettes de maisons, un phare, un môle. Ils entrèrent en eaux peu profondes, moteur sifflant au ralenti, et Scully vit qu'ils étaient à Hermione en fin de compte.

Billie resta assise, assommée et pâle, pendant qu'il se baissait pour rassembler leurs affaires. Il referma la valise d'un claquement sec et ajusta le petit sac sur le dos de Billie.

« Vous connaissez des gens ici ? demanda-t-il à P'tite Tête, ne sachant au juste si le bonhomme s'était ravisé ou s'il avait abouti au port par hasard.

– *Nè*, quelques-uns, répondit P'tite Tête tandis qu'ils glissaient entre des bateaux amarrés.

– Trouvez-moi un taxi, alors, une voiture. Pour Athènes. »

Dansant sur les flots, ils vinrent se ranger contre les pare-battages noirs et glissants du quai et P'tite Tête coupa le moteur avant de sauter à terre pour attacher les amarres. Quand Scully hissa Billie sur le quai, le Grec avait disparu.

Le vent était froid et il avait plu récemment ici aussi, si bien que l'air était lumineux et liquide tandis qu'ils attendaient entre les bateaux qui tintaient. Scully brossa les cheveux de l'enfant en prenant soin d'éviter ses blessures. Plongeant son mouchoir dans la mer, il nettoya leurs vêtements de son mieux.

« Ça va, toi ?

– Oui. »

Elle avait une mine épouvantable sous les lumières du quai.

Elle ferma les yeux et ses boucles épaisses voletèrent dans le vent. « J'ai mal. »

Scully attrapa du paracétamol. Était-elle trop jeune pour prendre du paracétamol ? Il trouva un robinet et fit couler de l'eau au creux de ses paumes. Le goût des comprimés la fit tressaillir et elle s'agrippa à la coupe calleuse de ses mains pour laper comme un chien.

Loin au large, les lumières d'Hydra brillaient faiblement par intermittence.

« Afstralie ! »

Scully se retourna et aperçut le visage du marin dans l'éclat d'un briquet.

« Taxi.

– Parfait.

– Pour Nafplion.

– Je veux Athènes. »

P'tite Tête haussa les épaules.

« D'accord, peu importe. »

Une Fiat délabrée attendait au bout de la jetée. Un petit homme replet en sortit en boutonnant son blouson et ouvrit le coffre. Scully secoua la tête devant la malle ouverte et monta en voiture.

L'habitacle sentait l'ail et le cigare. C'était agréable après le bateau, on se sentait chez soi, et ça roulait droit et sans à-coups. Jamais auparavant Scully n'avait considéré la voiture comme un moyen de locomotion si luxueux. Ils longèrent des rues endormies, et l'engourdissement le gagna.

« Nafplion, *nè ?*

– *Occhi*, dit Scully, Athini.

– Athini ? »

Le chauffeur s'arrêta le long du trottoir près d'une taverne obscure et pivota sur son siège.

« *Nè*, dit Scully, Athini. »

Le chauffeur alluma le plafonnier pour les dévisager attentivement. Visiblement, ce qu'il vit lui déplut. Il y avait du sang partout sur le blouson en jean de Scully dont la gueule de criminel n'était pas rasée. Le visage enflé de Billie commençait à bleuir. Ses cheveux étaient tailladés et de petits morceaux de pansements décollés pendouillaient sur sa peau. Elle empestait et avait tout l'air d'une enfant volée au pire, négligée au mieux.

« Chien, dit Scully en désignant les morsures et en figurant les mâchoires avec ses mains. Chien, chien, mordue, voyez ?

– Hydra ?

– *Occhi*, Spetsai. C'est arrivé à Spetsai, on en vient, juste maintenant. »

Scully tira vingt mille drachmes et déposa la liasse sur le dossier du siège entre eux.

« Athini, *endakse ?* »

L'homme fit la moue et soupira. Scully esquissa

un sourire épuisé en sortant les passeports pour lui montrer leurs photos.

« *Papa ?* dit le chauffeur à Billie en désignant Scully du doigt.

– *Nè*, répondit Billie en hochant la tête avec lassitude.

– *Postulena ?*

– Billie Ann Scully. »

L'homme lui sourit en leur rendant les passeports. Mais son visage conserva son expression inquiète cependant qu'il prenait l'argent et éteignait la lumière. Ils étaient déjà loin à l'intérieur des montagnes lorsque Scully sentit le sommeil le gagner tel un vent léger balayant la mer.

Sur une mer lisse et pâle, avec le soleil levant dans le dos, Scully regarde le filin s'enrouler autour du treuil et voit le casier en osier crever la surface des flots, grouillant d'antennes. Il s'écrase sur le platbord, dans une odeur de sel, d'algues et d'appât pourri, bruissant du cliquetis de cigales des homards de roche. Le bateau bondit en avant et un banc enragé de carangues argentés pourchasse les oubliés dans l'eau claire du récif. Deux dauphins surgissent droit devant et le monde est bon, la mer vivante, le ciel bleu pour toujours.

Billie s'éveilla dans l'air sec de la montagne et ne vit rien au-delà de la route en lacets. La tête renversée et la bouche ouverte, Scully dormait toujours. Elle l'observa dans le noir tandis que l'homme devant chantait doucement pour lui tout seul, et elle sentit la nuit palpiter au-dehors derrière son visage douloureux. Elle pensa à ce château, la tour en bas de la colline où se trouvait la petite maison de Scully. Il y avait des oiseaux autour comme un nuage. Le monde entier immobile, sauf les oiseaux. Elle se demanda si on pouvait aimer trop quelqu'un. Si c'était possible, ça n'était pas juste. Ça ne donnait aucune chance aux gens. L'amour était tout ce qu'on avait, au bout du compte. C'était comme le sommeil, comme l'eau propre. Quand on passait par-dessus le bord du monde, il y avait toujours de l'amour parce que le monde était fait avec de l'amour. C'est ce qu'elle croyait. C'est comme ça que c'était.

Scully se réveilla dans le taxi en stationnement. Il vit le siège vide du conducteur, les clés retirées du contact, sa fille endormie auprès de lui, leurs affaires éparpillées dans le noir à leurs pieds. Il vit l'obscurité du parc de l'autre côté de la rue, et dans un spasme de terreur, enregistra la présence du commissariat de police juste à côté. L'espace de quelques secondes, il écouta le tic-tac du moteur en train de refroidir, puis il rassembla leurs affaires et secoua Billie.

« Allons-nous-en, allons-nous-en. »

L'enfant se réveilla aussitôt et mit pied à terre à ses côtés. Ensemble, ils traversèrent la rue déserte et se glissèrent dans les ténèbres du parc. L'air était humide et frais et l'esprit de Scully ricochait. Il la conduisit vers un massif d'arbustes à l'odeur de thym et la mit à couvert. Derrière se trouvait une station de bus. Il lut le panneau avec difficulté. Korinthos. Corinthe. Aucun signe de vie là non plus. Scully s'accroupit pour réfléchir. Le chauffeur était-il en train de les dénoncer comme individus suspects, une paire de *xeni* à l'allure bizarre ? Un enfant qui avait l'air volé et maltraité, un homme qui portait l'étiquette desperado pendue autour du cou.

« Scully ?

– Chhh... »

Scully vit le chauffeur émerger du poste de police avec quelque chose à la main. Un papier. L'homme posa la main sur la poignée de la Fiat et s'immobilisa. Il se pencha à la fenêtre arrière puis se redressa et regarda autour de lui.

« *Kyrios ?* appela-t-il doucement. Monsieur ? »

La ville était si paisible que sa voix porta clairement jusqu'à eux, à peine plus sonore qu'un murmure.

« Scully ? » Billie le tira par la manche.

Scully observa l'homme attentivement. Il songeait à la longue attente jusqu'à l'aube et au premier bus ou train qui les éloignerait d'ici.

« Scully ? » murmura l'enfant avec insistance.

Le chauffeur de taxi empocha son papier et fit une fois le tour du véhicule, en regardant d'un côté et de l'autre de la rue. Scully songea aux flics d'Hydra. Ils ont envoyé un avis sur le continent. Sont-ils au courant ici ? Pourquoi dans ce cas le chauffeur est-il ressorti seul, et qu'est-ce que c'est que ce papier ? Il cherche à gagner du temps. Ils attendent à l'intérieur, du renfort, un appel de confirmation d'Hydra. Et où peut-on aller, avant le lever du jour à Corinthe, quand les trains ne circulent pas encore, que les rues sont désertes et qu'on est deux étrangers impossibles à ne pas remarquer hors saison ?

Billie avait déjà traversé la moitié du parc quand

Scully s'en aperçut. Elle marchait droit devant elle, comme mue par la détermination, ou la colère, sans un regard en arrière. Scully s'étrangla et se leva. Le chauffeur pivota sur lui-même et exhala un grognement de ravissement. Levant les deux mains vers le ciel, il se mit à rire. Scully le vit ouvrir la portière en bavardant et en continuant à regarder autour de lui, et c'est là que Scully capitula, ramassa leurs affaires et sortit du couvert.

Lorsque le taxi démarra – le chauffeur lui racontant comment il s'était perdu dans la grande ville trapue, avec les *xeni* endormis à l'arrière, et comment il s'était arrêté devant le poste de police pour demander sa route – Scully avait déjà décidé de ne plus aller à Athènes. Athènes, c'était l'aéroport, et l'aéroport signifiait décider d'une destination immédiate, or il ne savait tout simplement pas quelle direction prendre pour le moment. Depuis dix heures sinon davantage, il s'était contenté de bouger, d'avancer aveuglément. Hydra se muait en une série d'images de migraine. Mais Scully savait qu'Athènes était un mauvais choix, qu'il avait besoin de se reposer et de réfléchir, de décider avec toutes ses facultés, et pas seulement la partie chauffée à blanc de son esprit qui galopait quand tout le reste avait fermé boutique.

Il alignait dans sa tête les mots grecs destinés à en informer le chauffeur qui ne cessait de bavarder, quand il remarqua qu'ils s'étaient engagés sur la nouvelle voie rapide en direction de l'ouest et non de l'est. Il vit le panneau indiquant Patras et entendit le chauffeur s'exclamer.

« Patras !

– Patras ira parfaitement, dit Scully. Patras *endakse.*

– Patras ?

– Oui, continuez. »

Ils poursuivirent leur route pendant que le vaste paysage désertique de la voie rapide se déroulait sous leurs yeux. L'air sentait l'oxyde de carbone et la résine de pin. Billie se rendormit et Scully garda les mains entre les genoux toute l'heure qu'il fallut à la ville portuaire pour apparaître dans la lumière blême d'avant l'aube.

27

Scully s'éveilla dans la lumière crayeuse de l'après-midi. Il demeura étendu sans bouger. Sur le lit près de lui, adossée au mur crasseux, Billie crayonnait sur une feuille de papier à en-tête d'Olympic Airways. Son visage était tendu par une concentration semblable à celle qu'elle avait en naissant – cette expression intense qui suggérait que seuls l'entêtement et la volonté l'avaient conduite au-dehors vers le bruit et la lumière du monde. Mais à présent, elle avait le front gris et vert d'ecchymoses. Il voulut la toucher mais n'osa pas. Il écouta sa respiration légère, le crissement de son crayon, et au bout d'une minute ou deux, elle baissa les yeux vers lui. Sa bouche esquissa un mouvement hésitant. Elle retourna à sa feuille de papier.

« Tu dessines ? » murmura-t-il.

Elle leva son dessin. Une maison. Un arbre. Un oiseau. Le nid de l'oiseau était aussi énorme que le soleil entre les branches.

« L'Irlande ?

– Le paradis », souffla-t-elle.

Il vit qu'elle avait son tee-shirt sens devant derrière. L'étiquette Ripcurl lui pendait sous le menton.

Il ne l'avait pas remarqué avant, ni la nuit dernière, ni tout hier. Aujourd'hui, pharmacie – première chose. Il n'avait aucune excuse aujourd'hui.

Billie ramassa un autre papier, le vestige du dessin à l'encre et au crayon d'Alex, *Rue de Seine*.

« Quand est-ce qu'un rêve est... pas tout à fait un rêve ? »

Scully pivota sur sa hanche. Il savourait la tonalité rauque de sa voix. « Quand il est réel, je suppose. »

Elle hocha la tête.

« Je m'excuse pour tout ça, dit-il. Il fallait que je le fasse. Que je la cherche. »

Le visage de Billie se ferma tel un ciel changeant. Elle se replongea dans son dessin et il resta là aplati contre son oreiller.

Au bout d'un long moment, il se leva et lui fit couler un bain. Il lui en avait coûté dix mille drachmes de supplément pour ne pas avoir à partager la douche du couloir. Il avait peu d'espèces, mais il n'était pas question de se passer d'un bain, surtout avec le tour que prenaient ses pensées à l'aube. Il vida la valise et trouva quelques pansements et du coton. Billie ne faisait pas attention à lui. L'eau emplissait d'un jet puissant la grande baignoire émaillée. Scully dégrafa sa lourde montre de plongée et l'apporta à Billie.

« Tiens, tu peux prendre ton bain avec. »

Billie tendit le bras et il la lui attacha. La montre tourna autour de son poignet comme un cerceau. Le dernier trou du bracelet aurait convenu pour sa cheville. Billie fit tourner le cadran de plongée. Bruit de cliquetis d'une autre vie.

Dans le bain, elle laissa Scully tamponner ses blessures en s'agrippant au rebord de la baignoire. Scully sentait le carrelage froid sous ses genoux. Les lèvres gonflées des plaies semblaient propres, bien que dures. Peut-être pourrait-il se procurer une pommade antiseptique, ici à Patras. Les blessures devaient rester fermées afin de ne pas faire de vilaines cicatrices, mais propres, toujours propres. Il fallait d'autres médicaments. Et le tétanos ? Elle avait été vaccinée à l'âge de cinq ans. C'était lui qui l'y avait emmenée. Il se rappelait le stoïcisme impressionnant dont elle avait fait preuve. Combien de temps était valable une vaccination contre le tétanos ? Dix ans ? Cinq ? Cinq, sûrement cinq. Et le chien ? Scully ne pouvait se défendre d'une inquiétude au sujet des papiers de ce foutu chien. Étaient-ce des faux ? Kufos avait juré par tous les saints. Arthur avait attesté leur authenticité. Merde, envisager une série de piqûres contre la rage… C'en serait fini de Billie Ann Scully. Non, elle était en sécurité de ce côté-là.

Il tenait la tête de Billie au creux de sa main, à la façon dont on baigne un bébé. Elle se laissait aller à la renverse dans l'eau, les yeux confiants. Scully ne put s'empêcher de penser à sa propre mère qui lui avait ainsi bercé la tête le jour où il était rentré en stop, en proie au délire, le visage tuméfié et boursouflé, le poison violet en lui ; la façon dont elle avait tenu sa tête et épongé ses blessures.

Billie avait la tête renversée, de l'eau sur les oreilles, les cheveux ondulant comme des algues. Il ignorait pourquoi elle lui faisait confiance. Peut-être le connaissait-elle mieux qu'il n'aurait pu l'imaginer. Peut-être ne lui faisait-elle pas confiance du tout. Il lui lava la tête avec précaution et la laissa faire trempette jusqu'à ce que l'eau refroidisse. Il rangea leurs affaires et mit à tremper leurs vêtements souillés qu'il frotta au savon, rinça plusieurs fois et roula dans des serviettes pour accélérer le séchage.

« On va t'acheter un chapeau aujourd'hui, annonça-t-il d'un ton jovial. Jusqu'à ce que tes cheveux repoussent sur le devant. Une casquette de capitaine grec, tu veux ? »

Couchée sur le lit, tête renversée en arrière, Billie articulait en silence les paroles d'une chanson qu'il ne connaissait pas. Il suspendit leurs vêtements à la fenêtre ouverte et resta debout à la regarder longuement.

Le soleil dardait ses rayons dans leur dos pendant qu'ils gravissaient les larges marches du *kastro* audessus de la ville, Billie sa casquette neuve masquant les plus vilaines blessures, Scully impassible derrière ses lunettes de soleil. Les murs de la vieille ville, massifs et érodés, vibraient des pétarades des vélomoteurs chargés de jeunes gens filant par les rues étroites.

Ils s'assirent pour manger des *tsipoures* dans un petit restaurant, le soleil sur les jambes et la mer en bas. Ni l'un ni l'autre ne parlait beaucoup. Le poisson était bon et Scully avait pris une demi-bouteille de ce même rosé qu'il avait bu avec Alex. La terrasse de la taverne était pratiquement déserte.

Une femme seule à la table voisine sourit à Billie, puis lui fit une grimace. Billie regarda un moment son assiette, releva la tête et lui tira la langue. Scully posa son verre.

« Que t'est-il arrivé, ma chérie ? » demanda la femme en anglais.

Billie baissa sa casquette sur ses yeux. Scully dévisagea quelques instants l'inconnue et vit un chapeau de paille, des lunettes miroir, des cheveux noirs coupés au carré et une robe sans manches couleur melon. Il y avait un ouzo sur sa table, un pichet d'eau et une enveloppe en papier kraft.

« Je me suis fait mordre par un chien, dit Billie.

– Oh mon Dieu, mon pauvre poussin. »

Scully esquissa un sourire de pure forme et retourna à son poisson. Un germe infime de ressentiment naquit en lui.

« Fais-moi voir », dit la femme.

Billie repoussa sa casquette en arrière pour dégager les boursouflures, les cheveux rasés et les ecchymoses vert-jaune.

La femme fit claquer sa langue et alluma une cigarette. Elle avait la peau blanche et les bleus sur son avant-bras et son poignet sautèrent aux yeux de Scully. Elle lui sourit comme pour en convenir, un sourire de connivence en quelque sorte, qui donna envie de partir à Scully.

« Et qu'est devenu le chien ?

– Pardon ?

– Qu'a-t-on fait du chien ?

– On l'a tué.

– Très bien.

– Battu à mort avec une bouteille de brandy, dit Scully sans la moindre chaleur.

– Bravo.

– Pauvre chien, dit Billie.

– Oh, non, ton père a bien fait.

– Ce n'est pas son père qui l'a fait.

– Vous n'êtes pas le père ?

– Je n'ai pas tué le chien. »

Scully se vit – bouche ouverte – dans les lunettes

de soleil de la femme. La vision n'avait rien de réjouissant. Pâle. Hostile. Coupable. Clignant des paupières. Sous son reflet, il y avait la bouche trop grande de la femme, une tache de rouge à lèvres sur ses dents et une cigarette.

« Mange, Billie », dit-il en se tournant vers sa propre assiette.

Des bateaux quittaient le port à présent, soufflant des panaches dans la brise. L'Adriatique était couleur chrome.

« Excusez-moi, dit la femme. J'ai oublié les bonnes manières depuis que je suis allée à l'église ce matin. Ils ont la tête de saint André ici. Ça m'a perturbée. Il est le premier à avoir signé d'un X pour un baiser, vous le saviez ? À la fin des lettres. Combien de fois n'ai-je pas fait ça ? Ils l'ont crucifié sur un X. Exprès. Ça m'a perturbée.

– Oui, X indique l'endroit, dit Scully.

– Le bateau pour Brindisi ne part pas avant dix heures ce soir.

– Dur pour vous », dit Scully en faisant signe à un serveur tout en cherchant quelques drachmes. Les grandes mains du Grec prirent l'argent avec brusquerie et l'homme leur dit au revoir. En partant, Billie se retourna pour regarder la femme, mais Scully s'éloigna comme si elle n'avait jamais été là.

Une heure durant, après la scène de pantomime à la pharmacie, Scully demeura assis sur la longue jetée du port à regarder les bateaux aller et venir : des remorqueurs, des caïques, des ferries, un épisodique paquebot, tous cloqués de rouille et crachant des vapeurs de diesel, sirène bêlante, pont dégageant des arômes de fruits, de poisson, de fleurs, de vin, de fumée de cigarettes. Des routards miteux, sac au dos, squattaient le quai où la bourgeoisie bien mise de Patras se promenait avec ses enfants aux yeux noirs, clés de Mercedes pendouillant à la ceinture. La forte odeur de saumure de la mer enveloppait Billie et Scully qui partageaient un sachet de pistaches en grimaçant, les ongles des pouces irrités. Ils crachaient les coquilles sur leurs genoux, jambes ballantes audessus de l'eau.

« Partout, murmura-t-il, à travers le monde entier, les gens se déplacent pour aller quelque part. T'as déjà pensé à ça ? »

Billie lui jeta un regard circonspect.

« Chaque jour que Dieu fait. »

Elle hocha la tête.

« Pour être un vrai voyageur, il faut ne pas trop s'en faire, tu vois, juste savourer le voyage. Le mouvement. C'est la raison pour laquelle je ne fais pas un bon voyageur. Moi, j'ai juste envie d'être arrivé. Comme dans *Star Trek*. Zap – voilà comment je veux être arrivé. »

Billie hocha de nouveau la tête en souriant. Mais ça ressemblait à de la charité. Il l'observa se lever dans une pluie cliquetante de coquilles de pistaches et se diriger vers le bord de l'eau où les mouettes flottaient comme de vieux papiers dans le courant ascendant de la digue. Elle, Billie Ann, voilà à quoi se résumait, mis à part deux solides bâtisses et quelques souvenirs, toute la vie de Scully. Ne lui suffisait-elle pas ? La mer tapait contre le mur, il observait et s'interrogeait.

Sur le palier, à l'hôtel, Scully fourra des quantités astronomiques de pièces dans le téléphone pour obtenir une communication internationale. Billie était assise dans l'escalier, son sac sur le dos et la valise en rotin à ses pieds. Ça ne décrochait pas, chez Peter. Il devait être au pub, à tous les coups. Les pièces dégringolèrent et il recommença la manœuvre, composant cette fois le numéro d'Alan et Annie.

« Allô ? » Un grésillement de ligne souterraine.

« Alan ?

– Scully !

– Lui-même.

– Que se passe-t-il ? Tu m'as fichu la frousse l'autre jour.

– Dis-moi franchement – tu l'as vue ?

– Jennifer ? Où es-tu, Scully ?

– Je peux te faire confiance ?

– Scully, bon sang, c'est moi.

– Jure devant Dieu.

– Jurer quoi ?

– Que tu ne l'as pas vue.

– Je le jure. Où est Billie ? Scully, où est Billie ?

– Avec moi.

– Où es-tu ? Laisse-moi venir te chercher. Où ? »

Scully pressait la pointe de ses bottes contre le mur. C'était tentant, sans blague. Laisser Alan venir, laisser les amis venir. Laisser quelqu'un venir et tout arranger. Mais il ne pouvait pas attendre aussi longtemps. La seule pensée de Jennifer, par là, quelque part. Malade. Dépressive. Blessée pour ainsi dire. Ou transpirant sur quelque désastre dû au courrier – en train d'attendre dans un lieu évident, sans aucun moyen de le joindre. Quel fatras de possibilités et de revirements de pensées. L'espace d'un instant, là, il songea qu'il aurait pu laisser tomber, pour la saveur paisible du moment, telle cette heure sans angoisse sur le quai – le bruit de la mer, les oiseaux et la vue de Billie –, mais ne pas savoir, c'était une morsure froide qui le déchirait lentement. Ni Londres. Ni Hydra. Impossible de demeurer ici sans savoir.

« Scully ? Je t'en prie, où es-tu ?

– Je suis en enfer, mon pote, crois-moi. »

Il raccrocha et récupéra sa monnaie. Billie se mit debout d'un air résigné.

III

Dans Grafton Street en novembre
Nous marchions d'un pas léger
Au bord du profond ravin qui abrite
Le monde des promesses passionnées
La reine de cœur fait toujours ses petits beurres
Et moi j'oublie le foin à faner...

« Raglan Road »

28

Les lumières fatiguées de Patras argentaient l'eau loin derrière eux à présent, et une traînée phosphorescente glissait dans le flot nocturne et épais de leur sillage. Les ponts du ferry de l'Adriatique étaient encombrés de sacs à dos et de valises, de skis et de raquettes de tennis, de sacs de couchage et de Finlandais ivres. La brise était fraîche et la houle, plus réconfortante qu'incommodante, longue et régulière devant eux. Billie était allongée sur le banc, la tête sur les genoux de Scully, et ils regardaient les étoiles accrochées dans le ciel comme des peluches blanches sur un drap noir. Billie pensait au temps d'autrefois, quand c'était tous pour un et un pour tous. Rien qu'eux trois ensemble dans l'aventure, comme disait Scully.

Peut-être que pour lui c'était bien, avant, et que c'était pour ça qu'il n'aimait pas maintenant. Il voulait avant, mais quand Billie se souvenait d'avant, elle voyait bien les gros efforts qu'il faisait pour essayer d'être heureux, surtout à Paris où personne ne les aimait et où, le soir, le soleil ne voulait jamais se coucher. Elle se souvenait des bagarres avec lui devant cette école pourrie. Cette école où les mots sortaient de la bouche des gens comme des bruits de machines, au tout début, quand elle ne savait pas, pour les langues. Des institutrices qui souriaient froidement avec leurs cheveux tirés en arrière comme de l'élastique. Leurs fronts luisants. Tous les matins, elles l'attendaient et presque tous les matins, il y avait une bagarre. Billie avait vu Scully pleurer un jour, il était si désespéré. Tous les deux dans la rue pavée du musée s'empoignant et se repoussant comme des lutteurs. Scully qui l'implorait. Parfois, quand elle remportait la bataille de l'école, Billie allait travailler avec lui et elle voyait bien comment il se pliait en deux tout en haut de son échelle pour gratter des plafonds, et comment des petits bouts restaient accrochés à ses cheveux comme des flocons de neige. Les appartements étaient grands et pleins de choses qu'elle n'avait pas le droit de toucher. Elle s'asseyait dans un coin et jouait avec des voitures ou bien regardait des livres d'images. À cette époque, elle savait écrire des noms, mais pas lire. C'était lui qui lui avait appris à écrire. Des après-midi entiers, au café près de Notre-Dame, avec des livres de *Spot le chien*. Des trucs de bébé. Lire, c'était comme nager. Tu ne sais pas, tu ne sais pas voilà, et puis un jour, comme par magie, tu sais. Non, à Paris, Scully n'était pas heureux. Il emmenait Billie se promener dans les rues et il lui parlait des immeubles, des choses qu'elle oubliait aussitôt sauf la manière qu'il avait de les dire. Il aimait les immeubles. Il les dessinait sur des enveloppes. Il était excellent dessinateur. Mais pour se souvenir, il n'était pas aussi bon. Tous pour un et un pour tous. C'était pas un truc qu'ils disaient pour rire, c'était pour que l'un d'entre eux s'arrête de pleurer, Billie en général. Nous trois ensemble dans l'aventure. Ce n'était pas une idée si géniale que ça, ça voulait simplement dire qu'ils étaient complètement tout seuls. En Grèce, c'était pas si mal ; tu pouvais pas vraiment être si seul avec la mer, et puis de toute façon les gens étaient gentils. Les gens de l'île. Les gosses faisaient du mal aux animaux, mais ils étaient chouettes vraiment. Mais Paris, non, tous les trois à Paris, ils avaient la trouille, c'est tout.

Billie écoutait l'estomac de Scully. C'était comme une usine là-dedans. Elle repensa à Paris. L'appartement qu'ils avaient emprunté pendant tout le temps que Scully le retapait. Les soirées chez Marianne ou Dominique. Les dix fois où ils avaient vu *Peter Pan* en français. Comment les Français l'appelaient Peter Pong. Ça la faisait se tordre de rire. Les camions poubelles dans les rues. Les sirènes. Les Noirs qui balayaient les crottes de chiens sur les pavés.

« Il va à Paris, ce bateau ? murmura-t-elle.

– Brindisi, dit-il. En Italie. »

Mais Billie l'avait vu regarder fixement le dessin d'Alex. Il pensait à Paris, c'était sûr. Pauvre Alex. Il avait des sourcils, on aurait dit qu'ils étaient tout le temps en train de glisser de sa figure. Il y avait un nuage dans la tête de Billie – elle pouvait penser correctement jusque-là et puis toc, le nuage était là, qui la coupait dans son élan, qui lui barrait le passage. Il lui suffisait juste de penser… ben, à Elle.

« Grand-mère Scully dit que tu m'apprends pas ce qui faut sur Jésus.

– Ah ? »

Elle pensa à la photo de lui sur la cheminée de sa grand-mère. Son visage d'autrefois, avant son œil foiré.

« Parle-moi de l'Australie, demanda-t-il légèrement excité. À quoi ça ressemble maintenant ? Raconte-moi l'océan Indien. Est-ce qu'on voyait Rottnest Island ? Est-ce qu'il faisait chaud ? Tu as entendu le bruit que faisait la voix des gens ? Est-ce que tu avais beaucoup oublié ? Parle-moi de grand-mère. »

Billie connaissait l'histoire de son œil. Comment le patron Ivan Dimic lui faisait tuer tous les poulpes qu'ils ramenaient à bord parce que les poulpes mangeaient les homards et que ça lui faisait perdre de l'argent. Comment les poulpes suçaient tout l'intérieur des homards et ne laissaient que les carapaces. Même les poulpes gros comme l'ongle, Scully devait les tuer et il détestait ça. Il faisait semblant de les tuer. Il frappait le pont du bateau et laissait glisser les poulpes vivants par-dessus bord, mais le patron l'avait vu. Un jour, sur le plateau continental, Ivan Dimic lui était tombé dessus du pont volant, armé d'une barre de fer grosse comme un zizi de cheval. Il lui avait chopé le bras. Ils s'étaient battus, comme à la télé, pareil. Y avait des requins dans la mer. Et pendant tout ce temps, le treuil tournait, remontant des profondeurs un casier de homards. C'était profond comme la tour Eiffel, là-bas. Y avait le pont qui montait et qui descendait. Le cordage qui s'enroulait et s'emmêlait sans personne pour le lover. Ivan Dimic lui avait flanqué un coup de barre à travers la figure, juste sur l'œil. Il avait failli lui exploser. T'imagines. Et juste à ce moment-là, y a le casier qui s'amène, qui heurte le plat-bord avec Dimic en plein sur le passage. De l'acier et du bois, lourd comme un homme. Tué raide. Scully avait ramené le bateau tout seul. Son dernier jour de pêche. C'était avant qu'elle naisse. Billie avait raté tous les bons moments. Regarde un peu cet œil, qu'il disait. Pour un poulpe ? Et alors, regarde un peu ce visage, songea Billie en sentant sa peau tirailler. Pour un chien ?

« Billie ? »

Il était comme le Bossu, Scully. Pas très joli. Parfois il n'était pas très malin non plus. Mais son cœur était bon. Elle se pressa contre lui, l'oreille collée contre ce cœur pur qui battait obstinément comme un moteur de navire, et elle sentit le sommeil revenir.

Le pont vibrait sous eux. Les lumières de la Grèce s'estompèrent pour n'être plus que des têtes d'épingle, puis plus rien. Dans des sacs de couchage tout autour, les murmures s'éteignirent, remplacés par le silence. Berçant sa déception, Scully serrait Billie endormie contre lui. Il songea à la femme qu'elle pourrait devenir si toute cette histoire ne la bousillait pas pour toujours. Elle serait forte, drôle, sûre d'elle, facétieuse et, oui, intelligente comme pas deux. Exactement telle qu'elle était aujourd'hui. Les gens seraient forcés de la remarquer, ainsi qu'ils l'avaient toujours fait. Maintenant que Scully y pensait, Billie était probablement tout ce que sa mère rêvait d'être. C'était donc cela, alors ? Est-ce que ça pouvait vous faire tout plaquer ? La jalousie, le découragement, une mesquinerie de l'âme ? « Les gens comme toi », avait-elle coutume de lui dire. « Tu ne piges pas, hein ? Ta vie te convient telle qu'elle est, tu prends tout ce qui arrive, n'importe quoi, avec une sorte de gratitude écœurante. C'est là que nous sommes différents. » Il devait en convenir. Il ne pigeait pas, voilà.

Il faisait bien froid dehors à présent, et Scully commença à frissonner. Sans couverture, inutile de songer à y rester. Temps de trouver un petit coin dans l'entrepont. Il glissa le sac sur les épaules de Billie endormie et les souleva, elle et la valise, pour emprunter la coursive. Son équilibre était précaire, mais il parvint à descendre dans un salon embaumant le café où des Allemands et des Italiens, le regard trouble, bavardaient et fumaient. C'était très éclairé, trop éclairé pour dormir, il se mit donc en quête d'un recoin quelque part dans le labyrinthe des corridors, mais par là il n'y avait que des toilettes et des cabines de première classe. Il regagna le salon et découvrit une alcôve garnie de tapisserie un peu en retrait près de l'escalier. Un souffle d'air frais y parvenait mais il y faisait bon néanmoins. Scully s'apprêtait à allonger Billie sur la banquette quand il aperçut la robe couleur melon.

« Elle n'a aucun endroit où dormir ? »

Scully jura silencieusement, sourit et secoua la tête. La femme du *kastro*. Elle portait un blouson en jean sur sa robe légère et tenait une bouteille de Heineken à la main.

« Il fait trop froid là-haut sur le pont, dit-il.

– Je savais que vous seriez sur ce bateau. »

Scully bougea pour finir d'allonger l'enfant sur le siège, mais la femme posa une main sur son bras. Il broncha et sentit son visage s'empourprer.

« Je vous en prie. J'ai une cabine. Laissez-la venir.

– Merci infiniment, mais...

– Vraiment, elle est fatiguée, et c'est tellement moche ici. Ça ne me dérange pas du tout.

– Elle dormira quand même. C'est une enfant robuste. »

La femme à la robe couleur melon regarda Billie et Scully suivit son regard. L'enfant n'avait pas l'air si robuste que cela, ce soir. Son visage était enflé et sa joue chiffonnée là où elle était appuyée contre son blouson. Ils nous tiennent en leur pouvoir, les enfants endormis.

« Je vous en prie. » La femme était anxieuse, sincère. Elle avait des yeux tristes et implorants. Son expression avait quelque chose d'alarmant aux yeux de Scully, mais elle avait raison, la gosse n'en pouvait plus.

« Entendu, merci. Ce sera super pour elle.

– Parfait, parfait. Venez, par ici. Donnez-moi votre valise. Vous voyagez léger. »

Scully la suivit le long du couloir des premières. Arrivé devant sa porte, il sentit sur elle une odeur de cigarette et de parfum. Elle ouvrit la porte et débarrassa la couchette inférieure d'un soutien-gorge, de culottes, et d'un *Herald Tribune* froissé.

« Là. »

Scully hésita avant de se glisser à l'intérieur et d'allonger Billie sur la couchette. Une seconde, elle ouvrit les yeux et le regarda sans mot dire, il se contenta de lui sourire et elle se rendormit. En attrapant une couverture, la femme frôla les hanches de Scully avec les siennes et il broncha à nouveau, de cette proximité d'un autre corps. Ayant bordé la couverture autour de Billie, elle sourit. L'atmosphère était tiède ici et le mouvement du bateau rassurant.

« Puis-je utiliser vos toilettes ? murmura-t-il.

– Bien sûr. »

Debout à l'intérieur du petit cabinet propre qui sentait l'antiseptique et la rouille, il pissa et se regarda dans la glace. L'homme sauvage de Bornéo. C'était quoi, au juste, ce qu'il voyait là – la fatigue, la déception, le désespoir ? Son visage était plus dur que dans son souvenir, plus figé, comme ces fermiers qu'il connaissait quand il était gosse, ceux dont la vie n'était qu'une longue série d'échecs et dont les mâchoires ne déviaient jamais pour esquisser un sourire. Des hommes parvenus au-delà de l'affection, immuables, attendant le pire, prêts à l'endurer. Non, il n'aimait pas cet air-là.

La porte s'ouvrit.

« Vous avez le mal de mer ? »

Scully secoua la tête.

« Allons prendre un café. »

Au salon, il y avait des Allemands soûls, d'autres qui dormaient, les Italiens murmuraient en groupe en faisant craquer des cartes Hallwag. Scully s'assit au bar devant un café turc et un petit verre de Metaxa.

« C'est très gentil à vous, dit-il à la femme assise sur le tabouret voisin du sien.

– C'est bien d'être gentil de temps en temps.

– Où allez-vous ?

– Oh, je rentre à la maison. Berlin.

– Votre accent ne m'est pas familier.

– Liverpool.

– Vous devez être berlinoise depuis longtemps, alors.

– Non. Cinq ans. J'ai étudié pour mon accent.

– Je comprends. C'est Ringo mâtiné de sergent Schultz.

– Je n'aimais pas le son de ma voix d'avant. »

Scully haussa les épaules. « Vous étiez en vacances ?

– Oh, ça a commencé comme des vacances.

– Pourquoi rentrer par ici ? Vous auriez pu remonter directement par le nord de la Grèce, l'Autriche.

– La Yougoslavie. Je déteste. Je préfère prendre le chemin le plus long.

– Un peu comme un mouton qui doit traverser le bain antiparasite d'un bout à l'autre, non ?

– Ah, vous êtes australien.

– Ouais.

– Et vous habitez où ? »

Scully haussa les épaules. « En Irlande, peut-être.

– Les Australiens en pincent pour l'Irlande.

– Pas celui-ci.

– Vous êtes marié.

– Oui », dit-il après un silence désagréable. L'alliance brillait à son doigt. « Ma femme est… partie devant.

– Oui. »

Il regarda la femme et vit son sourire. Le sourire de quelqu'un qui sait, pas vraiment narquois.

Le barman, un Grec balèze avec une envie sur le bras semblable à une brûlure d'acide, annonça le dernier service avant la fermeture du bar et Scully commanda un deuxième brandy.

« Et vous ?

– Je suis déjà organisée, dit-elle.

– Si elle se réveille dans la nuit, je serai ici avec tous les Allemands dégueulards. Vous n'aurez qu'à me l'envoyer.

– Venez dormir avec elle. Je vous invite. La couchette est assez grande.

– Merci, mais je vais vous laisser seule. C'est déjà suffisamment encombré avec toutes nos affaires. J'irai juste faire un saut dans une minute, pour lui retirer ses chaussures.

– C'est une chouette gosse.

– Oui. C'est vrai.

– Je m'appelle Irma.
– Irma.
– C'est Billie et… ?
– Scully. Tout le monde m'appelle Scully. Je reviens de suite.
– Scully ?
– Ouais ?
– La clé ? »
Il prit la clé et repartit voir Billie. Elle dormait la tête en arrière et la bouche ouverte. Il se pencha sur elle dans l'obscurité pour lui ôter doucement ses chaussures, et il sentit l'odeur de pain de son haleine.
« Dormez avec elle. »
C'était Irma, debout derrière lui sur le pas de la porte. Il captait son odeur. Les moteurs du navire vibraient sous eux.
« J'ai une bouteille de Jack Daniels.
– Écoutez, je…
– Buvez un coup et allez vous coucher. Elle aura peur si elle se réveille et que vous n'êtes pas là. Elle ne me connaît pas. »
Scully se redressa. Elle avait raison. Il avait déjà effrayé la gosse une fois, et promis de ne jamais recommencer. Il aurait voulu être seul, pour éviter les complications, la conversation, juste pouvoir s'organiser et élaborer un plan. Il détestait partager son espace avec des inconnus, mais la prudence lui conseillait d'accepter. Il n'aimait pas cette femme, en fait. Le souvenir de ses bleus et de ce sourire arrogant, là-bas au *kastro,* lui contractait l'estomac.
« D'accord, murmura-t-il. Merci.
– Je reviens dans un instant.
– Faites. »
Scully entrouvrit l'écoutille pour avoir un peu

d'air et vit l'ellipse noire de la mer et de la nuit. Il retira ses chaussures et se débarrassa de son jean avant de grimper à côté de Billie et de ramener la couverture sur son torse. J'aurais dû prendre une cabine, quitte à payer un supplément, songea-t-il ; l'argent que j'ai pu foutre en l'air... Ç'aurait été moins con. Je lui proposerai de l'argent. J'aurais dû y penser. J'aurais dû.

Scully s'éveilla dans la nuit et aperçut Irma accroupie par terre dans la lumière jaune du cabinet de toilette. Elle avait ouvert leur valise et tenait à la main une bougie tordue et le portefeuille de Scully. Il vit la blancheur de sa culotte, la concentration de sa langue au coin de sa bouche, la bouteille de bourbon à moitié vide posée par terre à côté d'elle.

« Ne me dites pas, murmura-t-il, que vous avez perdu un verre de contact. »

Irma sursauta, mais afficha aussitôt un sourire. « J'ai perdu bien plus que ça dans le temps.

– Il n'y a rien à voler, vous savez.

– C'est ce que je vois. Vous êtes fauché, Scully, à moins qu'il ne vous reste du crédit.

– Quelle heure est-il ?

– Deux heures.

– À quoi avez-vous passé le temps ?

– À boire. À vous observer tous les deux, blottis là-haut comme deux punaises.

– Il en faut peu pour vous distraire.

– C'est ce que disent les gens. » Irma avait ouvert le portefeuille. « Alors c'est elle. »

Scully sentit des fourmis envahir son bras droit et il changea de position.

« Somptueuse chevelure noire. Joli visage. Belles jambes. On dit belles jambes, bonne baise. »

Il fit la grimace.

« Qui dit ça ?

– Faux, hein ? Enfin, quelqu'un doit bien le croire. Depuis combien de temps est-elle partie ? »

Scully tendit la main pour qu'elle lui rendît le portefeuille.

« Vous êtes largué, Scully, je le vois. Vous faites pitié, tous les deux. Et elle n'était même pas bonne au lit. Ce doit être l'amour.

– Rendez-moi ce putain de portefeuille.

– Et ça, qu'est-ce que c'est ? » Elle souleva une bougie dégoulinante.

« Mon portefeuille.

– Il y en a trois.

– S'il vous plaît.

– Du cran, Scully. Moins de fierté, et plus de cran. »

Scully se laissa glisser à bas de la couchette et, avec un hoquet, Irma se recroquevilla presque sur elle-même.

« Nous allons vous laisser. Passez-moi mon jean.

– Non.

– Écoutez, je veux juste m'habiller. Je ne vais pas vous faire du mal ni vous dénoncer.

– Ne partez pas.

– C'était gentil de votre part de nous offrir un lit, mais je n'ai pas l'habitude que des inconnus fouillent dans mes affaires.

– Je ne suis pas une inconnue.

– Écoutez, vous avez beaucoup bu et…

– Ne la réveillez pas, laissez-la dormir.

– Elle dormira dans le salon.

– Il reste encore treize heures, Scully. Je m'excuse pour vos affaires. Ce n'était pas pour voler. C'était par curiosité. Pour être honnête, j'ai besoin de compagnie. Restez pour moi.

– Je veux dormir.

– Dormez alors. On est dans le même bateau, vous savez.

– Pas possible ?

– Notre situation, je veux dire. Je suis larguée moi aussi.

– J'ai besoin de dormir.

– Nous en parlerons plus tard. Retournez vous coucher. Tenez, votre portefeuille. »

Scully s'en saisit et retourna se glisser près de Billie. Il regarda Irma remettre soigneusement les affaires dans leur valise et la fourrer sous la couchette, en dessous de lui. Un instant, alors qu'elle poussait la valise à deux mains, elle leva la tête et croisa son regard, et son visage était si proche qu'il sentit son haleine imprégnée de Jack Daniels.

« Dormez, Scully. »

Il se mit sur le dos pendant qu'elle grimpait sur sa couchette. Il vit flotter la robe couleur melon, aperçut des piqûres d'insectes, ou des brûlures de cigarettes, sur ses jambes. Elle avait les ongles des pieds bleu argent, les talons sales. Le bateau se mouvait avec langueur, comme endormi lui aussi, et Scully sentait le souffle de Billie dans son cou ; de nouveau, il glissa dans la longue inconscience du sommeil, sachant, tout en se laissant aller, qu'il le regretterait, mais qu'il était aussi trop faible et trop fatigué pour se raviser.

29

Quand Scully s'éveilla, elles jouaient toutes les deux à l'uno à la lumière du sommet de la porte. On entendait quelque chose claquer dans les profondeurs du bateau.

« Meunier, tu dors… chantonna Irma en souriant.

– Tu as ronflé », dit Billie.

Scully resta allongé sans bouger. Billie était coiffée et elle portait une chemisette propre. L'une de ses culottes était suspendue, lavée et essorée, à la poignée de la porte du cabinet de toilette.

« B'jour, murmura-t-il d'une voix incertaine.

– Irma perd toujours à l'uno.

– Probable qu'elle te laisse gagner. Il y a des gens comme ça.

– Non. Je le sais.

– Elle est comme vous, Scully.

– Non, elle a sa personnalité bien à elle.

– On va prendre le petit déjeuner ?

– Accordez-moi une minute. »

Scully cajola son érection matinale jusqu'à ce que le jeu de cartes eût atteint un point culminant de concentration qui lui permît de se glisser hors du lit et de se faufiler jusqu'au cabinet de toilette.

« Verge d'or, ma fleur favorite, susurra Irma.
– Uno ! » cria Billie.

Irma cligna de l'œil et Billie vit combien ses lèvres étaient roses et souples. Elle aimait bien Irma. Irma arrivait à se toucher le nez avec la langue, à la rouler dans tous les sens et à faire cinquante grimaces rigolotes. Pendant tout le temps que Scully avait dormi, tout recroquevillé sur la couchette, Irma et elle avaient chuchoté en riant comme de petites folles. Billie se souvenait l'avoir vue à la taverne, elle se rappelait la robe et ces lunettes à verres miroir. Sans les lunettes, elle faisait moins adulte, et maintenant que Billie y pensait, en écoutant Scully essayer de pisser discrètement le long des parois de la cuvette dans le cabinet, Irma n'était pas adulte du tout. Cette façon avide qu'elle avait de jouer aux cartes. Elle ne te laissait jamais le moindre répit comme le font les vieilles personnes. Sa langue pointait entre ses lèvres et son rire était un gloussement de chipie. Et elle posait des questions, tout un tas de questions – pourquoi, pourquoi, pourquoi – comme une gosse, tant et tant que tu ne te fatiguais même pas à répondre. Elle était rigolote, Billie s'en rendait compte, mais pour ce qui était de son cœur, c'était difficile de savoir.

Billie lui posa quelques questions de son propre cru, pour voir si Irma connaissait les planètes du système solaire et les noms des principaux dinosaures (les plus connus seulement), et si elle savait qui était Bob Hawke. Mais Irma n'avait la moindre idée de rien, comme si elle n'était jamais allée à l'école et ne lisait jamais de livre. Elle n'y connaissait rien aux bagnards, ni aux poissons, ni aux nœuds marins, et elle riait d'un air embarrassé comme si elle se trouvait prise en faute.

« Je ne sais pas grand-chose, dit Irma. Je crois que les choses, je les sens. »

Billie réfléchit à ça. « Crois-tu qu'on peut aimer trop ? »

Irma se contenta de reprendre son jeu de cartes avec un petit sourire triste, et ne répondit rien.

Scully tira la chasse, abaissa le couvercle et s'assit. Six heures jusqu'à Brindisi. Il les entendait rire sottement derrière la porte. Jennifer ne se laisserait jamais piéger de la sorte. Elle mettait toutes les barres à ses *t* et tous les points sur ses *i*. Elle était organisée, et il était un imbécile. Cette nuit, cette femme avait son portefeuille ouvert sur les genoux, ce matin, elle habillait sa gosse. Elle s'installe dans ta vie, mon pote, et tu es comme un mulet assommé sur le pont d'un bateau. Elle était quoi, d'abord, une putain au long cours, une riche aventurière, une bargeot alcoolique ? Elle a dégommé une demi-bouteille de Jack Daniels dans la nuit, et ce matin elle glousse comme une écolière, bon Dieu. Néanmoins, faut admettre qu'elle est mieux à jeun. À la lumière du jour, elle est humaine. Mais ça faisait mal à Scully d'entendre sa fille babiller sans arrêt à présent. Après tout son silence rétif. La douleur de l'attente. Bavasser aux oreilles d'une putain d'inconnue. Cette Irma. Scully posa ses coudes sur ses genoux et s'avisa qu'Irma lui faisait peur et qu'il ignorait pourquoi.

Sur le pont après leur petit déjeuner prédigéré, pendant que Billie galopait d'un côté à l'autre au milieu d'Allemands en train de dessoûler, Scully laissa Irma parler. Cette femme brûlait du besoin de partager avec lui des informations qu'il n'avait pas envie d'entendre.

« Il m'a laissé tomber à Athènes, dit-elle.

– Les gens sont incompréhensibles parfois », dit-il sans vraiment masquer son irritation. La mer déferlait sur les côtés dans la lumière douce, et autour d'eux des routards aux yeux troubles sirotaient leur Nescafé industriel.

« On ne connaît jamais vraiment les gens », ajouta-t-il comme un routard commençait à s'étrangler et à dégueuler par-dessus le bastingage. Scully lui tourna le dos et considéra d'un œil triste les bleus d'Irma. Elle en avait sur le haut des bras et autour du cou et ça lui était égal qu'il les remarquât.

« Je l'ai rencontré à Bangkok. Il travaille là-bas dans une espèce de machin de sécurité. Je ne sais pas. Un ex-Béret vert. Des cicatrices partout sur le corps. Un de ces anciens combattants restés en Asie. Pas vraiment cinglé mais, bref un Texan. Pas beau non plus, mais fort, vous voyez ? C'était l'année dernière. Juste j'entrai dans un bar, et il était là, comme dans les films. Le meilleur coup de ma vie, et libre ! On est restés ensemble une semaine. »

Scully écoutait Irma d'une oreille en regardant Billie sauter comme un cabri sur le pont avant. Ses bleus à elle noircissaient maintenant sur sa figure. On aurait dit une petite leucémique.

« Alors on avait convenu de se retrouver à Amsterdam, le mois dernier. On s'est défoncés là-bas, vraiment, et puis on a plus ou moins voyagé, si vous voyez ce que je veux dire. Sous l'influence de diverses, hmm, « substances », comme les Américains les appellent. On s'en est donné à cœur joie. Bon Dieu, quelle équipe on faisait, tous les deux ! On a fini par atterrir à Athènes. Il m'a lâchée à l'Intercontinental. Pendant que j'étais aux chiottes, vous vous rendez compte. Il a embarqué ses affaires et il est parti. En payant la note, c'est déjà ça.

– Un gentleman, observa Scully, et l'horrible ton suffisant de sa voix lui écorcha les oreilles.

– C'est là que je l'ai vue.

– Qui ?

– J'ai eu un choc en la voyant dans votre portefeuille. Je veux dire, je ne m'y attendais pas. C'est marrant, non, qu'on ait tous été ensemble au même endroit sans le savoir. »

Scully la dévisagea. Elle était rouge et nerveuse maintenant. Elle portait un jean et une veste matelassée. Ses yeux étaient dissimulés derrière des lunettes de soleil et elle passait distraitement le bout de ses doigts sur son cou meurtri.

« Vu qui ? De quoi parlez-vous ?

– La femme sur votre photo. *Votre* femme.

– *Elle,* vous l'avez vue ?

– À l'Intercontinental. »

Scully se passa une main dans les cheveux en regardant un instant autour de lui. « Ma femme ?

– Celle de votre portefeuille.

– Vous en êtes sûre ?

– Je peux me tromper. »

Scully se lécha les lèvres.

« Elle était seule ? »

Irma renversa un peu le buste en arrière, l'air tremblant maintenant. « Je… je ne me souviens pas. C'était peut-être une femme avec qui elle se trouvait. »

Scully la regarda et eut envie de lui cracher au visage. Elle invente. Elle est solitaire, il lui faut un peu de misère partagée.

« Alors comme ça, vous et votre Béret vert, défoncés à mort, vous leur êtes rentrés dedans dans l'ascenseur. Et vous vous en souvenez clairement.

– C'était à la réception, dans le hall. Je ne vous ai pas vu. Je me serais souvenue de vous.

– Je n'y étais pas. Je ne suis jamais descendu à l'Intercontinental de ma vie. »

Irma eut un sourire en coin.

« Vous avez l'air d'en être fier, Scully.

– Peut-être bien que je le suis.

– Le champion de la classe ouvrière.

– Comment pouvez-vous savoir à quelle classe j'appartiens ?

– Regardez vos mains, bon Dieu, et votre gueule. Vous êtes un bagarreur, Scully. »

Il se recula un peu en commençant à suer de colère.

« Vous tenez une couche de malveillance, Irma, même un marteau-piqueur n'en viendrait pas à bout.

– La dynamite non plus, mon chou. Vous entendez ça – on jurerait des répliques de cinéma. »

Scully se détourna et regarda la mer.

« Vous ne l'avez jamais vue. Elle n'y a jamais mis les pieds, et vous probablement non plus d'ailleurs. C'est ça que vous faites dans la vie, vous accrocher aux gens ?

– Vous crevez de trouille, Scully, à imaginer toutes les hypothèses. »

Il sut à cet instant qu'il devait se débarrasser

d'elle. Elle était comme un vent fétide, l'haleine chuchotante des cauchemars.

« Je vais faire un tour avec Billie.

– Vos affaires sont dans ma cabine.

– Vous voulez qu'on vous débarrasse.

– Non. Je vous le rappelais, c'est tout. Vous ne pouvez pas m'ignorer, Scully.

– Mon amie Irma. »

Elle soupira. « Jerry Lewis, je sais. Quel pionnier vous faites. »

Il se dirigea vers Billie qui criait gaiement dans le conduit d'un ventilateur et la prit par le bras. Il tremblait – il avait l'impression que cela se voyait. Cette saloperie de femme était un poison. Elle l'avait cerné comme un psy, en le malmenant. Pour quoi ? L'argent ? La compagnie ? Un billet pour rentrer chez elle ? Elle est malade. Jennifer n'est même pas allée en Grèce, c'était une certitude. Enfin, une supposition éclairée. Pour autant qu'il pût se prononcer. Seigneur.

Mais sur le pont avant, où l'air était plus frais et les passagers sujets à un mal de mer plus faible, Scully s'accouda au bastingage et réfléchit aux implications des propos d'Irma si elle disait la vérité. Jennifer dans une chambre d'hôtel tapageur, avec mini-bar et vue géante sur l'Acropole, en peignoir d'éponge et entourée de gens dont il ignorait tout. Peut-être ce bon vieux Tonton Facteur avait-il raison – on ne connaissait vraiment jamais personne, pas même les gens qu'on aimait. Les gens ont des ombres, des secrets. Il s'agissait peut-être d'une escapade avec une copine, quelques jours à jeter l'argent par les fenêtres et à se faire monter les repas par le garçon d'étage. Là-bas à Fremantle, elle s'est tout bonnement débarrassée de sa vieille vie d'avant, un truc terrifiant quand tu y penses, troublant et affligeant. Peut-être a-t-elle juste besoin de se défouler. C'est bien le genre de choses auxquelles les hommes se livrent tout le temps, non, tirer une bordée puis rentrer à la maison tout penauds, avec la gueule de bois ? Le propre père de Scully avait pour habitude de se dégoter une bouteille de Stone's Green Ginger, du vin de pauvres, et de se tirer au Bluey's Knob pour la nuit. Une nuit noire, il appelait ça. Au retour, il confessait tout à Mam, et ils sortaient la bible, et ils gueulaient et ils pleuraient et ils finissaient par se réconcilier. Ça ne chiait jamais plus que ça, chez les Scully : s'envoyer du Stone's Green Ginger avec mauvaise conscience et s'en revenir le cœur contrit au petit matin.

Très bien. Une escapade donc, disons que c'est ça et qu'elle se paye du bon temps. Alors, qui donc est l'autre femme ? Il sentit sa forteresse de certitudes toute fraîche s'effriter à nouveau. Deux jours avant, il était certain que la Grèce était une fausse piste. Et deux encore auparavant, il avait l'intime conviction qu'elle y était. À présent, il ne savait plus que penser.

« Scully ? »

Près du bastingage, Billie le tirait par la manche et il revint à l'air salé, à la mer poussant et tirant en dessous de lui.

« Oui, ma puce ? Tu as froid ?

– Irma veut être ma copine.

– Ah ouais ? Comment le sais-tu ?

– Elle me l'a dit. Elle aime nos cheveux. Les tiens et les miens.

– Tu lui as dit pour ta maman ? »

La gorge de Scully se noua en prononçant ces mots. Il ne pouvait pas supporter l'idée qu'une inconnue possède le secret de Billie avant lui – son estomac se soulevait à cette pensée.

« Nan.

– Rien du tout ? »

Elle secoua la tête. Seigneur, comme il aurait voulu la questionner à nouveau, savoir ce qui s'était passé à Heathrow. Mais il n'avait pas le droit de la brusquer maintenant.

« Tu es une chouette petite fille.

– Qu'est-ce qu'il y avait ici avant la mer ? »

Le regard de Scully se perdit sur l'Adriatique dont le bord gris et arrondi maintenait le ciel à distance et attirait l'œil vers ses confins.

« Rien, ma chérie. Il n'y avait rien avant la mer. Pourquoi ?

– J'y pensais, c'est tout. Irma a dit…

– Putain d'Irma.

– Elle a dit que rien ne dure jamais toujours. Mais j'ai dit la mer.

– Ça lui a rivé son clou. Viens. »

Irma avait une Heineken et un whisky posés devant elle quand ils la retrouvèrent au salon sur le coup de midi. La mer était un peu grosse et l'atmosphère étouffante dans l'entrepont quasi désert. La plupart des passagers étaient montés sur le pont pour profiter de la douceur du soleil, mais Irma s'était installée là.

« Quelle paire vous faites, tous les deux, dit Irma.

– Billie, va te chercher un Pepsi. »

Scully lui donna quelques drachmes et quelques

lires et la regarda sautiller jusqu'au bar et grimper sur le tabouret.

« Racontez-moi l'Intercontinental, dit Scully.

– Dites " s'il vous plaît ".

– Vous avez l'intention de jouer à la sorcière ?

– Je suis la princesse, la fée *et* la sorcière.

– Vous devriez arrêter un peu de boire, dit-il aussi gentiment qu'il le put. Vous allez vous faire du mal.

– Dites " s'il vous plaît ", dit-elle en portant la bouteille à ses lèvres sans le quitter des yeux.

– S'il vous plaît. »

Un sourire s'incurva autour du goulot et Scully baissa les yeux sur ses mains épaisses.

« Vous n'en avez rien à foutre de moi, hein, Scully ?

– Je ne vous connais que depuis une demi-journée, et encore la plupart du temps je dormais.

– Puritain, voilà le mot qui vient à l'esprit.

– C'est venu à l'esprit d'autres que vous. Je vous demandais juste de me parler de ma femme. Vous prétendez l'avoir vue.

– Je prétends ? Vous ne me croyez pas mais vous voulez la suite. »

Scully jeta un coup d'œil du côté de Billie qui parlait par signes au gros barman à l'envie. Elle avait un Pepsi posé devant elle et le barman découvrait ses dents cassées dans un sourire.

« Je pensais que vous pourriez me raconter ce que vous savez.

– Je me demande…

– Quoi ? »

Irma se radossa à son siège, menton relevé, cou tendu, naissance des seins vaguement apparente.

« Combien vous tenez réellement à en apprendre. Jusqu'où vous iriez pour le savoir. »

Scully la dévisagea. Elle rougit à nouveau et vida le verre de bourbon avec une grimace qui se changea en sourire. Il eut envie de saisir ce cou à deux mains et de le tordre comme une serviette.

« Vous voulez de l'argent.

– Je préfère l'aventure. »

Il pressa ses ongles les uns contre les autres. « Cette autre femme qui l'accompagnait, comment était-elle ?

– Notre marché n'est pas encore conclu, Scully.

– Quel marché, que voulez-vous, bon Dieu ?

– Venez dans ma cabine.

– Dites-le-moi ici.

– Venez dans ma cabine.

– Pour quoi faire ? Vous pouvez me le dire ici.

– Je veux voir si vous avez du cran.

– Il a dû vous arriver quelque chose par le passé.

– On dirait que vous venez juste de poser le pied dans de la merde. »

J'y suis en plein dedans, ma belle, songea-t-il.

« Allons dans votre cabine.

– Oh, mais c'est super.

– Vite. »

Il la précéda dans le couloir en tâchant de mettre de l'ordre dans ses pensées, mais elle le suivait de si près qu'elle lui marchait littéralement sur les talons.

« Scully, vous...

– Taisez-vous. Où est la clé ? »

Lorsque la porte de la cabine s'ouvrit, Scully la poussa à l'intérieur et elle tomba par terre en riant comme une hystérique. Scully empoigna sa valise et le sac à dos et regarda Irma vautrée sur le sol, les jambes écartées, les cheveux dans les yeux.

« Putain, ce que vous êtes décevant, Scully », dit-elle.

Il tendit la main pour attraper la culotte de Billie accrochée à la porte du cabinet de toilette, mais Irma le devança.

« Souvenir », souffla-t-elle.

Scully sentit son pied reculer. Toute sa jambe. Se sentit basculer le poids du corps pour la frapper, exactement comme on balance un coup de pied dans une vesse-de-loup au milieu d'un champ, l'hiver, pour la transformer en une seconde en un pestilentiel nuage de merde. C'est alors qu'il vit l'expression de peur et d'exultation impatiente sur le visage de la femme, et il sentit la nausée lui tordre les tripes. Il tituba en interrompant son geste, et manqua tomber sur elle.

« Il a pas de couilles, il a pas de couilles ! » siffla-t-elle.

Comme s'il luttait contre un vent froid, Scully recula pour sortir de la cabine.

« Elle était belle ! hurla Irma. Elles parlaient français. Elles payaient leur note, Scully. Elle était si beeeelllle. Je vois bien pourquoi elle l'a choisie. Je les ai vues ! Je les ai *vues !* »

Il se cogna aux murs du couloir, la voix d'Irma l'assaillant de toutes parts, et parvenu contre la lance à incendie, dans un recoin couvert de rouille, il écouta le bruit choquant de son cœur qui lui palpitait aux oreilles, dont chaque coup sourd l'accablait de honte.

Au salon, Billie et le barman levèrent les yeux, alarmés et curieux. Irma hurlait là-bas, d'une voix sourde et éteinte. Scully balança les bagages dans une alcôve, demeura debout à côté, haletant, avant de s'asseoir en sueur, berçant ses poings comme des pierres sur la table collante.

30

Les soldats sont immobiles... L'œil unique de Quasimodo flamboie sauvagement. Ils sont tenus provisoirement à distance... jusqu'à ce qu'un homme parmi les plus aventureux n'en puisse supporter davantage...

Sur le pont, dans le froid bienfaisant, Billie lisait sa B.D. en se bouchant les oreilles avec les pouces. Maintenant, c'était la vraie crise là en bas. Le Bossu bondissait et s'emportait, poussait des cris et tremblait en déversant son plomb bouillonnant sur la populace furieuse de Paris. Des marins se ruèrent dans l'escalier pour aller voir ce que c'était que tout ce raffut et Billie continua de lire. C'était même un peu drôle. Mais Scully ne riait pas. Il avait un air atroce.

À la fin, le silence revint et des oiseaux se posèrent sur le pont. Billie pressa la main de Scully en s'efforçant de ne pas sentir le tiraillement brûlant de son visage. Du plomb fondu. Les cloches en furie. Elle connaissait cette histoire comme une chanson.

Quelques minutes après qu'Irma eut capitulé et se fut tue, après que les passagers eurent cessé de le regarder de travers sur son siège à l'abri des canots de sauvetage, Scully sentit Billie à ses côtés qui le poussait du coude pour le réveiller de sa stupeur. Là-bas, dans la lueur du couchant, les forts, les rochers, les lumières – les maisons de Brindisi clignant de leurs languides teintes vert et or – soulevèrent un vivat chez les passagers accoudés au bastingage.

Scully ramassa leur attirail et se fraya lourdement un chemin jusqu'à la passerelle de sortie. Les vibrations des moteurs mirent un temps cruel à changer de ton et l'attente fétide fut pénible, à se demander où se trouvait Irma dans la foule qui jouait des coudes, mais la grande porte s'ouvrit enfin en craquant et Scully et Billie furent parmi les premiers à rejoindre le quai. Derrière les pierres ternes des monuments de la ville, le soleil était couché et le flot puant des passagers rendait le quai gris étouffant. Où que vous regardiez, des gens bougeaient et attendaient, observaient, bon nombre d'entre eux sans aucun but ou destination apparents. Dans la mauvaise lumière, ils étaient sans visage, et sinistres. En étreignant la main de Billie pour foncer aveuglément droit devant lui, Scully sut immédiatement qu'il ne moisirait pas dans cette ville. Il avait besoin d'une douche et de sommeil, et ils voulaient tous deux trouver un lieu paisible où s'allonger mais Scully savait qu'il leur faudrait continuer le voyage. Peut-être était-il à bout de nerfs et imaginait-il ici une menace inexistante, mais il tenait à prendre le premier train en partance. Quelque part, derrière, il y avait Irma, et c'était une excuse suffisante pour ne pas traîner.

Dans les rues, ils croisèrent des routards et des vagabonds faisant leur trou pour la nuit dans des cartons et des couvertures déchirées, et des sacs de couchage en nylon brillant. L'oxyde de carbone flottait entre les immeubles. Les détritus craquaient sous les pieds. Scully gardait fermement le cap sur le sommet de la grand-rue, et il sentait Billie faire des embardées et lambiner à ses côtés. Tout le monde semblait aller dans la même direction, du quai vers le haut de la ville, alors il gardait le cap.

« Qu'est-ce que c'est ? demanda Billie.

– L'enfer, dit Scully.

– Non, c'est le métro.

– C'est bien ce que je dis, c'est la suite panoramique du grand hôtel de l'Enfer, murmura-t-il. Ah, regarde, STAZIONE, c'est bon. Vite, par ici.

– Où est Irma ?

– Loin derrière.

– Cette crise ! J'ai de la peine pour elle.

– Te fatigue pas.

– Elle est comme Alex. »

Scully sentit son cœur se serrer à la pensée d'Alex. Peut-être l'avaient-ils déjà enterré, avec les grands prêtres barbus psalmodiant sur son linceul, l'air douteux, et les chats errant entre les stèles derrière. Combien cela faisait-il ? Deux jours ? Trois ?

Aux abords de la gare, gardant Billie pressée contre son flanc, il joua des épaules pour écarter marchands et musiciens ambulants. Quiconque s'approchait, Scully lui sifflait au visage comme un serpent. Il se sentait empli d'une ferveur sauvage, d'une joie extravagante à voir les gens s'écarter en sentant que ce dément n'hésiterait pas à se tailler un chemin à coups de tête et de dents si besoin était. Les gens avaient la peau olivâtre, les dents de travers. C'était un asile de fous ici. Au-dessus de leur tête, les horaires se déroulaient en cliquetant. Scully chercha une destination vers le nord, n'importe quoi pourvu que le départ fût imminent, mais il n'y avait que Rome à dix-neuf heures trente. Quatre-vingt-dix minutes d'attente. Ça n'était pas l'idéal mais il changea un peu d'argent pour prendre deux billets pour Rome. Au kiosque, il acheta un numéro du *Herald Tribune* de la semaine dernière. Les gens tournoyaient sans but autour d'eux, surgissant, s'agglutinant, criant et crachant.

« J'ai faim, dit Billie.

– D'accord, allons manger des spaghettis, dit Scully en la soulevant au-dessus de la marée humaine. Foutons le camp d'ici, bon Dieu. »

Billie voyait Scully se dévider comme la musique de l'orgue de barbarie dehors, dans la rue. Toute sa sauvagerie s'était envolée à présent. Il faisait juste aller et venir un morceau de pain dans une petite flaque de vin sans rien dire. Il était réveillé mais comme éteint. Billie aspira quelques spaghettis. Ils n'étaient pas aussi bons que ceux qu'il faisait. De toute façon, tout avait le goût de la pommade antiseptique. Il lui semblait que ça faisait très longtemps qu'elle n'avait pas mangé de spaghettis faits par Scully. De l'autre côté de la vitre, sous les lumières de la rue, le singe de l'organiste se grattait en la saluant de la tête. Les trous de sa tête à elle palpitaient comme de la musique.

« C'est quel pays ici ?

– L'Italie, dit Scully.

– Alors ils parlent… ?

– Italien.

– Et la ville ?

– Brindisi.

– C'est partout comme ça ?

– L'Italie, je n'ai jamais fait que la traverser. Non, on a séjourné à Florence quelques jours, tu te souviens ? »

Billie secoua la tête. Il y avait trop d'endroits. Des gares, des aéroports, des têtes plates de chauffeurs de taxi. Elle se souvenait d'Hydra et de Paris et de la maison d'Alan, mais les autres endroits étaient juste comme à la télévision, comme s'ils n'étaient pas pour de vrai. Et cette maison, cette petite maison que Scully construisait, était tout entière dans une brume, brouillée, tourbillonnante, comme le nuage qui descendait dans sa tête quand elle repensait à l'avion. Les serviettes chaudes et fumantes que le steward apportait. La lumière des toilettes qui s'éteignait. Et elle, si belle, qui descendait l'allée. Ses cheveux tout tirés en arrière, merveilleux. Son cou blanc, si blanc... et le nuage qui descendait.

« Toutes les statues ont des petits zizis, dit-elle.

– Je n'avais pas remarqué. Essuie-toi la bouche, tu as de la sauce jusqu'au menton.

– Pourquoi ce singe se sauve pas ? »

Scully regarda le singe en habit rigolo sur l'instrument de l'organiste. « Peut-être qu'il a trop peur.

– Il a pas l'air d'avoir peur.

– Peut-être qu'il lui manque le pognon », dit-il en essayant de lâcher un sourire.

Billie pensa à tous ces gens sur le quai et dans les rues maigrichonnes. Comme ceux qu'on voyait à Paris, dans le métro et sur les bouches d'air chaud, couchés sur des cartons et des sacs de couchage.

« Est-ce qu'on va devenir des mendiants ?

– Non, ma chérie.

– On n'a plus beaucoup d'argent, non ?

– J'ai une carte. » Il sortit son portefeuille, celui avec la photo qu'elle voulait pas voir dedans. Il souleva la petite carte de plastique. « Avec ça, je peux avoir de l'argent, tu vois ?

– On devrait en donner aux mendiants. Jésus leur en donnerait, des cartes, tu crois pas ?

– Probable. Ouais. Mais il faudra que je rembourse l'argent plus tard. Ça fait un peu peur, parfois. Les gens deviennent dingues avec les cartes de crédit.

– Ça serait pas bon pour Irma. »

Il se contenta de regarder par la fenêtre en entendant ça, comme s'il n'avait pas envie de discuter. Il avait un cœur gros comme ça, son papa, mais peut-être pas assez gros pour Irma.

31

Le train s'ébranla et s'enfonça dans les ténèbres. En cherchant une position confortable, Billie heurta le journal de Scully qui soupira. Les gens murmuraient. Certains avaient des oreillers et des caches sur les yeux. Lumières, maisons, routes commencèrent à défiler. C'était pas si mal, les trains. Dans un train, on pouvait se rendre compte qu'on allait quelque part, même la nuit, comme là, le noir faisait juste un tunnel dans lequel on s'engouffrait, en rugissant, en cliquetant, en rebondissant comme une pierre dans un tuyau, comme la pierre que Billie sentait dans son cœur en ce moment, alors qu'elle essayait de penser à quelque chose de bon, quelque chose qu'elle pouvait se rappeler sans que ça lui donne peur de se rappeler. Plus loin que le nuage. C'était le cou blanc qu'elle voyait. Si blanc d'un coup, comme si le hâle en avait été récuré dans les toilettes de l'avion. La peau magnifique. Les veines quand elle s'assoit. La peau bleuie par les veines. Comme du marbre. Et elle parle à présent, le mouvement des lèvres pincées. La tension des joues. La perfection de la chevelure. Mais les mots se perdent dans le grondement, la formidable clameur de stade dans les oreilles de Billie en même temps que le nuage descend, comme une fumée qui envahit l'allée, roule sur elle, escamotant l'expression de monument aux morts de sa mère dans un silence aveuglant.

Caché derrière son *Herald Tribune*, Scully tentait de reprendre le dessus. Mais il épiait le reflet des autres passagers comme si Irma pouvait se trouver parmi eux. Il devenait fou, c'était certain. Il n'allait nulle part, n'avait aucun but – il se contentait d'avancer. En y repensant, il enviait à Irma sa performance sur le ferry. Hurlements, coups de pieds, coups de tête dans les murs. Une scène de démence, totalement contraire à la bienséance, voilà un truc auquel il se serait bien laissé aller. Non, trop fatigué. Il n'avait pas la moindre idée de ce qui l'attendait. C'était marrant, vraiment, il se contentait d'avancer. De voyager. Pour voyager. Ça réussit à le faire sourire.

Le journal tomba à terre en un tas chiffonné. La nuit défilait en se gauchissant. Ç'aurait pu être n'importe où, là dehors. Le simple mouvement du train était apaisant. Billie dormait comme une souche à côté de lui. Il se vit dans la vitre en train de sourire bêtement. Le visage d'un garçon dans un seau de lait en fer blanc. Le visage d'un garçon qui aime les vaches, reflété dans l'ovale immobile du lait – lait blanc, lait du rêve, lait du sommeil.

Billie se réveilla un moment, dans la nuit, et observa la terre et les lumières qui glissaient sur les côtés. Ça ne signifiait rien pour elle, ça n'avait pas de nom, pas de lieu visible. C'était comme les murs d'un long tunnel qui défilaient juste de part et d'autre. Elle se demanda, pour grand-mère Scully, si par hasard elle viendrait habiter avec eux, maintenant, dans cette petite maison de poupée. C'était rien que de la campagne, là-bas, encore de la campagne. Billie songea à d'immenses espaces à perte de vue d'herbes brunes ébouriffées par le vent avec de grandes flaques de moutons aussi vastes que l'ombre des nuages qui rampaient en direction d'eucalyptus solitaires. C'était une vision qu'elle était capable de maîtriser. Ou alors celle du perron de derrière, à Fremantle, où les serpents faisaient la queue pour venir mourir près du robinet. La vue de Rottnest Island flottant sur l'océan comme un OVNI dans le lointain. Elle se rendormit en pensant à l'île suspendue là-bas, comme un morceau d'Australie trop léger pour rester sur l'eau.

À l'aube, on apporta du café et des croissants, et Scully leur paya un petit déjeuner à tous les deux, mais Billie continua de dormir, agitée comme un fox-terrier. Dehors, dans la lumière sale, les villes se transformaient en banlieues. L'heure de se rafraîchir, de devancer les files d'attente. Scully enjamba Billie pour passer dans le couloir. Ce n'était pas commode de se frayer un chemin parmi les jambes étalées des dormeurs. La voiture entière sentait la mauvaise haleine et le café bon marché. Scully avait la main posée sur la poignée des toilettes quand il la vit à travers la vitre séparant les deux voitures. Deuxième rangée, côté couloir. Totalement déconnectée. Bouche légèrement entrouverte, tête renversée en arrière, une jambe tordue en travers du passage. Deux coulées sales de mascara sur les joues. Irma.

Il resta un instant planté, frappé de stupeur. Oui, elle était différente, totalement différente. Tu pouvais presque admirer son obstination – jusqu'à ce que tu te souviennes qu'elle voulait garder la culotte de ta fille en souvenir.

Il rebroussa chemin dans le couloir, trébuchant sur les hideuses montagnes de sacs à dos et de matelas de camping rances, de pieds déchaussés, de chaussures de marche, de mocassins. Le train plongea et trépida. Scully attrapa leurs bagages, hissa Billie contre son épaule. Il fallait avoir le pied marin pour avancer dans le ventre de ce train, pour franchir des portes et des rideaux de fumée, dépasser des housses pour costumes et des bagages à monogramme, contourner des valises à roulettes.

Les toilettes de première classe étaient paisibles et spacieuses. Scully s'assit sur le couvercle fermé du cabinet, Billie toujours endormie contre lui, tandis que les courtois passagers de première classe faisaient patiemment la queue à l'extérieur. Bientôt, le train ralentit, mais l'esprit de Scully continuait à aller de l'avant dans un boucan d'enfer. Saute en marche, songea-t-il. Saute en marche et cours, cours.

Le terminus de Rome était une vaste chambre de cris et d'échos, de crissements métalliques et de fracas de chariots lorsque Scully et Billie se mirent à courir vers le bureau INFORMAZIONE dans le hall principal, parmi la foule de gens suppliants qui s'agrippaient à vos bagages. Scully se sentait puant, poussiéreux et froissé tandis qu'il sondait du regard l'étrange écran d'ordinateur sur lequel clignotaient des messages dans toutes les langues.

« *Inglese ?* » s'enquit une mince femme brune au guichet derrière eux.

« *Yes*, dit Scully, hors d'haleine. *Si,* oui, anglais. »

Il vit la liste des destinations se dérouler devant lui.

8 h 10 Berne
8 h 55 Lyon (Part-Dieu)
7 h 05 Munich
8 h 10 Nice
7 h 20 Vienne
7 h 20 Florence

Il consulta sa montre. Il était 7 h 02. Trop long d'attendre pour Nice ou Lyon. Irma était quelque part dans les parages. Des roues geignaient sur le sol dur. Dans les haut-parleurs, un homme parlait d'une voix monocorde. Devant le guichet, deux routards se disputaient, gris de fatigue. Il fallait que ce soit le premier train pour le nord. Il ouvrit son portefeuille.

« Deux billets pour Florence, un adulte, un enfant, deuxième classe. S'il vous plaît. Non, mettez des première. »

Il fit claquer la carte American Express sur le guichet et l'employée sourit avec indulgence.

« Les vacances, c'est toujours la course, monsieur.

– Oui, une fameuse course. Quelle voie, hum, *qué binari*, Firenze ?

– Train EC30. Vous le verrez.

– Merci. *Grazie.*

– *Prego*. Monsieur ? Monsieur ?

– Oui ?

– Vous devez écrire votre nom. Signer. J'ai votre carte.

– Oh, oui, quelle course. Ah, ces vacances ! » Billie roula des yeux. Scully réprima un rire hystérique. Il perdait la boule.

Pendant que le paysage s'adoucissait en villages, champs boueux, arbres dépouillés, Scully et Billie prenaient leurs aises dans leur compartiment vide, le corps encore moite de sueur. Le skaï de leurs longues banquettes en vis-à-vis, poli par les fessiers, était frais. De l'air aigrelet s'engouffrait par la vitre. Tandis que le train prenait de la vitesse, le soulagement emplit Scully d'une sorte de vertige. Le ciel était bas et marbré, noir, gris, blanc, percé de peupliers et des flèches de petites églises. La terre s'étirait entre des murs de pierre et des cimetières, les entrelacs de chemins. Il y avait une douceur dans ce paysage, une sécurité de livres d'images qui le rassérénait. Comme en Irlande, en Bretagne. Comme cette fois, eux trois avec Dominique dans l'omnibus qui traversaient les terres agricoles bretonnes. Scully avait le même sentiment en les contemplant. Tout ce qui doit être fait a été fait ici. Cette terre ne me dévorera pas. C'était une terre bridée, solidement sellée. En Bretagne, il avait trouvé ça triste, la perte de l'espace sauvage, mais aujourd'hui, les yeux posés sur le doux vallonnement des collines et la symétrie des bois, il sentait tout son corps se détendre avec gratitude à l'avènement de la simple joliesse.

Billie lui pressa la main. Il était vautré de tout son long sur son siège, son siège de première classe, et il souriait.

« Je m'inquiétais pour toi », dit-elle.

Il porta sa main à ses lèvres. « Eh bien, très chère, recevez mes remerciements.

– Pouah, des microbes de garçon !

– Vite, un docteur ! »

Et pendant quelques instants, des instants plus longs que Scully ne l'aurait cru possible, ils rirent ensemble, les pieds étalés sur les banquettes. Et bien après qu'ils furent retombés dans le silence, le bien-être continua de faire rayonner sa chaleur. Billie prit sa B.D. écornée. Scully retrouva son *Herald Tribune*. Le train cahotait et serpentait, peinant pour franchir les collines.

Sentant le train ralentir dans la montée abrupte, Billie quitta Quasimodo des yeux et vit une chose étonnante. Un drôle de bruit lui monta dans la gorge au moment où elle regarda par la fenêtre zébrée de pluie et aperçut deux garçons à cheval qui galopaient le long de la voie, un peu en retrait par rapport à elle. Des garçons, pas des hommes. Tandis qu'ils rattrapaient le train, leurs cheveux dégoulinants d'eau dansaient comme la crinière sombre des chevaux. Des arbres passèrent dans un flou. Leurs parkas se gonflaient et ondoyaient, capuches tressautant sur la nuque. Ils étaient pieds nus. Billie vit les chevaux sans selle. Elle se pressa contre la vitre tandis qu'ils parvenaient à sa hauteur. Des petits gitans, sûr, c'était des gitans. Leurs dents blanches étincelèrent dans leurs sourires. Les muscles, dans les flancs de leurs chevaux, s'activaient comme des machines. C'était magnifique – tout en eux était magnifique, et ils la virent.

« Regarde ! Regarde ! »

Scully se redressa, émergeant de sa rêverie comme un nageur refait surface, et la vision le fit se rétracter sous le choc. Les gros yeux de verre des chevaux. La boue giclant en perles noires contre leur ventre. Les pieds nus des garçons. Leurs genoux relevés très haut sur leurs montures, les crinières adroitement entortillées entre leurs doigts. Scully vit la pluie couler sur leur visage, sur les capuches brunes de leurs manteaux grossiers, et leurs yeux sur lui, noirs et qui savaient. À une proximité périlleuse des rails, ils leur firent signe, tendant chacun une main sale, paume levée. Souriant. D'un sourire dément.

Scully abaissa brutalement le store.

« Non ! »

Billie se bagarra avec la poignée jusqu'à ce que le store remontât à nouveau. En un bond tendu, les cavaliers franchirent un muret, faisant de leurs corps des flèches décochées dans l'air et soulevant un geyser de boue de l'autre côté. Ils les rattrapèrent à nouveau, s'approchant de la vitre de Billie. Leurs mains se tendaient hardiment par-dessus la traînée des rails.

« Jésus-Christ ! » jura Scully.

Billie le vit se détourner, puis se retourner à nouveau.

Scully vit le sang sur le flanc des chevaux là où des branches d'arbres avaient laissé leur marque. Il avait froid partout, il glissait, il sombrait. Glacé. Il vit l'insistance des mains tendues, la menace dans le regard. Même dans le virage dangereux sur la crête, ils n'abandonnèrent pas, chevauchant sans peur, convoquant du regard, exigeant, suppliant, jusqu'à ce qu'il fermât les yeux pour ne plus les voir et sentît le nouvel élan du train dans la descente.

Le cœur battant merveilleusement, Billie leur fit adieu de la main quand ils perdirent du terrain. Les parois abruptes d'un remblai emplirent la vitre, et ils disparurent. Billie pressa la paume contre le verre froid. Renversé en arrière, Scully se léchait les lèvres. Billie était grisée. Ça cognait dans sa tête. Elle le toucha, mais il tressaillit.

« C'était que des garçons, dit-elle. Des idiots de garçons. » Des enfants de Peter Pan. Des petits malins. Et ils l'avaient vue.

32

Venu des rumeurs des lieux habités, des espaces rouges du désert berceau de la chaleur, un vent balaie rudement le pays des pierres dressées avec ses promontoires et ses falaises, aplatit de ses bourrasques desséchantes la terre où croît la bruyère. Il ne reste ici que de modestes ondulations. La terre est pelée jusqu'à révéler son soubassement, des restes anciens et obstinés qui tiennent bon sous les rafales continentales. Pollen, sauterelles, mouches, sable rouge voyagent avec la chaleur, à travers plaines et ravines, avant-postes momentanés, jusqu'à la bouche scintillante de la mer. Et en vue des villes, des tours, des monuments mouvants et austères des dunes, le vent meurt doucement en rencontrant la froide dépression d'air littorale, suspend le transport d'une si lourde cargaison. La mer frissonne, l'altération la rend variqueuse, et dans la pause légère, elle s'ennuage des millions de minuscules particules déplacées et tournoyantes qui s'agitent et volent et sombrent à des milliers de kilomètres de chez elles. Les poissons s'élèvent, semblables à des étincelles soufflées par les profondeurs en proie à la démangeaison du changement. Sable, feuilles, brindilles, graines, insectes et même des oiseaux épuisés s'abattent en pluie sur les poissons qui bondissent par bancs ou solitaires, nageoires rabattues en arrière par l'accélération lorsqu'ils se propulsent, se retournent, crèvent la surface de l'eau pour engloutir la richesse du ciel, emplir leurs ventres de la terre. Et derrière eux, d'autres arrivent, luisants et pélagiques, pour rosir de mort l'eau de la mer et attirer, du lointain invisible, des oiseaux qui déchirent les flots et transpercent la chair et tournoient en un nouveau nuage qui plonge sur l'océan. À l'écart, un poisson solitaire, grand comme un homme, s'élève en soleil dans l'air, l'œil noir de terreur, et fuit en tournoyant son propre poursuivant. C'est sans fin.

33

À Florence, ils trouvèrent un hôtel près du Duomo avec des carrelages en mosaïque luisants et des persiennes qui s'écaillaient dans la rue étroite. L'air de la ville était lourd de pluie et d'avertisseurs de taxis. Des cloches sonnaient dans les dômes et les tours. La plomberie carillonnait à l'unisson, et d'en bas parvenaient les fumets d'expresso, de salami et de four à pain.

Scully fit couler un bain et lava leurs vêtements avec du shampoing. Il frotta les chemises, martela les jeans, rinça les chaussettes rances à plusieurs eaux et suspendit le tout à sécher aux persiennes et aux radiateurs. Ils grimpèrent tout nus dans leurs lits jumeaux en écoutant le flic-floc de l'eau sur le carrelage. Un instant, ils se regardèrent, sans parler. Des bandes de lumière tombaient sur les draps de lit. Ils s'endormirent vite, entourés par les ombres de leurs habits fumants.

Il était tard quand ils s'éveillèrent le lendemain. Billie se réveilla la première. Elle avait des frissons. Sa tête lui semblait plus grosse. Enveloppée d'une couverture, elle s'assit pour feuilleter leurs passeports. Elle considéra leurs grands visages ronds et heureux, et tous les timbres en langues bizarres. Elle était plus petite sur sa photo. Elle aimait comme ils étaient souriants dans leurs vieux visages. Scully se leva. Elle le regarda se brosser les dents jusqu'à ce que le dentifrice devienne rose. Il ne regardait pas dans la glace. Son derrière remuait et ses cacahuètes ballottaient bêtement. Scully s'en foutait quand il était tout nu. C'est parce qu'il n'était pas beau. Il n'y avait que les gens beaux qui ne s'en foutaient pas.

Dehors, il ne pleuvait pas mais la ville obscure était installée dans ses quartiers d'hiver. Dans un self-service, ils mangèrent des pâtes avec du pain. C'était tout embué et plein de bruit. Les chaises raclaient le sol. Les gens criaient et riaient.

Après, ils marchèrent, c'est tout. Sur un pont, ça faisait comme une petite ville où des Africains, des Noirs, vendaient des chemises et des montres étalées sur les pierres mouillées. De l'autre côté du fleuve, ils marchèrent dans de jolis jardins et grimpèrent jusqu'à un fort qui ressemblait au château en ruine d'Irlande. Partout sur les toits de la ville, il y avait des pigeons et des sons de cloches.

Scully marchait près de l'enfant avec la sensation d'être maintenu par des coutures fragiles, comme si le moindre vent risquait de le désagréger. Le silence régnait entre eux. Ils se montraient simplement les choses du doigt ou d'un mouvement de tête, chacun plongé dans ses pensées. Scully se demanda où se trouvait l'aéroport le plus proche et s'il avait encore du crédit sur sa carte American Express. Il se sentait étrangement paisible. L'Arno roulait ses eaux boueuses. Le Ponte Vecchio illuminait le crépuscule.

Marchant dans leurs vêtements chiffonnés, ils croisaient des Italiens qui ressemblaient à des couvertures de magazines. Talons poignards, collants brillants, plis raides comme de l'acier, manteaux sur lesquels on aurait pu se coucher pour dormir. Leurs chaussures étaient incroyables, leurs jolis petits culs, d'hommes ou de femmes, ressemblaient à des œuvres d'art. Les femmes glissaient leurs ongles laqués dans les cheveux de Billie et Scully regardait fixement leurs lèvres vernissées. *Buon giorno.*

Billie le voyait dans les vitrines des magasins. Il avait l'air songeur mais le sang était revenu dans son visage.

« Tous pour un, dit-elle.

– Et un pour tous. »

Avant d'aller au lit, Billie se coupa les ongles des pieds avec le petit ciseau du couteau de poche de Scully. Il était étendu sur son lit. Leurs vêtements étaient à moitié secs. Tout le bord des yeux de Billie, tout ce qu'elle voyait, était entouré d'un halo brillant. Pendant qu'il était couché, elle lui coupa aussi les ongles des pieds, en s'émerveillant de la brillance des choses.

Perchée en haut du figuier avec Marmi Watson, la voisine, en équilibre à côté d'elle, Billie montrait du doigt la silhouette qui marchait à grands pas dans la rue, attaché-case dansant, jambes nerveuses, chevelure noire flottant sur la nuque. Lumière du soir dans les yeux.

« Regarde un peu ça, murmurait-elle fièrement. C'est ma maman, ça. Regarde. »

« Tous pour un, disaient-ils, assis tous les trois sur le sol nu de l'appartement de Paris. Et un pour tous ! » Et ils riaient comme des fous dans la pagaille, ils riaient, ils riaient.

Dans la lumière froide du soleil, le lendemain sur la piazza, la gosse avait une mine moins éclatante. Scully n'aimait pas la nouvelle boursouflure de ses plaies. Il les avait lavées depuis longtemps et elles avaient encore l'air humide. Billie ne voulait pas mettre sa casquette, mais elle ne se plaignait pas de ses blessures. Elle avait l'air de bonne humeur. Scully la regarda jeter des miettes aux pigeons. Il s'abstenait de lui parler pour ne pas lui casser les pieds. Mais il avait résolu, quand il irait au bureau de l'American Express pour vérifier l'état de son compte, de se procurer une liste de médecins parlant anglais. Il se demanda si l'humidité était revenue dans la bicoque. Solstice d'hiver. Comment étaient les Slieve Blooms, aujourd'hui ? Il se sentait bizarre. Déconnecté d'avec lui-même. Hier et aujourd'hui. Sans chagrin – presque insensible. Comme après avoir traversé un tunnel, dans une obscurité aveugle, bousculante, assourdissante, pour se retrouver au grand jour, hésitant, sans savoir si l'on n'avait rien de cassé. L'incrédulité du survivant.

Les cloches du Duomo carillonnèrent dans la coupe de porcelaine du ciel. Scully leva les yeux vers la somptueuse coupole. Regardez-moi ça. Ça n'était pas seulement l'amour qui lui avait valu d'être recalé en architecture – c'était des visions comme celle-ci, des signes qui, traversant les siècles, lui disaient de laisser tomber, d'arrêter de faire semblant. Le monde pouvait se passer de ses centres commerciaux, de ses pavillons solaires inertes. Si ça n'était pas le manque de génie qui sapait ton orgueil, alors la nature s'en chargeait. Il suffisait de prendre sa voiture et de filer dans les Olgas, à Ayer's Rock, dans les termitières d'argile cuite géantes, dans la plaine de marbre blanc de n'importe quel lac salé à deux sous, pour être guéri de ses illusions. Scully n'avait plus de place pour les illusions. Que pouvait-on étouffer d'autre en lui ?

Près du palais Pitti, le bureau de l'American Express sentait les fleurs, le papier et les manteaux mouillés. Pour Scully, c'était des lieux effrayants, sacrés. Tant de pouvoir, derrière le verre, le bois, la moquette. Des files d'attente d'hommes policés et sûrs d'eux dans leurs costumes rayés. Le claquement des fermoirs bien huilés de leurs attachés-cases. L'échange nonchalant de devises et de renseignements. La nature instantanée des choses. Comme un temple païen. Scully étreignit sa précieuse carte en plastique. Billie crocheta un doigt dans la boucle de sa ceinture. Délicatement, conscient de l'impression qu'ils produisaient, il lui enfonça la casquette sur la tête pour masquer ses plus vilaines blessures. Intimidé par l'odeur d'après-rasage, il sortit son chéquier de l'Allied Irish en brossant les plis de sa chemise du plat de la main. Autour d'eux, dans cinq langues différentes, les gens achetaient des assurances, des chèques de voyage, des guides touristiques, des voyages organisés, récupéraient leur courrier, faisaient étalage de leur mobilité.

Encaisse le chèque, songea-t-il. En priant pour qu'il ne soit pas en bois. Et la liste de médecins.

Billie traînait la semelle de ses R.M. Williams sur la moquette. Il allait bientôt laisser tomber – depuis hier, elle sentait sa résolution diminuer. Les billets crissèrent sur le comptoir à hauteur de son nez, elle sentit sur ses joues brûlantes le vent que firent les coupures en se posant. Ce petit lit dans le grenier. Un cheval. Un château.

« Et un télégramme pour vous, monsieur Scully. »

Billie sentit le genou de Scully faire un bond tout contre elle. Elle lâcha sa boucle de ceinture et observa la circonspection avec laquelle il ouvrait l'enveloppe. Avec l'argent toujours posé sur le comptoir, et les gens dans la file derrière eux qui émettaient des claquements de langue irrités.

« Billie ? »

Elle avait saisi l'argent et le tirait par le bras. Il souriait. Un air qui te donnait envie de lui récurer le visage avec de l'Ajax et une brosse métallique. Elle le tira à l'écart, vers l'arrière de la file d'attente où deux vieux se disputaient en consultant leurs cartes géographiques et en donnant des coups de pied dans leurs bagages.

« Laisse-moi le lire encore une fois », dit-il d'un ton vague, mais elle le lui arracha des mains pour le poser bien à plat sur une table basse.

SCULLY. RENDEZ-VOUS FONTAINE DES TUILERIES 23 DÉCEMBRE MIDI. VIENS SEUL. T'EXPLIQUERAI. JENNIFER.

C'était difficile de respirer, en regardant ça. Pas

tant à cause du truc d'y aller seul. Rien que l'idée, comme un rocher décroché du ciel. La perversité de tout ça. Billie en avait la poitrine douloureuse, comme si elle avait avalé de la soupe à l'oignon si chaude que ça lui cuisait l'œsophage.

« Elle devrait pas avoir le droit », chuchota-t-elle.

Les Tuileries. Paris. Le coin près de la librairie anglaise. Tout le gravier blanc. Là où elle ramassait des marrons en faisant un sac avec son écharpe. Paris. Ce n'était pas juste.

Sa mère.

Les questions flottaient comme des spectres dans la tête de Scully. Ses pensées allaient partout et nulle part. Des explosions, des lueurs, des comètes de pensées. Une fausse couche, une hémorragie stoppée. Des coups de fil manqués et des télégrammes. Avait-elle appelé toutes les agences American Express d'Europe pour le retrouver ? Était-elle terrifiée et désespérée, les circonstances s'accumulant, la peur s'emparant de tout son corps ? Pouvait-elle avoir cru un instant qu'il ne viendrait pas ? Qu'il avait franchi un point de non-retour peut-être. Oh, Seigneur Dieu, ressentait-elle de la peur et de la panique comme lui, le désir douloureux, même dans le sommeil, d'une brèche dans l'étouffante immobilité de ne rien savoir ? Les poursuivait-elle, *eux ?* De combien d'infimes secondes s'étaient-ils manqués tous les deux ? Comment, plus tard, pourraient-ils trouver la distance nécessaire pour rire de tout cela, du comique extravagant de la situation, pour trouver tout naturel les bonds immenses et terrifiants qu'ils en étaient venus à faire si négligemment de fuseaux horaires en continents, en saisons, en langues, en espaces. On oublie si rapidement le terrible et vacillant péril du mouvement, du voyage. Le soulèvement de ses pieds de la terre.

Il avançait en titubant dans le sillage de son esprit. Une liaison qui avait mal tourné, peut-être. Une aventure, un béguin tombé à l'eau. Une bêtise, une connerie humainement sentimentale dont elle avait subitement pris la mesure. En dix jours ? Ou bien un truc médical, une analyse de sang, une radio dont elle n'avait pas trouvé le courage de lui parler jusqu'à présent. Il était si coupé de tout en Irlande, si foutrement préoccupé par des choses urgentes, physiques, et sa propre solitude de sac de patates, quelle pitié. Il n'avait pas fait preuve de suffisamment d'attention. Il aurait dû téléphoner tous les deux jours, se tenir informé de l'avancement des choses. Quelque terrible secret de famille peut-être qu'elle lui avait caché toutes ces années pour le protéger. Ou alors… quelque évolution, une nouvelle prise de conscience, un changement d'avis, quelque expérience qui l'avait conduite à trouver son chemin de Damas, comme disaient les salutistes. La religion, même. Ou l'art. Quelque lumière aveuglante, quelque coup de chance, ou de génie, ou de force – qui sait – même une explication toute simple, toute mièvre, le satisferait. Une brûlante bouffée de haine. Apprendre l'existence d'un autre homme, d'une vie totalement nouvelle – il avait vraiment le sentiment qu'il s'en moquait, qu'il pouvait prendre la nouvelle entre les deux yeux. Car tout ce que pouvaient contenir plus d'une seconde les espaces de son cerveau, c'était elle, debout là, en bottes et en manteau, son écharpe comme un animal autour de son cou. Là, sur la géométrie aride des Tuileries. Arbres nus, ciel bas. Et rien que la vapeur de leur haleine entre eux.

Il leva les yeux et vit Billie sortir en jouant des coudes par les portes vitrées. Il ramassa le télégramme et s'élança dans la rue à sa poursuite.

« Billie ! »

On aurait dit une poupée de chiffon, les mains molles le long du corps tandis qu'elle s'éloignait à pas lourds sur les pavés, les chevilles inclinées à un angle effrayant dans ses bottes cavalières. Dans la rue, les odeurs de café et de cigare montaient à la tête.

Il la rattrapa, posa une main sur son épaule. Elle se dégagea d'une secousse sans cesser de marcher.

« Billie. »

Et si elle me veut ? songea Billie. On n'a jamais qu'une mère.

« Billie, arrête. Si on allait voir le docteur ?

– Je crierai, répondit-elle d'une voix rauque. Si tu me touches, si tu me parles, je crierai et la police viendra me prendre. Ils m'enlèveront à toi. »

Il resta planté là, abasourdi. Voitures et pavés luisaient sous un crachin qu'il n'avait pas remarqué. Elle s'essuya le visage sur la manche couverte de rosée de son blouson et avec un effort visible de volonté, redressa les épaules dans un sanglot et sortit de sa poche la liasse de lires qu'il avait laissées sur le comptoir.

« S'il te plaît, ne dis rien », chuchota-t-elle.

Et ils ne prononcèrent pas une parole tout le temps que dura la traversée des rues menant à l'hôtel, puis à la gare et au train de nuit pour Paris.

34

Scully se redressa sur sa couchette pour regarder défiler les lumières de la Riviera italienne. Les bateaux étaient des étoiles échouées là-bas dans les ténèbres basses. Les tunnels le faisaient basculer dans un espace hurlant et lui donnaient la chair de poule. Il ne pouvait apercevoir les plages que dans les interstices sans éclairage, dans les endroits inaccessibles à l'acier et au béton, il les sentait alors. Boulevards bordés de palmiers, étendues de sable. Vagues déferlantes.

Il se souvint de ce week-end à Saint-Malo en Bretagne, la vue d'une plage après avoir été si longtemps confinés à l'intérieur des terres, à Londres et à Paris. Le vent en provenance du chenal était exécrable. Le sable était strié par la descente de la marée. Ça ressemblait tellement à des cheveux, c'était si étrange. En manteau et bottes, tous les quatre avaient remonté la grève au pas de course, courant dans le vent, sous les remparts moyenâgeux de la vieille ville. On pouvait imaginer des croisés sur cette plage aussi facilement que des soldats nazis. Protégée par une langue de terre submersible, une forteresse se dressait au large en place d'avant-poste. Ce n'était pas grand-chose, comme mer, mais ça n'en avait pas moins aiguisé son mal du pays. À l'intérieur des remparts surplombant le chenal, construit au sein même de leurs cavités, se trouvait un labyrinthe d'aquariums marins, une découverte qui enchanta Scully.

Ç'avait été un bon week-end, une bouffée d'air au sortir de Paris. Parmi tous leurs amis parisiens, Dominique était la seule avec qui Scully arrivait presque à se détendre. Il n'y avait ni crépitement sexuel entre eux, ni profond fossé culturel. Elle n'avait pas quitté son Leica du week-end. Le long du front de mer, dans le vieux cimetière étrange, dans les cafés, dans les rues venteuses. Dans l'hôtel déserté, ils avaient joué au billard au rez-de-chaussée, et bu du chocolat chaud et du calvados. Le bruit de l'obturateur s'ouvrant et se fermant toute la journée. Les boules de billard cognant dans les coussins. Le vent du chenal, dehors. Et la mer.

Scully ouvrit la vitre du train et sentit le souffle glacial sur ses joues.

Paris. Cette fois, il tirerait le meilleur parti de cette putain de ville. Cette fois, il était libre, juste de passage. Et il n'était plus novice comme il l'avait été. Plus de propriétaires maussades avec qui composer, plus de plafonds écailleux et bouffés par la teigne de riches et de culs pincés, plus de nez gaulois surmontés de regards méprisants qu'il devait naguère encaisser humblement en pensant au jour de paie. Le labeur ingrat et l'angoisse du travail au noir étaient loin – des nuits entières sans dormir, à puer l'essence de térébenthine, les mains comme des briques lézardées. Cette fois, il ne lécherait aucun cul. Il ne s'excuserait pas pour son français hideux ou ses vêtements en piteux état. Il n'y avait aucune raison pour ne pas prendre du bon temps. Cette fois, pas de quartier.

Il referma la fenêtre et sentit l'agréable engourdissement de son visage. Il ne ressentait aucune peur, ce soir, rien qu'une impatience sauvage. N'importe quoi valait mieux que de ne pas savoir.

Billie tordait la couverture sur sa poitrine tandis que le tunnel noir passait en rugissant près de sa tête. Regarde-le, ce soir, comme Quasimodo là-haut dans ses cloches. Cet éclat de sourire écœurant sur son visage dans le reflet de la vitre. Ses genoux relevés. Comme le bossu balançant des coups de pied dans les cloches, ébranlant des cloches qu'il ne pouvait pas entendre. Elle ramena les draps par-dessus sa tête et renifla l'aigreur de son haleine. Le train brinquebalait et ruait. On aurait dit qu'il voulait quitter les rails. Et là, le drap entre les dents et la couverture au-dessus de la tête en forme de tente à l'odeur de renfermé, Billie pria pour qu'un ange, une tornade, un feu, une crevasse géante dans le monde, vienne les sauver du lendemain, leur épargner l'autre côté du nuage.

Dans le féroce éclat de zirconium de l'eau de l'océan Indien – de l'eau de récif, de l'eau de requin – Scully apercevait un sillage. Il s'immobilisa au niveau du plat-bord, puant le sang de maquereau, ruisselant de sueur. Il plissa les yeux. Un sillon, une traînée plate juste sous la surface qui lui fit penser à des dauphins. Mais le nageur avait des membres. Il le voyait désormais – contours de bras, de jambes, une chevelure de varech flottant en éventail – et elle fit surface juste en dessous de lui dans l'ombre claire du bateau, nue et luisante, seins gonflés, ventre énorme. Jennifer. Débordante d'entrain, riant, appelant. Il n'hésita même pas. Il passa par-dessus bord, avec ses bottes de pêcheur et son lourd tablier, ses gants qui aspirèrent goulûment l'eau au niveau des coudes, et il coula comme un casier plombé, s'enfonçant dans un rugissement et un sillage de bulles vers la base livide et velue du récif où Billie l'attendait en souriant, le visage déchiqueté par les requins, son corps se disloquant, tandis que l'ombre de la nageuse, là-haut, les survolait tel l'ange de la mort.

35

Alors que le chauffage fait une crise d'asthme, Peter Keneally, les mains roides sur le volant, quitte la route gelée, le courrier de la République glissant d'un côté à l'autre derrière lui. Il coupe le contact devant la bicoque à Binchy, et s'extrait péniblement de son siège. Il ne fait pas plus froid dehors, putain. Bon Dieu, le ciel est opaque comme l'eau gelée d'un fossé et en dessous la petite maison se tient silencieuse sur sa colline. Les oiseaux tournoient et plongent en s'esquivant sur cet affreux mastodonte de château ; au sommet des montagnes bossues, un nuage crève.

Le facteur fait tourner la clé dans la serrure de la lourde porte verte et l'observe pivoter sur ses gonds dans un murmure. Cela fait une semaine qu'il a envie de le faire, se retrouver seul dans la maison de Scully. Une odeur de moisissure fraîche. De détergent. De peinture et de mastic. Les petits rideaux tous tirés, les objets féminins posés çà et là sur les appuis de fenêtres et les étagères. Il empile du bois sur la grille et l'enflamme, se met à rôder, avec dans les oreilles le bruit de ses vilaines grosses bottes sur le plancher et dans l'escalier.

Le petit lit, ouvert et abandonné. Quelques livres. *Madeleine, Yaourtu la tortue, Max et les maximonstres, Tintin*, une grosse bible illustrée. La peinture fraîche sur les murs. Une bouffée de fumée venant d'une fissure quelque part dans la cheminée. Et le grand lit en bataille parsemé d'objets de toilette et de vêtements déballés à la hâte. Il y a des livres là aussi. *Le Monde selon Garp*, tu parles d'un truc. *Abattoir 5, Monkey Grip*. Des journaux, des catalogues d'outillage.

Peter s'assoit sur le lit et décapsule sa bouteille de John Jameson. Le whisky descend comme une livre de clous rouillés. Son cœur bat vite, d'être dans cette maison. Elle dégage l'étrange et fraîche sensation du neuf. Elle n'a plus rien d'irlandais. La bibliothèque joliment travaillée près du lit, les chaises poncées, le tapis bariolé étalé sur le plancher. La maison d'un homme qui s'y connaît, habile de ses mains et prévenant. Un homme soigneux, consciencieux, capable de faire la cuisine et tous ces trucs de bonne femme. Un type avec des livres au pied de son lit et des histoires sur Paris, sur le désert rouge et sur des poissons immenses qui clignent des yeux dans la lumière. Un homme avec un enfant, rien que ça. Oui, Peter Keneally envie Scully, pas la peine de nier. Tous ces voyages. Même cette petite maison désormais – il l'envie pour ce qu'il y a entrevu.

Le facteur se lève et ouvre quelques tiroirs. Il touche des chemises et des crayons, ramasse la photo d'une fille aux cheveux noir de jais et au visage immobile de spectre. Le ciel est bleu derrière elle. Son cerveau se vide rien qu'à la regarder, puis il repose la photo dans le tiroir et s'assied sur le lit pour scruter ses bottes.

Conor. C'est Conor que lui rappelle Scully. Ce vieux Conor. Peut-être bien pour ça qu'il aime ce type sans aucune raison apparente, peut-être pour ça qu'il ne déménage pas pour venir s'installer ici, prendre possession des lieux en guise de rétribution pour toutes ces factures impayées. Scully est un acharné de la vie, comme ce vieux Conor. Pour lui, la vie est un combat jusqu'à la mort, vacharde de mort, exactement ça.

Le feu glousse dans la cheminée et le facteur s'allonge, prend une autre gorgée de Jameson, et se retrouve à réciter mentalement le Notre-Père, juste mentalement, comme un homme qui a peur pour lui-même, pendant que le courrier de la République gît tout chiffonné en bas, et ne va nulle part.

Comme. C'est Simon qui lui répond. Sully. Ce vieux Corso, peut-être bien pour ça qu'il aime ce type [illegible] raison apparente, peut-être pour ça qu'il n'a [illegible] pas pour [illegible] [illegible] passés [illegible] des lieux [illegible] du [illegible] pour toutes ces [illegible] années. Sully est au [illegible] de la vie [illegible] [illegible]. Pour lui, la vie [illegible] [illegible] la [illegible] de [illegible] exactement [illegible]

La [illegible] dans le [illegible] et le [illegible] [illegible] [illegible] [illegible] [illegible] [illegible], et [illegible] [illegible] [illegible] [illegible] la Notre-Père [illegible] [illegible], comme un homme qui a peur pour lui-même, [illegible] que le [illegible] de la République [illegible] tout [illegible] ce [illegible] [illegible] [illegible]

IV

Je sais que j'ai trop aimé
Et de l'une à l'autre
Le bonheur se défait...

« Raglan Road »

36

Dans la lumière glauque de l'aube, alors que le train entrait en claquant et cliquetant languissamment dans le ventre de verre et d'acier de la gare de Lyon, Scully brossa tendrement les cheveux de l'enfant et rajusta ses vêtements. À l'aide de son mouchoir, il fit briller le cuir brun de ses petites bottes avant de remballer leurs maigres biens. Porteurs et minuscules tracteurs à bagages sillonnaient le quai en trajectoires sinueuses. Des pigeons s'élevaient par vagues. Ses articulations, son cuir chevelu, ses dents même fourmillaient d'impatience. Il se sentait invincible ce matin, il était impossible à arrêter. C'était aujourd'hui le jour. Les Tuileries, à midi. Tiens-toi bien, Paris.

« Ce matin, dit-il, quand nous aurons trouvé un hôtel, je t'emmènerai où tu voudras. C'est toi qui choisis. N'importe où, je t'assure. Il te suffit de dire où. »

Billie leva les yeux, fiévreuse d'inquiétude et de prière. « N'importe où ? »

Il comprendra, pensa-t-elle. Il n'aura pas besoin de demander. Il saura où je veux aller.

Elle sentit le train s'arrêter. Le monde se balança

un instant au bout de son ancre. Tout s'immobilisa. Rien ne bougeait à l'intérieur ni à l'extérieur d'elle. C'était comme un soupir. Billie se cramponna à l'instant, pendant que le contour des choses chatoyait.

Le visage dans le ciel glacial et la sueur de la grimpée se changeant en verre sur lui, Scully renversa la tête en arrière et rit. Le vent fouillait ses cheveux, faisait onduler son blouson désespérément trop léger et lui tiraillait les joues. Il appuya ses mains nues sur la balustrade de pierre et porta son regard sur la cité tout entière dont les toits dorés, verts et gris s'étendaient, presque vulnérables, sous lui. Oui, Paris était beau, mais pas d'une écrasante beauté. D'ici, il avait un air domestique – tout son vernis intimidant, toutes ses merveilles de hauteur et d'orgueil démesuré ne parvenaient pas à porter jusque là-haut. Au nord, le gâteau de mariage du Sacré-Cœur, à l'ouest, le suppositoire rouillé de la tour Eiffel. Même les méandres monochromes de la Seine prenaient un air pittoresque entre les flèches, les mansardes, les quais et les régiments d'arbres en train de se déplumer. Ce n'était qu'un endroit, une ville dont la rumeur du trafic et les gaz d'échappement l'atteignaient à un faible degré.

Il longea le parapet, tandis que le guide touristique aboyait derrière lui. Le vent lui faisait venir des larmes aux yeux, brouillant sa vision du rectangle sculpté des Tuileries de l'autre côté du fleuve. À un jet de salive du clocher. Juste en dessous de lui. Ici, au kilomètre zéro.

Billie le regardait filer le long du passage, courbé sous le vent glacé, avec des pigeons qui s'égayaient devant lui. Il tendait les bras tel un conquérant, un cerf-volant, mais le vent faisait de lui un chiffon sous les entrelacs de pierre gravée en surplomb, sous les gargouilles et les chimères hilares. Il ne sauterait pas – elle savait qu'il ne sauterait pas – mais il était quand même porté par le vent, le visage ployé par les bourrasques froides.

La dame de la tour hurlait depuis le porche d'entrée.

Oui, on voyait clairement les choses de là-haut. Asile, asile, asile.

Elle ne voulait jamais partir.

L'hôtel dans l'île Saint-Louis excédait ses moyens, mais Scully songea que, pour une nuit, cela ne valait pas la peine de s'en priver. Pendant toute l'époque de Paris, en route pour un chantier de peinture, le dos déjà cassé rien que d'y penser, il passait devant cet hôtel et buvait du regard l'intérieur cossu et confortable. Les hôtels comme celui-ci, leurs entrées rutilaient de chaleur et de meubles d'antiquaires, leurs étoiles s'exhibaient telles des médailles d'or au-dessus de leurs porches. Merde, on méritait bien ça un jour ou l'autre, et il n'y aurait jamais de meilleur jour que celui-ci.

Dans la minuscule salle de bains, il se rasa soigneusement et fit du mieux qu'il put avec ses vêtements. Il retira les peluches de son pull, versa quelques gouttes d'Old Spice à l'intérieur de son blouson en jean et aida Billie à enfiler son écharpe et ses moufles achetées à un camelot. Elle tremblait un peu sous ses doigts.

« Nerveuse ? »

Elle hocha la tête.

« Ce soir, on sera tous ensemble. Regarde, deux lits.

– On pourrait rentrer à la maison maintenant, murmura-t-elle.

– Demain matin. Et être à la maison pour Noël. »

Le visage de Billie se moucheta d'émotion. Ses blessures juraient, boursouflées et violettes, sur son front. Elle faisait crisser ses talons l'un contre l'autre.

« On n'est pas obligés, dit-elle.

– Moi, oui. »

Elle s'écarta de lui. « Vas-y.

– Je ne peux pas te laisser ici.

– Tu m'as déjà laissée.

– Oh, Billie.

– C'est elle que tu choisiras ! Elle te fera choisir ! Elle a dit viens tout seul ! Je sais lire, figure-toi ! Tu crois que je suis trop bête pour apprendre ? Je sais lire. »

Elle ne voulait pas être là. Elle ne voulait pas voir, mais tout au fond d'elle-même, elle entendait la petite voix lui dire : tu n'as qu'une mère, tu n'en as qu'une. Elle sentit les mains de Scully sur son visage en feu et sut qu'elle irait.

Ils quittèrent la petite île au milieu du fleuve et traversèrent la Seine par le pont Marie. Devant le petit terrain de jeu après le quai, Billie s'arrêta pour épier par le portail en fer forgé les gamins qui criaient en soufflant de la vapeur et faisaient des glissades dans les graviers. Elle regarda leurs visages, mais elle n'en connaissait aucun. Les grands-mères tapaient des pieds pour se réchauffer. Un ballon flottait, rouge dans le ciel. Scully la tira et elle le suivit le long de la rue, les genoux raides, tandis qu'ils pénétraient dans leur ancien quartier.

Sans un mot, Scully les entraîna par-delà la rue Charlemagne. Ce n'était pas le moment de penser à la cour intérieure, au grès, aux odeurs de cuisine, aux élèves du cours de piano martelant leur clavier dans l'air du matin. Ils traversèrent le Marais aux ruelles encombrées de mobylettes, d'étalages de fruits, de traiteurs, de boutiques et de boucheries kascher. Les odeurs épaississaient l'air : carton, résine de pin, viande, fleurs, laque, vin, gaz carbonique. Devant les étals de poissonniers, Scully résista à l'envie de toucher. Morue, soles et crevettes étaient étalées dans un blanc Noël de copeaux de glace. Les rues grouillaient de monde. C'était une vision – Scully en avait le vertige.

Billie lui tira le bras.

« J'ai envie.

– D'aller aux cabinets ? Tu n'y es pas allée à l'hôtel ?

– Non.

– Oh, Seigneur. »

Scully jeta un coup d'œil à droite et à gauche, aperçut un café. « Viens. »

Il l'entraîna dans le petit boui-boui enfumé et trouva les toilettes sous l'escalier.

« C'est là », murmura-t-il en adressant un petit signe de tête aux clients accoudés au comptoir.

« Messieurs. »

Le patron, un gros homme portant boucles d'oreilles et permanente oxygénée, haussa les sourcils.

« Et pour monsieur ? »

Il fallut quelques secondes à Scully pour comprendre. Pas question de pisser gratis. Il commanda un express et s'assit en dévisageant les hommes aux yeux troubles et au teint de rock stars anglaises. Tous portaient moustache, apparemment, et avaient prolongé dans la matinée les festivités de la nuit. Ils avaient l'air vanné.

Son café arriva et Billie émergea du palier.

Scully laissa quelques francs sur la table et entraîna rudement Billie dans la rue.

Il faisait froid et tout était calme aux Tuileries. Les longues allées arides de gravier blanc crissaient sous les pieds. Des marronniers et des platanes dépouillés se dressaient, sans ombre. De l'entrée du Louvre, ils marchèrent d'un pas nerveux, les yeux plissés par la vigilance. Çà et là, sur leur passage, ils tombaient sur un marron oublié du temps du soleil et des feuilles. Les promeneurs étaient rares autour d'eux. Des enfants en moufles et capuche poursuivis par des filles au pair. De vieux messieurs jouant aux boules. À la sortie côté Concorde, la fontaine se dressait dans l'air, droite comme la hampe d'un drapeau.

Scully scruta les terrasses vers le musée de l'Orangerie. Vingt minutes d'avance. Sa mâchoire contractée lui faisait mal. Près de lui, Billie traînait des pieds dans le gravier, sa casquette enfoncée bas sur le front. Il sortit cinq francs pour la balançoire et la regarda un instant basculer le corps en arrière et s'élever dans les airs. Son sentiment de triomphe s'effritait peu à peu. Que dirait-il ? Comment pourrait-il se contrôler ? Il ne devait pas l'effrayer et la faire fuir avec l'intensité de ses sentiments. Il se sentait comme une bombe à retardement. Pas de feu roulant de questions, pas le moindre soupçon de récrimination. Ni hurlements, ni lamentations. Essaie juste d'avoir l'air digne, une fois dans ta vie.

Scully donna seize francs à Billie pour le manège. Les pièces s'entrechoquèrent avec un son moite dans ses mains. Billie grimpa sur un cheval blanc à la queue flamboyante. Scully s'assit près de deux adolescentes qui bavardaient en admirant mutuellement leurs bottes de cow-boy. Les lumières et la peinture vive du manège formaient un tourbillon livide dans la lumière terne de midi. Scully passait d'une fesse sur l'autre dans le froid, pivotant de temps à autre pour scruter les arbres derrière lui. Il se sentait épié. Ou paranoïaque. Ou quelque chose. Les filles à côté de lui commencèrent à manifester de la nervosité et déménagèrent.

Midi moins cinq. Il se leva et déambula autour du manège, tendit un peu plus d'argent au patron, et agita une main faible en direction de Billie. Les babines de son cheval étaient retroussées, comme s'il cherchait à mordre la queue du cheval qui le précédait. Ils étaient tous identiques, chaque cheval menaçant l'autre. La musique enjouée d'autrefois lui tapait sur les nerfs.

Merde – allait-elle se montrer ? D'accord, il avait amené Billie, en dépit de la stricte instruction du télégramme, mais quelle autre solution avait-il ? Comment pouvait-elle lui en vouloir de ça ? Il n'avait aucun indice. Il avait fait son examen de conscience, comme disaient les salutistes, il avait sondé son cœur et abouti à une incompréhension totale. Après toutes ses suppositions, toutes ses agonies, il n'arrivait pas à savoir pourquoi elle n'avait pas paru à Shannon et il ne savait pas davantage maintenant pourquoi elle décidait de paraître ici. Confiance. Il marchait sur la corde raide de la confiance. En dix jours, Jennifer était devenue un fantôme pour lui, une abstraction, un mystère. Mais son télégramme crissait contre sa poitrine. Un signe. Il n'avait rien d'autre sur quoi se fonder.

Elle descendrait à la station Concorde et entrerait par l'entrée du Jeu de Paume, soulignée par l'espace vierge du bassin de la fontaine. Leur ancien itinéraire depuis Saint-Paul, quand ils venaient acheter des livres à Billie chez W.H. Smith de l'autre côté de la rue. Oui, c'est par là qu'elle arriverait. Pas un fantôme. Sa femme. Il la connaissait trop bien.

Ce soir, il les emmènerait dîner dans un endroit rutilant et traditionnel. Laiton, cuir, rideaux de dentelle. Serveurs avec le doigt sur la couture du pantalon. Escargots et cailles rôties : la grande bouffe française. Un bon bordeaux. Une balade sur les quais. Un retour à la civilisation.

« Je me sens pas bien », dit Billie en descendant.

Midi. Scully sentait le sol spongieux sous ses pieds.

« Assieds-toi un moment. Tu as la tête qui tourne. »

Billie s'assit dans le monde brillant et tournoyant. Sa peau éclatait et le sang bouillait à l'intérieur. Un carillon se déclencha dans sa tête. Elle voyait des sculptures en hauteur derrière la fontaine, qui dansaient dans l'embrasement flou. Le banc remuait comme le plancher d'un avion. Les veines marbrées dans ce visage blanc, blanc. Billie qui tendait la main, peur de toucher, peur de ne pas toucher. Ses doigts déployés pour sentir la peau blanche avant qu'elle ne se fige et ne devienne dure. Le sourire rigide comme du ciment. La peau froide. Billie le voit, juste devant elle, tandis que le nuage de silence descend dans l'air de l'avion : petit à petit, sa mère se transforme en statue. Quelque chose s'est immobilisé. Quelque chose sur quoi la pluie frappe avant de rebondir, quelque chose dont les yeux pâlissent. Avec une bouche ouverte, qui ne dit rien.

Scully vit la silhouette encapuchonnée apparaître sur la terrasse et sentit une éruption de chair de poule. La silhouette se figea, puis pivota dans un tourbillon de manteau noir au moment où Scully se redressait. Il la regarda marcher à grandes enjambées en direction de l'Orangerie, un pas trop rapide pour une promenade au parc. L'éclat blanc d'un visage, un regard rapide et soudain, la silhouette détala au pas de course.

Scully agrippa le bras de Billie et s'élança vers les marches de la terrasse. La fontaine sifflait. Le gravier crissait et craquait comme de la glace sous leurs pieds. Il sentit Billie perdre les pédales et trébucher près de lui, ses petites jambes incapables de garder l'équilibre à une telle vitesse. Elle poussa un cri, lui arracha sa main et glissa sur les genoux, mais il ne s'arrêta pas. Les marches de la terrasse étaient des coups sourds dans sa colonne vertébrale, la rampe était brûlante de froid et au moment où il franchissait la dernière marche, il vit les épaules et la capuche se courber pour sortir dans la rue donnant sur la place de la Concorde, alors il vira sur sa droite, sachant l'entrée du métro là-bas, à l'angle, et sa chance probable d'arriver en bas avant elle. Le gravier glissa, se déroba périlleusement sous lui. Il atteignit l'escalier, le dévala cinq marches à la fois, frôlant la chute, puis tourna au coin de la rue en direction de l'entrée du métro où il y avait encore des marches et des portes métalliques qui battirent lorsqu'il les enfonça.

Il fit irruption dans la puanteur d'urine et d'électricité, et le bruit des portes d'une rame qui se refermaient plus bas. Marches désertes, courants d'air charriant mégots et tickets verts. Quatre directions dans lesquelles elle aurait pu aller, et une rame qui démarrait. L'air poussiéreux s'accrochait à lui, appuyé haletant et impuissant contre le mur carrelé.

« Tu nous tues ! hurla-t-il. Putain, tu nous tues ! »

Deux gosses en parodie française de tenue de surfers descendaient les marches et se poussaient du coude en le regardant. Les portes s'ouvrirent derrière lui, laissant entrer une décharge d'air froid qui lui piqua les yeux et le plaqua au mur telle l'ombre qu'il était.

Là-haut, dans le brouillard froid et suffocant, Billie hurle en voyant tout tournoyer autour d'elle. Dans le tourbillon, il y a des statues, des oiseaux et sa propre voix terrifiée, et le pipi qui coule le long de ses jambes comme du plomb fondu, qui la brûle, qui fait juste que la brûler.

37

Scully descendit la rue de Rivoli en portant l'enfant bien emmitouflée dans son blouson en jean. Dans le vent qui se levait inexorablement, la foule de Noël s'écartait sur leur passage, évitait de les toucher, enregistrant en une seconde leur air désespéré. Billie ne parlait pas. Elle avait le visage bouffi de larmes et de quelque chose de pis encore. Le vent malmenait l'auvent des étals d'huîtriers et le col relevé des vendeurs de houx. Couronnes de Noël et papier cadeau s'éloignaient en glissant dans le brouillard rutilant de milliers de voitures embouteillées. Devant les portes vitrées du BHV, Scully se soumit avec une sorte de rage impuissante à la fouille réglementaire. En sentant l'odeur de pisse sur le jean de Billie, les vigiles eurent un mouvement de recul. Scully balança son blouson mouillé dans la rue et lorsque les portes s'ouvrirent devant lui, il accueillit avec soulagement le souffle d'air chaud.

Billie essaya de remonter son nouveau jean sur ses jambes mais le sol se dérobait de partout et sa peau cuisait. Elle regarda dans la glace et vit une pleurnicheuse, une mauviette, une clocharde aux genoux écorchés et sans culotte, les joues rougeoyant comme un feu de brousse.

Chargé d'une brassée de jeans à taille élastique, arrosé de musique d'ambiance de Noël et bousculé par des femmes accompagnées d'enfants gazouillant, Scully se tenait devant la cabine d'essayage en s'efforçant de venir à bout d'une pensée – n'importe quelle pensée. Culotte, blouson, carte de crédit. Mots et choses tournaient court dans sa tête.

« Scully ? »

La voix de Billie chevrotait.

« Ça va ? »

Il écarta un peu le rideau et vit la gosse appuyée contre la glace embuée, le pantalon sur les chevilles.

« Tu ne peux pas le remonter ? »

Elle se retourna lentement, tel un funambule sur la corde raide et il vit l'éclat vitreux de ses yeux.

« Je... je suis brûlante. »

Scully se laissa tomber à genoux et toucha sa peau nue. Elle avait la fièvre. Seigneur Dieu, elle était brûlante. Ses plaies étaient salement boursouflées sous leurs pansements humides.

« D'accord, murmura-t-il. Attends, je vais t'aider. On achètera des sous-vêtements en ressortant. »

Il avait presque remonté le petit jean jusqu'à la taille de Billie quand il sentit l'ombre de quelqu'un derrière le rideau et entendit la brusque inspiration d'air. Il fit volte-face et vit une femme la main plaquée sur la bouche. Il rougit quand elle le vit remonter le jean et fermer le bouton-pression sans regarder ce qu'il faisait. Il tenta un haussement d'épaules décontracté et un sourire de parent complice, mais la femme tourna les talons. Scully serra les dents et termina d'un air sombre. Puis il souleva Billie dans ses bras et prit la direction de la caisse.

38

Dans le tunnel de vent de la rue de Rivoli, les voilà qui arrivent, penchés comme un seul arbre, vêtements et sacs du grand magasin claquant avec démence. Elle se rencogne sous le porche obscur pour les laisser passer, aveugles, sans sentir la chaleur de son amour. Elle sait tout ce qu'il y a à savoir sur eux, exactement comme les morts voient les vivants. Le vent fait frissonner la pointe de ses seins et ses genoux, le bout de son nez, et elle regarde sa vie s'éloigner en boitant dans la lumière surnaturelle de l'après-midi, cependant qu'elle décide jusqu'où les suivre, qu'elle se demande à quel moment assez est assez, et pourquoi ça fait mal d'avoir tellement besoin.

39

Un téléphone, première chose. Un endroit à l'abri de ce vent, une cabine. Dominique serait là. Elle aurait un médecin de famille. Elle pourrait traduire. Seigneur, Scully, comment as-tu pu laisser arriver cela ?

Les rues se couvraient de verglas à présent, les pavés en devenaient glissants. Des clochards s'extrayaient péniblement des porches pour rejoindre l'abri du métro. Les mains gantées de Billie tremblaient contre la joue de Scully. Des avertisseurs bêlaient dans les ruelles étroites du Marais. Il connaissait un endroit, un bon endroit.

Il s'engouffra dans l'entrée floue du Petit Gavroche où le poisson rouge nageait toujours dans sa bulle de verre au-dessus du robinet de bière. Le barman le salua d'un ton neutre, cherchant visiblement à le situer. Les visages allaient et venaient ici. Dépassant le comptoir de zinc cabossé, Scully entra dans le banc bleu de fumée de cigarette et trouva une table près du téléphone. Il assit Billie, la découvrit un peu, et rangea les sacs de courses sous la banquette.

La foule habituelle emplissait le café, ouvriers du bâtiment pour la plupart, en train de déjeuner. Écossais, Irlandais, Luxembourgeois. Des travailleurs au noir, des types sans papiers et durs à la tâche, des chauffeurs routiers patibulaires, quelques étudiants du quartier, plusieurs vieilles putes, grand sourire et cils comme des corbeaux morts. C'était le repaire de Scully. Il avait entendu des tas d'histoires ici. La bouffe était quelconque mais la bière pas chère et il y avait toujours quelqu'un d'assez seul ou d'assez bourré pour tailler la bavette avec toi.

Scully commanda deux chocolats et s'assit en tentant de se rappeler le numéro de Dominique. Il décommanda le chocolat de Billie et le remplaça par une limonade. La gosse était assise là, les yeux dans le vague, essayant de retirer ses moufles. Non, il avait un trou. Il tira de son casier l'annuaire déchiqueté et le feuilleta. Mais oui. Que lui arrivait-il ? Une chose si simple à se rappeler. Bon Dieu, il perdait la tête.

Il se leva, introduisit quelques pièces dans l'appareil et composa le numéro. La sonnerie retentit, retentit, sans réponse. Leurs boissons arrivèrent. Billie but goulûment. Scully se remit debout, refit le numéro mais personne ne décrocha. Merde alors – ça signifiait qu'il devait appeler Marianne. Il n'y avait tout simplement personne d'autre. Il composa son numéro.

« Allô, oui ? » La familière voix grave. Elle avait le timbre de voix d'une star du cinéma des années 40. Il hésita une seconde.

« Marianne, c'est Scully.

– Scully ? » L'intonation mélodieuse se troubla. « *My Gahd*, Scully, où es-tu ?

– Juste au coin de la rue, figure-toi.

– Comment ? Qu'est-ce que tu viens de dire, Scully ?

– Le Marais. Je suis dans le Marais. »

Il y eut un vide prolongé au bout du fil, comme si Marianne se contorsionnait pour éteindre quelque chose – cafetière, ordinateur, chaîne stéréo. Scully vit Billie gratouiller la croûte autour du couvercle du pot de moutarde.

« Quelle… quelle surprise, souffla Marianne.

– Écoute, je suis désolé de t'appeler comme ça, de but en blanc, mais je me demandais si je pouvais passer chez toi, juste une minute.

– N-non, ce n'est pas possible, murmura-t-elle. Tu comprends, j'ai mon travail…

– Oui, bien sûr, mais écoute… »

Coupé. Il rappela. Occupé. Il se rassit lourdement. Merde – qu'est-ce que c'était que tout ce cirque ? Marianne ne le portait pas exactement dans son cœur, il le savait, mais ils avaient toujours entretenu des rapports courtois. Or elle était troublée, vraiment dérangée. Et hostile.

Il avala d'un trait son chocolat.

« T'as pas l'air d'aplomb, dit Billie.

– Parle pour toi – Seigneur.

– Arrête de dire ça ! »

Un manteau dont les pans claquent en descendant l'escalier. Un manteau à capuche. Une silhouette vague, mais pas un spectre, un être réel. Je suis venu et quelqu'un m'a vu. Jennifer, ou quelqu'un d'autre. Quelqu'un qui jouait son rôle, peut-être. Pour s'assurer que je viendrais, pour voir si j'étais à Paris. Dominique ? Non, elle était trop correcte. Elle nous aurait parlé. Et je n'ai jamais remarqué qu'elle était si grande, si légère sur ses mocassins. Mais Marianne.

Marianne ne m'aime pas. Elle n'aurait eu aucun scrupule à me taper sur les doigts. Ça l'aurait fait jubiler, en fait. Est-ce que tout le monde était dans le coup ? Pourquoi envoyer un message et ne pas venir ? Étaient-ils tous en train de se foutre de lui ?

Billie lécha la sueur sur le dessus de sa lèvre.

Tous ces gens dont on lisait l'histoire. Le type qui sort acheter un paquet de clopes et qu'on ne revoit jamais. Les familles dont les gosses disparaissent. Les gens qui vivent hors du monde des années durant, sans cesser d'attendre que le téléphone sonne, qu'une porte s'ouvre, qu'un visage apparaisse au milieu d'une foule à la télé. L'espoir absurde à chaque arrivée du courrier. Et pendant tout ce temps, attendre en fait, implorer le coup de grâce, le dernier coup de hache qui les sortira de leur misère. L'horrible soulagement à la découverte, enfin, dans quelque terrain vague, du corps violenté, mutilé de leurs aimés, pour pouvoir renoncer au poison de l'espoir et être libre.

Cela se passerait-il ainsi ? Une vie à attendre près du téléphone ? Non. Peu importait ce qu'il lui en coûterait. Il trouverait par lui-même. Il ne resterait pas en retrait, docile et résigné. Merde à la résignation. À l'intérieur de son âme, il avait franchi une limite qu'il ne comprenait pas. Ici, sans crier gare, dans ce café merdique, avec un chocolat tiédasse devant lui. Non, il était trop fatigué, trop terrifié et à bout de nerfs pour se montrer docile et résigné.

40

Scully courbait l'échine sous le vent d'acier de la rue Mahler et le sentait s'immiscer sous ses paupières, siffler dans ses molaires. Billie dans les bras, il avançait sur les pavés à la façon d'un patineur et il poussa d'un coup d'épaule la somptueuse porte grise donnant sur le calme glacé de la cour intérieure de chez Marianne.

Les lumières étaient allumées au troisième étage. Le cœur de Scully battait douloureusement dans sa poitrine. Il sentait le vent métallique en lui.

« Pas de quartier », marmonna-t-il.

Billie tremblait et ne disait rien.

Dans le hall d'entrée qui sentait le courrier et la cire, il pressa si fort le bouton de l'interphone qu'il sentit son os à travers l'engourdissement de son doigt. Ses gants à vingt-cinq francs étaient raides et mouillés.

« Oui, allô ?

– C'est encore moi. »

Rien. Seulement un grésillement. Un blizzard en provenance de cette petite boîte à paroles. Il regarda ses bottes, sentit le frisson glacé du vent s'attarder sur son échine, vit les yeux fiévreux et les joues livides de Billie.

« Il fait froid ici en bas, Marianne. Et j'ai Billie avec moi. »

De longues et vilaines secondes s'écoulèrent avant que ne retentît le clic d'ouverture de la porte d'entrée. Scully prit Billie par sa petite main gantée et ils montèrent en silence dans l'ascenseur. Elle leur était familière, cette petite boîte rouge. Il se souvenait l'avoir empruntée deux ou trois fois pour redescendre avec Jennifer, bourrés comme des coings tous les deux et rigolant comme des gamins.

Au troisième étage, Marianne tenait sa porte ouverte. Son épaisse chevelure auburn était dénouée et elle portait de petits souliers lacés et un tailleur en lainage noir. Elle le fixa avec un sourire ferme.

« Scully, tu as une mine…

– Épouvantable, je sais. »

Elle lui tendit ses joues selon la manière rituelle et toucha gravement la tête de Billie, puis tous trois se retrouvèrent immobiles et gauches sur le seuil.

« Nous sommes civilisés, Marianne. Tu peux nous laisser entrer. »

Elle hésita un instant et tourna les talons. Scully lui emboîta le pas pour traverser le plancher lustré et entrer dans le royaume du chauffage central et des femmes de ménage. Les deux gros chats persans de Marianne s'éloignèrent d'un bond pour aller se cacher. L'appartement sentait la cire et l'huile des toiles abstraites couleur puce, géantes sur les murs blancs. Scully ne put s'empêcher de passer la main sur la surface de plâtre peint. Son premier boulot à Paris, cet appart'. Il était parfait. Il avait bossé comme un nègre dessus, pour une misère, donnant ainsi le ton pour le reste de son séjour dans la ville. C'étaient des amis, néanmoins, les nouveaux amis de Jennifer, et Scully était soucieux de faire plaisir.

Mais il se demandait parfois si ce n'était pas le montant dérisoire de ses factures qui avait entraîné les problèmes. Marianne avait été plus amicale avec lui au début – démonstrative, même. Mais après le boulot de peinture, elle s'était montrée plus réservée. Pendant quelques semaines, il avait tenté de mettre le doigt sur ce qu'il aurait pu faire de travers. Il avait réalisé un excellent boulot, mais aurait-il par hasard renversé de l'apprêt sur quelque chose, rayé le parquet peut-être, pissé sur le siège des cabinets ? Non, rien – pas même une blague à propos du *Rainbow Warrior*. Non, c'était le montant de sa note. Marianne n'était pas offensée – Scully avait toujours montré qu'il n'ignorait pas qu'elle et Jean-Louis étaient pleins aux as – mais c'était comme si elle s'imaginait qu'il attendait quelque chose en retour. Une nouvelle prévention était venue couronner sa méfiance toute parisienne. Elle le voyait comme un pauvre type, pensait-il. Non seulement un artisan, mais un artisan de bas étage, figurez-vous. Ah, l'Europe – c'était à vous faire dresser les cheveux sur la tête.

« Je prendrai un café, et Billie un chocolat chaud, annonça-t-il d'un ton enjoué. Elle est un peu malade. Tu te souviens de Marianne, hein, Billie. »

Billie hocha la tête. Marianne se tenait debout sous les hautes fenêtres à double battant, bouche contractée en un sourire. Elle était toute en diagonales – nez, hanches, seins, lèvres – rien à voir avec Jean-Louis qui était plutôt replet, genre esthétique d'automobile des années 40. Jean-Louis était plus facile à aimer, plus souple de nature comme de corps.

Marianne n'avait pas déplu immédiatement à Scully, non. Elle était intelligente et drôle et son intérêt pour Jennifer paraissait sincère, elle avait même lu ses écrits, les avait montrés autour d'elle. Elle travaillait pour un magazine chic et connaissait du monde. Ses amis étaient de jeunes cadres dynamiques beaux, amusants, curieux et très différents des gens que Scully et Jennifer avaient connus auparavant. Ça ressemblait à un canular, pour Scully, de connaître tous ces gens. Jean-Louis avait une fascination romantique très européenne pour les contrées sauvages et leurs habitants. Il défendait le droit de la France de faire des essais nucléaires dans le Pacifique, tout en devenant violet quand on lui parlait de soupe de queues de kangourous. Scully aimait les choquer, lui et ses amis, avec des histoires de culterreux qui n'étaient en fait qu'une mise en boîte de lui-même et de son pays. La chlamydia des koalas, les exploits des crapauds géants. Les merveilles des pare-chocs anti-kangourous en aluminium. Un moment, il s'était presque senti exotique dans les soirées de Marianne, et puis il avait fini par se lasser de jouer le rôle de l'Ignoble Sauvage. Par égard pour Jennifer, il s'en était alors tenu à une sorte de relation affable, mais dénuée d'intimité, avec Jean-Louis, et à un air de déférence diplomatique envers Marianne. Les soirées devinrent une corvée. Scully traînassait devant les rayonnages, feuilletant des livres d'art la plupart du temps, et personne ne venait le déranger. Lorsque Dominique était présente, il se détendait un peu plus et se mêlait au groupe. Et se consolait avec le vin. Jamais il n'aurait bu ce genre de truc dans leur appartement prêté.

« Je peux mettre la bouilloire à chauffer, si tu veux ?

– Scully, j'ai du travail.

– Trop de travail pour prendre un café ? »

Avec un soupir, elle le précéda dans la cuisine blanche et il remarqua son boitillement.

« Tu t'es fait mal à la jambe ?

– Ce n'est rien. J'étais assise dessus. Je vais finir par avoir des varices un de ces jours.

– Moi, j'ai failli me casser la jambe, aujourd'hui.

– Ça va mal pour toi, Scully. Tu as l'air comme fou.

– Oh, je le suis, je suis fou.

– C'est toi qui as fait ça à Billie ? » dit Marianne en remplissant la bouilloire. Elle avait les mains qui tremblaient. Elle tâtonnait.

« Tu veux parler de sa figure ? Marianne, elle a été mordue par un chien. C'est pour cela que je voulais…

– À Paris ?

– En… » Il se reprit. « L'endroit n'a pas d'importance.

– Elle a l'air… d'un fantôme, d'un mort-vivant. »

Marianne s'appuya à l'éclat aveuglant du comptoir et le jaugea du regard. Billie entra, suivant les chats des yeux.

« J'ai besoin de faire pipi, murmura-t-elle.

– Au fond du couloir, lui dit Scully. Tu te souviens. » Il la regarda s'éloigner.

« Je ne peux pas t'aider, Scully. Tu sais que je ne t'ai jamais aimé. Une femme pareille avec… un balourd comme toi.

– Je ne feindrai même pas de comprendre ce que ça veut dire.

– Non, tu ne sais pas ce que c'est que feindre. Vertu du simple.

– Parle-moi des Tuileries aujourd'hui. »

Le rire rauque de Marianne rendit un son minuscule dans cet espace aseptisé. « Tu perds la boule, Scully.

– Ouais, je suis crevé, en rogne, et désespéré.

– Je peux appeler la police. Tu es un étranger, ne l'oublie pas.

– Oh, je ne l'oublie pas. »

Marianne attrapa un paquet de Gauloises et en alluma une d'une main tremblante. Elle sourit.

« Dis-moi ce qui te fait rire, Marianne.

– Oh, Scully, c'est toi qui me fais rire. » Elle tira fort sur sa cigarette et lui souffla la fumée dessus. « Ainsi, tu es tout seul.

– Tu es au courant alors.

– Scully, tu as tout du type en train de se noyer. Je n'ai pas besoin d'être au courant.

– Où est-elle ?

– Si je le savais, crois-tu réellement que je te le dirais ? *My Gahd !* »

La bouilloire commença à siffler.

« Tu prends ton pied à me voir dans cet état, hein ?

– Oh oui. »

La peau de Scully fourmillait. Une colère froide s'insinuait en lui.

« Je me disais bien que tu étais un peu salope, Marianne, mais j'imaginais qu'au fond de toi tu devais avoir quelque humanité. »

Elle se mit à rire.

« Écoute-moi. Essaie de m'écouter, souffla-t-il.

Oublie qui je suis. Oublie Jennifer et le bébé et ce que j'endure. J'ai une gamine malade et...

– Le bébé ? » Les lèvres brillantes de Marianne s'entrouvrirent. « Elle est enceinte ?

– Elle ne te l'a pas dit, alors. »

Marianne esquissa un geste évasif avec sa clope. « C'est son corps, Scully.

– Bien sûr que c'est son putain de corps. Tu t'imagines que j'ai besoin d'un cours du soir de politique sexuelle ? Dois-je demander la permission de me faire un sang d'encre, putain de bordel ? Je n'ai pas prévenu les flics, ni pris un détective, j'y vais doucement, doucement, tu comprends, je joue le jeu mais j'en peux plus de jouer le jeu, tu m'entends ? »

Il balança un coup de pied dans un tabouret et le regarda rouler jusque dans l'entrée, décrochant sur son passage des ustensiles rutilants de leurs crochets dans un vacarme épouvantable. Il vit la blancheur de ses poings et comment Marianne s'était tapie dans un coin, et il pensa à Mylie Doolin et ses mecs qui faisaient ça tout le temps. Il se rappela Irma et le ferry. Oh oui, il était capable de tout – il n'était pas différent.

« J'ai toujours pensé que tu la battais, Scully, fit-elle d'une voix faible, avant de poursuivre avec plus de défiance : le prolo sorti de son trou... la jeune femme charmante qui espère en des lendemains meilleurs. Tu la battais beaucoup, Scully ? T'étais brutal, au lit, t'étais dur avec elle, Scully ? »

Scully enfonça ses mains dans ses poches. La bouilloire se mit à siffler et il sentit ses muscles se verrouiller à l'intérieur de ses bras pendant qu'il écoutait Marianne s'échauffer, en tirant sur son mégot, monter son histoire en épingle.

« T'es un cogneur, hein, Scully ? Raconte-moi, pour ta figure, et ton malheureux œil. Je trouve ça bestial, Scully. »

Il entendit la chasse d'eau et remercia le Ciel que Billie n'eût rien entendu. Seigneur Dieu, du moins lui avait-il épargné cela.

« C'est juste un amusement pour toi, hein ? dit-il d'une voix étranglée. Comme... ça l'a toujours été. Un amusement. La petite Australienne originale, avec sa peau claire et ses fringues délavées, et tous ses rêves, et son optimisme, et cette façon qu'elle a de te regarder comme si tu étais une reine ou quelque chose comme ça. Ton petit salon avec vos accents merveilleux et toute votre putain d'assurance. Tu as joué avec elle. Tu l'as prise sous ton aile pour rigoler, pour voir ce qui arriverait.

– Tu étais comme une pierre attachée à elle, Scully, une ancre suspendue à son cou, et maintenant tu me reproches...

– Je ne songerais pas à te reprocher quoi que ce soit, sauf de n'avoir pas eu assez de cœur pour lui dire la vérité. Je t'ai entendue, Marianne. Tu lui as monté le coup, tu l'as excitée en lui disant qu'elle était un génie et tu riais dans son dos. Elle était l'autre primitive, c'est tout, seulement elle ne s'en apercevait pas. Même après coup. Elle était si enthousiaste, si impressionnée. Tu l'as foutue en l'air et elle t'a dit merci. »

Marianne soupira. « Pourquoi es-tu venu en Europe, Scully ?

– Pour elle, dit-il. Les deux fois.

– C'est très touchant », dit Marianne d'un ton dubitatif.

Non, songea-t-il, c'est foutrement pitoyable.

Tous deux tressaillirent quand le téléphone sonna. Marianne s'agrippa à la surface du comptoir, ongles étincelants, et laissa sonner jusqu'à ce que le répondeur se déclenchât. Scully reconnut la voix.

« Pourquoi ne réponds-tu pas ? murmura-t-il.

– J'ai de la visite », siffla-t-elle.

L'urgence perçait dans le message énoncé d'un ton voilé, mais l'élocution française était trop rapide pour lui.

Dominique. Il tendit la main vers le téléphone mais Marianne le débrancha d'un coup de pied.

« Elle n'a pas besoin de te parler. »

Scully recula d'un pas pour s'éloigner d'elle, les poings ballants au bout de ses bras. Il vit une veine battre dans la gorge de Marianne. Puis Billie arriva derrière lui. Elle se pressa contre lui, bras passés autour de sa taille, et il sentit sa chaleur à travers ses vêtements, sa chaleur l'atteindre à travers le bouillonnement de sa fureur.

« J'ai besoin d'un docteur, Marianne. Je suis venu parce que Billie a la fièvre. Veux-tu s'il te plaît, *s'il te plaît*, me donner un numéro. Quelqu'un qui parle anglais, quelqu'un de proche. »

Un moment, Marianne demeura plantée là, bras croisés comme pour ne pas perdre l'équilibre. Scully sentit en lui le vertige d'une véritable haine. Il fut presque désappointé lorsqu'elle attrapa son carnet et le feuilleta avec des mains tremblantes.

« Je vais l'appeler, murmura-t-elle. Tu gagneras du temps.

– Merci », dit-il, incapable de se réfréner.

41

« Vous avez vu les papiers du chien ? »

Le médecin avait déjà déballé une seringue. Billie était allongée sur la table d'examen, visage détourné. Scully se tenait près d'elle, la main sur sa nuque brûlante.

« Oui.

– Vous lisez le grec ?

– J'avais avec moi quelqu'un qui le lit.

– C'est de la Flucloxacilline », expliqua le médecin en tapotant la seringue, ses lunettes argentées scintillant sous les lumières. Il avait un accent américain mais une gestuelle européenne. Il faisait même la moue comme les Français. « Voilà qui devrait en venir à bout, ça et les comprimés. De quand date son dernier rappel antitétanique ?

– Elle avait cinq ans. J'ai le certificat. »

Billie prit une brusque inspiration et étreignit sa main. Scully sentit la sueur envahir son cuir chevelu.

« Et voilà, Billie. Pas si terrible que ça, hein ? Papa va t'aider à remettre ton jean. »

Billie se remit précautionneusement sur le dos, en refoulant ses larmes.

« Elle est courageuse », dit Scully à son intention.

« Vous êtes sud-africain ?

– Non. »

Scully déposa un baiser sur la main de Billie, la laissa rester allongée un moment pendant que le docteur rangeait son plateau.

« Cinq jours, dites-vous.

– Oui. J'ai dû mettre des steri-strips.

– Bien. Vous auriez pu vous en tirer plus mal, je dois dire. Heureusement que la plus grosse cicatrice se trouve dans les cheveux.

– Oui.

– Redonnez-moi votre adresse », dit le médecin en s'attardant près de son bureau.

Soudain soupçonneux, Scully lui donna l'ancienne adresse de Saint-Paul.

« Vous y voyez, de cet œil ?

– En général oui.

– Comment est-ce arrivé ? »

Le docteur revint avec des pansements neufs. Billie se tortilla quand il épongea le suintement clair de ses plaies boursouflées.

« Accident du travail, dit Scully. Sur un bateau.

– Mm-mm. » Le toubib n'y croyait pas. « De quoi vivez-vous, monsieur Scully ?

– Je suis maçon.

– Vous avez une carte de séjour, dans ce cas. »

Scully sourit. Le docteur se lava les mains et retira ses lunettes en penchant la tête d'un air grave.

« Si vous reveniez me voir demain ?

– Je pensais que tous vos rendez-vous seraient pris : veille de Noël.

– Non, demain c'est bon.

– Pas de problème », répondit Scully en aidant Billie à descendre de la table.

Le médecin lui tendit l'ordonnance. Ses mains lisses étaient parfaitement manucurées. Scully prit les papiers, non sans lire clairement sur le visage de l'homme. Demain, c'est une autre paire de manches. Il pense que c'est toi qui l'as fait, Scully. Les plaies, les genoux écorchés. Il te prend pour un salaud, pour un type indigne d'être père. Et est-ce qu'il a tort ? Hein, est-ce qu'il a vraiment tort ?

« Vous avez une pharmacie à l'angle. Et toi, ma fille, tout de suite au dodo. Et boire beaucoup. Ma secrétaire va vous donner votre rendez-vous.

– À demain, dit Scully.

– Au revoir, Billie.

– Au revoir », chuchota-t-elle en s'appuyant à la hanche de Scully.

Au bureau de la secrétaire, Scully présenta sa carte de crédit et la pimbêche française au chignon gris passa un coup de fil pour vérifier sa validité. Scully hissa Billie contre son épaule et frémit en voyant la femme plisser les yeux. Elle reposa le téléphone, ouvrit un tiroir et sortit une paire de ciseaux.

« Cette carte a été résiliée, "Mister Scully".

– Non, non, elle est encore valable jusqu'en novembre de l'année prochaine. »

D'un coup de ciseaux, la bonne femme la coupa en deux. Dans un cliquetis, les morceaux tombèrent sur le bureau.

« Bon sang, qu'est-ce que vous faites ? » Scully bondit en avant, récupéra les deux moitiés de sa carte.

« Déclarée volée », répliqua la bonne femme en se reculant, ciseaux pointés devant elle.

« Ce n'est pas possible. Moi seul peux faire une déclaration pareille. Merde de merde !

– Vous avez sûrement des papiers d'identité ?
– Un passeport, oui. Tenez, je l'ai... »

La femme l'avait déjà presque entre les mains quand Scully, voyant l'éclat de satisfaction sur ses traits, comprit l'étendue de sa bêtise. Il se recula, trébucha sur une rangée de patients en attente et gagna la porte, les bras raides le long du corps.

À la fin de sa triomphante journée à Paris, Scully alluma trois bougies déformées dans le cendrier de sa table de nuit et regarda son enfant frissonner comme un petit chien sous la couverture. Elle avait les cheveux aplatis par la douche et le teint cireux dans la lumière jaune. Sa poitrine était brûlante mais elle avait les mains et les pieds froids, et tous les ongles bleus. Ça terrifiait Scully de la voir ainsi.

« Mon Dieu, qu'est-ce que je t'ai fait. »

Elle ouvrit les yeux. « Rien, dit-elle. Et ne dis pas mon Dieu. »

La vapeur du chauffage sifflait dans les murs, bouillonnait dans le radiateur. Billie referma les yeux et s'endormit.

Scully mangea un peu de pain et de fromage et ouvrit une bouteille de vin rouge qui avait un goût de lavasse. Un tas de billets chiffonnés, francs, drachmes, lires, gisait sur l'édredon devant lui, de quoi les nourrir dans des bouis-bouis à couscous et à frites pendant quelques jours. Il avait un demi-carnet de tickets de métro, un carnet de chèques irlandais et des fringues sales. Il puait la sueur, la peur, le dépit, et son œil abîmé roulait férocement dans sa tête. Tôt ou tard, l'hôtel pigerait, pour sa carte de crédit morte. Il était foutu.

Il songea à retourner voir Marianne pour la supplier de l'aider. Pas d'agressivité, non, que de la lèche pleine d'humilité. Ou alors voler cette salope, faire irruption et piquer tous les trucs qu'il pourrait fourguer au marché aux puces. Mais jamais il ne passerait avec ce putain de code de sécurité. Et puis, il n'avait jamais rien volé de sa vie, il était capable de tout foirer.

Il essaierait le bureau de l'American Express. Tirer l'affaire au clair. Il verrait Dominique. Le comportement de Marianne, sa façon de l'empêcher de lui parler, pouvait signifier que Jennifer était là-bas, chez Dominique. Pourtant, personne ne répondait, même maintenant. Peut-être que Marianne se foutait tout simplement de sa gueule, prolongeait la torture avec cette prise de téléphone arrachée. Ils résoudraient son problème. Quelque chose. Putain, quelque chose.

Il prit une longue lampée de son vin à huit francs et s'étrangla. Il pouvait être de retour en Irlande demain soir. La mélancolie du vent, le feu de tourbe, la vallée déployée sous sa fenêtre. Tonton Facteur s'arrêtant cinq minutes pour boire une pinte et plaisanter un coup.

Dominique l'aiderait. Il éclusa un peu plus de vin. Elle avait plein de fric, une espèce d'héritage qui lui permettait de continuer la photo. Et elle avait un cœur. « De guimauve », le qualifiait Marianne avec mépris. Scully se souvenait de l'exposition de Dominique dans l'île de la Cité. Il s'était ramené, bariolé de taches de peinture, et les gens s'effaçaient devant lui comme s'ils avaient affaire à un tout autre genre de peintre. Les photos de Dominique étaient de sombres tableaux mettant en scène des femmes dans des chambres nues où tombaient des cascades de lumière. Le regard de ses modèles était tourné vers l'extérieur et plein d'assurance, et elles rappelaient sa mère à Scully. Marianne avait persiflé, la bouche en coin, que ces images, c'était de la guimauve, comme s'il fallait y voir un signe d'imbécillité, mais Scully les avait aimées et Jennifer pensait que c'était des œuvres de génie.

Elle avait beaucoup employé ce mot au cours de l'année qui avait suivi. Les gens étaient doués, remarquables, en avance sur leur temps, hors du commun. Scully avait commencé à se demander pourquoi ils ne pouvaient pas simplement être compétents dans leur domaine. Il ne s'agissait pas seulement pour Jennifer de voir le meilleur chez les autres. Tout ce génie, c'était comme une claque qu'elle prenait dans la gueule, chacun de ces coups déversait une lumière crue sur son échec, sa médiocrité. Et celle de Scully aussi. Ça le rendait nerveux, ce regard fixe et ces paupières qui cillaient. Ça ne ressemblait pas aux coups d'œil détachés qu'elle lui décochait, au début, de l'autre bout de la salle de cours. Alors Scully fourrait ses mains au fond de ses poches et haussait les sourcils, lançant des appels désespérés pour voir apparaître chez elle une étincelle de réminiscence. Mais elle se contentait de cligner des yeux et de poser sur lui un regard fixe, comme s'il était un arbre devant sa fenêtre, quelque chose à travers quoi elle regardait en direction d'un monde plus brillant situé derrière.

Il en avait même parlé à Dominique, de ce regard. « Elle est exaltée, avait-elle dit. Exaltée, c'est tout.

– Oui », avait-il convenu. Il n'y avait peut-être rien d'autre que ça.

Dominique avait répondu à l'enthousiasme de Jennifer dès le début. Il les avait regardées devenir amies, de cette manière saccadée et ritualisée que partageaient Français et Anglais. Il s'était senti le bienvenu dans le grand appartement de la rue Jacob et il avait vu les efforts que faisait Dominique pour tâcher d'être cool avec Billie dont l'énergie de tigresse semblait la sidérer. Billie n'avait rien de l'enfant d'ornement auquel ces gens étaient habitués. Billie, disait-elle, était très directe.

Scully avait vu des photos de sa maison sur l'île de Man, de son bateau à Amsterdam, de chevaux, de femmes qu'il ne connaissait pas. C'était un lieu paisible, cet appartement. Scully irait demain, première des choses. Il éclusa le reste de son pinard bon marché et entendit un dossier de lit heurter le mur, quelque part dans l'hôtel. Une femme gémissait. En terminant sa bouteille, il l'écouta crier avec avidité, et une seconde, les yeux de Billie s'ouvrirent et se fixèrent farouchement sur lui avant de se refermer sur son sommeil.

Maintenant, Billie le voyait, là-haut, en train de se balancer dans le froid cinglant, suspendu, là, avec la lumière du feu dans ses yeux immenses, accroché par les cheveux à l'arbre nu géant. C'était Scully. Qui pleurait, qui criait, qui appelait au secours, et personne, en bas, dans la boue épaisse, ne bronchait. Rien que l'aboiement des chiens et ses appels à lui, ses cheveux tirés sur les côtés de sa figure, et ses bras qui battaient l'air. Il n'y avait aucun moyen de faire demi-tour de cette ultime branche, nul endroit où aller, pour quelqu'un de sa taille, sauf vers le bas, et Billie priait pour qu'un ange vienne, priait, priait à en être brûlante comme une torche, et les chevaux tremblaient, et soudain il y eut quelqu'un d'autre là-haut, quelqu'un de petit, et de vif, et qui pleurait. Maintenant, Billie voyait clairement, c'était elle, là-haut, Billie Ann Scully, dans son pyjama, avec quelque chose entre les dents comme un pirate. Un éclat argenté. Elle la vit, la petite main lumineuse qui se tendait, avec les ciseaux ouverts comme la gueule d'un chien, et Scully qui criait oui, oui, oui, et le bruit de ses cheveux coupés comme du papier déchiré, Billie qui coupait ses cheveux pour le libérer et qu'il tombe, calme et tranquille ; et il tombait longtemps de ce squelette d'arbre, avec ses yeux ouverts, avant d'atterrir dans la boue, tout en bas, très loin, et que la boue l'avale, et qu'il disparaisse sous les pieds de gens inconnus. Et Billie se vit, elle, là-haut, la petite fille en larmes avec des ailes, recroquevillée dans l'arbre comme un oiseau.

42

Dans son sommeil, Scully avait le sentiment d'être un poisson volant, un sauteur pélagique plongeant et prenant son essor à travers les températures, planant sur l'air comme dans de l'eau. Il entendait l'immense grésillement océanique. Il se sentait unifié. En apesanteur, libre.

Il s'éveilla soudain, le visage de Billie tout contre le sien, ses yeux posés sur lui, l'odeur de levure des antibiotiques dans son haleine. Du charnu de sa paume, elle caressa sa barbe de la nuit. Elle avait la peau fraîche, les yeux clairs. En bas dans la rue s'enflait le ressac de la circulation.

« J'ai faim, dit-elle. Je me sens redevenue normale. »

Scully demeura allongé là, muscles palpitants, tel un poisson sur le pont d'un bateau, éprouvant le poids sec de la gravité, la dure surprise de tout ce qu'il connaissait déjà.

La brume flottait sur l'épais méandre de la Seine. Elle s'accrochait aux squelettes des arbres et ondoyait contre les parois de pierre suintantes des quais. Le fleuve roulait, gros de gargouillis et de bouillons, grumeleux de souches d'arbres et de lambeaux de cartons. Scully le sentait qui l'aspirait, qui l'attendait, charriant ses flots opaques le long de la berge glissante et verglacée. Il en frissonnait. Il serrait trop fort la main de Billie.

« Ce n'est pas le chemin de chez Dominique, murmura-t-elle.

– Si. Plus ou moins. »

Dans toutes les cavités puantes de pisse, les fous et les perdus se tapissaient dans des cartons trempés et des sacs de couchage tachés. À l'abri de la pluie et du regard des flics, ils gisaient sous les ponts et sous les monuments, les yeux injectés de sang, le visage ridé de crasse et de fatigue. Était-il de quelque consolation d'imaginer que Jennifer pouvait être parmi eux ? Cette idée le défoulait-elle, d'une certaine façon, le débarrassait-elle de sa rage et de sa honte ? Ces visages, ils étaient génériques. Pouvait-on reconnaître un individu réduit à cet état ? Peut-être était-il passé près d'elle et avait-il vu une pauvre créature hébétée aux traits anéantis par une terreur sans espoir. Le reconnaîtrait-elle, d'ailleurs ? Son visage à lui était-il déjà comme ceux-là ?

Sous le Pont-Neuf, il avança parmi ces gens en chuchotant son nom. Les défoncés, les souffrants et les fous roulèrent sur eux-mêmes pour s'écarter de lui. Billie le tirait par la main mais il les regardait fixement dans les yeux, sans prendre garde à leurs grondements indignés, jusqu'à ce qu'une femme édentée se dressât et lui crachât au visage. Billie l'entraîna à l'écart, vers la faible lumière du jour. Elle le fit asseoir dans le square à l'extrémité de l'île, et essuya le crachat de son visage avec son propre mouchoir souillé. Scully laissa échapper un petit rire amer. Billie détestait voir comme il tremblait. Elle détestait tout ça.

Scully se retourna pour regarder en direction du pont. Quelque chose, dans l'eau, accrocha son regard. Quelque chose, quelqu'un dans le courant tumultueux. Il repoussa l'enfant d'un coup d'épaule et s'approcha du bord du quai pour scruter les flots. Seigneur Dieu. Il apercevait des membres potelés et roses, des pieds minuscules, une tête ballottée. Il arracha son manteau. Pitié, Seigneur, non.

« Assieds-toi, Billie, et ne bouge pas ! Tu m'entends ? Ne bouge pas de là ! »

Il commença à descendre le long de la paroi glissante, se retenant à des herbes, des anfractuosités entre les pierres. Le courant était ininterrompu. Il chercha des yeux une branche, un bâton, mais il n'y avait que de la merde de chien et des boîtes de Kronenbourg aplaties. Près de l'eau, il trouva un anneau auquel il s'accrocha pour se pencher périlleusement en avant, courbé sur l'eau, tendant le bras vers les minuscules pieds roses qui arrivaient dans sa direction. Le fer était glacé dans sa main ancrée à la pierre. Il avait le visage qui picotait. Le cœur qui se serrait dans sa poitrine. Il vit dix petits orteils parfaits. Des plis de graisse de bébé. Des genoux creusés de fossettes. Il se concentra, évaluant sa chance, puis balayant l'eau d'un arc de cercle, se jeta en avant – et manqua sa cible. Oh, mon Dieu ! Ses doigts labourèrent désespérément l'eau. Et puis il vit clairement la chose, alors qu'elle le dépassait, flottant avec courage – bouche cerise coquine et effrontée, cils de plastique qui papillonnèrent lorsque le courant l'inclina, mains en coupe qui la guidaient vers le point de confluence glauque à l'extrémité de l'île.

« C'est pas tellement mon truc, les poupées », cria Billie, debout dans une position précaire tout près du bord. « Mais je suis quand même contente que tu aies essayé. »

Suspendu là, sa sueur refroidissant déjà sur lui, Scully haletait. Il détestait cette ville.

Dans la rue Jacob, on pataugeait dans la glace fondue. Poussant à grand-peine la porte de la cour intérieure, Scully pénétra dans le monde paisible du jardin de Dominique. Cyprès, transats. Rangées de hautes et élégantes fenêtres, balcons à la Roméo et Juliette. Dans l'entrée, il sonna à son étage et n'obtint pas de réponse. Il était encore tôt. Il sonna de nouveau, attendit quelques instants, en vain. Il s'appuya alors sur le bouton pendant une bonne minute, sentant ses espoirs refluer. Toute la journée d'hier, elle n'avait pas répondu. Hier soir idem. Mais ce coup de fil chez Marianne. Où était-elle ? Où qu'elle fût, Marianne avait dû l'appeler. En lui racontant Dieu sait quoi.

Dans sa boîte à lettres, il y avait des factures et un numéro de *Photo-Life* sous plastique. Il jeta un coup d'œil à Billie qui évita son regard. Elle avait le nez rose, sa casquette de travers. Il examina les cachets de la poste. Hier, avant-hier. Elle n'était même pas à Paris.

Il enfonça le bouton de l'appartement voisin du sien.

« Allô. Oui ?

– Heu, bredouilla-t-il. Excuse-moi, madame, je… chercher Mlle Latour. »

Dans le long silence qui suivit, Scully sentit son accent étranger, sa maladresse, faire leur chemin là-haut, et il comprit qu'il n'avait probablement aucune chance.

« Qui ? Qui est là ?

– Je m'appelle Fred Scully, un ami. Je suis australien.

– Australie ? »

Alors la femme se mit à parler très vite, trop vite pour qu'il comprît, et tout ce qu'il saisit fut *« le train »*. Ensuite, la femme raccrocha brusquement et il ne put rien obtenir de plus d'elle. Il martela le bouton jusqu'à en avoir mal au doigt. Le train ? Ça ne pouvait pas signifier le métro. Où pouvait-elle aller par le train ? Quelle importance, du reste ? Elle n'était pas là. Aucune assistance. Il avait pourtant besoin d'argent. Il ne pouvait retourner voir Marianne. Jean-Louis peut-être, mais il serait au boulot, à cette heure, et puis qui sait ce que Marianne lui avait raconté. Aucune chance de ce côté-là. Dans toute une ville, un endroit où il avait vécu pratiquement une année entière, il n'y avait personne. Pas une âme. C'était dur à croire. Comme s'il criait dans le désert.

Il ne restait que l'American Express. Ou l'ambassade. La fin des haricots.

De retour dans la rue, un touriste japonais solitaire vint le prier de le prendre en photo devant une statue quelconque, mais Scully écarta l'appareil photo de la main et entraîna Billie vers le métro le plus proche.

Sous terre, la cité s'enflait, se bousculait, courait en tous sens, lourde de moufles, de bonnets, de manteaux, d'écharpes et d'une vapeur fétide d'humidité et de laine surchauffée. Les couloirs, parfumés et désinfectés, résonnaient de l'écho des appels et des pieds en marche. Un saxophone soupirait à quelque carrefour. Des étalages de fleurs, aux couleurs folles et choquantes dans cet univers souterrain flou et monochrome, surgissaient aux intersections où des masses de corps se mêlaient tels des affluents du fleuve kaki du dessus.

Scully enjamba des hommes munis de pancartes en carton griffonnées, contourna des femmes portant des bébés emmaillotés et agitant des sébiles. Dans un coin, près du marchand de journaux, les flics avaient coincé un Arabe et s'emparaient de ses papiers. Scully guida Billie vers le quai où une rame arrivait, jaillissant des ténèbres dans un souffle d'air sec et confiné.

Pendant que le compartiment fonçait dans le noir, une enfant tzigane se fraya un chemin dans la foule, tenant devant elle une petite bourse de cuir noir, gazouillant gaiement sa mélopée en longeant les fauteuils. Quand elle s'approcha de Scully, il ferma les yeux pour ne pas la voir et esquissa un sourire fragile. Elle se déplaça vers Billie qui la fixa d'un regard incertain avant de baisser les yeux vers sa bourse. L'enfant tzigane s'agenouilla avec grâce, ses yeux noirs levés, et Billie tendit la main pour toucher ses cheveux. Scully secoua la tête, sans cesser de sourire. Le train freina brutalement et entra en sifflant dans la station suivante ; la fillette se leva, haussa les épaules, leur adressa un sourire étincelant et se dirigea vers les portes.

« Je l'aimais bien », dit Billie tandis que la rame repartait.

Scully hocha la tête, préoccupé.

« C'était mendier, ce qu'elle faisait ?

– Je suppose.

– Elle n'avait pas l'air pauvre. »

Pas aussi pauvre et loqueteuse que nous, songea-t-il, ça c'est sûr, putain.

« Je pourrais faire ça, murmura-t-elle. Si j'étais obligée. Pour qu'on rentre à la maison. »

Assis confortablement, ils cahotaient de l'avant, jambes serrées l'une contre l'autre, leurs boucles élastiques tressautant assez pour attirer l'attention des autres voyageurs qui échangeaient de petits sourires en les voyant.

Le train, songeait Scully. Dominique avait pris le train. Elle avait une maison sur l'île de Man, un bateau à Amsterdam. On ne prenait pas le train pour aller sur l'île de Man. Eh bien, bonne chance à elle.

Dans les rues autour de l'Opéra, l'air était immobile et un soleil pâle accrochait les garnitures chromées sur les flancs des bus qui tournaient. Il faisait luire l'haleine fluide des acheteurs qui marchaient, quatre de front, sur le trottoir ; il incendiait les tasses de café, les talons de bottes, les boucles d'oreilles ; il ouvrageait de gloire et de feu les statues dorées qui surmontaient l'Opéra et imposait une beauté aux rues bondées avec leurs stands d'huîtres et leurs décorations barbares de carcasses de cochons et de volailles à demi plumées. Scully naviguait parmi la foule, dépassant des caves à vin, des brasseries, des bureaux de compagnies aériennes. Il tenait Billie protégée contre sa hanche, et il trouva l'immeuble.

À l'entrée de l'American Express, il sentit le

souffle chaud de l'air conditionné, flaira le parfum, le cuir, l'argent. Les vigiles armés le fouillèrent aimablement et caressèrent la tête de Billie avec une jovialité propre à l'esprit de Noël. Une affiche de Karl Malden, avec son grand sourire bienveillant, les regardait. Ce nez en navet – Scully reconnut là un frère.

À l'intérieur régnait le calme de la civilisation. Sur plusieurs étages. Fenêtres et comptoirs luisants, balustrades rutilantes, fauteuils. Les gens faisaient la queue d'un air songeur ou étaient assis, avec parapluies et porte-documents sur les genoux, comme s'ils n'étaient entrés là que pour se mettre à l'abri. Des Américains en pantalon à carreaux. Chaussures de golf, chapeaux de feutre, casquettes de base-ball personnalisées. Femmes en pantalon de nylon et Nike virginales, le cheveu raide de laque, la veste matelassée en travers des genoux. Les caméscopes se balançaient au niveau des hanches.

Scully était déjà venu là pour changer de l'argent, et récupérer le loyer transféré tous les mois de Fremantle. Chaque fois, il se demandait si le miracle allait se reproduire, si l'argent ne se volatiliserait pas mystérieusement dans les câbles, et si les hiéroglyphes sur sa carte en plastique ne perdraient pas leur pouvoir. Il enviait ces hommes d'affaires eau-de-cologné qui musardaient au service commercial, signant des chèques et des autorisations de retraits avec leurs stylos Mont Blanc. Ils y croyaient. Ils étaient certains de leur rang, de leur statut, de leurs réservations, de leurs correspondances. Ils parlaient de ces voix sonores propres aux gens sûrs de leur droit et dénués de gêne. Il n'y avait rien d'emprunté dans leurs requêtes, pas de sourires d'excuse pour leur anglais.

En évitant de se regarder dans le champ de miroirs, Scully descendit le grand escalier en spirale et s'esquiva du côté du comptoir clientèle.

L'employé était détendu et sympathique, son anglais précis, son costume raffiné. Scully s'efforçait de ne pas penser à l'impression que lui-même devait faire. L'homme mettait toute sa conscience professionnelle à n'avoir l'air ni soupçonneux ni dédaigneux, mais Scully se rendait bien compte de sa réticence devant son histoire.

« Avant toute chose, dit-il, j'aimerais savoir qui l'a déclarée volée.

– Je pense que vous avez des papiers d'identité, monsieur. »

Scully déposa son passeport sur le comptoir. Le sérieux de sa couleur bleue, l'émeu et le kangourou figurant sur le blason n'avaient rien de rassurant.

« Hmmm. » L'employé s'en saisit et pianota sur son clavier. « Vous avez un cosignataire sur ce compte, monsieur, n'est-ce pas ?

– Oui, mon épouse. J.E. Scully. Nous le partageons à mon nom. Pas très moderne, j'imagine.

– D'après nos écritures, monsieur, c'est vous-même qui avez effectué la déclaration de vol. »

Scully dansait d'un pied sur l'autre. « Bon. Bien, mais vous voyez bien, je l'ai là, entre les mains.

– En deux morceaux, monsieur. »

Scully avala sa salive. « En effet.

– Bon. Je pense que nous pouvons résoudre ce problème. Hmm. » L'employé pianota encore, et ses yeux se plissèrent désagréablement.

« Comptez-vous séjourner longtemps à Paris ? »

Scully récupéra son passeport d'un geste aussi nonchalant que possible. « Je ne sais pas. Non.

– Comptez-vous régler des dépenses sur ce compte ?
– J'ai encore du crédit, non ?
– Oui, monsieur, il vous reste vingt-huit dollars américains.
– Quoi ? »
Des têtes se tournèrent. Billie se pressa contre lui.
« L'ordinateur me dit vingt-huit…
– Ça fait pratiquement un retrait de quatre mille dollars. Je n'ai pas dépensé autant !
– J'ai le compte sous les yeux, monsieur. »
Scully réfléchit un instant. Avec ce qui tintait dans ses poches, il n'aurait jamais de quoi payer l'hôtel, encore moins de quoi sortir de ce pays.
« Puis-je voir ce compte ? croassa-t-il.
– Je peux vous lire les détails, monsieur. Ce serait plus rapide. Mais si vous préférez…
– Non, lisez. »
Scully regarda l'empreinte nette laissée par la sueur de sa paume sur le comptoir. Il avait de vieilles croûtes sur les phalanges. Il vit de la crasse sous ses ongles. Qu'il eût dilapidé tout son crédit n'était tout simplement pas possible. Sauf si Jennifer avait fait des folies en Australie. Ou depuis.
« Seulement les endroits, pour le moment. »
L'employé soupira et récita d'une voix sans timbre.
« En décembre : Perth. Perth. Birr. Roscrea. Londres, Heathrow. Dublin. Athènes. Rome. Florence. Paris. Paris. Amsterdam. Amsterdam. »
Scully pressa ses ongles contre le comptoir et murmura dans un souffle. « Oui. Bien sûr. »
Amsterdam.
« Tenez, monsieur, voici l'imprimé pour la déclaration de…

– Pouvez-vous me donner les détails, pour Amsterdam ?

– Un restaurant, monsieur. Trois cents dollars. Et une galerie d'art. Mille deux cent soixante-quinze dollars.

– Pas d'hôtel ?

– À Amsterdam ? Non, monsieur. »

Scully pouvait lire de la pitié sur le visage de l'employé. Un radoucissement, en quelque sorte.

« L'imprimé, monsieur.

– Non, ce n'est pas la peine.

– Monsieur ? »

Scully avait tourné les talons, faisant pivoter tout son corps comme s'il était emprisonné dans du plâtre. Il était inutile d'attendre une carte de remplacement. Elle serait sans valeur. On la lui couperait en deux avant la fin de la journée. Amsterdam.

Visages, bras, parapluies passaient dans un brouillard près de lui. Il remonta l'escalier tel un vieil homme, l'enfant lui tenant le coude. Billie le pilota vers les portes.

« Regarde ! » cria-t-elle.

Scully se redressa. Il fixa l'entrée vers laquelle se dirigeait Billie. Là, se laissant tapoter et fouiller par les vigiles avec un immense plaisir, se tenait Irma. Il n'en crut pas ses yeux et cependant il n'en fut guère surpris. Elle l'aperçut et son visage s'alluma comme un gril, quelque chose alors se retourna en Scully, de sorte qu'il vit clairement, avec la logique d'un rat d'égout, son billet pour quitter Paris et le cauchemar de cette journée. Le rire lui monta aux lèvres.

43

Billie sentit sur sa joue la douceur collante du rouge à lèvres d'Irma. Elle sentait les fleurs, les chocolats et la fumée de cigarette, et elle était si petite comparée à Scully. Billie l'étreignit, étonnée que ses bras puissent en faire le tour.

« L'Europe est si petite, murmura Irma. Et toi, Billie, tu es si grande.

– Eh bien, voyez-vous ça », dit Scully.

Ils restèrent debout là quelques instants. Les yeux d'Irma brillaient. Elle portait un collant noir avec une petite jupe en jean et des bottes pointues, et un blouson de cuir craquelé sur son pull. Ses oreilles étincelaient de boucles et de brillants.

« Si on allait se promener ? dit-elle.

– Vous n'avez pas à faire ici ? dit Scully.

– Oh, ça peut attendre. »

Scully sourit. C'était une surprise de le voir sourire. « Bien sûr », dit-il.

Ils se jetèrent dans le fleuve humain de la rue et se contentèrent de suivre le courant. Billie marchait entre eux deux, en leur tenant la main. La ville avait l'air lustrée, tout le long des larges boulevards menant à la Seine. Une femme avec deux chiens venait à leur rencontre et Billie se pencha de l'autre côté en détournant le visage.

« Demain Noël ! dit Irma. Vous vous rendez compte ?

– Non », répondirent Billie et Scully en même temps. Il rougit.

Ils marchèrent longtemps jusqu'à ce que Billie eût mal aux jambes. Irma les conduisit dans un café et commanda un jus de pomme pour Billie et un Pernod pour eux.

Puis elle retira son blouson et retroussa sa manche.

« Regarde. »

Elle avait un tatouage sur son bras blanc. Un couteau, avec des fleurs autour.

« Ça t'a fait mal ? » demanda Billie.

Irma se mit à rire. Elle sortit un paquet plat de sa poche.

« Ils sont autocollants, bêtasse. »

Billie les renversa sur la table. Il y avait une ancre. Un serpent. Un cœur avec écrit MAMAN, mais le dernier était un requin.

« Je peux ? » dit Billie à Scully.

Il haussa les épaules. Le café était bondé. Lui-même avait de nouveau l'air occupé, à l'intérieur de sa tête.

Scully regarda Irma lécher le bras de la gosse pour le mouiller. Ce faisant, elle leva les yeux pour accrocher délibérément son regard. Billie pressa triomphalement le tatouage de requin contre son bras.

« Australienne, dit Irma en avalant son pastis. Elle a choisi le requin. »

Billie tendit son bras devant le long miroir accroché derrière eux. « C'est cool. »

Scully hocha la tête. « Ouais. C'est bien fait. »

Irma leva innocemment les yeux. Il pensa à Amsterdam. Irma était allée à Amsterdam récemment.

« J'ai envie, dit Billie.

– C'est juste là-bas, dit Scully en désignant du doigt la porte des W.-C. sous l'escalier. Je t'accompagne.

– Non, dit Irma. J'y vais.

– J'y vais toute seule, dit Billie. Ça me gêne !

– Ferme la porte à clé, dit Scully.

– Quelle équipe vous faites.

– Alors, Irma, c'est quoi votre histoire ? dit-il quand Billie fut hors de portée de voix.

– Quelle histoire ? » Elle engloutit le fond de son pastis et en commanda un autre.

« Cette remarquable coïncidence. » À peine eut-il ouvert la bouche qu'il commença à y voir plus clair. « Notre rencontre à l'American Express le jour précis où je m'y rends pour régler mon histoire de carte volée. Ma carte que quelqu'un a déclarée volée. Je repense au ferry, Irma. Votre inspection de mes bagages. Vous avez relevé le numéro à ce moment-là, hein ? Que voulez-vous de moi ? Je n'ai ni maison, ni argent, ni femme. Êtes-vous une espèce de prostituée, une putain voyageuse ?

– Pas professionnelle, non.

– Ça existe, les clubs de putains amateurs ? »

Irma sourit. Ses joues s'empourprèrent. Autour du verre, ses ongles étaient irréguliers, certains rongés, d'autres longs et brillants de vernis.

« Vous êtes sur nos talons depuis la Grèce, Irma. Ça commence à faire long.

– D'accord. Je vous ai suivis.

– Sans compter *le reste*.

– C'est tout.

– La carte American Express. Qui l'a fait résilier, alors ?

– D'accord pour la carte.

– Et le message. Vous étiez à Florence.

– Non, je n'ai jamais envoyé de message. »

Scully leva les yeux au ciel.

« Quel message ? » Elle but avidement et se lécha les lèvres.

« Et la prétendue rencontre à Athènes. Vous n'avez jamais vu ma femme à l'Intercontinental, hein ?

– Si, je l'ai vue.

– Bon Dieu, vous ne savez même plus quand vous mentez, hein ?

– Pourquoi mentirais-je, Scully ?

– Pourquoi ? Pourquoi ? Pourquoi avez-vous fait résilier ma carte de crédit ? Les gens comme vous ont-ils des raisons ? »

Irma sourit avec aplomb et ôta d'un coup de langue une tache de rouge à lèvres sur ses dents.

« Les gens comme moi ? Vous croyez que je suis folle et que je fais des choses qui n'ont ni queue ni tête, c'est ça ? Mais c'est exactement ce que *vous* faites, Scully. C'est ce que vous faites en ce moment même, c'est ce que vous avez fait toute la journée, toute la semaine. Vous suivez tout ce qui bouge. Nous ne sommes pas si mal assortis que ça. »

L'esprit de Scully vacillait. Était-il fou ? Avait-il à ce point perdu les pédales ?

« Vous êtes une amie de Jennifer ?

– Vous pourriez vous poser la même question, Scully.

– Vous l'êtes, n'est-ce pas ?

– Je ne l'ai jamais rencontrée », dit-elle en soulevant son verre en direction du serveur et en lui adressant un sourire aguichant.

« Jamais rencontrée ? Pas même à l'Intercontinental ?

– Faites pas le malin. Je vous ai dit que je l'ai *vue*, c'est tout. Vous vous cramponnez à moi comme... comme un Grec à un cheval de bois. Je l'ai vue. Je regrette de vous l'avoir jamais dit. Franchement, pouvez-vous imaginer Jennifer et moi ensemble ?

– Que voulez-vous dire au juste par là ? demanda Scully avec agressivité.

– Ben, elle est comme ça », dit Irma en formant avec son index un cercle minuscule ne laissant passer qu'une tête d'épingle de lumière en son milieu.

Scully agrippait les pieds de la table. « Et vous, vous êtes comment ?

– Moi ? Je suis intéressante. Elle, elle essaie juste de l'être.

– Pourtant, vous ne l'avez jamais rencontrée ?

– Je suis comme vous, Scully. J'aime être celle que je suis.

– Écoutez, Irma, ce que vous êtes n'est pas terriblement clair.

– J'ai dit *celle*, je n'ai pas dit *ce* que je suis. Quelle façon de penser tristement macho. Je suis comme vous, Scully. Un peu rugueuse aux entournures. Je peux accepter les choses, tout autant qu'aller jusqu'au bout pour me venger. Je vous ai déjà pardonné de m'avoir laissé tomber. Sur le ferry ? Vous vous souvenez ?

– Je suis étonné que vous vous en souveniez.

– D'accord, j'étais bourrée. Écoute, je t'aime bien. J'aime bien Billie. Je pense que je mérite une autre chance, non ? Je sais que toi, tu la mérites. »

Scully secoua la tête et ravala le chapelet d'injures qui bouillonnait dans sa gorge. Mais il sourit malgré lui. Cette fille était un phénomène, pour sûr. Et il avait besoin d'elle s'il voulait arriver jusqu'à Amsterdam. C'était le moment de jouer au plus fin.

« Tu as l'air sauvage, Scully, mais tu es en guimauve. » Elle se mit à rire et accepta le nouveau pastis que lui servit le garçon.

« Ah ? » Encore ce mot. Il en éprouva une ridicule bouffée de honte. « Vraiment ?

– Je voulais dire tendre, Scully. »

Irma posa sa main sur la sienne, et l'espace d'un instant il éprouva de l'affection pour elle. Elle était folle, menteuse, un cauchemar sorti droit de l'enfer, mais elle était de chair et de sang. Le simple contact d'une main, un contact humain. Seigneur Dieu, comme il manquait à Scully d'être désiré. Dans le café régnait une odeur chaude et amicale, d'oignons, de café, de tabac. Il se sentit lâcher un peu de lest.

« C'est parce que tu te sens seule, Irma ? Que tu fais tout ça ?

– Je ne me sens pas seule, siffla-t-elle. Garde ta pitié pour toi. »

Scully la regarda, cette façon qu'avait son cou de se tendre vers l'arrière et ses yeux de se rétrécir comme ceux d'un serpent prêt à frapper. Cela lui rafraîchit instantanément les idées.

« D'accord, Irma, dit-il avec sincérité. Je la garde pour moi.

– Tu ne comprends pas la simple attraction. »

Scully lui fit un sourire. « Ben, les sciences physiques n'ont jamais été mon fort. »

Billie revint, réprimant un sourire en se perchant à nouveau sur sa chaise.

« Quoi ? demanda Scully.

– Les toilettes, lâcha-t-elle, scandalisée. C'était juste un trou par terre ! »

Il regarda Irma. « Ma fille a des aventures dans les toilettes partout où elle va. Voyagez avec Billie – visitez les toilettes du monde. C'est des cabinets à la turque, Billie. Tu en as déjà vu...

– Non, dit-elle. Non, non, il manque le truc. Comme si quelqu'un l'avait volé. C'est rien qu'un trou par terre, je te dis.

– Pourquoi as-tu mis si longtemps, alors ?

– Je cherchais la chasse.

– Tiens, dit-il en riant. Prends ton cachet.

– Allons faire les magasins, dit Irma. C'est triste, de vous voir tous les deux sur la route à Noël.

– Jésus était sur la route à Noël, dit Billie.

– C'est vrai, dit Irma, décontenancée pour la première fois. C'est vrai. »

44

Après le déjeuner au café suivit une longue après-midi dans les boutiques avec Irma. Elle les emmena à la Fnac et leur paya des cassettes. Ry Cooder pour Scully. Hoodoo Gurus pour Billie. Aux Halles, elle s'acheta Ysatis et s'en aspergea. Ils prirent ensuite le taxi pour les Galeries Lafayette où elle trouva le même parfum moins cher mais ça lui était égal. Elle offrit à Scully une chemise en soie et de petites ballerines rouges à Billie. À bord d'un autre taxi, ils se rendirent au grand marché en plein air derrière la Bastille où ils achetèrent des lychees, des bananes et des oranges. Il y avait tant de gens et d'odeurs qu'on ne pouvait pas se remuer. Irma trouva une selle au marché aux puces mais Scully dit non, ils ne pouvaient pas la transporter. Elle en fut déçue mais elle savait qu'il avait raison. Puis sur une avenue bordée de magasins de meubles chic, ils virent un homme qui promenait un wallaby en laisse. Ce fut un mauvais moment, mais Irma ne se rendit compte de rien.

Et puis, tellement vite, ce fut la nuit.

Toute la journée, Scully la laissa boire et acheter pendant qu'un calme froid et étrange s'installait en lui. Il voyait défiler les choses comme si lui-même n'en faisait pas vraiment partie. Cette sensation s'intensifia dans la petite brasserie de la rue du Faubourg-Saint-Antoine. Parmi les plateaux d'huîtres bretonnes, les bouteilles de champagne, l'éclat de l'argenterie et des nappes blanches, le chuintement du beurre, l'odeur caramélisée de l'ail rôti, le temps s'écoula pour ainsi dire sans lui. Il savait ce qu'il faisait, mais sans véritablement parvenir à croire que c'était en train de se produire.

Il se disait que c'était à cause de cette chose terrible et nécessaire qu'il s'apprêtait à faire, mais ç'aurait pu être tout aussi bien le fait de boire avec Irma. Quand neuf heures arrivèrent, il était fin soûl, froid et calculateur.

Irma et Billie riaient de quelque blague débile en se poussant du coude. Il aperçut les dents blanches et régulières d'Irma et l'éclat trouble de ses yeux. Pressée contre la sienne, sa jambe était chaude et réconfortante, rien à voir avec le choc que cela aurait pu être le matin même. Il y avait quelque chose de complet en elle ce soir. Elle avait l'air étrangement satisfaite et magnanime, et ça n'était pas seulement l'œuvre du champagne. Peut-être est-ce vraiment elle, songea-t-il. Peut-être est-ce la personne qu'elle a été un jour – chaleureuse, drôle, généreuse. Ce soir, sa bouche était sensuelle, sans la moindre trace de cruauté. Quelle chose horrible lui était-il arrivée entre Liverpool et Berlin, entre les grands arrêts de sa vie ? Ces bleus, ils signifiaient d'autres bleus, des blessures qu'il ne pouvait même pas imaginer.

« Tu rêves, Scully ?

– Hmm ? Oui, un peu.
– Billie me racontait quand elle est née. »
Billie gloussa, embarrassée.
« Ben… elle est née “raffreuse”.
– “Raffreuse”?
– Oui, genre double ou triple affreuse avec du fromage. Plus affreuse que ça, tu meurs. On aurait dit un sac à main en colère. »
Billie poussa un glapissement d'extase. « Raconte la vérité !
– C'est la vérité. Parole de scout, j'ai demandé qu'on me rembourse.
– Arrête ! hurla Billie prise de fou rire.
– Tiens, prends un autre cachet. »
Les yeux d'Irma brillaient. Elle commanda une autre bouteille de champagne et leur prit la main à tous les deux. Elle semblait sur le point de pleurer. Elle se pencha contre Scully et il sentit son souffle sur son oreille.
« Je la déteste de vous avoir laissés tomber », chuchota-t-elle.
Scully serra les dents. « On ne sait pas si c'est ce qu'elle a fait », dit-il prudemment, gauche devant l'enfant.
« Même si elle ne l'avait pas fait, je la détesterais quand même.
– Eh bien, fit-il avec un petit rire sans gaieté, tu n'es pas commode.
– Essaie-moi, tu verras. »

Plus tard, ils remontèrent en titubant vers leur vieux quartier. Le vent portait le carillon des cloches.

« Vous entendez les cloches ? criait Billie, épuisée et surexcitée. Vous entendez les cloches ? »

Au Petit Fer à cheval, où ouvriers, drogués, travestis et étudiants s'étaient rassemblés pour célébrer Noël, Irma se mit à boire du calvados tandis que Scully se rabattait sur la bière. Maintenant qu'ils avaient cessé de bouger, Billie se ratatinait à vue d'œil et Scully s'aperçut qu'il était dix heures du soir. Il s'efforça de reprendre son aplomb. L'endroit n'était pas si mal choisi pour dire au revoir à Paris. On y était, le dernier verre. Irma était pétée. On y était vraiment. Il les traîna dans la rue.

Dans un dernier sursaut d'énergie, Billie se mit à courir devant eux sous les marronniers dépouillés, la vapeur de son souffle décrivant des volutes derrière elle pendant que Scully soutenait Irma sur le trottoir.

« Tu as passé une bonne journée ?

– Oui, dit-il, merci.

– J'espérais que tu pourrais me pardonner.

– Bien sûr, je te pardonne, mentit-il.

– Bon Dieu, regarde ça. »

Là-bas, devant la guérite blindée dressée à l'entrée de la Préfecture de police, Billie dansait avec deux flics, un homme et une femme. Ils se tenaient par la main, tous les trois, et ils tournaient, ils tournaient, ils tournaient, mitraillette cliquetant sur la hanche. Leur rire tranquille qui portait sur l'air froid et sulfurique cloua Scully sur place.

Une foule tombée à point nommé encombrait la minuscule entrée de l'hôtel. Soulagé d'avoir conservé la clé de la chambre sur lui toute la journée, Scully traversa sans être inquiété la montagne de bagages et de langages. Le brouhaha de la foule emplissait la cage d'escalier et Scully pressa Irma de l'avant. Billie avait pris la tête, munie de la clé.

« Joli hôtel que tu as trouvé là, commenta Irma en s'écroulant contre la rampe. C'est un escalier en spirale, ça, ou c'est moi qui suis bourrée ?

– Les deux », répondit Scully en levant les yeux vers son postérieur ferme qu'il gratifia d'une tape destinée à la faire avancer et qui eut pour effet de la faire glapir et glousser. Lui aussi était soûl mais il voyait néanmoins avec netteté la nuit qui s'annonçait.

« Encore combien d'étages ?

– Le prochain. »

Irma tangua dans ses petites bottes et se retint au mur. Elle avait les cheveux dans les yeux et elle donna un coup de tête en arrière pour dégager son visage, révélant son long cou blanc et marqué.

« Aide-moi, Scully.

– Viens, tu peux arriver au prochain palier.

– Aide-moi. »

Scully la rejoignit sur la marche et elle ouvrit les yeux, mais sans le regarder. Elle l'agrippa par le revers de son blouson.

« Tu ne peux pas m'aider, Scully ?

– Tu veux que je te porte. »

Elle l'attira à elle et scruta son visage. Puis elle l'embrassa en gardant les yeux ouverts, et sa langue se promena sur les dents de Scully, sur ses lèvres, sur son menton. Scully sentit son pubis venir heurter le sien et en tendant la main pour l'attirer plus près, il sentit ses fesses se durcir.

« C'est ce que tu veux, dit-elle. M'aider. »

Scully la prit dans ses bras et continua à monter

en titubant pendant qu'elle lui suçait le cou et lui soulevait le pull. Du rez-de-chaussée s'éleva dans la cage d'escalier un crissement de freins suivi d'acclamations tonitruantes accueillant l'arrivée d'un bus. Scully vit la porte ouverte et reprit son équilibre.

« Et je t'aiderai, Scully. »

Il ne put se résoudre à répondre, mais il savait qu'elle avait raison.

Billie s'endormit, encore chaussée et le sac à dos suspendu au bras. Ayant déposé Irma sur une chaise, Scully s'agenouilla pour mettre l'enfant à l'aise. Il lui retira ses bottes, son sac et son blouson et la fit rouler sous ses couvertures. Puis il éteignit la lumière et laissa la porte de la salle de bains entrebâillée. Les rideaux étaient ouverts sur la douce lumière gréseuse de la ville. Il appuya sa tête contre la fenêtre pour reprendre son souffle. Derrière lui, Irma pêcha une bouteille dans son sac et soupira.

« Où es-tu descendue ? murmura-t-il. Où sont tes affaires ?

– Ici. »

Il se retourna et la vit qui lui tendait la bouteille. Il secoua la tête, passa devant elle pour aller fermer la porte et sentit alors la bouteille se presser contre ses fesses. Il se retourna vers elle : toujours assise, Irma levait vers lui un sourire vague. Elle hissa un talon de botte sur la cuisse de Scully qui le sentit s'enfoncer dans sa chair. Il baissa les yeux vers la jambe d'Irma puis les tourna vers l'enfant endormie. Irma inclina la bouteille et but avidement. Scully l'observait, voyait sa gorge pâle remuer dans la pénombre.

Il referma les doigts sur sa cheville et elle planta son autre botte sur sa cuisse libre. Scully promena la paume de ses mains le long de ses jambes. L'électricité statique des collants d'Irma crépita lorsqu'il lui enserra les mollets. Il les étreignit pour empêcher ses mains de trembler. Des semaines de frustration contenue se consumaient en lui. Il l'observa faire glisser ses collants et sa culotte, les lèvres toujours collées au goulot.

« Billie, chuchota-t-il d'une voix rauque.

– Billie n'est plus le problème. »

Sa peau était d'ivoire dans l'obscurité. La bouteille tomba et Scully perdit sa vision claire et dure de la nuit ; d'un coup sec, il attira Irma par terre où elle lui empoigna la ceinture du pantalon tout en faisant remonter sa jupe et en lui raclant l'arrière des jambes avec ses bottes. Il se glissa en elle, les mains sur ses seins, les genoux brûlés par la moquette. Son haleine volatile lui emplit la bouche.

« Tu as besoin de moi, hein, hoqueta-t-elle.

– Chut. »

Il lui couvrit la bouche de la main et sentit sa langue glisser entre ses doigts, puis ses dents s'enfoncer dans sa paume et ses ongles dans ses fesses. Elle était douce à toucher, trop douce, comme quelque chose de trop mûr, mais il s'accrochait à elle car il savait qu'elle avait raison. Il avait besoin d'elle de plus d'une façon avouable. Il sentit son désespoir s'enrouler à l'intérieur du sien, ses mensonges à l'intérieur des siens, sa gratitude, sa honte, et l'onde choquante qui sourdit au bas de ses reins.

45

Aux alentours de minuit, tout habillé dans la salle de bains austère, Scully vida le sac à bandoulière d'Irma dans le lavabo. Ses ronflements lui parvenaient de derrière la porte fermée tandis qu'il fourrageait parmi le fil dentaire, les mouchoirs froissés, les rouges à lèvres, un carnet de notes rédigé en allemand, de vieux tickets d'embarquement, des bonbons à la menthe, des tampons, un préservatif, un reçu du Grande-Bretagne d'Athènes, de la came en brins fibreux qui ressemblaient à des poils sur l'émail blanc, un étui à lunettes et enfin, un porte-monnaie en peau de python.

Dans le porte-monnaie, il trouva une mèche de cheveux blancs, un passeport européen au nom d'Irma Blum avec la photo d'une Irma aux cheveux auburn et au sourire espiègle, une liasse de chèques de voyage en dollars américains signés d'une main négligente, un cliché Polaroïd d'un bébé potelé, et huit cents francs en billets neufs et craquants.

Scully fourra l'argent dans sa poche et récupéra le sac à dos de Billie où il l'avait posé sur la chasse des cabinets. Il avait dans la bouche un goût de cendre de cigarette et un martèlement dans la tête. Il considéra un moment le tube doré de rouge à lèvres, hésita, s'en saisit. Retirant le capuchon, il fit remonter le petit bâton écarlate d'une main hésitante. Puis il signa sur la glace. XXX. Sans se laisser le temps de réfléchir à ce qu'il venait de faire, il laissa tomber le tube et éteignit la lumière.

Les rideaux ouverts laissaient entrer le rougeoiement de la ville qui ciselait les formes de Billie et d'Irma, bras et jambes en croix sur le lit en face de lui, plongées dans un profond sommeil pendant qu'il traversait la chambre à pas de loup. Endormies, elles auraient pu être mère et fille. Scully se rapprocha sans bruit. Irma avait la bouche ouverte. La chambre puait l'alcool et les chaussettes sales. Un de ses bras gisait en travers du couvre-lit, blanc et toujours choquant. Le corps de Billie, recroquevillé, poing fermé contre ses lèvres, formait un angle avec le sien.

Scully ramassa les bottes et le blouson de Billie, les fourra dans le sac à dos passé à son bras, puis tira doucement les draps pour la soulever. Irma continuait à ronfler comme une opérée. Tenant l'enfant contre lui, il posa un instant les yeux sur cette femme étrange. Un élan de tendresse le souleva et il eut l'envie aussi soudaine que passagère de la réveiller mais il se dirigea vers la porte grinçante avant même qu'elle ne fût passée.

Dehors, dans la brusque lumière du palier, il déposa Billie sur la moquette et tira la porte derrière lui sans oser respirer. Il colla son oreille contre le battant. Rien que des ronflements.

Comme il bataillait pour lui enfiler ses bottes, Billie remua et marmonna.

« Quoi ? Quoi ?

– Tais-toi… chut. »

Elle ouvrit alors les yeux ; ils s'agrandirent un instant démesurément en se posant sur lui. Scully porta un doigt à ses lèvres en signe d'avertissement et se remit à la chausser. Billie s'assit pour recevoir son blouson, les cheveux en l'air, ses croûtes livides.

« Debout, ma chérie. Il va falloir marcher, au moins jusqu'à ce qu'on soit dans la rue. »

Elle se mit à geindre. « Je suis fatiguée !

– Moi aussi, dit-il en lui plaquant la main sur la bouche. Maintenant, tais-toi. »

Sans bagage, avec tout juste assez de souffle pour siffler de façon grotesque un air de Noël, Scully fit traverser la minuscule entrée à Billie sans éveiller la suspicion du concierge somnolent. Une fois dans la rue, il dut se faire violence pour ne pas se mettre à courir comme un fou. Il prit un bol d'air glacé et vit le fantôme de son haleine monter devant lui. Voilà, c'était aussi simple que ça de planter quelqu'un, d'abandonner une femme en lui laissant en prime son sac de vêtements sales, ses bougies, son dessin détrempé du pauvre Alex défunt, les cadeaux éparpillés de cette journée de soûlographie, et sa note d'hôtel grosse comme ça. Voilà ce qu'on ressentait à être un placard vide, à se savoir capable des pires crasses.

Il hissa Billie sur son dos pour franchir le pont Saint-Louis sous lequel une grande péniche passait en faisant des remous. Les cloches de Notre-Dame, mélancoliques et retentissantes, commencèrent à sonner les douze coups de minuit qui se répercutèrent dans la cave à vin de son estomac. Autour d'eux, les cafés débordaient de clameurs qui se réverbéraient contre les arcs-boutants obscurs de la cathédrale et faisaient grincer Scully des dents.

« Où est Irma ? murmura Billie en tortillant les cheveux de Scully avec son doigt.

– Écoute les cloches. »

Scully sentit la respiration de l'enfant dans son cou et sut qu'il avait besoin de manger. Mais il avait peur de louper le métro à Cité, près du marché aux fleurs, avant la fermeture nocturne.

« Où est-ce qu'elle est allée ?

– Tais-toi une minute.

– Je vais tomber, attention ! »

Scully chancela et retrouva la verticale mais Billie se dégagea pour mettre pied à terre.

« Tu vas me laisser tomber ! »

Il ne pensait pas avoir bu autant. Maintenant qu'il était au grand air, il en avait presque le vertige.

« J'ai froid, dit-il en se tenant aux piques de la grille pour se redresser. J'ai tellement froid. »

Billie lui décrocha le sac à dos du bras et l'endossa.

« On est en pleine nuit, murmura-t-elle.

– Il faut que je rentre une minute. Un café, n'importe où.

– Ici », dit-elle en désignant du doigt l'immense cathédrale qui s'enflait de musique, de la voix des morts et des vivants, et du carillon des cloches dans le ciel au-dessus de leurs têtes.

Scully leva les yeux vers les gargouilles suintantes et la brume de lumière qui environnait la cathédrale, éclaboussant ses contreforts comme une pluie fine. Le poids de son ivrognerie l'accablait, il avait la gorge brûlante et la vision mouchetée d'étoiles et de petits points de toute sorte. Sa peau était si moite, il se sentait comme un homme passé au bain de déparasitage pour les moutons. Oh mon Dieu, non, pas ce soir, pas alors qu'il avait l'odeur d'Irma sur les mains et que son cœur était une motte de tourbe vaseuse.

Inquiète, Billie le tira par la manche. Scully la repoussa du revers de la main. Ils traînaient des pieds sur les pavés.

« C'est Noël, dit-elle. C'est là qu'on devrait être. »

Non, songea-t-il, avec l'impression d'être aiguillonné comme un gros animal stupide, non, c'est bien pire que ça, bien pire que Noël. Il avait la tête qui tournait trop, de toute façon, pour résister à l'enfant. Le portail, avec son royaume de visages, de doigts levés, de sceptres et de houlettes, s'éleva au-dessus de lui comme l'entrée d'un tunnel dans lequel il se mêla à un fleuve de silhouettes. Ils sentaient le vin, le beurre et les oignons cuits, ces gens aux gestes mesurés et rêveurs, gelés et manquant de conviction, le manteau boutonné, l'écharpe nouée, leurs figures de messe de Noël luisant dans la pénombre. Frottements de pieds sur les dalles lisses jusqu'au grondement des grandes orgues au moment où ils pénétrèrent sous la vaste voûte caverneuse de la cathédrale elle-même avec son brouillard de fumée d'encens et de cierges, le parfum d'un millier de femmes, le contact du bois huilé de sueur et de l'air froid et sépulcral d'une cité souterraine.

Scully se sentait comme un homme sur le pont d'un bateau. Il se rendait compte que les gens s'écartaient pour lui faire de la place, comme s'ils reniflaient sur lui l'odeur du sexe, de l'échec et du vol. Poliment mais fermement, ils se détournaient de la vue de son œil errant plein de larmes, et ils lisaient en lui. Ils *savaient* et Scully en claquait des dents. Tu ne vaux guère mieux, disaient leurs lèvres serrées. Plus la peine de jouer les indignés – espèce de salaud. Tu sais combien il est facile de se débiner en les laissant endormies au creux d'un lit.

Le corps des saints vacillait autour de lui.

Le grand cerf-volant du Christ crucifié planait et faisait vibrer la foule. Semblable à un bûcher funéraire devant lui, les rangées de cierges allumés attendaient. L'odeur pure et brûlante des flammes. L'éventail blond d'une chevelure de femme devant lui dégageait un parfum de rose pendant qu'il marchait. Billie à ses côtés, le visage illuminé de souffrance et de compassion. Il alluma un cierge et le tint brandi devant lui. Seigneur, comme sa tête s'élançait et tanguait, comme son sang coulait raide dans ses veines. Un cierge pour la naissance du Christ, pour les convulsions de Job dans sa propre merde, de Jonas fuyant comme un pauvre con le monstre qu'il se savait être. Un cierge pour Jennifer, juste pour le plaisir, et pour la pauvre mère abandonnée de Scully, pour Alex, pour Peter et Irma, pauvre Irma qui le faisait pleurer et rire là au beau milieu de la cathédrale Notre-Dame de Paris. Notre putain de dame qui le laissait pleurer et perdre l'équilibre dans cette chevelure au parfum de rose avec la flamme vacillante de son cierge qui se mettait soudain à cracher et crépiter et exploser de façon désopilante en un feu véritable, devant lui et les autres, bouches bées, comme en adoration devant l'étrangeté des miracles. Des langues de feu vivantes et lui qui s'affaissait et tombait, tombait dans la masse molle des gens qui, Dieu les bénisse, amortirent sa chute.

V

Dans une rue paisible où de vieux fantômes se
[retrouvent
Je la vois qui m'évite et s'éloigne
Et très vite ma raison doit admettre
Qu'à courtiser une créature d'argile
Je me suis fourvoyé...

«Raglan Road»

46

La tête renversée en arrière et la bouche ouverte comme un clown qu'on gave de balles, Scully ronflait, vautré en travers des sièges, puant l'odeur des gares, du feu, du ciment et de la longue, de l'horrible nuit. Il y avait eu tellement de nuits dégueulasses pour Billie, tout était dégueulasse, au moins du plus loin qu'elle pouvait se souvenir, mais la nuit dernière était la pire de toutes. La nuit dernière, il était vraiment le Bossu, Scully, pas la peine de se boucher les yeux. Comme un animal blessé, il était effrayé et effrayant, quand il avait failli mettre le feu aux cheveux de la dame et qu'il était tombé au milieu de l'église avec le prêtre comme un roi en colère, là-haut, dans ses robes. Elle l'avait sorti de là en quatrième vitesse, pour que les gens ne puissent rien lui faire. C'était terrible de le voir, qui n'arrêtait pas de tomber comme un taureau tué qui cherche à se coucher pour mourir. Il était si lourd, si sanglotant, si horrible que Billie en avait mal dans le cœur et qu'elle avait su, même à ce moment-là, qu'elle seule pouvait le sauver.

Elle avala son comprimé sans eau. Il descendit en se tortillant dans sa gorge comme un ver vivant. Elle sentait la crasse sur ses mains et elle avait besoin d'un verre de lait ou d'une petite bouteille de jus de pommes, celles qui ont des hanches et qui lui rappelaient grand-mère Scully. Sa figure ne lui faisait pas mal mais elle avait les yeux douloureux d'avoir veillé toute la nuit et monté la garde.

Il n'y avait pas grand monde dans le compartiment. Des hommes, des femmes, aucune famille. La plupart d'entre eux ressemblaient à son Scully, comme s'ils avaient dormi dans une gare la veille de Noël. Billie pouvait parier qu'ils n'avaient pas de dinde rôtie qui les attendait chez eux, ni de cadeaux à ouvrir, pas de pièces cachées dans le pudding, pas d'après-midi sur la plage, pas de cotillons, pas de boîtes de noix de macadamia à ingurgiter à s'en rendre malades. Billie se moquait pas mal de tout ça, quant à elle. Ça la choquait un peu de s'en moquer, mais elle avait un travail à présent. En regardant autour d'elle dans le train, elle aurait juré que la moitié de ces gens s'étaient levés ce matin juste pour avoir quelque chose à faire, pour aller quelque part qui ne serait pas Paris.

Elle regarda les genoux de son jean neuf et pensa à Irma. Elle se sentait coupable vis-à-vis d'Irma. Irma n'était pas une vraie adulte. Elle était petite en dedans mais son cœur était grand. Un jour, Scully s'en apercevrait. Irma n'était pas une statue. Et elle reviendrait les voir, elle les retrouverait. Elle était exactement comme Scully. Peut-être que c'était pour ça que Billie l'aimait. Oui, elle les retrouverait et Billie n'en serait pas mécontente du tout. Tout ce qu'il fallait à quelqu'un, c'était d'avoir un cœur bon.

Billie avait mal à la tête. Elle l'appuya contre le fauteuil d'en face qu'une espèce de crétin avait brûlé de deux trous de cigarette. Le bruit des cloches tournait toujours dans sa tête. Ça, et lui qui gueulait et pleurait dans les couloirs du métro. Paris qui explosait de cloches. Même sous terre, on entendait les cloches résonner dans toutes les églises. Lui, vautré sur des chaises en plastique et par terre à la gare de l'Est pendant que tous ces gens fous galopaient dans les couloirs en entrechoquant des chariots et en brisant des bouteilles. Et les vieux endormis dans des flaques chaudes, et les sacs de couchage roulés contre les murs carrelés. Comme sous les ponts, c'était. Paris était joli en haut et il avait faim sous terre. Sous terre, tout le monde était sale, et fatigué, et perdu. Ils n'allaient nulle part. Ils attendaient juste que la tour Eiffel et Notre-Dame, toute la ville, s'écroulent sur eux.

Billie prit son dernier morceau de baguette et le mâchouilla. Personne ne disait rien dans le compartiment. Le train secouait doucement, martelait les rails. La pluie zébrait les vitres. Elle avait envie de faire pipi, alors elle remit le flacon de comprimés dans son sac et l'emporta avec elle vers les portes vitrées qui s'ouvrirent en sifflant.

Dans les toilettes, elle écouta le grondement des rails et sentit l'air froid lui gifler les fesses. Un rai de lumière minable qui entrait par la petite fenêtre lui rappela sa chambre de Fremantle. La grande, grande fenêtre qui donnait sur les bateaux. Tous les arbres bien droits, des pins de Norfolk, comme des flèches plantées près de l'eau. Et le soleil sur le mur de sa chambre, le bloc de soleil avec toutes les minuscules choses qui volaient dedans. Quand elle était petite, elle croyait que c'étaient les âmes des insectes morts qui continuaient à vrombir dans la lumière. Le mur de bois. Le plancher nu avec des petites voitures garées dessus et des nounours qui dormaient en rangs. Pas la peine d'y penser. Tout ça n'existait plus. Il y avait une chambre dans cette petite maison de poupée que Scully avait faite en Irlande. Et quand on regardait par la fenêtre, un château. Et un pré pour un cheval. Tout ça, c'était dans le brouillard – toute cette journée-là était dans le brouillard et elle en était contente, mais le brouillard se lève toujours, elle savait ça. Un jour, ce serait clair, même les endroits qu'elle ne voulait pas voir. Même l'aéroport. Même ça.

Dans la glace des toilettes, elle avait l'air sale, comme une bohémienne, mais en moins jolie.

Elle fit mousser le savon et se lava les mains et le visage avant de rabattre ses cheveux en arrière avec ses doigts. Elle était toujours heureuse de ressembler à Scully. Il n'était pas joli lui non plus, mais les gens jolis, c'était pas de ceux-là qu'on avait besoin. Les gens jolis, quand ils se regardaient dans la glace, ça les rendait trop heureux, ou alors trop tristes. Les gens comme Billie haussaient juste les épaules et s'en foutaient. Elle ne voulait devenir personne de joli. De toute façon, elle avait des cicatrices maintenant, il suffisait de regarder.

Billie mouilla une serviette en papier et retourna avec dans le compartiment. Scully occupait quatre places maintenant ; ses jambes étaient en travers de l'allée et ses bottes sur son siège à elle. Son jean déformé était tout taché et il sentait, et des trucs faisaient gonfler sa poche.

Elle resta un moment immobile là, pendant que les flaques de terre défilaient, avant de plonger la main dans la poche de Scully pour en extraire le paquet d'argent. Elle laissa les pièces au fond contre sa jambe. C'était plus d'argent que ce qu'ils avaient auparavant, beaucoup plus. Elle le glissa dans son blouson d'un air songeur et prit la serviette mouillée pour le nettoyer. Il gémit et tourna la tête, mais sans se réveiller, pas même quand elle s'en prit à ses mains. Quand elle eut fini, il y avait de petites boules de papiers un peu partout sur lui, mais il avait meilleure allure. Billie fourra la pulpe grise dans le cendrier et s'assit de l'autre côté du couloir, le sac posé à côté d'elle, et elle regarda leurs passeports, leurs visages d'avant, leurs grands sourires de pastèques. Elle recompta l'argent – cinq fois cent francs – et le rangea dans son blouson avant de s'endormir très vite pendant que la Belgique défilait, défilait, défilait sans elle.

Pendant que le train traversait les étranges banlieues d'Amsterdam, léchées, ornementales, Scully reposa sa tête contre la fenêtre vibrante, et il sentit Billie lui tapoter l'épaule comme une mère encourage un écolier. Au cours de la dernière demi-heure, son mal de tête était devenu balistique et si terrifiant que la vitre animée de soubresauts ne l'aggravait guère. Sa gorge, à vif à force de vomir, lui faisait l'effet d'un tuyau de PVC récemment introduit dans son corps, et il dégageait une odeur de chiottes publiques. Les autres pauvres bougres dans le compartiment avaient l'air prêts à grimper dans le train de retour à peine débarqués là-bas. Le mortel pouvoir de Noël.

Il tâta ses poches à la recherche de quelque chose à mâcher et tomba sur de la menue monnaie en quatre devises différentes.

« J'ai pris l'argent », dit Billie de l'autre côté du couloir avant qu'il eût réalisé.

« Toi ? Pourquoi ? »

Elle haussa les épaules. « J'ai la trouille.

– De moi ? »

Elle regarda ses bottes.

« Tu vas devoir le changer en florins, alors. L'argent hollandais. On est en Hollande ici.

– Hollande.

– Tu sais, le garçon qui a bouché la digue en mettant son doigt dans le trou. »

Elle hocha gravement la tête.

« Je suppose que ça vaut mieux que d'y avoir la tête, dans le trou » murmura-t-il malgré lui.

« Pourquoi est-ce qu'on est ici ?

– Il faut que je voie Dominique. Elle a un bateau ici. »

Billie soupira et regarda par la fenêtre. Scully ramena fragilement ses jambes sous lui et berça sa nausée. Appelez-moi Raspoutine, songea-t-il. Empoisonnez-moi, enchaînez-moi, flanquez-moi une dérouillée, je me relèverai et continuerai à arriver. Un sourire en coin lui vint aux lèvres. Tout bien réfléchi, je peux très bien me faire ça moi-même et continuer quand même à arriver, alors ne me sous-estime pas, 25 décembre. Mais tout au fond de lui, il savait qu'il ne lui restait rien. La nuit dernière était un nuage noir planant sur sa mémoire. Ses dents lui faisaient mal, sa poitrine était vide. Quel que soit l'endroit où le conduiraient ses pas, aujourd'hui, il savait que ce serait seulement marcher pour éviter de couler. La terre entière buvait à grand bruit et attendait. Ça ne servait à rien de faire semblant. Il ne lui restait rien. Jennifer serait ici. Il la trouverait, il le savait désormais, mais lui serait un vaisseau vide. Elle serait arrivée à ses fins, au bout du compte.

La gare centrale était vide de voyageurs, kiosques et boutiques étaient fermés, mais elle était bondée de gens qui avaient l'air de vivre là. On entendait de gros radio-cassettes et des guitares se réverbérer dans tous les coins. Des drogués et des ivrognes gisaient dans les couloirs, dodelinant de la tête. Des vendeurs ambulants, la tête hérissée de dreadlocks, se traînaient mollement dans les escalators, dégoûtés de ce jour férié. Un cinglé en collant fluorescent glapissait devant son propre reflet dans la vitrine du bureau de change fermé. Des hippies de dix-sept ou dix-huit ans, des Allemands de l'avis de Scully, buvaient avidement des Amstel en riant entre eux de façon théâtrale. Scully montra les dents en passant devant eux. L'atmosphère était chaude et empestée d'odeurs humaines, de fumée et d'urine, si bien que l'air de la rue fut momentanément un souffle agréable à savourer. Scully en fut suffisamment ranimé pour passer la bretelle du sac sur son épaule, lever les sourcils d'un air indécis en direction de Billie et s'élancer d'un pas lourd et hébété sur la place devant eux, dans la lumière blafarde et les tresses emmêlées des rails de tramways.

Un canal, des centaines de bicyclettes garées, une rangée de jolis immeubles incrustés de néons et défigurés par eux. Un ciel couleur poisson si bas que Scully voûta quelques secondes les épaules avant d'adopter une démarche étrange qui ne parvint jamais à être autre chose que le traînement de pieds d'un condamné à mort, la fuite en avant d'un fou, la marche aveugle de l'épave. Il était une loque. Il était une merde.

La ville était une splendeur, c'était incontestable. Une splendeur, mais d'une pâleur fantomatique. Il n'y avait quasiment personne dans les rues. De temps à autre, on entendait tinter une sonnette hésitante, et un beau cycliste, homme ou femme, passait dans un ronronnement de pédalier, emmitouflé jusqu'aux ouïes et résolu à aller quelque part.

Ils descendirent le large boulevard de cafés fermés, d'hôtels bon marché, de boutiques de change, de stands de souvenirs, jusqu'à une grande place où, sous le monument, des hommes basanés fumaient des cigarettes roulées à la main et un jeune Arabe au visage aigu proposait de la cocaïne dans un chuchotement rauque.

« Va te faire foutre », dit Scully, en proie au tiraillement spasmodique du nouvel arrivant, à la peur de se trouver dans une ville inconnue. Il était étonné de ressentir quoi que ce soit, mais elle était là, la sensation d'avoir les tripes nouées comme la première fois à Londres, la première fois à Paris, à Athènes. Une émotion, Seigneur Dieu. C'était pire sans la foule, sans les courants dans lesquels simplement se fondre, se cacher, pour les suivre en attendant de s'orienter. Toutes les portes étaient fermées sur la rue. Le bruit de leurs pas résonnait, clair dans l'air vif. Scully devait avoir l'air d'un péquenot parachuté là sans un vêtement pour se protéger. Qu'est-ce qu'il en avait à branler ? Qu'ils aillent tous se faire foutre. Merde à Amsterdam et au 25 décembre.

Ils finirent par tomber sur un boui-boui turc où ils s'effondrèrent dans des chaises en plastique pour manger du vieux humous et du taboulé. Ils burent du café et du chocolat pendant que de jeunes femmes balayaient et époussetaient autour d'eux. Scully regardait fixement les pignons des maisons, le fer forgé, les immenses baies vitrées. Il essayait d'élaborer une pensée durable.

« Où est le bateau ? demanda Billie en se frottant les dents avec une serviette en papier.

– Chais pas, murmura-t-il en regardant les yeux de Billie s'écarquiller sous l'effet de l'incrédulité.

– Tu n'as pas l'adresse ?

– Nan.

– Mais on est dans une ville !

– Bien trouvé, Einstein.

– Te moque pas de moi ! » Elle le toisa avec une telle fureur qu'il remua sur sa chaise.

« Excuse-moi.

– Je pourrais t'abandonner, murmura-t-elle. C'est moi qui ai l'argent.

– Ne fais pas ça.

– Te fous pas de moi. »

Elle se leva et partit payer leurs consommations. Scully l'observa déplier soigneusement un billet de cent francs et il fut surpris de voir la fille turque décider de l'accepter. Ils la trouvaient drôle, ça se voyait. L'obstination avec laquelle elle attendait sa monnaie. Sa gamine. Billie fit tourner entre ses doigts les florins en billets brillants et remercia poliment avant de regagner leur table.

« Scully ?

– Hm ?

– Si on rentrait chez nous ? »

Scully secoua la tête.

« Je veux arrêter de chercher. »

Il secoua de nouveau la tête et sentit le sang faire un bond dans ses tempes.

« Tu sais même pas où chercher. »

Il sourit. « Ça doit pas être bien difficile de trouver un bateau. »

Billie tapa du poing sur la table et sortit dans la rue sinistre, l'air dégoûté. Un moment, il la regarda souffler de la vapeur dehors et donner des coups de pied dans les pavés. Les pigeons gardaient leurs distances, actionnant prudemment la pompe de leur cou. Il lui sourit à travers la vitre. Elle lui renvoya un regard noir.

47

Les coups à la porte cessent enfin et elle se redresse sur un coude tremblant. Une lumière malsaine de midi s'étale sur les draps de lit entortillés. La chambre est en désordre. Jolis souliers rouges. Collants noirs. Une valise en rotin pillée et laissée ouverte. Des sacs de grands magasins, du papier cadeau en tas. La porte de la salle de bains est fermée. 25 décembre. Naturellement, les petits chéris, ils doivent être à l'église. Bon Dieu, il lui faut une cigarette, mais où est son sac dans cette pagaille ?

Lentement, avec une précaution infinie, elle se hisse sur ses pieds. Tel un rocher qui commence à rouler, elle sent la migraine arriver. Elle donne quelques coups de pied dans le foutoir – pas de sac. Elle frappe à la porte de la salle de bains. L'ouvre lentement. Répandus partout sur la paillasse, même dans le lavabo, ses affaires. Elle pose la main sur l'interrupteur, siffle sous l'agression de la soudaine fluorescence et voit son porte-monnaie par terre. Entre ses doigts, il sent encore le Maroc. Les traveller's cheques, tous signés, sont toujours là. Mais pas l'argent.

Son passeport, des tampons, des souches de tickets, là devant elle, sur la paillasse. Et sur la glace, en plein visage, trois X. Bons baisers.

Irma attrape les Gauloises, retrouve son briquet, allume une cigarette. La tête renversée en arrière, la douleur se concentrant à la base de son crâne, elle aspire une profonde et décapante bouffée. XXX. Salaud, va. Connard.

Elle se met à rire.

48

Le long des canaux argentés ils déambulaient, Billie et son papa, sous le grain qui tombait, remontant des rues qui s'appelaient Prinsengracht, Herengracht, Keizersgracht, des mots qui sonnaient comme si on parlait avec du gâteau dans la bouche. Le crachin pleurait sous les ponts et noyait des vélos attachés ensemble sous la ramure tombante d'arbres chauves. Le long des berges en briques des canaux, des bateaux à moteur, des canots pneumatiques, des canots de sauvetage étaient amarrés à côté de toutes les sortes de péniches aménagées possibles et imaginables. Ce n'étaient ni des yachts, ni des caïques, ni des bateaux de pêche à la langouste comme en Grèce et en Australie, mais de grosses lourdes choses qui ne naviguaient même pas. Avec leurs ribambelles de pots de fleurs jaunes, les péniches flottaient bas sur l'eau, toutes crémeuses de peinture et de vernis, leurs safrans attachés sur le côté comme des boucliers de bois. Elles étaient grosses et larges avec des derrières ronds et des fenêtres pleines de plantes vertes et de rideaux à volants. De leurs cheminées s'élevaient de la fumée, la chaleur des poêles à gaz et des odeurs de cuisine. Sur leurs ponts, des gamelles de chiens prenaient la pluie, et l'eau ruisselait sur des vélos enchaînés, des chaises de jardin, des lampions de fête. Pour Billie, elles avaient l'air d'avoir été fabriquées par des gosses, peintes comme des maisons de poupée. La ville entière avait cet air-là – la moindre petite maison ressemblait à une cabane, à une cachette. Les rues et les canaux étaient si petits qu'on pouvait s'imaginer qu'on les avait construits soi-même.

Mais bientôt les rues ne ressemblèrent plus qu'à des rues, et les bateaux encore à des bateaux, tandis que la pluie donnait la chair de poule à l'eau et que Billie avançait d'un pas lourd, Scully suivant derrière, tout seul, comme un cheval boiteux. Le col de Billie se remplissait de pluie et son jean était tout mouillé à force de frôler des pare-chocs de voitures, et elle, elle commençait à se demander si ce n'était pas au-dessus de ses forces de le sauver. Les longues maisons maigres commençaient à ressembler à des porte-toasts pleins de pain grillé brûlé. Le ciel était tout flou de pluie, c'était un ciel incapable de porter un soleil, une lune, des étoiles.

De temps à autre, quelqu'un émergeait d'une écoutille pour rentrer du linge, jeter un seau d'eau sale par-dessus bord ou juste pour fumer un cigare avec un verre de champagne à la main, et Billie courait vers eux avec la photo du portefeuille de Scully. Celle en noir et blanc, découpée et de travers. Ils y étaient tous les trois mais elle ne pouvait pas regarder. Elle se contentait de la leur montrer pendant que Scully restait derrière, honteux. Elle lui brûlait la main, cette photo, mais Billie avait cessé d'avoir de la peine. Aujourd'hui, c'était l'anniversaire de la naissance de Jésus, et elle avait les mains du Christ;

elle sentait les trous brûlants dedans, mais elle ne pouvait pas regarder de peur de La voir sur la photo. Si elle posait les yeux sur ce visage avec son menton lisse, son aile noire de cheveux et ces beaux yeux lointains, elle savait que tout son amour, toute sa force se briseraient. Le pipi coulerait sur ses jambes et ses mains prendraient feu et elle-même se changerait en pierre et deviendrait une statue au bord de l'eau. Alors elle ignorait le picotement acide au creux de ses mains et levait bien haut la photo vers les gens aux joues roses et aux sourires de Noël.

Les gens des péniches regardaient la photo puis regardaient Billie et son père dans leurs vêtements chiffonnés, avec leur figure déglinguée, et ils secouaient tristement la tête. Parfois, ils apportaient de la soupe dehors ou glissaient un billet dans la main de Billie, mais personne ne connaissait le visage et, chaque fois, son soulagement donnait mauvaise conscience à Billie.

Et ça continuait, de rue en rue, de canal en canal aux noms de plus en plus longs, pendant que la bruine tombait, que les lèvres de Billie se craquelaient et que ses mains brûlaient. Tout le temps, elle attendait qu'il renonce, priait pour qu'il renonce, elle lui demandait dans sa tête d'être trop fatigué pour continuer, mais quand elle se retournait pour regarder derrière, il la houspillait pour qu'elle avance, sans même lever les yeux pour la regarder, et Billie continuait de franchir des passerelles, d'enjamber des cordages et de taper aux fenêtres. Chaque non de la tête, chaque expression de regret la soulageait. Non, pas ici, non, non, non, elle n'était pas ici. Billie craignait, s'ils continuaient assez longtemps, que le visage de quelqu'un finisse par s'éclairer d'une lumière horrible en reconnaissant sa mère. Ça serait la catastrophe. Ça la tuerait. Elle ne savait même pas ce qu'elle ferait.

À l'angle d'une rue, entourée de poteaux verts en forme de zizis de messieurs, elle vit la boutique fermée, avec à l'intérieur des affiches de la Grèce et de Hawaï, et de gros avions. Sur le mur, il y avait un tableau noir avec de longs mots écrits, et des prix. Une agence de voyages. Billie tâta l'argent contre sa jambe et continua à marcher comme si elle n'avait rien remarqué. Juste après, c'était marqué SNACK-BAR avec le menu sur la vitre. *Sate-saus, Knoflook-saus, Oorlog, Koffie, Thee, Melk.* Fermé aussi. Tout était fermé.

Les horloges des églises tremblaient et sonnaient comme des gongs et Billie continuait à marcher, marcher c'est tout, marcher jusqu'à ce que la lumière s'en aille lentement du ciel et que l'air devienne si froid qu'on aurait dit du Coca qui te descendait dans le cou. Et tout d'un coup, il fit noir et ils étaient debout sur un petit pont, à regarder l'eau immobile et les lunes que les lumières de la rue faisaient dedans.

« Rien, dit Scully.

– Non », dit-elle.

Les gens avaient recommencé à sortir dans la rue. Leurs vélos passaient en ronronnant, leurs sonnettes tintaient, ils s'appelaient, ils riaient, ils chantaient.

« Scully, il fait froid.

– Ouais.

– Allons… allons quelque part.

– Ouais. »

Mais il restait planté là à regarder dans l'eau, ses mains gantées posées sur la balustrade verte du pont, jusqu'au moment où Billie le prit par la manche et l'entraîna dans une rue étroite où les fenêtres étaient allumées et avaient l'air accueillantes. Le premier endroit sur lequel elle tomba, elle poussa Scully à l'intérieur et le suivit, avec dans les narines l'odeur de la nourriture, de la fumée, de la bière. Il y avait du sable par terre, de la musique et des radiateurs qui sifflaient aux murs.

Billie suivit son père jusqu'au grand comptoir de bois et grimpa sur un tabouret près de lui.

« Il prendra une bière, je crois bien, murmura-t-elle au barman. Et un chocolat chaud. Chocolat chaud ? »

Le barman se redressa. Il avait des yeux énormes. Ses lunettes étaient épaisses comme des cendriers. Il posa sur le bar un verre de bière en forme de ballon avec écrit Duvel sur le côté et plein de mousse qui débordait en haut. Billie posa son menton dans ses mains et observa Scully qui se regardait dans le miroir du bar.

« Vous avez eu une mauvaise journée, hein ? » dit le barman.

Billie hocha la tête.

« Il va bien ? » dit-il en inclinant la tête vers Scully.

Billie haussa les épaules. Scully avala sa bière d'un trait et repoussa le verre devant lui.

« Attention avec ce machin-là, mec, dit gentiment le barman. On l'appelle pas le Diable pour rien. Tu le surveilles, petite. »

Billie hocha gravement la tête et regarda le tableau. « Vous avez des saucisses et des pommes de terre ?

– Ma jolie, on est en Hollande. C'est tout saucisses et pommes de terre ici, fit-il en riant. Pour deux ? »

Billie fit oui de la tête. Elle sortit l'argent.

« Ho ho, c'est toi le chef, ça se voit. »

Elle l'aimait bien. Les gens étaient pas si mal que ça, à Amsterdam. Ils avaient pas peur des gosses comme les gens de Paris ou de Londres. Ils avaient des voix chantantes et des joues comme des pommes, et elle se demanda si Dominique ressentait la même chose. Dominique était triste comme Alex. Ses photos étaient tristes, et sombres, et solitaires. Elle était comme un oiseau, Dominique. Un grand oiseau triste. Peut-être qu'elle venait ici pour se remonter le moral, pour voir des gens roses et faire des photos plus gaies.

Dans le coin, un homme avec des crayons en guise de boucles d'oreilles parlait au téléphone. Il avait l'air ridicule et il aurait dû avoir honte de lui. On aurait dit une perruche, comment il blablatait dans sa langue, cette langue que les gens parlaient ici. Il y avait trop de langues, trop de pays. Billie en avait marre, elle en pouvait plus. Elle descendit de son tabouret et traversa la pièce au sol plein de sable pour aller prendre l'annuaire du téléphone accroché au mur par une ficelle. Elle l'ouvrit à plat contre le bois du mur. Mais c'était pas la peine. Elle ne savait pas écrire Dominique, et elle avait oublié son autre nom.

Billie pensa qu'elle aurait dû savoir ces choses. Elle aurait dû être à l'école, en train de lire des livres, d'écrire sur des cahiers, et de jouer au softball. Elle aurait dû *être* quelque part, quelque part où ils auraient su son nom et comment elle était. Quelque part où elle aurait pas eu à sauver des gens.

L'annuaire retomba contre le mur dans un claquement sourd qui fit sursauter tout le monde dans le bar.

« Comment tu écris Dominique ? » demanda-t-elle à Scully.

Mais il se regardait dans la glace, les yeux mi-clos. Leurs assiettes arrivèrent.

« Ton père a besoin d'aide, peut-être, dit gentiment le barman.

– Oui, dit Billie. Je l'aide. »

L'odeur de la nourriture était magique. Elle se sentait déjà redevenir forte.

Plus Scully restait assis là, plus il avait soif. La bière des trappistes était forte et savoureuse. C'était comme s'il avait laissé la douleur derrière lui. Il pouvait repasser tranquillement toutes ses pires pensées, le moindre cauchemar qui lui traversait la boîte crânienne, sans souffrir. Il était près d'elle désormais. Ça n'était plus seulement dans son esprit, plus une illusion, plus un vœu pieu et désespéré. Elle était ici à Amsterdam et ce n'était plus qu'une question de temps. Une bonne nuit de sommeil, un départ de bonne heure, l'esprit clair, un peu de méthode.

Aucune douleur. Pas même en pensant à Dominique. Qu'elle fût avec Dominique ne faisait aucun doute, bien que la façon dont elles étaient ensemble fût plus incertaine. Leur amie offrait-elle un refuge à Jennifer contre son propre avis éclairé ? Était-elle partagée à tout le moins, sa loyauté juste un peu mise à mal ? Ou toutes deux partageaient-elles la même – de quoi d'autre pouvait-il s'agir ? – haine envers lui ? Que partageaient-elles d'autre ? Un lit ? Cette seule idée était censée rendre les hommes fous, non ? C'était considéré comme l'humiliation suprême, être quitté pour une femme, mais ça ne paraissait ni pire ni meilleur, à cet instant précis. Quelque relation que ce fût, de quelque manière que ce fût, Scully était atteint d'une sorte de désenchantement total à l'égard de Dominique. En quoi importait la manière ? Dominique était coupable de dissimulation envers lui.

Aucune douleur, non. Juste une soif.

Merde, pour ce qu'il en savait, elles étaient peut-être déjà ensemble à Paris, dès le début, et lui si connement heureux qu'elle eût quelqu'un avec qui passer du temps. Marianne, Jean-Louis, ils savaient probablement tout depuis le début. Leur dédain, c'était du mépris pour sa confiance aveugle, sa faiblesse. Et le bébé, le bébé était un canular, juste une putain d'invention vicieuse pour se débarrasser de lui. Le lâcher dans la bicoque en ruine, gagner du temps. Il n'avait jamais eu sous les yeux la moindre échographie, la moindre note d'honoraires de médecin, de résultats d'analyses d'Athènes, couillon confiant qu'il était. Il n'avait pas d'autre enfant, alors. Voilà encore qui frôlait la douleur. Quelques jours plus tôt, cette prise de conscience aurait pu le briser. Mais il avait dépassé un point. Franchi une limite. Pas de bébé. Pas de femme. Pas de mariage, rien vers quoi se tourner avec certitude, rien qui ne ressemblât pas à des sables mouvants. Qui sait, peut-être s'était-elle tirée avec tout le fric aussi. Au nom de quoi – l'amour ? Le développement personnel ? La vie de bohème ?

Cela signifiait qu'il s'était infligé tout cela à lui-même, qu'il l'avait infligé à la pauvre petite Billie, à Irma, juste pour pouvoir poser les yeux sur un cadavre. Traverser l'Europe dans un sens puis dans l'autre pour identifier un corps avec obligeance. Avec dignité. Oui, cela signifiait, dans la chaude lumière de ce bar, en l'absence de toute douleur, qu'il n'avait rien. Même pas un trou dans la terre, même pas l'écho mourant de la moindre idée de sa vie. Joliment foutrement rien, en fait.

Et ça lui donnait soif, c'est tout.

49

Scully retrouva la rue et l'air dur de Noël à Dieu sait quelle heure de la nuit. La gosse se traînait, les yeux roses, mais lui flottait, planait au-dessus des pavés gelés, complètement bituré et libre.

Les rues grouillaient de piétons, de cyclistes et de voitures pressées. Le ronronnement d'insecte des bicyclettes brassait l'air près de son oreille. Les sonnettes tintaient menu sur la route et les cloches massives dans l'air où les pigeons prenaient leur essor du haut des clochers des églises et où les nuages planaient bas sur la ville. Des caillots humains évoluaient parmi les bornes de circulation en rejetant leurs écharpes en arrière dans des bouffées de parfum. Les lignes de tramway brillaient ; derrière les grandes fenêtres à guillotine à petits carreaux on voyait des silhouettes, des meubles, de la musique, et les élégants pignons rendaient sévère et imbécile l'architecture de briques calviniste. Elle tremblait, cette ville, elle frissonnait sur ses amarres tandis que Scully flottait par ses ruelles, traversait des fourrés de fer forgé voluptueux, avec la douce anesthésie de la bière des trappistes qui lui montait aux joues comme un vrai credo. Seigneur, ce que tout le monde pouvait être joli ici, comme ils étaient jeunes avec leurs culs posés comme des pommes sur leurs vélos. Les vitrines des cafés étaient des mottes de beurre fondant à ses pieds, l'air était d'une clarté limpide, le froid gravé à l'eau forte.

Dans Spuistraat, lumières et musique faisaient rage à l'étage d'un entrepôt délabré festonné de chaînes dorées et de banderolles bombées en hollandais. Partout sur les murs s'étalait une vision sauvage de graffiti. On croyait entendre des oiseaux là-haut, comme des oiseaux allemands prêts à se mettre à chanter en anglais d'une seconde à l'autre – pour peu qu'ils s'éclaircissent correctement la voix. Regardez-moi ça, même leurs squatters sont fiers de leurs maisons – quel peuple.

Scully joua des coudes pour entrer dans un café à l'atmosphère chaude et aux boiseries sombres, brusquement surpris de se retrouver à l'intérieur, et il commanda encore de la Duvel et un peu de ce diabolique truc clair que tout le monde s'enfilait d'un bout à l'autre du bar. Sous les pieds, le crissement tendre du sable sur le plancher l'exaltait, le transportait loin du regard furieux et hagard de la gosse à hauteur de son coude. Putain de merde, matez-moi ces étudiantes, avec leurs ceintures superbement bouclées sur leurs nombrils, l'éclat furtif de leur chair blanche dans les soigneuses déchirures de leurs Levi's, leurs larges bandeaux dans les cheveux, leurs fronts brillants, le galbe de leurs mollets sous la toile denim.

Scully éclusa l'alcool clair puis le chassa d'une lampée de bière, et il repensa un instant aux formidables oreilles écarlates de Peter Keneally. Ses propres oreilles avaient disparu désormais, et ses sourcils étaient en train de se désagréger. Son menton s'en était allé avec les farfadets, mais sa bouche tenait bon. Le tablier du barman claquait comme un spinnaker, les robinets de cuivre étaient des manivelles de winch. Mais pas de problème, il avait le pied marin, des jambes marines de poulpe, désormais. Huit jambes dont six étaient celles d'Irma.

« À la santé d'Irma ! » bredouilla-t-il.

La gosse plongea les doigts dans les entrailles du porte-monnaie et sortit quelques florins.

« Au Noël d'Irma sur l'île Saint-Louis ! »

Le barman prit l'argent avec un sourire indulgent à l'adresse de la fille sobre et économe de Scully.

« Aux six jambes de sangsue collante d'Irma la magouille. »

Il sentit la pointe des petites bottes s'enfoncer dans son tibia et il éclata de rire. Elle le bourra de coups de poings guère plus gros que des abricots et ses cheveux faisaient un brouillard flou devant lui. Les filles accoudées au bar gigotèrent en souriant dans leurs blousons en cuir crissant. Scully se sentit sortir à reculons, trébucher à travers la pièce, tandis qu'on le tirait par la ceinture et qu'il agitait la main pour dire au revoir à ces jolies minettes au cul en forme de fruit, et l'air froid et parfumé de la nuit s'engouffra en trépidant dans son gosier. Il avait la boîte de vitesses qui sautait de temps en temps. La gosse resta plantée là comme une borne mais il avança. Il lui tendit la main et se précipita dehors.

Les rues devenaient roses et palpitantes. Des ordures éclataient sous les pieds et une faune hantait les ruelles adjacentes. Scully ne savait pas s'il était subitement fatigué ou si, peut-être, tout le monde était plus vieux ici.

Dans un ralentissement du flot de piétons, un petit avorton à la chevelure chromée le saisit à bras-le-corps et lui murmura des horreurs dans une langue qu'il ne put supporter. Scully s'en débarrassa d'un coup d'épaule pour ricocher sur un dément à face de clown qui portait autour du cou une chaîne large de deux centimètres. On marchait sur des seringues en passant devant des vitres d'aquariums remplies de putes.

« Par ici ! cria quelqu'un d'une embrasure de porte en coupe-gorge. Venez voir du cul, du vrai ! Du cul en direct ! »

Il dérapa sur une flaque de vomi frais et atterrit contre le panneau brûlant d'une vitre sans tain qui vibra sous le choc. Il se redressa et tomba nez à nez avec un champ de photos. Ça lui fit mal aux yeux d'accommoder ; un monde d'images ahurissant. Des gens, apparemment, enfin ç'aurait pu être des gens, ou alors l'intérieur d'un abattoir. Rose, de la peau rose, et des visages choqués, blessés, montrant les dents. Il trouva ses oreilles avec ses mains et il se tint la tête là, devant ça, cherchant désespérément à comprendre. Oui, ça, c'était une femme. Un morceau de femme. Et des lames de rasoir. Oh, Seigneur, ayez pitié de moi. C'était là, l'Auschwitz de l'esprit, l'endroit où vous n'auriez jamais imaginé venir, l'enfer dont ils prétendaient qu'il n'existait pas. Son propre visage lui revint comme un cauchemar, dans son blouson les doigts s'agrippaient comme des poissons pris à l'hameçon. Il vit Billie qui pleurait et derrière elle un jaillissement de cheveux noirs dans la foule en marche, l'attaque surprise de sa vie qui le lança dans une course effrénée tel un homme en flammes.

Billie dérapa sur un citron à moitié sucé et tomba

à genoux dans la lumière rose porcine de la porte. Il y avait une odeur d'étable dans cette rue, et les gens avaient quelque chose dans les yeux qui faisait d'eux des animaux. Des vitres d'aquariums basses apparaissaient avec des femmes aux yeux luisants et rusés qui nageaient dans de la lumière violette. De la musique sortait en cognant par des portes ouvertes dans le sol, de l'air brûlant lui souffla au visage et ses cicatrices la démangèrent dans la brusque chaleur. Dans le tunnel de hanches, de jambes et de voix, ils prirent un virage et les doigts de Billie lâchèrent prise quand Scully donna de la gîte et fila. Du crottin de cheval et des aliments fumaient sur les pavés inégaux. Loin au fond du tunnel, elle le vit qui tombait contre un mur de corps roses sous verre comme un cimetière, ses cheveux tout rayés contre l'enchevêtrement de doigts, de jambes, de dents, tout emmêlés et pendants. Elle vit la bouteille dans le vagin de la fille, l'épingle à nourrice dans le visage tout près, le harnais, l'air de bétail terrorisé dans les yeux des photos durcies par le verre pendant que son père glissait vers le bas en regardant passer quelqu'un. Il tombait, il tombait, il était trop lourd pour qu'elle le retienne. Et puis il hurla *ce nom*, d'une voix enrouée et brisée.

« Jennifer ! »

Billie sentit ses ongles se briser quand il la repoussa pour se libérer. Elle vit son dos, ses cheveux sombrer dans la masse mouvante des corps qui l'aspira et il disparut. Elle pouvait le poursuivre, elle le savait. Elle était assez petite pour se faufiler partout et le rattraper, mais le nom la figea sur place. Avait-elle réellement vu ce brillant rideau de cheveux noirs, à l'instant, dans son angle de vision ?

Billie se tenait là, elle respirait mais ne bougeait pas, avec la lumière qui clignotait sur elle et le canal qui miroitait comme l'entrée menant au centre de la terre.

Des troupeaux de gens à tête de cochons passaient devant elle, nasillant et jacassant et frétillant devant les vitrines. Le creux du canal s'aplanissait sous le pont.

Un homme avec une casquette de base-ball mit sa main sur la tête de Billie, en racontant quelque chose qu'elle ne comprenait pas, puis il s'arrêta. « Tu parles *Inglis ?* »

Billie tressaillit.

« Dix florins et moi papa de toi, hé ? »

Elle le regarda fixement. Il avait une tête comme un chien que quelqu'un aurait battu tous les jours, triste, à la peau tombante, mais avec des dents encore, et vicieux comme s'il allait mordre à peine t'aurais le dos tourné.

« J'en ai déjà un », dit-elle en se reculant, mais la borne l'arrêta.

« Toi gentille petite fille. »

Elle se serra contre la borne et la trouva froide contre ses fesses.

« Très gentille. »

Billie sentait l'antiseptique et la maladie dans la rue, et la sueur de ce type à travers son manteau noir. Ses dents jaunes écartaient ses lèvres. Elle sentit sa main froide sur elle, qui la tirait vers lui, juste là où son manteau s'ouvrait et où la boucle de sa ceinture pendait comme une lune décrochée. Elle le frappa là exactement, aussi fort que son poing le put, et s'enfonça dans la foule. Elle se taillait un chemin à coups de griffes, à coups de pieds, progressant, dégageant suffisamment la voie pour pouvoir courir, et c'est alors qu'elle vit Scully près du pont qui marchait de travers comme un marin sur le trottoir.

Jouant des coudes parmi des conférences de camés avachis et de garçons marchandant devant le Hard Rock Café, Scully la vit se diriger vers le pont sous l'église carillonnante. L'éclair de jambes bronzées dans la lumière des réverbères. Il se mit à courir, en se cognant à tous les coins, toutes les balustrades, toutes les bouffées brutales et surprenantes de douleur. De l'autre côté du canal, il trouva l'angle, mais la ruelle était saturée, une marée de têtes, d'épaules, de cuisses étroites. Un nuage de vapeur s'éleva devant lui et la monotonie lancinante d'une musique de rap lui explosa au visage.

Il entrevit la chevelure de jais, émaillée par la lumière d'une entrée. Tant bien que mal, il se fraya un chemin, et son cœur lui faisait vraiment mal maintenant, l'aiguillonnait pour ne pas flancher. Son mauvais œil le lâchait, voilant, éteignant par intermittence la nuit devant lui. Il la vit s'attarder sur le pas de la porte, un rideau scintillant de cheveux, et entrer. Scully ralentit pour s'arranger un peu. Appuyé contre une borne, il frotta le tartre sur ses dents avec le col de son pull-over. Il passa ses doigts dans ses cheveux gras et tenta sans espoir de défroisser ses vêtements. Ce n'était pas ce qu'il avait prévu. Il n'était pas prêt. Il tremblait comme un gosse, en se demandant s'il n'aurait pas intérêt à passer tout simplement son chemin, à faire preuve d'un peu de fierté. Mais il était arrivé trop loin, dorénavant, pour se soucier de sa putain de fierté. Il marcha vers la porte.

En pénétrant sous les néons d'hôpital, Scully hésita. C'était une sorte de supermarché du sexe, étagères laquées, éclairages, étalages pour touristes et cœurs solitaires à leur descente du bus. Tout était emballé sous cellophane et rangé par genre, comme dans un magasin de musique et soudain, c'était à se tordre de rire. Putain de merde. Lui qui croyait la connaître. Il se gourait complètement. Est-ce qu'elle s'était toquée de machins comme ça ? Il la vit se déplacer entre les étagères et sentit un sourire de crétin lui fendre le visage.

« De toutes les boîtes de sexe du monde entier, bafouilla-t-il plus fort qu'il n'en avait l'intention, c'est dans la mienne qu'il a fallu que tu entres ! »

Le gars à la caisse, visage glabre, perle à l'oreille et chandail tricoté par la mère de quelqu'un, esquissa un sourire fatigué et détourna le regard. Des visages roses, des visages avec des joues en pomme se tournèrent vers lui lorsqu'il tangua dans l'allée. Ils échangent leurs cadeaux de Noël, se dit-il. Espérons qu'ils les ont désinfectés d'abord.

La chevelure virevolta dans le dos et toute la poitrine de Scully se contracta. Sentir sa proximité. Il huma un parfum, entendit le crissement des talons quand il combla la distance.

« Jennifer ? »

Le flou d'une ombre de fin d'après-midi. Scully plissa les yeux en se jetant sur elle, mais déjà la perruque lui glissait sous les doigts, le type estomaqué au visage poudré se cassait la figure sur ses talons aiguille et Scully beuglait d'effroi. Il vacilla et des étagères se mirent à dégringoler par solidarité. Le fracas et les cris stridents résonnèrent dans la caverne fluorescente. La scandaleuse perruque au poing, Scully pivota et atteignit en plein dans les côtes le pauvre con bouche bée en blazer jaune. Les gens commencèrent à se bousculer dans un amoncellement de pénis en plastique. Scully leva les mains en l'air pour les apaiser mais le joli caissier s'amena armé d'un gourdin circoncis sous cellophane. Baissant la tête, Scully fonça. Juste pour sentir sur son visage la douce sensation des coups, pour emplir de l'apaisante anesthésie d'une douleur les ténèbres immobiles qui s'ouvraient en lui.

Tout brouillé par ses larmes, Billie le vit sortir, menotté et beuglant comme le Bossu à la Fête des fous. La foule frémissait d'excitation et faisait place. Ils ne le connaissaient pas. Ils pensaient le connaître mais ils ne savaient rien du tout. Le fourgon clignota, quelqu'un lui toucha l'épaule et elle grimpa à l'avant dans l'odeur des cigares et du désinfectant. Les portières claquèrent. La police parlait dans leur langue d'oiseaux. À l'arrière, derrière la vitre, il riait. Quelqu'un, le chauffeur, lui passa un mouchoir.

« Tu le connais ? » demanda quelqu'un.

Billie réfléchit. Elle huma la bonne odeur de lessive du mouchoir et se lécha les lèvres. La rue étroite défilait dans des éclairs de lumière.

« Oui, dit-elle sans que sa voix se brise. C'est mon père. »

50

Scully s'éveilla dans un sursaut horrible qui lui fit voler la tête en éclats et aussitôt, il sentit l'amertume de sa gorge à vif. Il avait le visage brûlant. Le matelas de plastique grinça sous lui quand il se redressa dans le cube nu qu'était la pièce. Une clé rongea comme un rat dans son trou et la grande porte s'ouvrit avec sa petite trappe coulissante béante. Meeerde. Il parvint à grand-peine à se mettre à genoux en essayant de rassembler ses esprits.

« Billie ? »

Une femme aux cheveux blonds cendrés coupés au bol, vêtue d'un tailleur en velours chiffonné, mit prudemment un pied à l'intérieur. Derrière elle rôdait un type en uniforme. Sa barbe formait un duvet sur son visage ferme et rose. Mais où était Billie ? Oh Seigneur, Seigneur !

« Bonjour ? » dit la femme. Elle était mince et belle. La quarantaine peut-être. On aurait dit qu'elle sortait du lit. Elle avait les yeux rouges. « Vous parlez anglais, hein ? »

Scully hocha prudemment la tête, il n'aimait pas du tout cette mise en scène. Billie !

« Je m'appelle Van Loon. Je suis médecin. »

Scully fit oui de la tête. Il était encore à genoux devant elle. La porte se referma un tout petit peu.

« Avez-vous… mal à la tête ? »

Il porta une main à sa tempe et tressaillit.

« Un godemiché », murmura-t-il, la mémoire lui revenant.

Le toubib nota quelque chose sur un bloc.

« Ils disent que vous êtes perturbé, dit-elle. Vous riez. »

Scully lui adressa un regard interrogateur.

« Ça fait deux heures que vous riez. »

À sentir l'état de sa gorge, ça ne l'étonnait guère.

« Comment vous appelez-vous, je vous prie ?

– Anne Frank, dit-il en regardant la cellule autour de lui. Est-ce que vous avez Billie ? »

Le médecin sourit. Elle sortit des gants en plastique et les enfila.

« Retirez votre blouson, je vous prie. Vous voulez bien faire ça pour moi ?

– Pourquoi ? croassa-t-il.

– Je veux voir votre peau. Vos bras.

– Bras ? » Mais il se déshabilla quand même et les lui montra.

« Quelle drogue avez-vous avalée aujourd'hui ?

– J'ai bu, dit-il. C'est tout.

– C'est pour cela que vous vous battez ? »

Il regarda les mains de la femme dans leurs gants de plastique et elle les retira avec un sourire.

« Êtes-vous fou ? demanda-t-elle gentiment. Je suis ici pour savoir si vous êtes fou. Pour vous aider. »

Scully se contorsionna pour quitter sa position à genoux et se rallonger. Deux heures à rire, il n'arrivait pas à s'en souvenir. Une putain de cellule de prison et un psy. Mauvais.

« D'accord, murmura-t-il. Je ne suis pas Anne Frank.

– Ah. » Elle récupéra son bloc-notes et s'accroupit devant lui.

« Écoutez, pouvez-vous demander aux flics pour ma petite fille ?

– Vous êtes inquiet pour elle, c'est ça ?

– Pouvez-vous juste leur demander ? Maintenant ! S'il vous plaît. »

Par-dessus son épaule, le médecin cria quelque chose en hollandais à l'uniforme dans le couloir. Cela faisait un bruit étrange, réconfortant. La sueur se mit à germer sur tout le corps de Scully. Il se tint la tête.

« Ils disent qu'elle est encore en haut.

– Elle va bien ?

– Il y a quelqu'un avec elle, oui. »

Ces propos ne lui disaient rien qui vaille.

« Quel âge a votre fille ?

– Six. Sept, sept. En juillet. C'est qu'une toute petite fille.

– Vous êtes anglais ?

– Australien, dit-il.

– Vous n'avez ni papiers, ni argent ? »

Il avala sa salive. « Billie. C'est Billie qui a le sac, non ?

– Quel est votre nom ?

– Jésus ! »

Le policier se pencha à l'intérieur et murmura quelque chose en hollandais.

« Il dit qu'il y a un sac et des passeports.

– Je veux m'en aller maintenant », croassa-t-il.

Elle éluda subtilement sa demande.

« Vous êtes déprimé, c'est ça ?

– Oh oui, admit-il. Vous pouvez le dire comme ça. » Ils vont me la prendre, se dit-il. Ces gens-là vont te la prendre si tu ne redresses pas la tête. Mais il vit les yeux de la toubib sur les veines tendues de ses bras, qui les suivaient comme si elles dessinaient la carte de ses voyages désespérés. Elle se demandait s'il allait craquer. Lui aussi ça l'intéressait. Le moment était-il venu que ça arrive, le moment où il exploserait comme une pastèque sous une roue de voiture, pour disparaître dans un rideau de jus gâté ?

« Je veux juste ma fille.

– Elle est en sécurité, le rassura-t-elle d'une voix douce. Elle est en sécurité. »

Il se leva, se déplia, se lécha les lèvres. Elle le regarda traverser la cellule et revenir.

« Pouvez-vous… pouvez-vous me dire votre nom, je vous prie ?

– Oui, dit-il. Oui. »

Le sol granuleux lui fut soudain insupportable. L'idée de Jennifer était tout bonnement une plaisanterie, la simple notion de son existence. Il n'était qu'un trou à vif. Il n'avait rien en dedans, il le savait dorénavant, rien pour déclencher une explosion, nul excès de folle énergie pour le tirer d'ici. Il ne restait plus une goutte de jus, c'est tout.

« Vous venez d'Australie ?

– Oui. »

Elle siffla. « C'est loin.

– Oui », murmura-t-il, ressentant douloureusement cette réalité.

« Depuis… depuis quand êtes-vous en Hollande ? »

Il tenta de réfléchir, de refaire le chemin à l'envers

dans le dédale de rues, de lumières, de bars et il n'arrivait pas à déterminer où tout cela commençait.

« Je le sais, articula-t-il. Je le sais.

– Vous êtes agité.

– J'ai peur », souffla-t-il.

L'uniforme ouvrit la porte et s'adressa au médecin. Scully s'arrêta pour les observer.

« Café ?

– Quelle heure est-il ?

– Deux heures.

– S'il vous plaît. Ne me la prenez pas.

– Calmez-vous.

– Oui », dit-il. Il se mit à pleurer et s'arrêta.

« Vous pouvez pleurer.

– Aujourd'hui, dit-il. Nous sommes arrivés à Amsterdam aujourd'hui.

– Venez, dit-elle. Allongez-vous. » Ses mains étaient chaudes et douces. Elle s'agenouilla près de lui sur le matelas en plastique, et sa lèvre duveteuse s'étira en frissonnant en un sourire. Elle avait l'air abruti de fatigue.

« Racontez-moi, dit-elle, l'Australie. Les animaux avec une poche. J'ai envie de savoir. »

51

Après toutes les questions, Billie resta assise avec sa chope de thé au lait et mangea le gâteau. Il était sec et friable. Les gens entraient et sortaient. Le commissariat de police sentait le désinfectant. Les lumières la faisaient cligner des yeux. Elle était fatiguée. Elle pensait à Dominique, tout ce qu'elle savait sur Dominique. Dominique était jolie. Assez jolie. Elle avait de petites mains et son appartement était rempli de photos tristes. Elle était gentille, Dominique, mais elle te regardait. Soigneusement, comme si elle ne savait pas comment ça marchait, cette chose, comme si elle ne pigeait tout bonnement pas les mômes. Elle regardait Scully parfois. Billie la voyait. Il ne savait pas qu'elle le regardait. Comme s'il était un gâteau ou quelque chose. Peut-être qu'elle l'aimait. Billie s'en fichait. Personne ne l'aimait comme elle, ça c'était vrai.

Dominique avait un grain de beauté sur le bras. Ses chaussures faisaient comme s'écarter quand elle marchait. Le plancher de son appartement était tout en damier de bois. Des fois, quand elle s'amusait dessus avec des petites voitures, Billie levait les yeux et voyait la grande affiche sur le mur du salon. Un visage sombre. Des mots blancs. ATELIER CINQ. PHOTOGRAPHIES. Et le nom de Dominique. LATOUR.

C'était ça. C'était son nom.

Billie posa sa chope et le reste de son gâteau et se dirigea vers le bureau. L'annuaire était là comme une brique. Deux policiers se racontaient des blagues près de la fenêtre.

AMSTERDAM SCHIPOL
TELEFOONGIDS
PTT TELECOM

Elle l'ouvrit, récita son alphabet dans sa tête. Telefoonnummers. Alarmnummers. Des téléphones sonnaient partout sur des bureaux. Une sirène se déclencha juste dehors. Dominique avait mauvaise haleine, c'était ça l'autre chose.

latour, d   herengr. 66279191

La page fit comme le bruit de la pluie en se déchirant doucement le long de la colonne vertébrale. Elle la plia soigneusement en un petit paquet qu'elle rangea dans son sac.

« Tu veux encore du gâteau, Billie ? » cria un des flics, celui de toutes les questions de tout à l'heure.

Elle secoua la tête. Il se détourna pour finir sa blague. Billie déplaça le sac avec le talon de sa botte. Sur la bretelle il y avait le numéro que Scully avait écrit ce jour-là sur la route. Le facteur. Deux numéros, elle avait. Elle s'allongea sur le banc et s'endormit avec les sirènes tout autour. Dans son rêve, elle avait des ailes, des ailes en argent.

52

Scully s'éveilla et Van Loon était encore en train de lui prendre le pouls. Elle avait des vêtements propres et elle sentait le savon.

« Tout cet alcool, dit-elle.

– Oui, dit-il. C'était beaucoup.

– Vous êtes fort. »

Il haussa les épaules, tenta de rassembler un peu d'assurance. « Je me sens mieux.

– Bien.

– Suis-je fou ?

– Pas tant que ça. Triste, peut-être.

– Vous avez l'air triste aussi, dit-il, se surprenant lui-même.

– Non, dit-elle avec un petit rire. Dingue de faire ce boulot.

– Billie est toujours ici ? »

Elle hocha la tête. « Elle est comme vous ?

– Quels seront les chefs d'inculpation ?

– Aucune inculpation. Évitez les godemichés.

– Oui, dit-il humblement. Vous aussi. »

Ils le conduisirent à l'étage à travers des couloirs où régnait de l'air plus frais. Dans l'embrouillamini de bureaux et de cloisons vitrées, il signa des formulaires avec des mains tremblantes. Une faible lumière du jour teintait les fenêtres. Il vit Billie debout près de la vitre. Elle agita imperceptiblement la main, visage contracté. Il ressentit une espèce de remords qu'il n'avait jamais ressenti auparavant, un sentiment d'humiliation qui écrasa jusqu'à son soulagement. Ils auraient pu la lui prendre. Il l'aurait mérité. Il laissa retomber sa tête un instant, incapable de regarder. Les flics avaient l'air soulagé. Il la regarda leur serrer la main. Une nouvelle équipe arrivait, en ordre dispersé. Il sortit pour la retrouver.

53

De la crête des montagnes aux hanches rondes une brume descend, roulant et tournant dans la lumière gelée du matin, et le ciel se heurte silencieusement à la terre tels les morts aux vivants. Les pierres craquent dans les murs de fermes. La glace fait tenir les herbes droites ; les empreintes de sabots du bétail en sont paralysées. Au bas de la vallée, les croix mangées de lichens s'inclinent dans le gazon, et chemins et sentes serpentent après leur ombre. Dans les étables, la fange fume et le lait chaud sourd en tintant. Les champs en pente ondulent jusqu'au chêne dépouillé à la trop gourmande ramure, c'est un lac de boue gelée et pointillée. Audessus, le monolithe sans soleil du château est gouverné par le quadrillage d'oiseaux. Des corneilles s'élancent de l'appui d'une centaine de meurtrières et de fenêtres, pour traverser la petite route et le bois de frênes. Elles se posent sur la cheminée sans fumée de la bicoque sur la colline, et tournent et retournent prudemment la tête. Une sculpture de traces de pneus gelée est fichée dans la boue devant la maison. Une vapeur s'en élève, s'élève de toute surface, de toute chose. Le jour hésite un instant. Rien ne bouge. Puis, du nord, de quelque part, ailleurs, un vent se lève et le jour point.

54

Dans la lumière du matin, un crachin soyeux descendait en oblique entre les ombres des entrepôts vides et déglingués et les mâts des bateaux. Avec l'odeur forte et salée de la mer soufflant sur leurs visages engourdis, Billie et Scully avançaient en contournant des flaques ocres et des vélos estropiés. Sur la levée de terre croûteuse qui surplombait le quai, il y avait des chaises longues déchirées, des grilles de barbecue rouillées et des mauvaises herbes. Une pantoufle argentée émergeait de la saleté. Dans tout le dock, on aurait dit qu'il y avait eu la guerre. Des piles de vêtements et de matelas détrempés, un réveil, des lunettes de soleil tordues, des livres gisant ouverts comme des oiseaux abattus, un ballon de football aplati avec dans le creux une mare d'eau de pluie gelée en train de fondre. À d'immenses fenêtres brisées pendaient des drapeaux entortillés et des draps de lit tachés. Un chien se pressait contre un mur, inquiet, et des bateaux cradingues flottaient sur l'eau comme un peu plus d'ordures.

Ni l'un ni l'autre ne parlait, ils marchaient, c'est tout. Billie écoutait le flic-flac de son lacet défait. Ce n'était pas possible qu'ils parlent, elle le savait.

C'était trop dur, c'est tout. Ils ne cherchaient pas vraiment quelque chose, ils marchaient, c'est tout. Au début, elle l'avait suivi, mais maintenant, c'était elle qui ouvrait la marche. Elle lui fit dépasser le hangar flottant avec l'écriteau BAR qui pendait au bout de sa passerelle de bois glissante. Les mouettes criaient comme des mouettes à la télé. Elle le tenait par la main. Les sous alourdissaient ses poches.

Sur une place balayée par le vent où les pigeons ployaient le cou pour se protéger et où les journaux tourbillonnaient et s'enroulaient sans vergogne autour des jambes des passants, un homme jeune avec un rideau de cheveux et un kilt claquant dans le vent jouait de la cornemuse. Il marquait le rythme avec ses jambes rousses et ses cheveux rouges étaient magnifiques derrière lui. Le bourdonnement sifflant de la cornemuse se répandait sur la foule étonnée et planait dans l'air au-dessus de lui, un son solitaire, ici au milieu des briques sobres.

Scully et Billie poursuivirent leur marche.

Au bout de la ruelle, il y avait un panneau et Billie entendit le crescendo d'une musique d'autrefois, une musique de film en noir et blanc avec costumes et cravates, alors elle le tira par la main pour l'emmener à l'abri du vent, sous le panneau qu'il lut en passant d'un marmottement monotone.

« Gebed Zonder End. »

Une grande bouffée d'air tiède leur souffla au visage quand ils pénétrèrent dans le bar avec ses odeurs de café, de gâteaux, de parfum, de jean.

Billie sentit le sable sous ses pieds et vit les chaleureuses parois de bois, les tabourets, les visages humains, ronds, aux joues luisantes. Elle toucha une table aux bords abîmés qu'elle suivit du plat des deux mains avant de s'asseoir. Pendant un moment, Scully demeura debout au-dessus d'elle comme s'il avait oublié comment il fallait faire pour s'asseoir, puis il toucha la table et se glissa sur une chaise en clignant des paupières. Billie posa de l'argent sur la table et ils commandèrent le petit déjeuner. Café, croissants, fromage, jambon, viande froide.

« Plus de course-poursuite, dit-il. C'est promis. »

Billie mit ses doigts dans les trous du fromage. « Ils voulaient savoir des choses, dit-elle. Tout plein de choses. »

Il pressa du pain bis sur son assiette. Lorsqu'il retira la main, elle vit les empreintes qu'il y avait imprimées.

« J'ai tellement honte, Billie. »

Elle hocha la tête. « Je sais. »

Il y eut encore du silence. Elle l'observait chercher ses mots. Ses grandes mains étaient posées sur la table. Elle les reconnaîtrait n'importe où. Quelqu'un avait dit qu'on avait le cœur de la taille de son poing. Elle fit coulisser la fermeture Éclair de son sac.

« Tiens », dit-elle en lui tendant le pliage de papier.

« Qu'est-ce que c'est ? »

Ça ressemblait à une fleur, là, dans la paume de sa main. Billie espéra qu'il ne voyait pas comment cette fleur tremblait.

55

Billie l'aperçut tout de suite. Avant même qu'ils aient traversé la rue étroite, traînant des pieds comme des vieux sur les pavés, devant tous ces hôtels confortables et tous ces cafés, elle l'aperçut et s'arrêta. Elle entendit des gosses taper dans un ballon de football sur la place de l'autre côté de la passerelle. Un oiseau gazouillait dans l'arbre nu au-dessus des voitures en stationnement sur les berges du canal et quelque part une sonnette de vélo tinta. Billie trouva une borne et s'assit dessus, l'humidité commençait à traverser son jean. Scully poursuivit son chemin le long de la rive, les cheveux fous comme un soleil, le visage incertain, comme s'il ne savait pas s'il devait regarder ou pas. Elle l'observa trouver la péniche, la rouge avec l'épais matelas de feuilles d'automne pourrissantes sur le toit, celle qui avait cet air penché idiot comme la véranda de grand-mère, et il se redressa un instant, clignant des yeux.

« Celle-là », dit-il.

Billie détourna les yeux et vit des canards qui formaient des V dans l'eau noire. Elle pensa à tous les endroits qu'elle avait vus et qu'elle ne savait pas comment appeler, tous les appartements, les hôtels, les maisons dans des rues qu'elle ne pouvait pas prononcer, des villes qu'elle ne connaissait pas, où les gens parlaient des langues qu'elle ne comprenait pas. Tous ces gens qu'elle ne connaissait même pas. Toutes ces gares, tous ces restaurants, ces aéroports, ces ferries qui avaient l'air vraiment tous pareils.

« On est passés devant hier, dit-il d'une voix calme.

– Oui.

– Il a l'air abandonné, non ? »

Elle haussa les épaules. Elle avait froid maintenant et elle était triste.

« C'est drôle, murmura-t-il. C'est comme si j'avais la chair de poule. »

Billie regarda la jolie passerelle peinte en vert avec ses rambardes arrondies. Elle entendit le bruit des bottes de son père sur le pont et tourna la tête vers lui pour le voir frapper à la porte en bas du petit escalier de bois. Peut-être que ça faisait cet effet d'être un ange, d'être triste de venir en aide, triste d'en finir. Il grimpa sur le pont et mit ses mains en visière devant des hublots et des fenêtres.

« Viens ici, Billie. »

Elle s'accorda quelques secondes de réflexion. Cette agence de voyages était par ici, quelque part.

« Bill ? »

Elle avait confiance en lui. S'il y avait quelqu'un là-dedans, elle devait croire qu'il la comprendrait. Elle ne rendrait pas Scully. Il avait promis. Elle lui faisait confiance. Mais son cœur s'accéléra quand même.

« Billie ? »

Elle entendit la vitre se briser au moment où elle posait prudemment le pied à bord et longeait la main courante jusqu'à l'endroit où se tenait Scully, un vieux barreau de chaise à la main. Des canards prirent leur essor au-dessus de l'eau. Des bicyclettes passèrent et là-bas derrière les voitures garées quelqu'un rit.

« Tu vas te glisser à l'intérieur, ma fille. Tu es plus petite.

– Est-ce qu'on vole ? » demanda-t-elle, s'en moquant un peu à vrai dire.

« Non, on regarde juste. Attention au bord – il est coupant. »

Billie entendit son blouson se déchirer quand elle se contorsionna pour entrer avant de tomber brusquement la tête la première. Elle poussa un cri mais le sofa se trouvait en dessous, humide et qui sentait le moisi.

« Ça va ?

– Oui.

– Ouvre la porte. »

Billie regarda autour d'elle. C'était comme une grande caravane là-dedans. Des rideaux, des placards, un bureau et une vraie table pour manger avec des chaises. Et des photos. Les photos de Dominique dans des cadres sur les murs.

« Billie ! »

Elle obéit, se laissa glisser à bas du sofa et reçut le choc de l'eau froide autour de ses chevilles. L'eau entra dans ses bottes et lui piqua les orteils.

« Elle coule !

– Ouvre la porte, ma chérie. »

Elle pataugea jusqu'à la porte d'entrée et tâtonna avec la poignée.

« Tu y es ? »

Ses pieds commençaient à lui faire mal et ses

genoux s'entrechoquaient. La porte s'ouvrit en faisant une petite vague qui monta plus haut le long de ses mollets et clapota doucement contre l'autre côté. Billie grimpa sur une chaise et il entra, les yeux écarquillés, et elle vit toute la tension disparaître de son visage. Personne n'était venu ici depuis longtemps. Il avait l'air choqué, soulagé et agité. Son visage changea comme le ciel. Elle le regarda ouvrir la porte près de la table. Une espèce de cuisine. L'autre porte c'étaient des toilettes. Voilà. C'était comme la fin d'un tunnel ici en bas.

Scully revint en pataugeant jusqu'à la couchette en laiton fixée contre la cloison. Au centre du couvre-lit gisaient une chaussette sale toute seule et un pull-over bleu ciel qu'il ne reconnaissait que trop bien. Il le ramassa doucement et pressa le cachemire contre son visage. Il sentait les frangipaniers, le soleil, toute sa vie perdue. Scully se coucha sur le lit et se cacha le visage. Voilà ce qu'on ressentait dans les secondes où l'on mourait, le bœuf sur le plancher d'abattage avec des volts plein la tête. Juste la chute. La gosse près de lui, ses petits doigts dans ses cheveux, son petit corps faisant pression, la pression du monde du dehors, du monde des vivants.

« Tu me suffis », dit-elle.

Il l'entendit, très haut au-dessus de lui, pendant qu'il perdait l'équilibre dans l'espace.

56

Tout au long de la silencieuse journée, pendant que la pluie glissait le long des vitres et entrait en gouttelettes tintinnabulantes par l'écoutille cassée, il resta allongé là et elle le surveilla. Il ne bougeait pas du tout, sauf pour soupirer ou renifler ou remuer les lèvres sans parler. Parfois, des larmes sourdaient de ses yeux étroitement fermés, mais il ne prononça pas un seul mot. Billie pensait à Quasimodo – c'était plus fort qu'elle –, son squelette comme une clôture d'os sur la tombe de la bohémienne. On pouvait mourir d'avoir eu le cœur brisé, Billie le savait.

Elle fabriqua un chemin de chaises du lit à la table et retira ses bottes gorgées d'eau et ses chaussettes. Ses pieds étaient gris et marbrés. Elle ouvrit des tiroirs et des placards, trouva tout en haut des chaussettes et des pull-overs encore secs. Elle superposa tellement de vêtements qu'elle se sentait comme le bonhomme Michelin mais elle avait chaud.

Sur des étagères, elle trouva des rouges à lèvres, des cartes postales, des pinceaux, des boîtes Kodak et des petits canards en porcelaine. Il y avait un grand carton plat plein de photos de Dominique. Elle le posa sur la table et les feuilleta d'une main prudente.

C'étaient des gens, pour la plupart, et des rues qui ressemblaient à Paris. Il y en avait une de Marianne assise dans un fauteuil blanc. Sa bouche faisait comme un trait de crayon au milieu de sa figure. Elle en trouva une d'elle, Billie, avec ses cheveux grands comme un chapeau et son visage plein de rire. Comme son visage était lisse à cette époque. Elle toucha la photo du bout des doigts et le petit pépiement qui sortit de sa gorge la fit sursauter dans le silence clapotant.

Dehors, des canards passaient en pédalant et en riant entre eux. Des sonnettes de vélos tintaient comme des chèvres dans la montagne.

Billie continua à feuilleter lentement les photos. C'était comme voir avec les yeux de Dominique. Elle faisait attention, en regardant. On pouvait voir qu'elle regardait longuement chaque détail. Ces photos te faisaient regarder comme ça, les hanches du fauteuil, tes yeux, grands et chaleureux, le visage tacheté de peinture de ton papa, au café, avec la tasse qui brillait sous son menton. Oui, son grand sourire rigolo. C'était lui. Elle se demanda si tout le monde le voyait comme elle le voyait, comme Dominique et l'appareil photo le voyaient.

Il y avait des photos d'eux, tous ensemble dans un cimetière. Elle se souvenait du jour. Scully en avait une dans son portefeuille. Leurs figures ressemblaient à des lunes à force de rire. La croix derrière eux avait des veines. Ça ressemblait à une fleur de pierre.

Et puis, sans y être préparée, Billie arriva aux photos d'Elle. C'était brutal et effrayant. Les fesses de Billie se fermèrent et ses cicatrices se tendirent mais son cœur ne s'arrêta pas de battre. Pendant un moment, elle haleta seulement en se tenant à la table. Puis elle les compta, sept photos. Sur la première, Elle était dans la rue, à Saint-Paul, en petite robe. Elle faisait un tout petit sourire avec ces lèvres qui se pressaient contre ton oreille à l'heure d'aller au lit. C'était un visage qui bougeait, des yeux qui te suivaient de l'autre côté de la table, qui s'inquiétaient pour toi, qui se demandaient comment tu allais. Il y avait du sang sous cette peau. Mais c'était la seule photo de l'été. Dans les autres, un peu plus chaque fois, à mesure que l'hiver la rendait plus belle, tu la voyais se changer en pierre. Son menton devenait figé, ses yeux sombres comme du marbre, ses joues brillaient fort comme quelque chose aux Tuileries.

Sur la dernière photo, elle était tout près, au ras de ta figure, et elle pressait un doigt sur ses lèvres.

Il avait cessé de pleuvoir dehors et les canards étaient partis. Billie regarda l'écoutille brisée puis tendit la main pour toucher l'humidité tout autour. Puis elle fourra toutes les photos dehors par l'ouverture, et les vit s'envoler, frôler le pont, glisser et se poser comme des nénuphars sur l'eau.

Un bateau passa dans un bruit de moteur. L'eau sombre et malodorante monta vers elle en une vague écumeuse et s'en alla clapoter contre murs et placards, reflua et revint à l'assaut, plusieurs fois, jusqu'à ce qu'elle se fatigue toute seule et que la moquette à longs poils redevienne molle comme des algues.

Billie fit de petits tas de sous de toutes les couleurs et de toutes les sortes. Elle récupéra le carnet d'adresses et le défroissa proprement près de l'argent. À côté de tout ça, elle déposa sa B.D. du Bossu, puis vida le reste du sac dans l'eau : trognons de pommes, souches de tickets, peluches.

Dans la cuisine, elle ouvrit un bocal d'olives et une boîte plate de sardines qui sentait fort. Elle trouva un bocal de confiture rouge dure qu'elle mangea avec une cuillère. Les noyaux d'olives, elle les cracha contre les murs jusqu'à en avoir mal aux lèvres. Elle voulut allumer le réchaud mais, ne parvenant pas à le faire fonctionner, elle renonça à lui faire du café et regagna acrobatiquement le lit par son pont de chaises. Scully respirait toujours, mais il avait les yeux hermétiquement clos. Elle disposa de petits morceaux de nourriture pour lui et le secoua doucement, mais il ne faisait que frissonner. Il n'ouvrit pas les yeux, ne regarda pas la nourriture. Billie s'assit près de lui et tint ses mains moites dans les siennes jusqu'à ce que l'air devienne plus froid et plus dur et que ses cicatrices brûlent et serrent. Quand les frissons de Scully s'aggravèrent, elle fouilla dans les placards du haut et trouva des manteaux poilus et des pulls distendus qu'elle empila sur lui jusqu'à ce qu'il soit presque invisible.

De temps en temps, elle testait l'eau par terre avec un manche à balai. Le niveau montait. L'air était pas possible de froid.

Elle le regarda. À l'intérieur de son nid, sous sa peau, il cherchait encore, il cherchait toujours. Peut-être que quelque part dans sa tête il chercherait toujours. On ne pouvait pas lui en vouloir. Peut-être cela lui arriverait-il à elle aussi. Billie se demanda si elle serait jamais suffisante pour lui.

Il ouvrit un instant les yeux et jeta autour de lui un regard hébété, comme quelqu'un qu'on vient d'extraire d'un carambolage de voiture.

« Moi », dit-elle.

Il plissa les yeux un moment et la regarda.

« Tu m'entends ? »

Ses paupières papillonnèrent et il repartit.

Tard dans l'après-midi, une brume descendit sur l'eau et noya les voitures en stationnement, les arbres squelettiques, les maisons, les clochers. Billie était assise à la table, claquant des dents, feuilletant le carnet d'adresses sale, disant les noms dans sa tête pour elle toute seule. Le silence était profond à présent et la brume se déplaçait par moments sur l'eau comme pour laisser passer des choses invisibles. L'haleine de Billie devint un brouillard dans la lumière mourante, et puis ce fut la nuit. Elle demeura assise là un moment, dans la nuit qui sombrait et tout d'un coup le téléphone au mur stridula comme une cigale.

Billie décrocha. L'écouteur lui brûla le visage.

« Allô ? »

Elle écouta le silence de brouillard au bout du fil.

« Allô ? »

Elle entendit le clic du récepteur puis le bip de la tonalité. Elle avait la gorge écorchée par l'air. Elle tâtonna pour retrouver son chemin de chaises jusqu'au lit penché et grimpa près de son papa qui avait l'air réveillé, et vivant, et avec elle. C'était bizarre de se sentir à ce point heureuse, c'était bizarre, et bon, et ça donnait envie de dormir.

57

Il faisait froid là où Scully était arrivé, et l'énorme poids mouvant de la terre se pressait contre lui de tous côtés, réconfortant dans le noir. Ses membres étaient vissés à l'intérieur de lui, sa langue appuyait contre son palais et il sentait la soudure glaciale de ses paupières sur son visage, la rétraction de ses testicules, de ses mamelons, de ses poumons. Pieds, mains, pierres, villes, arbres se penchaient sur lui en couches. Les aliments dans ses tripes se changeaient en charbon, un insecte n'arrêtait pas de bourdonner, de bourdonner dans un été impossible. Le bruit qu'il faisait, le simple claquement sec qu'il faisait donnait à la terre le parfum divin des frangipaniers et il sentit ses veines se resserrer comme des lanières de cuir. Un insecte solitaire et vivant. Qui appelait.

Ensuite, dans le silence montant, il s'éveilla à la respiration morte de la nuit. Il entendit, en haut, le tintement de sabots sur le silex des pavés. Billie dormait près de lui, les doigts accrochés dans les mailles lâches de son pull torsadé, comme si elle avait tenté de le soulever, de l'élever. Son haleine avait une odeur aigrelette de saumure. Il nicha sa joue contre la sienne et sentit la vie en elle. Il eut l'impression que ses doigts étaient tannés et cassants lorsqu'il les glissa dans les nœuds marins de ses cheveux. Un cheval s'ébroua. Scully trouva la main de Billie, installa son pouce au creux de sa paume. Le pouls de l'enfant, ou bien le sien, battait paisible et chaud. Au-dessus de lui, il entendit les murmures graves, monocordes des hommes et le pas nonchalant des chevaux. Son souffle restait suspendu au-dessus de son visage. Il faisait un froid de souterrain, doux et mortel. Même éveillé, il en était tout assoupi. Le martèlement des sabots s'éloigna pour laisser la place à un silence neuf. Il n'y avait même pas le bruit du canal contre la coque, rien que son propre souffle vivant.

Puis il se raidit. Surgis du silence, des bruits de pas. C'était des bottes, des bottes à talons durs, qui remontaient le long des bords pavés du canal, répercutant leur claquement contre les murs élevés des maisons bordant le Herengracht pendant que les membres de Scully se durcissaient en les reconnaissant.

Il dénoua les doigts de Billie, se glissa hors du cocon qu'elle avait bâti pour eux et le ramena autour d'elle dans la lumière aquatique qui filtrait de l'extérieur. Avec régularité, le long de la berge du canal, ces pas approchaient tandis que Scully se glissait hors du lit et recevait le choc de l'eau de cale oubliée. Dieu Tout-Puissant. Il dut se retenir pour ne pas hurler, mais l'explosion de son souffle résonna quand même dans l'espace sépulcral comme un coup de poing à l'estomac. Ce putain de bateau coulait. Il sentit contre ses mollets les croûtes de la glace en formation, à moins que ce ne fussent des ordures, pendant qu'il pataugeait à l'aveuglette pour atteindre la montée.

Il entrouvrit l'écoutille et goûta l'air plus froid du dehors. Ses pieds se consumaient pendant qu'il écoutait. De temps en temps, les talons résonnaient, maladroits, sur la surface inégale des pavés. Ses chaussettes laissaient échapper de la vapeur. Dehors, le bruit des pas s'arrêta, tout près.

Sur le pont, les feuilles pourries étaient traîtresses. Une brume noyait la tête des réverbères et étouffait le ciel de sorte que le seul éclairage, atténué, provenait de colonnes de lumière jaune. Elles projetaient des flaques semblables à celles que laisse la marée, entre les Opel et les Volkswagen en stationnement, sur la bande de pavés, là-bas, où un gâteau fumant de crottin de cheval apparaissait entre les corps nus des ormes.

L'air était opaque, à rendre fou. Quelqu'un là dehors. Scully scruta jusqu'à ce qu'il aperçût des briques. L'éventail de lumière d'un réverbère, une impression d'angle de rue, oui, la ruelle étroite là, il s'en souvenait. Le sang battait dans son cou. Il distingua une borne de circulation, du fer forgé, la surface de biscuit plat d'un mur de maison en briques. La brume se déplaçait sur elle-même, sulfurique dans ses narines. Il la voyait décapitant les toits joyeux de la ville. Il avait besoin de voir. De voir clairement. Ce n'était pas la peur de se sentir surveillé ainsi, mais il avait besoin de savoir.

Hébété, Scully fit en clopinant le tour du pont recouvert de feuilles, en se dissimulant comme il le pouvait derrière la cabine. Un canard solitaire prit son envol au milieu de l'eau, le giflement de ses ailes rappelant la verge d'antan à l'école. Sur le pont avant, il s'accroupit près d'un rouleau de cordage décoratif et du matériel de pêche pourri et il aperçut la jambe revêtue de jean là-bas dans le faisceau de lumière au coin de la rue. La botte à bout pointu désincarnée par la brume et l'angle de vue. Son souffle s'accéléra. Il était calme mais son corps était plombé.

Il estima le bond pour atteindre le quai. Il était proche, enfoui sous une fourrure de brume, mais tout proche. Un mètre vingt environ. Puis vingt, vingt-cinq mètres jusqu'au coin de la rue. Ses mollets se bloquèrent.

Mais il attendit. Était-il visible ? Cela paraissait improbable. Il apercevait un genou à présent. Une fraîche bouffée de réminiscence. Il ne broncha pas. Observa. Il compta jusqu'à vingt, quarante, quatre-vingt-dix. Le crissement d'un lourd manteau de cuir. Et si elle s'avisait de traverser l'espace pavé la séparant de la passerelle, de pousser tout simplement ce mur de bienséance protestante, de s'avancer et d'appeler tout fort ? Que se passerait-il, comment agirait-il ?

Il entendit les orteils de ses chaussettes gelées glisser sur le dépôt grumeleux et vaseux du pont avant. Il empoigna le métal brûlant de la main courante, prêt.

C'est alors que la botte pivota, révélant un talon large, droit et modérément haut, puis deux. Il y eut un gémissement de cuir tout à fait de ce monde et une friction sur les pavés. Dans le cercle de lumière étranglée, la chevelure et l'éclat lunaire de la peau se brouillèrent lorsque la silhouette se détourna tranquillement pour remonter la rue adjacente et disparaître, laissant dans son sillage un bruit de pas qui fit démarrer Scully au quart de tour. Il s'élança et perdit l'équilibre, s'envola et retomba, face contre terre sur le plat-bord, dans le chanvre, la vase et les feuilles pourries. Il se débattit en vain durant quelques secondes, puis renonça. C'était simple. Il abandonnait la partie, et il écouta avec un soulagement amer le bruit de ces bottes résonnant dans la brume, se répercutant contre les hautes briques au-dessus du Herengracht et dans la nuit étouffée.

C'était en lui de se lever, il avait en lui la volonté, la pure et imbécile obstination de le faire, mais il entendit cogner les meubles en bas et s'allumer la lumière, et ce fut assez pour qu'il reste couché là, vivant dans le froid, à sentir la haussière contre son visage.

Lorsqu'il descendit avec raideur les marches menant à la cabine inclinée, Billie brandissait la flamme vacillante du briquet de plastique vert et moussu pour lui éclairer le chemin jusqu'à une chaise. Elle avait son sac sur la table et le téléphone à la main. Il cligna des yeux dans la lumière étrange et retira ses chaussettes. Son menton barbu tremblait un peu, mais ses yeux étaient clairs.

« D'accord, murmura-t-il. D'accord. »

Billie n'aurait su dire s'il s'agissait d'une question ou d'un ordre, mais elle serra le récepteur contre son oreille et continua quand même à composer le numéro. De minuscules vagues heurtaient les meubles. Elle le regarda ouvrir des placards pour trouver des chaussettes. Elle souleva ses propres pieds emmitouflés et les agita sous son nez. Au bout du fil, après les bruits des océans, de la terre, et du ciel, un homme dit :

« J'espère que c'est pour de bon, c'te fois. Bon Dieu de bon Dieu, j'espère bien ! »

VI

Car l'ange qui courtise la glaise
Au jour naissant
Perdra ses ailes...

« Raglan Road »

58

La pluie, de grands andains de pluie métallique fauchée en plein ciel s'abattaient pendant que le vieux Transit faisait gicler la boue sous les tunnels d'aubépine, dans les virages fangeux, devant les rangées de peupliers, de chênes, de mélèzes. Des rideaux de boue s'élevaient à chaque tournant et les essuie-glaces balayaient le pare-brise en trépidant. Ils allaient, par les petites villes grises aux HLM écrasées par le froid, par les bungalows au crépi moucheté et les haciendas espagnoles bâtardes avec leurs allées goudronnées dans l'étrange vert pur de la terre. Ils dépassèrent des campements de voyageurs sur le bord de la route, avec leurs ânes misérables attachés sous la pluie aux clôtures des autres, et partout il y avait des ruines mangées par les ronciers et le lierre, des murets écroulés, des croix penchées et des monticules semblables à des kystes enfouis sous la terre. La pluie.

Personne ne parlait. Tous trois suçaient soigneusement les bonbons à la menthe qu'ils se partageaient depuis Dublin et frottaient de leurs doigts gantés le pare-brise qui s'embuait.

Peter Keneally conduisait prudemment. C'était

comme transporter de la porcelaine tendre. Chaque nid de poule dans les routes de la République le faisait tressaillir et il leur jetait un regard furtif à tous les deux, assis près de lui. Ils avaient les joues creuses, c'était rien de le dire. L'ombre d'eux-mêmes. Les cicatrices de la petite faisaient comme des taches soyeuses de soleil. Elle avait une encoche bizarre dans les cheveux, sur le devant, juste là, à hauteur de son coude. Un visage de sainte, Seigneur. De temps à autre, la jungle de ses cheveux se posait sur son bras et lui donnait envie de chanter. Scully s'était coupé en se rasant, ce qui n'était guère étonnant à voir la façon dont ses mains tremblaient. Il avait les yeux injectés de sang, à vif comme des boulettes de viande crue, et les vêtements qu'il portait n'étaient manifestement pas les siens. Il avait l'air d'avoir vu le diable, mais une sorte de sourire pâle s'installa sur son visage quand ils arrivèrent en contrée familière.

Dans le fond plat de la vallée, avant la longue montée vers le Leap, avant même que la route ne s'élargît pour contourner l'épouvantail d'arbre planté au milieu de la chaussée, Scully dégrafa sa ceinture de sécurité et se pencha pour lui toucher le bras. Peter ralentit.

Billie le regarda mettre pied à terre sous la pluie cinglante et glacée à l'endroit où le fourgon s'arrêta, juste là près de ce drôle d'arbre avec des petits bouts de machins dedans. Ses cheveux s'aplatirent, ses épaules ruisselèrent d'eau, mais il n'avait pas l'air de vouloir se presser. Les essuie-glaces se démenaient devant elle et elle l'observa tendre la main vers quelque chose dans les branches.

« Ah, voilà », dit l'homme à côté d'elle.

Elle vit le chiffon dans les mains de son père, le regarda choir mollement dans la boue à ses pieds. Elle suçait son bonbon.

Dehors sous la pluie, Scully se tenait à l'arbre en se demandant comment cela pouvait se produire, comment il se pouvait qu'on arrêtât de s'interroger soi-même, d'interroger les amis, d'interroger Dieu.

59

C'était la première nuit de l'année. Scully s'éveilla tout d'un coup, garda les paupières closes et écouta le silence étonnant de la maison. Le calme était si intense qu'il entendait les battements de son propre cœur, sa respiration bruyante comme une forge. Il ouvrit involontairement les yeux et vit, sur les lames du plancher, une lumière curieuse. Elle montait sur le mur aussi, comme un clair de lune tamisé. Puis il vit l'oreiller avec son empreinte vide à côté de lui et il se jeta d'un bond hors du lit, sa peau nue se rétractant sous l'assaut du froid.

Il se rua dans la chambre de Billie et alluma la lumière d'une tape. Le petit lit était défait. Les bottes et les papiers de Billie éparpillés par terre, ses jouets soigneusement alignés. Au bas de l'escalier, il sentit ses genoux tressauter sous l'effet de la tension, et il entra en trébuchant dans la cuisine puis la salle à manger qu'il trouva désertes, tous feux éteints. Il remonta quatre à quatre dans sa chambre pour vérifier de nouveau dans son lit et c'est là qu'il passa devant la fenêtre sans rideau et qu'il vit le monde métamorphosé en dessous. Il essuya la vitre de la main. Dans le miracle étincelant de la neige, une petite silhouette sombre descendait lentement la colline et par-delà le bois, par-delà son souffle qui embuait la vitre, il vit les lumières arriver de l'autre côté de la vallée, et les montagnes se dresser blanches et spectrales dans le lointain glacé.

Pieds nus, il partit, sans rien d'autre qu'un peignoir de bain sur lui. La neige était douce, propre et suffisamment froide pour anesthésier au bout d'un moment la douleur de ses pieds. Il heurta des pierres et des branches tordues qui pointaient, traîtresses, dans le bois de frênes, mais il ne sentait rien. Le ciel était une simple écuelle au-dessus de sa tête, son haleine une colonne de fumée qui le guidait sur les traces de pas de Billie.

Il la découvrit près de l'ancienne station de pompage dans l'enceinte du château. Les murs en ruines étaient rebâtis en neige, soudés par la neige aux haies qui avaient l'air aussi solides que la pierre, un nouvel édifice surgi dans la nuit. Elle était tout habillée et immobile, ses bottes en caoutchouc noires miroitant dans la lumière des torches des cavaliers qui se tenaient, en rangs mornes et désolés, face au donjon. Elle se tourna et l'aperçut, esquissa un sourire hésitant.

Billie regarda les pieds nus de Scully, son corps frissonnant, tandis qu'il continuait à descendre la pente en direction des hommes et de leurs chevaux fatigués. Les petits feux craquaient au bout des torches en bois, de la vapeur jaillissait des naseaux des chevaux, et on voyait bien leurs flancs ruisselants et les auréoles de sang noir. Certains des cavaliers n'étaient que des gosses, et il y avait des femmes aussi, çà et là, leur visage rond et sale brillant à la lueur des flammes, leurs yeux levés larges comme des pièces de monnaie. Scully descendit parmi eux, posant ses mains sur le flanc des chevaux en parlant, disant des choses qu'elle ne pouvait pas entendre. Des questions, on aurait dit.

Billie voyait des haches et des lances, des membres bandés, mais elle n'avait pas peur. La chevelure des cavaliers était blanche de neige, et la neige faisait comme un glaçage de gâteau sur leurs épaules et sur la crinière de leurs chevaux. Leurs boucliers et leurs jambières étaient maculés de boue et de neige, et le cliquetis des brides et des mors la faisait frissonner comme un claquement de dents.

Il leur ressemblait, elle le voyait à présent. Avec ses bras et ses cheveux fous, ses gros yeux qui pleuraient dans la lumière des flammes, levés comme les leurs vers les fenêtres désertes du château, il était presque l'un d'eux. En attente, vaincu, déçu. Sauf qu'il avait la peau rose et propre d'un vivant. Ça et le peignoir en éponge.

Scully les reniflait, les cavaliers et leurs montures. Il reconnaissait leur sang, leur merde, leur sueur et leur peur, et son regard sondait avec le leur le cœur mort du donjon du château, dont les ailes, à l'est et à l'ouest, étaient liées par du lierre et des frênes fantomatiques et enneigés, dont les corneilles ne bougeaient pas, dont la lumière ne s'allumait pas et dont la réponse ne venait pas. Il les connaissait désormais et il comprit qu'ils seraient là tous les soirs, visibles ou invisibles, patients, obstinés dans leur foi, par tous les temps et dans tous les mondes, attendant une chose promise, une chose qui leur était clairement due, mais il savait, avec autant de certitude qu'il sentait Billie le tirer par la main, enrouler ses doigts autour des siens et l'entraîner doucement à l'écart, qu'il ne compterait pas parmi eux et qu'il ne devrait jamais le faire, ni dans cette vie ni dans la mort.

C'est seulement une fois qu'ils eurent remonté la colline, deux silhouettes noires sur la neige blanche sous l'ombre de leur maison, que les pieds de Scully commencèrent à le faire souffrir.

Rivages poche / Bibliothèque étrangère

Harold Acton	*Pivoines et Poneys* (n° 73)
Sholem Aleikhem	*Menahem-Mendl le rêveur* (n° 84)
Kingsley Amis	*La Moustache du biographe* (n° 289) *Sur la fin* (n° 404)
Jessica Anderson	*Tirra Lirra* (n° 194)
Reinaldo Arenas	*Le Portier* (n° 26)
Beryl Bainbridge	*Georgie* (n° 367)
James Baldwin	*La Chambre de Giovanni* (n° 256)
Melissa Bank	*Manuel de chasse et de pêche à l'usage des filles* (n° 326)
Quentin Bell	*Le Dossier Brandon* (n° 102)
Stefano Benni	*Baol* (n° 179)
Ambrose Bierce	*Le Dictionnaire du Diable* (n° 11) *Contes noirs* (n° 59) *En plein cœur de la vie,* vol. I (n° 79) *En plein cœur de la vie,* vol. II (n° 100) *De telles choses sont-elles possibles ?* (n° 130) *Fables fantastiques* (n° 170) *Le Moine et la fille du bourreau* (n° 206)
Elizabeth Bowen	*Dernier Automne* (n° 265) *Eva Trout* (n° 358) *L'Adultère* (n° 376)
Paul Bowles	*Le Scorpion* (n° 3) *L'Écho* (n° 23) *Un thé sur la montagne* (n° 30)
M. E. Braddon	*Le Secret de lady Audley* (n° 340)
Louis Buss	*Le Luxe de l'exil* (n° 327)
Robert O. Butler	*Un doux parfum d'exil* (n° 197) *Étrange Murmure* (n° 270) *La Nuit close de Saigon* (n° 296) *La Fille d'Hô Chi Minh-Ville* (n° 339)
Calamity Jane	*Lettres à sa fille* (n° 232)
Peter Cameron	*Week-end* (n° 245)

	Année bissextile (n° 303)
	Andorra (n° 433)
Ethan Canin	*L'Empereur de l'air* (n° 109)
	Blue River (n° 157)
Truman Capote	*Un été indien* (n° 9)
Willa Cather	*Mon ennemi mortel* (n° 74)
	Une dame perdue (n° 101)
	Destins obscurs (n° 117)
	La Mort et l'Archevêque (n° 144)
	Mon Ántonia (n° 159)
	La Maison du professeur (n° 217)
	L'Un des nôtres (n° 285)
	Des ombres sur le rocher (n° 337)
Daniel Chavarría	*Madrid cette année-là* (n° 341)
G. C. Chelli	*L'Héritage Ferramonti* (n° 290)
Rafael Chirbes	*Tableau de chasse* (n° 316)
Fausta Cialente	*Les Quatre Filles Wieselberger* (n° 10)
Barbara Comyns	*Les Infortunes d'Alice* (n° 94)
Joseph Conrad	*Le Duel* (n° 106)
Lettice Cooper	*Une journée avec Rhoda* (n° 137)
	Fenny (n° 264)
G. Culicchia	*Patatras* (n° 227)
	Paso Doble (n° 309)
Silvio D'Arzo	*Maison des autres* (n° 78)
Robertson Davies	*L'Objet du scandale* (n° 234)
	Le Manticore (n° 260)
	Le Monde des Merveilles (n° 280)
	Les Anges rebelles (n°435)
A. Davis-Gardner	*Un refuge en ce monde* (n° 118)
	Felice (n° 203)
Andrea De Carlo	*Oiseaux de cage et de volière* (n° 178)
Walter de la Mare	*L'Amandier* (n° 108)
	Du fond de l'abîme (n° 141)
	À première vue (n° 219)
D. Del Giudice	*Le Stade de Wimbledon* (n° 209)
Erri De Luca	*Une fois, un jour* (n° 119)
	Acide, Arc-en-ciel (n° 201)

	En haut à gauche (n° 251)
	Tu, mio (n° 315)
Alfred Döblin	*L'Assassinat d'une renoncule* (n° 25)
H. von Doderer	*Un meurtre que tout le monde commet* (n° 14)
Michael Dorris	*Un radeau jaune sur l'eau bleue* (n° 121)
Karen Duve	*Déluge* (n° 405)
J. M. Falkner	*Le Stradivarius perdu* (n° 153)
Sergio Ferrero	*Le Jeu sur le pont* (n° 370)
	Dans l'ombre (n° 410)
Eva Figes	*Lumière* (n° 5)
Ronald Firbank	*La Fleur foulée aux pieds* (n° 304)
	Les Excentricités du cardinal Pirelli (n° 305)
Richard Ford	*Rock Springs* (n° 220)
Janet Frame	*Les hiboux pleurent vraiment* (n° 375)
Mavis Gallant	*Les Quatre Saisons* (n° 82)
	Voyageurs en souffrance (n° 175)
	L'Été d'un célibataire (n° 205)
	Chroniques de Mai 68 (n° 246)
Jane Gardam	*La Dame aux cymbales* (n° 276)
William Gass	*Au cœur du cœur de ce pays* (n° 146)
Kaye Gibbons	*Ellen Foster* (n° 4)
	Une femme vertueuse (n° 31)
Barry Gifford	*Les Vies parallèles de Jack Kerouac* (n° 81)
	Paysage avec voyageur (n° 133)
Lars Gustafsson	*Musique funèbre* (n° 135)
Thomas Hardy	*Les Yeux bleus* (n° 371)
MacDonald Harris	*La Valise de Hemingway* (n° 149)
Robert Hellenga	*Les Seize Voluptés* (n° 415)
C. Isherwood	*Le Condor* (n° 28)
	Octobre (n° 284)
Henry James	*Mémoires d'un jeune garçon* (n° 27)
	Owen Wingrave (n° 36)
	Le Dernier des Valerii (n° 62)
	Un épisode international (n° 97)
	Carnet de famille (n° 292)
	La Tour d'ivoire (n° 355)
Diane Johnson	*Nuits persanes* (n° 185)
Elizabeth Jolley	*L'Héritage de Miss Peabody* (n° 87)

	Tombé du ciel (n° 131)
	Foxybaby (n° 161)
	Le Puits (n° 282)
Francis King	*La Maison des ténèbres* (n° 349)
B. Kingsolver	*L'Arbre aux haricots* (n° 224)
	Les Cochons au paradis (n° 242)
	Les Yeux dans les arbres (n° 331)
	Une rivière sur la lune (n° 439)
Rudyard Kipling	*Le Miracle de saint Jubanus* (n° 85)
B. Kirshenbaum	*Poésie, sexe et mélancolie* (n° 422)
Fatos Kongoli	*Le Paumé* (n° 271)
	L'Ombre de l'autre (n° 301)
	Le Dragon d'ivoire (n° 366)
	Le Rêve de Damoclès (n° 443)
Mirko Kovăc	*La Vie de Malvina Trifković* (n° 111)
Gavin Lambert	*Le Crime de Hannah Kingdom* (n° 104)
Wendy Law-Yone	*Tango birman* (n° 342)
Ella Leffland	*Rose Munck* (n° 134)
David Lodge	*Jeu de société* (n° 44)
	Changement de décor (n° 54)
	Un tout petit monde (n° 69)
	La Chute du British Museum (n° 93)
	Nouvelles du Paradis (n° 124)
	Jeux de maux (n° 154)
	Hors de l'abri (n° 189)
	L'homme qui ne voulait plus se lever (n° 212)
	Thérapie (n° 240)
	Les Quatre Vérités (n° 362)
	Pensées secrètes (n° 448)
Rosetta Loy	*Les Routes de poussière* (n° 164)
	Un chocolat chez Hanselmann (n° 255)
	Madame Della Seta aussi est juive (n° 318)
	La Porte de l'eau (n° 399)
Alison Lurie	*Les Amours d'Emily Turner* (n° 7)
	La Ville de nulle part (n° 21)
	La Vérité sur Lorin Jones (n° 32)
	Des gens comme les autres (n° 38)
	Conflits de famille (n° 46)
	Des amis imaginaires (n° 71)
	Comme des enfants (n° 107)
	Femmes et Fantômes (n° 182)

	Liaisons étrangères (n° 207)
	Ne le dites pas aux grands (n° 279)
	Un été à Key West (n° 300)
Norman Maclean	*Montana, 1919* (n° 140)
	La Rivière du sixième jour (n° 213)
	La Part du feu (n° 243)
Javier Marías	*L'Homme sentimental* (n° 24)
	Le Roman d'Oxford (n° 114)
	Un cœur si blanc (n° 186)
	Ce que dit le majordome (n° 237)
	Demain dans la bataille pense à moi (n° 253)
	Quand j'étais mortel (n° 295)
Olga Masters	*Le Cœur labyrinthe* (n° 115)
Jay McInerney	*Toute ma vie* (n° 229)
Steven Millhauser	*La Galerie des jeux* (n° 37)
V. Molina Foix	*La Femme sans tête* (n° 377)
Rick Moody	*Purple America* (n° 374)
Lorrie Moore	*Des histoires pour rien* (n° 8)
	Vies cruelles (n° 61)
	Anagrammes (n° 91)
	Que vont devenir les grenouilles ? (n° 236)
	Déroutes (n° 411)
Frank Moorhouse	*Quarante/Dix-sept* (n° 112)
Guido Morselli	*Dissipatio* (n° 173)
John Mortimer	*Félix aux enfers* (n° 363)
Alice Munro	*Les Lunes de Jupiter* (n° 147)
	Amie de ma jeunesse (n° 198)
	Secrets de Polichinelle (n° 328)
	L'Amour d'une honnête femme (n° 416)
Vladimir Nabokov	*L'Enchanteur* (n° 215)
Roger Nimier	*Les Indes Galandes* (n° 64)
Whitney Otto	*Le Jour du patchwork* (n° 184)
Cynthia Ozick	*Le Rabbi païen* (n° 29)
Grace Paley	*Les Petits Riens de la vie* (n° 1)
	Plus tard le même jour (n° 13)
	Énorme changement de dernière minute (n° 163)
Victor Paskov	*Ballade pour Georg Henig* (n° 33)
Pier Paolo Pasolini	*Descriptions de descriptions* (n° 168)
Walker Percy	*Le Cinéphile* (n° 18)

	L'Amour parmi les ruines (n° 88)
	Les Signes de l'apocalypse (n° 172)
Annie Proulx	*Nœuds et dénouement* (n° 267)
	Cartes postales (n° 332)
	Les Pieds dans la boue (n° 406)
Barbara Pym	*Adam et Cassandra* (n° 15)
	Secret, très secret (n° 35)
	Lorsqu'un matin d'orage (n° 47)
Elisabetta Rasy	*La Première Extase* (n° 228)
Simon Raven	*Les Mauvaises Fréquentations* (n° 324)
	Les riches payent tard (n° 350)
Laura Restrepo	*Douce Compagnie* (n° 293)
Bernice Rubens	*Le Visiteur nocturne* (n° 329)
Umberto Saba	*Couleur du temps* (n° 6)
	Comme un vieillard qui rêve (n° 17)
Lisa Saint-Aubin de Terán	
	Les Jours de l'Orénoque (n° 90)
John Saul	*Baraka* (n° 142)
	De si bons Américains (n° 183)
	Mort d'un général (n° 216)
	Paradis Blues (n° 338)
	L'Ennemi du bien (n° 432)
Karel Schoeman	*En étrange pays* (n° 249)
Budd Schulberg	*Un homme dans la foule* (n° 76)
	Le Désenchanté (n° 77)
	Le Visage de Hollywood (n° 156)
Carl Seelig	*Promenades avec Robert Walser* (n° 65)
Jane Shapiro	*Le Mari dangereux* (n° 389)
Carol Shields	*Swann* (n° 126)
	La République de l'amour (n° 160)
Jane Smiley	*Portraits d'après nature* (n° 148)
	L'Exploitation (n° 199)
	Un appartement à New York (n° 218)
	Moo (n° 277)
	Chagrins (n° 308)
	Le Paradis des chevaux (n° 427)
Natsumé Sôseki	*Oreiller d'herbes* (n° 2)
	Clair-obscur (n° 22)
	Le Voyageur (n° 122)

	Le 210e jour (n° 286)
	À travers la vitre (n° 359)
Muriel Spark	*La Porte Mandelbaum* (n° 319)
Elizabeth Spencer	*Nouvelles du Sud* (n° 188)
Tilman Spengler	*Le Cerveau de Lénine* (n° 151)
R. L. Stevenson	*Fables* (n° 20)
	La Magicienne (n° 34)
	Olalla (n° 56)
W. Stockenström	*Le Baobab* (n° 323)
Italo Svevo	*Le Destin des souvenirs* (n° 12)
Paco I. Taibo II	*Le Rendez-vous des héros* (n° 204)
Elizabeth Taylor	*Angel* (n° 41)
	Mrs. Palfrey, Hôtel Claremont (n° 67)
	Cher Edmund (n° 98)
	Noces de faïence (n° 125)
	Une saison d'été (n° 155)
	La Bonté même (n° 190)
	Le Papier tue-mouches (n° 250)
	Une partie de cache-cache (n° 273)
	Le Cœur lourd (n° 307)
	Vue sur le port (n° 373)
J. Turner Hospital	*L'Opale du désert* (n° 398)
	Comme un tigre en cage (n° 436)
Gore Vidal	*Un garçon près de la rivière* (n° 269)
	Myra Breckinridge et Myron (n° 383)
	En direct du Golgotha (n° 444)
Alberto Vigevani	*Le Tablier rouge* (n° 136)
	Un été au bord du lac (n° 195)
Evelyn Waugh	*Trois nouvelles* (n° 138)
Fay Weldon	*Copies conformes* (n° 128)
Paul West	*Le Médecin de Lord Byron* (n° 50)
Rebecca West	*Femmes d'affaires* (n° 167)
Thomas Wharton	*Le Champ de glace* (n° 372)
Joy Williams	*Dérapages* (n° 120)
Tim Winton	*Cet œil, le ciel* (n° 225)
	La Femme égarée (n° 262)
	Les Ombres de l'hiver (n° 447)

Virginia Woolf	*La Vie de Roger Fry* (n° 397)
Banana Yoshimoto	*N.P* (n° 274)
	Lézard (n° 354)
	Dur, dur (n° 428)
E. Zamiatine	*Seul* (n° 16)
	Le Pêcheur d'hommes (n° 19)
Chiara Zocchi	*Olga* (n° 423)

Rivages poche /Petite Bibliothèque

Collection dirigée par Lidia Breda

L'Art de ne croire en rien (n° 392)

Sefer Yesirah ou Le livre de la Création (n° 387)

Giorgio Agamben	*Stanze* (n° 257) *Moyens sans fins* (n° 380) *Ce qui reste d'Auschwitz* (n° 390) *L'Ombre de l'amour* (n° 434)
Günther Anders	*Nous, fils d'Eichmann* (n° 426)
Apulée	*Le Démon de Socrate* (n° 110)
Hannah Arendt	*Considérations morales* (n° 181) *Le Concept d'amour chez Augustin* (n° 288) *Qu'est-ce que la philosophie de l'existence ?* (n° 400)
L'Arétin	*Sonnets luxurieux* (n° 192)
Aristote	*L'Homme de génie et la Mélancolie* (n° 39) *Rhétorique-Des passions* (n° 40) *Éthique à Eudème* (n° 129) *La Vérité des songes* (n° 162)
W. H. Auden	*Shorts* (n° 407)
Marc Augé	*L'Impossible Voyage* (n° 214) *Les Formes de l'oubli* (n° 333)
Augustin	*La Vie heureuse* (n° 261) *Le Bonheur conjugal* (n° 347)
Francis Bacon	*Sur le prolongement de la vie et les moyens de mourir* (n° 401)
Barbey d'Aurevilly	*Du dandysme et de George Brummell* (n° 233)
Bruce Benderson	*Pour un nouvel art dégénéré* (n° 259) *Sexe et solitude* (n° 335)
Walter Benjamin	*Je déballe ma bibliothèque* (n° 320)
Boèce	*Consolation de la Philosophie* (n° 58)
Georg Büchner	*Lenz* (n° 244)
Buffon	*Discours sur la nature des animaux* (n° 424)
Casanova	*Mon apprentissage à Paris* (n° 252)
Patrizia Cavalli	*Toujours ouvert théâtre* (n° 379)

Mme du Châtelet	*Discours sur le bonheur* (n° 221)
Malek Chebel	*Du désir* (n° 414)
Chesterfield	*Lettres à son fils* (n° 99)
Christine de Suède	*Maximes* (n° 200)
Claude Crébillon	*Lettres de la Marquise de M*** au Comte de R**** (n° 322)
Tullia d'Aragona	*De l'infinité d'amour* (n° 210)
Charles Darwin	*L'Expression des émotions chez l'homme et les animaux* (n° 351)
Mme du Deffand	*Lettres à Voltaire* (n° 139)
Erri De Luca	*Un nuage comme tapis* (n° 176) *Rez-de-chaussée* (n° 191) *Alzaia* (n° 382) *Première heure* (n° 441)
Alfred Döblin	*Sur la musique* (n° 386)
John Donne	*Méditations en temps de crise* (n° 365)
Maître Eckhart	*Du détachement* (n° 143) *Conseils spirituels* (n° 408) *Le Livre de la Divine consolation* (n° 449)
Umberto Eco - Cardinal Martini	*Croire en quoi ?* (n° 238)
R. W. Emerson	*La Confiance en soi* (n° 302)
Épictète	*Manuel* (n° 132)
Euripide - Sénèque	*Médée* (n° 211)
Ennio Flaiano	*Journal des erreurs* (n° 275)
Charles Fourier	*Des harmonies polygames en amour* (n° 417)
S. Freud - S. Zweig	*Correspondance* (n° 166)
H. G. Gadamer	*L'Héritage de l'Europe* (n° 429)
Goethe	*Maximes et réflexions* (n° 343)
W. Gombrowicz	*Cours de philosophie en six heures un quart* (n° 171)
Baltasar Gracián	*L'Art de la prudence* (n° 116)
Henrich Heine	*Idées. Le Livre de Le Grand* (n° 437)
Hésiode	*Théogonie- La naissance des dieux* (n° 83)
Hippocrate	*Sur le rire et la folie* (n° 49) *Airs, eaux, lieux* (n° 174)

H. von Hofmannsthal	*Lettre de Lord Chandos* (n° 312)
	Chemins et rencontres (n° 396)
F. Hölderlin	*Poèmes* (1806-1843) (n° 352)
Horace	*Vivre à la campagne* (n° 344)
Jahiz	*Éphèbes et courtisanes* (n° 231)
Jean	*Apocalypse* (n° 165)
	Évangile (n° 321)
Jean Chrysostome	*De l'incompréhensibilité de Dieu* (n° 317)
Jean Paul	*Être là dans l'existence* (n° 239)
Hans Jonas	*Le Concept de Dieu après Auschwitz* (n° 123)
	Le Droit de mourir (n° 196)
	Pour une éthique du futur (n° 235)
Franz Kafka	*Réflexions sur le péché, la souffrance, l'espérance et le vrai chemin* (n° 334)
Stephen Karcher	*Yi king* (n° 247)
S. Kierkegaard	*Johannes Climacus ou Il faut douter de tout* (n° 223)
	Crainte et tremblement (n° 291)
	La Répétition (n° 413)
P. Klossowski	*La Monnaie vivante* (n° 230)
Karl Kraus	*La Littérature démolie* (n° 92)
	Cette grande époque (n° 294)
Mme de Lambert	*De l'amitié* (n° 268)
François de La Rochefoucauld	*Maximes et mémoires* (n° 345)
S. J. Lec	*Nouvelles pensées échevelées* (n° 306)
J. M. R. Lenz	*Cours philosophiques pour âmes sentimentales* (n° 325)
G. Leopardi	*Philosophie pratique* (n° 258)
E. Levinas	*Quelques réflexions sur la philosophie de l'hitlérisme* (n° 226)
	Éthique comme philosophie première (n° 254)
G. C. Lichtenberg	*Pensées* (n° 283)
Lie Zi	*Du vide parfait* (n° 263)
Prince de Ligne	*Pensées, portraits et lettres* (n° 381)
Longin	*Du sublime* (n° 105)
Adolf Loos	*Ornement et crime* (n° 412)
Lucien	*Philosophes à vendre* (n° 72)
A. Machado	*De l'essentielle hétérogénéité de l'être* (n° 391)
Marc Aurèle	*À soi-même* (n° 440)
Gabriel Matzneff	*De la rupture* (n° 298)

F.-A. Paradis de Moncrif
Essais sur la nécessité et sur les moyens de plaire (n° 364)

Montaigne — *De la vanité* (n° 63)
L'Art de conférer (n° 330)

Montesquieu — *Essai sur le goût* (n° 96)

André Morellet — *De la Conversation* (n° 169)

F. Nietzsche — *Dernières lettres* (n° 70)
Ainsi parla Zarathoustra (n° 394)

D. Noguez — *Les Plaisirs de la vie* (n° 353)
Comment rater complètement sa vie en onze leçons (n° 438)

Ortega y Gasset — *Le Spectateur* (n° 80)

Ovide — *Amours* (n° 202)

Martin Palmer — *Le Taoïsme* (n° 222)

Pascal — *Pensées sur la politique* (n° 75)
L'Art de persuader (n° 330)

Fernando Pessoa — *Fragments d'un voyage immobile* (n° 42)
Lettres à la fiancée (n° 43)

Pétrarque — *Mon secret* (n° 52)
La Vie solitaire (n° 266)
Contre la bonne et la mauvaise fortune (n° 360)

Enea Silvio Piccolomini (Pape Pie II)
Lettre à Mahomet II (n° 393)

Plutarque — *Comment tirer profit de ses ennemis* (n° 103)
Comment écouter (n° 150)
La Sérénité intérieure (n° 336)
Manger la chair (n° 395)

Karl R. Popper — *Des sources de la connaissance et de l'ignorance* (n° 241)

Félix Ravaisson — *De l'habitude* (n° 208)

Jacques-Antoine de Réveroni Saint-Cyr
Pauliska ou *La Perversité moderne* (n° 361)

R. M. Rilke — *Journal de Westerwede et de Paris,* 1902 (n° 409)

Lalla Romano — *J'ai rêvé de l'Hôpital* (n° 272)

Rosvita — *Résurrection de Drusiane et de Calimaque* (n° 378)

J.-J. Rousseau — *Émile et Sophie* (n° 127)

J. Van de Wetering *Un éclair d'éternité* (n° 278)
Le Miroir vide (n° 310)
L'Après-zen (n° 421)
Oscar Wilde *La Vérité des masques* (n° 346)
Xénophon *L'Économique* (n° 145)
J.-G. Ymbert *L'Art de faire des dettes* (n° 193)
Yogīndu *Lumière de l'Absolu* (n° 281)
Federico Zeri *Renaissance et pseudo-Renaissance* (n° 356)
Le Mythe visuel de l'Italie (n° 357)
Stefan Zweig / Arthur Schnitzler
Correspondance (n° 348)

Imprimé en France
Achevé d'imprimer en décembre 2003
sur les presses de l'Imprimerie Maury-Eurolivres
45300 Manchecourt
pour le compte
des Éditions Payot & Rivages
106, bd Saint-Germain - 75006 Paris

Dépôt légal : janvier 1999
N° d'imprimeur : 22227

W0297764

BASTEI
LÜBBE

Donald Frankos
Ich, der Mörder

Ins Deutsche übertragen
von Hans Freundl

TRUE CRIME
Der wahre Kriminalfall

BASTEI
LÜBBE

BASTEI-LÜBBE-TASCHENBUCH
Band 13 457

Erste Auflage:
Mai 1993
Zweite Auflage:
Juli 1993

Deutsche Lizenzausgabe 1993
Bastei-Verlag Gustav H. Lübbe
GmbH & Co., Bergisch Gladbach
Originaltitel: Contract Killer
Lektorat: René Strien
Titelillustration: Columbia-Film
Umschlaggestaltung:
Quadro Grafik, Bensberg
Satz: KCS GmbH,
Buchholz/Hamburg
Druck und Verarbeitung:
Brodard & Taupin, La Flèche,
Frankreich
Printed in France

ISBN 3-404-13457-5

Der Preis dieses Bandes
versteht sich einschließlich der
gesetzlichen Mehrwertsteuer.

Inhalt

Die Liste der beteiligten Personen
(in alphabetischer Reihenfolge)

Abbamonte, Oreste (›Ernie Boy‹): Drogenhändler und Partner der Gambino-Organisation. 1976 in dem Fall ›Pleasant Avenue Connection‹ wegen Handels mit Heroin zu acht Jahren verurteilt.

Agron, Salvador (›The Cape Man‹): Zum Tode verurteilt wegen der Ermordung von zwei Jungen 1959 auf einem Spielplatz in der West Side von New York. Agrons Strafe wurde in lebenslänglich umgewandelt, und 1979 wurde er auf Bewährung entlassen. Starb nach kurzer Krankheit am 22. April 1986 im Bronx Hospital im Alter von vierundvierzig Jahren.

Ali-Ben (›The Turk‹): Hitman, der in erster Linie für den albanischen Mob arbeitete. Teilnehmer an dem Raubüberfall auf das Hotel Pierre. Von Donald Frankos erschossen.

Amuso, Vittorio (Victor, Vic): Boß der Lucchese-Organisation. Am 15. Juni 1992 in einem Prozeß wegen Betätigung im organisierten Verbrechen in vierundfünfzig Anklagepunkten verurteilt, darunter neunfacher Mord. Ursprünglich war er zusammen mit anderen bekannten Mobstern 1990 wegen Korrumpierung der New Yorker Glaserei-Unternehmen angeklagt, verschwand aber kurz vor Prozeßbeginn. Im Juli 1991 wurde er in Scranton in Pennsylvania wieder gefaßt.

Anastasia, Albert (Albert Anastasio): Boß der Murder Inc., eines ›Mordbüros‹, das für die nationalen Verbrechersyndikate Hunderte von Morden ausführte. In den Medien bekannt als ›Groß-Exekutor‹. Saß zehn Monate wegen Steuerhinterziehung. Wurde am 25. Oktober 1957 erschossen, als er sich in einem Friseurladen im Park Sheraton Hotel in der Seventh Avenue, Ecke 55th Street in Manhattan die Haare schneiden ließ.

Anastasio, Anthony (›Though Tony‹): Bruder von Albert Anastasia. Einer der einflußreichsten Führer der International Longshoremen's Association (Hafenarbeitergewerkschaft). Kontrollierte die Docks in New York City. Starb 1963 eines natürlichen Todes.

Barnes, Leroy (›Nicky‹): Der erste Schwarze, der im organisierten Verbrechen eine größere Rolle spielte. Haupt-Drogenverteiler in den Schwarzenvierteln von New York, insbesondere in Harlem. Wurde 1978 wegen Heroinhandels zu lebenslänglich verurteilt.

Bilello, Richie: Verurteilter Mörder. Wurde als Informant verdächtigt. Der erste Gefangene, der wegen Verbrechen verurteilt wurde, die er während des Aufstands in Attica begangen hatte. Wurde von Donald Frankos in der Clinton Correctional Facility in Dannemora am 28. Oktober 1974 erstochen.

Bloeth, Francis (Frank): Wegen der Ermordung von drei Menschen auf Long Island im Juli 1959 zum Tode verurteilt. Nachdem er auf Bewährung entlassen worden war, wurde Bloeth ein vorbildlicher Bürger.

Bongiovi, Bobby: Auch bekannt als Bobby Darrow. Ehemaliger Leibwächter von Joe Gallo. Wurde 1973 wegen Mordes an Sam Wuyak, Manager des Broadway Pub, zu lebenslänglich verurteilt.

Briguglio, Salvatore (›Sally Bugs‹): 1973 verurteilt wegen Herstellung von Falschgeld. Wurde mit dem Verschwinden von Jimmy Hoffa in Verbindung gebracht. Angeblicher Informant. Wurde am 21. März 1978 in der Mulberry Street in New York erschossen.

Bruno, Angelo (›The Gentle Don‹): Boß des organisierten Verbrechens in Philadelphia. Wurde am 21. März 1980 im Auto vor seinem Haus im Süden von Philadelphia erschossen.

Castellano, Paul (Paulie): Boß der Gambino-Organisation. Wurde am 16. Dezember 1985 vor Sparks Steak House in New York City erschossen.

Clark, Ramsey: Ehemaliger Justizminister der USA. Rechtsanwalt und Freund von Joe Sullivan.

Cohen, Alan: Stellvertretender US-Bundesanwalt. Wirkte mit bei der Verurteilung von Xhevedet Lika.

Colombo, Joseph (Joe): Oberhaupt der Colombo-Organisation. Begründete die Italienisch-Amerikanische Bürgerrechts-Liga. Wurde am 28. Juni 1971 bei einer Kundgebung zum Italienisch-Amerikanischen Einheitstag im Columbus Circle in Manhattan niedergeschossen. Lebte danach, schwer behindert, noch fast sieben Jahre und starb am 22. Mai 1978.

Comfort, Bobby: Legendärer Juwelenräuber. Wurde wegen des Raubüberfalls auf das Hotel Pierre verurteilt. Starb an Krebs.

Coonan, Jackie: Bruder von Jimmy Coonan und Mitglied der Westies, einer überaus gewalttätigen irischen Gang in der West Side. Starb am 24. April 1988 an AIDS.

Coonan, Jimmy: Führer der Westies. Wurde 1986 wegen Mordes und Beteiligung am organisierten Verbrechen nach dem Racketeer Influenced and Corrupt Organization Act (RICO), einem Sondergesetz gegen das organisierte Verbrechen, zu fünfundsiebzig Jahren Haft verurteilt, ohne die Möglichkeit einer vorzeitigen Entlassung.

D'Ambrosio, Sally (›Sally D.‹): Eine Figur im organisierten Verbrechen. Wurde wahrscheinlich im Dezember 1979 auf der Eighth Avenue in Brooklyn ermordet – in einem Klub der Colombo-Familie.

DellaValle, John (›Buster‹): Drogenhändler. Leibwächter und Hitman für Joe Gallo. Wurde von Donald Frankos ermordet.

Di Biasi, Carmine (›Sonny Pinto‹): Hitman für den Mob-Boß Joe Colombo. Er wurde wegen Mordes an Michael Enrichiello 1951 zum Tode verurteilt, aber das Urteil wurde wegen eines Verfahrensfehlers aufgehoben, und im zweiten Prozeß wurde er freigesprochen. Wurde von Joe Luparelli als Mörder von Joe Gallo bezeichnet. Sein gegenwärtiger Aufenthaltsort ist unbekannt, vermutlich ist er tot.

Diapoulos, Pete (›Pete the Greek‹): Ehemaliger Leibwächter von Joe Gallo. War am Abend, als Joe Gallo erschossen wurde, bei ihm. Wurde nur wegen illegalen Waffenbesitzes verurteilt. Schrieb zusammen mit dem Autor Steve Linakis das Buch *The Sixth Family,* in dem das Leben von Joe Gallo dargestellt wird. Zog sich schließlich nach Griechenland zurück.

Dusablon, Hank: Verurteilter Mörder. Wurde zusammen mit seinem Partner Emanuel Samperi wegen Mordes an Martin Himmelstein und Cesar Largo zum Tode verurteilt. Er entkam dem elektrischen Stuhl, weil damals die Todesstrafe in New York abgeschafft wurde.

Featherstone, Francis (›Mickey‹): Ehemaliges Mitglied der Westies. Bekannte sich als Mörder und als Mitwirkender bei Kreditwucher, Schutzgelderpressungen und Drogengeschäften. Wurde FBI-Informant und befindet sich heute im Zeugen-Schutz-Programm.

Frankos, Donald (›Tony the Greek‹): Lohnkiller. Wurde 1983 wegen Mordes an Clarence Jones zu einer fünfundzwanzigjährigen bis lebenslänglichen Haftstrafe verurteilt.

Galante, Carmine: Boß der Bonanno-Organisation. Wurde am 12. Juli 1979 in Joe and Mary's Restaurant in Brooklyn erschossen.

Gallina, Gino: Ehemaliger stellvertretender Bezirksstaatsanwalt in Manhattan. Anwalt des Mob. Wurde 1977, während ein Geschworenengerichts-Prozeß lief, in dem er gegen vier hochrangige Mitglieder der Genovese-Familie aussagte, im New Yorker Greenwich Village erschossen.

Gallo, Joey (›Crazy Joe‹): Hitman für Profaci. Stieg zum Boß der Gallo-Gang auf, einem Ableger der Colombo-Organisation. Zusammen mit seinen Brüdern kontrollierte er die kriminellen Unternehmungen in East New York. Sein Krieg gegen Profaci bildete die Grundlage für Jimmy Breslins Buch *The Gang That Could'nt Shoot Straight*. Anfang 1972 wurde Joe Gallo in der Schickeria beliebt und begann, an seiner Autobiographie zu arbeiten. Er wurde am 7. April 1972 vor Umberto's Clam House in der Mulberry Street im Manhattaner Stadtteil Little Italy erschossen – an seinem dreiundvierzigsten Geburtstag.

Gallo, Larry: Bruder von Joey Gallo. Hitman für Profaci, der später zusammen mit seinen Brüdern Joe und Albert die kriminellen Geschäfte in East New York kontrollierte.

Gambino, Carlo: Boß der Gambino-Organisation. Starb im Oktober 1976 an Herzinfarkt.

Gambino, Philly: Neffe von Carlo Gambino. Soldat der Colombo-Organisation. War an der Ermordung von Joey Gallo beteiligt.

Garafola, Gary: Eine Figur im organisierten Verbrechen. Manager des Schwergewichtsboxers Frankie DePaula, den er später ermordete. Wurde in New Jersey umgebracht.

Genovese, Vito: Oberhaupt der Genovese-Organisation. Früher einer von Lucky Lucianos Hauptleuten und einer der größten Drogenhändler. Wurde 1959 wegen Drogenhandels zu fünfzehn Jahren Haft verurteilt und starb 1969 im Gefängnis an einem Herzinfarkt.

Giacalone, Anthony (›Tony Jack‹): Hauptmann der Mafia in Detroit. Jimmy Hoffas ›Rabbi‹, d. h. Haupt-Vertrauensperson. Wurde mit Jimmy Hoffas Verschwinden in Zusammenhang gebracht. Berief sich vor dem Geschworenengericht in Detroit auf den Fünften Verfassungszusatz. Wurde später wegen Steuerhinterziehung zu zehn Jahren Haft verurteilt.

Gigante, Vincent (›Chin‹): Vermutlicher Boß der Genovese-Organisation. Angeblicher Schütze bei dem Mordversuch an Frank Costello am 2. Mai 1957. Wurde 1959 wegen Drogenhandels verurteilt. 1991 wurde er wegen Beteiligung am organisierten Verbrechen angeklagt, wurde jedoch von Psychiatern für verhandlungsunfähig erklärt. Gegenwärtig steht er in New York City unter elektronisch überwachtem ›Hausarrest‹.

Gotti, John: Boß der Gambino-Organisation. Wurde am 22. Mai 1972 wegen Mordes an James McBratney verurteilt. Am 2. April 1992 wurde er wegen Beteiligung am organisierten Verbrechen und wegen Mordes zu einer lebenslangen Haftstrafe verurteilt, ohne die Chance auf eine vorzeitige Entlassung. Hat Berufung eingelegt.

Green, Al: Schwiegersohn von Ali-Ben. Teilnehmer an dem Raubüberfall auf das Hotel Pierre. Wurde von Donald Frankos erschossen.

Hoffa, Jimmy: Präsident der Teamsters Union (Transportarbeitergewerkschaft) von 1957 bis 1967, als er wegen unrechtmäßiger Verwendung der Pensionsgelder der Gewerkschaft und wegen des Versuchs, einen Geschworenen zu bestechen, zu einer Gefängnisstrafe verurteilt wurde. Kam 1972 durch eine Amnestie von Präsident Nixon frei. Verschwand am 30. Juli 1975.

Ianiello, Matthew (›Matty the Horse‹): Hauptmann der Genevese-Familie. Wurde 1986 wegen Beteiligung am organisierten Verbrechen zu einer Gefängnisstrafe verurteilt.

Johnson, Thomas: Verurteilt als Mörder von Malcolm X.

Johnson, Wilfred (›Willie Boy‹): Freund von John Gotti, dem dieser am meisten vertraute, der sich jedoch dem FBI als Informant zur Verfügung gestellt hatte. Wurde am 29. August 1988 in Brooklyn erschossen.

Johnson, Jerome: Erschoß am 28. Juni 1971 Joseph Colombo bei der Veranstaltung zum Italienisch-Amerikansichen Einheitstag im Columbus Circle in Manhattan. Wurde dort selbst auf der Stelle erschossen.

Jones, Clarence: Ehemaliger Basketball-Star, der zum Drogenhändler umstieg. Wurde am 12. September 1981 vor seiner Wohnung in der Bronx erschossen.

Kelly, Red: Ein berüchtigter ›Durchsetzer‹, d. h. Muskelmann des Mob. Tot.

Kersch, Joe: Mitangeklagter im Prozeß gegen Donald Frankos wegen der Ermordung von Clarence Jones (beide wurden verurteilt). Beging 1991 im Gefängnis Selbstmord.

Konigsberg, Harold (›Kayo‹): ›Durchsetzer‹ der Genevese-Organisation. Verurteilt wegen Schutzgelderpressung. Wegen der Ermordung von Anthony Castellito wurde er zu lebenslanger Haft verurteilt, das Urteil wurde jedoch später wieder aufgehoben.

Lika, Xhevedet (›Joe‹): Albanischer Drogenkönig. Wurde 1985 als Chef eines großen Heroinschmuggelrings zu lebenslanger Haft ohne die Möglichkeit vorzeitiger Entlassung verurteilt.

Luparelli, Joe: Ehemaliger Leibwächter und Fahrer von Joe Yacovelli. Stellte sich freiwillig dem FBI und enthüllte den Hergang des Mordes an Joey Gallo. Trotz gerichtlicher Untersuchungen und mehrerer Anklagen wurde keiner der von Luparelli als Mörder Identifizierten jemals verurteilt.

Marquez, ›Spanish Raymond‹: Verurteilt als Organisator von Glücksspielen und Lotterien. Drogenhändler. Veranstaltete auch in Harlem Lotterien.

Moia, Louie: Mörder, Drogenkurier und vermutlich FBI-Informant. Wurde von einer Gruppe, zu der auch Donald Frankos gehörte, ermordet.

Moseley, Winston: Erstach am 13. März 1964 in New York Kitty Genovese vor den Augen ihrer achtunddreißig Nachbarn, von denen kein einziger ihr zu Hilfe kam oder die Polizei rief. Wurde ursprünglich zum Tode verurteilt, später wurde die Strafe in lebenslänglich umgewandelt.

Nalo, Sorecho (›Sammy the Arab‹): Verurteilt wegen des Raubüberfalls auf das Hotel Pierre. Wurde am 25. Oktober 1988 in New York erschossen.

Nauwens, Jim: Ermittlungsbeamter beim US-Bundesanwalt für den Southern District von New York.

Neary, Robert: Stellvertretender Bezirksstaatsanwalt von Westchester County.

O'Brien, Chuckie: Wurde häufig fälschlicherweise als Jimmy Hoffas ›Adoptivsohn‹ bezeichnet. (Nachdem er als kleiner Junge seinen Vater verloren hatte, war er von Jimmy Hoffa unterstützt und gefördert worden.) Kam nach dem Verschwinden von Hoffa in Verdacht. Berief sich vor dem Detroiter Geschworenengericht auf den Fünften Verfassungszusatz.

Pagano sr., Joe: Hauptmann der Genovese-Organisation. Tot.

Persico, Carmine (›The Snake‹, ›Junior‹): Boß der Colombo-Organisation (die er sogar noch aus dem Gefängnis heraus führte). Wurde 1986 wegen Beteiligung am organisierten Verbrechen zu einhundert Jahren Haft verurteilt.

Profaci, Joseph (Joe): Mehr als dreißig Jahre lang Boß der Profaci-Familie. Starb am 6. Juni 1962 an Krebs.

Provenzano, Nunzio: Bruder von Anthony Provenzano. Mitglied der Genovese-Organisation und Funktionär der Transportarbeitergewerkschaft. Tot.

Provenzano, Anthony (›Tony Pro‹): Ehemaliger Präsident der Sektion M 560 der Transportarbeitergewerkschaft in New Jersey. Wurde 1978 wegen Mordes an Anthony Castellito verurteilt. 1979 Verurteilung wegen Beteiligung am organisierten Verbrechen. Einer der Verdächtigen im Fall Hoffa. Nahm in der Verhandlung vor dem Detroiter Geschworenengericht den Fünften Verfassungszusatz in Anspruch. Starb am 12. Dezember 1988 im Gefängnis.

Rastelli, Philip (›Rusty‹): Boß der Bonanno-Organisation. Seine Frau wurde 1962 erschossen, nachdem sie Informationen über Rastelli an das FBI weitergegeben hatte. Wurde 1986 wegen Beteiligung am organisierten Verbrechen verurteilt. Tot.

Rosenberg, ›Jerry the Jew‹ Verurteilt wegen der Ermordung der beiden New Yorker Polizisten Luke Fallon und John Finnegan am 18. Mai 1962. Ursprünglich wurde er zum Tode verurteilt, später wurde die Strafe in lebenslänglich umgewandelt. Er entwickelte sich zu einem der größten Gefängnisanwälte aller Zeiten, und sein Leben wurde in Biographien und Fensehfilmen dargestellt.

Ruggiero, Angelo: Partner von Gotti. Starb an Krebs.

Salerno, Anthony (›Fat Tony‹): Boß der Genovese-Organisation. Wurde 1987 und 1988 wegen Beteiligung am organisierten Verbrechen zu einhundert bzw. zu siebzig Jahren Haft verurteilt. Starb am 27. Juli 1992 im Alter von achtzig Jahren nach einem Schlaganfall im Gefängnis.

Samperi, Emanuel: Verurteilter Mörder. Wurde zusammen mit seinem Partner Hank Dusablon wegen Mordes an Martin Himmelstein und Cesar Largo zum Tode verurteilt. Entging der Hinrichtung, weil die Todesstrafe in New York abgeschafft wurde.

Sisca, Alphonse (›Funzi‹): Verantwortlich für Gottis Drogengeschäfte. Wurde 1988 wegen Heroinhandels zu vierzig Jahren Haft verurteilt.

Squitieri, Arnold (›Zeke‹, ›The Gimp‹): Partner von Gotti. Wurde 1988 wegen Heroinhandels zu fünfundvierzig Jahren Haft verurteilt.

Sullivan, Joe (›Mad Dog‹): Lohnkiller. Der einzige Häftling, dem je die Flucht aus Attica gelang. Verbüßt wegen Mordes eine Haftstrafe von fünfundsiebzig Jahren bis lebenslänglich.

Sullivan, John: Irischer Mobster von der New Yorker West Side und Lohnkiller für Fat Tony Salerno. Im Ruhestand.

Sutton, Willie: Berühmter Bankräuber, der, wie Gerüchte besagen, fast eine Million Dollar erbeutet haben soll. Wurde 1952 gefaßt, 1969 vorzeitig auf Bewährung entlassen und schrieb seine Memoiren. Starb 1982.

Tieri, Frank (›Funzi‹): Boß der Genovese-Organisation von 1971 bis 1981. Er war der erste Mobster, der 1980 wegen der Betätigung als Oberhaupt einer kriminellen Organisation verurteilt wurde. Starb im März 1981 an Krebs.

Tramunti, Carmine (›Mr. Gribbs‹): Boß der Lucchese-Organisation. Verurteilt wegen Mißachtung des Gerichts und wegen Meineids. Tot.

Visconti, Al: Lucchese-Soldat und verurteilter Mörder. Mordete im Auftrag von Vic Amuso.

Wood, Freddie: Verurteilt wegen der Ermordung von zwei Menschen in Queens am 30. Juni 1960. Wurde in Sing Sing auf dem elektrischen Stuhl hingerichtet.

Yacovelli, Joe (›Joe Yak‹): Hauptmann und später legendärer Boß der Colombo-Organisation. Verdächtiger im Mordfall Gallo. Verschwand während des Geschworenengerichts-Prozesses.

Einleitung

Wie dieses Buch entstand

»Was würden Sie davon halten, Jimmy Hoffa zu finden?« So begann ein Telefonanruf von Bill Helmer, Herausgeber des *Playboy*, irgendwann im Februar 1989.

Lake Headley, ein Privatdetektiv aus Los Angeles – den Vincent Bugliosi, Autor von ›*Wen die See verrät*‹ (Bastei-Lübbe TB 13409) und Ankläger im Prozeß gegen Charles Manson, als ›den besten Privatdetektiv der Welt‹ bezeichnet hatte –, lehnte sich in seinem Sessel zurück, grinste und wartete auf die Pointe, die sein Freund und gelegentlicher Auftraggeber bestimmt gleich nachschieben würde.

Doch Helmer blieb ernst und sagte, der *Playboy* habe mehrere Anrufe von einem gewissen D. F. erhalten, einem von der Regierung geschützten Zeugen, der behauptet habe, er wisse, wer Jimmy Hoffa umgebracht habe, warum er getötet worden sei und wo seine Leiche hingeschafft worden sei.

»D. F.«, sagte Helmer, »kennt eine Menge Namen, Daten und Fakten, er ist alles andere als irgendein Wichtigtuer. Wir möchten, daß Sie der Sache nachgehen, daß Sie ihn und seine Geschichte überprüfen.«

»Wo ist er?«

»Das wissen wir nicht. Er sagt, er würde gegen die Vorschriften für Zeugen verstoßen, wenn er uns das sagen würde.«

Es entstand eine kurze Pause. »Aber wir hoffen, daß wir es noch herausfinden können«, sagte Helmer dann.

Als er auf die Frage der Telefonvermittlung (›Sind Sie bereit, einen Anruf von D. F. aus einem Bundesgefängnis entgegenzunehmen?‹) mit ›Ja‹ antwortete, tat der Privatdetektiv den ersten

Schritt auf einem Weg, der ihn zu dem bizarrsten, sicherlich aber auch bedeutendsten Fall in seiner mehr als dreißigjährigen Berufslaufbahn führen sollte.

Der Gefangene, dem der *Playboy* empfohlen hatte, sich mit Headley in Verbindung zu setzen, und der damals und in den darauffolgenden Wochen immer nur unter dem mysteriösen Kürzel D. F. auftrat, kam gleich zur Sache. »Ich möchte meine Geschichte loswerden. Meine Geschichte und die Geschichte von diesem Zeugen-Schutz-Programm. Wie sie einem hier das Blaue vom Himmel herunter versprechen, um Informationen zu kriegen, und dann einen, der redet, am Ende doch nur mit einer Einzelzelle im Knast abspeisen.«

Er hatte eine tiefe, angenehm klingende Stimme und sprach mit starkem New Yorker Akzent, ein bißchen rauh, kratzend und kehlig; er klang wie ein Schauspieler, der bei der Besetzung für einen Mafia-Film wegen der Rolle des Paten vorspricht. Headley fühlte sich an die Filmgangster erinnert, die von Jimmy Cagney, George Raft und Marlon Brando so meisterhaft verkörpert worden waren, und er fragte sich, ob dieser Bursche wirklich echt war. Die Stimme dafür hatte er jedenfalls. Headley erfuhr, daß D. F. vierzehn Bänder besprochen hatte, auf denen er detailliert über sein Leben im Milieu des organisierten Verbrechens und über seine Erfahrungen im Zeugen-Schutz-Programm erzählte. »Ich habe diese Bänder besprochen, weil ich vielleicht morgen schon weg vom Fenster sein kann. Vielleicht bringen sie mich raus, knallen mich ab und sagen, ich hätte versucht zu fliehen. Ich weiß, daß so was schon passiert ist.«

Nach ihrem ersten längeren Telefongespräch verspürte Headley den Wunsch, mit diesem Zeugen auch *persönlich* zu sprechen, der so stark ›geschützt‹ wurde, daß man ihn in irgendeinem Gefängnis in einem abgelegenen Teil des Landes total isoliert hatte, ohne die Erlaubnis, Besuch von Verwandten oder Freunden zu empfangen. Headley nahm mit der New Yorker Anwältin von D. F., Julia Heit, Kontakt auf, die gerade versuchte, dessen Mordprozeß neu aufzurollen: D. F. war wegen Mordes an dem Drogenhändler und früheren Basketballer Clarence Jones zu einer lebenslänglichen, mindestens aber fünfundzwanzigjährigen Freiheitsstrafe verurteilt worden. Headley schlug Julia Heit vor, ihn als Ermittler der Verteidigung zu engagieren. Diesen Trick hatte er in der Vergangenheit schon öfter angewendet. Wenn die Anwältin ihn formell beauftragte, gab es keine gesetzliche Grundlage mehr, ihm den Zugang zu seinem Klienten zu verwehren.

D. F. rief in den folgenden Wochen jeden Tag mindestens zweimal an, und keines der Gespräche dauerte weniger als vierzig Minuten. Schließlich nannte er Headley auch seinen Namen: Donald Gus Frankos. Und seinen Aufenthaltsort: das Bundesgefängnis Sandstone in Minnesota. Während ihrer Unterhaltungen nannte Frankos immer wieder Namen von Leuten, die er umgebracht hatte, aber nicht als bewußtes ›Namedropping‹, sondern ganz natürlich im Verlauf ihres Dialogs. Die Zahl der Opfer ging in die Dutzende. Es schien fast kein Ende mehr zu nehmen.

Julia Heit engagierte Headley schließlich. Und Frankos bat den frischgebackenen Ermittler der Verteidigung, sich an den stellvertretenden U. S.-Bundesanwalt für den Southern District von New York, Cohen, zu wenden – dem der Lohnkiller einmal vermutlich das Leben gerettet hatte (siehe Kapitel 20) –, denn dieser könne das Verfahren beschleunigen.

Doch Cohen begegnete Headley sehr reserviert, sein Vorrat an Dankbarkeit gegenüber Frankos schien offenbar aufgebraucht zu sein. (Frankos hatte ihn früher schon einige Male um einen Gefallen gebeten, und Cohen hatte immer zu helfen versucht.) Jetzt aber reagierte dieser Vertreter der Anklage kühl und abweisend, denn die Vorstellung, daß dieser Privatdetektiv sich des Gefangenen, den sie beide D. F. nannten, annehmen würde, gefiel ihm offenbar nicht sonderlich. »Wir müßten Sie natürlich auf Herz und Nieren durchchecken lassen«, sagte Cohen, »bevor Sie ihn sehen können.«

Headley entnahm Cohens Tonfall, daß dieser stark hoffte, er würde diese Sicherheitsüberprüfung verweigern, und daher wies er ausdrücklich darauf hin, daß er erst jüngst von der US-

Marine und dem Außenministerium überprüft worden sei, als es um seine Anwesenheit bei dem sensiblen und hochgeheimen Spionageprozeß gegen Sergeant Clayton Lonetree vor dem Militärgericht auf der Marinebasis in Quantico gegangen war – bis auf einen Gerichtszeichner war damals die gesamte Presse ausgeschlossen gewesen. Er sagte auch, daß die Prüfer, wenn sie nur tief genug graben würden, darauf stoßen würden, daß der *Nashville Tenesseean* zum Beispiel Headley als einen ›Privatdetektiv mit blütenweißer Weste und erstklassigen Referenzen‹ bezeichnet hatte.

Doch die Regierung sträubte sich, so lange es ging. Nach einem Monat und vielen frustrierenden, schier endlosen Telefongesprächen mit den Justiz- und Gefängnisbehörden in New York und Washington D. C. bekam Headley endlich grünes Licht für sein Vorhaben, das er insofern für beispiellos hielt, als es bisher noch keinem privaten Ermittler oder Autor gelungen war, einen Zeugen der Staatsanwaltschaft, der in einem Bundesgefängnis abgeschirmt wurde, persönlich zu interviewen.

Anfang April 1989 wurde Headley dann endlich in dem abgelegenen Bundesgefängnis in Sandstone in Minnesota durch ein Labyrinth langer, stiller Korridore und zuschlagender Stahltüren zu einem Besucherzimmer geleitet. Darin stand ein sorgfältig geschnitzter Altar, der mit religiöser Literatur überhäuft war, und an den grauen Wänden prangten zahlreiche abstrakte Gemälde, die durchaus künstlerisches Talent erkennen ließen. Dies waren ganz offensichtlich die Werke von Leuten, die viel Zeit totzuschlagen hatten. Nachdem man ihn alleingelassen hatte, ging der Privatdetektiv prüfend im Raum umher, um eventuelle ›Wanzen‹, versteckte Abhöreinrichtungen, ausfindig zu machen. Er fand nichts dergleichen.

»Macht die Gänge frei«, brüllte jemand.

Einige Augenblicke später polterte dieselbe kraftvolle Stimme erneut los: »Sind die Gänge jetzt frei?« Es folgte eine kurze Pause, und dann rief die Stimme: »Okay, bringt ihn runter!« Dieses Freimachen der Gänge zeigte Headley, was Frankos gemeint hatte: Er wurde sogar vor zufälligen Begegnungen mit anderen Insassen abgeschirmt.

Headley versuchte, sich den Mann vorzustellen, der sich selbst als Lohnkiller bezeichnet hatte, aber er konnte sich kein rechtes Bild von ihm machen. Würde dieser Mann, mit dem er schon so oft über weite Entfernungen gesprochen hatte, als groteskes, in Ketten gelegtes Monster vor ihm erscheinen?

Die Tür ging auf. Herein kam ein gutaussehender Mann mit grauen Schläfen und leicht schütterem Haar, tadellos gekleidet, in Hausschuhen, brauner Hose und einem gestreiften Polohemd. Er machte einen lebhaften Eindruck, streckte seine rechte Hand vor und sagte: »Sie müssen Lake sein. Freut mich, Sie zu sehen. Ich bin Donald Frankos; das heißt, hier drin heiße ich so, draußen nennt man mich Tony the Greek.«

Frankos, ungefähr fünfzig Jahre alt, hatte sich durch Training in Form gehalten, trotz, oder vielleicht gerade wegen der langen Haftstrafen, die er verbüßt hatte. Er war mittelgroß, wog um die achtzig Kilo und mußte in seiner Jugend durchaus ein Mann gewesen sein, der bei Frauen ankam. Als Headley die ›Kunstwerke‹ auf den Armen von Frankos sah, erinnerte er sich an Truman Capote, der geschrieben hatte, daß *alle* Killer, die er in den verschiedensten Todeszellen im Land interviewt hatte, Tätowierungen getragen hatten.

Frankos sprach freimütig und ziemlich erbittert über das Zeugen-Schutz-Programm der Bundesregierung, über die Leute, die sich darauf eingelassen hatten – ›lauter solche Verräter wie ich‹ – und über die Vertreter der Behörden, die es durchführten. »Mein ganzes Leben lang habe ich Verräter gehaßt«, sagte er. »Ich kann nicht begreifen, daß ich jetzt selber einer geworden bin. Ich wache nachts in meiner Zelle auf und denke mir: *Du bist eine Ratte, nichts weiter als eine miese Ratte.* Das macht mir mehr zu schaffen als alles andere, was ich in meinem Leben jemals angestellt habe. Ich bin denen auf den Leim gegangen. Ich, der ich immer so schlau und gerissen war, ich hab' mich wie ein dämlicher Trottel austricksen lassen. Irgendwie tun mir all die Typen leid, die ich umgelegt habe, auch wenn sie größtenteils nur Abschaum waren. Aber jetzt John Gotti. John hat dreihunderttausend Dollar ausgesetzt für denjenigen, der den Griechen umlegt. Gotti war mein Freund. Das macht mich eher traurig als ängstlich. Meine alten Freunde sind weg, meine Selbstachtung ist verschwunden, mein männlicher Stolz ist dahin. Jeder hat geglaubt, ich wäre der letzte, der auspackt.«

Das waren genau dieselben Worte, die der frühere US-Justizminister Ramsey Clark benutzt hatte – ›der letzte, von dem man geglaubt hätte, daß er auspackt‹ –, als er erfuhr, daß Frankos umgeschwenkt war.

Headley befragte den Griechen bei diesem ersten Treffen acht Stunden lang, und am nächsten Tag weitere acht Stunden. Insgesamt reiste er sechsmal nach Sandstone, jedesmal für zwei Tage. Außer diesen sechsundneunzig Stunden, die sie in Minnesota zusammen verbrachten, traf der Privatdetektiv Frankos auch im Bundesgefängnis von Attica in Maine und während einer einwöchigen gerichtlichen Anhörung in Westchester County, bei der es um die Frage ging, ob der Mordprozeß gegen den Lohnkiller neu aufgerollt werden sollte.

Darüber hinaus telefonierten sie seit jenem ersten Telefongespräch bis zur Fertigstellung dieses Buches fast jeden Tag miteinander. Und wenn er nicht mit dem Gefangenen sprach, beschäftigte sich Headley, der 1989 von der angesehenen International Society of Private Investigators eine Auszeichnung für seine beispielhafte Ausübung dieses Berufes erhalten hatte, damit, die Geschichte bis ins kleinste Detail nachzuprüfen.

Im November 1989 wurde ein Interview mit Frankos, in dem es ausschließlich um den Mord an Jimmy Hoffa ging, im *Playboy* veröffentlicht, nachdem die Rechercheure des Magazins sieben Monate damit verbracht hatten, Frankos' Behauptungen zu verifizieren. *Playboy* beschrieb die Vorgehensweise folgendermaßen: »Ziemlich am Anfang unserer Beschäftigung mit Frankos gaben wir zentrale Passagen der Interviews mit ihm an C. .R. McQuiston, den führenden Experten auf dem Gebiet der

Stimmenstreß-Analyse. McQuiston untersucht mit Hilfe eines Computers die Grundmuster einer Stimme, um festzustellen, ob die betreffende Person die Wahrheit oder die Unwahrheit sagt. Auch wenn er für seine Methode eine siebzigprozentige Trefferquote nachweisen kann, ist das Verfahren bis jetzt noch nicht vor Gericht als Beweismittel zugelassen. Er stellte fest, daß die Aussagen von Frankos ›frei von Lügenstreß‹ waren, was bedeutet, daß Frankos die Geschichte, die er uns erzählte, auch selbst glaubte. Das war zwar noch lange kein positiver Beweis, aber es war immerhin ein Anfang.«

Der *Playboy* fuhr fort: »Der Dreh- und Angelpunkt von Frankos' Geschichte ist seine eingestandene Verbindung mit den zwei berüchtigsten Figuren der Unterwelt in den achtziger Jahren: Jimmy Coonan und Joe Sullivan. Coonan hat sich einen Namen gemacht als Kopf des Westies, einer extrem gewalttätigen Gruppe von irischen Kriminellen, die dafür bekanntgeworden sind, daß sie ihre Mordopfer zuerst zerstückeln, bevor sie sich ihrer entledigen. Sullivan, der einzige Gefangene, dem es jemals gelungen ist, aus Attica auszubrechen, ist ein berüchtigter freischaffender Lohnkiller. ... Aus verschiedenen Quellen, die vom ehemaligen US-Justizminister Ramsey Clark bis zu T. J. English reichen, dem Autor eines demnächst erscheinenden Buches über die Westies, haben wir Bestätigungen für verschiedene zentrale Kontakte und Verbindungslinien in Frankos' Geschichte erhalten. Wir haben auch eine Bestätigung für Frankos' Beziehungen zu Unterweltfiguren wie John Gotti und Jerry ›The Jew‹ Rosenberg.

Weitere Informationen über Frankos und seine Kontakte haben wir aus Dutzenden von Interviews gewonnen, so zum Beispiel aus Gesprächen mit der stellvertretenden Bundesanwältin Mary Lee Warren, die die Anklage gegen Jimmy Coonan vertreten hat, mit dem FBI-Agenten Arthur Raffels sowie mit Andrew Rubin und William Korwatch, dem Ankläger bzw. Ermittler gegen Frankos im Mordfall Clarence Jones. Wir haben auch eine Bestätigung dafür, daß die Hauptverschwörer zum Zeitpunkt des Mordes an Hoffa alle auf freiem Fuß waren und daß an dem Ort, wo Hoffas Leiche deponiert wurde, Baumaßnahmen im Gang waren, wie Frankos es angegeben hatte.«

Der Autor William Hoffman, der bis dahin sechsunddreißig Sachbücher, viele davon Recherche-Arbeiten, veröffentlicht hatte, sprach mit Donald Frankos zum ersten Mal im Mai 1989, als ihn der ehemalige Hitman auf Veranlassung von Headley anrief, um sich mit ihm über eine mögliche Autobiographie zu unterhalten. Das war der Beginn einer Serie von schätzungsweise siebenhundert Telefongesprächen zwischen Frankos und Hoffman, die insgesamt rund fünfhundert Stunden dauerten. Hoffman machte zahlreiche Tonbandmitschnitte, fertigte umfängliche Notizen an und unternahm ungefähr zwanzig Reisen, um die Geschichte nachzurecherchieren. Headley reiste noch mehr, er kam auf ungefähr fünfundsechzigtausend Kilometer; einen Höhepunkt bildete dabei sein Interview mit Joe ›Mad Dog‹ Sullivan, der laut Frankos mehr als einhundert Menschen umgebracht hat und den einige Ermittlungsbeamten als ›gefährlichsten Mann Amerikas‹ bezeichneten.

Der Privatdetektiv sprach mit dem Massenmörder im Hochsicherheitstrakt des Sullivan-Bundesgefängnisses in New York, in dem viele andere Insassen, die Headley ebenfalls interviewte, der festen Überzeugung waren, das Gefängnis sei direkt nach Mad Dog benannt worden. Das war natürlich nicht zutreffend, aber Joe Sullivans enormer Bekanntheitsgrad und seine Großtaten in der Unterwelt – ›Legende‹ war das meistbenutzte Wort, wenn man ihn beschrieb - machten diesen Irrtum verständlich.

Frankos hatte gesagt, viele der ›beinharten Burschen‹, die er kenne, seien ›Gentlemen‹, und genauso erschien Sullivan Headley auch. Er sprach mit leiser, ruhiger Stimme, ohne eine Spur von Angeberei. Ein adrett aussehender, normaler Mann mit überdurchschnittlicher Intelligenz, so hätten ihn wahrscheinlich die meisten eingeschätzt, die seine Vergangenheit nicht kannten.

Joe Sullivan hatte allen Grund, auf Frankos wütend zu sein, denn dieser hatte ihn in dem *Playboy*-Interview der Begünstigung des Mordes an Jimmy Hoffa bezichtigt. Doch bei Sullivan überwog die alte Zuneigung zu seinem langjährigen Partner und Freund alle anderen Überlegungen.

»Ich nehme an, Sie haben das *Playboy*-Interview gelesen«, sagte Headley.

»Ja, kann man wohl sagen. Mindestens zwanzigmal.«

»Was halten Sie davon?«

Sullivan zögerte, er kämpfte offenbar innerlich mit sich. Er und Frankos waren mehr als zwanzig Jahre lang die engsten Freunde gewesen, aber sein Freund hatte nun etwas Unverzeihliches getan – er hatte Verrat begangen. Schließlich blickte Sullivan Headley an und sagte: »Alles, was der Grieche erzählt hat, stimmt. Es ist genauso passiert.«

Headley und Hoffman, die sowohl gemeinsam als auch getrennt arbeiteten, versuchten alles zu verifizieren, was zu verifizieren war. Sie sprachen mit Polizisten, FBI-Agenten, Polizeidetektiven in New York City, sogar mit früheren Zellengenossen von Frankos. Eine Bestätigung seiner Aussagen folgte der anderen. Unübersehbar wurde, daß Frankos überall, wo er aufgetaucht war, ob im Gefängnis oder in Freiheit, ein Mann gewesen war, der eine außergewöhnliche Gewaltbereitschaft an den Tag gelegt hatte und Schrecken um sich verbreitet hatte. Erstaunlicherweise kannte er jeden in der New Yorker Unterwelt, und alle kannten ihn.

Frankos erzählt seine Lebensgeschichte schonungslos offen und objektiv, ohne jede Spur von Selbstmitleid. Man kann ihm gut zuhören, er ist ein umgänglicher, witziger Gesprächspartner, zumindest für diejenigen, die seine Taten vorübergehend ausblenden können und die ihm noch nicht auf der verkehrten Seite einer Pistole, eines Messers oder einer Kettensäge gegenübergestanden haben. Sogar einige der abgebrühten Polizisten sagen, daß sie ihn ›mögen‹, ihm ›alles Gute wünschen‹, aber das ist nur eine Minderheit. Typischer ist da schon der New Yorker Polizist, dessen Augen eiskalt wurden, als er gebeten wurde, seine Gefühle gegenüber dem Mann zu beschreiben, der Tony the Greek genannt wurde. Bevor er abrupt davonging, spuckte der Polizist auf den Boden und sagte: »Ein gewalttätiger Scheißhaufen.«

Gewiß, Donald Gus Frankos ist ein Schwerverbrecher in mehrfacher Hinsicht. Er wurde wegen Schutzgelderpressung, schwerer Körperverletzung, bewaffnetem Raubüberfall und wegen zweier Morde verurteilt, obwohl er viele mehr begangen hat.

Doch Frankos ist auch ein unterhaltsamer Geschichtenerzähler, der seine Darstellungen mit trockenem Humor würzt und eine natürliche Begabung zum Erzählen hat, verbunden mit einem phantastischen Gedächtnis. Aber das, *was* er erzählt, und nicht die Art, wie er es erzählt, ist das, was ihn zu etwas Besonderem macht. Er spricht über viele sensationelle, bisher ungeklärte Mordfälle und hakt ganz nebenbei die Namen der Killer ab: über den Mord an Joey Gallo, an Albert Anastasia, dem Kopf der ›Murder, Inc.‹, an Angelo Bruno, dem Paten von Philadelphia, an Gino Gallina und Carmine Galante, und natürlich über den Mord an Jimmy Hoffa. Die Polizei, die bei diesen Mordfällen bisher nicht weiterkam und meistens noch völlig im dunkeln tappt, was die Identität der Täter betrifft, dürfte Frankos' Geschichte sicherlich aufmerksam lesen.

Gleich zu Beginn machten die Autoren klar, daß nichts zurückgehalten werden solle, und Frankos stimmte dem zu. »Ich habe mich nun einmal entschlossen, das zu machen«, sagte er, »und ich werde es auch bis zum Ende durchhalten. Das ist mein Leben als Berufsverbrecher, und darüber werde ich auch ungeschminkt erzählen.«

Es ging aber nicht immer alles so glatt. Die Erinnerung an bestimmte Ereignisse war sogar für Frankos ziemlich schmerzhaft – zum Beispiel die Erinnerung an die Ermordung von Louie Moia (siehe Kapitel 8) –, und er mußte ständig dazu gedrängt werden, weiterzuerzählen. »Das wirft kein gutes Licht auf mich«, sagte er einmal, so als ob die anderen Morde das durchaus täten.

Man darf nicht vergessen, daß dieser Mann seit Jahren schon ein *von der Bundesregierung geschützter Zeuge* ist. Die Strafverfolgungsbehörden schenkten seinen Aussagen schon Glauben, lange bevor Headley und Hoffman seine erstaunlichen Enthüllungen nachprüften und sich von ihrem Wahrheitsgehalt überzeugten. Das Ergebnis ist das vorliegende Buch, das von schrecklichen, blutigen Verbrechen erzählt, die im Auftrag und auch unter Beteiligung einiger der berüchtigsten amerikanischen Gangster verübt wurden.

Da Frankos keine Fakten zurückhält, hat er sich in den Augen seiner früheren Freunde selbst endgültig als *Überläufer und Verräter* abgestempelt – und das weiß er auch. Das Buch wurde ihm Wort für Wort vorgelesen, und er zeigte sich damit einverstanden, es ist für ihn eine wildbewegte Rückschau auf sein Leben. Keine Figur der Unterwelt, sagte er, habe bisher so schonungslos und so vollständig ihr Innerstes bloßgelegt. Bücher über Männer der Mafia oder des organisierten Verbrechens bringen gewöhnlich viel über Verbrechen, die schon verjährt sind, und wenig über die ›niederen und dreckigen‹ Morde, wie Frankos sich ausdrückte.

Warum enthüllte Frankos hier zahlreiche Begebenheiten aus einem Leben, die ihn als kaltblütigen Lohnkiller, wenn nicht Schlimmeres, erscheinen lassen? Warum wollte er, daß die Geschichte dieser Verbrechen als Buch erscheint?

Die Antwort ist darin zu suchen, daß Frankos viel Zeit damit zugebracht hat, über seine ›Karriere‹ nachzudenken, die seiner Ansicht nach ziemlich beachtlich ist (wenngleich die Öffentlichkeit sie eher unter dem Blickwinkel des Erschreckens wahrnehmen wird und nicht als das große Abenteuer, als das sie Frankos erinnert), und aus diesem Grund möchte er, daß dieses ›Epos‹ (so nannte er es) nicht mit ihm stirbt.

Die Autoren haben sich bemüht, Frankos' Sprache unverfälscht einzubringen, und wann immer möglich, kommt der Killer selbst zu Wort. Doch die Leser seien gewarnt: Es sind zweierlei Stimmen, die hier sprechen. Normalerweise äußert sich Frankos wie ein intelligenter, belesener und gebildeter

Mensch, was er auch ist. Aber gelegentlich, vor allem wenn er ein Verbrechen oder eine besonders schlimme Erfahrung im Gefängnis beschreibt, verfällt er in den rohesten und rüpelhaftesten Straßenjargon. Wenn das passiert, dann verwandelt er sich von einem Augenblick zum anderen aus einem gutgelaunten, freundlichen Nachbarn in einen Mann, der gemordet hat, der oft gemordet hat und der sich gern laut daran erinnert.

Die mit einem * gekennzeichneten Namen von Personen, Restaurants, Hotels etc. sind geändert.

1. Kapitel

Fat Tony will ihn tot sehen

Eines frühen Nachmittags im Sommer 1973 läutete das Telefon, und an der schroffen Stimme erkannte ich sofort John Sullivan, einen der wichtigsten irischen Mobster, der als Lohnkiller für Fat Tony Salerno arbeitete, den Boß der kriminellen Familie der Genovese.

»Hast du heute Zeit?« fragte er.

»Ja«, antwortete ich.

»Dann treffen wir uns in einer Stunde bei Wolf's Deli.«

Zu dieser Zeit unterhielt ich zwei Wohnsitze: ein Appartement in der 15th Street als Privatwohnung und eine Suite im Hotel Wilson, von der aus ich meinen Geschäften nachging. Daß Sullivan mich in meiner Privatwohnung anrief, schien auf eine besonders dringende Angelegenheit hinzuweisen, und es war ziemlich ungewöhnlich, denn normalerweise trafen wir uns sowieso drei- bis viermal in der Woche, um unsere Geschäfte zu besprechen. Ich vermutete, es ging darum, daß wieder einmal jemand umgelegt werden sollte.

Ich zog eine neue Hose an, schlüpfte in mein graues Lieblings-Seidenhemd und entschloß mich, die zweiundvierzig Blocks zu dem Restaurant in der 57th Street Ecke Sixth Avenue zu Fuß zu gehen.

Sullivan erwartete mich an einem Ecktisch, er trug einen dunklen Geschäftsanzug, ein gestärktes weißes Hemd und eine kastanienbraune Krawatte. Er hatte schon mit seinem Essen begonnen: ein Corned-Beef-Sandwich und dazu eine Flasche Importbier. John war nicht ganz einen Meter achtzig groß, von gedrungener Statur, Ende Vierzig, und er lächelte nie, zeigte nie ein freundliches Gesicht. Er fragte mich, ob ich etwas essen wolle.

»Nein, danke, ich versuch' gerade, ein bißchen abzunehmen.«

»Ich brauche dich für einen Job«, sagte Sullivan. Er redete nicht lange um den heißen Brei herum, eine Eigenschaft, die ich sehr schätze.

»Wer?« fragte ich.

»Buster DellaValle.«

»Ich kenne Buster.«

»Macht keinen Unterschied.«

»In Ordnung«, sagte ich.

»Heißt das, du machst es?«

»Ja.« Ich war stolz darauf, immer eindeutige Antworten zu geben. Kein ›Vielleicht‹ oder ›Ich werd's mir überlegen‹.

Normalerweise wäre damit unsere Unterhaltung beendet gewesen, manchmal allerdings machte John dann noch Vorschläge, wo man den Anschlag am besten ausführen könnte, gab mir ein Bild des Opfers (was in diesem Fall nicht nötig war) und versorgte mich mit sonstigen nützlichen Informationen, die er gesammelt hatte.

Aber heute war es etwas anders. John wollte, daß ich erfuhr, warum dieser Auftrag so dringend war, damit ich dann sofort aktiv werden würde. Und so saß ich da und lauschte fasziniert den Ausführungen dieses Gangster-Veterans, der mir die verschlungenen Abläufe und Entwicklungen erklärte, die zu der Entscheidung geführt hatten, daß Buster DellaValle sterben sollte.

Buster war Leibwächter, Drogenhändler und Killer im Dienste von Joey Gallo gewesen, bis Joey schließlich am 7. April 1972 in Umbertos Clam House in Little Italy umgelegt wurde. Buster kaufte das Heroin, das er für Gallo – und später für sich selbst – verhökerte, von Philip John Manfredi und Philip D. Manfredi, zwei Cousins, die in Fat Tony Salernos Gebiet in East Harlem arbeiteten. Die Manfredis, beide Anfang Zwanzig, waren für ihren Onkel JoJo Manfredi, eine der tragenden Säulen des Drogengeschäfts, eingesprungen, solange dieser in einem Bundesgefängnis einsaß.

»Du weißt, was mit den Neffen von JoJo passiert ist?« fragte Sullivan.

Ja, das wußte ich. Am Abend des 9. August 1972 waren sie mit ihrem Oldsmobile zu einem abgelegenen Parkplatz in Clasons Point in der Bronx gefahren, und am nächsten Morgen hatte die Polizei dort ihre Leichen entdeckt. P. D. Manfredi hing auf dem Vordersitz des Autos, man hatte ihn aus einer Entfernung von weniger als fünfzehn Zentimetern dreimal in den Kopf geschossen. P. J. Manfredi, auch dreimal getroffen, lag auf dem Gehsteig, etwa acht Meter von dem Oldsmobile entfernt.

Ich brauchte keine polizeiliche Rekonstruktion des Hergangs, um zu wissen, wie sich die Morde ereignet hatten. Jemand, dem diese beiden Burschen vertrauten, hatte im Fond des Wagens gesessen und dann ohne Vorwarnung auf P. D. Manfredi geschossen. Der Killer hatte ihn zweifellos als den gefährlicheren der beiden eingeschätzt und ihn deshalb zuerst ausgeschaltet. P. J. Manfredi war um sein Leben gerannt, aber noch nicht weit genug gekommen, als eine Kugel aus einer .38er seine Hand zerschmetterte und zwei weitere sich in seinen Rücken bohrten.

»Die Drecksau DellaValle hat sie umgelegt«, sagte Sullivan.

Die Polizei hatte damals behauptet, die Identität des Mörders nicht zu kennen, und vielleicht stimmte das auch, aber John wußte, wer es getan hatte.

DellaValle, der wie auch die übrigen Mitglieder von Joey Gallos Mannschaft darauf erpicht war, seinen geliebten Boß zu rächen, hatte gewußt, daß die Manfredis Fat Tony Salerno sehr nahestanden, der einer der Drahtzieher bei Joeys Ermordung gewesen war, und er hatte geduldig auf eine passende Gelegenheit zum Zuschlagen gewartet. Er hatte weiterhin Heroin von den Cousins gekauft, so als ob nichts gewesen wäre und nichts sich verändert hätte, bis die beiden ihm dann soviel Vertrauen entgegenbrachten, daß sie ihn auf diesem Parkplatz in der Bronx hinten in ihr Auto einstiegen ließen.

JoJo Manfredi, der nun wiederum *seine* Rache nehmen

wollte, hatte sich aus dem Gefängnis heraus mit Fat Tony Salerno in Verbindung gesetzt, und der hatte dann John Sullivan eingeschaltet. Bis hierhin hatte sich diese Geschichte eines Mordauftrages des Mob ziemlich geradlinig entwickelt: DellaValle räumt die Manfredis aus dem Weg, als Vergeltung für den Tod von Gallo, und die Verbündeten der Drogenhändler schlagen zurück. Aber dann brachte John Sullivan eine Wendung in die Geschichte, die alles in einem neuen Licht erschienen ließ.

»Junior Persico und Jerry Lang«, sagte er, »haben schon einen Anschlag auf Buster ausführen lassen.«

Warum war er dann noch nicht tot? Carmine ›The Snake‹ Persico, genannt Junior, Boß der Colombo-Familie, und Jerry Langella, sein Unterboß, zählten zu den gefährlichsten lebenden Mafiosi. Ich hatte Junior Persico, der seine Gang von einer Gefängniszelle aus leitete, schon einmal getroffen, und ich wußte, daß er alles haßte, was mit Joey Gallo zusammenhing. Persicos Killertruppe hatte in den frühen sechziger Jahren schon einmal einen blutigen Krieg gegen Joeys Organisation geführt und auch gewonnen.

»Du hast doch auch schon von diesem verdammten Restaurant gehört«, sagte Sullivan.

Das Neapolitan Noodle. Ein interessantes, neueröffnetes Restaurant in der 79th Street. Ja, das hatte ich, wie jeder New Yorker, aber ich hatte keinen tieferen Einblick in das, was damals dort passiert war. Am 11. August 1972, nur zwei Tage nach dem Mord an den Manfredis, waren dort vier gewöhnliche Geschäftsmänner, die an der Bar standen, in einem Kugelhagel niedergestreckt worden. Zwei von ihnen, Sheldon Epstein und Max Tekelch, wurden getötet, und der Vorfall war für einige Zeit Stadtgespräch. Ein einzelner Schütze mit einer Pistole in jeder Hand hatte einfach drauflosgefeuert, und die Polizei spekulierte darüber, daß es sich bei diesen Morden um eine Verwechslung gehandelt haben könnte. Die Bullen hatten vielleicht recht damit.

Die Morde lösten bei den Bürgern eine Woge der Empörung aus und wurden für die Politiker, insbesondere für Bürgermeister John Lindsay, ein heißes Thema. Daß die Kriminellen sich gegenseitig abschlachteten, war eine Sache, aber daß sie auch normale Bürger umbrachten, war etwas anderes. Die gewöhnlich recht seriöse *New York Times* brachte unter der Schlagzeile: ›Jagt die Gangster aus der Stadt – Empörter Bürgermeister ruft die Polizei zu Hilfe‹ ein Zitat von Lindsay: ›Die Ermordung unschuldiger Bürger – offenbar infolge einer Verwechslung – durch bezahlte Killer ist eine Greueltat, die uns zeigt, daß wir endlich aufhören müssen, den Mob in romantischem Licht zu sehen, und daß wir die Gangster aus der Stadt hinausjagen müssen‹.

Die Mafia haßte diese Art von Publicity, die ein Schlaglicht auf ihre Aktivitäten warf und in deren Gefolge es zu Hunderten von vorübergehenden Festnahmen kam. Sogar Polizisten, die die Mafia in der Tasche hatte, die von ihr gekauft worden waren, mußten wohl oder übel einige Mobster festnehmen, wenngleich unter überschwenglichen Entschuldigungen, um sie zum Verhör zu bringen. Viele Kriminelle waren gezwungen, ihre lukrativen Geschäfte eine Weile ruhen zu lassen, bis sich die erhitzten Gemüter wieder abgekühlt hatten.

»Junior gab den Auftrag aus dem Knast an Jerry Lang weiter«, sagte Sullivan, »und Jerry war im Restaurant anwesend, um zu überprüfen, ob alles in Ordnung war. Aber statt dessen ist die ganze Sache verdammt schiefgelaufen.«

Der Killer, so erklärte Sullivan, hatte das Feuer eröffnet, ohne sich über die Identität der Zielpersonen zu vergewissern. Die beiden ausersehenen Opfer, DellaValle und Bobby Bongiovi, ein Mann aus Gallos Truppe, hätten sich im Neapolitan Noodle mit Alphonse Persico sr. (Carmines älterem Bruder, genannt Allie Boy), Alphonse Persico jr. (Sohn von Carmine, genannt Little Allie Boy) und Jerry Langella treffen sollen, von dem man als Unterboß eine bessere Leistung hätte erwarten dürfen. DellaValle und Bongiovi war gesagt worden, sie sollten an einem bestimmten Platz an der Bar warten, aber sie waren nicht erschienen. Statt ihrer hatten sich die Geschäftsmänner auf diesen Platz gesetzt.

Die Polizei konnte weder die Manfredi-Morde aufklären noch die Morde im Neapolitan Noodle noch die zahlreichen weiteren Mordanschläge, die im Lauf der Jahre verübt wurden, und doch hätte ein einzelner guter Informant genügt, um ihnen die entscheidenden Hinweise zu liefern. Aber damals gab es noch nicht so viele Überläufer. Auch Ermittlungsbeamte, die Grips haben, geben zu, daß ein gut informierter Überläufer, der plaudert, mindestens soviel wert ist wie eine hochmoderne Computeranlage oder ein Heer von Polizisten.

John Sullivan bestellte sich Käsekuchen und Kaffee. Egal, ob er ihn plante oder selbst ausführte, ein Mord machte ihn immer hungrig.

»Du mußt vorsichtig sein bei diesem Burschen«, sagte John. »Der hat immer eine Kanone dabei.«

»In Ordnung«, sagte ich. Ich hatte gemeinsam mit Della-Valle in Dannemora eingesessen und wußte, daß er gefährlich war.

»Vielleicht findest du ihn in der Lafayette Street. Es gibt dort eine Bank und zwei kleine griechische Restaurants. Buster hat in diesen Restaurants geschäftlich zu tun. Nachmittags.«

»Okay.« Ich hatte mir schon überlegt, wie ich es machen würde.

»Fat Tony mag keine Verzögerungen. Die Sache mit diesem Buster ist ihm schon lange ein Dorn im Auge. Er konnte bis jetzt nichts unternehmen, wegen der Geschichte im Noodle.«

Sullivan reichte mir einen Umschlag. »Das ist die Hälfte«, sagte er. Als ich den Umschlag später in meiner Wohnung öffnete, fand ich fünftausend Dollar darin, was bedeutete, daß der Kontrakt über zehntausend Dollar ging, denn Sullivan behielt immer fünfzig Prozent für sich. Viel Geld für einen Mord. Oft zahlte ein Boß einem unabhängigen Hitman wie mir insgesamt nur fünftausend Dollar oder sogar noch weniger. Manchmal wollten sie auch, daß ich es umsonst machte, und ich tat ihnen gelegentlich den Gefallen – ein professionelles Entgegenkommen sozusagen –, um mir weitere Einkommensquellen zu erschließen.

»Die Sache kann losgehen«, sagte Sullivan abschließend und stand auf. »Mach ja keine Fehler.«

Am nächsten Morgen bereitete ich mich in meiner Suite im Wilson sorgfältig auf den Mord vor. Ich sprühte mir ein gelblich getöntes Make-up ins Gesicht und in den Nacken, stopfte Baumwollbällchen in meine Wangen und setzte mir eine Afro-Perücke auf. Ich zog mir einen Pullunder an und trug dann auf allen bloßen Hautstellen meines Oberkörpers Make-up auf. Dann verstaute ich eine Flinte mit abgesägtem Lauf in einem großen, innen hohlen Transistorradio, das ich mit mir tragen wollte. Ich zog meine ausgewaschene Levis-Jeans und schmutzige, hochhackige Stiefel an, und dann war ich fertig für die Jagd auf John ›Buster‹ DellaValle.

Zuerst suchte ich einen Freund auf, der einen Gemüseladen nahe der 12th Avenue hatte, welcher als Lager und Umschlagplatz für eine Vielzahl von gestohlenen Waren diente, besonders für Waffen, die auf den Docks entwendet worden waren. Als ich eintrat, erkannte mich mein Freund nicht, aber er starrte mich auch nicht an wie einen Marsmenschen. Das war schon mal gut. Ich mußte mich verkleiden, durfte aber keine Aufmerksamkeit auf mich ziehen. Ich begrüßte meinen Freund und sagte ihm, ich würde gerne wieder sein Hinterzimmer benutzen, um dort eine Leiche auseinanderzunehmen. Dann gab ich ihm eintausend Dollar, den vereinbarten Preis. Er wollte keinen Namen wissen, und ich sagte ihm auch keinen.

Sechs geschlagene Tage lang wiederholte ich den immer gleichen Ablauf, um mein Opfer aufzuspüren: Ich legte meine Verkleidung an, fuhr mit dem gestohlenen Buick mit dem gefälschten Kennzeichen zur Lafayette Street, parkte einen Block von dem griechischen Restaurant entfernt, holte mein Klapprad vom Rücksitz, klemmte die Radio-Attrappe hinter das Lenkrad und radelte an Busters vermutetem Aufenthaltsort vorüber.

Doch er war nie da.

Ich ärgerte mich darüber, daß ich mich jeden Tag derart hochputschte, um dann doch immer nur eine kalte Dusche zu bekommen. Es war, wie wenn man sich auf ein Spiel um den Football-Supercup vorbereitet und dann feststellen muß, daß die gegnerische Mannschaft gar nicht erschienen ist.

John Sullivan stürzte wütend in mein Zimmer im Hotel Wilson. »Warum zum Teufel verzögert sich das Ganze denn so, Grieche?« wollte er wissen. Da packte auch mich die Wut. Jahrelang hatte ich meine Unabhängigkeit bewahrt und hatte mir immer Situationen wie diese vorgestellt. Ich wußte, daß ich Sullivan darauf nicht antworten mußte. »Verdammt noch mal«, sagte ich, »so lasse ich mich nicht anbrüllen.«

»Fat Tony möchte diesen Kerl tot sehen.«

»Verdammte Scheiße! Buster ist nicht da, wo du mir gesagt hast.«

»Er wird da sein«, sagte John. »Fat Tony redet von nichts anderem mehr.«

»Zum Teufel mit Fat Tony«, schimpfte ich. Seit ich begonnen hatte, für die Mobster zu arbeiten, und es war schon mehr als ein Dutzend Jahre seitdem vergangen, war mir klar gewesen, daß man nur dann gesund und unversehrt bleiben konnte, wenn man als Killer freischaffend tätig war, und ich bestand darauf, daß sie meine Unabhängigkeit respektierten. Im Gegenzug übernahm ich Aufträge, die der Mafia zu riskant erschienen, die sie ihren eigenen Leuten nicht übertragen wollten oder bei denen diese den ersten Versuch vermurkst hatten. So wie in diesem Fall den Kontrakt über DellaValle. Ich bezeugte den ›Eingeweihten‹, den formellen Mitgliedern des Mob, meinen Respekt, wenn sie auch mich respektierten, und ich hatte keine Angst, daß auch *ich* einmal Ziel eines Anschlages hätte werden können. Für einen solchen Fall hatte ich mir eine Verhaltensmaßregel zurechtgelegt: Wenn der Killer mich nicht kriegt, dann nehme ich mir seinen Boß vor.

»Ich muß Tony darüber berichten, was du machst«, sagte Sullivan, der sich langsam wieder beruhigte.

»Sag ihm, ich arbeite daran. Ich arbeite an nichts anderem.«

»Brauchst du eine Maschinenpistole? Ich kann dir eine besorgen. Du weißt doch, daß jeder, mit dem Buster zusammen ist, auch daran glauben muß, oder?«

»Das weiß ich. Aber ich brauch' keine Maschinenpistole.« Vor Jahren schon hatte ich mit einer Maschinenpistole gearbeitet, aber ich war damit nicht recht glücklich geworden. Zu oft war sie im falschen Augenblick losgegangen oder hatte versagt, und das hätte immer bedeuten können: Bye, bye, Grieche. Bei DellaValle jedenfalls würde ich keine zweite Chance bekommen.

John sagte schließlich: »Also gut, mach es auf deine Weise. Aber *mach* es.«

Alles, was ich benötigte, hatte ich schon im Buick verstaut: zwanzig große schwarze Müllsäcke, Arzthandschuhe, eine Kettensäge und eine Schutzbrille, um meine Augen vor herumfliegenden Körperteilen, Blut und Knochensplittern zu schützen. Ich wußte, daß Putzlumpen und Eimer im Gemüseladen sein würden.

Auf meiner zweiten Tour zur Lafayette Street nach Johns Besuch hatte ich Glück. Als ich am ersten Griechen-Restaurant vorbeiradelte, sah ich Buster dort in einer Nische sitzen, mit dem Rücken zur Wand, den Blick auf die Tür gerichtet. Ich radelte zum Auto zurück und stieg ein, ließ aber in der Eile das Fahrrad auf dem Gehsteig zurück, wo ich es gegen eine Parkuhr gelehnt hatte. Ich fuhr auf direktem Weg zu dem griechischen Restaurant und parkte meinen Wagen so, daß man ihn durch das Vorderfenster nicht sehen konnte. Dann trat ich auf die Straße.

Das war der Augenblick, in dem ich ein nervöses Ziehen im Magen spürte. Meine Hände wurden kalt und klamm. Das passierte mir immer, wenn ich hinter einem anderen Killer her war, denn in einem solchen Fall hieß es immer: Entweder er oder ich; es gab keine andere Möglichkeit. Ich sagte mir: *Du bist im Vorteil, du hast das Überraschungsmoment auf deiner Seite.* Das traf sicherlich zu, aber ein kleiner Fehler gegenüber diesem

Kerl, der die Manfredis umgebracht hatte, und ich würde genauso tot sein wie sie.

Dann überkam mich ein anderes Gefühl, das auch nur dann auftrat, wenn ich auf jemanden angesetzt war, bei dem ich damit rechnen mußte, daß er mich auf der Stelle umbringen würde, falls ich versagen würde: Ich fühlte den starken Wunsch, wieder in den schützenden Armen meiner Mutter zu liegen. Aber dieses Gefühl verschwand so schnell wieder, wie es gekommen war. Es war soweit.

Ich betrat das Restaurant, und für eine Sekunde trafen sich Busters und meine Blicke. Ich schaute weg und ging mit meinem Radio auf der Schulter geradewegs zur Herrentoilette. Mein Herz schlug schneller, als ich das abgesägte Gewehr überprüfte. Ich schätzte die Entfernung zwischen der Toilette, wo ich saß, und Busters Platz im Restaurant auf ungefähr neun Meter. Ich legte das Gewehr in das Radio zurück, ließ aber den Deckel einen Spalt weit offen, um sofort zu der Waffe greifen zu können. Einen Moment lang war ich von meinem Erscheinungsbild im Spiegel selbst überrascht. Wenn *ich* mich schon nicht erkannte, dann doch wohl Buster erst recht nicht. *Du bist im Vorteil, Grieche. Schnapp ihn dir. Schnell und ohne viel Lärm.*

Ich trat aus der Toilette und ging mit allmählich schneller werdenden Schritten auf DellaValle zu. *Verdammt!* schoß es mir durch den Kopf, *da sitzt jemand neben ihm!* Es war ein Mann von ungefähr fünfundsechzig Jahren, er saß mit dem Rücken zur Tür, und ich hatte ihn vorher offenbar hinter der Seitenwand der Nische nicht sehen können. *Dieser Mann könnte gefährlich sein,* sagte ich mir. Ich hatte schon Lohnkiller jenseits der siebzig kennengelernt, zähe alte Burschen, die sich von niemandem aufhalten ließen und die viel gerissener waren als ihre jüngeren Gegenspieler.

Aber ich war jetzt schon so angespannt, auf mein Ziel konzentriert und zum Handeln entschlossen, daß es keinen Weg zurück mehr gab. Nicht einmal Heroin versetzt einen in einen derartigen Rauschzustand wie die letzten Augenblicke vor einem Hit. Durch die ununterbrochenen Adrenalinausschüttungen werden die Sinne so geschärft, daß man die Umgebung mit erstaunlicher Klarheit wahrnimmt. Und die zweite Antriebskraft ist die *Angst*. Ich gehörte zu den Besten in der Branche der Lohnkiller, führte ein luxuriöses Leben und wurde von den Mafia-Familien respektiert. Aber ich wurde auch umgetrieben von einer tiefverwurzelten Angst, alles das zu verlieren, was unweigerlich auch eingetreten wäre, wenn ich auch nur ein einziges Mal zu lange gezögert, meine Nerven verloren oder schlichtweg versagt hätte. Jedesmal, wenn ich mich auf einen Job vorbereitete, mußte ich mich psychisch aufbauen, mußte ich meinen Geist und alle Fasern meines Körpers darauf hintrimmen. Die nackte Angst war für mich immer eine unwahrscheinlich starke Triebkraft gewesen.

Ich stellte das Radio auf Busters Tisch, zog das Gewehr hervor und drückte es ihm an den Kopf. Die wenigen späten Mittagsgäste, die noch in dem Restaurant saßen, bemerkten uns kaum. Buster hatte mich näherkommen sehen, aber sein Alarmsystem hatte ihn im Stich gelassen.

»Wenn du auch nur die kleinste Bewegung machst, du fettes Stück Scheiße«, sagte ich zu ihm in breitem New Yorker Dialekt, »dann schieß' ich dir den Schädel von den Schultern. Und du, Alter«, herrschte ich Busters Begleiter an, »behältst deine Hände schön auf dem Tisch, oder mein Partner pustet dir das Gehirn weg.«

Ich sagte das mit leiser, ruhiger Stimme. Ich wollte nicht, daß im Lokal eine Panik ausbrach, was bedeutet hätte, daß ich ihn hier hätte umlegen müssen; und jemanden in der Öffentlichkeit umzulegen war immer schlecht. Die Zeitungen hätten in großer Aufmachung über den Restaurant-Mord berichtet – wie sie es nach den Morden im Neapolitan Noodle getan hatten –, und die Polizei wäre wieder gezwungen gewesen, härter durchzugreifen als üblich. Bürgermeister Lindsay, der sich mit seiner Parole ›Jagt die Gangster aus der Stadt‹ hervorgetan hatte (was praktisch ein Ding der Unmöglichkeit war, wenn man die Tausende von Verbindungslinien bedenkt, die zwischen der ›Oberwelt‹ – den Richtern, Politikern, Polizisten, Staatsanwälten und Geschäftsleuten – und der ›Unterwelt‹ bestehen), hätte Fat Tony und seinesgleichen das Leben schwer machen können, und die Mobster hätten dafür in mir den Schuldigen gesehen.

»Es wird keine Probleme geben«, sagte ich, »wenn du tust, was ich dir sage. Ich will nur dein Geld und deinen Schmuck.«

Sein Instinkt sagte ihm zwar, daß ich log, aber DellaValle *wollte* mir glauben. Ich habe noch nie jemanden getroffen, der es bereitwillig hinnahm, daß sein Leben in ein paar Augenblicken zu Ende sein würde. Ich sah in Busters ängstlichen Augen, daß er fieberhaft überlegte, wie er diese Situation einzuschätzen hatte, und beobachtete, wie er versuchte, sich selbst davon zu überzeugen, daß ich die Wahrheit sagte.

»Steht langsam auf und geht zur Vordertür raus«, sagte ich. »Ich bin dicht hinter euch. Tut, was ich sage, und ihr bleibt am Leben. Wenn ihr Schwierigkeiten macht, sterbt ihr gleich hier.«

Ich drückte das Gewehr rechts an meinen Körper, so daß es von dem Radio verdeckt wurde, und eskortierte Buster und seinen Begleiter hinaus auf den Gehsteig. Aus dem rechten Augenwinkel bemerkte ich, daß die Bedienung mich anschaute, aber ich wußte, daß sie mich nicht würde identifizieren können. Buster und ich hatten zusammen in Dannemora gesessen, und selbst *er* hatte mich nicht erkannt.

Ich legte mit den Männern die paar Meter zum Wagen zurück. »Beweg dich, alter Saftsack«, sagte ich zu dem alten Mann. »Mein Partner erwartet dich am nächsten Block.« Zur Hölle mit Sullivans Warnung – »jeder, der bei Buster ist, muß auch dran glauben« –, dieser Mann hier stellte keine Bedrohung dar. Ich ärgerte mich, daß ich das Fahrrad zurücklassen mußte, aber mir blieb keine andere Wahl. Ich konnte nicht zurückfahren, um es zu holen.

Ich öffnete die Tür, befahl Buster einzusteigen und stieß ihn mit meinem Körper auf den Beifahrersitz, während ich ständig das Gewehr an seine Rippen gedrückt hielt. Dann langte ich hinüber, öffnete das Handschuhfach und nahm Handschellen heraus. Als er die sah, wurde DellaValle bleich. Ich versicherte ihm, das sei nur eine Vorsichtsmaßnahme.

»Wohin bringst du mich?« fragte er.

»Zu einem stillen Plätzchen. Wo ich dich gründlich filzen kann.«

»Ich geb' dir alles, was ich bei mir habe. Das ist kein Problem.«

»Das werd' ich mir schon selber suchen, du stinkendes Stück Scheiße.« Es war empfehlenswert, Schimpfwörter und brutale Ausdrücke zu gebrauchen, denn dadurch konnte man dem anderen klarmachen, daß er es nicht mit einem Amateur zu tun hatte. Ein Berufsverbrecher hat eine typische Sprache, auch einen typischen Tonfall. Auch die Bullen haben eine bestimmte Art zu reden. Und die Ärzte ebenfalls.

Ich drückte ihm den Schießprügel hart in die Seite. »Zuerst mal werd' ich mir *das* nehmen«, sagte ich, griff in seinen Gürtel und holte eine .22er heraus. »Jetzt beug dich nach vorn, du Wichser, und leg deine Hände auf den Rücken.« Ich legte ihm die Handschellen an und drückte ihn auf den Boden. Ich fühlte, daß mein Atem sich wieder zu normalisieren begann. Das Gröbste hatte ich hinter mir, wenngleich ich noch immer auf etwas Unerwartetes gefaßt sein mußte. Trotzdem zitterten meine Hände, als ich den Zündschlüssel umdrehte, das Auto startete und in Richtung der West Side von Manhattan davonfuhr. Wir hatten schon ungefähr ein halbes Dutzend Blocks hinter uns gelassen, da dämmerte es Buster. »Ich kenn' dich«, sagte er. »Aus dem Norden. Du bist der Grieche, nicht?«

Es machte keinen Unterschied, ob er es wußte oder nicht. »Ja, ich bin der Grieche.« Das erschreckte ihn, gab ihm aber auch ein bißchen Hoffnung.

»Donald . . ., du bist Donald . . . Donald . . .«

»Frankos.«

»Richtig! Der Grieche Frankos. Mensch, Grieche, wir sind doch Freunde.«

»Geschäft ist Geschäft, Buster. Bleib ruhig. Ich werde dir nicht weh tun, wenn du tust, was ich sage.«

Ich stellte mir vor, wie DellaValle darüber nachdachte, während wir weiterfuhren. Er versuchte, sich zu erinnern, was er über mich wußte, und was er dabei fand, war alles andere als ermutigend für ihn. Er war in meine Fußstapfen getreten, als er für Joey Gallo zu arbeiten begonnen hatte – und nur hierin konnte der Grund dafür zu suchen sein, warum ich ihn in dieses Auto verfrachtet und auf den Boden gestoßen hatte.

Ich versuchte, seine Gefühle nachzuempfinden, und fragte mich, was in meinem Kopf vor sich gehen würde, wenn ich in seiner Lage wäre. Ich war überzeugt, ich würde nicht um mein Leben betteln, so wie ich es von ihm erwartete, aber man konnte nie wissen.

»Was ist los, Grieche? Was hast du vor? Bitte, sag es mir.«

»Das hab' ich dir schon gesagt.«

»Du willst mich umbringen, Grieche, stimmt's?«

»Wie kommst du denn darauf, Buster? Ich will dich nur ausrauben.«

Aber DellaValle war schon zu lange im Geschäft und wußte zu gut, welchen Ruf ich hatte, um auf dieses unsinnige Gerede von einem Raub hereinzufallen.

»Was bezahlen sie dir dafür, Grieche?«

»Halt's Maul, Buster. Niemand bezahlt mich.« Ich fuhr auf den Westside Highway.

»Bitte, Grieche. Hör mir zu. Ich hab' eine Menge Geld. Ich hab's auf die Seite gebracht und sicher versteckt. Es gehört dir. Ich zeig' dir, wo's ist. Du kannst alles haben. Aber laß mich laufen, Grieche.«

Ich griff zu meinem rechten Fußknöchel hinunter, wo ich im Stiefel eine .22er Beretta versteckt hatte. Ich legte die Waffe in meinen Schoß, so daß Buster sie nicht sehen konnte. Er begann zu heulen. Schluchzend und zitternd winselte er um sein Leben.

»Ich werde dich nicht töten«, wiederholte ich. Wenn er starb, während er erwartete zu leben, wenn er plötzlich und unerwartet einschlief, dann starb er glücklich. Außerdem wollte ich, daß er sich beruhigte.

Er bot mir sein Geldverleiher-Geschäft an, sein Drogengeschäft und einen ›großen Haufen‹ Geld, den er versteckt habe. »Ich werde die Stadt verlassen, Grieche. Niemand wird jemals erfahren, daß du den Job nicht erledigt hast, und du wirst ein reicher Mann sein. Sei gescheit, mein Freund, *sag* ihnen, daß du mich umgelegt hast, und nimm alles, was ich dir angeboten habe.«

Ein paar Typen haben sich *tatsächlich* auf diese Weise retten können: Sie haben alles aufgegeben und sind weit weg gezogen. Aber für denjenigen, der den Kontrakt hatte, war das ziemlich riskant; zu vieles konnte schiefgehen. Wie auch immer, dieses Angebot reizte mich nicht. Zu dieser Zeit bedeutete mir mein Ruf als zuverlässiger Partner, als zäher Bursche und als ›Hitter‹ (in den Augen der Mobster rangiert niemand höher als ein ›Hitter‹) mehr als alles andere auf der Welt.

In der 30th Street fuhr ich rechts ran und hielt an. Es war wenig Verkehr, aber die Spannung im Wagen war nicht mehr auszuhalten. Buster machte sich in die Hosen; ein ekelhafter Gestank erfüllte plötzlich das Auto.

Das letzte, was DellaValle sagte, war eine Entschuldigung dafür, daß er in mein Auto geschissen hatte. Ich schoß ihm zweimal ins Genick, und sein Kopf prallte so heftig gegen das Armaturenbrett, daß ich Angst hatte, er würde es durchschlagen. Schließlich sackte DellaValle auf den Boden und blieb dort ruhig liegen. Er war tot.

Ich drückte Busters Leiche noch tiefer hinunter, warf eine Decke darüber, die ich auf dem Rücksitz bereitgehalten hatte, und fuhr mit dem stinkenden Auto in die 12th Avenue. Da hier sehr viele Leute unterwegs waren, fuhr ich um die Ecke und parkte den Wagen auf dem Gehsteig, mit der Beifahrerseite vor dem Eingang zum Gemüseladen. Der Inhaber half mir, DellaValle in den hinteren Raum zu schaffen.

»Die Sache ist erledigt«, sagte ich John Sullivan am Telefon.

»Wo bist du jetzt?«

»Bei Swannee.« Das war ein Deckname für den Gemüseladen.

»Ich will's sehen.«

Während ich auf John wartete, blieb ich nicht untätig. Ich machte Buster die Handschellen ab und entkleidete ihn, eine unangenehme Arbeit; ich durchsuchte seine Taschen nach Geld, hievte ihn mit Unterstützung des Ladenbesitzers auf den Tisch, holte die Müllsäcke, die Handschuhe, die Schutzbrille, den Arztkittel und die Kettensäge aus dem Auto herein und parkte schließlich den Wagen woanders. Ich konnte mir ein Lächeln nicht verkneifen, denn ich wußte, wenn ich mit dem Ganzen fertig war, würde niemand Buster wieder zusammensetzen können – und die Bullen würden sich verdammt schwertun, ihn zu identifizieren, falls sie durch irgendeinen dummen Zufall irgendeinen Teil von seinem Körper finden sollten.

Es klopfte an der Hintertür. »Wer ist da?« fragte ich.

»Ich bin's, John.«

Nachdem ich ihn hereingelassen hatte, warf er einen kurzen Blick auf die nackte Leiche und drückte mir dann fast die Luft ab. Er packte mich, umfaßte meinen Rücken, umarmte und küßte mich. »*Keiner* kann so was besser als du«, sagte er. »Du bist ein meisterhafter Killer. Du bist der Beste, Grieche. Sogar Trigger Burke in seinem Grab würde anerkennend lächeln.«

Trigger Burke war Johns Vorbild. Burke, ein berüchtigter irischer Gangster, der ohne Reue und ungebeugt 1957 in Sing Sing auf dem elektrischen Stuhl Platz nahm, hatte angeblich mehr als einhundert Leute umgebracht. Das höchste Kompliment, das John Sullivan machen konnte, war ein Vergleich mit Trigger Burke, seinem Mentor.

Dann entdeckte John die Müllbeutel und die Kettensäge. »Fat Tony hat entschieden, daß Buster nicht zerteilt werden soll«, sagte er. »Er möchte, daß alle Welt ihn sieht, als Warnung an alle, daß es sich nicht lohnt, Mitglieder seiner Familie zu töten.«

Technisch gesehen, hatte John Sullivan recht. Die Truppe von Joey Gallo (einschließlich DellaValle) gehörte auch zur Colombo-Organisation, mit der die Manfredis verbunden gewesen waren, obwohl Joey Gallo gegen diese Organisation Krieg geführt hatte, die jetzt von Junior Persico geleitet wurde.

Fat Tonys Interesse war in dem Anteil an den Drogenprofiten begründet, den seine Genovese-Organisation dafür erhielt, daß sie den Drogenhändlern Zutritt zu ihrem Gebiet gewährte.

John sagte: »Schneid ihm nur die Arme an den Ellbogen ab und kleb sie ihm auf den Bauch.« Das sollte soviel heißen wie: Wenn du einen von uns umbringst, dann wirst du eines Tages die Hände verlieren, mit denen du die Pistole gehalten hast.

In der Nacht noch verscharrten wir DellaValles Leiche in einem flachen Grab auf einem Farmgelände in Green County im Staat New York, ungefähr zweihundert Kilometer nördlich von Manhattan. Es dauerte dann länger, als wir gedacht hatten, bis sie gefunden wurde. Am 7. März 1974 stolperten Jäger darüber.

John zahlte mir an dem Abend nach dem Mord den zweiten Teil der Vertragssumme aus, fünftausend Dollar; dazu kamen noch die dreitausend Dollar, die ich Buster abgenommen hatte.

Wir gingen in ein Bauchtanz-Lokal, stopften uns mit arabischem Essen voll und tranken tüchtig, während wir den Tänzerinnen zuschauten, wie sie sich formvollendet im Rhythmus der arabischen Musik bewegten.

Ich dachte an Buster, den wir oben im Norden begraben hatten, als ich mit einem Mädchen das Lokal verließ. John folgte mir nach draußen und umarmte mich noch einmal herzlich. »Fat Tony hat letzte Nacht sehr gut geschlafen«, flüsterte er mir ins Ohr. »Du hast seinen Durst nach Blut gestillt.«

»Ich freue mich für Fat Tony«, sagte ich. *Und auch für dich, Grieche,* dachte ich bei mir. *Dein Bauch ist voll, und deine Taschen sind gut gefüllt. Du hast es zu etwas gebracht.*

2. Kapitel

Onkel Gus

Mein Vater hieß George Frangos – ich habe die Schreibweise meines Nachnamens später in Frankos geändert – und wurde 1891 in der Stadt Kardanyla auf der kleinen griechischen Insel Chios geboren, die in der Ägäis liegt, nur ein paar Kilometer von der türkischen Küste entfernt. Er war der älteste von neun Kindern, und er verließ Chios 1905 als Seemann auf einem Schiff, das seinem sehr wohlhabenden Patron, einem Mann namens Livanos, gehörte, und kehrte nie mehr zurück. George war ein großer Mann, weit über einen Meter neunzig; er kam mit der Handelsmarine um die Welt, und obwohl er eigentlich keine richtige Schulbildung besaß, brachte er es bis zum stellvertretenden Bordingenieur. Man erzählte mir auch, er habe sechs Sprachen gelernt.

Mein Vater kam 1919 in den USA an, es war in Jersey City, wo er von Bord ging. Er erhielt eine Arbeit als Heizkessel-Aufseher bei Bristol-Myers in Newark, und außerdem fand er einen Teilzeitjob als Handlanger.

Als er vierzig Jahre alt war, 1931, heiratete mein Vater meine zukünftige Mutter Irene, fünfunddreißig Jahre alt und ebenfalls eines von neun Kindern. Sie war eine sanftmütige, attraktive Blonde, die aus Syrakus, einer hunderttausend Einwohner zählenden Stadt im Südosten von Sizilien stammte. Sie hatten drei Kinder: meine Schwester Georgia, die 1932 geboren wurde; meinen Bruder Jimmy, der 1935 zur Welt kam; und mich, geboren in Hackensack in New Jersey am 10. November 1938.

1936 gründete mein Vater eine Baufirma, die in Rutherford in New Jersey Einfamilienhäuser baute. Doch in diesen Jahren der Großen Depression war es für kleine Unternehmen äußerst schwierig, und mein Vater ging bankrott. Die finanziellen

Schwierigkeiten waren auch mit ein Grund für die Scheidung meiner Eltern im Jahr 1938, während meine Mutter gerade mit mir schwanger war. Mein Vater ging danach nach Louisiana, um in der Ölindustrie einen Neuanfang zu machen.

Meine Mutter starb kurz nach meiner Geburt aufgrund von Komplikationen bei der Entbindung, und wir drei, Georgia, Jimmy und ich, wurden in ein Pflegeheim in Hackensack gesteckt, bis uns mein Vater, der inzwischen wieder geheiratet hatte, Ende 1939 zu sich nahm. Er brachte uns nach Franklin in Louisiana, wo sein Ölversuchsbohrungs-Unternehmen trotz enormem Arbeitseinsatz bis dahin nur eine Reihe von trockenen Löchern zutage gefördert hatte.

In meinen Kindheitserinnerungen erscheint mein Vater als ein starker, kraftstrotzender Mann, von dem wir annahmen, er würde uns immer lieben und beschützen, doch in Wirklichkeit stand es mit seiner Gesundheit nicht zum besten. Nachdem er nach einem schweren Nierenversagen ins Krankenhaus gebracht worden war, sagte er uns, er habe nicht mehr lange zu leben. Seine neue Frau, eine junge Telefonistin, sagte, sie könne nicht allein die Verantwortung für drei Kinder übernehmen, und da er nicht wollte, daß wir ins Waisenhaus kamen, wandte er sich an seine Brüder Nick und Konstantin. Onkel Nick sagte zu, Jimmy zu sich zu nehmen und in Newark aufzuziehen. Onkel Konstantin, genannt Gus, versprach, mich und Georgia bei sich und seiner Frau Hope in Ambridge in Pennsylvania aufzunehmen.

1943 starb mein Vater im Alter von zweiundfünfzig Jahren, froh darüber, daß wenigstens seine Kinder gut untergebracht waren. Onkel Gus, achtundzwanzig Jahre alt, kam mit seiner siebzehnjährigen Braut, unserer Tante Hope, nach Louisiana und holte uns ab.

Wir wohnten im ersten Stock eines Hauses in Ambridge, das Tante Hopes Eltern gehörte, die ich bald Großmutter und Großvater nannte. Tante Hope war für mich wie eine Mutter (so nenne ich sie auch in diesem Buch). Obwohl Onkel Gus mich 1945 formell adoptierte und meinen Namen von Donald

George Frangos in Donald Gus Frangos änderte – nach griechischem Brauch erhält der Sohn den ersten Vornamen des Vaters als zweiten Vornamen –, sagte ich nie ›Vater‹ zu ihm.

Der Mann, der nun mein neuer Vater war, ein übellauniger grober Klotz, den niemand unter Kontrolle halten konnte, arbeitete als unabhängiger Bauunternehmer im Osten der USA, wo er Brücken reparierte und strich. Wenn er zwischen Aufträgen zu Hause war, schlug Gus meine Mutter oft ziemlich brutal, manchmal auch vor den Augen ihrer Eltern, die es aufgaben, sich einzumischen, nachdem er seine Wut auch gegen sie gerichtet hatte.

1947 zogen wir nach Beaver Falls, knapp dreißig Kilometer nördlich von Ambridge, und ohne unsere Großeltern wurde unser Leben dort buchstäblich zur Hölle. Eines Abends besuchte Mutter einige Verwandte und ließ Georgia und mich allein zu Hause. Onkel Gus schickte mich früh ins Bett, aber ich erwachte, als ich meine Schwester schreien hörte. Als ich die Schlafzimmertür öffnete, um nachzusehen, stürzte mir Georgia entgegen, nackt und hysterisch. Sie warf ihre Arme um meinen Hals, zitterte am ganzen Körper und konnte kein verständliches Wort herausbringen, aber ich wußte, sie wollte sagen: Hilf mir! Bevor ich mir noch den Schlaf aus den Augen wischen konnte, riß Onkel Gus sie weg, ohrfeigte sie, gab auch mir einen Stoß und rief: »Du kleiner Bastard, wenn du einen Ton davon Tante Hope erzählst, jag' ich dich aus dem Haus. Ich laß' dich draußen erfrieren, verhungern, und kein Mensch wird sich um dich scheren.«

Als Georgia und ich am nächsten Morgen unseren vier Kilometer langen Schulweg hinter uns brachten, weinte sie die ganze Zeit. Und als wir nachmittags wieder nach Hause trotteten, heulte sie vor Angst. So ging das von diesem Tag an ständig. Ich litt darunter, daß meine Schwester solche Qualen erdulden mußte, und ich ärgerte mich darüber, daß ich zu klein und zu schwach war, um sie vor Onkel Gus zu beschützen. Er befummelte sie oft, schlief mit ihr, wann immer er Lust dazu hatte, und drohte, jeden umzubringen, der darüber reden würde.

Abends besuchten meine Schwester und ich Kurse der griechisch-orthodoxen Kirche. Wir lernten die Riten unserer traditionsbewußten Kirche kennen, lauschten Geschichten über Märtyrer und Heilige, nahmen am Sakrament der Kommunion teil und lernten die griechische Sprache.

Anders als unsere gleichaltrigen Kameraden freuten Georgia und ich uns auf die Schule. Da waren wir weg von zu Hause, wo nicht ein Tag verging, wenn Onkel Gus vom Brückenanstreichen zurück war, ohne daß er uns gequält oder geschlagen hätte. Oft bekam auch Mutter Schläge, wenn sie versuchte, seinen Gewaltausbrüchen Einhalt zu gebieten.

Gus wollte sich auch mit keinem von uns unterhalten. Nie plauderte er auch nur ein bißchen mit Mutter oder mit mir, und mit meiner Schwester sprach er nur während seiner sexuellen Übergriffe. Wenn wir mit ihm reden mußten, bestand er darauf, daß wir griechisch sprachen, und wenn jemand ein englisches Wort fallenließ, setzte es sofort einen Hieb. Ich glaube, Gus hielt sich ernsthaft für einen Familienvater, der sich dafür aufopferte, das Versprechen zu erfüllen, das er seinem Bruder auf dem Sterbebett gegeben hatte, nämlich dessen Kindern das Waisenhaus zu ersparen.

1949 übersiedelten wir nach New York – ›dort gibt's mehr Möglichkeiten‹, sagte mein Onkel. Wir wohnten in einer Dreizimmer-Wohnung ohne Warmwasser im vierten Stock eines heruntergekommenen Mietshauses ohne Aufzug, das in der 47th Street lag, zwischen der 10th und 11th Avenue. Nachdem es mit seinem Brückenreparatur-Geschäft bergab gegangen war, nahm Gus die Stelle eines Kochs in einem Restaurant in der 49th Street an.

Mutter, die einen ersten vorsichtigen Versuch unternahm, sich unabhängig zu machen, fand einen Job bei der Western Union, und Georgia arbeitete in Teilzeit bei Woolworth. Gus führte ein strenges Regiment. Seine weiblichen Arbeitskräfte mußten jeden Tag nach der Arbeit unverzüglich nach Hause kommen und ihm am Freitag ihren Lohnscheck abliefern.

Wir lebten in einem von Iren bevölkerten Viertel, das als

Hell's Kitchen bekannt war, und außer uns gab es dort keine Griechen. Dicht neben der von Abfall übersäten Straße reihte sich eine Mietskaserne an die nächste. Die Wäsche hing zum Trocknen auf Leinen, die zwischen den Notausgängen der Häuser aufgespannt waren, alte Frauen unterhielten sich von Fenster zu Fenster, und die Kleinen kickten dauernd irgendwelche Büchsen durch die Gegend. Die Jungen liefen oft nur in der Unterwäsche herum, und die Mädchen trugen kurze Latzhosen. Der beliebteste Zeitvertreib war es, über den Wasserstrahl eines offenen Hydranten zu springen.

Ich war ein sehr geselliges Kind, schloß leicht Freundschaften und suchte immer nach Bestätigung durch andere Jungen – vielleicht weil ich von Gus keine Anerkennung erhielt. Und dieser Charakterzug hat mich mein ganzes Leben lang geprägt. Ich glaube, mit dieser ständigen Suche nach Freunden läßt es sich teilweise erklären, warum ich später mit so vielen Gangstern bekannt wurde.

In der Schule hatte ich eine erste schmerzhafte Begegnung mit einem Klassenkameraden namens Jimmy, der später in meinem Erwachsenenleben eine wichtige Rolle spielen sollte. Jimmy machte sich einen Spaß daraus, andere zu schikanieren. Eines Tages schlug er mir brutal ins Gesicht und in den Magen. Ich stürzte zu Boden, und weil ich momentan nicht wußte, was ich tun sollte, gab ich ihm mit der offenen Hand eine Ohrfeige. Jimmy lachte nur darüber, daß ich mich nicht stärker zur Wehr setzte.

Jimmy war elf und sah aus wie sechzehn. Er erlaubte mir, mit ihm umherzuziehen, was ich vor allem deswegen gern tat, um Gus zu ärgern, der mir befohlen hatte, sofort nach der Schule heimzukommen und in der Wohnung zu bleiben. Aber wie hätte er nachprüfen können, ob ich mich daran hielt? Er arbeitete bis acht Uhr abends, und dann besoff er sich noch tüchtig, bevor er nach Hause ging.

Jimmys einziger Ehrgeiz bestand darin, ein Mobster zu werden. Er zeigte mir seine großen Vorbilder, wie zum Beispiel Eddie McGrath, der sein Geschäft von einer Cafeteria in der

59th Street aus betrieb. Der rothaarige McGrath, ein stämmiger Kerl, der Verbindungen zu Lucky Luciano hatte, dem italienischen Boß der Bosse, trug stets einen Anzug, und die Bewohner des Viertels begegneten ihm mit großem Respekt. Er stellte eine Macht dar auf den Docks der West Side und war tief verwickelt in Kreditwucher, Glücksspiele, Schutzgelderpressung und Mord. Ihm gehörten zahllose Flipper- und Zigarettenautomaten; er hatte Polizisten in der Hand und enge Verbindungen zu wichtigen Politikern.

Hughie Mulligan war ein weiteres Idol von Jimmy. Obwohl er hundertfünfzig Kilo wog, sah Hughie immer wie aus dem Ei gepellt aus in seinem Nadelstreifenanzug mit dünner Krawatte, weißem Hemd und grauem Hut und seiner goldenen Taschenuhr in der Westentasche. Er bezeichnete sich als Gewerkschaftsdelegierter, aber seine beträchtlichen Einkünfte stammten von den Glücksspielen, die er organisierte. Polizisten schnitten einmal ein Gespräch mit, das Mulligan auf den Docks führte. »Schaut euch die da drüben an«, sagte er traurig. »Da ist kein einziger Weißer dabei. Kein einziger verdammter Weißer.« Die Truppe, auf die er sich bezog, bestand aus Italienern.

McGrath und Mulligan waren Bosse, aber die beiden Männer, die mich am meisten faszinierten, hießen Cockeye Dunn und Elmer ›Trigger‹ Burke, zwei eiskalte Killer, die beide später in Sing Sing auf dem elektrischen Stuhl landeten. Jimmy und ich spähten oft durch die schmierigen Fensterscheiben einer Bar in der 49th Street, um Burke zu beobachten, wie er mehrere Whiskeys hinunterkippte und dann sein Gesicht (das durch eine Akne, die er als Kind gehabt hatte, entstellt war) so verzog, daß es die exakten Züge von Jimmy Cagney bekam. Er war von kleiner Statur wie Cagney und trug einen Anzug mit wattierten Schultern, und er versuchte in jeder Hinsicht, seinem Filmidol zu gleichen. Ich erfuhr, daß einige Leute Burke aufgrund der Heldentaten, die er im Zweiten Weltkrieg vollbracht hatte, mit Audie Murphy verglichen. Aber er war kein Audie Murphy. Die Polizei schätzte, daß er im Lauf seiner außergewöhnlich gewalttätigen kriminellen Karriere mehr als einhundert Menschen umbrachte.

Cockeye Dunn, einem Profikiller, der einst für Dutch Shultz gearbeitet hatte, begegnete ich eines Tages auch. Er saß mit Eddie McGrath bei Horn and Hadart zusammen, und dort entdeckte er Jimmy und mich, wie wir ihn beobachteten. »Komm mal rüber, Kleiner«, sagte er zu mir. Er hob mich auf seinen Schoß und gab mir einen Dollar. »Deine Mutter liebt dich«, sagte er. »Paß auf sie auf, wenn du mal groß bist.«

Viele in unserem Viertel hielten diese irischen Gangster für Robin Hoods, und die Mobster waren sicherlich auch eher als klassische Geschäftsmänner bereit, den Leuten in der Gegend zu helfen, wenn es Schwierigkeiten bei der Bezahlung der Miete oder anderer Rechnungen gab. Diese hartgesottenen, einflußreichen Ganoven fuhren Buicks, Lincolns und Cadillacs (die immer schwarz oder zumindest dunkelgrün waren), machten einen recht machtbewußten Eindruck und waren offenbar in der Lage, sich alles zu verschaffen, was sie wollten. Ich bin sicher, unterbewußt wollte ich genauso werden wie sie. Ich war überzeugt, sie würden wissen, wie man mit Onkel Gus fertig werden könnte.

Onkel Gus. Weder das Alter noch die Veränderung der Umgebung hatten ihn milder werden lassen; im Gegenteil, er wurde sogar noch unerträglicher. Ohne daß wir ihn irgendwie herausgefordert hätten, ging er immer wieder mit seinen Fäusten auf mich, auf Mutter oder auf Georgia los. Und außerdem entwickelte er noch eine besonders widerwärtige Verhaltensweise: Er nannte Georgia seine ›wahre Liebe‹ und streichelte und befummelte sie zu meinem Erschrecken und Entsetzen auch direkt vor unseren Augen, wie ein liebeskranker Teenager.

Eines Tages teilte uns Gus völlig unerwartet mit, daß er ein Seemanns-Patent erworben habe und als Steward auf der *SS Stony Greek* in See stechen werde. Er sagte, Mutter und Georgia könnten ja für die Familie sorgen, während er unterwegs sei.

Bei dieser Neuigkeit konnten wir unsere Freude kaum verbergen. Und als wir drei dann das erste Mal allein waren, feierten wir dieses Ereignis mit Bergen von Eiskrem. Es war eines unserer seltenen Vergnügen.

Ich trieb mich dann immer häufiger mit gleichaltrigen Iren herum, besonders mit einem Jungen namens Danny McCrossin, der genauso wie Jimmy von den Gangstern schwärmte. Einen Blick auf Hughie Mulligan zu erhaschen, wie er die Straße entlangspazierte, war für ihn das Höchste, und das brachte ihn auch dazu, seine eigenen kleinen Verbrechen zu begehen. Der große, dürre, schüchterne Junge mit den X-Beinen, der gerade mal zwölf Jahre alt war, ließ immer öfter sein Hobby, das Bauen von kleinen Schiffen in Flaschen, links liegen, um in irgendwelche Appartements in der Nachbarschaft einzubrechen.

Gus blieb auf seiner ersten Fahrt sechs Monate weg, kam dann für einen Monat nach Hause, in dem er mit einer beängstigend ruhigen Georgia Sex machte, und trat schließlich seine nächste längere Fahrt an.

Ich machte mir große Sorgen wegen meiner Schwester. In Ambridge hatten wir noch miteinander reden und uns unsere Sorgen erzählen können, aber jetzt, da Georgia zu einer auffallend schönen jungen Frau heranwuchs, wurde sie kühl und unnahbar. Oft saß sie einfach nur still in sich gekehrt da, preßte ihre Fäuste zwischen die Schenkel und zitterte heftig; sie wurde außergewöhnlich verschlossen, zog sich immer mehr zurück, ging von der Schule und verließ das Haus nur noch für ihren Job bei Woolworth. Es brach mir das Herz, wenn ich die glasige Leere in ihren Augen sah.

Abends sprach meine Mutter oft mit mir über Gewalt. »Du hast gesehen, wie unglücklich Gus uns gemacht hat«, pflegte sie zu sagen. »Bitte, Donald, werde nicht auch so. Lerne aus dem, was wir erlebt haben. Die stärksten Männer sind die mit einem weichen Herzen.«

Und ich war ein rücksichtsvoller Mensch. Ich verhielt mich

so, wie meine Mutter es von mir verlangt hatte. Ich hing zwar mit wilden Jungs herum – und in Hell's Kitchen gab es keine anderen –, aber ich prügelte mich nicht, und ich verletzte keine Gesetze.

Dann kam Gus wieder von einer Fahrt zurück und kündigte uns an, wir würden nach Pittsburgh in Pennsylvania ziehen, wo er sein altes Brückenreparatur-Geschäft wieder aufnehmen wollte. Nach knapp zwei Wochen bezogen wir dann ein kleines Haus in der Charles Street im Norden von Pittsburgh.

Natürlich machte sich Gus wieder an Georgia heran; er verhielt sich wie eine Mischung aus ausgehungertem Seemann und schwärmerischem Teenager. Sie lebte in einem derartigen Dämmerzustand, daß ich mich fragte, ob sie ihn überhaupt noch fühlte, ihn noch sah, seine kindischen Liebesschwüre überhaupt noch wahrnahm.

Als ich die Allegheny High-School im zweiten Jahr besuchte, ging ich zum Footballspielen und verstieß damit bewußt gegen Gus' Anordnung, sofort nach der Schule nach Hause zu kommen. Ich mochte alles, was mit diesem Spiel zusammenhing, besonders den Teamgeist und die Kameradschaft der Mitspieler, und ich versuchte, nicht daran zu denken, was passieren würde, wenn mir mein Onkel dahinterkommen würde.

Doch das tat er bald. Als wir zwei Wochen vor unserem Saison-Eröffnungsspiel trainierten, wurde ich von einem gegnerischen Spieler ans Schienbein getreten, ich ging zu Boden, er rollte über mich drüber und landete auf meiner Schulter, was dazu führte, daß ich mir ein Schlüsselbein brach. Ich ging nach Hause und war entschlossen, die Schmerzen still zu ertragen. Aber beim Abendessen preßte Gus, der merkte, daß etwas nicht in Ordnung war, die Geschichte aus mir heraus. Auf dem Weg ins Krankenhaus war sein Gesicht eine undurchdringliche Maske, und er sagte kein Wort. Als wir vor dem Eingang zur Notaufnahme anhielten, begann er wie wahnsinnig mit der Faust auf mein Schlüsselbein zu schlagen. Ich dachte, er würde überhaupt nicht mehr aufhören, und meine Brust würde unter den Schlägen zertrümmert werden.

In meinem Jahr als Junior heiratete Georgia einen Griechen namens Spiro, der als Anstreicher für Gus gearbeitet hatte. Mutter arrangierte diese Heirat, und Gus konnte nichts dagegen unternehmen. Ich war erleichtert, daß Georgia sich von Gus gelöst hatte, aber ihr neues Glück dauerte nur kurze Zeit.

Georgia wurde schwanger, und irgend jemand erzählte ihrem Ehemann, daß sie des öfteren von Gus vergewaltigt worden sei. Spiro hatte große Schwierigkeiten, mit dieser Information zurechtzukommen. Georgia bettelte ihn an, sie nicht zu verlassen – denn das hätte bedeutet, daß sie zu uns hätte zurückkehren müssen –, und schließlich zeigte er sich einverstanden, ihrer Ehe in New Jersey eine neue Chance zu geben. Sie zogen in die Nähe des Ortes, wo mein Bruder Jimmy mit Onkel Nick lebte.

Georgia bekam ihr Kind, aber ihrer Ehe half das nicht. Spiro zog mit dem Kind nach Detroit um, und kurz darauf erlitt Georgia das, was man rücksichtsvollerweise als Nervenzusammenbruch kaschierte: Sie versuchte, sich umzubringen. Onkel Nick veranlaßte, daß sie in ein psychiatrisches Krankenhaus gebracht wurde, und dort ging es ihr von Tag zu Tag schlechter. Sie bekam ungefähr fünfzig Elektroschock-Behandlungen, aber es half ihr alles nichts.

Meine süße Georgia. Weil ich sie nie mehr wiedergesehen habe, nachdem sie nach Newark gezogen war, möchte ich jetzt ihre Geschichte beenden. Mitte der sechziger Jahre, mehr als zehn Jahre später, schaffte es der immer noch liebeskranke Gus irgendwie, sie in dieser psychiatrischen Klinik in New Jersey ausfindig zu machen, und er heiratete sie und nahm sie mit nach Griechenland. Gus starb 1983 in seinem Heimatland, und daraufhin kehrte Georgia in die USA zurück, immer noch in schlechter Verfassung und schrecklich verstört, wo sie schließlich 1988 starb.

Nachdem ich 1956 an der Allegheny High-School mein Examen gemacht hatte, spielte ich mit dem Gedanken, zur Marine zu gehen, denn das erschien mir als eine wesentlich sinnvollere Alternative, als weiterhin mit Gus unter einem Dach zu leben. Ich erwartete eigentlich, daß Mutter mich umzustimmen versuchen würde, aber statt dessen bestärkte sie mich und sagte: »Wenn du zum Militär gehst, werde ich mich von Gus scheiden lassen.«

Ich schaute sie überrascht an. »Ich bin nur wegen Georgia und dir solange bei ihm geblieben«, fuhr sie fort. »Gott weiß, daß ich bei deiner Schwester versagt habe, und es quält mich, wenn ich daran denke, daß sie in dieser Anstalt ist. Ich habe mir immer gesagt, daß es noch schlimmer kommen würde, wenn ich ihn verlassen würde, weil er dann allein mit euch gewesen wäre, aber ich konnte mir nicht vorstellen, daß es für Georgia so tragisch enden würde. Aber ich habe zumindest noch dich, Donald.«

»Ich werd's versuchen, Mutter.«

»Ich weiß. Du bist ein guter Junge.«

Ich ging zu ihr hinüber und nahm sie in die Arme. Sie war dünn und zerbrechlich. »Ich kann nicht mehr länger mit Gus leben«, sagte sie. »Ich werde ein neues Leben anfangen, und ich hoffe, daß du es auch schaffst.«

Irgendwann im November 1956 packte mir meine Mutter, stolz über die Entscheidung, die ich getroffen hatte, ein Lunchpaket, sagte, daß sie mich liebte, und brachte mich zum Bahnhof. Sie winkte mir zum Abschied nach, solange, bis sie nur noch ein kleiner Punkt auf dem Bahnsteig war.

Ich habe oft nachgedacht über die Wege, die ich hätte gehen können, aber dann doch nicht eingeschlagen habe. Ich mußte zwar weg von Gus, aber es gab auch noch andere Möglichkeiten als die Navy. Man hatte mir an der University of Maryland ein Sport-Stipendium angeboten, und ich hätte es beinahe auch angenommen. Warum tat ich es dann doch nicht? Weil ich mir mehr Distanz schaffen wollte, zumindest einen großen Ozean zwischen mich und meine Familie bringen wollte. Ich träumte davon, mit der Navy in weit entfernte, exotische Länder zu kommen, idyllische, sonnendurchflutete Paradiese kennenzulernen, wo ich an weißen Sandstränden liegen und meine Gedanken von allen Erinnerungen an Gus reinigen würde. Und vielleicht würde ich sogar nach Griechenland kommen.

3. Kapitel

Unerlaubtes Entfernen von der Truppe in New York

Im Ausbildungscamp der Marine in Bainbridge in Maryland wurde ich ein begeisterter Wassersportler, der mit Vorliebe vom Achtzehn-Meter-Brett in einen künstlich aufgewühlten Pool sprang. Aber nicht alles an der Grundausbildung gefiel mir. Meinen ersten Kampf – die Auseinandersetzungen mit Jimmy und Gus waren ja immer recht einseitig verlaufen – focht ich mit einem anderen angehenden Marinesoldaten im Judo aus. Ich wollte ihm nicht weh tun, und als Boyle, unser Ausbildungsoffizier, das bemerkte, nahm er mich zur Seite und sagte: »Hör mir mal zu, Stärke ist nicht alles in der Navy; du mußt auch bereit sein, dich einzusetzen, du mußt aggressiv sein. Frankos, entweder du gehst jetzt richtig hart zur Sache, oder du rasselst durch die Prüfung. Und Durchfallen heißt, daß die Grundausbildung wieder von vorn anfängt.« Er schob mich zu einem ungeschlachten Kerl aus Chicago, einem Stahlarbeiter-Sohn, der mich im Handumdrehen auf die Matte warf. Ich stand auf, und er legte mich erneut aufs Kreuz.

Boyle ging dazwischen, führte ein paar Griffe vor und sagte: »Dieser Kerl macht Hackfleisch aus dir, wenn du dich nicht endlich wehrst. Du bist ein verdammter Weichling, der sich alles gefallen läßt.«

In der nächsten Runde versuchte ich, meinen Gegner zu Fall zu bringen, und ich war dabei so geschickt und schnell, daß er wie vom Blitz getroffen zu Boden ging. Ich schickte ihn dann noch ein paarmal auf die Matte und hoffte, er würde endlich unten bleiben.

Zur Ausbildung gehörten auch Pflichtkurse im Boxen, zwei Stunden in der Woche. Der Trainer sagte: »Zieht die Handschuhe an, Ladies. Jeder Rekrut kommt diesmal dran.«

»Ich kann nicht, Sir«, sagte ich.

»Warum nicht?«

»Ich möchte niemandem weh tun«, antwortete ich aufrichtig. »Und ich habe Angst, mir Schläge einzufangen.«

»Du kleiner Angsthase, genau das *wirst* du tun.«

Ich stieg in den Ring, und dort begann ein Rekrut, mich mit seinen Schlägen zwischen den Seilen hin und her zu jagen. Ich machte alles falsch, kippte sogar vornüber, kehrte ihm den Rücken zu. Als er auf meine Nieren einzuhämmern begann, sprang ich aus dem Ring heraus.

»*So einer* soll die Russen in Schach halten?« fragte der Trainer entgeistert. »Schwing deinen feigen Arsch sofort wieder in den Ring!«

»Ich will nicht«, sagte ich.

»Ich versohl' dir eigenhändig den Hintern, du Memme, wenn du nicht sofort wieder reingehst«, versprach er mir.

Blut lief mir aus der Nase, während ich mit schwachen Schlägen versuchte, mir meinen Gegner vom Leib zu halten. Der Trainer verfolgte diese Farce ungefähr zwanzig Sekunden lang, bevor er abpfiff. »Frankos, du Hurensohn, du führst dich im Boxring ja auf wie ein Waschlappen.«

Er brummte und fluchte, während er mir zeigte, wie ich die Fäuste halten sollte, und gab uns dann das Zeichen zur nächsten Runde. Ich vergaß alles, was mir meine Mutter über Gewalttätigkeiten gesagt hatte, und begann zu schlagen. Ich landete drei gute Treffer, und der Seemann ging wie ein Sack zu Boden. Als ich ihm aufhalf und sagte, daß es mir leid tue, sprang der Trainer in den Ring und brüllte mich an: »Frankos! Du sollst dich niemals bei einem Mann entschuldigen, dem du im Kampf gegenüberstehst!«

Nachdem ich die Ausbildung abgeschlossen hatte, bekam ich einen Marschbefehl nach Norfolk in Virginia, wo ich auf der *USS Sierra* im Lager arbeiten sollte. Sofort lud ich meine Mutter ein, mich zu besuchen, und als sie schließlich ankam, zeigte ich ihr das gesamte Schiff. Sie blieb zwei Tage, und sie sah glücklicher aus, als ich sie jemals gesehen hatte. Nicht ich war der Grund dafür; sie hatte vielmehr Gus verlassen und die Scheidung eingereicht.

Von Norfolk aus fuhr ich mit der Sechsten Flotte in die Karibik. Gelegentlich veranstalteten wir auf der *Sierra* Boxkämpfe, und ich gewann alle meine vier Auftritte durch K.o.-Schläge. Die Gewichtsklasse spielte keine Rolle. Ich war beweglich genug, um im Fliegengewicht oder gegen Schwergewichtler über einhundert Kilo anzutreten. Mich faszinierte nicht die Gewalt, wie einige meiner Kameraden, die harte Schläge austeilten, um dann selbst welche einzustecken; mir ging es um die anderen Vorteile, die ich daraus zog: die Matrosen wollten mit mir zusammensein und mir zuhören, und auch die Offiziere bezeugten mir Respekt. Ein weichherziger Mann, um auf Mutter zurückzukommen, ist vielleicht der verehrungswürdigste, aber er hat nicht notwendigerweise viele Freunde.

Ich war im großen und ganzen recht zufrieden mit meinem Leben in der Navy, wenngleich ich es schon ein bißchen bedauerte, daß es nie auf eine Tour ins Mittelmeer ging und ich keine Chance bekam, Griechenland oder Sizilien, die Heimat meiner leiblichen Eltern, zu besuchen. Dort hätte ich vielleicht, so scheint es mir heute, etwas von der europäischen Kultur aufgenommen, vielleicht sogar ein gewisses Interesse für die griechische Klassik entwickelt. Aber anstatt glanzvolle alte Bauwerke in Athen zu bestaunen, sah ich Bordelle in Barbados; die Vorstellungen von der feinen sizilianischen Küche, die mir das Wasser im Mund zusammenlaufen ließen, ertränkte ich in Port-au-Prince mit Rum und Coke; und der Versuch, in Florenz die Pracht mittelalterlicher Wandteppiche zu bestaunen, wurde bei mir ersetzt durch das Erlebnis, in San Juan einen Tätowierer dabei zu beobachten, wie er komplizierte Muster in meine Haut ritzte.

Auf Landgang verhielt ich mich wie der typische geile Seemann. In Havanna besuchte ich mit meinen Kumpels einen

Club von Meyer Lansky, in dem ein Kerl namens Samson eine Frau mit seinem vierzig Zentimeter langen Schwanz befriedigte. Wir bezahlten zwei Dollar, um dieses Spektakel zu sehen, und weitere zwei, um einem Mädchen zuzuschauen, das es mit einem Esel trieb. Sich von einem von Meyers Mädchen einen blasen zu lassen, kostete fünf Dollar.

Anfang 1958 wurde ich auf den Zerstörer *USS Cecil* versetzt, der zeitweise in Miami stationiert war. Dort traf ich eines Tages am Strand eine etwa sechzigjährige, braungebrannte Frau, die mich in ihre Wohnung einlud. Es dauerte nicht lange, bis ich herausbekam, daß diese ausgesprochen gut erhaltene Frau, eine Jüdin, sehr wohlhabend war. Ihre Wohnung war voll mit teuren Möbeln, und außerdem hatte sie vier kleine Pudel, die mich an den Fußknöcheln zwickten. Beim Essen lobte sie ihre Kochkünste: »Ich mache die beste Gemüsesuppe und das saftigste Hähnchen; es kommt vor allem auf die richtigen Karotten, auf das Grünzeug und die weißen Radieschen an.« Und dann kündigte sie mir an, als Nachtisch würde sie selbst sich anbieten. Am nächsten Morgen erwachte ich, als sie noch schlief, und ging unter die Dusche. Als ich auf der Suche nach einem Rasierapparat das Badezimmerschränkchen öffnete, saß ich als erstes zehn Hundert-Dollar-Noten. Ohne nachzudenken, ganz instinktiv, nahm ich die Scheine an mich und machte mich davon.

Bis heute weiß ich nicht, warum ich mich zu einem solchen selbstzerstörerischen Verhalten habe hinreißen lassen, das mich schließlich in eine Sackgasse geführt hat, aber aus welchem Grund auch immer, dieser Diebstahl war zweifellos der unheilverkündende Beginn meiner kriminellen Karriere. Vielleicht klaute ich die tausend Dollar, weil ich die Nase voll hatte von dem Leben unter strenger Disziplin, das ich zuerst zu Hause und dann bei der Navy kennengelernt hatte. Oder vielleicht nahm ich es auch nur, weil es die größte Summe Geld war, die ich bis dahin auf einem Haufen gesehen hatte. Bei der Marine bekam ich fünfundachtzig Dollar im Monat, wovon ich die Hälfte meiner Mutter schickte, der es ohne Gus finanziell nicht besonders gut ging. Immerhin verpraßte ich das gestohlene Geld nicht gleich, sondern gab etwas davon einigen Kameraden ab.

Am folgenden Nachmittag, ich lag gerade am Strand, kamen zwei Polizisten auf mich zu, überprüften meine Papiere, durchsuchten meine Tasche und fanden das gestohlene Geld. Im Gefängnis identifizierte mich die jüdische Dame als Täter, und sie buchteten mich wegen Diebstahls ein.

Ich wurde in eine Zelle gesteckt, in der schon zwanzig Männer saßen. Einer von ihnen kam gleich her zu mir und sagte: »Da haben wir ja richtig frisches Fleisch« und versuchte, mich unten zu befummeln. Ich verkroch mich in einer Ecke. Einer der anderen Kerle sagte ihm, er solle die Finger von mir lassen, und es kam zu einem Faustkampf. Das einzige, was ich denken konnte: *Mein Gott, bin ich hier unter wilden Tieren gelandet?*

Damals hatte ich noch keine Ahnung. Heute, nachdem ich entscheidende Abschnitte meines Lebens in einigen der schlimmsten Einrichtungen verbracht habe, die je von Menschen geschaffen worden sind und in denen ich viele der gefährlichsten und gewalttätigsten Männer der Welt kennengelernt habe, weiß ich, daß dieser Knast damals in Florida alles andere als ein Platz zum Fürchten war und daß diese Gefangenen, ein bunt zusammengewürfelter Haufen von notorischen Säufern, kleinen Imbißbuden-Einbrechern und bedauernswerten Ausgestoßenen, keine wirkliche Gefahr darstellten.

Aber damals sah das für mich noch anders aus.

Es vergingen sechs lange Stunden, bis ein Wächter mich schließlich in ein Büro führte, wo die Streifenpolizisten vom Strand warteten. Am Schreibtisch saß ein Sergeant, der mich zu sich winkte und sagte: »Wenn du in den nächsten fünf Jahren noch einmal deinen Fuß auf den Boden von Miami setzt, Junge, dann, das garantiere ich dir, wanderst du ins Kittchen.«

Als ich wieder zurück an Bord war, immer noch ziemlich verstört, gab es eine kurze Verhandlung, und ich erhielt dreißig Tage Arrest, den ich absitzen mußte, nachdem wir wieder in New York angekommen waren. Sie sperrten mich in eine

Arrestzelle im Brooklyn Navy Yard; dieses Gefängnis, bevölkert hauptsächlich von Männern, die sich beim Militär davongemacht hatten, war auch noch eine jener Anstalten, die keine Ähnlichkeit mit den schäbigen und grausamen Löchern hatten, die ich später als mein Zuhause bezeichnen sollte. Das beste dort war das Essen – es schmeckte gut, und es gab reichlich davon. Unter der Aufsicht der Wachen mußten wir jeden Tag morgens und abends zweieinhalb Stunden lang umhermarschieren, in kurzen Schritten und mit einer Hand auf der Schulter des Vordermanns. Den Rest des Tages mußten wir Wache stehen, eine aufreibende Routine. Nachdem ich meine dreißig Tage hinter mich gebracht hatte, erhielt ich zwei Wochen Ausgang, und in dieser Zeit nahm mein Leben eine unwiderrufliche Wendung zum Schlechteren.

Ich konnte frei und ungezwungen in New York umherstreifen, und so entschloß ich mich, mein altes Viertel, das ich seit 1953 nicht mehr gesehen hatte, wieder aufzusuchen. Dort stieß ich auf einige meiner ehemaligen Schulkameraden. Einer von ihnen, Danny McCrossin, war ein aufgeweckter, intelligenter Bursche geworden, der die New York University besuchte und nebenbei Einbrüche beging. Wir fuhren nach Greenwich Village, um einen trinken zu gehen, und landeten dabei in Kneipen, die dem Mob gehörten, was ich aber damals noch nicht wußte oder was mich nicht interessierte. Im Club Paris*, in dem hauptsächlich bisexuelle Frauen und Lesbierinnen verkehrten, lernte ich ein hübsches Mädchen namens Gerri kennen.

Zwischen uns funkte es sofort: Ich war geblendet von all dem Neuen, das ich kennenlernte, und sie war fasziniert von dem unverdorbenen Teenager ›aus der tiefsten Provinz‹.

»Warum läßt du die Navy nicht einfach sausen?« fragte Gerri: »Ich habe eine Suite im Wilford Hotel*. Zieh doch einfach zu mir.«

Ein paar Tage unerlaubt wegzubleiben, könnte ja nicht so schlimm sein, dachte ich mir. Und außerdem wurde ich neugierig auf dieses unbeschwerte, üppige Leben, das meine Bekannten aus der Jugendzeit offenbar Tag für Tag genießen konnten.

In der zweiten Nacht, die wir zusammen verbrachten, lud Gerri, sie war bisexuell, noch Freundinnen zu einer Party ein. Sie wälzten sich auf dem Boden und im Bett umher und taten Dinge miteinander, die ich mir bis dahin nicht einmal hatte vorstellen können. Sie forderten mich auf, mitzumachen – ›tu einfach, was dir Spaß macht‹, sagten sie –, aber die meiste Zeit schaute ich ihnen nur zu.

Meine Mitbewohnerin war wirklich hübsch anzuschauen: kurzes, pechschwarzes Haar, dunkle Augen, eine geschmeidige Figur, die von teuren, gutgeschnittenen Kleidern umhüllt wurde. Ich war nicht überrascht, als sie mir ihre Kollektion zeigte; ich nahm an, Mode zu entwerfen, sei ihr Lebensunterhalt.

In den ersten Tagen verbrachten wir jede Minute miteinander. Wir unternahmen lange Spaziergänge in Greenwich Village, speisten in Restaurants und hielten uns in Cafés auf. In den Nächten war Sex angesagt, jedenfalls solange ich mithalten konnte. In unserer sechsten gemeinsamen Nacht kamen auch ihre Freundinnen wieder. Diesmal achtete ich darauf, wie sinnlich und gelöst sie miteinander umgingen – es war alles andere als dieses besessene Herumfummeln, das ich mir aufgrund meiner beschränkten sexuellen Erfahrung darunter vorgestellt hatte. Mitten in einer dieser Szenen, die aussahen, als wären sie von einem Choreographen inszeniert worden, erhob sich Gerri von dem Schaffell, auf dem sich die Mädchen räkelten und umarmten, nahm meine Hand und führte mich hinein in ein Zentrum der Lust und Freude, in dem meine Angespanntheit sich bald in einem grenzenlosen Glücksgefühl auflöste.

Am nächsten Tag fragte Gerri mich: »Donald, möchtest du mein Zuhälter werden?«

»Was?« fragte ich zurück.

Sie lachte. »Na ja, du müßtest nur ein paar der Pflichten eines Zuhälters erfüllen. Ich habe einige Kunden, die . . .«

»Heißt das, daß du eine Nutte bist?«

»Ja. Ich habe eigentlich gedacht, du weißt das. Ich möchte, daß du mich beschützt. Du gehst mit mir zu meinen Verabredungen, wartest draußen und rufst alle halbe Stunde die Nummer an, die ich dir gebe, um nachzuprüfen, ob mit mir alles in Ordnung ist. Wenn irgend etwas nicht stimmt oder wenn du mich nicht erreichen kannst, kommst du hoch und schaust, was los ist. Das ist alles.«

»Ich weiß nicht recht.«

»Das ist doch für einen starken Kerl wie dich eine Kleinigkeit. Die Freier, mit denen ich zu tun habe, sind meistens ältere Männer. Die brauchen dich nur einmal kurz zu sehen, und dann läuft alles problemlos.«

Sie hatte recht. Meistens war sie nach weniger als einer halben Stunde schon wieder zurück, und auch in den zwei Fällen, in denen ich anrufen mußte, war alles in Ordnung. Gerri verdiente pro Kunde einhundert Dollar – das war damals viel Geld, aber sie hatte schließlich Klasse –, und davon gab sie mir zwanzig Dollar.

Ich genoß dieses Leben in einer Atmosphäre, in der es keine Verbote gab, und ich wollte, daß es immer so weiterging. Während einer der Orgien, die ich als Zuschauer mitverfolgte, beobachtete ich, wie Gerri irgendein Pulver schnupfte und kurz darauf auf dem Sofa einschlief. Ich fragte eines der Mädchen: »Was war denn das für ein Stoff?«

»Heroin«, sagte sie.

»Das ist ein ziemlich starkes Narkotikum, oder?«

»Oh, du wirst es lieben. Es ist wirklich gut. Du fühlst dich sexy damit, schrankenlos, und du wirst richtig mutig dadurch.«

»Mutig?«

»Ja. Du fühlst dich groß und hast keine Angst mehr vor irgendwem oder irgendwas. Hier. Versuch's mal.«

Ich nahm etwas davon, und mir wurde auf der Stelle fürchterlich übel; ich schaffte es gerade noch zum Badezimmer, wo ich mich übergab. Mein gesunder und starker Körper hatte die Droge zurückgewiesen. Aber doch nicht ganz. Ich ging schlafen, und als ich am nächsten Morgen aufwachte, fühlte ich mich wie Superman. Mein Selbstbewußtsein schien zu bersten — es war wirklich eine tückische Droge —, und ich glaubte, alles erreichen zu können. Ich wußte, daß manche Leute von Heroin abhängig wurden, aber genauso wie sie sagte ich mir, *mir* werde das nicht passieren.

Ich lebte wie in einem Wolkenkuckucksheim, und erst nach zehn Tagen unerlaubten Fernbleibens verschwendete ich wieder einen Gedanken an die Navy. »Mach dir keine Sorgen«, sagte Gerri. »Sie werden schon nicht gleich einen Suchtrupp losschicken. Bleib einfach hier bei mir!«

Man mußte mich nicht erst überreden, an diesem Lebensstil festzuhalten. Ich hatte Geld in den Taschen, niemand sagte mir, was ich zu tun hatte, und Alkohol, Heroin und Sex versprachen ewiges Glück. Gerri hatte recht: Zum Teufel mit der Navy.

Ungefähr einen Monat später kam Gerri eines Tages weinend heim und sagte: »Ich bin vergewaltigt worden. Vom Türsteher im Club Paris.« Dieser Mann, der sich an ihr vergangen hatte, war fünfundzwanzig Jahre im Gefängnis gewesen, bevor er für die der Mafia angehörenden Besitzer dieses Cafés zu arbeiten begonnen hatte. Gerri sagte, er würde sich regelmäßig an junge lesbische und bisexuelle Prostituierte heranmachen, weil diese Frauen sich scheuten, wegen der Vergewaltigung zur Polizei zu gehen.

»Du mußt etwas gegen diesen Kerl unternehmen«, sagte Gerri. »Bring ihn um. Alle sollen wissen, daß so ein Widerling sich nicht ungestraft an mir vergreift.«

»Gerri, können wir das nicht auf sich beruhen lassen? Versuch doch einfach, diesem Kerl nicht mehr in die Quere zu kommen. Ich hab' gehört, er ist ein Mobster.«

»Nein! Ich will dieses Arschloch nicht davonkommen lassen. Donald, genau deswegen habe ich gewollt, daß du für mich arbeitest. Wenn du damit nicht klarkommst, werde ich mir einen anderen suchen müssen.«

»Vielleicht solltest du das auch tun. Ich glaube nicht . . .«

»Du hast Angst, stimmt's? Ich hab' gedacht, du wärst ein ganzer Kerl, aber du bist bloß ein kleiner Junge.«

»Ich bin kein kleiner Junge. Ich glaube nur, daß das Blödsinn ist, das ist alles. Okay, okay. Ich werde den Typ nicht umbringen, aber ich werde ihm einen Denkzettel verpassen.«

»Das ist zwar nur eine schwache Vergeltung für das, was er mir angetan hat, aber ich bin einverstanden. Heute abend.«

Wir gingen zu einem ihrer männlichen Bekannten und liehen uns von ihm etwas, das er als ›Blackjack‹ bezeichnete, was aber in Wirklichkeit ein vierzig Zentimeter langes Stück Rohr war. Ungefähr um acht Uhr abends schlenderten wir zum Club Paris und blieben dort mehrere Meter von dem Türsteher entfernt stehen. Es war ein kleiner, ausgesprochen dicker Mann, der einem Ringer aus früheren Zeiten ähnelte – er hatte eine narbenübersäte Stirn, eine gebrochene Nase und Blumenkohl-Ohren.

Er nahm keine Notiz von uns, vielleicht weil Gerri sich als Mann verkleidet hatte und wir wie zwei junge Kerle aussahen. »Wenn ich dir irgend etwas bedeute«, flüsterte Gerri mir zu, »dann zeigst du's ihm jetzt auf der Stelle.«

Mir blieb keine andere Wahl. Der Türsteher spürte, daß wir näherkamen, und er drehte gerade den Kopf zu uns her, da zog ich das Rohr aus meiner Jackentasche, trat einen Schritt vor und schlug mit aller Kraft zu. Ich traf ihn voll im Gesicht, es klang wie der Knall eines Gewehrschusses. Natürlich hatte ich noch nicht gelernt, wie man jemanden richtig mit einem Rohr schlägt, und dieser Schlag hätte einen anderen wahrscheinlich umgebracht. Er wurde nach hinten geschleudert, seine Beine gaben nach, und er sackte zusammen. Blut schoß aus der Wunde oberhalb seiner Nase. Gerri rief: »Schlag ihn noch mal!«

Statt dessen beobachtete ich ungläubig, wie er sich wieder hochzurappeln begann. Ich hatte ihm einen Schlag versetzt, der einen Ochsen töten hätte können, und jetzt schaute er mich mit haßerfüllten Augen an, während Speichel aus seinem Mund lief. Er gab einen leisen, kehligen Laut von sich.

»Laß uns von hier verschwinden«, sagte ich, und wir begannen, die Straße hinunterzulaufen. Als ich kurz zurückschaute, sah ich, wie der Türsteher hinter uns hergetorkelt kam. Aber dann bogen wir um eine Ecke und verschwanden aus seinem Gesichtsfeld.

Gerri erzählte diese Geschichte voller Stolz unseren Freunden, von denen uns einige rieten, aus der Stadt zu verschwinden. »Wer einem Mann, der zur Mafia gehört, eine knallt«, sagte einer, »der kommt nicht ungestraft davon.«

Doch wir schon. Anfangs schien es dafür keine Erklärung zu geben, aber später, nachdem ich alle Arten von Mafiosi kennengelernt hatte, die Dons, die Hauptleute und die Soldaten, ergab es einen Sinn. Niemand hatte ein Interesse daran, Rache zu nehmen dafür, daß dieser schmierige Türsteher das bekommen hatte, was er schon längst verdient hatte, und so sagte man ihm, er solle es auf sich beruhen lassen. Ich wäre nicht so ohne weiteres davongekommen, wenn ich jemand aus den höheren Rängen geschlagen hätte, aber unser Mann rangierte in der Hierarchie seiner Familie ganz unten.

Meine Aktien dagegen stiegen, und Gerris Bekannte begannen, mich differenzierter einzuschätzen. Ich galt als ein Bursche, der nicht einmal vor den Mobstern Angst hatte. Aber insgeheim fühlte ich mich sehr unbehaglich darüber, daß ich diesen Kerl niedergeschlagen hatte. Wenn ich heute darüber nachdenke, dann wird mir klar, daß ein Mensch nicht als Gewalttäter geboren wird. Er *lernt* erst, gewalttätig zu werden. Ich lernte das zu Hause, dann in der Navy und schließlich in den besten Schulen, die ich besucht habe, in den Gefängnissen.

Gerri und ich verbrachten immer mehr Zeit im Club Paris und im 82er Club, die beide der Genovese-Familie gehörten. Im Club Paris kontrollierte ein Mobster am Eingang die Personalien, und eine vierschrötige Lesbierin versorgte die Garderobe. Es gab eine Jukebox – manchmal spielte auch eine Live-Band Tanzmusik – und ein Hinterzimmer, in dem sich die Mobster mit ihresgleichen trafen. Die Mafiosi waren Machos und zogen gern über die Lesbierinnen her, ließen ihnen aber ihren Spaß. Dieses Lokal, ein ärmlicher Vorläufer späterer Nobeldiscos, entwickelte sich für Vito Genovese zu einer Goldgrube. Zwar gab es eine staatliche Vorschrift, nach der Lokale, in denen eine ›homosexuelle Klientel‹ verkehrte, keine Genehmigung zum Alkoholausschank erhalten durften, aber Genovese hatte entsprechende Beziehungen, die es ihm ermöglichten, diese Vorschrift – und viele andere – im Interesse des Profits zu umgehen.

Genoveses Frau Anna, die selbst bisexuell war, führte den 82er Club, eine interessante Kneipe, weil dort kaum ein Gast das war, was er zu sein vorgab. Die meisten ›Jungen‹ waren in Wirklichkeit Mädchen. Und die meisten hübschen ›Mädchen‹ waren Jungen. Auf einer neonbeleuchteten Bühne traten Hermaphroditen auf – Mädchen, die einen Penis hatten –, und nirgendwo in Greenwich Village fand man ein begeisterteres Publikum. Besonders bei ihren Lieblingsveranstaltungen, den ›Faust-Ficker-Shows‹, gerieten die kleinen und großen Mobster aus Rand und Band.

Die großbusige Anna Genovese, die immer dunkle Sonnenbrillen trug, drohte später einmal, ihren Ehemann zu verpfeifen. Und obwohl alle von Genovese erwarteten, daß er sie erschlagen würde, brachte er das doch nicht übers Herz. Sie war vielleicht der einzige Mensch, für den er jemals irgend etwas empfunden hatte.

Mehrere Male sah ich Vito und seinen Unterboß Tony Bender im 82er Club, wo sie es trotz der lauten Musik aushielten. Der in Neapel geborene Vito, ein Meter zweiundsiebzig groß und ziemlich dürr, trug einen Kaschmir-Mantel und starrte die ganze Zeit die Besucher aus seinen kalten, ausdruckslosen Augen an. Ich stellte mir vor, was diese Augen schon alles gesehen hatten: Genovese, ein Partner von Meyer Lansky, war schließlich abgesehen von Charley Lucky (Lucky Luciano) der mächtigste Mobster im ganzen Land. Nachdem er 1937 aus den USA nach Italien geflohen war, um einer Mordanklage zu entgehen, wurde Vito ein enger Verbündeter von Mussolini und wurde mit der höchsten Verdienstmedaille ausgezeichnet, die der Diktator zu vergeben hatte. Als kleine Gefälligkeit für Mussolini arrangierte Genovese die Ermordung des Zeitungsverlegerrs Carlo Tresco, Mussolinis schärfstem Kritiker in den USA.

Ich beobachtete fasziniert, wie Leute sich dem Tisch von Genovese näherten. Er kam mir ziemlich alt vor – er war zwar erst sechzig, sah aber älter aus. Er hatte etwas Weibisches an sich, seine dünnen Finger flatterten umher wie die eines Mädchens, aber die Besucher verhielten sich so unterwürfig und ergeben, wie wenn sie einer königlichen Majestät gegenüberstehen würden. Später, als ich begann, mich mit der Geschichte der Mafia zu befassen (die Mobster spotteten darüber, aber für mich war das eine ergiebigere Beschäftigung als das, was sie taten: nämlich die Bewegungen von Jimmy Cagney und Edward G. Robinson zu studieren und dann zu imitieren), begriff ich, daß es gar nicht anders möglich war. Völlige Unterordnung und Gehorsam, blindes Befolgen von Befehlen und, was am wichtigsten war, die *omerta*, das Gebot des Schweigens, waren absolute Notwendigkeiten, wenn man kriminelle Operationen großen Stils durchführen wollte. Und deshalb brauchte man auch eine königsähnliche, allmächtige Figur, die Anspruch hatte auf uneingeschränkten Respekt.

Aber auch ich genoß zu dieser Zeit etwas Respekt im Club Paris, wo der Barkeeper und viele Angestellte es billigten, daß ich diesen Türsteher zusammengeschlagen hatte. Dann ließ ein weiterer Vorfall mein Ansehen noch weiter wachsen. Ein Betrunkener kam herein und wollte mit Gerri tanzen. Das war an sich nichts Ungewöhnliches – viele Heteros machten sich einen Spaß daraus, mit bisexuellen oder lesbischen Frauen herumzualbern. Aber als Gerri nein sagte, stieß er Verfluchungen aus und schlug ihr ins Gesicht. Der Barkeeper wollte sich auf ihn stürzen, aber ich war schneller. Ich verpaßte ihm drei linke Haken, so daß er sich halb um seine Achse drehte, bevor er stürzte und mit dem Bauch am Boden aufschlug. Dann fielen andere Besucher über ihn her, schlugen sein Gesicht blutig, zertrümmerten Stühle an seiner Brust, schlugen ihn bewußtlos und warfen ihn dann hinaus auf die Straße. Ein Passant mußte den Sanitäter gerufen haben, denn fünfzehn Minuten später kam ein Ambulanzwagen und brachte ihn weg.

Meine instinktive Reaktion (wie sonst sollte man das bezeichnen?) beeindruckte nicht nur die Mädchen, sondern auch die Zuschauer, die der Unterwelt angehörten. Später, als ich in der gleichen Art und Weise dachte, verstand ich, was in diesem Augenblick in ihren Köpfen vorgegangen war: Da ist ein Kerl, der flink und entschlossen reagieren kann, den muß man sich merken. Vielleicht kann man ihn eines Tages brauchen.

Mir wurde allmählich bewußt, daß ich die Mafiosi durchaus beeindrucken wollte. Sie hatten Geld, Macht, Wertsachen, schöne Frauen und verrückte Autos. Mutter hatte mich gelehrt, hart zu arbeiten, mich um Bildung zu bemühen, immer am Ball zu bleiben – das war ihr Weg zum Erfolg. Aber ich fragte mich: Was hatte es ihr gebracht, daß sie geschuftet und sich abgequält hatte? Gus? Oder meinem Vater? Jeder geschniegelte Geck, den ich in einer Mafia-Bar oder einem Nachtclub des Mobs sah, hatte ein dickes Bündel Geld in der Tasche und offenbar genug Zeit, es auszugeben.

Die Achtung, die mir dafür entgegengebracht wurde, daß ich den Betrunkenen aufgemischt hatte, verflüchtigte sich jedoch abrupt. Am nächsten Tag sagte der Barkeeper des Club Paris zu mir: »Der Typ, den du hier zusammengeschlagen hast, war ein Bulle außer Dienst.«

Ich schluckte schwer.

»Ja«, fuhr er fort, »ich hab' gehört, als er im Krankenhaus aufgewacht ist, war er fuchsteufelswild, hat davon gesprochen, dich zu verklagen, und er hat gedroht, daß er mit ein paar Freunden hier vorbeikommt und Kleinholz aus der Bude macht. Am besten, du verduftest für eine Weile und tauchst unter, bis sich alles wieder ein bißchen beruhigt hat.«

Ich setzte mich in Richtung Stadtmitte ab und besuchte meinen High-School-Freund Danny McCrossin. Beim Bier erzählte ich ihm, was passiert war, und er fragte mich: »Warum läßt du denn diese Mädchen nicht sausen? Das bringt nichts. Du solltest dich auf eigene Beine stellen.«

»Wie denn? Was soll ich denn tun, um an Geld zu kommen?«

»Mach ein paar Einbrüche mit mir. Mein Partner hat Generalschlüssel für einige Hotels hier in der West Side.«

Ich dachte kurz darüber nach und sagte okay, und damit tat ich einen weiteren Schritt auf einem Weg, auf dem ich dann bald immer schneller vorankommen sollte. Jeder Polizist weiß das: Ein Killer fällt nicht vom Himmel. Er begeht zuerst andere, kleinere Verbrechen.

Danny nahm mich in eine Lounge mit, wo er mich Louie, dem ›One-Arm-Bandit‹, vorstellte, der in der Lage war, mit seinem rechten Arm blitzschnell die Auslage eines Juweliergeschäfts abzuräumen, wenn ihm der Verkäufer für einen Augenblick den Rücken kehrte. Mir war der kleine, dünne, elegant gekleidete Mann mit dem maschinengewehrähnlichen Mundwerk und den braunen Augen, die wie Flipperkugeln umhersprangen, auf Anhieb sympathisch. Als wir uns in einer Nische niederließen, überreichte Louie mir meine Brieftasche und sagte: »Taschendiebstahl ist was für Schmalspur-Gangster.« Er betrachtete sich selbst als Schmalspur-Gangster, aber das wußte ich damals noch nicht, und es hätte auch nicht viel geändert, wenn ich es gewußt hätte. Er mochte mich auch, und er stellte fest, daß ein Jude, ein Ire und ein Grieche ein ideales Ganoventeam abgeben würden. »Morgen fangen wir an«, sagte er.

Wir nahmen getrennte Zimmer im Edison Hotel in der 47th Street in der Nähe des Broadway und bezahlten für zwei Nächte im voraus. Falls uns dann am folgenden Nachmittag jemand fragen sollte, warum wir in den Gängen herumliefen, konnten wir uns als Hotelgäste herausreden. »Oh, ich muß mich geirrt haben«, konnte ich zum Beispiel sagen, »ich bin im falschen Stockwerk gelandet«, und allzu Neugierige konnte ich damit zufrieden stellen, daß ich einen echten Zimmerschlüssel zückte.

Nachdem die Zimmermädchen ihre Runde beendet hatten, gingen wir an die Arbeit. Ich nahm mir das obere Drittel des Hotels vor, Danny den Mittelteil und Louie das untere Drittel. Ich klopfte an eine Tür, bereit zu sagen: »Ach, Verzeihung, ich dachte, mein Kumpel hat dieses Zimmer«, aber in der Regel antwortete niemand. Wenn die Luft rein war, verschaffte ich mir mit dem Generalschlüssel Zutritt, sammelte alles ein, was an Geld oder Schmuck in dem Zimmer zu finden war (wobei die Wertsachen meistens unter der Matratze versteckt waren) und machte mich dann auf zum nächsten Zimmer.

Wir machten in dieser Woche, ohne daß jemals ein Problem aufgetreten wäre, zwei Hotels durch, und am Ende hatte ich viertausend Dollar in der Tasche. Dann ließ mir der Barkeeper im Club Paris ausrichten, daß die Angelegenheit mit den Vorgesetzten des Polizisten geregelt sei, und ich zog wieder zurück zu Gerri.

Danny rief jeden Morgen in Gerris Hotelzimmer an und sagte mir, wo ich ihn und Louie treffen sollte. Das funktionierte einen Monat lang prächtig, bis Danny mich dann eines Tages trotz mehrerer Versuche nicht erreichen konnte, worauf er und Louie nach Greenwich Village herausfuhren, um nach mir zu sehen.

»Ich kann euch nicht begleiten«, sagte ich, denn ich lag mit hohem Fieber im Bett. »Ich glaube, ich hab' eine Grippe.«

»Warum hast du das Telefon nicht abgenommen?« fragte Louie.

»Ich habe es nicht läuten hören. Ich muß grad im Bad gewesen sein, als ihr angerufen habt.«

Louie und Danny waren zwar nicht besonders erbaut, aber sie mußten einsehen, daß ich momentan nicht in der Verfassung war, Hotelzimmer auszurauben.

Am Abend wurde ich von Gerri bemuttert, die Doktor spielte und zur gleichen Diagnose kam wie ich: schwere Erkältung. »Schnupf etwas von dem Zeug«, sagte sie. »Das hilft vielleicht.«

Helfen? Meine Krankheitssymptome verschwanden zwar auf der Stelle. Erkältung und Fieber waren weg, ich bekam ein Verlangen nach Sex und wäre danach auch noch in der Lage gewesen, zwölf Runden um den Block zu laufen. Aber Sex zu machen, das fand ich heraus, brachte mir auch nichts, jedenfalls nicht, wenn ich zu einer Befriedigung kommen wollte. Wenn ich Heroin genommen hatte, war ich immer sexuell ungeheuer erregt, ich konnte es stundenlang treiben, aber ich konnte mir keine Erleichterung verschaffen.

Aber trotz allem, ich fühlte mich an diesem Abend einfach

phantastisch, und schließlich kamen auch noch mehrere von Gerris Freundinnen vorbei. Als ich einer von ihnen von meiner wundersamen Heilung erzählte, meinte sie: »Du hast keine Erkältung. Du bist heroinabhängig und weißt es nur nicht.«

Und als dann vier oder fünf Stunden später die Wirkung der Droge nachließ, wurde ich gleich wieder krank. Sogar mein umnebeltes Gehirn begriff jetzt, wie teuflisch Heroin wirkte: Ich fühlte mich hervorragend, wenn ich etwas davon nahm, und elend, wenn ich nicht unter dem Einfluß des Giftes stand. Also schnupfte ich wieder etwas, und prompt verschwand meine ›Erkältung‹.

Heroinabhängig zu sein, ging im Jahr 1958 nicht sonderlich ins Geld. Ein Briefchen kostete drei Dollar, und das reichte leicht für fünf Leute. Weil Heroin so heimtückisch ist, halte ich es für gesellschaftlich weniger gefährlich als Kokain. Ein Heroinabhängiger, der körperlich und psychisch am Ende ist, neigt dazu, in einen Dämmerzustand zu verfallen, er ist entweder zu krank oder zu betäubt, um sich noch zu irgendwelchen kriminellen Handlungen aufzuraffen. Ein Kokain-Junkie dagegen kann ausgesprochen aggressiv und gewalttätig werden.

Als Gerri und ich dann schon eine Zeitlang zusammenwohnten, wurde ich ihr gegenüber allmählich ziemlich besitzergreifend und eifersüchtig auf ihre Freundinnen und die Freier, die sie bediente. »Laß uns aus dem Village wegziehen«, sagte ich deshalb zu ihr.

»Okay«, meinte sie, »aber wir müssen zuerst etwas klarstellen. Ich möchte nicht plötzlich alles über Bord werfen. Ich werde weiterhin Freier haben, bis ich sicher sein kann, daß wir zusammengehören. Ich brauche ein bißchen Unabhängigkeit, will mein eigenes Geld verdienen und nicht von einem Mann abhängig sein.«

»Ich könnte dich finanziell unterstützen.«

»Ich weiß nicht, Donald. Wir werden sehen.«

Wir nahmen uns eine Erdgeschoß-Wohnung in der 96th

Street. Sie arbeitete weiter als Callgirl, und ich begleitete Danny und Louie bei ihren Diebeszügen durch die Hotels. Unser Heroinkonsum nahm zu. Keiner von uns war bei seinen Geschäften mehr richtig bei der Sache. Wir begannen zu streiten.

»Ich möchte, daß du dich endlich wie eine Frau anziehst«, sagte ich zu ihr. »Du bist hübsch, aber du siehst aus wie ein Mann in den Klamotten, die du trägst.«

Sogar, wenn das Heroin ihr zu schaffen machte und sie schwach und krank war, behauptete Gerri ihre Unabhängigkeit, was ich einerseits bewunderte, was mich aber andererseits auch ärgerte. Hauptsächlich ärgerte es mich. Eines Abends, an dem es uns beiden besonders dreckig ging und wir uns übel fühlten, nachdem unser Heroinrausch verflogen war, rief ich meine Idealfrau an.

»Mutter, ich bin's, Donald«, sagte ich mit stockender, belegter Stimme.

»Wo bist du?«

»In New York City. Wir sind gerade von einer Fahrt ins Mittelmeer zurückgekommen.«

Doch sie wußte, daß das nicht stimmte. Die Küstenpatrouille hatte bei ihr nach mir gesucht.

»Du klingst seltsam«, sagte Mutter. »Geht es dir gut, Donald?«

Ich schaute Gerri an und griff dann in dieses Menschenbündel, das in Embryohaltung zusammengerollt auf dem Bett lag. Ich versuchte, mir eine Zigarette anzuzünden, aber ich konnte das Streichholz nicht ruhig halten. »Mir geht es prächtig, Mutter«, sagte ich. Aber obwohl ich mich zu zwingen versucht hatte, meine Worte ganz normal klingen zu lassen, hörte es sich unheimlich und verrückt an.

»Oh, Donald.« Meine Mutter begann zu weinen.

»Was ist denn los? Ich bin in Ordnung.«

»Donald . . .« Ihre Worte gingen im Weinen unter.

»Ich komme bald nach Pittsburgh, um dich zu besuchen.« Ihr Schluchzen hämmerte mir in den Ohren. »Du brauchst dir wirklich keine Sorgen zu machen«, sagte ich. »Du wirst sehen. Warte auf mich, und ich werde dir zeigen, wie gut es mir geht.«

Mit zitternden Händen legte ich den Telefonhörer auf und blickte zu Gerri. Ich nahm Bleistift und Papier, um für sie eine Notiz zu schreiben, aber so sehr ich mich auch anstrengte, meine Hand wollte einfach nicht zu zittern aufhören.

Ich ging in die kalte Oktobernacht hinaus, es war im Jahr 1958, und nahm ein Taxi zum Times Square. Dort stolperte ich in ein Büro der Küstenpatrouille und sagte: »Ich heiße Donald Frankos. Ich habe mich unerlaubt von der Truppe entfernt und möchte mich stellen.«

Der Mann hinter dem Schreibtisch, ein ergrauender Berufsoffizier der Navy, schaute mich fast väterlich an. »Wie alt bist du denn, mein Junge?« fragte er.

Ich mußte kurz darüber nachdenken, dann sagte ich: »Ich bin neunzehn, Sir, neunzehn Jahre alt.«

4. Kapitel

Meine ersten Morde

Im Marinegefängnis von Brooklyn, das gleich gegenüber von Manhattan auf der anderen Seite der Brooklyn Bridge liegt, wurden wir jeden Tag um vier Uhr dreißig früh zur Inspektion aufgescheucht, und jeder Insasse, der nicht streng nach Vorschrift stillstand, bezog Prügel. Wie ich zum Beispiel. Da ich unter Heroinentzug litt, konnte ich nicht steif und ruhig wie ein Brett dastehen, und deshalb nannte ein Marine-Sergeant mich einen Saftarsch, schlug mir ins Gesicht und zerrte mich zu einer Einzelzelle, die ungefähr so groß war wie ein Hühnerkäfig und in die man auf Händen und Füßen hineinkriechen mußte.

Fünf Tage lang blieb ich bei Wasser und Brot isoliert. Meine Kraft und meine Jugend erhielten mich am Leben, aber später erkannte ich, daß ich diese Tortur vor allem deswegen überstand, weil die Navy nicht versuchte, mich völlig zu brechen. Die Gefangenen schliefen in Schlafsälen, nicht in Zellen, und das Essen war nicht verdorben und von Maden befallen. Die Regierung wollte, daß wir wieder funktionierten, wenn man uns freiließ. In den fürchterlichen Gefängnissen und Verwahranstalten, die mich später erwarteten, *wollte* man die Insassen brechen, und man kümmerte sich nicht im geringsten darum, welche Monster dann irgendwann später wieder in die Freiheit entlassen wurden.

Nachdem ich wieder im allgemeinen Vollzug war, machte ich einen Totalentzug über zwei Wochen, und danach war ich wieder clean. Viele Jahre später, als ich darüber Witze machte, wie schwer es sei, mit dem Rauchen aufzuhören, sagte ich, vom Heroin loszukommen, sei ›wirklich einfach gewesen. Ich habe es ein dutzendmal gemacht‹. Und zwar immer auf die gleiche Weise, durch Totalentzug, und immer am gleichen Platz, in einem Gefängnis. Doch ich log schamlos, als ich sagte, es sei einfach gewesen.

Ich hatte eine Strafe von neunzig Tagen aufgebrummt bekommen, und ich lernte schnell, vorsichtig zu sein beim Umgang mit den anderen Insassen. Da schlenderte zum Beispiel ein Schwarzer an meine Seite heran und boxte mich in den Magen. Ein fürchterlicher Schlag, nach dem mir die Luft wegblieb.

»Gefällt dir das nicht, was ich getan habe?« fragte er.

»Nein«, antwortete ich.

»Zu dumm. ich werd's nämlich noch mal tun, und ich werd's so oft tun, bis es dir gefällt.«

Er holte aus, um mich erneut zu schlagen, aber da ging ich auf ihn los – mit harten, schnellen Schlägen, und er sank in die Knie. Wieder einmal hatte ich mir bewiesen, daß ich ungewöhnliche körperliche Kräfte besaß, und diesmal war ich schon fast soweit, dieses Gefühl auch zu genießen. Aber die Ermahnungen aus meiner Kindheit verursachten mir dabei immer noch ein bißchen Unbehagen.

Mutter erfuhr, daß ich eingebuchtet worden war, und kam mich besuchen. Sie fragte mit keinem Wort danach, warum ich im Arrest saß, und ich erwähnte es auch nicht. Sie war glücklich, daß meine Stimme nicht mehr so unheimlich klang wie in jener Nacht, als ich mich gestellt hatte. Es erübrigt sich zu erwähnen, daß ich ihr während dieses Besuches nichts über meine kriminellen Aktivitäten erzählte.

Als die neunzig Tage vorbei waren, erhielt ich den Befehl, mich in Providence in Rhode Island zu melden, wo ich auf einem Flugzeugträger nach Dänemark auslaufen sollte. Die Navy gab mir ein Busticket, fünfzig Dollar und achtzehn Stunden, um das Schiff zu erreichen. Genug Zeit, so dachte ich mir, um mich von Gerri und Danny McCrossin zu verabschieden. Aber als ich in Greenwich Village ankam, erfuhr ich, daß wir uns das letzte Lebwohl schon gesagt hatten, *bevor* ich in den Arrest gegangen war, denn sie waren beide tot. Danny war bei einem Einbruch erschossen worden, und Gerri war an einer

Überdosis Heroin gestorben. Der einarmige Louie informierte mich über Dannys Schicksal, und die Geschichte von Gerri erfuhr ich vom Barkeeper im Club Paris.

Ich war ziemlich benommen, als ich im Bus nach Rhode Island fuhr, und machte mir Vorwürfe wegen des Todes meiner Freunde. Wenn ich mich nicht der Marine gestellt hätte, dann wäre es vielleicht für Gerri anders gekommen; und wenn ich Danny bei seinen gefährlichen Touren weiter begleitet hätte, wäre er vielleicht am Leben geblieben. Ich meldete mich bei der Marinebasis, wanderte auf dem Gelände umher, und da ich zu dem Ergebnis kam, daß ich auf diesem Flugzeugzeugträger vor Kummer und Selbstvorwürfen verrückt werden würde, ging ich zurück zur Bushaltestelle und kaufte mir eine Rückfahrkarte nach Manhattan.

In den folgenden drei Nächten trieb ich mich in billigen Kneipen herum, aß Hot Dogs für zehn Cents, spendete Blut, um mir einen Schlafplatz in einer Absteige in der 7th Avenue leisten zu können, und wurde in ein paar Schlägereien verwickelt. Am vierten Tag war ich gerade beim Billardspielen in einer schmierigen Bar in der 44th Street, als mein alter Freund Jimmy hereinspazierte, der aussah, als wäre er eine Million Dollar schwer. Jimmy hatte mich als Kind immer grün und blau geprügelt, und ich erinnerte mich daran, daß er so gerne ein Gangster werden wollte. Seinen teuren Klamotten und dem blauen Diamantring nach zu urteilen, den er zur Schau trug, hatte er es anscheinend geschafft.

Jimmy zahlte mir einen Drink, und ich gab ihm einen kurzen Überblick über mein Leben. Er zeigte sich wenigstens ein bißchen beeindruckt und sagte, er habe von der Sache mit dem Türsteher und dem Bullen im Club Paris gehört. Danny McCrossin hatte er persönlich gekannt.

»Du siehst nicht besonders gut aus, und du riechst auch nicht besonders gut«, meinte er.

»Ich hab' etwas getrunken. Und normalerweise bade ich zwei- bis dreimal am Tag.« Das entsprach der Wahrheit. Ich habe schon immer viel Wert auf Sauberkeit gelegt.

»Schau, daß du wieder auf die Beine kommst«, sagte Jimmy. »Ich habe vielleicht Arbeit für dich.«

Er sagte, er handle mit Heroin, und er bot mir an, es für ihn zu verkaufen. Ich sagte okay.

Je länger wir uns unterhielten, desto besser gefiel ihm die Idee, daß ich für ihn arbeiten würde. »Verdammt noch mal!« rief er, zog ein Geldbündel aus der Tasche und zählte fünfhundert Dollar davon ab. »Kauf dir ein paar Klamotten und such dir eine passable Unterkunft. Du könntest ein gutaussehender Kerl sein, und ich hab' die richtige Aufgabe für dich. Wir treffen uns morgen um drei vor Hanson's Drug Store in der 51th Street Ecke Seventh Avenue.«

Als Drogendealer kam ich in den darauffolgenden Monaten mit mehr berühmten Leuten in Kontakt als in meinem ganzen späteren Leben. Ich meine damit richtige Stars. Komiker. Sänger. Schauspieler. Ein *Who's Who* schwarzer und weißer Entertainer, die ich hier nicht aufführen kann, weil sie noch leben, und den meisten von ihnen geht es sogar ganz gut. Sie fuhren mit ihren großen Autos an der belebten Vorderseite von Hanson's Drug Store vor, oder ich lieferte ihnen den Stoff direkt in ihre Häuser und Appartements. Ein paarmal schickte Jimmy mich auch nach auswärts, wo ein Mann, der in den Schlagzeilen war, ein Konzert gab und das Zeug ganz dringend brauchte. Bald erlaubte mir Jimmy, meine eigene Telefonnummer anzugeben, und daraufhin riefen mich diese Größen aus dem Showbusiness direkt an.

Natürlich konnte ich nicht ständig von Hanson's Drug Store in der 51th Street stehen, die Taschen voller Stoff. Ich versteckte ihn an verschiedenen Plätzen, wie zum Beispiel in Telefonzellen im Hafengelände, und wenn ein Kunde bei mir gezahlt hatte, sagte ich ihm, wo er sich das Zeug holen konnte. Ich legte überall in Manhattan Depots an und führte sorgfältig darüber Buch, wo was und wieviel lagerte.

Ich versorgte viele Leute mit Stoff, die mir später dann, anstatt zu bezahlen, aus dem Weg gingen und schließlich woanders kauften. Manche berühmten Leute, denen ich etwas umsonst mitgegeben hatte, kamen zurück und sagten, sie hätten alles aufgebraucht und wären jetzt ganz verrückt nach dem nächsten Schuß, und ich ließ mich erweichen und schenkte ihnen etwas Stoff. Ich bezahlte alles, was ich aushändigte, aber Jimmy sah das nicht gern. »Hör mal«, sagte er, »du bist kein Wohltäter. Du mußt wie ein Geschäftsmann denken. Auch wenn es sich um die berühmteste und schönste Frau der Welt handeln würde, mir wäre das egal; wenn sie dich einmal anpumpt, dann macht sie das immer wieder, und zwar solange, bis sie wirklich nicht mehr zahlen kann. Und das gleiche gilt für Männer. Der Bekanntheitsgrad darf keinen Einfluß auf das Geschäft haben. Wenn du dich weichklopfen läßt, dann wirst du hinten und vorn beschissen.«

Aber das Verschenken von Stoff war das kleinere Problem. Ein Bulle fing an, jede Woche fünfhundert Dollar von mir zu verlangen. Jimmy sagte: »Bezahl ihn. Das sind die Spesen fürs Geschäft. Wenn sich noch ein anderer Bulle dranhängen will oder wenn dieser Kerl hier zu raffgierig wird, dann werden wir was dagegen unternehmen. Aber fürs erste erkaufen wir uns mit den fünfhundert Dollar Ruhe und Frieden.«

Was aber nicht ganz stimmte. Eines Tages im Mai 1959, ich ging gerade die 8th Avenue entlang, hielten mich zwei Streifenpolizisten und ein zivil gekleideter Polizeidetektiv auf. Einer der Streifenpolizisten griff mit der Hand in meine Jackentasche, holte fünfundzwanzig Militär-Urlaubsscheine heraus und sagte: »Schau mal an, was haben wir denn da? Los ab, in den Wagen, du Scheißer. Wir machen eine kleine Spazierfahrt zum Revier.«

Ich kam vor Gericht, obwohl ich keine Ahnung hatte, wo die Urlaubsscheine hergekommen waren, und der Richter, der nicht wußte, daß ich mich unerlaubt von meiner Einheit entfernt hatte, informierte mich darüber, daß der Besitz von mehr als vierundzwanzig Urlaubsscheinen ein schweres Verbrechen sei. Während ich noch über diese rätselhafte Information nachdachte, nahm mich der Staatsanwalt beiseite und machte mir ein Angebot: Wenn ich geständig sei, würde er die Sache nur als leichtes Vergehen behandeln, und ich würde ›nur sechzig

Tage‹ auf Rikers Island bekommen. Auf Jimmys Rat hin stimmte ich zu.

Zuerst brachten sie mich in das Tombs-Gefängnis in die White Street, nicht weit entfernt vom Rathaus von Lower Manhattan. Das war ein *richtiges* Gefängnis. Es war eine feuchte, elfstöckige Festung der Verzweiflung, auch Schwarzes Loch genannt, und es war für mich eine alptraumhafte Einführung in das, was ›Sitzen‹ wirklich bedeutet. Das Gebäude war mit Ratten, Schaben und Läusen verseucht, aber die eigentliche Gefahr ging von den Insassen selbst aus, unter denen einige gewalttätige Psychopathen waren. Doch die meisten wurden erst verrückt durch den Aufenthalt an diesem Ort, den das Magazine *Time* ein ›Verließ‹ genannt hatte.

Ich hatte noch nie zuvor in meinem Leben so etwas wie das Tombs-Gefängnis erlebt. Überfüllte Zellen, ständige Kämpfe und Schlägereien, ignorante, brutale und korrupte Wachen, grauenhafte Verpflegung. Das Frühstück bestand aus in Wasser aufgelöstem Milchpulver, zwei Scheiben steinhartem Brot, an dem man sich die Finger hätte abbrechen können, ranziger Margarine und bitterem, wässrigem Kaffee. Das Mittagessen: ein Rattenfraß, bei dem es einem den Magen umdrehte, zerstampfte Bohnen und zwei weitere Scheiben von dem harten Brot. Das Abendessen: eine Portion fettes, mit Knochen vermischtes Hackfleisch und wieder das gleiche Brot.

Die meisten Zellen waren einen Meter fünfundachtzig mal zwei Meter fünfzehn groß, kleiner also als der Raum, der einer Hyäne im Tierpark der Bronx zugestanden wurde, und sie waren jeweils mit drei Mann belegt. Die Fußböden in diesen Verschlägen wurden Massengräber für zertretene Kakerlaken.

Sie steckten mich in eine Zelle mit *fünf* anderen Männern. Einer schlief sitzend auf dem Klodeckel, ein anderer zusammengesunken auf einem metallenen Stuhl, der dritte lag mit angewinkelten Beinen auf einem kleinen Tisch, der vierte schlief im unteren Bett, der fünfte im oberen, und ich rollte mich auf dem Platz zusammen, der noch übrigblieb, auf dem Fußboden.

Die in diesem Käfig zusammengepferchten Männer waren

alle drogenkrank, erbrachen sich häufig und besudelten sich gegenseitig, auch mich. Wenn ich auf dem Boden lag, pinkelte mir oft einer auf die Füße.

Viele der Männer in Tombs waren vollkommen harmlos. Sie waren wegen eines Verkehrsvergehens oder wegen eines kleinen Diebstahls eingebuchtet worden und konnten die fünfundzwanzig Dollar nicht zahlen. Ihre Strafen, wäre es überhaupt zu einer Klageerhebung gekommen, wären Bewährungsstrafen gewesen oder höchstens ein paar Tage Freiheitsentzug. Statt dessen hockten sie hier monatelang Seite an Seite mit üblen Kriminellen, die *wirklich* gefährlich waren. Immer wieder brachte sich einer um, denn manche zogen den Selbstmord dem Leben in dieser Hölle vor.

Eines gab es in Tombs im Überfluß: Waffen. Die Insassen stellten Messer aus Matratzenfedern her. Es verging auch kein Tag, an dem nicht irgendein Gefangener zusammengeprügelt wurde oder an dem ich mir nicht die Ohren zuhalten mußte, um die Schreie eines Häftlings nicht zu hören, der vergewaltigt wurde.

Nach zwei fürchterlichen Wochen in Tombs brachten Vollzugsbeamte schließlich eine Gruppe von uns Häftlingen zu einem vergitterten Wagen ohne Fenster, mit dem wir in die Bronx gefahren wurden, von wo aus wir die Fähre nach Rikers Island nahmen.

Auf Rikers Island stand ein massiv gebautes Gefängnis, in dem es eigene Zellen für Jugendliche und für Frauen gab sowie acht vierstöckige, mit Schornsteinen auf den Dächern versehene Gebäude für die männlichen Gefangenen. Die grauen, eintönigen Mauern des Gefängnisses, das in der Nähe des Flughafens LaGuardia lag, schienen jedem die Warnung zu übermitteln: »Wer immer hier eintritt, der lasse alle Hoffnung fahren«.

Der Wärter, der den Gefangenen die Zellen zuteilte, sagte zu mir: »Ich werde dich mit einem Weißen zusammenlegen, denn die Weißen sollen mit den Weißen zusammensein, die Schwarzen mit den Schwarzen und die Latinos mit den Latinos. So ist das bei uns üblich, und das ist auch sehr vernünftig. Andernfalls würden die sich hier gegenseitig alle umbringen.« Er schüttelte den Kopf. »Sag mir, woher kommst du?«

»Aus der West Side«, sagte ich.

»Ein paar Typen aus der West Side werden dich besuchen kommen. Sie werden dir auf den Zahn fühlen, was du für einer bist. Wenn du die Prüfung bestehst, wenn sie der Meinung sind, daß du ein guter Kerl bist, dann werden sie dir erlauben, dich ihnen anzuschließen.«

Sie brachten mich in eine Zelle aus Stahl und Beton, die zwei Meter mal zwei Meter fünfzig groß war, und warfen mir noch ein paar Wolldecken hinterher. Eine Stunde später kam ein Vertrauenshäftling vorbei und sagte mir, ich solle mich ausziehen. »Zeit zum Duschen«, sagte er. »Runter mit deinen Klamotten.«

»Was, ich soll mich hier ausziehen?«

»Ich muß dich einsprühen.«

Er besprühte mich von oben bis unten mit einem stechenden Desinfektionsmittel, unter den Hoden, am Hintern, sogar im Gesicht und an den Augenbrauen. »Das Zeug bringt die Läuse um«, meinte er. Als er mich dann in den allgemeinen Duschraum führte, wo es stark nach Sperma roch, sagte er: »Sei vorsichtig hier drin.« Die Dusche galt als ein Platz, wo leicht die Homosexuellen über einen herfallen konnten.

Rikers Island war eine Beleidigung für alle fünf Sinne: 1. Für das *Hören*: ständig umgeben von lauter, nervtötender Musik, die normalerweise von den Schwarzen gemacht wurde und sich mit den Schreien der Gefangenen mischte, die geschlagen, mit Messern gestochen oder umgebracht wurden; 2. Für das *Sehen*: Zelle für Zelle vollgepackt mit dem Bodensatz der Gesellschaft, der in schmutzigen Verliesen dahinvegetierte; 3. Für das *Tasten*: alles schleimig, dreckig und hart, niemals etwas Weiches und Sauberes, nicht einmal das Bett; 4. Für das *Schmecken*: absolut grauenhaftes Essen, ein Abfall-Essen, das eigentlich nicht einmal für die Ratten gut genug war, die das meiste davon fraßen; 5. Für das *Riechen*: das schlimmste von allem, eine teuflische Mischung aus Scheiße, Urin und Desinfektionsmitteln – die

Augen konnte man schließen, und Essen gab es nur dreimal am Tag, aber dem Gestank konnte man nicht entkommen.

In Rikers Island hätte man eine Schule für Gladiatoren einrichten können. Als ich nach dem Duschen durch den Block zu meiner Zelle ging, konnte ich *drei Kämpfe gleichzeitig* beobachten: ein Weißer und ein Schwarzer, die mit Rohren aufeinander losgingen; zwei Schwarze, die versuchten, sich gegenseitig mit Messern aufzuschlitzen; und zwei Latinos, die mit zwei selbstgemachten Schraubenschlüsseln fochten. Tobende Gefangene mit wild flackernden Augen, die die Kämpfer anstachelten, standen kreisförmig um sie herum – wie fanatisierte Wetter bei einem Hahnenkampf – und verfolgten den Kampf ihrer Wahl. Die Wärter schienen keine Notiz davon zu nehmen.

Während dieser ersten Tage auf Rikers Island spürte ich oft, wie harte, haßerfüllte Augen mich verfolgten. Eindringliche Blicke, die von Männern kamen, die stolz das zur Schau trugen, was die Polizei als ›besondere Merkmale‹ bezeichnet: schmückende Tätowierungen, tiefe Narben, fehlende Finger oder Zehen.

Nach einer Woche erschien eine Delegation aus weißen Mitgefangenen bei mir zu Besuch. Ihr Anführer, ein Ire namens Joe O'Connor*, fragte: »Wo kommst du her?«

»Von der New Yorker West Side.«

»Wen kennst du dort?«

Ich nannte ihm meinen Freund Jimmy.

»Jimmy ist okay. Wen kennst du noch?«

»Seinen Schwager. Mikey.«

»In Ordnung, Mikey.«

»Ich hab' auch Danny McCrossin gekannt. Hab' mit ihm zusammengearbeitet.«

»Gut, in Ordnung«, sagte O'Connor. »Du bleibst bei uns. Wir können dir zeigen, wie man im Knast die Zeit absitzt und was man in diesem Scheißgefängnis hier zu erwarten hat.«

Als erstes lernte ich, daß auf Rikers Island eine Art ›Zweiklassengesellschaft‹ existierte: Die ›guten Jungs‹ waren keine ›Ratten‹, sie verpfiffen niemanden und konnten sich selbst helfen, indem sie kämpften. Die ›schlechten Jungs‹ hielten sich von Gewalt fern und kannten niemanden. Die ›guten Jungs‹ hatten freie Bahn, sie konnten die ›schlechten Jungs‹ jederzeit verprügeln oder erpressen.

O'Connor warnte mich vor der ›Kampfzone‹ im Gefängnis, einer Reihe von Klapptischen gleich neben unserem Zellenblock. »Geh dort niemals allein hin«, sagte er. »Du mußt immer mindestens vier oder fünf andere dabei haben. Andernfalls mußt du damit rechnen, daß du angesprungen wirst, einen Schlag auf den Schädel oder einen Messerstich bekommst. Kannst du mit deinen Fäusten umgehen?«

»Nicht gut«, sagte ich, denn ich wollte nicht, daß irgend jemand mich daraufhin prüfte.

»Also, lern, soviel du kannst. Es gibt starke Rassenspannungen hier drin. Am besten, du hältst deinen Mund. Nimm nie von Schwarzen irgend etwas an, rühr nichts an, was von ihnen kommt. Und rede nicht mit den Schwarzen. Kümmere dich nicht um sie, denn wenn ein Schwarzer neu hereinkommt, dann sagen die ihm das gleiche über uns. Du siehst also, der Rassismus ist beiderseitig. Er geht nicht nur von uns aus, auch von ihnen. Das Schlüsselwort heißt *Aufpassen*.«

Ich fragte ihn, ob man hier Sport treiben könne, und er sagte, daß es zwar eine Turnhalle gebe, aber sie sei von der Gefängnisverwaltung geschlossen worden. Zuviel Gewalt. Dann gab er mir weitere Verhaltensmaßregeln, die man beachten mußte, wenn man in Rikers überleben wollte: »Wenn ein Schwarzer oder ein Weißer dich schief anschaut, dann *mußt* du mit ihm kämpfen. Wenn er dich beschimpft oder sich dir gegenüber respektlos verhält, dann *mußt* du auf ihn losgehen. Und wenn es soweit kommen sollte, daß du ihn töten mußt, dann tu es. Denk immer dran: Wenn du ihn nicht umbringst, dann bringt er dich um.«

Solche einführenden Worte hörte ich später auch von anderen Gangstern in anderen Gefängnissen. Und irgendwann kam auch die Zeit, da *ich* die Neulinge aufklärte.

O'Connor gab mir noch mehr Lektionen: »Du mußt schwören, niemals irgend etwas auszusagen über die Insassen hier drin oder über Leute von draußen, egal in welcher Lage du gerade bist. Du darfst niemals gegenüber den Wärtern singen, auch wenn sie dich in Grund und Boden prügeln oder wenn du zusehen mußt, wie sie auf deinen besten Freund eindreschen.«

Ich befolgte O'Connors Ratschläge und hatte dann auch einige Auseinandersetzungen. Einmal legte ich mich mit einem Schwarzen an, der mich unverschämt angeschaut hatte; ein anderes Mal nannte mich ein Häftling ›Schwanzlutscher‹, und da knöpfte ich ihn mir vor. Beide Male schlug ich die Männer mit meinen bloßen Fäusten nieder, und ich kam allmählich zu der Ansicht, daß O'Connor recht hatte. Wenn ich mich jetzt mit den anderen schlug, dann würde ich das irgendwann später nicht mehr nötig haben.

»Wenn du nicht in Bestform bist«, hatte O'Connor gesagt, »dann stehst du diese Kämpfe nicht durch.« Ich nahm mir seine Worte zu Herzen und trainierte zusammen mit anderen weißen Häftlingen im hinteren Teil unseres Zellenblocks, wo ich eine Menge Klimmzüge, Liegestütze und Kniebeugen machte. Jede ethnische Gruppe hatte ihr eigenes Trainingsgelände und verteidigte unnachgiebig ihre territorialen Ansprüche.

Unsere Verpflegung war dem Bodybuilding nicht gerade zuträglich. Wir hatten zehn Minuten Zeit, um den Fraß zu vertilgen, an dem wir ablesen konnten, welchen Tag wir gerade hatten. Samstags wurde gepökelte Zunge serviert. Freitags bekamen wir eine Portion Fisch mit gekochten Kartoffeln, aus denen schon die Triebe heraussprossen, sowie harte Bohnen. Ein unverdaulicher Bohneneintopf war der Hauptgang am Mittwoch. Das große Essen der Woche war der ›Murderburger‹ am Sonntag, eine zähe, knorpelige Pastete, die aus billigstem Rindfleisch und zermahlenen Schweineknochen hergestellt war.

Jeder Insasse wurde danach beurteilt, was er draußen getan hatte. Wer sich zum Beispiel als Bankräuber oder Juwelendieb einen Namen gemacht hatte, konnte sich großer Wertschätzung erfreuen. Der größte Respekt allerdings wurde den Hitmen und Lohnkillern entgegengebracht. Auf der anderen Seite der Rangskala, am untersten Ende, standen die Vergewaltiger und Kinderschänder. Ein Mann, der wegen sexuellem Mißbrauch von Frauen und Kindern verurteilt worden war, hätte das Gefängnis auch gleich mit einem umgehängten Schild betreten können, auf dem in Leuchtschrift zu lesen stand: ›Behandelt mich wie ein Stück Scheiße, macht mir das Leben zur Hölle‹.

Aber natürlich gab es auch eine Menge Sadisten, die sich einen Spaß daraus machten, *jeden*, der ihnen irgendwie ›anders‹ vorkam, zu drangsalieren. Dieses Anderssein konnte schon darin bestehen, daß man den Mithäftlingen gegenüber ein Minimum an Höflichkeit an den Tag legte, daß man manchmal allein sein wollte, daß man zu intelligent oder zu wenig intelligent war, oder daß man die falsche Hautfarbe hatte. Wenn letzteres der Fall war, hatte man keine Chance. Die Weißen gaben das Feindbild für die Schwarzen ab, und umgekehrt.

Ich kann sagen, daß meine eineinhalb Monate in der Hölle von Rikers Island mir die Augen öffneten und daß ich klug genug war, daraus meine Lehren zu ziehen und mir vorzunehmen, mein Leben zu ändern. Aber es klappte nicht. Als ich aus dem Gefängnis herauskam, lief ich gleich wieder Louie dem Einarmigen über den Weg.

Bei unserem zweiten Job im Hotel Bristol zogen wir das große Los. Im Zimmer eines Dauergastes fand ich in einem Schrank zwischen den Kleidern ein ›wertvolles Buch‹. Dieses Buch verbarg nicht Perlen der Weisheit zwischen seinen Seiten, von denen viele herausgerissen waren, sondern Perlen anderer Art: Broschen und Halsketten aus wertvollen Steinen, goldene Anhänger und goldene Armreife. Außerdem fand ich noch sechstausend Dollar Bargeld.

Louie war überglücklich. Er schätzte den Wert der Juwelen, und mein Anteil ergab siebentausendfünfhundert Dollar. Wir waren uns einig, daß dieser Fang gefeiert werden mußte: Er ging auf die Rennbahn, und ich fuhr mit dem Taxi zum Flughafen LaGuardia und nahm ein Flugzeug nach Pittsburgh.

Ich lud meine Mutter in ein edles Restaurant zum Essen ein, mit Kerzenlicht und einem Geiger, der von Tisch zu Tisch ging. Als wir auf unser Essen warteten, sah ich Tränen in ihren Augen. »Was ist denn los, Mutter?« fragte ich, weil ich dachte, in ihrer Ehe stimmte vielleicht etwas nicht.

»Es ist wegen dir, Donald.«

»Mir geht es doch gut, Mutter.«

»Du ... du siehst aus wie ein Gangster. Du bist angezogen wie die Ganoven, die man in den Filmen sieht.«

»Das ist die Mode heutzutage in New York.« Ich begann, mich unter Mutters allwissenden Blicken unbehaglich zu fühlen, und wechselte das Thema. »Hier hab' ich was für dich«, sagte ich und schob ihr tausend Dollar in zusammengerollten Scheinen in die Hand. »Das habe ich beim Kartenspielen auf dem Schiff gewonnen.«

Sie wollte das Geld nicht nehmen und machte mir Vorhaltungen wegen dem Spielen, aber in Wirklichkeit ahnte sie Schlimmeres. Gegen Ende dieses ziemlich unangenehmen gemeinsamen Essens konnte ich sie doch noch überreden, das Geld zu nehmen – denn ich wußte, sie würde es gut brauchen können –, aber sie machte sich immer noch Sorgen über meine Kleidung und über die Art, wie ich redete.

Als es an der Zeit war, uns zu verabschieden, sagte ich: »Ich werde bald wieder vorbeikommen. Dann bring' ich dir noch mehr Geld mit.«

»Ich wünschte, du würdest das nicht tun«, erwiderte sie.

»Was? Dir das Geld bringen? Kannst du's denn nicht brauchen?«

»Ich wünschte, du würdest mich nicht besuchen.« Tränen liefen ihr über das Gesicht.

»Mutter ...«

»Donald, komm nicht wieder hierher.«

Das war meine letzte Begegnung mit der Frau, die ich als meine Mutter bezeichnete. Es brach ihr das Herz, mitansehen zu müssen, was aus mir wurde, und ich glaube, sie wollte auch alle Brücken zu der Familie Frangos abbrechen. Ich respektierte ihren Wunsch, aber ich versuchte noch einige Male, Kontakt mit ihr aufzunehmen. Sie jedoch wollte es nicht, sie weigerte sich, mich zu sehen oder mit mir zu reden. Aber trotzdem ist sie derjenige Mensch, der mir in all den Jahren am meisten bedeutet hat.

Mutter ist inzwischen gestorben. 1989 engagierte ich aus dem Gefängnis heraus einen Privatdetektiv, der mir berichtete, daß sie bei der Sozialversicherung nicht mehr geführt wurde.

Wieder zurück in Manhattan, hatte ich das Gefühl, daß meine letzte Verbindung zur zivilisierten Welt durchtrennt worden war; ich schloß mich tagsüber in meinem Apartment ein und lief nachts allein in den Straßen umher und grübelte darüber nach, was ich mit meinem Leben anfangen sollte. Nach zweiundsiebzig Stunden intensiver Seelenforschung faßte ich den Entschluß, ein Gauner zu werden, und zwar ein verdammt guter. Ich entschied mich dafür, weil es für mich keinen anderen Weg gab, viel Geld zu verdienen und trotzdem von niemandem abhängig zu sein. Kein Onkel Gus, keine Navy, niemand, der mir sagen würde, was ich zu tun hatte. *Hör auf, dich immer daran zu erinnern, daß Mutter gesagt hat; »Du bist doch ein guter Junge, Donald.« Von jetzt an wirst du als Tony the Greek von den anderen Kriminellen anerkannt und respektiert werden.* So begann ich also, meine kriminelle Laufbahn zu planen, und ich gelobte mir, es werde kein Zurück mehr geben und auch kein Bedauern.

Ich war zwanzig Jahre alt, also ungefähr in dem Alter, in dem auch die College-Studenten sich entscheiden, welche Laufbahn sie einschlagen wollen.

Ich besuchte meinen Freund Jimmy und fragte ihn, ob die achttausend Dollar, die ich noch von der Sache im Hotel Bristol übrig hatte, reichen würden, mich als Partner in eines seiner Drogengeschäfte einzukaufen.

»Warum nicht?« meinte er. »Ich fange jetzt an, in Harlem ein Verkaufsnetz aufzuziehen, und du kannst dort einen Teil übernehmen.«

Jimmy zeigte mir, wie man Heroin mit Milchzucker und Chinin verschneidet. Ich verbrachte jeden Tag viele Stunden in einem heißen, unbelüfteten Raum damit, Hunderte von kleinen Kapseln abzufüllen, die die Straßenhändler dann für ein Dollar fünfzig oder drei Dollar das Stück verkauften. Bald begann das Geld zu fließen, insbesondere von schwarzen Kunden in Harlem. Allerdings war ich beim Verschneiden des Heroins den Dämpfen ausgesetzt, die dabei entstanden, und so konsumierte ich bald mehr als früher.

Ungefähr zu dieser Zeit traf ich Mary, eine junge Puffmutter von der East Side, die früher einmal für den *Playboy* als Fotomodell gearbeitet hatte. Ich verkaufte ihr Stoff für ihre Mädchen, ging einige Male mit ihr aus und zog schließlich in ihrem Bordell ein, einer großen, modernen, eigenartig geschnittenen Apartment-Wohnung, in der es sechs Schlafzimmer gab, die von einem Empfangsraum beziehungsweise einem Wohnzimmer mit Bar aus erreichbar waren. Die Mädchen fühlten sich sicherer und geschützter durch meine Anwesenheit, und ich hatte Zugang zu dem besten Sex, den es für Geld zu kaufen gab.

In genoß jeden Krümel von dem Stück, das ich mir von dem großen Kuchen abgeschnitten hatte. Durch die Zusammenarbeit mit Jimmy verdiente ich zweitausend Dollar in der Woche, und ich lernte jede Menge schräger Vögel aus der Unterwelt kennen: Strichmädchen, Zuhälter, Bankräuber, Taschendiebe – Ganoven, die aus dem ganzen Land anreisten, um sich bei uns Stoff zu besorgen.

Ich fühlte mich wirklich wie ein Mann von Welt, solange, bis mich zwei Polizisten der Küstenstreife schnappten und in Gewahrsam nahmen; schließlich war die Navy immer noch hinter mir her. Daß meine schwarzen Lederschuhe tadellos poliert waren und in der Sonne glänzten – was ich bei der

Marine gelernt hatte –, das erregte ihre Aufmerksamkeit, als sie mich beobachteten, wie ich mich am Port Authority Busbahnhof herumtrieb. Ich versuchte, mich gegenüber den Streifenpolizisten herauszureden, aber bald hatten sie meinen Namen und wußten über meinen Fall Bescheid. Sie brachten mich ins Navy-Gefängnis von Brooklyn.

Im September 1959 wurde ich zu einer dreijährigen Haftstrafe verurteilt, die ich im Marinegefängnis Portsmouth in New Hampshire absitzen sollte. Kurz bevor ich dorthin gebracht wurde, gab ich mich reumütig und schaffte es schließlich, den Posten eines Vertrauenshäftlings zu bekommen. Dann fiel ich einem Sergeant der Wachmannschaft auf, der mich für seine Botengänge einsetzte, und von einem dieser Gänge kam ich einfach nicht mehr zurück. Ich tauchte sofort wieder ein in mein Leben als Strichmädchen-Beschützer und Drogenhändler. Ich kehrte zurück zu Jimmy, zu Mary und in das Appartement-Bordell.

Mein Lebenswandel trieb mich immer stärker und unausweichlich zu einer bestimmten Art von Verbrechen, aber ich war doch überrascht, als es dann soweit war. Mary sagte mir, ein schwarzer Zuhälter würde mehreren ihrer Mädchen Schwierigkeiten machen. Er hatte ihnen die Perücken vom Kopf gerissen, das Geld an sich genommen, das sie darunter versteckt hatten, und ihnen gedroht, er werde alles behalten, wenn sie sich weigerten, für ihn zu arbeiten.

»Du mußt diesen Kerl umbringen«, sagte Mary zu mir.

Ich erhob keine Einwände. Ich heftete mich dem Mann an die Fersen, stellte ihn eines frühen Morgens am Broadway und stieß ihm ein Messer ins Herz. Er sank vor meinen Füßen zu Boden wie ein löcheriger Mehlsack, und kein Mensch verfolgte mich, als ich davonlief in die Dämmerung.

Die Polizei untersuchte den Mord nur der Form halber. Es war ihr ziemlich egal, und ich geriet auch nie in Verdacht, ich glaube, sie wußten gar nicht, daß ich überhaupt existierte. Die meisten Polizisten denken, auch wenn sie es nicht zugeben, genauso wie die Kriminellen: Zum Glück sind wir diesen dreckigen Zuhälter los. Gratulation für den Kerl, der ihn erstochen hat.

Die Gesellschaft erwartet von mir, daß ich Reue zeige wegen der Morde, die ich begangen habe, aber ich bin mir da nicht sicher.

Auch wenn ich davon absehe, daß die Leute, die ich umgebracht habe, alle Dreck am Stecken hatten, bleibt doch noch die Tatsache, daß ich mich als eine Art Soldat fühlte und meine Opfer als Feinde betrachtete, und da ich meine Tätigkeit also gewissermaßen als Kriegsführung auffaßte, konnte ich kein Bedauern empfinden, nur eine Art Genugtuung, daß ich meine Aufgabe erfüllt hatte.

Ich kann auch nicht sagen, daß mein erster Mord, den ich im Alter von zwanzig Jahren beging, schwieriger gewesen wäre als die späteren oder daß er sich besonders in mein Gedächtnis eingeprägt hätte. Ich ging hin, tat es, und das war es dann auch. Ich genoß das Lob und die Anerkennung, die mir der Mord einbrachte. Ich war ganz offensichtlich zu einem Kriminellen geworden, den man beneidete, zu einem kaltblütigen Hitman, und mein neuer sozialer Status spiegelte sich jeden Tag in den ehrfurchtsvollen, ängstlichen Augen der anderen. Ich genoß *Respekt*.

Mary arbeitete unter der lockeren Oberaufsicht eines Hauptmanns der Genovese-Familie, und sie sagte mir, dieser sei ziemlich beeindruckt gewesen von meiner Leistung. Sie sagte, es gebe da zwei weiße Zuhälter, die ich mir auf seinen Wunsch hin vornehmen solle, und ich, immer darauf bedacht, die in mich gesetzten Erwartungen zu erfüllen, erledigte sie in zwei aufeinanderfolgenden Nächten, ebenfalls mit einem Messer. Es bestanden nun gute Chancen, daß sogar Vito Genevese meinen Namen kannte.

Die Mafia-Bosse waren immer auf der Suche nach guten Killern.

Im November 1959 entschloß ich mich, aus Marys Apartment auszuziehen. Die Drogen, die Partys, das Kommen und Gehen der Mädchen und Freier, die manchmal um vier oder fünf Uhr nachts läuteten, hatten mich zermürbt. Es war mir einfach zuviel geworden, tagsüber die Drogen abzupacken und auszuliefern und dann die ganze Nacht zu spielen oder mir die Zeit sonstwie um die Ohren zu schlagen. Das Heroin hatte mich müde gemacht, und ich tat mich immer schwerer, morgens aus dem Bett zu kommen.

»Du brauchst Hilfe«, sagte eine befreundete Hure zu mir. »Laß dich im Manhattan General Hospital aufnehmen und mach eine Entgiftung.«

Ich nannte meinen richtigen Namen im Krankenhaus, ohne zu bedenken, daß die Neuaufnahmen nach Kriminellen oder Drogenabhängigen durchforstet wurden. Am Empfang sagte man mir, ich solle mich in einen Warteraum setzen, und dort harrte ich stupide aus, von ein Uhr bis fünf Uhr nachmittags, bis schließlich zwei Zivilbullen kamen und mich festnahmen.

Ich war inzwischen erfahren genug, um zu erkennen, wie grotesk meine bisherigen Festnahmen abgelaufen waren: Das erste Mal war ich an einem Strand aufgegriffen worden, dann hatte ich mich selbst gestellt, beim dritten Mal wurde ich durch untergeschobene Urlaubsscheine geleimt, beim vierten Mal hatten meine glänzenden Schuhe mich verraten, und jetzt hatte ich wie ein Idiot herumgesessen und hatte gewartet, bis die Bullen Zeit fanden, mich zu verhaften.

Das Navy schlug zu den drei Jahren, zu denen ich verurteilt worden war, noch zwei Jahre drauf, die ich nun in einem Durchgang absitzen sollte.

Im Zug nach Portsmouth in New Hampshire sagte einer der Marine-Wachmänner zu mir: »Du kommst jetzt in ein Männergefängnis. Wart mal ab, was man dort alles mit dir machen wird.«

Die Marine machte aber nur viel Wind. Nachdem ich wieder durch einen Radikalentzug vom Heroin losgekommen war, schloß ich mich dem Boxclub im Gefängnis an und erkämpfte mir bald die Meisterschaft im Mittelgewicht. Ich gewann den Titel, nachdem ich einen Mexikaner, der als der härteste Bursche im ganzen Knast galt, in der zweiten Runde k.o. geschlagen hatte.

Die Gefängnisverwaltung, der ein guter Boxer immer imponierte, gab mir einen angenehmen Job als Barkeeper im Offiziersclub. Aber dann hatte ich noch größeres Glück, als der Gefängnispsychiater mich untersuchte und meine Karriere als Drogenabhängiger entdeckte. In seinem Bericht hieß es, ich sei ›körperlich und geistig nicht in der Lage‹, jemals wieder in der Marine zu dienen, und er empfahl, meine Strafe in eine unehrenhafte Entlassung umzuwandeln.

Nach sechs Monaten Papierkrieg, in dem mein Fall von hinten und von vorne aufgerollt wurde, ließ mich die Navy meiner Wege ziehen. Ein Offizier empfahl mir, mich in New York bei einer Boxschule zu melden und weiter als Boxer zu trainieren, aber ich schlug seine Resozialisierungsempfehlungen in den Wind und begab mich auf dem direkten Weg wieder zu Jimmy.

Warum kam ich immer wieder zurück? Weil das Leben in diesen Kreisen glanzvoll und aufregend war, weil man viel Geld verdienen konnte und weil ich nicht damit rechnete, noch einmal geschnappt zu werden. Egal wie oft ein Gangster auch hochgenommen wird, immer denkt er, er sei danach klug genug, damit ihm das nicht wieder passiert. Ich *garantiere* Ihnen, er sagt sich nicht: »Verdammt, ich falle wieder in mein altes Gleis zurück, und das bringt mich über kurz oder lang wieder in den Knast.«

»Was rätst du mir denn? Was soll ich tun?« fragte ich Jimmy.

»Ich kann dir sagen, was du *nicht* tun solltest«, sagte er. »Geh nicht wieder in diese Zuhälter-Szene zurück. Das ist nichts für dich. Mach was Richtiges, was zu einem harten Burschen paßt: Dreh große Dinger. Ich arbeite daran, einen Lastwagen zu klauen, der mit Musikinstrumenten vollgeladen ist. Müßte eine saubere Sache werden.«

Der erste Teil des Raubüberfalls lief genauso ab, wie Jimmy es gesagt hatte. Ich fuhr den Lastwagen weg, während der Fahrer beim Essen war. Aber als ich beim Apollo-Theater in Harlem ankam, dem vereinbarten Treffpunkt, stellte sich der angebliche Käufer als ein Bulle heraus, und das gehörte nicht zum Plan.

Ich wußte jetzt, daß ziemlich harte Zeiten auf mich zukommen würden.

5. Kapitel

Chin Gigante als Nothelfer

»Was hast du für ein Problem, Arschloch? Warum zum Teufel glotzt du mich dauernd an?«

Ich verbrachte meine erste Nacht im New York City Workhouse (NYCW) auf Hart Island in der Bronx. Der Mann, der das zu mir sagte, war ein stämmiger Typ namens Rocky Moro*, der in meiner Nachbarkoje lag. In Wirklichkeit hatte er *mich* streitsüchtig angestarrt. Ich war nicht in der Stimmung, mich auf gegenseitiges Niederstarren oder andere Gefängnisspielchen einzulassen, daher sprang ich auf und sagte: »In Ordnung, Schleimscheißer, gehen wir nach hinten und bringen wir's hinter uns.«

»Moment mal«, sagte ein grauhaariger Gangster und stellte sich zwischen uns. »Schlagt euch doch nicht gegenseitig die Schädel ein. Benutzt euer Hirn. Wir müssen stark und einig sein gegen *sie*.«

Meinen Gegner juckte es in den Fingern und mich auch, aber dann sahen wir doch ein, daß unser älterer Mithäftling recht hatte. Murrend sanken wir wieder auf unsere Betten zurück, um unsere Energie aufzuheben für die Kämpfe gegen *sie*, die zahlreichen Schwarzen, die mit uns den Schlafsaal teilten.

Dank Jimmys Beziehungen wurde ich wegen dem Raub der Musikinstrumente nur zu neunzig Tagen im New York City Workhouse verurteilt. Das NYCW war ein schmutziges, eintöniges Gefängnis mit schlechtem Essen, grauenhafter Unterbringung, brutalen Wärtern, und man wurde ständig von den Mitgefangenen bedroht. Mit anderen Worten: das Übliche, mit dem man rechnen mußte.

Die Häftlinge wurden in diesem Gefängnis in sieben jeweils zweistöckigen Schlafsälen gehalten, mit einhundertzwanzig Mann auf einem Stockwerk. Diejenigen, die im ersten und zweiten Stock schliefen, kletterten auf den außen angebrachten Feuerleitern zu ihren Quartieren hinauf. Außerdem gab es in dem Gefängniskomplex noch zwei weitere Gebäude, ein Krankenhaus und eine Anlage mit Einzelzellen. Die Häftlinge konnten sich in großen, offenen Räumen ohne Gitter und ohne Abgrenzung der Rassen frei bewegen, und daher kam es rund um die Uhr zu Faustkämpfen und Messerstechereien. Bald lernte ich, beim Schlafen auf der Hut zu sein und beim geringsten Geräusch in der Nähe meines Bettes wach zu werden.

Obwohl wir gleich am Anfang aneinandergeraten waren, wurde Rocky Moro derjenige Häftling, mit dem ich die meiste Zeit verbrachte. Moro, ein gutaussehender, blonder Halbitaliener, saß für neunzig Tage ein, weil er illegale Lotteriespiele organisiert hatte. Ich konnte mir nicht vorstellen, daß sich dieser gewöhnliche Straßenschläger später, wie ein moderner John Gotti, durch Morde auf der Rangleiter des organisierten Verbrechen hochkämpfen würde. Auch kannte ich Moros bestgehütetes Geheimnis nicht: Er war zur anderen Hälfte irischer Abkunft, was, wenn es bekanntgeworden wäre, seine Mitgliedschaft in einer der Mafia-Familien ausgeschlossen hätte. Zu dieser Zeit sah ich nur seine gewaltigen Fäuste, seine kräftigen Seemannsarme, seine muskulösen Beine, die wie Wasserhydranten aussahen, und seine wilden, bösen Augen. Moro war ein hundert Kilo schwerer Klotz aus Jähzorn und durchtrainierten Muskeln.

In der zweiten Nacht, die ich im NYCW verbrachte, brüllte Moro, der sich durch die plärrende Musik aus einem Radio gestört fühlte: »Schalt endlich diesen Scheißlärm ab.«

»Leck mich, du weißes Arschloch«, erwiderte eine anonyme Stimme verärgert.

»Yom«, sagte Moro zu mir und schüttelte den Kopf. (›Yom‹ ist eine italienische Abkürzung für Aubergine und wird von Mafiosi als geringschätzige Bezeichnung für Schwarze benutzt.)

Er stürmte zu der Gruppe von fünf Schwarzen hinüber, riß das lärmende Radio an sich und zerschmetterte es auf dem Fußboden. Sofort sprangen die Schwarzen Moro von allen Seiten an und schlugen mit Bleirohren auf ihn ein, die sie ganz plötzlich hervorgezaubert hatten. Ich griff mir mein eigenes Rohr, stürzte mich in das Getümmel und drosch mit kräftigen Schlägen auf die Männer ein, die Moro niedergeknüppelt hatten. Seine Stirn klaffte weit auf, und heraussprudelndes Blut färbte seine blonden Haare rot.

Die ›Schlägertruppe‹ des NYCW – eine spezielle Bezeichnung der Insassen für eine Gruppe, die aus den härtesten und zähesten Burschen bestand – beendete den Kampf, aber erst als Moro und ich schon gewonnen hatten. Da dieser Vorfall ziemlich ungewöhnlich war, erhielt keiner von uns eine Strafe von den Wärtern.

Die Jungs, die diese ohrenbetäubende Musik gespielt hatten, waren im Unrecht, und Moro, ich oder jeder der anderen einhundertdreizehn Häftlinge auf unserem Stockwerk hatten das Recht, dagegen vorzugehen. Aber im Gefängnis eine Beschwerde vorzubringen, ist verlorene Liebesmüh'. Die Wärter stellen sich taub, und außerdem verstehen diejenigen Typen, die Schwierigkeiten machen, nur eine Sprache: die Gewalt, die man gegen sie ausübt.

Ich brauchte nicht lange, um die Lektion zu kapieren, die Joe O'Connor mir auf Rikers Island gegeben hatte, nämlich daß man allein mit Hilfe von Gewalt in diesen Knästen überleben konnte, und es bedurfte auch keiner großen intellektuellen Fähigkeiten zu begreifen, daß Gewinnen allemal besser war als Verlieren. Als ich auf diese Schwarzen losgegangen war, um Rocky Moro zu verteidigen, hatte ich schon gelernt, meine Angst zu bezwingen und mich ohne Rücksicht auf Verluste in einen Kampf zu stürzen. Ich pumpte mich innerlich auf. *Vielleicht wirst du getötet, aber dann stirb wenigstens wie ein Mann.* Daß ich so rücksichtslos vorging, war mein großer Vorteil, und ich trainierte mich darauf, alles zu tun, um zu gewinnen – eine Kehle mit einem Rasiermesser zu durchschneiden, ein Auge herauszureißen oder die Eier eines Mannes mit der Hand zu zerquetschen. Wenn man derjenige war, der als erster Blut fließen ließ, war man im Vorteil. Denn in der Regel machten die Gegner schnell einen Rückzieher, wenn sie sahen, daß sie bluteten, außer es handelte sich um offensichtlich Verrückte oder um Leute, die von Drogen benebelt waren.

Wenn Moro und ich nicht frühzeitig gegen die laute Musik vorgegangen wären, wären unsere Rechte immer weiter eingeschränkt worden. So hätten die Schwarzen dann verlangen können, daß wir ihnen unsere Zigaretten aushändigten, und wenn wir das mitgemacht hätten, dann hätten sie ihre Forderungen immer höher geschraubt, bis wir schließlich nur noch untertänige Sklaven und willfährige Sexobjekte für sie gewesen wären. Ich hatte schon mitbekommen, wie man mit schwachen Häftlingen umsprang, die nicht in der Lage waren, sich gegen Einschüchterungen zur Wehr zu setzen, und ich habe es im Laufe der Jahre immer und immer wieder erlebt. Für viele Gefangene, die sich nicht gegen die anderen behaupten konnten oder wollten, wurde Selbstmord zu einer realen Alternative.

Stecken Sie einen durchschnittlichen Typen in eines dieser Gefängnisse, dann wird er sich innerhalb von sechs Monaten entweder zu einem passablen Kämpfer entwickeln oder zu einem Fußabtreter, oder er wird es nicht überleben. Würde ein ordentlicher Bürger, der ein Reihenhaus in der Vorstadt bewohnt, nennen wir ihn Joe Schmoe, dort hineingeraten, dann würde er sich jede Woche einer Erpressung ausgesetzt sehen und jeden Tag einem sexuellen Mißbrauch. Man kann dort einfach nicht als anständiger Mensch leben, der von den wilden Tieren in Ruhe gelassen wird. Sie würden Schmoe dort bis zum letzten aussaugen, ihm seine Würde und seinen Stolz nehmen und jeden Cent, den er besitzt. Am Anfang würde man zu ihm sagen: »Du wirst jeden Freitag hundert Dollar in unsere Gemeinschaftskasse legen. Und deine Frau wird fünftausend Dollar an eine Adresse schicken, die wir dir geben.«

Die Geldforderungen würden niemals aufhören. Sie würden die Scheiße aus Schmoe herausprügeln und ihn dazu bringen, ihnen die Schwänze zu lutschen, ganz gleich, ob er bezahlen würde oder nicht. Lange Zeit waren die Staatsgefängnisse die schlimmsten, aber die Bundesgefängnisse haben inzwischen stark aufgeholt, weil dort neuartige Verbrechertypen einsitzen wie zum Beispiel lateinamerikanische Drogenhändler, Mitglieder des mexikanischen organisierten Verbrechens, kubanische Bootsflüchtlinge und vietnamesische Schutzgelderpresser.

Ich habe es unzählige Male miterlebt. Joe Schmoe, der vielleicht eine Versicherung aufs Kreuz gelegt oder sonst irgendeine Betrügerei begangen hat, hört, wie ein junger Kerl zu ihm sagt: »Gib mir dein Radio, Arschloch, oder ich schneid' dir die Kehle durch.« Schmoe ist auf der Verliererstraße, egal, was er auch tut. Er wird umgebracht, wenn er sich weigert, oder er stirbt einen langsamen Tod, wenn er nachgibt. Hinter den Mauern der Gefängnisse gibt es kein Mitleid mit den Schwachen und Machtlosen, kein Nachlassen in den Ansprüchen und Forderungen eines Schlägertypen, der für die Schwäche seines Opfers nur Verachtung übrig hat. Es gibt skrupellose Häftlinge, die auch nicht davor zurückschrecken, sich an einem neunzigjährigen Mann zu vergehen.

Die Wärter um Hilfe zu bitten, ist absolut sinnlos. Die wollen nichts hören von irgendwelchen Problemen, und sie versuchen, Auseinandersetzungen mit abgebrühten jungen Burschen aus dem Weg zu gehen. Wenn Schmoe sich beschweren sollte, dann werden die Wärter verbreiten, er sei ein Spitzel. Oder einer der Aufpasser wird zu ihm sagen: »He, du kleiner Scheißer, willst du behaupten, daß sowas passiert, während ich Wache schiebe? Du willst mich wohl in Schwierigkeiten bringen?«

Jedem, der das Pech hat, in einem Gefängnis zu landen, empfehle ich, sich mit Gewalt zu wehren. Wenn ein Neuankömmling gleich beim ersten Mal zurückschlägt – zum Beispiel, indem er einem Angreifer mit einem Rasiermesser Verletzungen beibringt –, dann hat er gute Chancen, künftig in Ruhe gelassen zu werden. Den Raubtieren im Gefängnis ist bewußt, daß es leichte Beute zuhauf gibt, warum sollten sie sich dann mit jemandem anlegen, der entschlossen ist, sich zur Wehr zu setzen?

Ich brauchte einige Jahre, bis ich ein Mann geworden war, der wegen seiner ausgeprägten Gewaltbereitschaft gefürchtet und anerkannt war und den manche Häftlinge gerne als Schutz in ihrer Nähe hatten. Das Eingesperrtsein in den verschiedensten Strafanstalten machte aus mir einen hartgesottenen Burschen und lehrte mich, was Gewalt wirklich ist: einem Mann mit dem Fuß eine Kniescheibe zu zertrümmern, ihm mit den Fingern den Kehlkopf einzudrücken oder ihm ein Ohr abzubeißen. Je mehr Vertrauen ich erwerben konnte, desto mehr Respekt wurde mir auch entgegengebracht – sowohl von den Weißen wie auch den Schwarzen und den Latinos.

Auf welcher Seite ich zu stehen hatte, das war etwas, was ich nicht erst lernen mußte: Es hieß immer, mit den Häftlingen gegen die Aufpasser zu stehen. Ich war nie im Zweifel, wem gegenüber ich loyal zu sein hatte.

Aus Dankbarkeit dafür, daß ich ihm zu Hilfe gekommen war, schaffte Rocky Moro es, mich bei seiner Beerdigungstruppe unterzubringen. Sie begruben die Toten auf dem Gelände einer ehemaligen Töpferei und verschafften Leuten, die keine Verwandten mehr hatten, oder Gefangenen, deren Familien nichts mehr mit ihnen zu tun haben wollten, eine letzte Ruhestätte. Jeder Tote erhielt eine Nummer – es gab keinen Grabstein, nicht einmal der Name wurde angegeben. Falls die Namen bekannt waren, wurden sie zusammen mit den Nummern an anderer Stelle festgehalten, für den Fall, daß noch Angehörige auftauchten oder daß die Familie es sich doch anders überlegte. Wir stapelten die dünnen Holzsärge in sieben Reihen zu je fünfzig Stück, das heißt, ein Schacht enthielt dreihundertfünfzig Särge.

Jeden Werktagmorgen trotteten wir Totengräber vom Schlafsaal aus ungefähr eineinhalb Kilometer auf einer einsamen, schmutzigen Straße zu dem Begräbnisplatz, von wo aus wir die benachbarte Insel sehen konnten, auf der Typhoid Mary (Mary Mallon) gefangengehalten wurde. Vor dreißig Jahren hatten ihr Fall und ihre Isolationshaft Schlagzeilen verursacht. Verschiedene Menschenrechtsgruppen hatten gegen ihre Verbannung protestiert.

Die Vorschriften verlangten es, jeden Sarg zu öffnen und zu prüfen, ob sich auch wirklich ein Toter darin befand, bevor wir ihn in die Grube senkten. Der Anblick der Leichen, die nach der Autopsie durch Medizinstudenten und -professoren nur mehr behelfsmäßig wieder zusammengeflickt worden waren, hätte auch dem Abgebrühtesten den Magen umdrehen können, aber die Jungs in unserer Truppe besaßen die klinische Distanziertheit eines Leichenbeschauers.

Als wir einmal einen Sarg aus Kiefernholz öffneten, brach Rocky Moro in heftiges Lachen aus. Nachdem er sich wieder einigermaßen beruhigt hatte, erklärte er uns, in dem Sarg lägen die Überreste von Chris Tabo, einem Gangster, den er in einem Streit um Geld getötet habe. Rocky öffnete seinen Hosenstall und pinkelte auf den Sarg. »Chris«, kicherte er triumphierend, »ich hab' dir doch gesagt, ich werde auf dein Grab pissen.«

Es gab auf diesem Friedhof ein Loch für die Katholiken, eines für die Protestanten, eines für die Juden, eines für Babies und eines für einzelne Körperteile. Denn manchmal hatten wir auch einzelne Arme oder Beine, und die kamen dann in dieses Loch.

Auch Häftlinge, die zu den Mobstern gehörten, rissen sich um den Beerdigungsjob. Der Gestank war zwar grauenhaft, aber jeder hielt es für einen tollen Job, wegen der Sonderprivilegien und insbesondere, weil man dort die Aufpasser nicht im Genick hatte, die sich nicht einmal als Tote dorthin gewagt hätten.

Dieser Job wurde, wie auch alle anderen, nicht bezahlt, das heißt, die Stadt hielt sich hier Sklavenarbeiter. Einige Politiker setzten sich dafür ein, Gefangene zu entlohnen, die Arbeiten verrichteten, die ansonsten Zivilisten machen hätten müssen (was die Arbeitslosen-Statistik entlastet hätte); schließlich erklärte sich die Regierung bereit, den Häftlingen etwas zu bezahlen: in der Regel fünf Cents für einen Acht-Stunden-Tag.

Wir begruben die Toten nicht nur, wir buddelten sie manchmal auch wieder aus. Der schlimmste Fall war ein dicker Mann, den wir ein paar Stunden, bevor seine Familie ihren Anspruch anmeldete, beerdigt hatten. Natürlich lag er ganz unten in der

Grube, und so mußten wir die sechs anderen Särge über dem seinen auch heraufholen. Dann schoben wir Ketten unter den Sarg, hievten ihn hoch und trugen die Reste behutsam zu dem wartenden Leichenwagen.

Jeden Abend, nachdem wir wieder in unserer Unterkunft angekommen waren, die in den vierziger Jahren deutsche Kriegsgefangene beherbergt hatte, duschten wir uns ausgiebig, um den Gestank loszuwerden. Dann machten wir uns Käse- und Wurst-Sandwiches, die uns der Bestattungsunternehmer geschenkt hatte, über den Dampfstrahlern an der Wand warm. Die Nächte verbrachten wir mit Würfelspielen um Zigaretten, mit Kartenspielen, Lesen oder damit, uns gegenseitig kennenzulernen. Moro wurde nie müde, davon zu erzählen, was ihm am meisten Spaß machte: drei sechzehnjährige puertorikanische Mädchen aufzureißen, ihre Vaginas mit Kokain zu pudern und dann alles aufzulecken.

Moro wurde früher als ich aus dem NYCW entlassen, und er bestand darauf, daß ich für ihn arbeiten solle, wenn ich auch wieder draußen sei. Aufstrebende Mafiosi wie er – und dasselbe galt für alle Chargen bis hinauf zum Paten – konnten nie genug hartgesottene Kerle in ihrem Mitarbeiterstab haben.

Ich kannte Rocky Moro als verschlagen und sehr ehrgeizig. Sein Ziel, über das er dann später weit hinausschoß, bestand darin, ein anerkanntes Mitglied der Bonanno-Familie zu werden. Er versprach mir, ich würde bei ihm zweitausend Dollar in der Woche verdienen, und das hörte sich für mich ganz gut an.

Sobald ich wieder draußen war, fing ich bei Moro an. Ich wußte, daß ich, wenn ich mein Ziel, auf der kriminellen Karriereleiter hochzusteigen, erreichen wollte, von Leuten wie ihm akzeptiert und anerkannt werden mußte. Dementsprechend verhielt ich mich als loyaler, verläßlicher Mitarbeiter, der alle Anweisungen ohne zu fragen ausführte. Aber trotzdem gab es auch Momente, in denen ich schockiert und angeekelt war. Ein Beispiel dafür ereignete sich an meinem ersten Tag in der Freiheit.

Ich traf Moro in Manhattan, er war betrunken. Ich werde diese Szene nie vergessen. Es war ein trister Nachmittag, leichter Nebel hatte sich ausgebreitet, und wir gingen die Delancey Street in der Bowery entlang. Ich hörte Moro zu, wie er über meine Aufgaben als Geldeintreiber für sein Kreditgeschäft sprach. Die Straße war menschenleer, nur ein schmutziger, weinseliger und krakeelender Penner torkelte uns entgegen. Rocky sagte zu mir: »Paß mal auf.« Mit sanfter Stimme fragte er den Pennbruder, wie es ihm gehe, aber bevor der Mann antworten konnte, schlug Moro ihm die Faust ins Gesicht und stieß ihn zu Boden. Dann zog er eine Pistole hervor, beugte sich hinunter und schoß dem Mann in den Kopf, ohne auch nur den geringsten Anlaß.

Ich tötete fünf Leute zusammen mit oder für Rocky Moro, es waren entweder rivalisierende freie Kredithaie oder Burschen, die Moros Eintreiber überfallen und ausgenommen hatten. Diese massiven und wirkungsvollen Maßnahmen, mit denen wir Moros Gebiet absicherten, festigten unser beider Ruf, daß mit uns nicht zu spaßen war.

Ich ließ auch manchmal Schädel gegen Wände krachen, wenn die Schuldner mit ihren Zahlungen zu weit im Rückstand waren. Meistens handelte es sich dabei um Glücksspieler, Inhaber von Delikatessengeschäften oder Restaurants, Betreiber von ausbeuterischen kleinen Klitschen oder kleine Industrieunternehmer, deren Geschäfte schlecht gingen. Es erstaunte mich immer wieder, wie schnell die Schuldner dann Geld auftreiben konnten, obwohl sie zuvor steif und fest behauptet hatten, die Kasse sei leer. Natürlich war das Geldverleihen an Geschäfte und Unternehmen auch selbst ein einträgliches Geschäft, denn wenn die Schuldner wirklich nicht mehr zahlen konnten, dann kam Moro ganz legal in den Besitz unterschiedlichster Unternehmen.

1961 trennte ich mich von Moro, weil ich zu der Einsicht gekommen war, daß dieser gewalttätige Säufer einfach zu viele Schwierigkeiten und Probleme auf sich zog. Ich konnte seine Launen und seine Tobsuchtsanfälle nicht mehr ertragen, wenn er betrunken war, und ich hatte es satt, sein ständiges Geschwätz darüber mitanzuhören, wie er es schaffen würde, ein ›Gemachter‹, ein formelles Mitglied einer kriminellen Familie zu werden. Ich konnte nicht in sie aufgenommen werden – denn ich war nicht zu hundert Prozent italienischer Abstammung; er allerdings auch nicht –, und ich schätzte mich auch glücklich, daß ich unabhängig war, ohne all die Pflichten eines Mitglieds einer Mafia-Familie. Ein Soldat des Mob hatte seine Einkünfte mit einer Vielzahl von Bossen zu teilen. Außerdem war er für immer gebunden: Wer einmal dabei war, konnte nur durch seinen Tod wieder ausscheiden.

Wie nahezu jeder Gangster, den ich kennenlernte, träumte auch ich von dem ›großen Ding‹, das es mir ermöglichen würde, mich für immer aus dem Geschäft zurückzuziehen. Erst Jahre später begriff ich, daß ich diesem Leben nicht mehr entfliehen konnte, genausowenig wie die anderen Gangster, weil ich die Aufregung, den Nervenkitzel brauchte, wie die meisten Leute, mit denen ich zu tun hatte, und daß ich mich tödlich gelangweilt hätte ohne diesen täglichen Reiz des Lebens auf Kippe, außerhalb des Gesetzes. Der Hauptgrund, warum Leute trinken oder Drogen nehmen, besteht darin, daß es ihnen einen Genuß verschafft. Das Rauschhafte bringt ihnen Vergnügen oder bietet ihnen zumindest eine Fluchtmöglichkeit, und genauso verhält es sich mit dem Leben in der Kriminalität, wo man nicht einengenden Regeln und Vorschriften unterliegt und trotzdem ein stattliches Einkommen hat. Mein Leben war zumindest aufregend, das kann ich wohl sagen, und das war es, was mir daran gefiel.

Nachdem ich mich von Moro getrennt hatte, schloß ich mich einer Bande bewaffneter Räuber an, die aus fünf Mann bestand und zu der auch Mario Massulo gehörte, ein Partner des aufstrebenden Genovese-Soldaten Vincent ›Chin‹ Gigante. All diese fünf Männer starben später eines gewaltsamen Todes, und rückblickend wundert es mich, daß es mich nicht auch erwischt hat.

Wir brachen in die Häuser und Wohnungen von hochkarätigen Drogenhändlern ein und erbeuteten dabei immer eine Menge Stoff, Bargeld und Schmuck. Aufgrund unserer lockeren Verbindung mit Gigante versuchten wir, Dealer, die mit den Mobstern zu tun hatten, zu verschonen. Gigante gab uns manchmal Tips, wo etwas zu holen sei, aber es passierten auch Pannen, und einmal mußten wir sogar die Beute wieder zurückgeben. Im allgemeinen traten wir aber als wilde, angeberische Bande auf, die sich einen Dreck um die Mafia oder sonstwen kümmerte. Die Polizei interessierte sich nicht dafür, daß wir Drogenhändler schröpften, und die Opfer zeigten den Einbruch natürlich auch nicht an.

Einmal nahmen wir uns ein dreistöckiges Apartmentgebäude in der Nähe des Broadways vor, in dem mehrere jamaikanische Drogendealer mit ihren Familien lebten. Zwei Mann aus unserer Truppe hämmerten, verkleidet als Polizisten, an die Tür. Eine Frau schaute durch den Spion heraus und rief dann nach Jesse, ihrem Mann. »Was wollen Sie?« fragte Jesse durch die geschlossene Tür.

»Zwei Unzen reinen Stoff.«

»Ich weiß nicht, wer Sie sind.«

»Polizei, du Arsch! Müssen wir erst die Tür eintreten, du Wichser?«

Als er die Uniformen sah, öffnete Jesse die Tür, und wir sechs stürmten mit gezogenen Waffen hinein. In der Wohnung waren vier Männer, vier Frauen und sechs Kinder. Nachdem wir die Männer durch ein paar Schläge zur Vernunft gebracht hatten, trieben wir die Erwachsenen an die Wand und fesselten sie dort, bis auf eine Frau, die wir zusammen mit den Kindern ins Badezimmer sperrten.

Entscheidend für den Erfolg eines Raubüberfalls, egal ob es sich dabei um eine Bank, einen Juwelierladen oder eine Wohnung handelt, ist immer, daß man die Leute ruhig hält. Nach dem nötigen Minimum an unsanfter Behandlung, das den Leuten zeigen sollte, wer hier das Sagen hatte, versicherte ich den Jamaikanern, es werde ihnen nichts passieren, wenn sie sich kooperativ zeigten. Das entsprach auch der Wahrheit. Wir waren gekommen, um die Wohnung auszurauben, nicht, um die Leute umzubringen. Eine Panik hervorzurufen hätte unser Vorhaben gefährdet.

Wir begannen, die Wohnung zu durchsuchen, die offenbar aus drei früher getrennten Apartments bestand, die zu einer einzigen großen Wohnung zusammengefaßt worden waren. Von außen betrachtet, hatte ich gedacht, hier würden wir ein Dreckloch vorfinden, aber die Wohnung war mit teuren Möbeln, handgeknüpften Orientteppichen, Statuen und sogar einem Zimmer-Springbrunnen ausgestattet. Hier hätte auch ein Wirtschaftsmanager mit seiner Familie leben können, wenn er sich an der schäbigen Hausfassade nicht gestört hätte.

Wir fanden ein Kilo Heroin, versteckt in einem großen Stück Käse, sowie kleinere Mengen in Blumenvasen und Lampenschirmen. Außerdem gab es Anzeichen dafür, daß die Bewohner einen Teil ihres Rauschgifts hastig die Toilette hinuntergespült oder aus dem Fenster geworfen hatten, als sie hörten, es sei Polizei an der Tür.

Ich schlitzte gerade den Brokatbezug eines teueren Kissens auf dem Sofa auf, als ich eines der Kinder im Badezimmer schreien hörte. Das konnten wir nicht brauchen. Ich band eine der Frauen los und schickte sie mit dem Kind in ein Schlafzimmer. Ich nahm die Frau zur Seite und sagte ihr mit ruhiger Stimme und mit Gesten, die nicht bedrohlich wirken sollten: »Halten Sie die Kleine ruhig. Wir wollen niemandem weh tun.«

Als ich wieder in das große Wohnzimmer zurückkehrte, hatte sich schon eine ansehnliche Beute auf dem Fußboden angesammelt: ungefähr vierzig maßgeschneiderte Anzüge, sechzig Paar Krokodilleder-Schuhe, fünfzehn Farbfernsehgeräte, ein Behälter mit Armbanduhren, die mit vierzehnkarätigem Gold überzogen waren, und ein halbes Dutzend Diamantringe. Und zehntausend Dollar Bargeld, ganz sicher kein heißes Geld, denn es steckte in der Kühltruhe.

Wir vermuteten, es mußte hier noch mehr Stoff und noch mehr Geld zu holen sein, und daher zwangen wir drei der Männer, sich auszuziehen, fesselten sie danach an den Handgelenken sorgfältig mit Schnur von der Jalousie und trieben sie in ein anderes Badezimmer. Dann führte ich die zwei Frauen, die noch anwesend waren, in ein drittes Badezimmer. Daraufhin stand uns nur noch Jesse gegenüber, der Anführer der Jamaikaner, der jetzt, da seine Partner und seine Familie nicht mehr zugegen waren, nicht mehr den Helden spielen mußte.

Der Chef der Gang saß mit auf dem Rücken gefesselten Händen auf einem Sofa, das früher einmal ziemlich elegant gewesen war, aus dessen aufgeschlitzter Oberfläche jetzt aber die Füllung herausquoll. Ich stand über ihm und fragte: »Jesse, wo ist der Rest von den Sachen? Der Rest von dem Stoff?«

Es sagte kein Wort. Schweiß glänzte auf seiner Stirn, er schaute mir in die Augen, versuchte darin zu lesen, mich einzuschätzen.

»Jesse, wo sind all die schönen Sachen?« Ich berührte mit meiner Pistole seine Nasenwurzel.

»Es gibt nicht mehr«, sagte er. Seine schreckgeweiteten Augen schweiften über den Haufen auf dem Boden. »Ihr habt schon alles gefunden.«

Ich sprang auf seinen Schoß, spreizte seine Beine auseinander und nahm seinen Rumpf zwischen meine Knie – man nennt das ›reiten‹ –, packte ihn bei den Haaren und riß seinen Kopf nach hinten. Ich hielt ihm den Lauf meiner Pistole direkt vor ein Auge und knurrte: »Jesse, du hast genau zehn Sekunden, um uns zu sagen, wo das Zeug ist, oder ich puste dir ein Auge aus deinem Scheißschädel.«

»Okay«, kreischte er. Der blaue Stahl des Laufes vor seinem Augapfel hatte ihm einen gehörigen Schrecken eingejagt. Ich legte die Pistole an seiner Schläfe an, um sicherzustellen, daß er sich auch schnell genug bewegte, und er führte uns zu einem begehbaren Wandschrank, wo er auf die rückwärtige Wand deutete. Eine Tarnwand. Wir durchbrachen sie und fanden an die hunderttausend Dollar Bargeld, dazu kanadisches und deutsches Geld und drei Kilo Heroin. Das war nicht unser größter Coup, aber er zählte auch nicht zu den kleinen, es war eher die durchschnittliche Beute, die man im Haus eines großen Drogenhändlers holen konnte.

Wir transportierten alles, auch die Fernsehgeräte, nach unten, wo wir unseren Lastwagen neben der Straße geparkt hatten. Vier Mann sprangen auf die Ladefläche zu den Beutestücken, ich setzte mich vorne neben den Fahrer, und dann machten wir uns auf den Weg zu einem Lagerhaus, das den Mafiosi gehörte, um dort alles bis auf den Stoff und das Bargeld abzugeben. Nicht in einer Million Jahre hätten wir uns träumen lassen, in was für einen Schlamassel wir hineinschlittern würden.

Wir wußten nicht, daß einer der Jamaikaner sich hatte befreien können, zu seinem Cadillac gerast war und unserem Lastwagen hinterhergefahren war. Er folgte uns bis in die Stadt, und dort wendete er sich an zwei Polizisten, die Streife fuhren, und sagte ihnen, wir hätten ihn überfallen und beraubt und seien gerade dabei, uns aus dem Staub zu machen. Die Polizisten holten per Funk Verstärkung herbei und befahlen uns, rechts heranzufahren. Noch bevor die Bullen die Fahrerkabine erreichten, rasten von allen Seiten sechs weitere Polizeifahrzeuge heran, Funkgeräte kreischten, Lichter blitzten auf und Sirenen heulten. Wir waren eingekesselt.

»Also dann mal los, ihr Schleimscheißer«, sagte einer der Polizisten, »kommt mit erhobenen Händen raus.« In kürzester Zeit lagen wir alle sechs flach auf dem Gehsteig, wurden von Stiefeln getreten, mit Knüppeln geschlagen, erfuhren also die übliche Routinebehandlung. Als sie uns schließlich wieder aufstehen ließen, deutete der Jamaikaner mit dem Finger auf uns.

Ein schwarzer Polizist traf ein, übernahm die Leitung und fragte den Mann, was wir denn geraubt hätten.

»Geld«, sagte der Jamaikaner.

»Was sonst noch?«

»Nur Geld.«

Ich konnte mir ein Grinsen nicht verkneifen. Der Polizeidetektiv hatte schon gesehen, daß wir auf der Ladefläche einen Berg von Schuhen, Kleidern und Fernsehern aufgestapelt hatten

– gar nicht zu reden von den Schußwaffen und dem Heroin –, und er wußte, daß wir heiße Ware geklaut hatten.

Ich war zuversichtlich, daß uns dieser Jamaikaner keine Probleme mehr machen würde. Habgier hatte ihn zu dem unbedachten Versuch verleitet, das Geld wieder zurückzuholen, aber er konnte den Rest der Beute nicht zurückfordern, ohne sich selbst in größte Schwierigkeiten zu bringen; deshalb dachte ich, er würde einen Rückzieher machen, wenn er sich erst einmal seiner prekären Lage bewußt geworden war. Aber da täuschte ich mich gewaltig.

»Sir«, sagte der schwarze Polizist zu dem Jamaikaner (*mich* hatte er genauso angeredet wie der andere Polizist, nämlich als ›Schleimscheißer‹), »wir haben noch andere Gegenstände auf dem Wagen gefunden.«

»Davon weiß ich nichts. Uns haben sie nur Geld gestohlen. Vielleicht stammen die übrigen Sachen aus einem anderen Überfall.«

Ich wartete vergeblich darauf, daß der Polizist endlich auch diesen Scheißkerl in die Zange nehmen würde. Statt dessen nickte er zustimmend, so als ob er uns für so bescheuert halten würde, daß wir mit Beutestücken aus verschiedenen Einbrüchen in ganz Manhattan spazierenfahren würden. Er nahm uns mit aufs Revier, und bald darauf kam die Gruppe von Jamaikanern vorbei, darunter auch zwei der Kinder, und identifizierte uns als diejenigen, die sie überfallen hatten.

Nachdem die Jamaikaner wieder abgezogen waren, sagte ein Bulle, um den weitere Bullen herumstanden, zu uns: »In Ordnung, ihr Dreckskerle, zieht euch aus und kommt dann einzeln heraus, wenn wir es sagen. Du«, sagte er und deutete auf mich, »Du fängst an.«

»Leck mich am Arsch«, antwortete ich, denn ich wollte nicht, daß sie glaubten, ich würde auf jeden Scheiß hereinfallen.

»Du sollst deine Klamotten ausziehen, du Hurensohn!«

»Leck mich am Arsch, du schwule Sau.«

»Dann kommen wir rein und reißen sie dir vom Leib.«

Sie bewegten sich nicht, aber ich wußte, sie würden es tun,

wenn ich noch einen Schritt weiterging. Ich schaute sie giftig an und zog mich dann aus.

Als ich durch die Zellentür trat, schlug mir ein großer Bulle mit der flachen Hand ins Gesicht, und ich versetzte ihm daraufhin einen Kinnhaken, der ihn vier Schritte zurücktaumeln ließ, und schlug ihm dann noch einmal ins Gesicht, hart genug, daß er medizinische Versorgung brauchen würde, aber dann waren schon die anderen Polizisten alle über mir. Ich landete noch ein paar gute Kopf- und Körpertreffer, bevor sie mich in Handschellen legten und begannen, auf meine Füße, meinen Rücken und meine Rippen einzuprügeln. Zwei von ihnen hielten mich fest, während ein dritter mir in den Magen boxte.

Meine fünf Partner, die das alles beobachteten, erzählten später den Leuten, ich hätte nicht ein einziges Mal gebettelt, gewimmert oder die Bullen angefleht, sie sollten aufhören. Diese Kunde drang bis zu den Gangstern und den Mitgliedern der Mafia-Familien. Andere Ereignisse während meiner Haftzeiten trugen ebenfalls dazu bei, meinen Ruf zu festigen. Ich war während meiner verschiedenen Knastaufenthalte an so vielen Kämpfen beteiligt, daß ein Zellennachbar einmal zu mir sagte: »Grieche, du bist wirklich eine Legende im New Yorker Gefängniswesen.«

Zwei Tage nach unserer Festnahme erschien ein Polizeidetektiv bei uns, und Massulo gab ihm Chin Gigantes Telefonnummer. Das überzeugte ihn, daß wir Leute waren, denen dieser im Notfall auch helfen würde. Denn kleine Fische hätten Chin nicht einmal gekannt, geschweige denn die Möglichkeit gehabt, ihn zu erreichen.

Gigante, ein ehemaliger Profi-Boxer, der annähernd einhundertfünfzig Kilo wog, war in den frühen sechziger Jahren ein aufstrebender Mobster, dem man zutraute, einmal ein ganz Großer zu werden: Am Ende brachte er es zum Padrone der kriminellen Familie der Genovese. Am 2. Mai 1957 hatte Chin versucht, im Auftrag von Vito Genovese Frank Costello zu erschießen, als dieser ein Hotel in der 115 Central Park West an der Ecke zur 72nd Street betrat. Costello (mit richtigem Namen: Francesco Castiglia) war so weit aufgestiegen, wie es für einen Mafioso nur möglich war – er hatte Al Capone noch gekannt und am ersten Nationalkonvent des organisierten Verbrechens 1929 teilgenommen. Costello war der einzige Widersacher, den Genovese fürchten mußte, der primus inter pares unter den amerikanischen Mafia-Bossen werden wollte.

Aber gerade als Gigante aus seiner .38er feuerte, bewegte sich Costello, und die Kugel streifte ihn nur an der Wange. Weil Costello sofort zu Boden ging, als wäre er getroffen, dachte Chin, er sei tot, und raste in seinem schwarzen Cadillac davon. Costello, der sich an das Gebot der *omerta* hielt, weigerte sich, Gigante zu identifizieren, aber der Türsteher des Hotels tat es – was ausgesprochen dumm war. Aber als Gigante wegen des Attentatsversuchs verhört wurde, konnten seine Verteidiger die Glaubwürdigkeit des Augenzeugen untergraben, und Gigante kam wieder frei.

Gigante schaffte es immer wieder, sich aus solchen Geschichten unbehelligt herauszuziehen, und sein beliebtester Trick war die Verrückten-Nummer: Er tat so, als habe er durch die vielen Kopfschläge, die er als Boxer eingesteckt hatte, einen Gehirnschaden davongetragen. Auch wenn er gerade nicht wegen irgendeines Vergehens gesucht wurde, bereitete er sich auf diese Situation vor, die unweigerlich wieder eintreten würde (und auch weil er wußte, daß die Polizei ihn beobachtete): Er sammelte Zigarettenkippen auf der Straße auf, rauchte sie, wild mit den Händen gestikulierend und laute Selbstgespräche führend, oder er ließ mitten auf der Straße die Hosen herunter und pinkelte in aller Öffentlichkeit. Aber Chin war nicht verrückt. Er war ein gerissener Geschäftsmann und ein kalter, verschlagener und erbarmungsloser Killer.

Nachdem der Polizist bei ihm angerufen hatte, schickte Gigante einen seiner Männer zu uns. Der Mann sagte, Chin lasse uns ausrichten, wir sollten uns ›keine Sorgen machen‹, was wir aber doch taten, nachdem wir gelesen hatten, was man uns zur Last legte: Besitz von Drogen, gewaltsame Nötigung, Freiheitsberaubung, Raub, schwere Körperverletzung und eine Menge mehr. Schlimmer noch war, daß der Bezirksstaatsanwalt den Fall als ›Chefsache‹ einstufte, was bedeutete, daß er seine Karriere dadurch voranzutreiben hoffte, daß er uns für lange Zeit in den Knast brachte. Es verging fast ein Monat, bevor das Heroin im Labor analysiert wurde, ein notwendiger Zeitgewinn für Chin Gigante. Inzwischen waren wir ins Tombs-Gefängnis gebracht worden.

Der Polizeidetektiv, der Chin angerufen hatte, trug seinen Teil dazu bei, uns zu helfen, indem er durchsickern ließ, eigentlich müßten auch die Jamaikaner angeklagt werden. Der Bezirksstaatsanwalt wußte, daß damit die Anklage gegen uns ins Wanken kommen würde und daß die Jamaikaner ihm nicht den Gefallen tun würden, bereitwillig auszusagen, aber er sah ein, daß der Polizeidetektiv recht hatte, wenngleich er nicht wußte, daß er aus den falschen Gründen recht hatte.

Drei Monate zogen sich hin, in denen wir in diesem Loch namens Tombs eingepfercht waren, und mehrere Vorverhandlungen brachten kein greifbares Ergebnis für uns. Schließlich erfuhren wir durch Gigantes Mann, daß der Staatsanwalt einen Handel vorschlagen wolle.

»Was für einen Handel?« fragte ich.

»Das hat er nicht genau gesagt. Aber Gigante sagt nein, ihr sollt nicht darauf eingehen, sondern euch weiterhin auf die Haftprüfungsanträge verlassen.«

Weitere drei Monate später berichtete uns der Sendbote von Gigante, der Bezirksstaatsanwalt würde zwei Jahre Haft fordern, unter Anrechnung der Untersuchungshaft. Das klang für uns recht interessant – nur zwei Jahre für ein ›großes Ding‹ –, aber wieder sagte man uns: »Chin möchte, daß ihr weiter abwartet.«

Einen oder zwei Tage vor Prozeßbeginn schließlich bot der Staatsanwalt an, uns nicht anzuklagen, uns also *laufenzulas-*

sen, wenn wir uns wegen geringfügiger Vergehen schuldig bekennen würden. Chins Mann erklärte uns: »Chin sagt, es liegt ganz bei euch.«

»Warum sollten wir diesen Handel denn *nicht* annehmen?« fragte ich.

»Vielleicht zieht ihr es vor, euch vor Gericht zu rechtfertigen«, meinte er trocken. »Aber der Bezirksstaatsanwalt kann Haftfortsetzung beantragen, kann euch noch eine Weile hierbehalten, wenngleich er weiß, daß er nicht gewinnen kann. Vielleicht glaubt ihr, der Staatsanwalt macht euch dieses schöne Geschenk aus reiner Nächstenliebe? Im Gegenteil, er haßt euch, Jungs.«

»Aber warum macht er dann dieses Angebot?«

»Weil er keine Zeugen mehr hat. Die sind verschwunden.«

»Du meinst . . .«

»Es geht ihnen gut. Glaube ich. Chin sagt, sie wollten alle wieder zurück nach Jamaika.«

Später erfuhr ich, was gelaufen war. Einige Schlägertypen hatten sie aufgesucht und sie davon überzeugt, daß sich ihr Leben erheblich verkürzen könnte, wenn sie vor Gericht gegen uns aussagen würden, und deshalb hatten sie sich davongemacht.

Ich hielt das alles für ein bemerkenswertes Ereignis, für einen beeindruckenden Sieg gegen unüberwindlich scheinende Widerstände, denn schließlich waren wir in flagranti mit geklauten Sachen erwischt worden. Eine Zeitlang schaute ich ehrfürchtig zu Chin Gigante auf. Aber viel später erfuhr ich, daß sein Einsatz für uns eine Angelegenheit gewesen war, die ihn nur einen einzigen Tag gekostet hatte.

Mein Leben lief mittlerweile schon nach einem bestimmten Muster ab: Jedesmal, wenn ich aus dem Knast kam, ging es sofort wieder von vorne los. Ich war ein Gangster, der sich in der Unterwelt wohlfühlte, der die Atmosphäre und die Aufregung dieses Lebens genoß, ganz zu schweigen von dem Geld, das sich dabei verdienen ließ. Wenn sie nicht gerade das Glück gehabt hatten, eine große Erbschaft zu machen, hatten nur wenige der jungen Männer in meinem Alter soviel Geld zur Verfügung wie ich und solch angenehme Möglichkeiten, es auszugeben: schöne Autos, gutes Essen, Alkohol, Drogen und Frauen, so viele man wollte.

Das einzige, womit ich nicht hundertprozentig einverstanden war, war das Töten, wenngleich ich auch nicht sagen kann, daß ich es haßte. Ich tötete, weil die Leute, in deren Gesellschaft ich mich aufhielt, einen Killer respektierten, und die Anerkennung, die ich auch daraus bezog, öffnete mir viele Türen. Aber ich war nicht der Typ, der nur wegen des Nervenkitzels tötete. Ich begegnete vielen dieser ekelhaften und perversen Typen, bei denen das zutraf, und einige von ihnen habe ich auch ins Jenseits befördert.

Dadurch, daß ich mir einige Richtlinien aufstellte – niemals jemanden zu ermorden, der es nicht auch verdient hatte, und niemals, wirklich *niemals* Frauen oder Kinder zu verletzen –, konnte ich mir etwas von dem Ehrgefühl bewahren, das meine Mutter in mir wachgerüttelt hatte, indem sie gegen die Verbrechen, die ich beging, Stellung bezogen hatte. Und an diese Regel, die ich mir selbst gegeben hatte, habe ich mich auch immer gehalten. Mehrere Male habe ich darauf verzichtet, eine Frau umzubringen, obwohl die Gefahr bestand, daß sie gegen mich hätte aussagen können.

Nachdem die Sache mit dem Überfall auf die Jamaikaner erledigt war, betätigte ich mich als Lotterieorganisator und arbeitete als Geldeintreiber für Kredithaie des Mob. Ich verdiente einige tausend Dollar im Monat, aber da ich ein ›Cowboy‹ war und Wert auf meine Unabhängigkeit legte, beschloß ich, im Alleingang ein großes Ding zu drehen.

Ich wohnte im Milton Hotel* in Manhattan. Dort erfuhr ich, daß ein jüdischer Mobster, der sein Buchmachergeschäft von einem Kiosk aus betrieb, seine Einnahmen im Hotelsafe deponierte. Einmal in der Woche leerte er den Safe und lieferte das Geld bei seinem Boß, einem Hauptmann der Genovese-Familie, ab.

Dieser Buchmacher war bei den Mobstern hoch angesehen. Schwarze und spanischstämmige Gangster behandelten die Mafiosi in der Regel geringschätzig, aber einen tüchtigen weißen Geldbeschaffer wußten sie durchaus zu schätzen und brachten ihm genausoviel Respekt entgegen wie einem der ihren. Ich kümmerte mich nicht darum, was die Mafia dachte, noch ließ ich mich dadurch von meinem Plan abbringen, daß ein Mitglied der Genovese-Organisation mir geholfen hatte, aus dem Knast zu kommen. Ich rechnete mir aus, der Buchmacher müßte mindestens fünfundsiebzigtausend Dollar aus dem Safe holen, und mir das Geld zu schnappen würde ziemlich einfach sein. *Zum Teufel mit den Genovese,* sagte ich mir. Da ich mich maskierte, würde sowieso niemand mich identifizieren können, und die Mobster würden den Raubüberfall bestimmt nicht anzeigen.

Aber von dem Moment an, in dem ich das Geld an mich riß, lief alles schief. Ein Polizist, der in der Hotelhalle die Augen aufhielt, hörte, wie der alte Buchmacher sagte: »Bitte nicht schießen!« Erst in diesem Augenblick bemerkte ich den Mann. »Bleib stehen, wo du bist!« brüllte er, sprang von seinem Sitz hoch und zerrte seine Waffe hervor. Ich flitzte durch die Tür, mit dem Geld in der Hand.

Der Polizist war knapp zwanzig Meter hinter mir und fiel immer weiter zurück, während er mich die Straße hinunterjagte und schrie: »Halt! Polizei!« Er hätte mich niemals gekriegt – und er wagte in dieser überfüllten Straße auch nicht zu schießen –, wenn nicht ein Bierfahrer, der den Polizisten schreien hörte und mich davonlaufen sah, mir von der Seite einen Schlag versetzt hätte, der einem Vorstopper der New York Giants zur Ehre gereicht hätte. Bis ich mich wieder aufgerappelt hatte, war der Polizist herangekommen und hielt mir seinen Revolver an den Kopf.

Mein alter Freund Jimmy und Rocky Moro besuchten mich im Gefängnis. Beide meinten, ich hätte einen Fehler gemacht, daß ich dieses Genoves-Geld geraubt hatte, aber sie glaubten, es gäbe doch eine Möglichkeit für mich, schnell wieder herauszukommen.

»Bekenne dich schuldig«, sagte Moro. »Das ist deine einzige Chance.«

»Das glaube ich nicht«, sagte ich übermütig und zeigte damit, daß ich noch eine Menge lernen mußte. »Ich will die Sache hinziehen, so lange es geht, und dadurch werde ich ungeschoren davonkommen. Die Mobster werden nicht gegen mich aussagen.«

»Um Himmels willen, Grieche«, sagte Jimmy, »das letzte, um was du dir Sorgen machen mußt, ist ihre Aussage. Hör mir zu, du verdammter Idiot. Sie werden dich umbringen, wenn du dich nicht auf der Stelle schuldig bekennst. In erster Linie möchten die Genovese ihr Geld zurückbekommen. Und solange, wie du die Untersuchung hinauszögerst, wird der Staatsanwalt das Geld als Beweismittel behalten. Ich rate dir, bekenne dich schuldig. Du bist noch jung. Vielleicht kann ich für dich ein gutes Wort einlegen.«

Und das tat er dann auch. Nachdem Jimmy ihm erklärt hatte, daß ich eigentlich ein guter Kerl sei, wenngleich noch etwas unerfahren und impulsiv, zeigte sich der Genovese-Hauptmann bereit, alles zu vergeben und zu vergessen.

Ich bekannte mich des Diebstahls und bewaffneten Raubüberfalls für schuldig und wurde zu zweieinhalb Jahren Gefängnis verurteilt.

6. Kapitel

In den Todeszellen

In den Gangsterfilmen der dreißiger und vierziger Jahre konnten Millionen Kinogänger mit James Cagney, Edward G. Robinson, George Raft und Humphrey Bogart einen Blick in die Todeszellen von Sing Sing werfen. Hollywood hat mit Vorliebe armselige Delinquenten dargestellt, die strampelnd und heulend zum elektrischen Stuhl geschleppt wurden und deren Flehen um Gnade im Wehklagen einer Harmonika unterging oder im Summen eines alten schwarzen Mannes, der im Hintergrund eine rührselige Melodie anstimmte.

Das war alles Quatsch.

Der einzige, von dem ich gehört habe, daß er schrie, war der Atomspion Julius Rosenberg. Er schrie nach seiner Frau Ethel, die ihm auf den elektrischen Stuhl folgte und deren Hinrichtung schlimmer war, als er es sich jemals hätte vorstellen können, denn es dauerte ziemlich lang, sie umzubringen. Sie hatten beim ersten Mal die Stromstärke nicht richtig dosiert und mußten es ein zweites Mal versuchen.

Nachdem man mich in das fünfzig Kilometer nördlich von New York am Hudson River gelegene Gefängnis Sing Sing gebracht hatte, wo ich meine Strafe für den Überfall im Milton Hotel absitzen sollte, lernte ich viel über Todeszellen und Hinrichtungen. Ich bekam einen Job in der Gefängnisbibliothek, und meine Tätigkeit bestand darin, die Gefangenen, die hingerichtet werden sollten, mit Büchern, Zeitungen und Zeitschriften zu versorgen. Deshalb kam ich oft in den Hochsicherheitstrakt, und ich war fasziniert von diesen Gefangenen, ihren Schicksalen und von den Verbrechen, die sie an diesen gefürchteten Ort gebracht hatten.

Ich war in einer Zelle untergebracht, die einen Meter achtzig mal zwei Meter fünfzig maß und im A-Block lag, der aus sechs Etagen mit je vierzig Zellen bestand. Die Morgenglocke ertönte um sechs Uhr fünfundvierzig, sieben Uhr und sieben Uhr fünfzehn. Wer dann immer noch schlief, wurde durch den Stock eines Wärters aus dem Bett geholt, der an die Gitterstäbe der Zelle donnerte.

Nach dem Frühstück, das aus Eierpulver, hartem Brot und einer Tasse nicht trinkbarem Kaffee bestand, marschierten wir zuerst durch einen Tunnel, der sich an den Speisesaal anschloß, und dann über Hunderte von Stufen zu unseren Arbeitsplätzen. Es war ein gefährlicher Weg. Messerstechereien und Rohrattacken waren an der Tagesordnung. Der einzige Wärter, der uns begleitete, hielt sich vorsichtshalber am Ende der Kolonne.

Ich suchte jeden Morgen das Fortbildungsgebäude auf, das am Fuße des Hügels lag, auf dem die Zellenblocks zusammengepfercht waren und von wo aus man einen schönen Blick auf den Hudson hatte. Im Erdgeschoß dieses Hauses, in dem ich arbeitete, war eine kleine Druckerei, im ersten Stock lagen Schulräume, und im zweiten Stock war die Bibliothek. Dreimal in der Woche brachte ein Wärter, der für die Todeszellen zuständig war, die schriftlichen Bestellungen, und dann suchte ich das Lesematerial heraus und brachte es selbst zu den Todeskandidaten, die in einem separaten Gebäude untergebracht waren, das nur fünfzig Meter von der Bibliothek entfernt lag.

Das Gebäude mit den Todeszellen war eine eigene Insel auf dem Gelände von Sing Sing, ein häßliches, einstöckiges Blockhaus, das auf unfruchtbarem Boden ungefähr fünfundvierzig Meter entfernt vom Fluß stand. Ich mußte *vier* zweifach verschlossene Tore passieren, um zu den Gefangenen zu gelangen, die in Käfigen von zwei Meter fünfzig mal drei Meter sechzig Größe auf ihren Gang zum elektrischen Stuhl warteten. Da stabile Stahlwände den Blickkontakt verhinderten, verständigten die Gefangenen sich durch Schreien oder indem sie Zettel vor den Gitterstäben ihrer Zellen hin und her reichten. Sechshundertzwölf Insassen von Sing Sing waren schon hingerichtet worden, als ich dort eingeliefert wurde, und in dieser grauenhaften Statistik kamen zwei weitere hinzu, bevor die Hinrichtungen schließlich gestoppt wurden.

Einer von ihnen war Freddie Wood, ein Berufsverbrecher, den ich ziemlich gut kennenlernte. Am 30. Juni 1960 hatte er in Queens zwei Leute, die er in ihrer Wohnung überfallen hatte, zu Tode geprügelt. Da Wood zu dieser Zeit nur auf Bewährung draußen war, widerrief das Gericht sofort seine Bewährung und rechnete ihm auch die vorher gezeigte ›gute Führung‹ nicht an. Folglich galt er bis zu seiner Hinrichtung als der unbeliebteste Häftling in den New Yorker Gefängnissen.

Aber niemand ist durch und durch schlecht, und der zweiundfünfzigjährige Wood – ich versuchte bei meinen Besuchen, immer ein paar Minuten mit den Gefangenen zu sprechen – machte einige sehr scharfsinnige Bemerkungen über die Art von Leben, die er kennengelernt hatte: »Die ganze Brutalisierung und Entmenschlichung, die man in diesen Gefängnissen beobachten kann, hat einen Grund. Es steckt ein System dahinter. Man wirft diese jungen Burschen in den Knast, wo sie zerbrochen werden, und dann schickt man sie wieder hinaus, so verrückt und gewalttätig sie im Gefängnis geworden sind, damit sie draußen noch schlimmere Verbrechen begehen als vorher. Den Gefängnisverwaltungen ist nichts lieber als eine Welle der Kriminalität. Denn so kriegen sie immer mehr Waffen und immer mehr Geld.«

Freddie Wood machte keine Ausnahme von der Regel, daß Todeskandidaten in der Nacht vor ihrer Hinrichtung nicht schlafen. Sie wissen, daß sie bald genug Zeit zum Schlafen haben werden, und dann wird jede Sekunde kostbar.

Wood bestellte sich Schmorbraten als letzte Mahlzeit und, obwohl er Nichtraucher war, fünf Päckchen Zigaretten (das Maximum, das erlaubt war), die er an andere Gefangene verschenkte. In der Hoffnung, damit seine Angst vor dem Tod betäuben zu können, bestellte er auch Schnaps und Tabletten. Keine Chance, sagte ihm der Wärter. Das Alkoholverbot reichte zurück ins vergangene Jahrhundert, als Commodore Elbridge T. Gerry, Mitglied im New Yorker Yacht Club, einer Kommission vorsaß, die über die ›humanste‹ Methode der Exekution zu befinden hatte. »In moralischer Hinsicht«, stellte die Kommission damals fest, »wäre es in höchstem Maße unangemessen, einen Mann mit Giftstoffen in seinem Körper vor das Angesicht seines Schöpfers zu schicken, und diese Tatsache ist so offenkundig, daß sie keiner weiteren Begründung bedarf.«

Freddie Wood, den ich als Freund betrachtete, hat sich mit der Erklärung, die er abgab, kurz bevor sie ihn auf den Stuhl setzten, einen Platz in der Gefängnis-Geschichtsschreibung verdient. Er sagte: »Gentlemen, heute werden Sie Zeugen eines Experiments, das dazu dient, die Wirkung von Elektrizität auf Wood (= Holz) zu testen.«

Jerry ›The Jew‹ Rosenberg, einer der engsten Freunde, die ich je hatte, saß auch zu dieser Zeit in der Todeszelle. Später schrieb Stephen Bello über ihn eine Biographie mit dem Titel *Doing Life* (Lebenslänglich), in die er auch Rosenbergs unvergeßliche Beschreibung von Woods Hinrichtung aufnahm:

> Sie holten ihn exakt um neun Uhr fünfundfünfzig, und ich verfolgte jeden Schritt, den er tat. Man konnte hören, wie die Generatoren angeworfen wurden und wie die Abzugsventilatoren an der Decke zu rotieren begannen, die den Rauch abführen sollten. Aber Freddie warf keinen einzigen Blick zurück. Auf dem gesamten Weg umgab ihn eine unwahrscheinliche Würde, und ich werde nie den Augenblick vergessen, als er durch die Tür verschwand, hinter der der Stuhl auf ihn wartete und die Lederriemen, die ordentlich um seine Arme gelegt werden würden.
>
> Einige Minuten später flackerten die Lichter zwanzig Sekunden lang. Dann folgte eine kurze Pause, und schließlich flackerten sie erneut – dieses Mal volle zwei Minuten lang.
>
> Es war eine schreckliche Nacht. Und in dieser Nacht begriff ich, daß der Staat es ernst meinte.

Jerry Rosenberg erwähnte auch mich in *Doing Life*. »Gott sei Dank hatte ich gute Freunde an meiner Seite. Insbesondere den Griechen. Er stand Wache für mich. Donald ›the Greek‹ Frankos ist sein voller Name. Er hat eine gewisse Ähnlichkeit mit Anthony Quinn, nur jünger – ein Mann mit trockenem Humor, dem besten der Welt.

Irgendwann einmal verteidigte ich ihn in einem Mordfall in einem Gefängnis. Wie üblich war der Typ, den man umgebracht hatte, ein Lockvogel, ein Bastard, der das schon jahrelang getrieben hatte. Sie wollten Blut sehen für diesen Kerl. Sie gaben es über den Gefängnislautsprecher durch. Aber keiner tanzte aus der Reihe. Das war die Art von Solidarität, die damals zwischen uns herrschte.«

Auf meiner Runde durch die Todeszellen machte ich am liebsten bei Jerry Rosenberg Halt. Er bestellte ständig große Mengen Lesestoff – ich transportierte die Bücher, Zeitungen und Zeitschriften in einem Postsack –, und er schien sich immer zu freuen, wenn er mit jemandem reden konnte.

Jerry und sein Partner Anthony Portelli (der auch auf seine Hinrichtung wartete) waren wegen Mordes an den New Yorker Polizisten Luke Fallon und John Finnegan verurteilt worden, die am 18. Mai 1962 bei einem Raubüberfall auf Boro Park Tobacco, einen Süßigkeiten- und Zigaretten-Grossisten, erschossen worden waren. Portelli, so behauptete die Anklage, habe geschossen, aber Jerry Rosenberg wurde für gleichermaßen schuldig befunden. Die Presseberichterstattung hatte einen Großteil der New Yorker gegen die Angeklagten eingenommen, zumal Fallon ein ziemlich beliebter Polizeioffizier gewesen war, der schon dreißig Dienstjahre hinter sich hatte.

Jerry sprach immer über seinen Fall, insbesondere darüber, wie er es schaffen würde, den Fall neu aufzurollen. Er sagte mir, die Polizei habe zwei Zeugen geschlagen, um deren Aussagen zu erhalten. Einer von ihnen, Richard Melville, behauptete, man habe ihn mit Fäusten und Knüppeln geschlagen, Zigaretten auf seiner Haut ausgedrückt und ihn gezwungen, nackt im Keller eines Polizeireviers zu stehen, wobei man ein Gewicht an seine Hoden gehängt habe. »Diese Behandlung«, meinte der Richter von Kings County, Samuel Leibowitz, »war, wenn man das so sagen kann, durchaus vergleichbar mit derjenigen, die die Insassen von Hitlers Konzentrationslagern erdulden mußten.«

Aus meinen kurzen Gesprächen mit Jerry wurde mir klar, daß er nicht beabsichtigte, still und friedlich auf den Stuhl zu gehen. Nach seiner Ankunft in der Todeszelle – empfangen von einer Meute johlender, Verwünschungen ausstoßender Bullen, die den ›Polizistenmörder‹ am liebsten mitten entzwei gerissen hätten – verbrachte er einige Monate in seinem Stahlkäfig, in denen er ständig Obzönitäten und Beschimpfungen ausstieß und mit allen Gegenständen um sich warf, die er zu greifen bekam. Dieses Verhalten brachte ihm außer einigen vorhersagbaren Prügeln nichts weiter ein.

Dann begann der achtundzwanzigjährige Rosenberg, ein kleiner Mann, der ungefähr einen Meter siebzig groß und siebzig Kilo schwer war, auf vernünftigere Stimmen aus benachbarten Zellen zu hören. »Ständig die Aufseher zu beschimpfen führt zu überhaupt nichts«, sagten sie zu ihm. »Beschäftige dich mit den Gesetzen. Vielleicht erfährst du dabei etwas, das dir helfen kann. Verlaß dich nicht auf deine Anwälte, die gar nicht so um dein Wohlergehen besorgt sein *können* wie du selbst.«

Nahm Jerry diese Ratschläge an?

Ja, das kann man wohl sagen! Dieser Herumtreiber, der schon mit dreizehn Jahren Lotteriespiele organisierte und mit geklauten Kameras handelte, erwarb zwei juristische Diplome in Fernkursen, die er aus dem Gefängnis heraus belegt hatte, und wurde der berühmteste Gefängnis-Anwalt der Welt. Der Fernsehfilm über sein Leben, der 1986 gedreht wurde und in dem Tony Danza die Hauptrolle spielte, stellte sein Wirken für Hunderte von Angeklagten korrekt dar.

In der Todeszelle vergrub Jerry sich in seine Bücher, und wann immer ich ihn besuchte, drängte er mich, ich solle mich auch mit diesen Dingen befassen, ebenso wie ein anderer meiner Helden im Gefängnis, ein Mörder namens Francis Bloeth (über ihn später mehr). Es sagte etwas über diese beiden aus, daß *sie* sich um *mich* sorgten.

Jerry wurde ein wirklich *großer* Anwalt. Wenn er in der Freiheit hätte arbeiten können, dann wäre er bestimmt unter die großen Staranwälte gerechnet worden.

Die Gefängnisbeamten haßten ihn, nicht nur, weil er respektlos war und sich von ihrer Autorität nicht beeindrucken ließ. Sie haßten ihn auch, weil er sie ständig in ihrem eingefahrenen bequemen Trott störte, indem er eine Flut von juristischen Eingaben machte und auch Erfolg damit hatte. Viele der Rechte, die ein Gefangener heutzutage hat, etwa daß er regelmäßig mit seinem Anwalt sprechen kann (was früher vom Wohlwollen der Wärter abhing), daß er einen Psychiater aufsuchen darf oder daß er Post empfangen und verschicken darf, gehen auf Eingaben und Anträge zurück, die Jerry Rosenberg einreichte.

Im März 1979 erreichte er für Carmine Galante, den Boß der Bonnano-Organisation, eine vorzeitige Entlassung auf Bewährung, eine juristische Meisterleistung, die Galantes eigene hochkarätige und teure Anwälte nicht zuwege gebracht hatten. Doch in der Regel kümmerte Jerry sich nicht um die Probleme hoher Tiere wie Galante. Er zog es vor, arme Puertorikaner zu verteidigen, die keine Post empfangen durften, weil die Gefängnisbehörden keine Zensoren hatten, die Spanisch verstanden.

Über Jerrys vielleicht dreistesten Streich berichtete das Magazin *People* am 11. Juli 1988. Seine Verurteilung zum Tode war schon längst in lebenslänglich umgewandelt worden, und so argumentierte er vor dem Supreme Court des Staates New York, daß er auch diese lebenslängliche Strafe schon absolviert habe, seit sein Herz bei einer Operation für kurze Zeit ausgesetzt habe.

»Der Tod ist etwas Unabänderliches«, erklärte der stellvertretende Bezirksstaatsanwalt dazu sehr klarsichtig.

»Wenn er unabänderlich wäre«, gab Jerry zurück, »dann säße ich jetzt nicht hier, um meinen Fall zu vertreten.«

Da ich von Natur aus ein geselliger Mensch bin und auch sehr neugierig (vielleicht lernte ich deswegen so viele ungewöhnliche Leute kennen – in einem anderen Milieu hätte man mich wahrscheinlich einen Wichtigtuer genannt), genoß ich es, mich auf meinen Runden mit den Insassen der Todeszellen zu unterhalten – es waren vierzehn Männer (elf davon weiß) und eine Frau. Nur zwei von ihnen waren ausgesprochen unangenehme, widerwärtige Menschen. Einer davon war das, was wir einen ›Zellengangster‹ nannten, ein Kerl, der immer damit drohte, jeden grün und blau zu prügeln, der sich ihm nähern würde. Natürlich *konnte* sich ihm gar keiner nähern, und deshalb fühlte sich der Maulaufreißer ziemlich sicher.

Der andere wenig beliebte Häftling war Winston Moseley, ein echter Kotzbrocken. Er war zum Tode verurteilt worden wegen der Ermordung von Catherine ›Kitty‹ Genovese, die er in den frühen Morgenstunden des 13. März 1964 in Kew Gardens in Queens umgebracht hatte. Überall spricht man heute noch über diesen Mord, der als ein Musterbeispiel für die Gleichgültigkeit, die Gefühllosigkeit und auch für die Grausamkeit gelten kann, die Menschen anderen Menschen gegenüber an den Tag legen können. Sage und schreibe achtunddreißig Bürger des ehrenwerten Viertels Kew Gardens wurden Zeugen des Angriffs auf Miss Genovese, aber nicht nur, daß keiner den Mut hatte, der schreienden, flehenden Frau zu Hilfe zu kommen, sie machten sich auch nicht einmal die Mühe, die Polizei zu rufen. Das Opfer könnte vielleicht heute noch leben, wenn auch nur einer der Nachbarn gehandelt hätte. Moseley hatte zuerst mehrere Male mit einem Messer auf sie eingestochen, aber sie lebte noch, als er sie auf dem dunklen Gehsteig liegen ließ. Aber wie ein Vampir, den es immer wieder zu seinem Opfer zieht, kam er nach zehn Minuten zurück, sah die blutende und sich krümmende Frau in einem engen Treppenhaus liegen und schlitzte sie von oben bis unten auf. Dann trank er Blut aus der Vagina der sterbenden Frau und versuchte, sie zu vergewaltigen. Als schließlich die Polizei kam, fand sie einen Schlachthof vor.

Moseley gestand, daß er noch eine Frau, Annie Mae Hohnson, ermordet hatte. Er hatte sie mit acht Schüssen getötet, sich dann ebenfalls an ihr vergangen und sie schließlich angezündet. In der Todeszelle prahlte er dann gegenüber seinen Mitgefangenen, daß er, was die Polizei nicht wußte, noch sechs weitere Frauen auf diese bestialische Weise umgebracht habe.

Moseley, ein kleiner, dünner, unscheinbarer Mann, der fast nichts mehr von einem Menschen an sich hatte, kroch auf allen vieren in seiner Zelle umher und ratterte mit ausdruckslosem Gesicht und monotoner Stimme Geschichten über seine vermeintlichen Heldentaten herunter, die niemand mehr hören konnte und wollte. Ich versuchte mehrmals ausfindig zu machen, ob in diesem Mann noch irgendein Funken von Menschlichkeit steckte. Wenn ich ihm von irgendwelchen Ereignissen in der Welt draußen erzählte – Moseley konnte nur die einfachsten Wörter lesen und fragte nie nach Büchern oder Zeitungen –, dann starrte er mich mit toten, bösen Augen an. »Wie schön das purpurrote Blut herausgeschossen ist«, stieß er hervor, »wie ich mit dem Messer ihre Möse aufgeschlitzt habe.«

Richter J. Irwin Shapiro sparte sich die traditionellen Worte – »Möge Gott sich Deiner erbarmen« –, als er das Todesurteil für Moseley verkündete. Statt dessen sagte er: »Ich glaube nicht an die Todesstrafe, aber wenn ich dieses menschliche Ungeheuer hier sehe, dann beginne ich zu zweifeln. Ich würde nicht zögern, eigenhändig den Schalter umzulegen.«

Der Killer von Kitty Genovese kam dann 1968 noch einmal kurz in die Schlagzeilen, als ihm die Flucht gelang, nachdem er in einem Krankenhaus, wo er wegen selbstzugefügter Stichverletzungen behandelt wurde, zwei Wärter überwältigt hatte. Hunderte von Polizisten umstellten das Haus in einem Vorort, wo er sich versteckte und ein Mädchen vergewaltigte, bevor sie ihn wieder dingfest machen konnten. Trotz der Anwesenheit von Moseley zog ich die Atmosphäre in dem Todesblock derjenigen in den normalen Abteilungen des Gefängnisses vor, weil dort der allseitige Rassismus ein gewaltiges Potential von Haß schürte. In Sing Sing waren ganze *Gruppen* drauf und dran, sich gegenseitig die Schädel einzuschlagen, und nur dank des überlegten Handelns der Gefängnisverwaltung konnte ein Blutbad verhindert werden. Im Todesblock dachten die Häftlinge nicht einmal daran, sich zu bekriegen, eine Tatsache, die die Aufseher der außerordentlich scharfen Überwachung zugute hielten. Aber ich glaube eher, daß es dort deswegen keine Gewalt gibt, weil die Häftlinge, das gemeinsame schreckliche Schicksal vor Augen, sich umeinander kümmerten. Wie auch immer, auf meinen Rundgängen kam ich mit einigen bemerkenswerten Persönlichkeiten in Kontakt:

Carmine Di Biasi

Auch bekannt unter dem Namen Sonny Pinto. Di Biasi entging dem elektrischen Stuhl, und er war später der Schütze, der die tödlichen Kugeln auf Joe ›Crazy Joey‹ Gallo abfeuerte. Pinto war ein ehrfurchteinflößender Killer, etwas über einen Meter siebzig groß, mit dunklen Augen und lockigem Haar. Er war hochintelligent und gebildet, seine Lieblingslektüre bestand aus den Klassikern Flaubert, Tolstoi, Dostojewski und Franz Kafka.

Pinto, der ehedem für den Mafia-Boß Joe Colombo als Hitman gearbeitet hatte, war ziemlich verschlossen, aber er fand immer ein paar aufmunternde Worte für die anderen Häftlinge in den Todeszellen, was die Moral allgemein hob. Ich unterhielt mich gerne mit ihm über gemeinsame Bekannte von draußen. Dieser gepflegte, zurückhaltende Killer kannte jeden.

»Ich habe gehört, du hast mit Rocky Moro gearbeitet«, sagte er.

»Ja, hab' ich«, antwortete ich und wunderte mich, woher er das wußte.

»Ein besoffener Schlägertyp. Der paßt nicht zu dir«, meinte Pinto.

Sonny, der etwa Mitte dreißig war, sollte hingerichtet werden für den Mord an Michael Errichiello, den er 1951 in einem Club in der Mulberry Street in Manhattan erschossen hatte. Er hatte drei Schüsse auf ihn abgegeben: je einen in den Kopf, in den Bauch und das Herz. Nachdem ihm klargeworden war, daß es einen Zeugen für den Mord gab – Rocco Tisi –, schoß er diesen ebenfalls nieder. Doch Tisi überlebte und sagte sieben Jahre später gegen ihn aus, als Sonny das ständige Versteckspielen leid war – obwohl er in dieser Zeit durchaus auch Mordaufträge übernommen hatte – und sich freiwillig stellte. Später bereute er es in der Todeszelle, daß er aufgegeben hatte, aber dann nahmen die Dinge für ihn doch eine glückliche Wendung: Das Todesurteil wurde wegen eines Verfahrensfehlers aufgehoben, und in der zweiten Verhandlung wurde er freigesprochen.

Francis Bloeth

Francis Bloeth war der am meisten bewunderte Gefangene im Todesblock, vielleicht auch in ganz Sing Sing, und zwar nicht wegen seiner Morde, sondern weil er im Gefängnis sein Leben radikal umgekrempelt hatte. Bloeths Mordzüge auf Long Island und sein unheimliches Geständnis, das er später gegenüber seiner Frau und gegenüber Ermittlungsbeamten abgab, brachten ihn landesweit in die Schlagzeilen, wofür folgende Geschichte aus *Newsweek* vom 24. August 1959 ein typisches Beispiel ist:

> »Sie hatten mich doch gesehen. Deshalb mußten sie sterben. So einfach war das.«

Diese Worte standen am Ende einer Herrschaft des

Schreckens, die zwei Wochen lang die Vorstädte auf Long Island in Atem gehalten hatte. Sie hatte am 31. Juli kurz nach zehn Uhr vormittags begonnen, als Hans Hachmann, vierundfünfzig, in seinem Feinkostgeschäft in Islip erschossen wurde. Insgesamt drei Menschen wurden brutal ermordet, und die Beute belief sich auf dreihundertsiebenundfünfzig Dollar. Aber Raub war nicht das Motiv für die Bluttaten.

»Ich möchte töten«, sagte Bloeth.

Seine letzte Kugel: Als Bloeth mit seinem grauenerregenden Geständnis begann, mußte eine zitternde junge Frau, gestützt von Polizisten, aus dem Raum geführt werden, um ihr die Qual des Zuhörens zu ersparen. Es handelte sich um die Ehefrau des Killers, Jane, fünfundzwanzig Jahre alt und Mutter einer acht Monate alten Tochter.

Außer dem Mord an Hachmann gab Bloeth auch zu, am 5. August Lawrence Kirchner, dreiundfünfzig, Kellner im Diane-Restaurant in Smithtown, und am 8. August Mrs. Irene Currier, fünfzig, in ihrem Restaurant in Westhampton erschossen zu haben.

»Ich hätte gern noch mehr Leute umgebracht, aber die Munition war mir ausgegangen, und ich hatte Angst, neue zu kaufen«, sagte er.

Mit ungläubigem Staunen hörten die Polizisten zu, wie Bloeth erklärte, er habe Mrs. Currier eigentlich erdrosseln wollen, um seine letzte Kugel für jemand anders aufzuheben.

Eine in der Tat furchterregende Beschreibung eines Mannes, der sich bis zu der Zeit, als ich ihn kennenlernte, dramatisch verändert hatte und sich im Lauf der Zeit noch weiter veränderte. Als Bloeth ins Gefängnis kam, war er Analphabet, doch später bestätigte man ihm den höchsten Intelligenzquotienten aller Häftlinge in New Yorker Gefängnissen – die dicksten Bücher, die ich in den Todesblock brachte, waren immer für ihn bestimmt –, und er übertraf sogar Jerry Rosenbergs akademische Leistungen – ich glaube, er hat insgesamt drei Universitätsabschlüsse hinter Gittern gemacht. Und es war Bloeth, der Jerry Rosenberg dazu gedrängt hatte, mit dem Jurastudium anzufangen. Als Rosenberg in seiner Zelle herumtobte, sagte Bloeth zu ihm: »Mit dieser Krawallmache erreichst du überhaupt nichts. Sie wissen schon, wie sie mit deiner Aufsässigkeit fertig werden können. Sie haben die Macht, und dir bleibt nur Scheiße. Sie könnten dich auch leicht hier drin umbringen, du bist in ihrer Hand. Du willst es ihnen zeigen? Das geht nur mit *dem* hier.« Bloeth reichte Rosenberg, der zu dieser Zeit noch kaum lesen konnte, ein juristisches Werk.

Frank Bloeth war ein sehr enger Freund von mir. Wir beteiligten uns beide an dem Aufstand im Auburn-Gefängnis, und er machte auch bei der Revolte in Attica mit. Er und Sam ›Mad Bomber‹ Melville hatten Anteil an der Erstellung der Beschwerden-Liste von Attica: Warum bekommen wir keine Tutoren? Warum dürfen wir keine der High School entsprechenden Prüfungen machen? Warum gibt es für uns keine College-Programme?

Dieser Mann, der früher Katzen erdrosselte und das erste Mal mit dreizehn eingesperrt wurde, weil er Geld aus einem Opferstock gestohlen hatte, hatte es geschafft, sich sozusagen wieder voll zu rehabilitieren. Er verwandelte sich in einen durch und durch liebenswerten Menschen, der ernsthaft den übrigen Insassen zu helfen versuchte. Und am erstaunlichsten war, daß er zu jenen äußerst seltenen Menschen gehörte, die aufrichtiges Bedauern über ihre Verbrechen empfanden. Er sagte zu mir: »Ich hätte niemals erfahren, was Mitleid und Trauer ist, wenn ich mich nicht weitergebildet hätte. Wenn ich meinen Geist nicht geschult hätte, dann hätte ich weiterhin gedacht: Wen, zum Teufel, kümmert es, daß ich alle diese Leute umgebracht habe? Aber jetzt verstehe ich, daß es nicht darum geht, einem Menschen das Leben zu *nehmen*, sondern es ihm zu *schenken*.«

Bloeth bemühte sich rührend um mich und um andere. »Ich wünschte, ich könnte dich dazu bringen, dich weiterzubilden«, sagte er.

Aber er schaffte es nicht, und es lag nicht daran, daß er es nicht ernsthaft genug versucht hätte. Zu dieser Zeit vertraute ich in erster Linie auf das Geld, das ich schon angehäuft hatte, und ansonsten stand mir der Sinn nur danach, mich den ganzen verdammten Tag lang mit Schwarzen und Latinos zu prügeln. Wie ein neunmalkluger Teenager, der die Warnungen seiner Eltern vor den Gefahren auf einer Straße, die er schon kennengelernt hat, in den Wind schlägt, glaubte ich, mit allen meinen Problemen allein fertig werden zu können. Ich versuchte, mich im alltäglichen Überlebenskampf zu behaupten, so wie der Großteil der Insassen. Bloeth stand schon etwas über dem Ganzen. Als er schließlich aus dem Todesblock herauskam, hielt er uns Vorträge, denn wir respektierten ihn. Francis Bloeth war zwar immer noch einer von uns, ein Strafgefangener, aber er war dabei, sich zu rehabilitieren, während wir einfach nur unsere Zeit absaßen. Er redete mir ins Gewissen, so überzeugend, wie es später niemand mehr tat: »Grieche, das ist kein Leben für dich. Du wirst schließlich draufgehen, wenn du weiterhin versuchst, einer von diesen harten Burschen zu sein. Ich weiß, du meinst, du brauchst unbedingt dieses Image, aber das stimmt nicht. Schau mich an: Ich habe drei Leute umgebracht, und ich möchte nie wieder jemanden töten. Es tut mir leid, und ich frage mich, wie ich das überhaupt tun konnte. Ich habe das Leben dieser Menschen vernichtet, und ihre Kinder, ihre Enkelkinder und ihre Freunde haben darunter zu leiden. Und ich denke auch daran, wie sehr meine eigene Familie wegen meiner Verbrechen gelitten hat.«

Bloeth hatte zwei Anwälte, die ihn mochten, und von überall her kamen Professoren, um herauszufinden, was in diesem außergewöhnlichen Mann vorging. Da so viele Leute sich für seine vorzeitige Entlassung einsetzten, rissen die Eingaben an die Gerichte nie ab, und nach zwanzig Jahren schließlich war er wieder ein freier Mann.

Er wurde ein musterhafter Bürger, setzte sich für die Unterprivilegierten, insbesondere für Strafgefangene ein. Seine Botschaft an die Häftlinge lautete: »Verbrechen lohnt sich nicht;

hört auf, es zu verherrlichen. Es kostet euch nur wertvolle Zeit eures Lebens. Laßt doch lieber die Zeit *für* euch arbeiten. Befaßt euch mit Büchern, meine Freunde. Nur auf diese Weise könnt ihr aus der Scheiße wieder herauskommen, in die man euch gesteckt hat, aus dem Teufelskreis. Man nennt so etwas rezidivierend. Schlagt das Wort nach. Und nehmt es ernst.«

Er ist auch heute noch aktiv in der Unterstützung entlassener Strafgefangener, und er hat mehr geleistet als jedes staatliche Hilfsprogramm.

Ich bin Bloeths Ratschlägen nicht gefolgt, aber alles, was er sagte, war richtig. Als ich zum ersten Mal in den Knast kam, hätte ich dringend eine berufliche Ausbildung und Beratung brauchen können, aber nichts davon wurde angeboten. Jedenfalls nicht das Richtige. Vielmehr geriet ich durch die Ausbildung, die ich bekam, immer stärker in den Sog der Kriminalität. Ich lernte, mich durchzuschlagen, wenngleich auf ungesetzliche Art und Weise, und stellte mir meine eigenen Regeln auf. Ich fand auch eine nette Familie, die mich nicht verstieß, wenn ich in Schwierigkeiten geraten war. Ich entdeckte eine Art Brüderlichkeit, die loyal, hilfreich und verständnisvoll war. Uns verbanden gemeinsame Interessen, und ich genoß den Umgang mit den anderen. Ich war ein Verbrecher, und andere Verbrecher lehrten mich, noch besser in meinem Job zu werden.

Hank Dusablon

Ein weiterer hochintelligenter Häftling war der bleichgesichtige, stämmige Dusablon, der wegen Mordes an Martin Himmelstein, Besitzer eines Spirituosengeschäfts in Manhattan, und an dessen Angestelltem Cesar Largo zum Tode verurteilt worden war. Er hatte beide während eines Überfalls erschossen. Das waren aber nicht die einzigen Morde, die er begangen hatte. Er und sein Partner Emanuel Samperi hatten auch Ladenbesitzer in Woburn in Massachusetts, in der Bronx, in Queens sowie einen weiteren in Manhattan auf dem Gewissen.

Dusablon war Yoga-Anhänger – er versetzte sich vor meinen Augen in Trance – und von der Astrologie begeistert; er sagte, er könne jederzeit, wenn er es wolle, seinen Körper verlassen. Ich stritt nicht mit ihm darüber. Auch wenn er sagte, er habe getötet, »weil Tote nicht mehr reden können«, so trat er im Todesblock doch immer als Gentleman auf, ausgesprochen ordentlich und geschniegelt. Als ich einmal Zigarettenasche vor seiner Zelle fallenließ, griff er durch die Gitterstäbe heraus und putzte sie weg.

Dusablon war derjenige Gefangene, der den meisten Optimismus ausstrahlte. Durch seine Beschäftigung mit den Sternen erkannte er – was sich später auch als richtig herausstellte –, daß die Todesstrafe bald nicht mehr angewendet werden würde, und aufgrund seines unerschütterlichen Optimismus war er sogar bei dem nüchternen Sonny Pinto beliebt. Als Dusablon später wieder in den allgemeinen Teil des Gefängnisses verlegt wurde, hatte er mehrere ernsthafte Messerstechereien mit Häftlingen, die seinen ›Blödsinn‹ ablehnten.

Emanuel Samperi

»Bist du heute auch ein braver Junge gewesen?« So begrüßte ich den achtundzwanzigjährigen Samperi immer auf meinen Runden.

»O ja«, erwiderte er mit schüchterner, glucksender Stimme. »Ja, das war ich, Mr. Greek.«

Samperi, Dusablons seltsamer Partner, war ein kleiner, dunkelhaariger Mann, der ungern eine Dusche nahm. Er war offensichtlich geistig behindert und hätte eigentlich nie zum Tode verurteilt werden dürfen, wenngleich er zweifellos zu den skrupellosesten, heimtückischsten Morden in der Lage war.

Charles Glinton

Der vierzigjährige Glinton, ein ziemlich wohlhabender Mann, war zum Tode verurteilt worden, weil er seinen einundzwanzigjährigen Mitbewohner, José Rivera, aus dem Fenster eines vierstöckigen Hauses in Manhattan gestoßen hatte. Die Polizei sagte, das Motiv sei eine Lebensversicherung gewesen, in der Glinton als Begünstigter vorgesehen war. Aber Glinton, ein Teufelsanbeter, behauptete gegenüber dem Gericht, gegenüber seinen Mitgefangenen und auch gegenüber mir, Jesus Christus habe ihm den Befehl dazu gegeben. Natürlich kaufte ihm das Gericht diese Geschichte nicht ab. Glinton, der ein College-Studium absolviert und sich eingehend mit Okkultismus beschäftigt hatte, vollführte oft irgendeinen rituellen Hokuspokus. Ob das nur Theater war, um dem elektrischen Stuhl zu entgehen, oder ob es ernst gemeint war, kann ich nicht sagen.

Anthony Portelli

Portelli, Jerry Rosenbergs Partner, dem der Mord an den beiden Polizisten zur Last gelegt worden war, glich eher einer Comic-Figur als einem Killer. Er war ziemlich dick, sah aus wie eine Birne und begrüßte mich normalerweise mit den Worten: »Ich bin gerade dabei, mich in Form zu bringen, Grieche. Schau mal.« Dann machte er zwei Kniebeugen und verschwand.

Wenn der Sinn der Todesstrafe darin besteht, Mörder davon abzuhalten, erneut zu morden, wie manche behaupten, dann hätte der Staat einen kapitalen Fehler begangen, Rosenberg und Portelli hinzurichten. Sie waren alles andere als Gewalttäter. Ich bin sicher, wenn man sie auf freien Fuß gesetzt hätte, dann hätten sie niemanden mehr umgebracht, auch nicht, wenn sie eine Million Jahre alt geworden wären. Der durchgedrehte Junge, der in Panik geriet und zwei Polizisten erschoß, als man ihn bei einem Raubüberfall erwischte, war schon vor langer Zeit gestorben. Ein anderer saß an seiner Stelle ein.

Portelli lachte und scherzte ständig, sicherlich auch, um seine Angst zu verbergen, und genauso wie Jerry konnte er keiner Fliege etwas zuleide tun; und trotzdem waren Kraft und Stärke in diesem kleinen Mann. Er glich Rosenberg, den er bewunderte, auch darin, daß er sich hundertprozentig mit den Insassen gegen die Wachen solidarisierte – und daß er immer zur Stelle war, wenn ein Freund Hilfe brauchte.

Salvador Agron

›The Cape Man‹, der Mann mit dem Umhang. Er galt vielen New Yorkern als ein Symbol für das Böse schlechthin.

Am 3. Dezember 1959 waren Agron und sieben weitere junge Puertorikaner wegen der Beteiligung an der Ermordung von zwei Jungen verhaftet worden, die auf einem Spielplatz in der 45th Street, zwischen der Ninth und der Tenth Avenue, erstochen worden waren. Die Motive: Rache für angebliche Mißhandlungen von Puertorikanern durch italienische und irische Jugendliche aus Hell's Kitchen.

Eine aufgebrachte Menschenmenge versuchte, Agron aus einer Polizeistation herauszuzerren, um ihn zu lynchen, und auf der Fahrt zu dem Gefängnis in der Atlantic Avenue wurde der Sechzehnjährige vergewaltigt. Aber die Öffentlichkeit befaßte sich hauptsächlich mit seinen Vergehen, und er wurde in der Presse ziemlich niedergemacht.

Es wurde bekannt, daß Agron, der homosexuell war und besonders auf junge Buben stand, beobachtet worden war, wie er einen schwarzen Krankenschwesternumhang getragen hatte, der mit roter Seide gefüttert war (daher der Name Umhangmann, andere nannten ihn auch Dracula). Das war schon bizarr genug, aber was die Leute am meisten schockte, war die Waffe, die er mit sich geführt hatte: ein dreißig Zentimeter langer, silberbesetzter mexikanischer Dolch.

Der Umhangmann war noch ein Kind, als ich ihn kennenlernte, und er war überhaupt nicht durchtrieben. Er hatte große

Angst vor dem Sterben, und oft begann er zu weinen, wenn ich ihm Mut zusprach. Auch die anderen Gefangenen hatten Mitleid mit ihm. Die meisten von ihnen hatten sich an Kämpfen zwischen Gangs beteiligt und darum war es bei dem Vorfall auf dem Spielplatz ursprünglich auch gegangen –, und sie wußten, daß dieser große, scheue, dürre Bursche kein Dracula war.

Gouverneur Rockefeller wandelte auf Initiative verschiedener Gruppen und Einzelpersonen hin, zu denen auch Eleanor Roosevelt gehörte, Agrons Strafe in lebenslänglich um. In seinem neuen Gefängnis gelang dem Umhangmann dann ein Ausbruchsversuch, und 1979 schließlich wurde er begnadigt.

Nathan Jackson

Jackson, ein Schwarzer, der sich mit kleinen Raubüberfällen abgab, tötete den Streifenpolizisten William J. Ramos jr. bei einer Schießerei vor einem Hotel in Brooklyn. Bei diesem Raubüberfall, es war Jacksons dritter in jener Nacht (die ersten beiden hatten ihm einhundertdreiundsiebzig Dollar eingebracht), nahm er sechs Geiseln und erbeutete dreiundsechzig Dollar. Eine der Geiseln aber zerschlug ein Fenster und alarmierte die Polizei, noch bevor Jackson das Hotel verlassen hatte.

Ich mochte Nathan Jackson. Ihm war ein kurzer Moment, in dem er die Selbstbeherrschung verloren hatte, zum Verhängnis geworden, ein ›Pistolenduell‹ hatte es die *New York Times* genannt, und er hatte die Höchststrafe erhalten für ein Verbrechen, das er nie begangen hätte, wenn man ihn nicht in einer Ausnahmesituation erwischt hätte, die er selbst heraufbeschworen hatte. Er selbst war dabei dreimal getroffen worden. Obwohl er noch unter Schmerzen litt aufgrund seiner schweren Verletzungen, grüßte mich Jackson immer freundlich, wenn ich ihm seine Zeitschriften brachte, und seine Heiterkeit und Zuversicht trugen auch zu der eigenartig positiven Grundstimmung im Todesblock bei. Zum Teil, so bin ich überzeugt, entsprang diese Stimmung auch der Einstellung der Häftlinge, daß sie nichts mehr zu verlieren hätten; unter den normalen Gefangenen entstand eine vergleichbare Brüderlichkeit und Solidarität allenfalls bei Streiks und Aufständen.

Nora Elliott

Die Gefängnisverwaltung hielt diese attraktive schwarze Frau, Nathan Jacksons Ehefrau und Komplizin bei einer Schießerei mit Ramos, auf dem ersten Stock des Todesblocks unter Bedingungen, die man ohne weiteres als Isolationshaft bezeichnen konnte. Ich mußte die Kriminalromane, die sie bestellt hatte, bei einer Aufseherin abliefern, die sie ihr dann weitergab.

Alles, was ich von Nora kannte, war das Lächeln ihres Gesichts und das Winken ihrer Hand. Sie beobachtete mich vom Fenster ihrer Zelle aus, wenn ich von der Bibliothek zum Todesblock ging, und wenn ich dort ankam, winkte sie mir durch die Gitterstäbe zu.

Ich verfolgte in einer Art morbider Faszination das Leben in diesen Todeszellen von der ersten Reihe aus, und ich studierte die Geschichte der Todesstrafe in Büchern und Dokumenten, die ich in der Bibliothek fand. William Kemmler hieß der erste Gefangene, der am 6. August 1890 in Auburn auf dem elektrischen Stuhl hingerichtet wurde – bald aber wurden die Hinrichtungen nur noch in diesem neuerrichteten Gebäude in Sing Sing durchgeführt, bei dessen Bau auch einige der zum Tode Verurteilten eingesetzt wurden.

Bevor Kemmler seinen letzten Gang antrat, konnte er noch den unziemlichen Streit zwischen den Unternehmern Thomas A. Edison und George P. Westinghouse miterleben, die sich darüber in die Haare geraten waren, welche Art von Strom am besten geeignet sei, einen Delinquenten zum Tode zu befördern. Edisons Firma Edison Electric Light produzierte *Gleichstrom*, und Edison behauptete, *Wechselstrom* sei so gefährlich, daß er eigentlich nur dazu tauge, Menschen möglichst schnell zu töten. Edison wollte Westinghouse schaden, indem er versuchte, ihm den Auftrag, aber auch die sich daraus ergebende negative Publicity zuzuschanzen. Westinghouse wiederum wandte sich generell gegen den elektrischen Stuhl und behauptete, Hängen sei nach wie vor die beste Hinrichtungsmethode.

In Wirklichkeit ging es darum, welche der beiden Firmen mit der Elektrifizierung der Rathäuser im Land beauftragt werden sollte. Edison hoffte, diesen ungeheuer lukrativen Auftrag dadurch zu erhalten, daß er den Wechselstrom als unsicher hinstellte. Westinghouse, der zwar wußte, daß Wechselstrom stärker als Gleichstrom war, aber die öffentliche Kritik fürchtete, bekam schließlich den Auftrag, New York City und den elektrischen Stuhl in Auburn mit Strom zu versorgen. Entgegen Edisons Behauptungen erwies sich Wechselstrom sowohl als wirkungsvoller als auch als billiger.

Der Frauenmörder William Kemmler – »ich bin schuldig und muß bestraft werden« – bekam einen siebzehn Sekunden dauernden Stromstoß Westinghouse'scher Machart und fiel still in sich zusammen.

»Ich glaube, das genügt«, sagte Dr. E. C. Spitzka, ein Arzt, der dabei war. »Sie können den Strom abschalten. Er ist tot.«

»Hier«, bemerkte ein anderer anwesender Mediziner, Alfred Southwick, ein Zahnarzt, »hier sehen wir die Früchte einer zehnjährigen Forschungsarbeit. Ab heute leben wir auf einer höheren Stufe der Zivilisation.«

Kemmler fing an zu stöhnen und herumzufuchteln.

»Schnell, schalten Sie den Strom wieder ein!« schrie Dr. Spitzka. »Dieser Mann ist noch nicht tot!«

Und es folgte die nächste Ladung. Der Bezirksstaatsanwalt von Erie County rannte entsetzt aus dem Raum. Einem Reporter von United Press wurde schlecht. Auch wenn Dr. Southwick prophezeite: »Nein, ich glaube nicht, daß dies die letzte Hinrichtung durch Elektrizität war, es wird noch viele weitere geben«, zeigten sich die Zeitungen damals nicht sehr beeindruckt: Die New Yorker *Sun* schrieb: »Die Menschheit wird andere Möglichkeiten finden, ihren Fortschritt unter Beweis zu stellen.« Die Londoner *Times* meinte: »Es ist kaum möglich, sich eine noch abstoßendere Art der Hinrichtung vorzustellen.« Der Londoner *Standard* mutmaßte, die Art von Kemmlers Tod werde ›einen Schrei der Entrüstung in der gesamten zivilisierten Welt hervorrufen‹.

Doch die Empörung richtete nicht viel aus. Mehr als sechshundert zum Tode Verurteilte folgten Kemmler auf den elektrischen Stuhl, und die Prozedur wurde um keinen Deut humaner.

Es gibt unzählige ergreifende Geschichten über Menschen, die auf dem elektrischen Stuhl starben. Zahlreiche Gefangene mußten sich Operationen und medizinischen Behandlungen unterziehen, weil der Staat sie am Leben erhalten wollte, damit *er* sie dann umbringen konnte. Die wichtigste Aufgabe der Wärter im Todesblock war es auch, Selbstmorde zu verhindern.

Der Humor, zu dem die Insassen des Todesblocks fähig waren, war bisweilen bemerkenswert. Ein Mann, der für den elektrischen Stuhl ausersehen war, sagte: »Das Leben ist ein Witz, Wärter«, und dann zitierte er aus *Julius Caesar* von Shakespeare:

> Er, der zwanzig Jahre des Lebens abschneidet
> Schneidet auch so viele Jahre
> des Fürchtens vor dem Tode ab.

Ein Einbeiniger vermachte sein Holzbein einem Reporter, den er nicht ausstehen konnte, und sagte, er hoffe, der Journalist würde es eines Tages brauchen können.

Ein anderer wurde nur ein paar Minuten, bevor man ihn auf den Stuhl führte, getraut. Einer wünschte sich, ›von einem Wärter, der lächeln sollte, anstatt finster dreinzuschauen‹ zum Stuhl geleitet zu werden, ein Wunsch, den man ihm auch erfüllte.

Und dann gab es noch den Gefangenen 70292, dem man seinen Wunsch erfüllte, ›legal Selbstmord zu begehen‹, indem er einen Mord gestand, den er gar nicht begangen hatte.

Die Wärme und die Kameradschaft, die die Häftlinge im Todesblock an den Tag legten, haben sich am tiefsten in meine Erinnerung eingeprägt, und die Würde, mit der sie sich auf das Ende vorbereiteten. Sie waren interessante Menschen, aber unter Sing Sings sonstigen Insassen gab es noch viel mehr Menschen, die auf eine erschreckende Art faszinierend waren.

7. Kapitel

Sing Sing

An einem ungemütlichen, windigen Nachmittag im Spätherbst 1963 stand ich an der Seitenlinie eines Football-Feldes, das auch als Baseball-Innenfeld diente und nicht weit entfernt von den grauen, kalten Fluten des Hudson-Rivers lag, und feuerte meine Mannschaft, die weißen Spartans, in ihrem Spiel gegen die schwarzen Senegaleses an.

Es war keine gute Idee gewesen, dieses Football-Spiel auf dem von Sand und Steinen übersäten Platz auszutragen und die Leitung älteren Gefangenen zu übertragen, die wußten, daß sie keiner Seite weh tun durften und sich deshalb hüteten, Strafstöße zu verhängen. Die Spieler trugen keine Trikots, das einzige Unterscheidungsmerkmal war ihre Hautfarbe. Beide Teams waren emotional hochgradig aufgeheizt und kämpften so haßerfüllt und erbittert, wie wenn es gegen die Aufseher gegangen wäre.

Es waren einige durchaus gute Spieler auf dem Feld. In unseren Reihen spielte ein ehemaliger NBA-Basketball-Star, der wegen eines Wertpapier-Vergehens eingesperrt worden war. Aber sportliches Können zählte bei diesen Spielfeld-Duellen in Sing Sing weniger als Härte und Verschlagenheit.

Ich ging hinter der Bank der Spartans auf und ab. Normalerweise spielte ich als Läufer, aber diesmal mußte ich zuschauen, weil ich mir bei einem Faustkampf im Speisesaal die Hand gebrochen hatte. Ich hatte mich mit einem Puertorikaner geprügelt, der in der Schlange vor der Essensausgabe vor mir in die Reihe gesprungen war, eine unverhüllte Provokation, die ich nicht hinnehmen durfte, wenn ich nicht später noch viel Schlimmeres über mich ergehen lassen wollte. So etwas passierte nicht deswegen, weil irgendein Bursche besonders großen

Hunger hatte, sondern es war ein Test, und je nachdem, wie der Herausgeforderte reagierte, entschied es sich, wie er dann in der Zukunft behandelt werden würde.

Das Football-Spiel, das im zweiten Spielabschnitt immer noch unentschieden stand, glich mehr einem Krieg zwischen Gangs als einem sportlichen Wettkampf. Auf dem Spielfeld kam es zu den brutalsten Zusammenstößen. Der Haß der beiden Teams aufeinander wurde noch übertroffen durch den Haß der Fans, die ununterbrochen Schimpfwörter auf das Spielfeld brüllten. Ein großmäuliger Schwarzer namens Barracuda schrie ständig den Senegaleses zu: »Bringt sie um, diese weißen Drecksäue.«

»Bringt die Nigger-Drecksäue um!« schrie ich zurück. Bald wurde daraus ein Sprechchor: »Bringt die Nigger-Drecksäue um!«

Barracuda deutete über das Feld mit dem Zeigefinger auf mich: »Ich werd' dir deinen dreckigen Weißenschädel zerschlagen«, kreischte er.

Zum Teufel damit, dachte ich mir. Ich ging um das Spielfeld herum, dorthin wo die Schwarzen standen. Zehn Weiße, einschließlich Willie ›The Ape‹ und Sally D'Ambrosio (ein ›Muskelmannn‹ für einen Kredithai der eine, ein Hitman der andere) begleiteten mich.

»He, Junge«, knurrte ich Barracuda an, »wir zwei gehen mal kurz hinter die Zuschauertribüne.«

Barracuda brachte ungefähr fünfzehn Kerle mit.

Als er sah, daß sich hier eine Schlägerei anbahnte, zog Sally, ebenfalls ein Kredithai-›Durchsetzer‹, fünf Mann aus seiner Truppe zusammen und eilte zu uns herüber.

Das Spiel lief weiterhin so, wie man es erwartet hattet, ein schwarzer Spieler erhielt einen Schlag auf den Kopf, und ein weißer spuckte Zähne aus seinem blutenden Mund. Die Zebras, die Schiedsrichter, taten so, als hätten sie noch überhaupt kein Foul gesehen. Diese Männer hatten nicht aus Dummheit jahrelang im Knast überlebt.

Barracuda wußte nicht, daß ich hinter der Tribüne ein

Schlagrohr versteckt hatte, nahe bei der roten Ziegelmauer, wo der bekannte Baseball-Spieler Babe Ruth einmal Sings Sings längsten Ziellauf veranstaltet hatte. Daneben lag auch die Turnhalle, die die Filmfirma Warner Brothers gespendet hatte, nachdem sie hier einen Gefängnisfilm mit James Garfield in der Hauptrolle gedreht hatte.

Mit meiner gesunden Hand verpaßte ich Barracuda zuerst einen harten linken Haken, so daß sein Kopf an das Holz der Tribüne krachte. Dann schickte ich noch vier Haken nach, die ihn zu Boden gehen ließen. Als ich mich hinunterbeugte, um ihn weiter zu bearbeiten, packte er mich bei den Eiern, *hob mich an den Eiern hoch* und schleuderte mich auf eine Betonplatte, die ein Abflußrohr überdeckte. Er ließ vier- oder fünfmal seine Faust in mein Gesicht krachen, bevor Willie ihn von mir wegriß, worauf dann ein anderer Schwarzer Willie von hinten ansprang. Ronnie ›Guinea‹ Cusano fuchtelte mit einem Messer herum, und dann hatten alle plötzlich Rasierklingen in der Hand. Ich sah, wie mir Blut vom Gesicht tropfte, und verlor die Beherrschung. Ich holte mein Rohr aus dem Versteck und drosch auf Barracudas Kopf ein, bis er in die Knie ging. Ich schlug solange auf ihn ein, bis dieser abgebrühte Bursche zu wimmern begann.

Die übrigen Häftlinge standen sich in gespannter Erwartung gegenüber, unterbrochen nur durch ein gelegentliches Vorschnellen einer Rasierklinge, und das einzige Geräusch, das man hörte, war das Krachen meines Rohres, das ich auch auf Barracudas Arme, Beine und Rücken niedersausen ließ. Um zu verhindern, daß ich Barracuda umbrachte, riß mich Willie the Ape – der tatsächlich mehr einem Affen als einem Menschen ähnelte – zurück, und die beiden Gruppen begannen, sich mißtrauisch zurückzuziehen.

Barracuda mußte wegen eines gebrochenen Kiefers, gebrochener Nase, Rippenprellungen und einer Gehirnerschütterung ärztlich behandelt werden; er verbrachte mehrere Wochen in einem Krankenhaus außerhalb des Gefängnisses, aber er hielt sich an den Ehrenkodex der Sträflinge und verpfiff mich nicht.

Vielleicht dachte er, er würde sich auch ohne die Hilfe der Wärter an mir rächen können. Nachdem sich die Nachricht von der Schlägerei und was dabei geschehen war, schnell überall im Gefängnis herumgesprochen hatte, wollten viele schwarze Häftlinge mich umbringen. Und irgendeiner hätte es wahrscheinlich sogar geschafft, wenn nicht Tony D., ein Mafioso aus der Profaci-Organisation, einen Schwarzenführer namens Shingles um eine Unterredung gebeten hätte. Tony argumentierte, Barracuda habe mit dem Streit angefangen, weil er mich als erster beleidigt habe. Shingles konterte: »Frankos hat ihn einen Nigger genannt.« Die beiden Vermittler einigten sich schließlich darauf, den drohenden Rassenkrieg abzublasen, weil das unvermeidlicherweise zu einem wechselseitigen Blutvergießen geführt hätte, von dem letztlich, wie Shingles sagte, ›nur die Aufseher profitieren würden‹.

Einundzwanzig Tage nach diesem Kampf hinter der Zuschauertribüne geriet ich in eine Auseinandersetzung, die ernsthafte Konsequenzen hatte. Es geschah im Powerhouse Rec, einem großen vierstöckigen Gebäude, in dem früher die Todeszellen untergebracht gewesen waren. Von Montag bis Freitag spielte dort jetzt auf dem obersten Stockwerk die Sing Sing Band und blies den Gefangenen ein Ständchen, während sie von ihren Arbeitsplätzen den Hügel zum Speisesaal heraufmarschierten.

An den Wochenenden hielten sich die Häftlinge im verrauchten Erdgeschoß dieses Gebäudes auf, das ungefähr so groß war wie eine Basketball-Halle, und spielten Dame, Schach oder Karten, während Mafiosi in umgebundenen Schürzen Spaghetti kochten. Musiker probten zusammen, und einzelne Gruppen von Männern versammelten sich in Ecken, um über das ›große Ding‹ zu reden, das sie organisieren wollten oder sich über Vorgänge außerhalb der Gefängnismauern zu unterhalten. Zu dieser Zeit war die Ermordung von John F. Kennedy das heißeste Diskussionsthema.

Im Powerhouse Rec, einem demokratischen Versammlungsort, an dem es ziemlich laut herging, konnte man zum Beispiel an einem Tisch einen Mafia-Don beobachten, der aus einer

Schale heiße Lasagne in sich hineinschaufelte, während an einem anderen Tisch gerade jemand erstochen wurde.

Eines Tages kam es zu einem Streit, als mein Bridge-Partner, ein Möchtegern-Mafiosi namens Scotty, mit einem meiner Spielzüge nicht einverstanden war.

»Du hast einen Fehler gemacht«, knurrte er.

»Halt's Maul«, antwortete ich.

»Wo hast du denn Spielen gelernt, verdammt noch mal?« wollte er wissen.

Ich warf ihm meine Karten ins Gesicht, und er sprang mich quer über den Tisch an. Die Wucht seines Körpers schleuderte mich gegen einen Wandschrank, der umstürzte und mein Schienbein einquetschte. Auf dem Boden sitzend, schlug ich ihm zweimal ins Gesicht, packte ihn bei den Haaren und verpaßte ihm ein paar Kopfstöße, und mit meinem freien Bein trat ich ihm in die Leiste. »Verdammt!« Scotty schrie auf und griff sich an die Eier, in denen ein rasender Schmerz toben mußte. Ich zerrte seinen Kopf zu mir her und deckte ihn gnadenlos mit Kopfstößen ein.

Als ich mein taubes rechtes Bein unter dem Schrank hervorzog und Blut durch die Hose sickern sah, packte mich erst recht die Wut. Das passierte mir öfter, wenn ich mich in einem Kampf befand; es war fast so etwas wie ein Blackout. Ich packte eine Büchse mit Tomaten und hämmerte damit auf das Gesicht des Möchtegern-Mafioso ein. Ein Wärter drückte seinen Knüppel an meinen Hals und zerrte mich zurück, aber in der Hitze des Gefechts dachte ich, es sei ein Freund von Scotty. Ich warf ihn über meine Schulter, noch bevor mir klarwerden konnte, daß ich damit einen möglicherweise folgenschweren Fehler beging.

Einen Aufseher zu verletzen konnte für einen Häftling gleichbedeutend mit der eigenhändigen Unterzeichnung seines Todesurteils sein. Andere Aufseher konnten ihn sich vornehmen und ihn töten. Ich entschuldigte mich bei diesem Wärter, und ich hatte Glück, daß er meine Attacke auf ihn nicht meldete. Das Ergebnis: Scotty mußte vierundvierzig Tage im Krankenhaus verbringen, und ich durfte sechzig Tage lang meine Wunden in der ›Box‹ lecken, einer Einzelzelle, in der man von jedem Kontakt mit der Außenwelt abgeschnitten war, bis auf den Vertrauenshäftling, der dreimal am Tag das Essen brachte. In diesem Verlies, in dem ich dann zwei Monate lebte, gab es kein elektrisches Licht, das Bett war aus Eisen, die Toilette schmutzig und stinkend, und zum Zudecken bekam ich nur eine grobe Wolldecke, unter der ich zu erfrieren fürchtete.

So bescheuert meine häufigen gewalttätigen Auseinandersetzungen Außenstehenden vielleicht erscheinen mögen, sie waren doch aus zwei Gründen wichtig für meine Karriere: 1. Sie verhalfen mir dazu, zu überleben, so daß ich überhaupt erst eine Karriere beginnen konnte, und 2. dadurch erregte ich die Aufmerksamkeit zahlreicher Persönlichkeiten aus der Unterwelt, die immer Ausschau nach guten, neuen Leuten hielten, mit denen sie ihre Banden auffrischen konnten. Kerle, die nur dazu imstande waren, Befehle auszuführen, und nicht allzuviel Grips im Hirn hatten, gab es zu Dutzenden, aber richtig ausgekochte Burschen – und worauf läuft denn die ganze Geschichte hinaus, wenn nicht auf die Erfolge ausgekochter Burschen? – waren Mangelware und mußten mit der Lupe gesucht werden.

Ich meine damit nicht die Rabauken, die nichts im Hirn hatten und auch nicht die Schnellsten waren, durchaus aber imstande waren, einem alten Mann, der bei den Kredithaien in der Kreide stand, die Scheiße aus den Rippen zu prügeln, sondern ich rede von Männern, die sich von niemandem einschüchtern ließen. Die nicht abhauten, wenn es zu einer Schießerei kam. Die nicht die Panik überfiel, wenn sie ein Fluchtauto steuern mußten. Die töten konnten und es schafften, ungeschoren davonzukommen.

Insbesondere, daß ich mich mit Barracuda und den anderen Schwarzen auf dem Football-Platz so furchtlos angelegt hatte, erweckte die Aufmerksamkeit mehrerer Mafiosi. Sonny Pinto hatte mir im Todesblock schon einige Adressen gegeben, an die ich mich wenden sollte, wenn ich wieder draußen wäre, aber jetzt gab es ein paar Angebote mehr. Johnny Doiguardi, ein Hauptmann in der Genovese-Organisation (der ein Säure-Attentat auf den Zeitungskolumnisten Victor Riesel veranlaßt hatte), empfahl mir, einen seiner Partner in New York City aufzusuchen. Ich war gerade mal sechsundzwanzig Jahre alt und fühlte mich geschmeichelt durch das Interesse, das einige der führenden Mobster mir entgegenbrachten. Dioguardi war weltgewandt, von angenehmer Erscheinung, ohne eine Spur von Plumpheit, und er hatte eine frappierende Ähnlichkeit mit Rudolfo Valentino.

Sally D'Ambrosio wiederum, ein Hauptmann der Colombo-Familie (der Albert Anastasia, den Chef der Murder Inc., umgelegt hatte), stellte die Vorzüge der Zusammenarbeit mit seiner Organisation heraus.

Am interessantesten freilich war das Angebot von Joe Gallo, der von den Bullen den Spitznamen ›Crazy Joey‹ erhalten hatte. Ich hatte Joey schon auf Rikers Island kurz kennengelernt, aber erst in Sing Sing kamen wir uns richtig näher. »Du *mußt* einfach bei mir mitmachen«, drängte er mich jedesmal, wenn wir uns trafen. »Wir sind auf dem Weg zur Spitze.«

Das stimmte.

Entgegen landläufiger Meinung ist es durchaus so, daß Hitmen gegenüber Gangstern, denen sie vertrauen, mit ihren größten Erfolgen angeben – ihr Ego würde es einfach nicht verkraften, solche Dinge für sich zu behalten. Irgendwann erzählte mir Joey daher von dem Mord an Albert Anastasia, an dem er auch beteiligt gewesen war.

Joey, der immer wichtigtuerisch und eitel umherstolzierte, konnte erzählen wie ein Wasserfall, und ich hörte ihm gern zu im Powerhouse Rec. Gallo war Mitglied einer Profaci-Organisation gewesen (aus der später die Colombo-Organisation werden sollte), und er war nach Beendigung eines zweijährigen blutigen Krieges gegen seinen Boß, Joseph Profaci, ins Gefängnis gekommen. Gallo war an Kampfkraft eindeutig der Unterlegene gewesen – er hatte vielleicht fünfzehn Soldaten und fünf

Partner auf seiner Seite – , aber er hatte wie ein Tiger gekämpft. Einmal hatte er sogar fünf von Provacis Männern gekidnappt, sie dann aber wieder freigelassen, nachdem sein Boß zugesagt hatte, über Joeys Anliegen zu verhandeln. Gallo, ein außergewöhnlich begabter Geldbeschaffer, glaubte, Anspruch auf einen größeren Anteil an Profacis Unternehmen und Einkünften zu haben, und er verlangte mehr Unabhängigkeit – schließlich hatte der riskante Mord an Anastasia seinem Boß an die Spitze verholfen.

Joeys Augen funkelten vor Haß und wilder Entschlossenheit, wenn er davon erzählte, daß Profaci sein Wort nicht gehalten hatte. Anstatt zu verhandeln, schickte er ein paar Killer, die Gallos kleine Truppe von Störenfrieden auslöschen sollten. Joey und seine Leute verkrochen sich in einigen Mietshäusern in der President Street nahe dem Hafenviertel in der South Bronx, wo sie schließlich in der Falle saßen. Sie hatten ihr Versteck festungsartig ausgebaut und Unmengen von Waffen gehortet, so daß höchstens eine Armee sie daraus hätte vertreiben können. Oder, wie sich später herausstellte, das Urteil eines Gerichts.

Joey verbüßte eine vierzehnjährige, mindestens aber siebenjährige Haftstrafe wegen Schutzgelderpressung. Er war ein schillernder Typ, etwa einen Meter siebzig groß, sehr dürr, mit stechenden blauen Augen, einem großen Leberfleck auf der linken Wange und beginnender Glatze. Vor Jahren hatte man ihn noch den blonden Jimmy genannt, wegen seines vollen blonden Haares.

Joey war charismatisch, ein echt abgebrühter Bursche, und er erkannte mich in Sing Sing auf Anhieb. Warum auch nicht? Auf Rikers Island hatten wir eines Tages ein Kartenspiel kurz verlassen, um an einem Handball-Training in einem anderen Teil unseres Zellenteils teilzunehmen. Als wir wieder zurückkamen, hatten andere Häftlinge unsere Plätze eingenommen. Es gab einen Wortwechsel, ein kleines Gerangel, und dann jagten wir sie mit unseren Schlagrohren davon.

Meine Beschäftigungsaussichten für die Zeit nach der Entlassung waren also wirklich ausgezeichnet. Ich verbrachte viel Zeit damit, darüber nachzudenken, was ich anfangen sollte. Wieder wie ein rechtschaffener Bürger zu leben, kam mir dabei nicht in den Sinn: Mich reizte einfach das viele Geld, das ich verdienen konnte, der Spaß, der mir geboten werden sollte, das angenehme Leben, das sich himmelweit von dem eines durchschnittlichen Lohnempfängers unterschied.

Das ganz große Ding: darum kreisten meine Gedanken ständig. Sich soviel Geld unter den Nagel zu reißen, daß man sich zur Ruhe setzen konnte. Ich würde weiter mit meinen Kumpels zusammensein können, denn ich mochte sie wirklich, aber mein Geld würde es mir erlauben, mich nicht mehr der Gefahr aussetzen zu müssen, eines Tages von den Bullen geschnappt zu werden. Ich würde meinem bisherigen Leben weiter verbunden bleiben können, aber nicht mehr davon abhängig sein.

Das Leben in Sing Sing vollzog sich immer mehr in geordneten Bahnen. Ich lernte, ›meine Zeit abzusitzen‹, obwohl dieses Gefängnis eigentlich mehr Respekt verdient gehabt hätte, als ich ihm entgegenbrachte. Die meisten anderen Gefängnisse waren – egal wie lange man in ihnen saß – schlichtweg unerträglich. Auch Gefangene, die zuvor ihr ganzes Leben lang anständige Bürger gewesen waren, konnten sich darin in gewalttätige Homosexuelle verwandeln, und die miserablen Lebensbedingungen dort konnten aus gemäßigt asozialen Kriminellen eine Horde wilder Tiere machen.

Die Gefangenen in Sing Sing waren ungefähr fünfzehn Stunden am Tag in ihren Einzelzellen eingeschlossen. Um sieben Uhr fünfzehn morgens wurden wir zum Frühstücken aus unseren Zellen gelassen, und nach dem Abendessen um sechzehn Uhr wurden die Türen wieder hinter uns abgesperrt. Diese Regelung kam mir sehr zupaß. Denn wovor man im Knast immer Angst haben mußte, waren Gefangene, die mit Messern oder Schlagrohren bewaffnet in den Gängen herumliefen. Unverschlossene Zellentüren waren für viele eine Einladung zu Vergewaltigung und Mord – da konnte ein nichtsahnender Häftling schnell von oben bis unten aufgeschlitzt werden.

Der gefährlichste Augenblick kam, wie schon erwähnt, wenn wir auf unserem Weg zur Arbeit durch den Tunnel marschierten. Wir arbeiteten von acht Uhr bis fünfzehn Uhr, mit einer halben Stunde Mittagspause, und dann konnten wir uns noch eine Stunde lang ausruhen, bevor es zum Abendessen ging. Diese Stunde nutzte ich immer, um auf dem Haupthof zu joggen. Immer gut in Form zu bleiben, ist enorm wichtig für jeden, der im Knast überleben will. Ich war ein richtiger Gymnastik-Fanatiker: Jeden Abend lief ich in meiner Zelle eine Stunde lang auf der Stelle, und dann machte ich tausend Liegestütze, tausend Kniebeugen sowie vierhundert Aufsitz-Übungen aus der Rückenlage. Ich wurde so hart wie der Stahl, der mich von drei Seiten umgab.

Der einzige Ausblick aus der Zelle ging nach vorne (keiner konnte also einen der anderen Häftlinge sehen), man schaute vielmehr durch eine Wand, die hauptsächlich aus Glas bestand, auf den Hudson River hinunter beziehungsweise über ihn hinweg. Manchmal sah ich Nelson Rockefellers Segelyacht vorbeifahren, und ich hatte auch eine schöne Aussicht auf das Anwesen der Schauspielerin Helen Hayes.

Sogar die Wärter legten in Sing Sing Ansätze von menschlichem Verhalten an den Tag. Der Grund dafür war die Nähe zu New York City, wo mit Sicherheit zahlreiche liberale Gruppen sofort protestiert hätten, wenn Mißhandlungen von Gefangenen bekanntgeworden wären. Ein Sträfling, der ins Gefängnis Dannemora an der kanadischen Grenze, ein beschissenes Loch, verlegt worden war, begriff schnell den Unterschied. »Du bist hier nicht in Sing Sing, Arschloch«, so lautete die normale Begrüßung. »Hier gibt's keine verdammten Kommunisten, die dich beschützen. Wenn du auch nur ein bißchen aus der Reihe tanzt, dann machen wir dich fertig.«

In Sing Sing gab es viele sehr vernünftige Regelungen, wie zum Beispiel die, daß keine laute Musik gespielt werden durfte. Die Gefangenen mußten Ohrhörer aufsetzen, wenn sie sich das

Gedröhne und Gehämmere anhören wollten. Das vorherrschende Geräusch – das man vor allem die ganze Nacht über hörte – war das Rauschen der Toiletten.

Am schlimmsten ist im Knast die ständige Spannung, unter der man lebt, weil man von der Angst beherrscht wird, daß einen jederzeit irgendein Verrückter anspringen kann. Davon spürte man in Sing Sing nur wenig, dank der langen täglichen Schließzeiten. Nach meinem Training las ich regelmäßig, pro Abend ein Buch, hauptsächlich Kriminal- und Reiseliteratur – Lesen ist die absolut beste Methode, sich die Zeit zu vertreiben.

Alkohol und Drogen konnte man von bestechlichen Gefängnisbeamten kaufen, aber damals, in der ersten Hälfte der sechziger Jahre, war auf diesem Sektor noch nicht viel geboten.

Das änderte sich einige Jahre später: Im Gefängnis waren dann Drogen leichter zu kriegen als draußen auf der Straße, und mit Geld konnte man sich fast alles kaufen, was man wollte. Wir konnten uns Essen von den besten Restaurants kommen lassen, uns mit Frauen treffen (das heißt mit einer Freundin, einer Prostituierten oder sogar mit der Ehefrau eines Wärters) und uns Ausgehscheine für das Wochenende beschaffen. Das ist alles nicht im geringsten übertrieben.

Alles in Block A war grün gestrichen, darüber mußte man sich nicht beschweren, aber das Essen war ziemlich schlecht, und es gab nicht genug. Ich war immer hungrig. Im Winter war es eiskalt und im Sommer brütend heiß, und doch war Sing Sing ein Garten Eden, verglichen mit anderen Strafanstalten.

Den besten Freund, den ich je hatte, traf ich während meines ersten Aufenthalts in Sing Sing. Er hieß Joe Sullivan, und manche nannten ihn ›Mad Dog‹, aber nicht wegen seines Aussehens. Er war der Sohn eines New Yorker Polizisten, alle Männer in seiner Familie waren Polizisten gewesen, aber schon früh begann er, einen gänzlich anderen Lebensweg einzuschlagen. Joe wurde der größte Lohnkiller in der amerikanische Kriminalgeschichte, nicht nur was die Quantität betraf (er hat rund hundertzehn Leute umgebracht), sondern auch in qualitativer Hinsicht. Bei vielen der spektakulärsten bezahlten Morde in der Unterwelt ist er der ausführende Mann gewesen.

Joe und ich verbrachten mehr als zwei Jahre zusammen in Sing Sing. Er war ungefähr zweiundzwanzig Jahre alt, als ich ihn kennenlernte, und er hatte schon drei (oder fünf) Markierungen auf dem Kerbholz, die Unsicherheit in der Zählung ergab sich daraus, daß er als Teenager zwei Mitglieder einer gegnerischen Gang niedergeschossen hatte und sich dann nicht mehr danach erkundigt hatte, ob sie auch tatsächlich gestorben waren.

Joe wuchs unweit von John Gottis Viertel in Queens auf. Er hatte eine fürchterliche Kindheit. Sein brutaler irischer Polizistenvater, ein Alkoholiker, schlug ihn häufig, aber die unablässigen verbalen Attacken und Beschimpfungen schmerzten ihn mehr. Polizeidetektiv Sullivan hatte Joes Leben schon im voraus festgelegt: Sein Sohn würde Polizist werden, egal was für eigene Wünsche der Junge hatte. Je mehr der Vater ihn bearbeitete, desto hartnäckiger setzte sich der Sohn zur Wehr. Joe begann im Alter von zwölf Jahren schon mit kleinen bewaffneten Raubüberfällen.

Als ich Joe kennenlernte, verbüßte er gerade eine dreißigjährige, mindestens aber zehnjährige Strafe wegen Mordes. Er hatte zuvor schon einen Polizisten in Texas erschossen und war aus einem Gefängnis in Trenton in New Jersey ausgebrochen. Nachdem er über die Mauer geklettert war, war er nach Queens gegangen und hatte dort in einer Bar einen Kerl erschossen.

Joe Sullivans Geschichte, die ich im Laufe längerer Unterhaltungen im Powerhouse Rec. erfuhr, könnte man unmöglich als Roman erzählen. Er hatte den Spitznamen ›Mad Dog‹ erhalten, weil er wie ein Hund leicht Schaum vor dem Mund bekam, sogar während normaler Unterhaltungen, und erst recht natürlich, wenn er einen Mord beging. Ich führte zahlreiche Hits zusammen mit Joe aus, und es muß für die Opfer wirklich ein furchteinflößender Anblick gewesen sein, wenn sie ihn kommen sahen. Mad Dog war ein sehr aggressiver Killer – er ging schnurstracks auf das Opfer los –, aber er konnte auch verschlagen wie ein Gebrauchtwagenhändler sein, wenn die Situation es erforderte. Und er hatte eine Engelsgeduld. Jedesmal, wenn er ins Gefängnis kam, was recht häufig der Fall war, beschäftigte er sich als erstes damit, Ausbruchsmöglichkeiten auszukundschaften, und mehrere Male schaffte er es auch. 1971, einen Monat vor der berühmten Revolte, gelang ihm der Ausbruch aus Attica, und er blieb auch der einzige Gefangene, der das geschafft hatte. Er versteckte sich unter großen, schweren Mehlsäcken und wurde so von einem nichtsahnenden Lastwagenfahrer durch das Gefängnistor chauffiert. Bis die Polizei ihn dann wieder schnappte, sechs Wochen später in Greenwich Village, hatte Joe schon wieder drei Menschen umgebracht.

Als junger Mann hatte Joe Sullivan Probleme mit dem Alkohol, aber er war nie zimperlich, wenn es um einen Kampf oder eine Auseinandersetzung ging. Er war höflich, sprach leise, war gelassen und bescheiden – ein Gentleman. Wenn ihm jemand auf den Fuß trat, dann war *er* es, der sich entschuldigte.

In Sing Sing erzählte mir Joe oft von seinem Haß auf seinen Vater, und ich steuerte Geschichten über Onkel Gus bei. Joe hatte unter der herabsetzenden Art der Behandlung mehr gelitten als unter den Schlägen. Er sagte, er denke oft an seinen Vater, wenn er jemanden erschieße.

Joe war ungefähr ein Meter achtzig groß und wog neunzig Kilo, wobei das meiste Gewicht in seinen Beinen steckte. Er hatte stämmige, mächtige Beine und einen dünnen, drahtigen, starken Oberkörper. Im Genick und auf den Armen traten die Adern hervor, und sein Bauch war flach wie ein Brett. So jemanden wie ihn habe ich später nie mehr in meinen Leben getroffen. Er machte täglich zweitausend Liegestütze, arbeitete fanatisch mit Gewichten und hämmerte auf die Trainingssäcke ein, als wollte er die Füllung aus ihnen herausdreschen.

Joe war ein großer Sportler: ein Sprinter, ein Hürdenläufer und ein herausragender Football-Spieler. Ich spielte als Läufer in einem von Joes Teams, den Assassins, und alle unsere Spiele waren im Sinn des Wortes Heimspiele. Spieler, die zu Besuch kamen, oft kleine College-Mannschaften, mußten sich durchsuchen lassen, bevor sie das Gefängnis betreten durften. Die Sportjournalisten, die die Central-Gruppe der National Football-League als die Division bezeichneten, in der man sich ›grün und blau‹ schlug, hätten erst einmal eines unserer Spiele gegen ein Team aus Wärtern sehen sollen. Da wurde keiner geschont.

Das Basketballteam des Gefängnisses, das größtenteils aus Schwarzen bestand, war nach Einschätzung des professionellen Schiedsrichter Dom Vece ›gut genug, um beim Weihnachtsturnier im Madison Square Garden bestehen zu können‹. Und in der Boxmannschaft gab es immer ein paar herausragende Leute, die, wenn sie in Freiheit gewesen wären, es in ihren Gewichtsklassen vielleicht bis zum Weltmeister gebracht hätten. Gelegentlich fragte ich mich auch, was wohl aus mir geworden wäre, wenn ich nicht diesen Weg eingeschlagen hätte.

Zu Joe Sullivans Vorgehensweise gehörte es, daß er, nachdem er das Opfer erschossen hatte, ihm auch noch die Kehle von einem Ohr zum anderen durchschnitt, um sicherzugehen, daß es tot war. Ich gewöhnte mich daran, daß ihm ständig weißer Schaum aus dem Mund quoll, wenn er sich über sein Opfer beugte, aber andere Hitter, die mit ihm arbeiteten, konnten das nicht verkraften.

Joe war, genau wie ich, die ganze Zeit unabhängig und freiberuflich tätig. Schon in Sing Sing hatten wir uns gegenseitig versprochen, nie fest bei irgendeiner Gang anzuheuern. Keiner von uns beiden wollte in die beschissene Lage kommen, daß irgendein Boß sagen konnte: ›Ich möchte deine Frau vögeln‹, und daß einem dann nichts anderes übrigblieb, als ihn machen zu lassen.

Bei Joe Sullivan gab es einen Schalter, mit dem man ihn ein- und ausschalten konnte. Ähnlich wie Joey Gallo verschlang er jede Menge Bücher, hauptsächlich Dichtung, und er war imstande, mit jemandem eine intelligente Unterhaltung zu führen und im nächsten Augenblick sein Wesen total umschlagen zu lassen. Sein Gesicht wurde dann hart, seine Augen glühten, und ein scharfsinniger Beobachter wußte dann, daß es an der Zeit war, sich davonzumachen.

»Manchmal denke ich über die Morde nach, die ich begangen habe«, sagte ich einmal zu ihm im Powerhouse Rec. »Und es fällt mir kein guter Grund ein, um sie zu rechtfertigen«.

»Bruder Grieche«, antwortete er, »irgend jemand muß die Umwelt sauberhalten.«

Ich glaube nicht, daß Joe etwas vor mir verbarg. Wir standen uns so nahe, wie es zwischen zwei Menschen nur möglich war. Von Benjamin Franklin stammte, glaube ich, Joes Lieblingszitat: ›Drei Menschen können ein Geheimnis erst dann für sich behalten, wenn zwei von ihnen tot sind.‹ Aber es ist nun einmal so, daß auch der verschlossenste Mörder manchmal jemanden braucht, dem er seine Gedanken und Gefühle mitteilen kann, und ich war derjenige, den Joe dafür wählte.

Joe war ein berüchtigter Faustkämpfer, auch schon in diesen frühen Jahren, und die anderen Häftlinge lernten schnell, ihn in Ruhe zu lassen. Kein Gegner konnte über einen von uns beiden triumphieren – es sei denn, er hätte uns getötet – , weil wir beim nächsten Mal zurückgekommen wären mit dem festen Willen, nötigenfalls auch einen Mord zu begehen.

Sullivan gehörte zumindest formell der katholischen Kirche an, und ich witzelte gern darüber, daß jedem Pfarrer das Herz aussetzen würde, dem er seine Taten offen und ehrlich beichten würde.

»Du würdest dich wundern, was ich dem erzählen würde«, meinte er.

Vielleicht beichtete er seine Morde auch tatsächlich. Es war jedenfalls urkomisch, als ich ihn einmal als Ministrant bei einer Gefängnismesse agieren sah.

Ich glaube, in Joes Körper lebten zwei Persönlichkeiten, und er konnte die Wut und den Haß, die in einer der beiden hochkochten, nicht unter Kontrolle halte. Nein, das stimmt nicht ganz. Er konnte sich diese Wut zunutze machen, wenn er einen Kontrakt auszuführen hatte. Dann erblickte das Opfer, zumindest für einen kurzen Moment, die glühenden Augen, den schäumenden Mund und das schreckenerregend verzerrte Gesicht dieser unvergleichlichen Mordmaschine.

Kurz bevor ich aus Sing Sing entlassen wurde, kamen Joe und ich überein, daß wir draußen zusammenarbeiten wollten. Er wußte, es gab die verschiedensten Möglichkeiten, wieder freizukommen, notfalls durch Ausbruch. Als wir uns dann schließlich zusammentaten, konnte sich keiner von uns beiden vorstellen, welche unglaublichen, blutgetränkten Abenteuer wir gemeinsam durchzustehen haben würden.

8. Kapitel

Der Mord an Louie Moia

»Wenn du rauskommst«, empfahl mir Sonny Pinto, »besuch meinen Freund Johnny E. Er wird dir mit ein paar hundert Dollar auf die Beine helfen.«

Das nahm ich mir auch vor, falls Johnny nicht zu weit weg von Manhattan wohnen würde, wo ich meine Zelte aufzuschlagen plante. Aber zuerst mußte ich noch einige notwendige Pflichten erfüllen.

Ich verließ Sing Sing im Juni 1964 mit einem dicken Bündel von Nachrichten, die ich verschiedenen Empfängern überbringen mußte. Ich rief die Frau des einen Kumpels an, den Freund eines anderen und den Partner eines dritten. Gefangene, die entlassen wurden, betrachteten es immer als eine ehrenhafte Pflicht, allen möglichen Leuten draußen Grüße, Botschaften oder Anweisungen zu überbringen. Diese erstreckten sich von Informationen für den Anwalt bezüglich bestimmter gerichtlicher Schritte, die er unternehmen sollte, bis zu eindeutigen Mordbefehlen. Diesen Informationsfluß konnte die Gefängnisverwaltung nicht unterbinden, ganz gleich wie viele Telefongespräche sie überwachte oder wie viele Briefe sie öffnete.

Es verging eine Woche, bevor ich mich zu Johnny E. begab. Er war ein weltgewandter Gangster, hatte graumeliertes Haar und trug einen Anzug aus Haifischleder, ein seidenes Hemd mit ebensolcher Krawatte und die spitzen Schuhe, die Gangster bevorzugten. Er war der selten vorkommende Typ eines Kriminellen, der mit jemandem reden konnte, ohne Obszönitäten oder Beschimpfungen in den Mund zu nehmen, und der in seinem Laden, einem Geschäft für Haustierbedarf, einem Kunden gegenübertreten konnte, ohne sich zu verraten. Sogar viele der Dons des organisierten Verbrechens, die ich kennenlernte, waren dazu nicht fähig. Man brauchte nur eine paar Worte aus dem Mund von Chin Gigante, Tony Salerno, Junior Persico oder – später – John Gotti zu hören, und schon wußte man, mit wem man es zu tun hatte.

Das einzige, was ich besaß, als ich Johnny aufsuchte, war ein wenig vorteilhafter Straßenanzug, den ich im Gefängnis bekommen hatte, und deshalb fuhr er mit mir in die Stadt, um mir ein paar modische Klamotten zu kaufen. Anstatt der zweihundert Dollar, von denen Sonny Pinto gesprochen hatte, stellte mir Johnny insgesamt tausend Dollar zur Verfügung, die ich größtenteils dafür aufwendete, um ein Apartment in der 98th Street in der Nähe der West End Avenue anzumieten.

Johnny war ein Drogenhändler aus dem Mittelbau. Er zahlte mir dreihundert Dollar pro Woche, nur um seinen Hintern im Auge zu behalten, denn ich hatte inzwischen einen Namen als ausgekochter Bursche. Johnny lachte meckernd, wenn er sich an die Geschichten erinnerte, die er über meine Kämpfe mit Barracuda und mit Scotty, dem Möchtegern-Mobster, gehört hatte.

Ich schaltete für Johnny drei rivalisierende Drogenhändler aus. Er zahlte achttausend Dollar für den ersten, und bei den anderen beiden machte ich es aus Gefälligkeit umsonst. Diese Morde lösten in mir keine besondere Regung aus. Vielleicht hatte das Heroin, das ich wieder zu schnupfen begann, mein Gewissen abgetötet, oder vielleicht war es auch so, daß ich mich allmählich an das Morden gewöhnte. Aber das glaube ich eigentlich nicht. Ich fand eine rationale Erklärung dafür (auf die ich auch weiter vorne schon eingegangen bin), nämlich das, was ich als Soldaten-Syndrom bezeichne. Ein Soldat empfindet in der Regel keine Gewissensqualen, wenn er im Auftrag seines Landes getötet hat – er hat eben Feinde umgebracht, und als solche betrachtete ich auch meine Opfer. Außerdem wird der Soldat für seine Taten ausgezeichnet, wird mit Respekt, Lob, Orden und Tapferkeitsmedaillen überschüttet, und das hatte alles eine gewisse Ähnlichkeit mit den Belohnungen, die ich bekam. Den Soldaten sagt man, der Feind sei böse, was oft eine recht fragwürdige Behauptung ist, aber ich weiß, daß sie auf die Menschen, die ich tötete, zutrifft.

Ich war auch nie nervös, wenn ich einen Hit ausführte, außer wenn ich das Gefühl hatte, daß es für mich gefährlich werden würde. Ein Topboxer hat auch kein Angst davor, in den Ring zu steigen, wenn er es mit einem zweitklassigen Gegner zu tun hat. Ich bekam nur dann nervöse Magenbeschwerden, wenn ich hinter einem hartgesottenen Burschen her war.

Den ersten Hit im Auftrag von Johnny E. führte ich um 3 Uhr 30 nachts auf der 110th Street Ecke Broadway aus. Der puertorikanische Drogendealer wartete an der Ecke, als ich mit meinem Auto vorfuhr. »Ich habe das Päckchen«, sagte ich zu ihm. »Steig ein.« Als er das getan hatte, fackelte ich nicht lange. Ich schoß ihm ins Gesicht und stieß ihn dann von mir weg.

Der zweite Mord ereignete sich an einem Nachmittag auf der 123rd Street in der Nähe der Pleasant Avenue: Es war ein italienischer Dealer, den ich auf der schmalen Treppe, die zu seiner Wohnung führte, erschoß. Gerade als er tot zu Boden fiel, erschien oben an der Treppe eine junge Frau, die einen Kinderwagen schob. »Mach, daß du in deine Wohnung zurückkommst, verdammt noch mal«, brüllte ich. Sie mußte mich ziemlich deutlich gesehen haben, aber trotzdem tötete ich sie nicht. Ich hievte mir den Körper des toten Dealers auf die Schultern und schleppte ihn zum Wagen.

Der dritte Mensch, den ich für Johnny E. umbrachte, war ein halbverrückter Drogenhändler mit dem Spitznamen Charlie ›Off the Wall‹ Ding Dong, der in einem Süßwarengeschäft in der 119th Street arbeitete. Ich überredete ihn, zu mir ins Auto zu steigen, um mir zwei Unzen Heroin zu verkaufen, und sobald sein Hintern den Sitz berührte, feuerte ich ihm aus fünfzehn Zentimeter Entfernung zwei Kugeln in die linke Schläfe.

Alle drei Opfer begrub ich in vorbereiteten Gräbern in der West Side zwischen der 46th und 47th Street.

Johnny wollte nur wirklich erstklassige Jungs auf seiner Gehaltsliste stehen haben, standfeste Leute, auf die er zählen konnte, wenn die Zeiten rauher werden würden – was sie unvermeidlicherweise taten. Einer von ihnen war, so dachte Johnny, Louie Moia, ein kräftiger, stiernackiger Schlägertyp, der an die hundertfünfundzwanzig Kilo wog. Johnnys Pech war, daß er Moia bei dessen Bewerbungsgespräch nicht hart genug auf den Zahn gefühlt hatte und nicht tief genug in dessen Vergangenheit gedrungen war.

Als Moia im Gefängnis gesessen hatte, hatte er viel Zeit damit verbracht, andere Häftlinge zu verprügeln. Und jedesmal, wenn die Gefängnisleitung ihn durch Einzelhaft aus dem Verkehr zog, spielte er den Verrückten. Schließlich wurde er dann in eine staatliche Nervenklinik überführt.

Moia sagte den Psychiatern, er sei ein verdeckter Agent der CIA, die vorhabe, alle Gefängnisse in den Vereinigten Staaten in die Luft zu sprengen. Aufgrund dieser irren Geschichten und wegen seiner Gewalttätigkeit, die er an den Mitgefangenen auslebte, stuften die Ärzte ihn als gefährlichen Spinner ein.

Aber in diesen Anstalten für geisteskranke Kriminelle traf Moia auch auf gewalttätige Wachleute. Diese Aufseher steckten die Häftlinge, mit denen sie nicht fertigwurden – meist handelte es sich um körperlich kräftige Psychotiker – in Zwangsjacken und prügelten sie, manchmal auch buchstäblich zu Tode. Oder sie erstickten sie. Louie Moia arbeitete Hand in Hand mit diesen Wärtern.

Wenn es ihm paßte, dann spielte Moia im Irrenhaus manchmal auch den netten Jungen. Er prellte Insassen, die nicht einmal wußten, auf welchem Stern sie lebten, um ihr Taschengeld und brachte sie dazu, ihm ihre Schecks mit den Einkommensteuerrückzahlungen zu überschreiben.

Die Patienten hatten Angst vor Moia, behielten aber ihren Unmut für sich. Er drangsalierte sie physisch und mit Worten, immer in der Hoffnung, jemanden in einen Kampf verwickeln zu können. »Hört mal zu«, sagte er beispielsweise, »wenn ihr euch mit mir prügeln wollt, könnt ihr's haben. Wollt ihr mit einem Messer kämpfen? Mit einem Rohr? Oder mit den Fäusten? Einverstanden. Ist mir alles recht. Aber vergeßt eins nicht, ihr stinkenden Scheißhaufen, wenn ich gewinne, dann bring' ich euch um.«

Das war kein Bluff. Er schlug zwei Gefangene nieder, und als sie bewußtlos waren, trat er sie zu Tode.

Moia wurde ungefähr zur gleichen Zeit aus der Anstalt für geisteskranke Kriminelle entlassen, als ich für Johnny E. zu arbeiten begann. Johnny fragte mich, ob ich ihn kenne. Ich sagte, ja, ich sei ihm in Tombs über den Weg gelaufen. Johnny sagte: »Dann sollten wir sehen, daß dieser Junge bei uns mitmacht.« Es war, wie schon erwähnt, unser Fehler, daß wir sein Sündenregister nicht kannten, nicht wußten, was er schon für üble Sachen gemacht hatte.

Schließlich bestand unsere Truppe aus vier Mann: aus Joe P., Johnny E., Moia und mir. Joe wurde später ein Hauptmann in der Genovese-Organisation.

Johnny erzählte Moia, wenn er zusammen mit mir die Zustellung der Päckchen übernehmen würde, dann würde er ihm niemals sagen, daß sie Heroin enthielten. Also begannen Moia und ich, unsere Runden zu drehen. Wir suchten verschiedene Stadtteile auf, übergaben die Päckchen und nahmen das Geld dafür in Empfang. Unsere Geschäfte spielten sich in der Bronx, in Queens und in Harlem ab. Louie trug die Päckchen, und ich behielt ihn im Auge und begleitete ihn zu den vereinbarten Treffpunkten in den Apartmenthäusern. Da kam dann der Kunde herunter, traf uns in der Eingangshalle und ging dann wieder in seine Wohnung, um das Geld zu holen. Wenn das Geld stimmte, übergaben wir die Ware. Es ging dabei nicht um große Mengen, in der Regel um eine oder zwei Unzen. Aber wir machten zehn bis zwölf Geschäfte pro Tag. Damals war Heroin noch sehr billig, ungefähr fünfhundert Dollar für eine Unze, und Johnny verkaufte reinen Stoff. Der Käufer konnte das Heroin verschneiden und so aus einer Unze fünf machen. Leute, die von Johnny E. kauften, machten einen kräftigen Profit.

Wir hatten für das Heroin ein besonderes Versteck im Kofferraum. Die Polizisten hätten schon das ganze Auto auseinandernehmen müssen, um es zu entdecken. Einmal wurden wir von einer Rauschgift-Sondereinsatztruppe angehalten, deren Mitglieder dafür bekannt waren, daß sie zuerst schossen und erst danach Fragen stellten. Die Mobster hielten sie für die gefährlichsten Polizisten, die es je in der Stadt gab, aber auch für die ehrlichsten. Damals, als sie uns stoppten, durchsuchten sie unseren Wagen gründlich, konnten aber nichts finden.

Und so sah die Heroin-Handelskette aus: Johnny erhielt die Drogen von Mobstern, die mit Joe Valachi, dem berühmten späteren FBI-Überläufer, in Verbindung standen, und der wiederum kaufte den Soff von Vito Genovese (der in Atlanta im Gefängnis saß). Das Heroin stammte aus der Türkei und wurde über Griechenland und Sizilien nach New York City verschifft. Tony Anastasio, der Bruder von Albert Anastasia von der Murder Inc. (Tony benutzte eine andere Schreibweise seines Nachnamens) kontrollierte die Docks, so daß das Hineinschmuggeln des Heroins in die USA kein Problem darstellte.

Da Vito Genovese in Atlanta einsaß, organisierte Joe P. für ihn den Heroinhandel in Harlem. Johnny unterstand Joe, und Moia und ich unterstanden Johnny. Wir waren sozusagen Großhändler, die an Einzelhändler verkauften.

Moia und ich hatten dabei den gefährlichsten Job. Als Weiße nach Harlem zu gehen war schon nicht unbedenklich, aber die Drecklöcher, wo wir den Stoff ablieferten, konnten sich als tödliche Falle erweisen. Ich wünschte oft, ich hätte fünf Augen auf der hinteren Seite meines Kopfes, um nach Räubern, Schlägern oder gegnerischen Mobstern Ausschau zu halten. Einige der Bullen, und zwar die ehrlichen konnten auch zu einem Problem werden.

Mit Louie Moia unterwegs zu sein machte mir eigentlich nichts aus. Möglicherweise war er wirklich verrückt, aber in einer pervertierten, brutalen Art, die ihm keinerlei Sympathien einbrachte. Er war gerissen, grausam und mordlustig, aber er scheute vor allem zurück, was Mut erforderte. Er suchte sich immer schwache Opfer aus, so wie die Patienten in der Nervenheilanstalt. Ich wollte nichts darüber hören, wie er einen in der Zwangsjacke gefesselten Gefangenen mit einem Rohr zu Tode geprügelt hatte oder wie einfallsreich er gewesen war, um einigen armseligen Geschöpfen ihr Taschengeld abspenstig zu machen.

Mir gegenüber ließ Moia nie sein berühmtes »Dann wollen wir mal« hören. Er wußte, ich würde ihn umbringen.

Eines Tages rief mich Johnny in meiner Wohnung an. »Ich habe dir etwas Wichtiges mitzuteilen«, sagte er. »Komm in den Club.«

Ich traf ihn im Italian Social Club auf der First Avenue. »Gehen wir um den Block«, sagte er. »Es gibt da etwas, was ich dir sagen muß.«

Wir traten auf die Straße hinaus, und Johnny, der recht finster dreinblickte, kam gleich zur Sache. »Ich glaube, dein Kumpel Moia arbeitet für das FBI.«

»Wer hat dir das gesagt?«

»Ein Typ, den wir bezahlen. Ein Bulle.«

Ich war mir sicher, daß Johnny mich nicht anlog, da es um eine ziemlich ernste Angelegenheit ging, und es wunderte mich auch nicht, daß seine Informationen von der Polizei stammten. Die Mobster mit denen ich zu tun hatte, witzelten oft über die Richter, Staatsanwälte und Politiker, von denen ihnen ›ein Teil‹ gehörte, über die Personen im Staatsdienst, die ihre Positionen zumindest teilweise dem Mob verdankten oder die den Verlockungen des Geldes erlegen waren.

»Wie sicher ist diese Information?« fragte ich.

»Das werden wir heute abend herausfinden. Wir werden Louie auf den Zahn fühlen.«

Johnny erledigte die nötigen Vorbereitungen. Dann trafen wir, das heißt Johnny, ich und ein Hitman namens Spike, uns mit Moia in der 122nd Street Ecke Pleasant Avenue. Johnny hatte Moia gesagt, wir würden neuen Stoff bringen, den er und ich dann ausliefern sollten.

Moia war überhaupt nicht nervös, obwohl er wußte, worin Spikes Tätigkeit bestand und obwohl die Heroinübergabe diesmal vom üblichen Schema abwich. Vielleicht hatte er wirklich keinen Verdacht geschöpft, oder, was wahrscheinlicher war, er fühlte sich sicher, weil er wußte, daß das FBI, wie wir später erfuhren, die Vorgänge von einem Fahrzeug aus, das zwei Blocks entfernt geparkt war, überwachte.

Moias Gelassenheit hätte für uns ein Alarmzeichen sein müssen. Denn normalerweise hatte er große Angst vor Johnny, dessen Vater in einem benachbarten Viertel ein hohes Tier im organisierten Verbrechen war.

Der dunkelhäutige Moia trug an diesem warmen, milden Sommerabend ein kurzärmeliges Hawaii-Hemd und hatte ein Sportsakko über seinen Arm gehängt. Er setzte sich auf den Vordersitz von Johnnys weißem Thunderbird, Spike und ich saßen hinten. Anstatt nach Manhattan zu fahren, steuerte Johnny in Richtung Bronx.

»Hast du den Stoff?« fragte Moia mich. Er rechnete damit, daß die Überwacher des FBI mithörten.

Doch irgendwie hatte das Überwachungsfahrzeug uns verloren – Johnnys Informationsquelle bei der Polizei sagte ihm später, daß das FBI das Ganze als eine große Panne betrachtete, was es in der Tat auch war – und so hörte also kein Außenstehender, wie ich antwortete: »Ja, Johnny hat das Zeug.«

In der 135th Street hielt Johnny an und sagte Moia, er solle jetzt fahren. Ich sah, daß Moia diese Sache nicht paßte. Er begann, ununterbrochen zu reden, wobei er wohl hoffte, die Kriminalbeamten würden zuhören, aber Johnny dirigierte ihn mit knappen Worten nach Westchester County, während Spike und ich uns im Fond des Wagens ruhig verhielten.

Johnny lotste Moia auf einen dunklen, leeren Parkplatz. Dann öffnete er das Handschuhfach und tat so als wolle er das Heroin herausholen, aber statt dessen brachte er einen stupsnasigen .38er zum Vorschein, den er Louie in den Magen rammte. »Leg deine Hände auf das Lenkrad und behalt sie dort«, befahl er ihm. »Ich will, daß du nicht einen einzigen verdammten Muskel bewegst.«

»Um Himmels willen, Johnny, was soll denn das?« Moias Gesicht war rot angelaufen, Schweiß brach ihm aus, und die Haut unter seinen Augen zuckte, als würde sie von einem Dutzend scharfer kleiner Nadeln gestochen.

Johnny griff unter den Sitz, holte Handschellen herauf und fesselte damit Louies rechtes Handgelenk an das Steuerrad. Moia sah aus wie ein Mann, der gerade einen Herzanfall hat.

»Los, Grieche«, sagte Johnny, »durchsuch seine Taschen.«

In seiner Brusttasche fand ich den Sender mit einem winzigen Mikrofon. Ich gab ihn Johnny und bedeutete ihm, daß das Gerät in Betrieb war und sendete. Johnny riß das Mikrofon heraus, hielt es Moia vor Gesicht und zischte: »Was ist denn das?«

»Ich weiß es nicht«, antwortete Moia. Er weinte.

»Verdammt, sag mir, was das ist, du Dreckscheißer!«

»Ich weiß es nicht«, wimmerte Louie. Sein Gesicht war jetzt schrecklich verzerrt. Er wußte, daß er mit irgendeiner Erklärung aufwarten mußte. »Ich hab' meine Jacke in einem Restaurant aufgehängt. In dieser Zeit habe ich sie kurz aus den Augen gelassen. Ich weiß, Johnny, daß das eine Wanze ist. Jemand muß sie mir in dem Restaurant angesteckt haben. Ich schwöre dir, ich weiß nicht, wer.«

Johnny brachte sein Gesicht ganz nahe an das von Moia heran. »Ich werd' dir mal was verraten, du stinkende Ratte«, fing er an. »Wir bezahlen einen Bullen, und der hat uns die ganze Geschichte erzählt.« Johnny schlug Moia den Knauf seiner Pistole ins Gesicht, wodurch dessen Nase aufplatzte und ein Blutstrahl auf die Windschutzscheibe schoß. »Drecksau«, murmelte er.

Spike und ich hielten unsere Pistolen auf Moia gerichtet, während Johnny ihm die Hände mit den Handschellen auf dem Rücken fesselte und ihn auf den Boden vor dem Beifahrersitz stieß. Johnny klemmte sich wieder hinters Lenkrad und startete in Richtung Norden.

Louie weinte und bettelte während der ganzen Fahrt. »Ich

schwöre dir, Johnny, jemand hat mir die Wanze untergeschoben. Ich hab' mit den Bullen nichts zu tun. Bitte, Johnny, glaub' mir.«

Johnny schlug auf das Lenkrad seines Thunderbirds, eine Geste, die Haß und Abscheu ausdrückte. Moia startete einen neuen Anlauf und versuchte, den Einfluß seines Vater, eines alten Mobsters, ins Spiel zu bringen. »Halt bei der nächsten Telefonzelle an, Johnny. Ruf meinen alten Herrn an, er wird alles regeln. Er hat viel Geld auf die Seite gelegt, und ich bin sicher, daß es das wert ist, sich das Ganze nach mal zu überlegen. Ich werd' auch Geld auftreiben, obwohl Gott im Himmel weiß, daß ich nichts Unrechtes getan hab', nichts, um dich in Schwierigkeiten zu bringen. Bitte, Johnny, ich flehe dich an, tu mir nichts.«

Außer Moias Gejammere gab es kein Geräusch im Wagen. Johnny fuhr mit versteinertem Gesicht durch die Nacht. Ich fühlte nur Verachtung für Moia. Er wußte, was mit Verrätern passierte.

Johnny steuerte eine Farm an, die Joe P. gehörte, und hielt dort in einer großen Scheune. Wir zerrten Moia aus dem Wagen und befahlen ihm, sich auf den Boden zu setzen. Er keuchte und bettelte in einem fort: *Bitte, bitte, bitte!* So wie später, als ich mich mit Buster DellaValle befaßte, hatte auch in diesem Fall die Angst Louie Moia im wahrsten Sinn des Wortes die Scheiße aus dem Körper getrieben, es stank fürchterlich.

In der Scheune fesselten wir Louie mit den Beinen an eine Werkbank, holten eine Kettensäge heraus und sägten ihm seinen rechten Fuß direkt über dem Knöchel ab. Nie habe ich jemanden lauter und länger schreien hören als Louie Moia, während sich die Säge in sein Fleisch fraß. Das Schreien erfüllte die leere Scheune, und sein *Bitte, bitte, bitte!* und *O Gott!* klang uns immer noch in Ohren, als sein Gehirn barmherzigerweise seine Sinne abschaltete und er bewußtlos wurde. Als nächstes sägten wir seinen linken Fuß ab. Jimmy Coonan, ein irischer Gangster von der West Side, zerstückelte einen Körper oft *nur* mit Hilfe eines Messers, aber daß eine Motorsäge auf alle Fälle vorzuziehen ist, dürfte leicht einzusehen sein.

Dann trennten wir Moia die Arme ab. Danach preßte Johnny seine Knie auf Moias Rücken, drückte ihn auf den Boden, zog aber seinen Kopf an den Haaren in die Höhe, und wir durchsägten seinen Hals bis zur Hälfte. Dann legten wir eine Pause ein, bevor wir weitermachten.

Moia zuckte noch ungefähr zehn Minuten lang, dann war er ausgeblutet. Schließlich beendeten wir die Arbeit, indem wir ihn zerteilten und die einzelnen Körperteile in großen Plastiktüten verstauten, die wir auf dem Gelände der Farm vergruben.

Manchmal höre ich Louie Moia noch schreien. Sie können mir glauben, ich fühle mich unwohl und mag mich selbst nicht, wenn ich mich an diese Nacht erinnere.

Ich besaß viel Geld zu dieser Zeit und gab es auch so schnell wieder aus, wie ich es eingenommen hatte. Meine Heroinabhängigkeit, so stark sie inzwischen auch geworden war, kostete mich nicht viel Geld. In der Regel bekam ich das, was ich brauchte, von Johnny. Aber ich begann heftig zu spielen – Pferdewetten, Glücksspiele, Lotterien – und lebte wie Rockefeller.

Ich war möglicherweise auch derjenige, der in New York City die großzügigsten Trinkgelder gab. Gewöhnlich ließ ich zwanzig Dollar zurück, wenn ich morgens im Imbiß um die Ecke meine Spiegeleier bezahlte, und den Bettlern auf der Straße gab ich doppelt soviel, wie sie sich erhofft hatten.

Ich trug teure Kleidung, speiste in den besten Restaurants und fuhr immer einen neuen Wagen. Autofahren gehörte freilich nicht zu meinen stärksten Seiten. 1964 fuhr ich in zwei Monaten zwei Autos zu Schrott. Ich lief einfach weg von den Wracks und begab mich zu einem Autohändler, den ich kannte und der zum Mob gehörte, um mir dort zum Sonderpreis einen neuen Wagen zu kaufen. Es war wirklich ein Sonderpreis, denn es handelte sich um gestohlene Ware. *Alles*, was ich haben wollte, konnte ich von den Mobstern zu einem Bruchteil dessen kaufen, was es regulär gekostet hätte, und das war deshalb möglich, weil *sie* dafür nichts hatten ausgeben müssen.

Nachts zog ich durch Kneipen, in denen die Leute aus dem Milieu des organisierten Verbrechens herumhingen. Im Ali Baba East stellte mich ein Zuhälter, den ich kannte, Petey T. vor, einem Superschwergewichts-Boxer. Petey war einsdreiundneunzig groß, einhundert Kilo schwer und hatte Blumenkohl-Ohren, sowie eine Nase, die durch die vielen Schläge offenbar endgültig von ihrem Platz verrückt worden war. Trotzdem war er ein kluger Bursche, und er genoß großen Respekt in der kriminellen Familie der Lucchese, in die er schließlich als Mitglied aufgenommen wurde.

»Von dir hab' ich schon gehört, Grieche«, sagte Petey.

Ich war jetzt nicht mehr überrascht, wenn die Leute mir sagten, daß sie meinen Namen schon gehört hatten. Die Polizei schien, jedenfalls wenn man nach ihren öffentlichen Verlautbarungen ging, nicht in der Lage zu sein, die Morde aufzuklären, die vom organisierten Verbrechen in Auftrag gegeben worden waren, aber wer sich unter den Mitgliedern der Mafia aufhielt, kannte die Killer. Die ›Eingeweihten‹, die Mitglieder des Mob, tratschten wie alte Damen beim Kaffeekränzchen darüber, wer wen umgenietet hatte, und warum. Ich sprach gelegentlich, wenn auch nicht oft, über meine eigene Taten, und diese Informationen machten dann die Runde. Und das war für mich nicht schlecht. Denn die Bosse hielten immer Ausschau nach guten Hittern, und da der Mord an Moia meinen Ruf als aufstrebender und vielversprechender harter Bursche weiter gefestigt hatte, kam immer mehr Arbeit auf mich zu. Deshalb unterhielt sich auch Petey T. mit mir in einer stillen Ecke im Ali Baba East.

»Ich brauche einen neuen Partner«, sagte Petey, »für einen Überfall auf Juweliere.«

»Ich arbeite für Johnny E.«

»Mach das auch weiter. Was ich vorhab', ist kein alltäglicher Überfall. Du kannst den Job zwischendurch einschieben.«

Petey erzählte mir, er habe einen Tip erhalten, daß Diamantenhändler von überallher, von Atlanta oder von Los Angeles, nach New York City kommen würden, mit ganzen Taschen voller Juwelen. Der Tipgeber war vielleicht selbst ein Händler oder

der Boß eines Händlers oder sonst jemand aus der Lucchese-Familie, der Informationen über das Geschäft besaß.

»Ich hatte vor kurzem ein wichtiges Telefongespräch«, sagte Petey, »und mein Partner hat darauf bestanden, daß ich jemand finde, auf den man sich hundertprozentig verlassen kann. Wie wär's, Grieche, willst du das Ding mit mir drehen?«

»Was kriege ich dafür?« fragte ich. »Über welche Größenordnung reden wir?«

»Ich kann dir nicht die Hälfte geben. Aber wir teilen meinen Anteil fifty-fifty.«

Petey, so erfuhr ich, war ein berühmter Juwelendieb, aber von seiner Zeit im Boxring noch ein bißchen mitgenommen. Er erklärte die Dinge furchtbar umständlich, aber schließlich wurde klar, daß wir ein Drittel der Beute dem Informationsgeber würden abtreten müssen (wenn es der Boß des Händlers war, dann würde er auch noch die Versicherungssumme kassieren); das zweite Drittel würde an die Lucchese-Familie gehen, egal, ob der Tip von ihr stammte oder nicht. »Spesen fürs Geschäft«, nannte Petey es. »Wir müssen uns an die Spielregeln halten«, betonte er und ließ dabei offen, was wir zu erwarten hätten, wenn wir dem Mob seinen Anteil vorenthalten würden.

»Über welche Größenordnung reden wir?«

Er hatte Probleme mit Zahlen. Schließlich fragte ich ihn, wie groß die *Gesamtbeute* sein würde, und da sagte er: »Ah ja, die Gesamtbeute. Ungefähr hundertfünfzigtausend, Grieche, vielleicht ein bißchen mehr, vielleicht ein bißchen weniger.«

Ich sagte ihm zu, und dann ging Petey mit mir einkaufen. »Du trägst scharfe Klamotten, Grieche«, meinte er. »Aber für diesen Job müssen wir dein Erscheinungsbild ein bißchen anpassen.«

Das hieß soviel wie: Du siehst zu verwegen aus, wie ein abgebrühter Bursche, vielleicht sogar wie ein Hitman, das müssen wir abmildern. Petey half mir, mich neu einzukleiden. Ich ließ mir die Haare kurz schneiden und meine Fingernägel maniküren, und ich kaufte mir eine Hornbrille.

Als wir dann den Job durchführten, bezog ich in der Hotelhalle an einem Platz Position, von dem aus ich alles überblicken konnte, und Petey fuhr mit dem Aufzug hoch zum Zimmer des Diamantenhändlers. Ich sah aus wie ein geschmackvoll gekleideter Hotelgast oder wie ein Geschäftsmann, der auf einen Kunden wartete. Peteys Part war es, sich die Klunker zu schnappen und dem Händler eins überzuziehen – was besonders für den Fall notwendig war, daß der Händler auch der Tipgeber war –, um ihn gefügig zu machen oder um es für die Polizei besser aussehen zu lassen, wenn sie später ihre Fragen stellen würde. Ich sicherte ihn von unten her ab. Falls ein Hotelangestellter, ein Wachmann oder auch ein Polizist Anstalten machen sollte, zu dem Stockwerk hochzufahren, wo Petey arbeitete, dann war es meine Aufgabe, ihn daran zu hindern. Ihn, falls nötig, auch mit der Waffe in Schach zu halten. In diesem Fall hatte ich mich auch um den Portier zu kümmern, der den Aufzug blockieren konnte, so daß Petey der Rückweg abgeschnitten gewesen wäre.

Der schwierigste Augenblick kam, wenn Petey aus dem Aufzug in der Eingangshalle herauskam. Er eilte zum Fluchtfahrzeug vor dem Hotel, und ich mußte dafür sorgen, daß ihn keiner aufhielt. Dann fuhren wir mit dem gestohlenen Auto zwei oder drei Blocks weit und wechselten schließlich das Fahrzeug.

Ich machte mit Petey zusammen insgesamt drei Raubüberfälle in dieser Art, bis ich dann in eine Geschichte verwickelt wurde, die wesentlich gefährlicher war. Es passierte Anfang 1966 in der Ninth Avenue und 49th Street. Ich war auf dem Weg zu einer irischen Freundin namens Diane, als ein Bekannter mich aufhielt und mich seinem Freund Jimmy Coonan vorstellte. »Der Grieche gehört zu der Sorte von Burschen, die du suchst«, sagte er zu Coonan.

Coonan war noch fast ein Kind, kaum neunzehn Jahre alt, vielleicht ein Meter zweiundsiebzig groß, aber von kräftiger Statur. Massive Beine. Dicke starke Arme. Ich willigte ein, mit ihm in einem Restaurant in der 52nd Street einen Kaffee zu trinken, und es brauchte nicht viel Menschenkenntnis, um ihn als einen aggressiven, ehrgeizigen und unreifen Kerl einzuschätzen.

Aber er verhielt sich mir gegenüber sehr respektvoll, eine Eigenschaft, die nicht viele von den harten jungen Burschen besitzen. Was mich am meisten überraschte, war, daß er nicht so angeberisch und arrogant auftrat wie die meisten anderen jungen Typen. Er schien ziemlich aufrichtig zu sein; er sprach bedächtig, ohne viele Worte zu verschwenden. Der Junge ist etwas Besonderes, dachte ich mir, er wird es wahrscheinlich weit bringen, wenn er sich am Leben halten kann – was ich allerdings stark bezweifelte.

Dieser abgebrühte Teenager, der auch ein gefürchteter Faustkämpfer war, hatte sich ein hohes Ziel gesteckt: Er wollte unbestrittener Herrscher über alle Gaunergeschäfte in Hell's Kitchen werden – also die Lotterie-, Schutzgelderpressungs- und Wuchergeschäfte sowie die Buchmacherei –; darüber hinaus strebte er die Kontrolle über die Bühnenarbeitergewerkschaft und über verschiedene andere Gaunereien an, die im Hafenviertel abliefen.

Später fragte ich mich, aus welcher Quelle Coonan seine mörderische Energie bezog. Seine Eltern waren solide Mittelstandsbürger. Sein Vater war geprüfter Buchhalter und hatte ein eigenes Geschäft (Coonan's Steuerbüro in Haus 369 in der West 50th Street). Seine Mutter arbeitete ebenfalls in der Firma. Ich kam zu dem Schluß, daß Coonan das widerfahren war, was auch mir in kleinerem Rahmen passiert war: Er hatte gesehen, wie leicht die Gangs in der Nachbarschaft an die schönen Dinge des Lebens herankamen, und deren Erfolg mit dem entbehrungsreichen Leben seiner Eltern verglichen. Welche Aufregungen gab es denn im Leben eines geprüften Buchhalters und Steuerberaters? Die Gauner hatten jede Menge davon, und außerdem genossen sie Respekt, hatten Geld und große Autos.

Coonan hatte nicht vor, sich mühsam hochzuarbeiten. Er plante einen ›Staatsstreich‹, einen Anschlag auf den führenden Kopf, und in diesem Fall hieß der führende Kopf Mickey Spillane (nicht verwandt mit dem gleichnamigen Autor). Zusammen mit seinem ›stillen Teilhaber‹ John Sullivan herrschte der gewandte Spillane, der auch politische Kontakte hatte, über die

Aktivitäten in Hell's Kitchen. Er verschaffte den Demokraten die Stimmen, die sie für den Wahlsieg benötigten, und nachdem sie ihre Posten bezogen hatten, ließen sie ihn in Ruhe gewähren.

Nach allgemeinen Maßstäben betrachtet, war Mickey Spillane ein skrupelloser Killer, aber Coonan behauptete, er müsse weggeputzt werden, weil er ›zu weich‹ sei.

»Ich möchte, daß du bei der Sache mitmachst«, sagte er.

»Wieviel zahlst du dafür?« fragte ich

»Fünftausend Dollar für dich.«

Das war für Coonan damals eine Menge Geld. Später war es dann nur noch eine Kleinigkeit. Er hatte einige Überfallspezialisten angeheuert, um sich und seine winzige Gang zu finanzieren, erpreßte von einigen Geschäftsleuten Schutzgelder und betrieb eine profitable Geldfälscher-Werkstatt, aber er hatte auch hohe Ausgaben. Als er mir anbot, die Buchmacher-Geschäfte in verschiedenen Theatern zu übernehmen, wo die Gewerkschaftsmitglieder arbeiteten, sagte ich ihm, er könne auf mich zählen. Zum Teufel auch. Ich war einfach neugierig darauf zu sehen, wie er das anfing.

Coonan war jung, aber er war nicht blöd. Er sagte mir, er habe die Sache mit John Sullivan abgeklärt (dem Sullivan, der mit dem Mord an DellaValle und später an Jimmy Hoffa zu tun hatte).

Natürlich plante Coonan, wenn die Dinge sich wieder beruhigt haben würden, auch Sullivan aus dem Weg zu räumen, und das gleiche hatte auch Sullivan mit ihm vor.

Coonan, der immer nur gerade soviel sagte, wie notwendig war, um seine Absichten kundzutun, kündigte an, er habe mit Spillane ein Treffen auf einer Dachterrasse in der West 46th Street vereinbart, nur einen Steinwurf von dem Haus entfernt, wo ich als Junge gewohnt hatte. Der naßforsche Coonan wollte Spillane gleich an Ort und Stelle umlegen, und Spillane seinerseits hatte vor, den Jungen zu warnen, er solle aufhören, ihm Schwierigkeiten zu machen, sonst werde er ihn wie eine Laus zerquetschen.

Wir kamen frühzeitig an und bezogen auf der Dachterrasse

Position. Wir waren zu sechst, einschließlich Jimmy Coonans Bruder Jackie und eines irischen Gangsters aus Boston, der Jahre später Albert DiSalvo, den Würger von Boston, in einem Streit um Drogen erschoß, was die Polizei auch niemals herausfand.

Fünf von uns hatten auch Gewehre zusätzlich zu den Handfeuerwaffen. Coonan hatte eine Maschinenpistole dabei, was mir schon etwas übertrieben vorkam.

Es war ein kalter, dunkler und stürmischer Frühlingsnachmittag, und die 46th Street war menschenleer. Ich trug eine Skimütze als Maske – falls etwas schiefging, wollte ich nicht Gefahr laufen, von Spillane oder irgendeinem Zeugen, der plötzlich aus dem nichts auftauchte, erkannt zu werden –, sprach mir selbst Mut zu und sagte mir, jeder Schuß müsse ein Treffer sein.

Coonan kauerte ungefähr drei Meter von mir entfernt am Boden. Er trug keine Maske. Mit seinen blonden Haaren sah er wie ein Wikinger aus. Im Lauf der einen Woche, die ich ihn nun kannte, hatte ich seine Gefährlichkeit besser einzuschätzen gelernt. Er war ein eiskalter Killer. Sogar auf dieser Dachterrasse imitierte er Jimmy Cagney, seinen Helden. Vielleicht kam seine Furchtlosigkeit aus dem Glauben, er befinde sich in einem Film.

Spillanes Leute kamen in drei Fahrzeugen. Der irische Boß hatte für den Fall eines Falles drei Hitter dabei, die alle aus Boston angereist waren. Ich konnte kurz einen Blick auf ihn werfen, als er aus seinem schwarzen Cadillac ausstieg – ein großer, dünner Mann, der wie ein männliches Model aussah und eine dunkle Sonnenbrille trug. Sofort sprang Coonan auf die Beine und deckte die Straße mit einem Kugelhagel ein.

Er traf niemanden, und zu unserer Überraschung drangen Spillanes Leute in das Haus ein. Sie wollten herauf zu uns!

Das paßte Jimmy Coonan gut in den Kram. Er hatte mit seiner Maschinenpistole zu früh losgeballert und nicht auf den Moment gewartet, in dem die genauer gezielten Gewehrschüsse Wirkung gezeigt hätten, aber er trauerte der verlorenen Chance nicht nach. Wir zielten auf die Falltür, durch die Spillanes Killer kommen mußten, bevor es mit der Schießerei losgehen konnte. Ich vermutete, sie nahmen an, Coonan sei allein.

Wir ließen zwei von ihnen durch die Tür klettern, bevor wir loslegten. Ich traf einen der Männer in die Schulter. Dann hörte ich Jackie Coonan schreien und sah, wie er sich an sein Bein griff. Einer der Bostoner traf einen weiteren unserer Leute, aber nicht gut genug, um ihn niederzustrecken. Jimmy Coonan feuerte wie verrückt, aber ungenau, und sein Herumgeballere stellte eher für die Vögel als für Spillanes Männer eine Gefahr dar.

Aber das war egal. Die eine Sekunde, die das Schießen gedauert hatte, trieb sie zurück in das Gebäude, und sie stürmten die Treppe hinunter zu ihren Autos. Wir aber warteten nicht auf eine dritte Chance. Das Polizeirevier des 16th Precinct lag ganz in der Nähe, und wir konnten schon die Sirenen der Polizeiautos hören. Wir rasten die Feuerleiter hinunter, schleppten den verwundeten Jackie Coonan mit und retteten uns dann in eine nahegelegene Wohnung, die Jimmys Vater gehörte.

Jimmy und ich flößten Jackie Alkohol ein, sozusagen als behelfsmäßige Narkose, und tranken auch selber tüchtig. Dann entfernte ich mit einem Messer und einem erhitzten Löffel die Kugel aus Jackies Bein, der dabei brüllte wie am Spieß, wovon ich mich aber nicht ablenken ließ.

Jimmy Coonan forderte mich auf, mich ihm anzuschließen. »Wir werden diesen verfluchten Spillane kaltmachen«, sagte er, »und dann werden wir's uns gutgehen lassen.«

Ich hielt es aber für wahrscheinlicher, daß Spillane eher uns kaltmachen würde. Er war ein leiser und verschlagener Mann, und er verfügte über alles, was Jimmy fehlte: Einfluß (einschließlich Verbindungen zu den Italienern), eine Truppe und Geld. Einmal hatte ich ihn mit Fat Tony Salerno, der damals schon ein hochrangiger Mann in der Genovese-Familie war, in einer schicken East-Side-Bar Weißwein trinken sehen.

Ich glaubte, daß Jimmy trotzdem überlebte und wieder auf die Beine kam, lag an einem auf einer Verwechslung beruhender Mord, den er kurz nach der Schießerei mit Spillane beging. Er und seine Gang verwechselten zwei unschuldige Barbesucher – Jerry Morales und Charles Canelstein – mit Leuten von Spillane, kidnappten sie und fuhren mit ihnen nach Queens, wo sie unter hysterischem Lachen mehr als ein Dutzend Kugeln in sie hineinpumpten. Doch Canelstein überlebte unerwarteterweise und sagte gegen Jimmy aus, der sich auf einen juristischen Handel einließ und wegen schwerer Körperverletzung eine zehnjährige, mindestens aber fünfjährige Freiheitsstrafe bekam. Spillane nahm irrtümlicherweise an, damit würde er von dem Störenfried Jimmy Coonan nichts mehr hören.

Ich steuerte nun wieder auf das Gefängnis zu, und vielleicht war das auch gut so. Denn meine Heroinabhängigkeit war inzwischen so stark geworden, daß ich ständig einen kleinen Beutel mit Stoff im Darm mit mir herumtrug. Auch steckte ich mir Tabletten in den Arsch, um in der Haft nicht durchzudrehen.

Ich hatte immer noch ein angenehmes Leben – Alkohol, Frauen, große Autos, Tischreservierungen im Aqueduct bei den Pferderennen, im Sardi's oder Dempsey's zum Essen –, aber ich spürte unterbewußt, daß das Heroin mich am Ende umbringen würde. Ich hatte Alpträume, in denen ich von irgendwelchen Hitmen eine dunkle Straße entlanggejagt wurde und auf einen weit entfernt unter einer Laterne stehenden Polizisten zulief und ihn anbettelte, mich einzusperren. Aber ich erzählte dem Polizisten nicht von den Morden, sondern platzte mit irgendwelchen lächerlichen Vergehen heraus, wie zum Beispiel, daß ich Süßigkeiten in einem Lebensmittelgeschäft gestohlen hätte. Die Killer kamen immer näher. Der Polizist schien sie zu kennen. Er war ihr Freund.

Ich lieferte weiterhin für Johnny E. die Heroinpäckchen aus, ein viel gefährlicherer Job als das Ausnehmen von Diamantenhändlern und möglicherweise genauso tödlich wie die Schießerei mit Spillanes Killern. Nachdem Louie Moia nicht mehr dabei war, machte ich es allein.Tagsüber erledigte ich die Auslieferungen, und abends brachte ich Johnny das Geld und stellte die Päckchen für den nächsten Tag zusammen. Johnny zahlte mich jeden Abend aus – in der Regel waren es zweihundertfünfzig Dollar –, dazu kamen noch dreihundert Dollar die Woche für meine Aufpasserdienste.

Eines Tages bekam ich einen Anruf von meinem Bewährungshelfer, McKean, der mich in sein Büro in der 42nd Street bat, weil er mit mir reden wolle. Wenn jemand, der auf Bewährung draußen ist, eine solche Vorladung erhält, dann weiß er, daß man ihn entweder wieder einbuchten will, wegen irgendeiner Verletzung der Bewährungsauflagen, oder daß man von ihm erwartet, daß er jemanden verpfeift.

»Hör mal«, sagte ich zu Johnny. »McKean möchte mich sehen. Ich weiß nicht, warum, aber es könnte sein, daß er mich wieder einknasten will.«

»Ich sag' dir, was ich tun werde«, meinte Johnny. » Wenn er dich wieder einsperrt, dann schicke ich eins meiner Mädchen hinunter.« Er hatte fünf Mädchen, die für ihn arbeiteten. »Sie wird bei den Buchmachern Geld für dich einsetzen, so daß du dein eigenes Geld nicht angreifen mußt. Wenn du wieder rauskommst, dann gehört dir dieses Geld. Du kannst dich drauf verlassen, ich kümmere mich um dich. Ich werde dir hundert Dollar im Monat als Taschengeld zukommen lassen.« Das war das Maximum, das für Gefangene erlaubt war.

Ich suchte McKean auf, einen großen, stämmigen Mann, der Leute, die auf Bewährung waren, immer mit Respekt behandelte. Er sagte, ich solle mich setzen, und ich tat es. Er wuchtete seinen schweren Körper aus dem Sessel, tappte zu mir herüber und fesselte eine meiner Hände mit Handschellen an den Stuhl. »Ich schicke Sie wieder zurück ins Gefängnis«, sagte er.

»Warum?« fragte ich.

»Ich habe Sie vor ein paar Wochen beschatten lassen, und wir haben Aufnahmen von Ihnen und Johnny E. gemacht, wie Sie sich auf der 115th Street unterhielten. Johnny ist als Drogenhändler bekannt, und wir haben beobachtet, daß er Ihnen ein Päckchen überreicht hat, das vermutlich Heroin enthielt. Ob es Heroin war oder Geld, das spielt keine große Rolle. Wie auch immer, dieser Kerl ist kein Umgang für Sie. Wir wissen, daß er Ihnen nicht einen Dale-Carnegie-Kurs über positives Denken gibt oder Sie als Hausverkäufer für Lexika ausbildet. Johnny E. steht nur für eines: für Drogen.«

McKean forderte mich auf, den Ärmel hochzukrempeln, so daß er meinen Arm nach Einstichen untersuchen konnte. Dann kam ein weiterer Beamter herein, und sie verlangten, ich solle mich ausziehen. Aber sie konnten nichts finden. Wirklich nichts.

»Er muß es schnupfen«, sagte McKean.

Er ließ mich nach Tombs bringen. Ich rechnete nicht damit, längere Zeit dort verbringen zu müssen, und ich wußte, daß sie mich auch wegen ernsterer Vergehen als einem Verstoß gegen die Bewährungsauflagen einsperren konnten. Nämlich wegen Mordes.

9. Kapitel

Dannemora

»Jackson!«
»Hier!«
»Ruskin!«
»Yo!«
»Franken!«
»Hier!«
»Gillitzer!«

Keine Antwort. Das einzige, was man hörte, war das Zuschlagen einer Zellentür. Das fleischfarbene Gesicht des Wärters, der die Namen aufgerufen hatte, wurde noch eine Spur röter. »Gillitzer!« bellte er noch einmal. Und als immer noch keine Antwort erfolgte, schwärmte eine Gruppe von Aufsehern zwischen den Reihen der Neuankömmlinge aus, die im Gefängnishof von Tombs Aufstellung genommen hatten. Als ich das *thwack, thwack, thwack* eines Schlagstocks hörte, worauf ein Häftling zu schreien begann, wußte ich, daß sie Gillitzer ausfindig gemacht hatten. Er war offenbar weggetreten gewesen, aufgrund von Alkohol- oder Drogeneinfluß oder aus welchem Grund auch immer, und für die Wärter war das eine willkommene Gelegenheit, ihn aufzuwecken, um ihn dann zusammenknüppeln zu können. Das Niederprügeln dieses armen Teufels führte den neuen Gefangenen gleich die Kräfteverhältnisse vor Augen und zeigte ihnen, woher hier der Wind wehte.

Zu dieser Zeit, im Jahr 1966, wendete sich noch kaum ein Häftling an Gruppen wie die American Civil Liberties Union (ACLU), um Hilfe zu erhalten. Denn diese Vereinigungen hätten sich nicht wirklich für die Häftlinge eingesetzt, hätten nicht ernsthaft versucht, gerichtliche Anordnungen zu erwirken. Und die meisten Anwälte hatten Angst vor dem mächtigen Amt für das Gefängniswesen, das sie als verlängerten Arm der Polizei betrachteten. Ein wohlmeinender Verteidiger, der Eingaben zugunsten der Rechte von Gefangenen machte, hätte wohl bald selbst mit den allergrößten Schwierigkeiten zu kämpfen gehabt. Vielleicht hätte man seinen Wagen ramponiert, die Fenster seines Hauses eingeschlagen oder ihn durch ›Unbekannte‹ zusammenschlagen lassen. Jeder, der versucht hätte, Untersuchungen über die Situation in den Gefängnissen durchzusetzen, wäre wahrscheinlich bald selber Gegenstand einer Untersuchung geworden.

Denn Richter kümmerten sich nicht um so etwas. Sie standen auf der Seite der Wärter und wollten nicht, daß das gemeinsame Boot kippte. Darüber hinaus wußte jeder Häftling, der auch nur ein bißchen Grips hatte, daß er, nachdem die Richter sich mit seiner Beschwerde befaßt hätten, wieder genau den gleichen Aufsehern ausgesetzt gewesen wäre, die ihn zuvor schon drangsaliert hatten.

Nachdem ich laut und kräftig »Hier!« gerufen hatte, teilte man mich einem Zellenblock im dritten Stock zu, in dem die gewalttätigsten der Gewalttäter untergebracht waren, viele von ihnen Mörder. Hier begegnete ich auch wieder Hank Dusablon und Salvador ›Cape Man‹ Agron, die auf ihre Gerichtsverhandlung in Manhattan warteten. Das Tombs war ein Haus der Negative: Keine Jobs. Keine Erholungsmöglichkeit. Keine Hoffnung. Die Gefangenen kauerten frierend oder schwitzend, je nach Jahreszeit, in ihren Zweimannzellen. Das Licht brannte vierundzwanzig Stunden am Tag und beleuchtete die Szenerie von Kämpfen, die fast stündlich irgendwo ausbrachen. Die Aufseher ließen den Auseinandersetzungen freien Lauf. Sie griffen meistens nicht ein, bevor die Kämpfe beendet waren, wobei dann oft jemand bewußtlos oder aus Stichwunden blutend am Boden lag.

Ein hochgewachsener, weibischer Wärter betrachtete die Gefangenen als seinen persönlichen Harem und zwang sie zum

Sex mit ihm. Zwei andere Aufseher waren ausgesprochene Sadisten, die sich regelmäßig daran aufgeilten, die Häftlinge zu schlagen. Doch trotz all dieser schmerzhaften Erlebnisse, des Elends und des Leidens verließ ich Tombs später doch auch mit einer schönen Erinnerung: Ich hatte die Bekanntschaft des berühmten Bankräubers Willie Sutton gemacht.

Ich machte mich sofort auf der Suche nach Sutton, nachdem ich gehört hatte, daß er in Tombs war. Willie war ein kleiner, etwa ein Meter siebzig großer Mann mit hellen Augen, der ständig redete und eine selbstgedrehte Zigarette nach der anderen rauchte. Für jeden, der intelligent genug war, ihn zu verstehen, hatte er haufenweise juristische Ratschläge parat. Die Insassen betrachteten ihn als eine Art weisen alten Mann. Er mußte sich nie vor kampflustigen jungen Burschen oder vor Homosexuellen fürchten, denn Leute wie ich beschützten ihn.

Sutton war in einer irischen Gegend nahe den Docks in Brooklyn aufgewachsen, und er erinnerte sich mit Grausen an die gewalttätigen zwanziger und dreißiger Jahre. Ich brachte es nicht über das Herz, ihm zu sagen, daß die Zeiten noch schlimmer geworden waren, viel schlimmer, und heute verstehe ich seine falsche Einschätzung auch. 1966 war bis dahin das Jahr mit der meisten Gewalt gewesen, und ich vermochte mir die Blutbäder noch nicht vorzustellen, die in den siebziger und achtziger Jahren auf uns zukommen sollten, als solche neuen Banden wie die Westies, die Albaner, die Kubaner und die Kolumbianer in Erscheinung traten. Willie hatte sich nie an Gewaltaktionen beteiligt, aber er kannte eine Menge Geschichten aus den zwanziger und dreißiger Jahren, und in seiner Erinnerung erschienen ihm die Tage von Capone und Luciano als die blutigste Zeit, die das Land erlebt hatte.

Doch in der blutigsten Zeit leben wir heute, in den neunziger Jahren, und Beweise für diese Feststellung gibt es überall: Die Gefängnisse quellen über, vollgepackt mit abgebrühten jungen Burschen, denen alles scheißegal ist, und die Politiker kämpfen darum, Geld aufzutreiben, um *noch mehr* Gefängnisse bauen zu können, obwohl in den USA der Prozentsatz der Bürger, die im Knast sitzen, so hoch ist wie sonst nirgends in der Welt.

Unter vielen anderen Geschichten erzählte Willie uns auch von Dinny Meehan, ›dem einzigen Boß auf den Docks, der, soweit ich mich erinnern kann, im Bett gestorben ist. Das heißt, jemand schlüpfte durch sein Schlafzimmerfenster, als er schlief, und hat ihm eine Kugel in den Kopf gejagt‹.

Die alten, betagten Gangster, besonders die Bosse, liebten Willie, obwohl er so gar nicht war wie sie. Er war ein Gentleman, geistreich, friedliebend, ein Krimineller, dem gegenüber Jesse James und John Dillinger als blutige Anfänger erschienen, was die Kunst des Bankraubs betraf. Über Suttons oft zitierte Antwort auf die Frage, warum er Banken ausgeraubt habe – ›weil dort das Geld ist‹ – konnten sich auch die Mobster totlachen.

Folgende Geschichte zeigt, wie hoch angesehen Willie Sutton bei der Mafia war, obwohl er kein Mitglied war, es nicht sein konnte und auch nicht sein wollte: Nachdem ein unauffälliger Durchschnittsbürger, ein Mann namens Arnold Schuster, im Fernsehen erzählt hatte, wie er seine ›Bürgerpflicht‹ erfüllt und der Polizei geholfen hatte, Sutton dingfest zu machen, legte Albert Anastasia von der Murder Inc. Schuster um. Der friedliebende Willie billigte Anastasias Show-Aktion nicht, und ich ebenfalls nicht. Der rechtschaffene Mr. Schuster hatte nicht den Schwur auf die *omerta* abgelegt, er hatte einfach nach seinem Gefühl gehandelt. Wahrscheinlich dachte er gar nicht daran, daß er sich dadurch in Gefahr bringen könnte. Ich meine immer noch, es wäre besser gewesen, jemand hätte ihm gesagt, er solle seine Visage nicht unbedingt ins Fernsehen hängen.

»Sag mal, Grieche«, meinte Sutton eines Tages zu mir, als ich ihn in seiner Zelle besuchte, »kennst du die vier Stadien, die ein Verurteilter durchläuft?«

Ich antwortete, daß ich sie nicht kenne.

»Ich rede von Gefangenen mit Langzeit-Strafen, und das trifft schließlich auf die meisten zu. Ich weiß nicht, wieso, aber der Ablauf ist immer der gleiche. In der ersten Phase interessieren sie sich für Sport und versuchen, sich körperlich in Form zuhalten. Sie stählen ihren Körper, weil die Schwachen, wie du weißt, hier nicht überleben können. Im zweiten Stadium werden sie Gefängnisanwälte. Sie stürzen sich in juristische Literatur und meinen, ihr Gehirn und nicht ihre Muskeln würde ihnen die Rettung bringen. Natürlich haben nur sehr wenige Erfolg damit. Im dritten Stadium beginnen sie, die Bibel mit sich herumzutragen und anderen das Wort Gottes zu verkünden. Vielleicht haben sie wirklich den Herrn gefunden, aber wahrscheinlicher ist, daß sie gehört haben, daß die Bewährungsausschüsse religiös Bekehrte oft milder behandeln. Sie lernen das ganze frömmlerische Kauderwelsch auswendig und finden dann einen Kaplan oder einen Rabbi, der ein gutes Wort für sie einlegt, was nie schaden kann, und dann folgt das vierte Stadium, sie halten sich an ihre Mitgefangenen, um sich sexuelle Erleichterung zu verschaffen. Nachdem dann die homosexuelle Phase wieder abgeklungen ist und sie feststellen, daß ihre Lage immer noch genauso beschissen ist wie zuvor, drehen sie total durch und werden entweder umgebracht oder begehen Selbstmord. Verfolge die Entwicklung einiger dieser Männer, Grieche, und nach einiger Zeit wirst du erkennen, daß meine Beschreibung stimmt.«

Ich folgte seinem Rat. Und ich konnte beobachten, wie das Szenario, das Willie geschildert hatte, vor meinen Augen ablief. Aber anders als in den metamorphen Prozessen in der Natur – wo aus einer Raupe ein Schmetterling wird – durchlief unser verderbter Kokon eine rückwärtsgewandte, degenerative Entwicklung.

Ich freute mich, als ich Anfang 1967 mitgeteilt bekam, daß ich nach Sing Sing verlegt werden sollte, wo ich den Rest meiner zeitlich unbestimmten Strafe wegen Verstoßes gegen die Bewährungsauflagen absitzen sollte. Auch Ronnie ›Guinea‹ Cusano, der mir damals auf dem Football-Platz gegen Barracuda geholfen hatte, wurde dorthin verlegt.

Als ich in Sing Sing ankam, boten mir verschiedene Gruppen an, bei ihnen mitzumachen. Die Italiener wollten mich, ebenso die Griechen und die Iren. Je mehr hartgesottener Burschen in einer Gruppe waren, desto geringer war die Wahrscheinlichkeit, von anderen Gruppen, insbesondere von den Schwarzen, belästigt zu werden. Ich schloß mich einer Gruppe von Iren an, weil ich sie für die ausgekochtesten hielt.

Nachdem wir im Großen Haus unser Quartier bezogen hatten, wurde mir ein Hilfsjob beim katholischen Gefängnispriester zugewiesen, und Guinea sollte in der Bibliothek arbeiten. Guinea, der stolz auf seine italienischen Vorfahren und der seinen Spitznamen eher als Kompliment denn als rassistische Beleidigung auffaßte, kümmerte sich um seine eigenen Angelegenheiten und versuchte, seine Strafe – fünfzehn Jahre wegen Raubes – ohne Zwischenfälle hinter sich zu bringen. Das klappte auch, bis er eines Tages unwissentlich als Beteiligter in eine Dreiecksgeschichte hineingeriet.

Um seinen Freund eifersüchtig zu machen, behauptete ein schwarzer Homosexueller ihm gegenüber, Cusano habe ihm ›schöne Augen‹ gemacht. Als der aufgebrachte Freund, ein geistig etwas beschränkter Hitzkopf, der Pistol Pete genannt wurde, überall herumtönte, er werde Ronnie erstechen, steckten ihn die Wärter in Einzelhaft. Von dort aus gab er seinem neuen Freund Boomer die Order: »Ich will, daß du Ronnie erstichst, weil er versucht hat, mit meiner alten Lady was anzufangen.«

Mit derartigen idiotischen Zwischenfällen mußte man im Knast ständig rechnen, und das was es, was das Leben dort so unerträglich machte. Cusano hatte überhaupt nichts Unrechtes getan, aber da gab es einen Schwulen, der ihn umbringen wollte, weil man ihm irgendeinen Schwachsinn in den Kopf gesetzt hatte.

Guinea bekam bald Wind von Boomers Auftrag, und er wußte, daß er jetzt Hilfe brauchte. Bei meinem nächsten Besuch in der Bibliothek nahm er mich beiseite: »Grieche«, flüsterte er, »ich bin in ernsthaften Schwierigkeiten wegen diesem Kerl.«

»Ja, hab' schon davon gehört. Halt immer deine Augen offen. Ich werde dir den Rücken freihalten, so gut ich kann.«

Ich nahm an, es würde schon bald zu einem schlimmen Zusammenstoß kommen, aber es vergingen zwei Wochen, ohne daß Boomer etwas unternommen hätte.

Eines Tages rief Cusano, der die furchtbare Warterei nicht mehr ertragen konnte, Boomer aus der Druckerei heraus. Boomer brachte ein Messer zum Vorschein, und ich gab Cusano meins, das er seinem Feind tief in den Bauch rammte. Pistol Petes Auftragskiller zog eine Blutspur bis zum Zimmer des Wachhabenden, wo er mitten auf dem Tisch zusammenbrach. Cusano sprang hinter Boomer und stieß ihm die Klinge noch fünfmal in den Rücken.

Obwohl Boomer sofort notärztlich behandelt wurde, verblutete er, und Cusano wurde in Einzelhaft geworfen.

Wer einen anderen Insassen umbrachte, bekam dafür in der Regel sieben Jahre, aber in diesem Fall wollten die Staatsanwälte, die offenbar wenig zu tun hatten, weil in Westchester County relativ wenig Verbrechen passierten, den Straftäter besonders hart anfassen. Sie boten Cusano zehn Jahre an. Er lehnte ab und bekam schließlich zwölf.

Da ich Guinea das Messer gegeben und zugesehen hatte, wie er es benutzte, betrachtete man mich als Mittäter bei dem Mord. Aber als die Anklage verhandelt werden sollte, fand sich kein Häftling, der als Zeuge gegen mich ausgesagt hätte. Der Staat kam zu der Erkenntnis, daß es höchst fraglich sei, ob es gelingen würde, mir die Beihilfe nachzuweisen und daß das ein zu langwieriges Verfahren werden würde, und deshalb ließ man die Anklage fallen.

Wenn ich mich daran erinnere, wie verrückt diese ganze Episode war, und wenn ich mich umschaue, dann sehe ich, daß heute alles hundertmal schlimmer ist.

In Sing Sing erneuerte ich meine Bekanntschaft mit John Sullivan, mit Joe Gallo und mit Jimmy Coonan, dem ernsten, leise sprechenden irischen Jungen, der später die Westies anführen sollte. Ich freundete mich auch mit Sally D'Ambrosio an, den ich hier 1963 kennengelernt hatte. Von ihm erhielt ich auch meine ersten Informationen (die später von Joe Gallo Punkt für Punkt bestätigt wurden) über den 1957 verübten Mord an Albert Anastasia, das gefürchtete Oberhaupt der Murder Inc. Sally erzählte mir, die Polizei wisse, daß Joey Gallo der Täter war, könne es aber nicht beweisen. Sie fand auch nicht heraus, wer bei dem Hit sonst noch beteiligt war, denn es waren nur wenige Leute eingeweiht. Doch die Mobster und die Leute, die mit ihnen zu tun hatten, wußten, wer Anastasia umgebracht hatte, und ich glaube, heute kann es auch die ganze Welt wissen. Wem kann das noch schaden? Der Fall Anastasia, den die Polizei nie vollständig aufklären konnte, obwohl sie wegen der internationalen Schlagzeilen ziemlich unter Erfolgsdruck stand, kann dann für immer zu den Akten gelegt werden.

Die Leute, die den Mord ausführten, waren Joey Gallo und sein Bruder Larry (wahrscheinlich der fähigere der beiden), Sally D'Ambrosio und Carmine ›Junior‹ Persico. Ein kleines Team. Ein tödliches Quartett

Junior Persico, der den Spitznamen ›The Snake‹ trug, weil sein ›Biß‹ immer so eine tödliche Wirkung hatte, wurde mit siebzehn Jahren der jüngste ›Gemachte‹ in der Geschichte der Mafia. Später stieg er zum Unterboß und schließlich zum Boß der Columbo-Organisation auf, eine Karriere, die niemanden verwunderte. Was allerdings Erstaunen hervorrief, war sein Verhalten, nachdem er es bis an die Spitze geschafft hatte. Denn einen Vorteil hat ein Boß: Er kann andere die Dreckarbeit erledigen lassen, wie zum Beispiel das Töten. Aber Junior Persico, der die Aufregung und das Abenteuer des Mordens in vollen Zügen genoß, führte auch als Boß noch eigenhändig Hits aus. Später lernte ich Junior gut kennen, als wir eine Zelle teilten. Er war der kälteste aller kaltblütigen Killer.

Sally D'Ambrosio, ebenfalls einer von Anastasias Exekutoren, war ursprünglich ein Profaci-Soldat und formell für die Anschläge zuständig. Aber wie sollte er die Kontrolle über solch mächtige und eigenwillige Persönlichkeiten wie Joey und Larry Gallo und Junior Persico aufrechterhalten?

Der Mord an Anastasia wurde, so erzählte mir Sally, von Joe Profaci befohlen, mit der Billigung von Vito Genovese und Carlo Gambino. Anastasia, der auf etwa einhundert Killer zurückgreifen konnte, war der König der New Yorker Docks, betrieb Schutzgelderpressung und Drogenhandel in großem Stil und unterhielt Verbindungen zu dem exilierten Lucky Luciano. Zu den Gründen, aus denen sein Tod beschlossen wurde, gehörte zum Beispiel, daß Anastasia Profaci Soldaten abspenstig gemacht hatte und, was wichtiger war, daß er einen Hit-Kontrakt auf Profacis Leben ausgesetzt hatte.

»Profaci kümmerte sich um Anastasia«, sagte Sally, »bevor Anastasia sich um Profaci kümmern konnte.«

Einer von Anastasias größten Fehlern, vor dem ihn sein Freund Luciano immer gewarnt hatte, war es, daß er gern in ein Muster verfiel. Er ließ sich die Haare immer beim gleichen Friseur schneiden, und das ermöglichte es Joey Gallo und den anderen, den Anschlag im Park Sheraton zu planen.

Sie warteten auf der anderen Straßenseite, bis Anastasia vorfuhr. Seinem Chauffeur und Leibwächter hatte man gesagt: »Mach, daß du möglichst schnell verduftest, sobald dein Boß sich in den Friseursessel gesetzt hat.« Der Typ wußte, daß er zu gehorchen hatte, weil man ihn sonst auch weggeputzt hätte.

Der junge Junior Persico ging als erster hinein, gefolgt von Sally und Joey Gallo, während Larry Gallo, der den Fluchtwagen steuerte, ein paar Blocks entfernt vom Hotel wartete. »Leg dich hin«, brüllte Sally den Ladenbesitzer an, »oder ich puste dir deinen Scheißschädel weg.«

Joey erledigte hauptsächlich das Schießen – und er war es mit Sicherheit auch, der die tödliche Kugel auf Anastasias Kopf abfeuerte – , während Junior und Sally mehr als Aufpasser dabeistanden. Sally, der den Friseur zu Boden gezwungen hatte, verließ als letzter den Laden, und dann sprangen sie in den Wagen, den Larry Gallo in die President Street steuerte.

Im Dezember 1969, zwei Jahre nachdem Sally mir diese Geschichte erzählt hatte, wurde er in einem Club der Colombo-Familie im Haus 8648 in der 18th Avenue in Brooklyn zuerst gefoltert und dann ermordet. Ein Nachbar hörte Sally Todesschreie, und die FBI-Leute entdeckten später sein mit einem Monogramm versehenes, blutbeflecktes Hemd in einem Raum, den sie ›Folterkeller‹ nannten. Aber seine Leiche wurde nie gefunden. Soviel ich gehört habe, haben Persico oder seine Leute den Job erledigt.

Verbindungen zur Mafia zählten im Gefängnis nicht allzu viel. Hier war jeder auf sich allein gestellt, und es gab Insassen, die so verrückt und unbändig waren, daß es sie einen Scheißdreck gekümmert hätte, auch wenn sie es mit dem Paten aller Paten zu tun gehabt hätten. Aufgrund meiner inzwischen beträchtlichen Erfahrung mit Gewalt im Knast wuchs mir in meiner irischen Truppe eine Führungsrolle zu, und ich leitete sogar die Verhandlungen mit anderen Gefängnisgangs.

Die Gefängnisverwaltung bekam das mit, und das war auch der Grund, glaube ich, warum sie mich eines Tages, nachdem ich schon fünf Monate in Sing Sing verbracht hatte, mit Nunzio Provenzano zusammenketteten und uns nach Dannemora brachten, in das härteste Gefängnis der Welt.

Nunzio, dessen Bruder später beim Mord an Jimmy Hoffa eine Rolle spielte, war Funktionär der Transportarbeitergewerkschaft und Mitglied der Genovese-Organisation. Obwohl Nunzio und ich in Dannemora einmal kurz aneinandergerieten, trug er mir später auf, mich um seinen Bruder zu kümmern, wenn ich wieder draußen wäre, und er sagte, er habe Arbeit für mich in Union City in New Jersey, wo es darum ging, für die örtliche Sektion der Transportarbeitergewerkschaft die Drecksarbeit zu machen.

Dannemora (der offizielle Name lautet: Clinton Correctional

Facility), nur ein paar Kilometer von der kanadischen Grenze entfernt, galt als eine äußerst gefährliches Gefängnis, schlimmer noch als das Tombs. Gefangene, die so widerspenstig oder so unbeherrschbar waren, daß sie kein anderes Gefängnis haben wollte, wurden nach Dannemora geschickt, wo sie tagtäglich ihre kleinen oder großen Gewaltorgien gegen die Aufseher oder untereinander veranstalteten.

Es gab in Dannemora auch eine Abteilung für psychisch kranke Verbrecher, die Insassen beherbergte, die sich größtenteils schon seit Jahren dort befanden und die wohl nie mehr herauskommen würden. Sie steckten in Zwangsjacken, bekamen nur selten einen Psychiater oder eine Pflegerin zu Gesicht und erhielten ihre Medikamente von den Wärtern.

Die Aufpasser in diesem Gefängnis konnten praktisch schalten und walten, wie sie wollten, und die Gefangenen nach Belieben quälen. Diejenigen, die für die psychisch Kranken zuständig waren, machten diesen Job vielleicht schon zwanzig Jahre lang, ohne jemals mit den normalen Gefangenen, die nebenan lebten, in Kontakt zu kommen, und wurden so zu Herren über Leben und Tod. Und die Vertrauenshäftlinge, zu denen einmal auch Louie Moia gehört hatte, waren bekannt für ihre Grausamkeit.

In Dannemora war die ausgewählte Elite der abgebrühten Burschen eingekerkert. So begegnete ich dort zum Beispiel einem kugelrunden 80jährigen, der früher Al Capones Leibwächter und Lucky Lucianos Hauptkiller gewesen war, ein kleiner Mann, der sehr viel lächelte und der seit Jahrzehnten im Gefängnis saß. Ich beobachtete ihn eines Tages, wie er einen Mithäftling mit einem Rohr schlug, der etwas angedeutet hatte, was auch tatsächlich stimmte, nämlich, daß Luciano eine Plaudertasche gewesen war.

Alle diese Mobster gaben einem immer denselben Rat:»Das einzige, was du kannst, ist, ein Gangster zu sein. Wenn du rauskommst, dreh ein großes Ding und geh dann nach Florida in Rente.«

Unter den schwarzen Häftlingen in Dannemora befanden

sich auch Thomas 15X Johnson, der wegen der Ermordung von Malcolm X verurteilt worden war (er aber behauptete, unschuldig zu sein, und ich glaubte ihm), sowie Norman 3X Butler und Thomas Hagan, die wegen des gleichen Verbrechens einsaßen.

Ich wurde ein enger Freund von Thomas Johnson, und er stellte mich Louis Farrakhan vor, als der ihn im Gefängnis besuchte. Johnson sagte, er habe an dem fraglichen Tag die Rede von Malcolm X mitgeschnitten, aber er habe nicht gewußt, daß dessen Ermordung geplant war. Laut Johnson waren damals zehn Schützen in dem Ballsaal anwesend, aber nur drei oder vier hätten geschossen.

Ich freundete mich auch mit Karate Bob an, dem Leibwächter von Malcolm X. Bob mußte jedesmal weggebracht werden, wenn Johnson in den Gefängnishof kam.

Genau wie in Sing Sing war auch in Dannemora eine der ersten Entscheidungen, die ich zu treffen hatte, auch die wichtigste: welcher Gruppe ich mich anschließen sollte. Verschiedene Mafia-Soldaten wollten mich in ihrer Gruppe haben, aber auch irische und griechische Gangster. Alle suchten sie für ihre Gruppe Kerle, die im Gefängnis ihren Mann stehen konnten, und ich erfüllte diese Anforderungen in jeder Hinsicht. Wieder wählte ich die Iren, in erster Linie wegen der beiden rauhbeinigen Brüder Joe und John D. und wegen meinem alten Freund Willie the Ape.

Der Gefängnishof in Dannemora ähnelte einem Pennerlager. Es gab viele ›Bezirke‹, verschiedene Habseligkeiten, um die herum die verschiedene Gruppen ihre Claims abgesteckt hatten. Auf einem Platz saßen die irischen Gangster aus Manhattan West Side, auf einem anderen die aus Queens und auf den weiteren die Mitglieder der diversen italienischen Familien. Jeder dieser Freiluft-Lagerplätze war makellos sauber und sorgfältig gepflegt.

Die Bezirke der Weißen lagen entlang der zwölf Meter hohen Gefängnismauer, und in der Mitte des Hofes befanden sich die Gebiete, die den Schwarzen gehörten. Sie beschützten ihre Claims genauso eifersüchtig wie die Weißen die ihren. Jeder,

der von einem Bezirk zu einem anderen gelangen wollte, mußte eine Genehmigung von den dazwischenliegenden Gruppen einholen, und wehe dem Neuling, der diese Regeln noch nicht kannte.

Die Bezirke waren eigentlich bewaffnete Lager. Jedes Mitglied einer Gruppe hatte eine Waffe. Ausgestoßene Gefangene – Vergewaltiger, Kindesmißhandler und Leute, die unter Beweis gestellt hatten, daß sie nicht bereit waren, für ihre Rechte zu kämpfen – hielten sich neben dem Spielfeld auf. Sie hatten nicht den Mut, einen eigenen Bezirk für sich einzufordern und zu verteidigen.

In allen Bezirken unwillkommen waren die muskelbepackten bodygebuildeten Homosexuellen mit Namen wie Shirley Temple, Mae West, Crying Shame, Hardhitting Hannah und Scrap Iron. Das waren alles physisch kräftige Männer, die wie Frauen redeten: »Du tust besser, was ich sage, sonst setzt es was.«

Ich hatte in Dannemora zwei Messerkämpfe zu bestehen, blutige Auseinandersetzungen, die meinen Ruf als zäher Bursche endgültig festigten. Beide Male wurde der Kampf in einer Duschkabine ausgetragen, aus der nur der Sieger wieder herauskommen durfte, während die anderen Häftlinge draußen standen und aufpaßten, daß keiner der Kombattanten zu fliehen versuchte. Meine Gegner kamen dabei nicht zu Tode, aber nachdem sie aus dem Krankenhaus entlassen wurden, waren sie doch nie mehr dieselben. Natürlich dachte keiner daran, den Gefängnisbeamten zu erzählen, was passiert war.

Wenn man mit dem Messer kämpft, sind die Hände und die Arme die verwundbarsten Stellen am ganzen Körper. Deshalb kam ich zu einem solchen Kampf immer mit dick gepolsterten Handschuhen und mit Handtüchern, die ich mir um die Arme gewickelt hatte. Außerdem steckte ich ein Telefonbuch unter mein Hemd. Solche Messerkämpfe erforderten enormen Mut, oder, anders betrachtet, kolossale Dummheit, und sie verlangten eine sorgfältige physische und mentale Vorbereitung. In *physischer* Hinsicht mußte ich gelöst sein, Verspannungen konnten sich als tödlich erweisen. Für mich stellte das kein Problem dar, denn ich hatte Zuversicht *und* Erfahrung. Ich war ein Veteran, der schon viele gefährliche Situationen überstanden hatte. In *mentaler* Hinsicht peitschte ich mich in eine mordbereite Stimmung hinein, mein Geist war schwarz wie eine Kohlengrube, und in meinem Hirn hämmerte es: Das ist kein verdammter Witz, Grieche, zeig kein Mitleid. Es ist kaum zu glauben, aber einer der Burschen, mit denen ich kämpfte, schien nicht zu begreifen, wie ernst die Situation war. Er hatte ein leeres Grinsen im Gesicht, und er machte den Eindruck, als sei er eben mal in die Sporthalle gekommen, um ein Paar Trainingsrunden mit einem Sparringpartner zu absolvieren. Der andere Typ war nicht so leicht zu handhaben: ein junger, strammer Jamaikaner voller Machismo. Er lächelte über meine Vermummung und griff sofort in dem Augenblick an, als die Kabinentür sich schloß. Aber ich war auf alles gefaßt. Ich zerfetzte beide Gegner, bevor sie größeren Schaden anrichten konnten.

Während meiner Messerkämpfe und all der ›Gruppenkriege‹, die ich mitmachte – wenn sich eine Vielzahl von Körpern ineinander verschlang wie Würmer, die als Fischköder in einer Schachtel gehalten werden – , bemerkte ich, daß dieser intensiven Druck von Fleisch auf Fleisch einen mir bekannten, aber flüchtigen Duft hervorbrachte. In Dannemora konnte ich diesen Geruch, der zweifellos durch Angst und Anspannung ausgelöst wurde, schließlich identifizieren – es war das Aroma, das einer auf kleiner Flamme vor sich hinkochenden Hühnersuppe entströmt.

Winston Mosely, der Mörder von Kitty Genovese, war auch in Dannemora, und er verbrachte die ganze Zeit allein mit sich. Für die Gefangenen, die in seine Nähe kamen, wurde es zur Gewohnheit, ihn zu bespucken oder zu treten, und die meisten hätten ihn wohl liebend gern umgebracht, wenn sich eine Gelegenheit dazu geboten hätte.

In Dannemora traf ich auch Philly Gambino, einen Colombo-Soldaten, dem später eine schicksalhafte Begegnung mit Joey Gallo bevorstand, und Buster DellaValle, der eine Verabredung mit mir hatte.

Es gab im Gefängnis sechs Football-Teams, drei weiße und drei schwarze. Ich spielte als Läufer bei den Iren und wurde bei einem unserer ›Super-Bowls‹ als bester Spieler ausgezeichnet. Die übrigen weißen Mannschaften waren die Ramblers und die Hoosiers, und die schwarzen Teams hießen (wieder) Senegalese, Watusi und Magnums. Die Spiele waren so etwas wie eine Art Krieg, jedenfalls ausgesprochen gewalttätig. Die Männer spielten noch mit Knochen weiter, die schon aus der Haut herausstanden. Die Gefängnisleitung billigte diese Wettbewerbe, weil es ihr lieber war, daß die Gefangenen ihre Wut aneinander ausließen als an den Wärtern.

Richard Nixon war gerade vereidigt worden, als ich mit vierzig Dollar in der Tasche und ausgestattet mit einem einfachen Straßenanzug entlassen wurde; außerdem fuhr man mich noch zu der Greyhound-Busstation in Plattsburgh in New York. Viele Gefangene kamen nie weiter als bis Plattsburgh.

Was diese armen Trottel taten, war wirklich bescheuert, aber andererseits auch traurig. Sie kauften sich in Plattsburgh eine Flasche Schnaps, und wenn sie aus dem Geschäft herauskamen, liefen sie dann den leise kichernden Wärtern in die Arme, die sie abgepaßt hatten, um sie wegen Verletzung der Bewährungsauflagen gleich wieder einzubuchten. Einige dieser frisch Entlassenen, die versuchten, ihre vierzig Dollar Entlassungsgeld gleich durch einen schnellen Überfall aufzubessern, verdienten aber auch nichts anderes.

Als ich einen Bus nach Manhattan bestieg, wußte ich, daß ich jetzt alles andere als rehabilitiert und wieder ein Mitglied der Gesellschaft war. In Wirklichkeit war ich gefährlicher – und, wie ich hoffte, auch klüger – als zuvor, und ich beabsichtigte, all diese Erfahrungen und mein ›Gefängniswissen‹ einzusetzen, um endlich ein großes Ding zu drehen.

10. Kapitel

Die fünf Mafia-Familien

Ein Exhäftling, der sein Leben ändern möchte, hat einen schweren Weg vor sich. Von dem Zeitpunkt seiner Entlassung an – wenn man ihm ein bißchen Fahrgeld und einen altmodischen Straßenanzug aushändigt – trägt er ständig das Brandzeichen ›Verbrecher‹ auf der Stirn mit sich herum, falls ihn jemand nicht gleich an seiner fahlen Gesichtsfarbe und seinem komischen Haarschnitt als Exsträfling erkennen sollte. Auch wenn der Exhäftling alle Vorteile der ›Erziehungsprogramme‹ ausgeschöpft und im Gefängnis einen Beruf gelernt hat, wird er bald erkennen müssen, daß ihm die Tatsache, daß er im Gefängnis war, in der Regel nur Absagen potentieller Arbeitgeber einbringen wird. Auch bei den wenigen, die Unterstützung haben – zum Beispiel einen Bewährungshelfer, der sich um sie kümmert (was sehr selten ist), verständnisvolle Angehörige, eine starke Gruppe, die sie unterstützt, oder einen vorbereiteten Arbeitsplatz –, kann der Schritt in die Freiheit zu einem Schock führen. Ein länger dauernder Aufenthalt in einer isolierten, streng reglementierten Umgebung bricht einen Menschen psychisch und reduziert ihn auf den Status eines Pawlowschen Hundes, der nur noch in der Lage ist, auf programmierte Reize zu reagieren. Man hat ihm ständig gesagt, wann er aufzustehen, zu essen, zu arbeiten, sauberzumachen, sich zu erholen, zu duschen und schlafenzugehen hat – und sogar noch, wann er zu furzen hat. Wenn er dann plötzlich der Situation gegenübersteht, alle Entscheidungen wieder selbst treffen zu müssen, dann packt er es nicht. Er hat Schwierigkeiten, sich an die Ausmaße eines normalen Hauses oder einer Wohnung zu gewöhnen, und sein Arbeitsplatz erscheint ihm übertrieben großzügig angelegt. Die guten Vorsätze und die ehrlichen Bemühungen vieler Exsträflinge werden durch die Verlockungen alter Gewohnheiten oder durch den Einfluß früherer krimineller Partner wieder zunichte gemacht. Ein Strafentlassener schloß sich einmal in ein zellenähnliches Zimmer in einer Pension ein und verbrachte seine Tage damit, die Wände sauber zu schrubben, und weigerte sich sogar, sich einen angebotenen Arbeitsplatz auch nur anzuschauen. Aus Tausenden von wirklichen oder eingebildeten Gründen stehen Exhäftlingen, die sich entschlossen haben, künftig auf der Seite des Gesetzes zu stehen, schwere Zeiten bevor, als Strafe dafür, daß sie zuvor schon eine schwere Zeit durchgemacht haben.

Aber das galt nicht für mich. Ich wollte nicht auf den Pfad der Tugend zurückkehren. Keine langweiligen Sitzungen mit irgendeinem wohlmeinenden Sozialarbeiter. Keine blödsinnige Therapie bei einem Klapsdoktor, der mir gesagt hätte, daß ich meinen Onkel gehaßt hatte. Ich war nicht bereit, Entbehrungen auf mich zu nehmen und mich langsam vorwärtszukämpfen, bis ich dann in einem langersehnten, aber tödlich langweiligen Job gelandet wäre. *Du bist ein Krimineller, schlicht und ergreifend,* sagte ich mir, *also bleib auch konsequent dabei.*

Als ich in New York City ankam, bot sich mir eine überreiche Fülle von gutbezahlten Möglichkeiten. Froh und dankbar, daß ich unabhängig war, entschied ich mich dazu, zuerst einmal so viele Optionen wie möglich zu prüfen. Die Nachrichten über meine Heldentaten im Gefängnis, die nur zum geringsten Teil beabsichtigt gewesen waren, hatten sich bei den Kriminellen verbreitet, und ich wurde ein begehrter Mann auf dem Stellenmarkt der Unterwelt.

Ich war der Auffassung, schon über alles gründlich Bescheid zu wissen und mir darüber klar zu sein, wo es langging, wenngleich man meinen Plan nicht als sonderlich originell bezeichnen konnte. Es war ein Plan, eine Idee, von der jeder gewöhnliche Straßenschläger und jeder Mobster träumt: ein großes Ding drehen. Sich irgendwo eine Million oder so unter den

Nagel reißen und sich dann zurückziehen und sich ein schönes Leben machen, weit weg von irgendwelchen Gefängnissen. Die schreckliche Schattenseite dieses Lebens, das ich als faszinierend und aufregend empfand, bestand eben darin, daß man immer wieder in diese beschissenen Gefängnisse geworfen wurde.

Ich zweifelte nicht daran, daß sich, wenn ich nur immer das Richtige tun würde, über kurz oder lang eine günstige Gelegenheit bieten würde. Ich war zuversichtlich, daß ich auch nach drei oder vier Jahren stetiger, einträglicher Arbeit und ständigen Sparens ausgesorgt haben würde. Dann würde ich viel Geld haben und könnte mich immer noch mit diesen Kriminellen abgeben, die ich sehr schätzte, wäre aber nicht mehr gezwungen, Risiken auf mich zu nehmen. Ich würde respektiert werden als jemand, der es geschafft hatte und ungeschoren davongekommen war. Die anderen Mobster würden mich um meinen Rat fragen. Vielleicht würde ich mein Geld noch ein bißchen arbeiten lassen, eine relativ ungefährliche Sache, einfach um keine Langeweile aufkommen zu lassen.

Wie ein Sportler, der gewinnen muß, wenn er millionenschwere Werbeverträge bekommen will, wußte auch ich, daß die Widerstände und Hemmnisse, die meiner geplanten Bilderbuchkarriere im Weg standen, enorm waren. Der Revolver eines Bullen, die Kugel eines Mafioso oder eine Rasierklinge, die in der Dunkelheit einer Allee aufblitzte, konnte meinen Plänen jederzeit ein Ende machen.

Nach meiner Entlassung aus Dannemora sagten mir die Angebote der fünf italienisch beherrschten kriminellen Familien New Yorks am meisten zu, und ich schaffte es, mit allen zusammenzuarbeiten. Obwohl sie alle Halsabschneider waren, in höchstem Maß konkurrenzorientiert und eifersüchtig darauf bedacht, ihre Gebiete und Unternehmen abzusichern, kooperierten sie doch oft auch, wenn es dem gemeinsamen Interesse diente oder wenn es galt, einen gemeinsamen Feind zu bekämpfen. Da ich mit ihnen *zusammenarbeitete,* aber nicht dazugehörte, bekam ich im Lauf der Zeit einen Überblick über diese Organisationen wie nur wenige andere Leute.

Ein typischer Mafioso kann sich immer nur eine Lösung für ein Problem vorstellen, für jede Art von Problemen, egal, wie unbedeutend sie auch sind: töten. Wenn einer glaubt, er sei bei einem Drogengeschäft übers Ohr gehauen worden oder bei der Verteilung der Beute aus einem Überfall, dann denkt er automatisch sofort an Mord. So ein Arschloch kann mich doch nicht austricksen und dann ungestraft davonkommen, sagt er sich.

Nach einem ungeschriebenen Gesetz der Mafia sollen die Padrones einen geplanten Hit zuvor genehmigen, was auf der Annahme beruht, daß ein Don wahrscheinlich beherrschter und vernünftiger ist als seine hitzköpfigen Untergebenen. Ein Mann wie Carlo Gambino zum Beispiel, Mario Puzos nur gering verfremdeter Don Vito Corleone, weiß, daß Morden bald außer Kontrolle geraten kann und dann eine Reaktion der Politiker und der Polizei heraufbeschwört. Wenn jeder Soldat, jeder Hauptmann zu seinem Paten gehen würde, um sich einen Hit genehmigen zu lassen, dann würden neunundneunzig Prozent dieser Anträge abgelehnt werden. »Ah, zum Teufel damit, vergiß es«, würde Carlo Gambino wahrscheinlich sagen, außer wenn er selbst derjenige wäre, um den es bei dem Job geht.

Außerdem könnte ein Untergebener, der sich ungerecht behandelt fühlt, auch sein eigenes Leben in Gefahr bringen, wenn er zum Paten laufen würde. Denn vielleicht betreibt er ein Geschäft, das der Padrone nicht gutheißen würde. Vielleicht dealt er heimlich auf eigene Rechnung mit Drogen. Oder er tummelt sich im Gebiet eines anderen Kredithais. Oder er hat ein unautorisiertes Buchmachergeschäft laufen.

»Du willst diesen Schleimscheißer wegputzen, weil er sechzig Prozent von der Juwelenbeute kassiert hat, richtig?«

»Richtig.«

»Du hast vierzig Prozent gekriegt?«

»Richtig.«

»Und wieviel hab' *ich* gekriegt, du mieser Scheißer? Nicht einen einzigen beschissenen Dime.«

Aus diesem Grund wurde auch ich häufig zur Rede gestellt. Denn die meisten Morde, die ich für den Mob ausführte, waren von Hauptleuten in Auftrag gegeben worden, die es ihren eigenen Soldaten nicht zutrauten, den Mord auszuführen und darüber Stillschweigen zu bewahren.

Einige der Hits geschahen natürlich auch auf Geheiß der obersten Spitzen, der Paten. Wenn ein Don seine Organisation mit einem Mord nicht in Verbindung bringen wollte, dann suchte er aus einer ausgewählten Gruppe vertrauenswürdiger Außenstehender einige zuverlässige Männer aus, die ihren Job beherrschten und von denen er sicher war, daß sie nie reden würden.

Ich kam auf diese Unterwelt-Liste der freischaffenden Killer. Die Mundpropaganda über das, was ich im Knast und in Freiheit schon alles angestellt hatte, verhalf mir dazu, und außerdem wurde mein Ansehen durch den unverhüllten, abgrundtiefen Haß gesteigert, den ich Verrätern entgegenbrachte. Daß ich einige Schwatzmäuler für immer zum Schweigen gebracht hatte, konnte einem Mobster, der auf dem freien Markt nach einem Hitman suchte, das sichere Gefühl geben, daß ich der richtige Mann für ihn war. Die Bosse wußten, daß sie auf meine Verschwiegenheit rechnen konnten. Sie wußten auch, daß ich Dinge, die sie mir anvertrauten, an niemanden weitererzählte.

Ich kannte den Code der *omerta*, und ich hielt mich auch daran: Niemals irgend jemandem etwas zu erzählen, auch nicht einem Bullen oder einem Schwulen. Niemals andere gegenüber den Bullen verpfeifen, egal, wie brutal sie einen behandeln.

Meinen Ruf als jemand, auf dessen Verschwiegenheit man zählen konnte, pflegte ich sorgfältig. Einmal wurde ich in einem Gefängnis in das Besucherzimmer bestellt, wo man mir sagte, daß zwei FBI-Leute mich sprechen wollten. Ich begann sofort nach einem Wärter zu rufen, der mich wieder hinausbringen sollte. Es hätte sich die Nachricht verbreiten können, ich sei mit dem FBI gesehen worden, und zumindest dieser Aufseher hätte dann bestätigen können, daß ich nicht mit ihnen reden wollte.

Als Verräter abgestempelt zu sein ist schlimmer, als ein Kinderschänder zu sein. Es gibt Häftlinge, die keine Verräter waren, aber von irgend jemandem angeschwärzt worden waren, und die sich dann aufgrund dieser unerträglichen Verdächtigungen das Leben nahmen. Sie wählten sich ihre Todesart und den Zeitpunkt ihres Todes lieber selber, anstatt das den Mobstern zu überlassen. (Jemand, der mit dem Finger auf andere zeigt, ist gut beraten, dafür hieb- und stichfeste Beweise zu haben. Wenn herauskommt, daß er lügt, dann wird er schnellstens beseitigt werden, so schwerwiegend ist eine derartige Anschuldigung.)

Ein Mobster der Genovese-Organisation namens Louie ließ mich einmal über Polizisten im 16th Precinct überprüfen, die auf seiner Gehaltsliste standen. Er fragte sie, ob sie von mir Informationen erhielten, und sie antworteten: *Was, willst du uns verarschen?* Als ich später herausfand, was Louie getan hatte, prügelte ich ihn windelweich deswegen.

Aber die meisten Gangster können beurteilen, wer stark ist und wer schwach. Man muß nur eine Weile beobachten. Mir half es, daß die Leute mich mochten und daß ich mir einen Ruf verschafft hatte, der durch nichts zu erschüttern war.

Meinen Wiedereinstieg in kriminelle Aktivitäten 1969 finanzierte ich mit mehr Geld als den vierzig Dollar, die man mir bei der Entlassung aus Dannemora ausgehändigt hatte.

Im Gefängnis hatte ich den Boß der Lucchese-Organisation, Carmine Tramunti, getroffen, und gegen Heroin und zehntausend Dollar sagte ich ihm zu, für ihn zu arbeiten, wenn ich wieder draußen wäre. Von dem Heroin verkaufte ich das meiste, den Rest verbrauchte ich selbst. Das Geld ging für Kleidung, eine Wohnung und schicke Möbel drauf.

Tramunti betrachtete ich als einen meiner Mentoren. Er dachte immer darüber nach, wie er noch mehr Geld machen konnte, und er dozierte über verschiedene Möglichkeiten, durch neuartige Betrügereien zu Geld zu kommen, wie ein Professor in einer Verbrecherschule. Tramunti war ein Gentleman, der liebevoll Mr. Gribbs genannt wurde, und sein Gesicht hatte eine frappierende Ähnlichkeit mit dem des Humoristen Jonathan Winter – aber das war eine rein oberflächliche Ähnlichkeit. Mr. Gribbs machte keine Witze.

Tramunti war in den vierziger Jahren noch von Tommy Lucchese persönlich in die Organisation aufgenommen worden. Er pflegte Millionen Dollar schweren Geschäften lediglich mit einem Kopfnicken zuzustimmen. Diese Methode zog er tatsächlich allen anderen vor. Auf dieser Weise konnte niemand mit Hilfe einer Wanze seine Stimme aufnehmen. Seine Organisation führte Raubüberfälle auf Flughäfen, Hotels, Banken, Kreditfirmen und Geldtransporter durch, handelte mit Heroin, besaß Nightclubs, Partyservice-Unternehmen und Autoverleih-Firmen und betrieb Buchmacher-Geschäfte. Tramunti wohnte in Queens, aber oft erschien er in seinem Markenzeichen, dem Anzug aus Haifischhaut, im Stage Delicatessen, von wo aus er sein Lieblingsunternehmen, das Kreditgeschäft in Manhattan, persönlich dirigierte. Für Kredite von Lucchese mußte man die höchsten Zinsen in der ganzen Stadt zahlen, und die Geldeintreiber der Organisation (zu denen auch ich gehörte) galten als die skrupellosesten und erfolgreichsten der Branche. Wenn der Wucherer einen Klienten mochte, dann knöpfte er ihm vielleicht zwanzig Dollar für einen Kredit über hundert Dollar ab, wenn er ihm vollkommen egal war, dann betrug der Zins vierzig Dollar.

Wann immer ich Carmine Tramunti im Stage Delicatessen traf, quatschten wir über Sportereignisse, die wir von verschiedenen Seiten der Medaille aus betrachteten. Während ich immer darauf achtete, meinen Körper in Form zu halten, Mannschaftsspiele liebte und die Karrieren von Sportlern verfolgte, interessierte sich der behäbige Tramunti einen feuchten Kehricht für Sportler, Mannschaften und Ergebnisse. Sein Interesse am Sport bezog sich ausschließlich darauf, wieviel Geld man dabei verdienen konnte.

Die Lucchese hatten ihre Finger auch im kommerziellen Boxgeschäft. Frankie Carbo, einem Hitman der Organisation (neben Blinky Palermo und dem aus St. Louis stammenden John Vitale), gehörte der Schwergewichtschampion Sonny Liston, und ich traf keinen einzigen Gangster, der nicht überzeugt war, Liston werde sich, entsprechend Carbos Anweisungen, in beiden Kämpfen gegen Mohammed Ali geschlagen geben. Ein Mobster, Patsy Lepere, wettete gegen Liston im ersten Kampf. »Dieser Kerl mußte nicht mal einen K. o. vortäuschen«, sagte Lepera hernach. »Das Ganze war so schlecht, daß ich dachte, es würde auffliegen. Aber es wurde jeder ausbezahlt. Wir mußten vierzig Prozent für die Information ausgeben. Ich bin schließlich mit fünfundsiebzigtausend Dollar herausgekommen.«

Der zweite Kampf Liston gegen Ali – der erste war beendet worden, nachdem sich der offensichtlich unverletzte Liston geweigert hatte, noch einmal von seinem Hocker aufzustehen – stank noch mehr. Der Mob-Boxer ging in der ersten Runde durch einen Schlag zu Boden, den niemand sah.

Frankie Carbo war es auch, der Jake LaMotte ›überredete‹, sich in seinem Kampf gegen Billy Fox 1947 freiwillig geschlagen zu geben, obwohl LaMotte klugerweise Carbo in seinem Buch *Raging Bull* nicht erwähnte, in dem er diese abgekartete Sache zugab. Al Weill, Rocky Marcianos Manager, erhielt seine Marschbefehle ebenfalls direkt von Carbo. Nachdem er sich ungeschlagen zurückgezogen hatte, enthüllte Marciano, daß er während seiner Boxlaufbahn mehr als die Hälfte seiner Einnahmen an die Mafia abgetreten hatte.

Nachdem wir in dem Spezialitätenrestaurant noch einmal das Spiel der Celtics gegen die Knicks vom vergangenen Abend durchgegangen waren oder über die Zusammensetzung des Feldes beim Heismann-Rennen gegrübelt hatten, wurde der Padrone ernst und begann, über verschiedene säumige Zahler zu reden, die ihm sein Mitarbeiter Victor Amuso gemeldet hatte.

Für Tramunti Geld zu kassieren hatte immer etwas Eintöniges. Ich erinnere mich besonders an einen Imbißbuden-Besitzer am Broadway, obwohl es auch bei Dutzenden anderen Schuldner ähnlich ablief.

»Wie geht's denn so, Kumpel?« fragte ich den beleibten Mann, der sich über seine Registrierkasse beugte.

»Wer sind Sie?« wollte er wissen und versuchte, Desinteresse vorzutäuschen, während seine Augen hinter seiner Brille ängstlich blitzten. Seine Hände begannen zu zittern. Schweiß trat ihm auf die Stirn. Ich hatte all das schon x-mal zuvor gesehen: die nackte Angst.

»Victor Amuso hat mich und meinen Kumpel Red geschickt, um dich zu besuchen«, sagte ich und deutete auf Red, den ein Meter achtzig großen, hundertfünfzig Kilo schweren Mann mit dem flammend roten Haar, kalten blauen Augen, Holzfällerbeinen und wuchtigen Armen, der im Hintergrund stand. Red war wirklich der härteste Forderungs-›Durchsetzer‹ den es je gab, ein legendärer Typ. Er konnte Menschen ganz ohne jede Regung mit seinen bloßen Händen oder mit einem Baseballschläger töten. Jahre später erwähnte ich Reds Namen gegenüber einem Detektiv, der mich interviewte, und der Mann antwortete: »Wenn ich diesen Namen schon höre, läuft es mir kalt den Rücken runter.« Ich glaube, wenn Red und Mike Tyson jemals auf der Straße miteinander gekämpft hätten, dann hätte Red die Oberhand behalten.

»Wir möchten gern allein mit dir reden,« sagte ich zu dem Imbißbuden-Besitzer, und es lag noch keine Drohung in meiner Stimme. Es war auch keine nötig.

»Okay. Wie wär's in meinem Büro?«

Er führte uns auf wackeligen Beinen zu einem kleinen Raum im hinteren Teil. Ich setzte mich am Tisch ihm gegenüber, der ausdruckslose Red, der riesige Augen machte, stand hinter mir.

»Willst du uns das Geld geben?« fragte ich.

»Ja. Natürlich.« Er wischte sich Schweiß von der Oberlippe. »Ich *will* ja zahlen. Ich brauche nur noch ein paar Tage.«

»Du bist zwei Monate in Verzug.«

»Ich hab' Probleme. Ich brauch' ein bißchen mehr Zeit.« So wie jeder in dieser Situation es getan hatte, vermied er es, Red direkt anzuschauen, aber er konnte hören, wie der grobe Klotz ungeduldig mit den Zähnen knirschte.

»Vic muß auch seine Rechnungen bezahlen«, sagte ich sanft. »Er kann dir keinen Aufschub mehr geben.«

»Sagen Sie Vic, ich werde bis Dienstag etwas haben. Ich bin fast sicher, daß ich bis dahin das Geld habe.«

»So geht es nicht. Du mußt jetzt zahlen.« Ich fühlte mich in der Rolle des sanften, verbindlichen Mannes unbehaglich, aber wenn ich mit Red arbeitete, mußte ich sie spielen, denn Red war mit jeder Faser seines Körpers ein ungehobelter Kerl und konnte auch nichts anderes spielen.

»Red«, sagte ich, »dieser Arsch will Vic das Geld nicht zahlen.«

Red griff über den Tisch und packte den Dicken am Genick. »Du hast zwei Möglichkeiten«, sagte er mit einer Stimme, die die Hölle zum Gefrieren gebracht hätte. »Entweder du übergibst uns in den nächsten dreißig Minuten dein Geschäft oder das Geld. Wenn du's nicht tust, bringen wir dich um, aber zuerst brechen wir dir noch alle Knochen im Leib. Und dann, verlaß dich drauf, du alter Wichser, erledigen wir auch noch deine Frau und deine Kinder.«

Dem Mann blieb keine andere Wahl, als Red zu glauben. Sogar ich glaubte ihm. Ich hatte schon Angst, der schlotternde Geschäftsmann könnte einen Schlaganfall erleiden. Dieser Schuldner, der vierzigtausend Dollar aus der Lucchese-Kasse bekommen hatte – durch die Zinsen war der Betrag schnell auf fünfundsiebzigtausend Dollar angewachsen –, um seine Imbißbude zu modernisieren und auszubauen, zuckte und rang nach Luft, aber Red, der ihn immer noch am Genick gepackt hielt, gab ihm einen Klaps, und er wurde allmählich ruhiger. »Das ist kein Spiel hier, du Stück Scheiße. Wir werden dich und alle anderen in deiner beschissenen Familie umbringen. Merk dir das gut. Vic kümmert sich ein Scheißdreck um dein Geld. Er wird an dir ein Exempel statuieren für alle anderen Arschlöcher. Du hast genau dreißig Minuten, Fettwanst.«

Red ließ, verächtlich blickend, den Hals des Mannes los. Ich fürchtete, der würde das nicht überstehen. Doch nach ungefähr einer Minute hatte er sich wieder in der Gewalt und fragte: »Könnten Sie mich vielleicht alleinlassen, damit ich telefonieren kann?«

Das hörte ich gern. Er hatte offenbar vor, einige Leute anzubetteln, und wollte nicht, daß jemand mitbekam, wie sehr er sich dabei schämte. Wichtig war das Geld, auch wenn Red gesagt hatte: »Vic kümmert sich einen Scheißdreck drum.« Das tat er durchaus nicht.

Ich war immer wieder überrascht, wie schnell ein säumiger Zahler, der angeblich pleite war und mit allen möglichen Ausflüchten ankam, Geld beschaffen konnte, wenn Red ein bißchen die Schrauben angezogen hatte. Wir bekamen das Geld, und zwar alles, in *neunundzwanzig* Minuten.

Als ich nach meiner Entlassung 1969 die alten Kontakte wiederaufleben ließ, entschloß ich mich eines Morgens beim Anziehen, gegen eine weitere Vorschrift der Bewährungsrichtlinien – die mir untersagte, mich mit Exsträflingen zu treffen – zu verstoßen und einen Mann zu besuchen, der mit mir in Dannemora eingesessen hatte: den Bonanno-Boß Philip ›Rusty‹ Rastelli.

Als wir zusammen eingesperrt waren, hatte Rastelli gesagt: »Wenn wir wieder draußen sind, Grieche, mußt du mich mal besuchen kommen.« Ich machte also einige Anrufe. Es dauerte nicht lange, und ich hörte seine vertraute Stimme am anderen Ende der Leitung. Er wiederholte seine Einladung, und wir verabredeten uns für diesen Abend in einem Brooklyner Nachtclub namens 18th Hole.

Während ich den Tag über in Manhattan unterwegs war und für Tramunti Geld einkassierte, dachte ich viel über diesen anderen Boß nach. Er war ein vornehm aussehender Mann von einem Meter zweiundsiebzig Größe, der silbergraue Haare hatte und als ›Straßendiplomat‹ bekannt war, also als jemand, der in der Lage war, zwischen sich bekriegenden Gruppen wieder Frieden zu stiften.

Rastelli war von Joe Bonanno in die Organisation aufgenommen worden, einem Mann, den er intellektuell weit übertraf. Die Organisation, die er jetzt führte – sie bestand aus zweihundert festen Mitgliedern (Soldaten, Hauptleuten und Unterbossen) und hatte ungefähr fünfhundert Partner –, war die kleinste der fünf italienischen Organisationen in New York, aber immer noch viel größer als jede andere kriminelle Familie außerhalb der Stadt. Carlos Marcello in New Orleans und Santo Traficante in Florida, um nur einige der auswärtigen Bosse zu nennen, waren im Verhältnis zu Rastelli kleine Fische. Im allgemeinen bemißt sich die Schlagkraft einer Organisation nach der Zahl der Soldaten, über die sie verfügt; doch auch das ist natürlich relativ. Auch Gruppen, die Leute wie Rocky Moro oder Sonny Red Indelicato in ihren Reihen haben, sind nicht zu unterschätzen – letzterer rammte zum Beispiel einmal einem Opfer einen Eispickel so heftig in die Brust, daß dieser sich durch den Körper bohrte und im Fußboden darunter steckenblieb, so daß schließlich ein Schneidbrenner eingesetzt werden mußte, um das Opfer loszulösen.

In Dannemora hatte Rusty den Status eines ganz normalen Häftlings gehabt; daß er Padrone war, spielte keine Rolle. Nie sah ich, daß er seine Bedeutung in die Waagschale geworfen und anderen Insassen befohlen oder sie dafür bezahlt hätte, seine Toilette zu putzen oder Botengänge für ihn zu erledigen. Im Gegenteil, er behandelte jeden, mit dem er zu tun hatte, als gleichberechtigt. Er verbüßte seine Strafe und erledigte alle anfallenden Arbeiten in einer Art und Weise, die für die kleineren Mafiosi ein Vorbild hätte sein können, die sich aber nicht darum scherten.

Ein fettleibiger, ekelhafter Mobster und Drogendealer namens Fat Gigi Inglese, der zur berühmten Pleasant Avenue Connection gehörte, sagte mir eines Tages im Hof, ich solle Wasser für den Kaffee holen. »Du schaffst niemandem an, Wasser zu holen«, gab ich zurück. »Hier drin sind wir alle gleich, du fette Drecksau.« Ich vergrub meine Faust tief in seinem großen, schwammigen Magen, und er taumelte nach Luft schnappend davon.

Später beschwerte sich Fat Gigi bei Rastelli und sagte, ich hätte ihn ›respektlos behandelt‹, aber Rusty, der den Vorfall beobachtet hatte, lachte und ließ ihn abblitzen.

Die Leute, denen Rusty mehr vertraute, waren diejenigen, die wie er schon lange Zeit gesessen hatten. Oft lud er einige aus unserem Bezirk im Gefängnishof auf seinen Claim ein, um uns seine ausgezeichneten italienischen Gerichte probieren zu lassen. »Du bist wirklich gut dran, Grieche«, sagte er einmal zu mir, während er einen Teller mit Fettucini vor mir hinstellte, »weil du auf niemanden hören mußt. Du bist dein eigener Herr. Wir sind uns ziemlich ähnlich, außer daß ich auf Leute hören muß, die mir nicht einmal sympathisch sind.« Dann schaute er mir direkt in die Augen und sagte: »Nimm einen guten Rat von mir: Beuge dich niemals vor einem Mafioso, weil er dann deine Angst ausnutzen und dich fertigmachen wird.«

Als ich nun um 22 Uhr das 18th Hole betrat, entdeckte ich Rusty auf Anhieb. Er saß an einem Tisch, rauchte L&M-Zigaretten und nippte an einem Glas Chivas Regal; er trug ein blütenweißes Hemd, und sein einziger Schmuck bestand aus einer goldenen Armbanduhr. Der ruhige Pate, der viele Jahre im Gefängnis verbracht und zahlreiche Morde verübt hatte, sprach immer im Flüsterton. Für gewöhnlich begrüßte er mich mit einem Witz.

»Möchtest du wissen, als was ich wiedergeboren werden will, wenn ich reinkarniert werde?«

»Als was?«

»Als ein Pferd.«

»Warum?«

»Weil ich dann einen großen Schwanz habe.«

Er rülpste, lachte und rülpste noch einmal. Wenngleich er auch ein paar grobe Kanten hatte, wäre dieser Mafia-Boß von der Expertin für Etikette, Emily Post, sicherlich als Kulturbotschafter eingestuft worden, verglichen mit seiner rechten Hand in der Organisation, Carmine Galante, dessen Ermordung er später befahl. Sonny Red Indelicatos Sohn Bruno, der mit Zyanid vergiftete Kugeln verwendete, führte das Team an, das Galante in Joe and Mary's Restaurant in Brooklyn tötete.

Rastelli war ein Mann, der nicht lange fackelte, wenn er es für nötig hielt, jemanden aus dem Weg zu räumen. Er hatte sogar seine Frau ermorden lassen, weil sie mit FBI-Leuten geredet hatte. Über das Ableben seiner Gattin sagte er: »Wer spielt, muß auch zahlen«.

Bei unserem Wiedersehen in diesem Nachtclub sprach Rastelli über einige Jobs, bei denen ich mitmachen könne – Verbrechen waren sein einziges Gesprächsthema. Wären wir uns unter anderen Umständen und zu einer anderen Zeit begegnet, dann wäre Rastelli vielleicht ein Arbeitsberater gewesen, der die Qualifikationen von Donald Frankos für die momentan auf dem Arbeitsmarkt angebotenen Jobs geprüft hätte. Aber so saßen wir hier, ein Padrone und ein Gangster, die in einem Brooklyner Nachtlokal zusammen tranken und sich darüber unterhielten, in welchem Bereich von Rastellis kriminellem Imperium sie am besten zusammenarbeiten könnten – im Heroingeschäft (das Standbein der Familie), bei den Gewerkschaften der Kellnerinnen und Barkeeper, im Buchmachergeschäft oder in der Bauwirtschaft. Wir einigten uns schließlich auf Hijacking, eine Spezialität der Bonanno-Familie.

Bei den Entführungen, an denen ich teilnahm, ging es um Kuchen. Zuerst machte ein Bonanno-Soldat dem Fahrer einer wertvollen Ladung eines jener klassischen Mafia-Angebote, dem dieser schwerlich widerstehen konnte: »Du kriegst fünf Prozent von dem, was wir für die Ladung bekommen. Wenn du nicht mitmachst, dann nehmen wir uns, was wir brauchen, und machen dich kalt, einfach so zum Spaß.«

Was sollte der Fahrer tun? Er wußte, daß der Mob nicht bluffte und sich auf keine Spielchen einließ. Die Polizei konnte auch nichts tun, um ihn und seine Familie zu beschützen, mit der er würde weit wegziehen müssen, falls er die Zusammenarbeit verweigern sollte.

Gewöhnlich parkte der Fahrer sein Fahrzeug an einer vorher festgelegten Raststätte, ging hinein, um einen Kaffee zu trinken, und wenn er zurückkam, war sein Lastzug verschwunden. Bevor noch die Polizisten das Formular mir der Diebstahlsmeldung fertig ausgefüllt hatten, war der Laster schon sicher in einem der Bonanno-Lagerhäuser verstaut. Oft war der Fahrer so froh über seinen Anteil, daß er uns weitere Tips gab.

In jener Nacht, in der mich Rastelli engagierte, vertraute ich ihm an, daß ich ein großes Ding drehen und dann aussteigen wollte. Er stimmte mir zu, daß einige das schon geschafft hätten, und er meinte auch, ich könne durchaus auch mit einer Reihe kleinerer Jobs soviel verdienen, daß ich ausgesorgt hätte. Und ganz sicher hätte ich die Energie und die Verbindungen, so oft und so viel zu arbeiten, wie ich wollte.

»Ich hoffe, daß du's schaffst, Grieche«, sagte er, aber ich spürte, daß er nicht daran glaubte.

Wie auch immer, bald war ich zu beschäftigt mit der Arbeit für ihn und für andere Mobster, um mir darüber Gedanken zu machen. Wie auch früher schon bestand mein größtes Problem darin, daß ich das, was ich tat, zu sehr mochte, daß ich die Aufregung und den Glamour dieses Lebens am Rand des Abgrundes zu sehr genoß. Ich hatte wählerischer sein sollen und nicht jede Gelegenheit beim Schopf packen sollen, die sich ergab.

1969 machte ich für die Colombo-Familie, die damals noch von Joseph Colombo geführt wurde, die Knochenbrecher-Arbeit, lieferte Drogen für die Gambino-Organisation aus und erledigte Morde für die Genovese-Familie, die von Fat Tony Salerno und Funzi Tieri geleitet wurde – mein Freund John Sullivan war Fat Tonys Haupthitter, und er gab einige Kontrakte an mich weiter. Ich eröffnete zwei Bankkonten, mietete mehrere Bank-Schließfächer und deponierte Geld bei einigen vertrauenswürdigen Freunden, die es für mich aufbewahren sollten. Wenn ich nicht so einen aufwendigen Lebensstil geführt hätte

– Frauen, Pferderennen, teure Kleidung, die besten Restaurants –, dann hätte ich sicher mehr ansparen können, aber zum Teufel, das waren nun einmal die angenehmen Dinge, die mir mein Beruf bot. Auch Gangster, die nicht soviel Glück gehabt hatten, fanden bei mir ein weiches Herz.

Schlafen stand auf meiner Prioritätenliste nicht sehr weit oben, insbesondere seit ich wieder angefangen hatte, Heroin zu konsumieren. Wie jemand, der ständig unter Dampf stand, war ich unablässig in Bewegung, fand nie Ruhe. Ich übernahm auch Aufträge, vor allem Drogentransporte, vom puertorikanischen Mob, der von dem Spanier Raymond Marquez angeführt wurde und das Heroingeschäft in den hispanischen Vierteln von Harlem kontrollierte. Ich erhielt den Stoff von einem Burschen, der Philly ›Rags‹ genannt wurde, und lieferte ihn an die puertorikanischen Gangs. Der stinkreiche Philly Rags, ein mehrfacher Millionär, hatte blaue Augen, schütteres Haar, und er bedauerte es überhaupt nicht, daß er kein ›Gemachter‹ werden konnte, weil seine Mutter polnischer Herkunft war. Philly Rags bezog sein Heroin aus verschiedenen Quellen, insbesondere auch von Polizisten, die es arrestierten Drogensüchtigen abgenommen oder aus den Asservatenkammern gestohlen hatten.

Es wird angenommen (wenngleich es nie bewiesen werden konnte), daß es jemand aus der Special Investigating Unit (SIU) war, einer New Yorker Eliteeinheit zur Drogenbekämpfung, der fast das gesamte Heroin klaute, das von der berühmten French Connection beschlagnahmt worden war. Von insgesamt ungefähr siebzig Mann in der SIU wurden zweiundfünfzig (nicht eingerechnet die verschiedenen Verräter, die sich Straffreiheit erkauften, indem sie ihre Kollegen verpfiffen) wegen schwerer Vergehen angeklagt. Wie die Knapp-Kommission, die zur Verbrechensbekämpfung eingesetzt worden war, schließlich herausfand, war fast jedes Mitglied der SIU korrupt.

Außer mit Drogengeschäften befaßte sich diese Elite auch mit Schutzgelderpressung. Ein Polizeidetektiv erklärte mir einmal, warum er kein Angst habe, auch die Mafia auszunehmen.

»Sie reden eine Menge Scheiße«, sagte dieser Polizist. »Sie sind hart. Wir sind härter. Wir sind die größte Gang der Welt. Wir sind zweiunddreißigtausend Mann.«

›Eingeweihte‹, mit denen ich mich oft nachts in Kneipen unterhielt, bestritten die Behauptung von der Polizei als der ›größten Gang der Welt‹. Für sie war die US-Regierung die größte Gang. Sie nannten sie ›die Truppe in Washington‹. »Wodurch zum Teufel unterscheiden die sich denn von uns?« hörte ich die Gangster häufig fragen. »Es sind verdammte Halunken, die die armen Steuerzahler in diesem Land auspressen. Anstatt den Leuten hin und wieder die Beine zu brechen, schicken sie die Arschlöcher ins Gefängnis, damit sie dort vergewaltigt oder umgebracht werden können.«

Trotzdem waren die meisten Mobster, insbesondere alle Bosse, sehr patriotisch eingestellt. Nicht nur, daß sie Amerika für das ›Land der unbegrenzten Möglichkeiten‹ hielten – man muß sich ja nur anschauen, wie gut es ihnen ging –, sie glaubten auch, die Regierung sei nur eine größere Ausgabe von ihresgleichen, wenn auch nicht so effektiv. Gab es in den Gebieten, die der Mob beherrschte, denn nicht weniger Straßenkriminalität? Scheiße, sogar ein paar Blocks vom Weißen Haus entfernt war es schon nicht mehr sicher. Laßt Carlo Gambino an die Macht, und das Volk wird endlich vorgeführt bekommen, wie man Verbrechen bekämpft. Ich erhielt tausendfünfhundert Dollar für jedes Kilo Heroin, das ich von Philly Rags zu Spanish Raymond transportierte, und ich rechnete mir aus, daß ich trotz des verschwenderischen Lebensstils, den ich mir wieder zugelegt hatte, nach ein paar Jahren in der Freiheit genug Geld beisammen haben müßte, um meinen Traum vom Aussteigen zu verwirklichen. Aber als ›Muli‹ zu arbeiten war sehr riskant – es waren ständig Greifkommandos unterwegs, die darauf aus waren, einen Kurier zu überfallen und sich seinen Stoff unter den Nagel zu reißen. Ich hielt diesen Job für gefährlicher als viele der Hits, die ich ausgeführt hatte, denn dabei war ich es in der Regel, der den Ort und die Zeit bestimmte.

So erschoß ich zum Beispiel in der 114th Street zwischen der

Fifth und der Madison Avenue einen Gangster, der versucht hatte, Spanish Raymonds Lotteriegeschäft zu übernehmen. Ich kam dabei nicht ins Schwitzen. Ich wußte, daß niemand diesem Scheißkerl nachweinen würde.

Da ich den Ruf hatte, jemand zu sein, der sich in Harlem wie in seiner Westentasche auskannte, wurde ich auch engagiert, um The General, einen der führenden Heroinlieferanten für Schwarze, mit Stoff der Genovese-Familie zu versorgen. Oft war ich mit Blackie DellaValle, Busters Bruder, unterwegs, der einige Jahre später auf Geheiß von The General umgelegt wurde. Blackie und ich erhielten jeweils eintausend Dollar pro Lieferung, und wir erlaubten uns auch, für unseren eigenen Bedarf soviel abzuzweigen, wie wir benötigten. Mehrmals deponierte ich das Geld aus den Drogenlieferungen in einem Bankschließfach oder auf einem meiner Bankkonten. Ich mußte Vorsorge treffen, damit ich, falls ich wieder einmal eingesperrt werden sollte, Reserven zur Verfügung hatte, die ich dann angreifen konnte, und deshalb erweiterte ich den Kreis der Leute, die Geld für mich aufbewahrten. Es gibt keine mitleiderregendere Erscheinung als einen Gefangenen, der über kein Taschengeld verfügt.

Für The General tötete ich einen Zuhälter – ein weiteres Opfer, das niemand betrauerte –, einen Schwulen, der in einem lavendelfarbenen Anzug herumlief und dessen Anwesenheit in dieser Gegend Ralphs Schönheitssinn zuwidergelaufen war. Es schien mir so, als wären alle New Yorker Zuhälter Schwule. Viele von denen, die ich kannte, hatten Prostituierte als Mütter, die sie in Bordellen großgezogen hatten.

Die meisten Gangster kennen für ein Problem, wie ich schon ausgeführt habe, nur eine Lösung: es aus der Welt schaffen. 1969 tötete ich noch einen weiteren Zuhälter, und zwar als Gefälligkeit gegenüber einem wichtigen Hehler, der gestohlene Pistolen an irische Gangster aus der West Side verkaufte. Das ›Verbrechen‹ des Zuhälters hatte darin bestanden, daß die Mutter des Hehlers ihn auf ihrem sonntäglichen Gang zur Kirche in der Tenth Avenue gesehen und sich darüber geärgert hatte.

Joe Sullivan hätte das als ein Projekt zur Förderung der Stadtviertelhygiene bezeichnet.

Ich hatte schon an die sechzigtausend Dollar beiseite gelegt, trotz meines aufwendigen Lebensstils, als mir im Frühjahr 1970 alles wieder versalzen wurde. Um meinen Bewährungshelfer zufriedenzustellen, hatte ich einer kleinen Klitsche in Manhattan, die dem Mob gehörte, einen Pro-forma-Job als zweiter Vorarbeiter, und wenn ich mich wöchentlich bei meinem Betreuer meldete, konnte ich auch immer einen Lohnstreifen vorweisen.

Aber das half mir nicht viel.

»Setzen Sie sich«, sagte der Bewährungshelfer, als ich meinen Kopf durch seine Tür gesteckt hatte.

Er rief drei weitere Beamte herein. Ich wußte, was jetzt kommen würde. Aus den Tiefen meines Magens stieg Verzweiflung in mir hoch und breitete sich über meinen ganzen Körper aus.

»Stehen Sie auf«, befahl man mir.

Ich tat, wie mir geheißen wurde.

»Leeren Sie Ihre Taschen aus.«

Das tat ich ebenfalls.

»Wir verhaften Sie wegen Umgangs mit polizeibekannten Kriminellen«, sagte der Bewährungsoffizier. Er hielt die dreihundert Dollar hoch, die in meinen Taschen gewesen waren. »Wo haben Sie das Geld her?«

»Das habe ich von meinem Lohn gespart.«

»Genau. Und ich hab' letzte Woche eine Million von meiner alten jungfräulichen Tante geerbt. Zieh dich aus, du verdammter Scheißkerl.«

Weil sie bei ihrer Suche auf meiner Haut keinerlei Einstichstellen finden konnten, begann einer, in meinen Darm hineinzustochern, und holte dabei das Heroin-Päckchen heraus.

»Sie arbeiten für Philly Rags und verkaufen dieses Gift. Möchten Sie uns helfen, oder sollen wir Sie wieder zurück ins Gefängnis bringen?«

»Sperren Sie mich ein«, sagte ich, empört darüber, daß sie

dachten, ich könnte bereit sein zu plaudern. »Lieber verbringe ich mein ganzes Leben im Gefängnis, als für Sie zu arbeiten.«

Ich ließ mir die fürchterliche Enttäuschung nicht anmerken, die mich bei dem Gedanken überfiel, wieder in eines dieser dreckigen Gefängnissen zurückzumüssen – zum zweiten Mal wegen einer beschissenen Verletzung der Bewährungsauflagen.

11. Kapitel

Der Aufstand in Auburn

Ich kam mit Joey Gallo in engen Kontakt, als wir beide im Block A im Auburn-Gefängnis inhaftiert waren, das ungefähr 50 Kilometer westlich von Syracuse in der Finger Lakes Region liegt, wohin man mich wegen dieser zweiten Verletzung meiner Bewährungsauflagen geschickt hatte. Ich belegte Zelle 20, er 21.

Wir unterhielten uns oft, immer als Gleichberechtigte. Ich hatte eine größere Gruppe von Männern um mich als Joey, und meine waren nicht gekauft. Er bezahlte mehrere Gefangene dafür, daß sie auf ihn aufpaßten, und anderen versprach er Arbeit, wenn sie wieder draußen wären. Meine Leute hielten zu mir, weil sie wußten, daß ihnen dann niemand an den Karren fahren konnte. Ich vertrat die Philosophie ›Einer für alle‹ – die *gesamte Gruppe* gegen jeden, der uns Schwierigkeiten machen wollte –, und ich zögerte nie, nötigenfalls sofort zum Angriff überzugehen. Jeder wußte, daß ich, wenn es hart auf hart ging, einen Feind erbarmungslos töten würde.

Die Spannungen in Auburn waren unerträglich, und manche Gefangene, insbesondere Schwarze und Latinos, begannen, über einen Aufstand nachzudenken. Gallo und ich sprachen oft über die pulverfaßähnliche Situation im Gefängnis und darüber, was wir tun sollten, wenn Unruhen ausbrechen und die Häftlinge Geiseln nehmen würden. Joey hatte auch eine größere Zahl schwarzer Gefangener um sich geschart und gab sich knallhart. Er werde an der Seite seiner ›Brüder‹ sein, sagte er, und gnade Gott den Aufsehern. Ich wartete vorerst noch ab. Unter den fürchterlichen Verhältnissen im Gefängnis hatten alle zu leiden, besonders aber die Schwarzen und Latinos.

Die Beschwerden der Häftlinge begannen bei den Wärtern, bei den Leuten, mit denen sie Tag für Tag zu tun hatten. Gefängnisaufseher sind überall ein ziemlich verkommener Haufen, glaube ich, aber einige der Wärter in Auburn setzten neue Negativ-Maßstäbe. Sie genossen es, die Häftlinge mit ihren Knüppeln zu schlagen, ja, sie *genossen* es, denn warum sonst hätten sie das *jedesmal* getan, wenn sie einen Häftling, egal wie unterwürfig er sich auch verhalten hatte, in Isolationshaft steckten?

Der typische Wärter war einer, der gern Polizist geworden wäre, aber abgelehnt worden war. Ich übertreibe nicht, wenn ich sage, daß der durchschnittliche Aufseher ungehobelt und faul ist. Die meiste Zeit des Tages hockt er auf seinem Arsch und liest Sexmagazine. Ab und zu rafft er sich auf, um einen Gefangenen einzuschüchtern oder dessen persönliche Habe zu durchsuchen. Nichts erfreut ihn mehr, als wenn er dabei ein Bild von einer Ehefrau oder Freundin findet, am besten in Unterwäsche oder gleich nackt. Ein Wärter, der das Glück hat, einen solch wertvollen Fund zu machen, reicht das Bild dann bei seinen Kollegen herum, wobei er sich lauthals über die körperlichen Vorzüge dieser Frau ausläßt.

Es bringt nicht viel, darauf hinzuweisen, daß es in Auburn und anderen Gefängnissen auch Ausnahmen gegeben habe, anständige Wärter, die sich um die Gefangenen bemühten. Es gibt sie durchaus. Aber die allermeisten waren Tiere. Für viele war es ein beliebter Zeitvertreib, die Gefangenen beim Duschen zu beobachten. Ein Wärter fand immer Ausreden dafür, daß er Häftlinge, die sich geweigert hatten, mit ihm oralen Sex zu machen, in Einzelhaft warf.

Alles in Auburn schrie nach einem Aufstand. Das Gefängnis war im Jahr *1817* gebaut worden, und die Lebensbedingungen darin bewegten sich zwischen der erstickenden Schwüle eines Dschungels und dem klirrenden Frost der Arktis. Wenn einer sich eine Decke über den Kopf warf, wenn er einzuschlafen versuchte, steckten die Wärter ihn gleich ins Loch.

Die willkürliche Art der Bestrafung stand bei allen Gefangenen ganz oben auf der Liste der Beschwerden. Ein Insasse konnte schon in Einzelhaft geworfen werden, wenn er nur auf den Rasen gespuckt, ein Tagebuch geführt oder sonst irgend etwas getan hatte, was einem Wärter nicht gepaßt hatte. Was die Wärter am meisten haßten, waren die ›Gefängnis-Anwälte‹, die Eingaben machten und Dinge auf den Weg brachten, die den Häftlingen halfen, zu ihrem Recht zu kommen.

Wir waren überzeugt, daß die höheren Chargen des Gefängniswesens das Schlagen, die Isolation und die Brot-und-Wasser-Routine, der die Gefängnis-Anwälte unterworfen wurden, billigten und die Wärter auch dazu ermutigen. Die Behörden wollten eben nicht, daß das Ausmaß der Rechtsbrüche und der Vergehen in den Gefängnissen publik gemacht wurde.

In Auburn herrschte das Prinzip des ›Teile und herrsche‹. Die Wärter achteten auf eine strenge Trennung der Rassen im Speisesaal und auf dem Sportplatz, und sie notierten sich jeden, der sich einer anderen Gruppe anschloß. Die Insassen wurden gezielt unterschiedlich behandelt; man hoffte, dadurch würden sie Haß aufeinander statt auf ihre Wärter entwickeln. Unterschiedliche Behandlung gab es auch für Mobster. Diejenigen aus New York City wurden auch wegen geringster Kleinigkeiten schon schikaniert, während die aus Rochester oder Buffalo sich mehr erlauben durften. Der Grund dafür war, daß jeder aus New York City als eine Gefahr für den Status quo angesehen wurde und deshalb niedergehalten werden mußte. Man fürchtete, diese gebildeteren Großstadt-Kriminellen könnten sich an Bürgerrechtsorganisationen wenden.

Das Essen in Auburn war grauenhaft, sogar für ein Staatsgefängnis: eine Menge rote Bete, wochenaltes Brot, gefärbtes Wasser, das als Kaffee ausgegeben wurde, und (Gott sei Dank) kleine Klumpen von grünlich-braunem Fleisch.

Aber hinsichtlich der Bekleidung stand es noch schlechter. Die Gefangenen verlangten nicht einmal die normalen Häftlingsanzüge, sie wollten nur etwas Besseres als zerrissene Lumpen bekommen, um während des kalten Winters im Norden nicht so zu frieren.

So schlecht das Leben auch für uns Weiße war, wir mußten doch fairerweise zugeben, daß es anderen noch dreckiger ging.

Die Schwarzen und die Puertorikaner beschwerten sich zurecht darüber, daß in den Gefängnissen des Staates New York kein schwarzes oder hispanisches Verwaltungspersonal beschäftigt wurde, und obwohl siebzig Prozent der Insassen Schwarze oder Puertorikaner waren, gab es nur einen verschwindend geringen Prozentsatz schwarzer oder spanischsprechender Wärter. Die Aufseher, die meistens vom Land kamen, hatten Schwierigkeiten, sich mit großstädtischen Schwarzen zu verständigen oder erst recht mit den Puertorikanern, die am schlimmsten dran waren. Die Post zum Beispiel, die für jeden Gefangenen lebenswichtig war, wurde oft erst nach Monaten zugestellt, weil der Zensor im Gefängnis kein Spanisch lesen konnte.

Die miserablen Lebensbedingungen und die rassistisch begründete Feindseligkeit der Wärter hätten nicht automatisch zu einer Revolte geführt. Aber ein neues Element hatte die Mischung der Kulturen im Gefängnis bereichert: junge, harte, relativ gebildete Agitatoren, die draußen schon Erfahrung im Widerstand gegen die Behörden gesammelt hatten. Das waren die Young Lords, die Black Panthers und die Black Muslims, und sie konnte man nicht so leicht zum Schweigen bringen.

Während ich auf das Ausbrechen der Revolte wartete – und ich fühlte, daß es dazu kommen würde –, verbrachte ich viel Zeit mit Joey Gallo in seiner Zelle, und auch er besuchte mich oft in meiner. Wie brutal die Aufseher auch sein konnten, wir schafften es doch immer, sie zu bestechen, uns verbotene Dinge zu besorgen – Alkohol, Stoff, gutes Essen – und, was noch wichtiger war, uns in Ruhe zu lassen. Diese Kreaturen waren nicht einmal gute Geschäftsleute: für zwanzig Dollar, weniger als wir einem Kellner in einem Restaurant als Trinkgeld gegeben hätten, beschafften sie uns buchstäblich alles, was wir wollten. Ich war nicht knapp bei Kasse, dank meiner ›Rücklagen‹, und Joey hatte ständige Einnahmen aus Geschäften, die er vom Gefängnis aus betrieb.

Gallo hatte zu malen angefangen, er versuchte, ein Künstler

zu werden, um seinen schon überraschend weiten Horizont noch zu vergrößern. Er las auch sehr viel: Jean-Paul Sartre, Albert Camus, Ayn Rand. Joeys Philosophie lautete: Wenn du ein Taxifahrer bist, werde der beste Taxifahrer, den es gibt. Wenn du ein Gangster bist, dann werde der beste Gangster. Gib dich niemals mit Zweitklassigkeit zufrieden.

Da ich nun schon gelernt hatte, daß man mit Lesen die Zeit im Gefängnis am schnellsten hinter sich bringen konnte, vertiefte ich mich in die Werke von Agatha Christie und Ian Fleming. Joey äußerte sich geringschätzig über die Krimis und die Spionagegeschichten, die ich las, und sagte: »Lies *Krieg und Frieden*, lies Alexandre Dumas, lies Victor Hugo. Wenn du dich durch gute Bücher bildest, dann werden dir die Leute bald gleichgültig werden, mit denen du dich früher abgegeben hast. Mit anderen Worten, du kommst aus diesem beschissenen Ghetto heraus, in dem du bisher gelebt hast. Lies etwas über Bildung und Intellekt. Befreie dich aus der Falle, in der du steckst und in der du leidest.« Er redete wie Frank Bloeth aus dem Todesblock in Sing Sing.

»Ich leide nicht«, sagte ich.

»Du leidest nicht? Sieh es doch mal von einer anderen Seite, Kumpel. Du bist ein armer Tropf, der wie irgendein wildes Tier in einem gottverdammten Käfig eingesperrt ist.«

»Dann geht es dir aber genauso.«

»Ja, aber ich habe meinen inneren Frieden gefunden, und meine Freiheit. Meine Träume und Phantasien führen mich hinaus aus diesem Loch. Du bist zu sehr mit diesem Gefängnis und mit dem, was hier abläuft, verbunden. Ich bin im Geist eigentlich nicht mehr hier. Du wirst nie frei werden können, wenn du nicht aufhörst, Agatha Christie zu lesen, und wenn du nicht von diesen Typen loskommst, die nur Scheiße erzählen.«

»Hör auf, auf mir rumzuhacken«, sagte ich. »In Ordnung, ich werd' eins deiner verdammten Bücher lesen.«

Er reichte mir *Der Fürst* von Machiavelli, ein Taschenlexikon, einen Bleistift und einen Notizblock. »Wenn du irgendein Wort nicht verstehst, Grieche, schreib es auf und schlag es nach.

Auch wenn du drei Wochen brauchst, um das Buch zu lesen, am Ende wirst du doch begriffen haben, was du da gelesen hast.«

Joey faszinierte mich. Er war imstande, die einfachsten Wörter zu Sätzen zusammenzubauen, die gut klangen und angenehm anzuhören waren. Er war ein guter Redner und hatte eine natürliche Begabung, andere zu beeinflussen und zu überzeugen. Er konnte vor zwanzig oder dreißig Leuten reden, und jeder lauschte ihm gespannt.

Als ich den *Fürsten* beendet hatte, gab mir Joey eine seiner Lektionen: »Hast du gewußt, Grieche, daß das die Bibel von Nixon ist? Ja, er liebt dieses Buch. Alle Großen der Politik haben Machiavelli studiert. Aber die Anwendung dieser Philosophie ist nicht auf die Regierung oder das Militär beschränkt. Auch ganz gewöhnliche Leute können sie anwenden, jeder kann das. Ihm ist es darum gegangen, zu teilen und dadurch zu herrschen. Man muß die anderen immer im unklaren lassen über den nächsten Zug, den man plant. *Der Fürst* lehrt, daß man sich auf die eigene Gruppe konzentrieren und Außenstehende engagieren soll, die die Arbeit erledigen. Setze dafür nie die Gruppe ein, in der du Mitglied bist. Heuere andere an und laß sie die Arbeit erledigen.«

Joey liebte es, mir die Handlungsprinzipien seines Helden Machiavelli nahezubringen, und ich lehrte ihn Bridge. Aber die anderen Häftlinge hielten nicht so viel von Gallo. Sie nahmen mich beiseite und schwätzten mir die Ohren voll über Joeys angeblich abartiges sexuelles Verhalten, aber ich schrieb diese Geschichten nur der Eifersucht oder der Gerüchteküche des Gefängnisses zu, die wieder einmal am Überkochen war. Auch daß häufig junge schwarze Schwule um ihn herum waren, überzeugte mich nicht. Ich war zu sehr geblendet von Joeys bildungsmäßigen Erfolgen und seinen Erfolgen in der Mafia.

Ich schaffte es, für Joey und mich einen Job als Aufzugführer in der Schreinerei zu bekommen. Dort stellten die Häftlinge Kommoden und Tischplatten her, einige dieser Stücke waren für die Frau vom Gouverneur bestimmt. Alles, was Joey und ich zu tun hatten, war, die Möbelstücke mit dem Aufzug nach unten zu fahren und in die wartenden Lastwagen einzuladen.

Den Rest des Tages verbrachten wir, indem wir uns Essen heißmachten, Radio hörten oder Karten spielten. Bei griechischem Poker legte ich Joey regelmäßig aufs Kreuz. Wir setzten nie Geld ein, denn wenn man einmal um Geld zu spielen angefangen hat, dann ist die Freundschaft schnell dahin. Das kann dann zu sinnlosen und gefährlichen Auseinandersetzungen führen: »Wenn du mir das Geld, das du mir schuldest, nicht bis heute abend zurückgezahlt hast, dann werde ich's aus dir rausprügeln.« Und ähnliche Scherze. Joey sagte, ihm gehöre dies und jenes, er bertreibe diese Restaurants und kontrolliere jenes Geschäft. »Grieche, ich habe ein paar Geschäfte laufen, die du für mich führen könntest, wenn du rauskommst.«

Er sagte auch: »Ich wäre in der Lage, dich zu einem Hauptmann zu machen. Du weißt, heute denkt man in den Familien nicht mehr ganz so streng über die Notwendigkeit einer rein italienischen Abstammung.« Er meinte es ernst, und das war einer der Gründe, warum die Mafia ihn schließlich ausradierte. Er sprach am liebsten darüber, wie er es schaffen würde, sich mit Hilfe von Schwarzen und hartgesottenen Burschen wie mir an die Spitze der Colombo-Familie zu setzen.

»Ich weiß nicht recht, Joey«, antwortete ich dann immer ausweichend, »ich liebe meine Unabhängigkeit.«

Ich werde nie den Tag vergessen, an dem ich zufällig die Bestätigung für die Gerüchte über Joeys sexuelle Vorlieben erhielt. Ich war auf dem Weg zum Tabakladen, der neben der Werkstatt lag, wo die Auto-Nummernschilder für New York City gemacht wurden. Ich ging gerade durch die Versandabteilung, da hörte ich in einem großen Versandkarton für Kommoden jemanden keuchen. Ich schlich mich heran, spähte in den Karton, und dort sah ich Joey, wie er einen sechsundzwanzigjährigen Schwarzen, der sonst den ganzen Tag Box-Training machte, in den Arsch vögelte. Da war er also, mein Freund, direkt vor meinen Augen, mit seinem nackten Hintern, der sich ruckartig bewegte.

Joey sprang ziemlich schnell von dem Schwarzen runter. Mir war die Situation peinlich wegen ihm. »He, Grieche«, sagte Joey und wurde leicht rot, »was soll ich dazu sagen? Ich mag's eben so.«

»Das war nicht schön von dir, Joey«, sagte ich. »Du hast mir Kaffee eingegossen, du hast meine Kaffeetasse benutzt, und du hast diese verdammten Kerle geküßt. Du hast mich respektlos behandelt. Alle haben mir gesagt, daß du ein Scheißkerl bist, daß du zu nichts taugst und verkommen bist. Du warst ein Freund für mich, und du hast hinter meinem Rücken diese Kerle gefickt und meine Kaffeetasse benutzt. Vielleicht haben diese Typen irgendwelche Krankheiten.«

Als wir wieder zurück in unserem Block waren, sagte ich ihm noch mehr. »Ich bin keine Tratschtante, und ich werde dir nicht weh tun, indem ich im ganzen Knast herumerzähle, daß ich dich mit dem Jungen erwischt habe. Es macht mich schon krank, wenn ich nur daran denke, einen Jungen so in den Arsch zu ficken. Joey, du bist ziemlich krank. Ich möchte einen Menschen wie dich nicht länger um mich haben.«

Aber ich mußte ihn in meiner Nähe erdulden, bei der Arbeit und in unseren benachbarten Zellen, und so beruhigte sich alles im Lauf der Zeit wieder etwas. Nach diesem Vorfall war unser Verhältnis allerdings ziemlich abgekühlt, und wir redeten nicht mehr viel miteinander. Ohne sein unablässiges einlullendes Gerede darüber, wie ich auf die Schnelle in der Mafia Geld verdienen und mich aus der Gosse würde hocharbeiten können, konnte ich nun das Kaleidoskop der Gegensätze besser erkennen, die in Joey Gallos Persönlichkeit vereinigt waren. Er war ein Mann, der mit derselben beredsamen Leichtigkeit beschreiben konnte, wie jemandem die Gurgel herausgerissen wurde, mit der er auch über klassische Literatur sprach. Dieser Meister der Manipulation setzte wohlklingende Worte ein, um das zu erreichen, was er wollte, und er wollte alles, besonders im Hinblick auf körperliche Annehmlichkeiten.

Joey war bisexuell, das erkannte ich nun. Er mochte auch Frauen, genoß es, in der Öffentlichkeit eine schöne Frau im

Arm zu halten, aber er war besitzergreifend und unflätig: »He, du Fotze, knie dich nieder und lutsch mir den Schwanz!« Als männliche Sexualpartner im Knast bevorzugte er junge Puertorikaner, die nicht homosexuell waren, sie waren eine echte Herausforderung für ihn. Auch besonders dunkle Schwarze, athletische Typen mit rasiertem Schädel hatten es ihm angetan.

Eines Tages ließ sich Joey von Richie, einem meiner jungen Freunde einen Haarschnitt machen. Als Richie fertig war, befahl Joey Willie the Russian: »Gib dem Kleinen zwei Schachteln Zigaretten.«

Für Joey hatte jeder sein Preisschild umhängen und war entweder gegen Alkohol oder gegen Zigaretten zu kaufen – und davon hatte er einen unerschöpflichen Vorrat. Aber Jungen wie Richie waren nicht käuflich. Ich ging zu Joey und fragte ihn: »Warum hast du Richie die Zigaretten angeboten? Habe ich dir nicht gesagt, du sollst meine Freunde nicht bestechen? Wenn sie einen Gefallen tun, dann kommt der aus ihrem Herzen.«

»Gut, ist in Ordnung«, sagte Joey.

»Nein, es ist nicht in Ordnung. Ich will nicht, daß du jemals wieder einem meiner Freunde etwas anbietest.«

Ein andermal schlug Joey Carmine, einem alten Mann, ins Gesicht. Carmine, ein altgedienter Mobster, war seit fünfundzwanzig Jahren im Gefängnis, und Joey wollte zeigen, daß er nach Belieben mit einem Mann umspringen konnte, den er als einen gewesenen Mafioso betrachtete. Carmine schleppte seinen alternden Körper umher, um Besorgungen für Joey zu erledigen, und er war geschlagen worden, weil er vergessen hatte, ihm die aktuelle Ausgabe der *New York Times* mitzubringen.

Das brachte mich auf die Palme. Ich stellte Joey zur Rede und sagte: »Wenn du ihn noch einmal schlägst, dann fängst du dir von *mir* eine. Du solltest dich schämen, Carmine zu schlagen und ihn vor den Schwarzen und den anderen lächerlich zu machen. Das ist unwürdig. Wer glaubst du, daß du bist, daß du diesen alten Mann ausnutzen kannst?«

»Es wird nicht wieder vorkommen, Grieche. Ich verspreche es.

»Das will ich dir auch geraten haben, denn sonst kriegst du's mit mir zu tun.«

Joey wußte, daß ich Wort halten würde, und ich wußte, daß sein Versprechen nicht allzu ernst zu nehmen war. Er war ein verschlagener, hinterhältiger kleiner Hurensohn, der nicht zögerte, jedem eins auszuwischen, den er als ernste Gefahr für sich einschätzte. Zum Beispiel ließ er einmal einen Freund von draußen ein Paket für einen Mithäftling abschicken, und zwar mit der Absenderangabe von dessen Angehörigen. Natürlich werden alle ankommenden Pakete von den Aufsehern durchsucht, bevor die Gefangenen sie ausgehändigt erhalten. Als dann Joeys Opfer sein ›Care-Paket‹ mit selbstgebackenen Plätzchen von Tante Susie in Empfang nahm, präsentierten ihm die Wärter die Unze Heroin, die sie darin gefunden hatten, und warfen ihn ins Loch.

Oder Joey ließ eine Glasscherbe in einer Zelle deponieren und schickte dann einen seiner Handlanger, um darüber zu zetern. Als dann ein Aufseher die Zelle filzte, fand er eine versteckte Waffe, und deren ›Besitzer‹ wanderte in Einzelhaft.

Die Tricks, derer sich Joey beim Ausschalten von Gegnern bediente, waren ziemlich vielfältig. So lud er zum Beispiel auch Häftlinge in seine Zelle ein und vergiftete sie dort. Ich habe ihn dabei beobachtet.

»He, Kumpel«, sagte er zu einem Insassen namens Whitey, »komm mal her. Ich hab' was für dich.«

»Wie geht's denn so, Joey?« fragte Whitey, nachdem er sich gesetzt hatte.

»Gut. Greif hier zu, iß was«, sagte Joey mit einladender Geste und reichte ihm eine hübsch arrangierte Platte mit geräuchertem Fleisch, frischem Gemüse und Käse.

Whitey aß die mit Strychnin versetzten Speisen und wäre daran beinahe gestorben. Ein Freund von mir brachte Joey vergiftete Lasagne, und Joey bot ihm in Strychnin marinierte Anchovis an. Ich bog mich vor Lachen, als ich hörte, wie einer dem anderen erklärte, daß er eigentlich keinen Hunger habe und den anderen aufforderte, dafür um so kräftiger zuzulangen.

Donald Frankos 1979 während seiner Tätigkeit als Boxtrainer im Eastern State Prison in Naponoch, N.Y. Links sein Assistent, oben und rechts zwei Boxer. *Foto: mit freundlicher Genehmigung von Donald Frankos*

Im November 1988. Frankos bei seiner Lieblingsbeschäftigung: beim Joggen. Weil er im Zeugen-Schutz-Programm war, durfte er seine Runden nur in einem kleinen Gefängnishof drehen – aber den hatte er ganz für sich allein. *Foto: mit freundlicher Genehmigung von Donald Frankos*

Die Autoren William Hoffman (links) und Lake Headley mit Frankos' Cousine Alice Pohl, der Familienhistorikerin. *Foto: von John Hoffman*

Elena Frangos, die Tante von Donald Frankos, in Chios in Griechenland. Als dieses Foto aufgenommen wurde, war sie schon über 100 Jahre alt. *Foto: mit freundlicher Genehmigung von Donald Frankos*

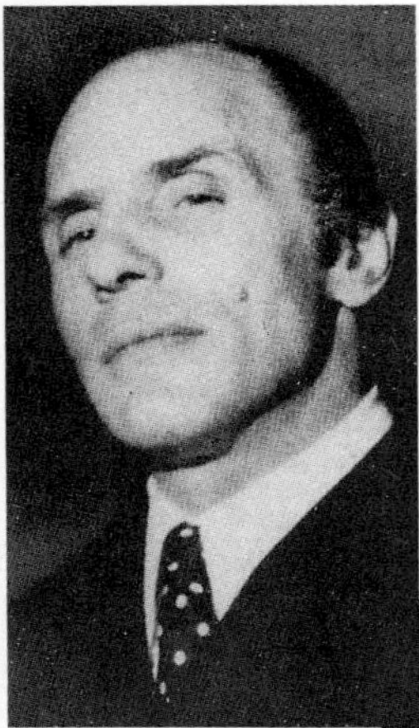

Frankos' zeitweiliger Freund Joey Gallo, der 1972 von Sonny Pinto in Umberto's Clam House erschossen wurde. Dieser Mordfall war bis jetzt ungeklärt.
Foto: AP/Wide World Photos

Der ungekrönte Drogenkönig Leroy »Nicky« Barnes zusammen mit Frank James (links) und Ishmael Mohammed (Mitte), zwei Männer, die er später ans Messer lieferte.
Foto: AP/Wide World Photos

Frankos mit Jimmy Coonan. Coonan, der legendäre Boß der Westies, war nach 1973, als dieses Foto entstand, an zahlreichen Morden beteiligt, auch an dem Mord an Jimmy Hoffa. *Foto: mit freundlicher Genehmigung von Donald Frankos*

Joe »Mad Dog« Sullivan wird in Ketten zum Onondaga County-Gericht geführt, wo er sich 1982 wegen einer Mordanklage verantworten muß. *Foto: AP/Wide World Photos*

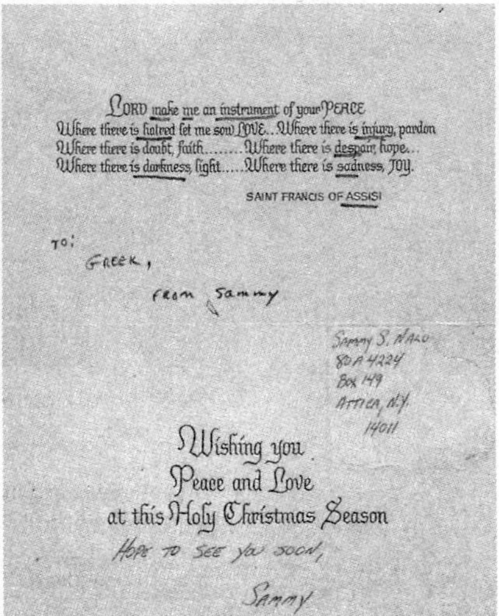

Eine verschlüsselte Weihnachtskarte von Sammy Nalo, mit der Frankos mitgeteilt wurde, daß er Bobby Comfort umbringen oder zumindest Vorbereitungen für seine Ermordung treffen solle (ein Hit, der niemals ausgeführt wurde). Comfort hatte zusammen mit Frankos und Nalo an dem Raubüberfall auf das Hotel Pierre teilgenommen. *Foto: mit freundlicher Genehmigung von Donald Frankos*

Thomas Bilotti, ein Partner des Gambino-Padrone Paul Castellano, liegt tot vor dem Sparks Restaurant in Manhattan. Die Erschießung von Bilotti und Castellano, die John Gotti in Auftrag gab, ebnete Gotti den Weg an die Spitze der Gambino-Organisation. *Foto: AP/Wide World Photos*

John Gotti 1987 nach seinem Prozeß. 1992 wurde er schließlich wegen Beteiligung am organisierten Verbrechen und wegen Mordes zu einer lebenslangen Freiheitsstrafe ohne die Möglichkeit vorzeitiger Entlassung verurteilt. *Foto: AP/Wide World Photos*

Salvatore ›Sammy Bull‹ Gravano, Gambino-Unterboß, der sich der Regierung als Zeuge zur Verfügung stellte und dessen Aussage entscheidend zur Verurteilung Gottis 1992 beitrug. *Foto: AP/Wide World Photos*

›Fat Tony‹ Salerno, verstorbener Padrone der Genovese-Organisation, der die Ermordung von Jimmy Hoffa in Auftrag gab, 1985 beim Verlassen des Bundesgerichts ins Manhattan. Salerno war zu dieser Zeit der reichste Mobster in den USA. *Foto: AP/Wide World Photos*

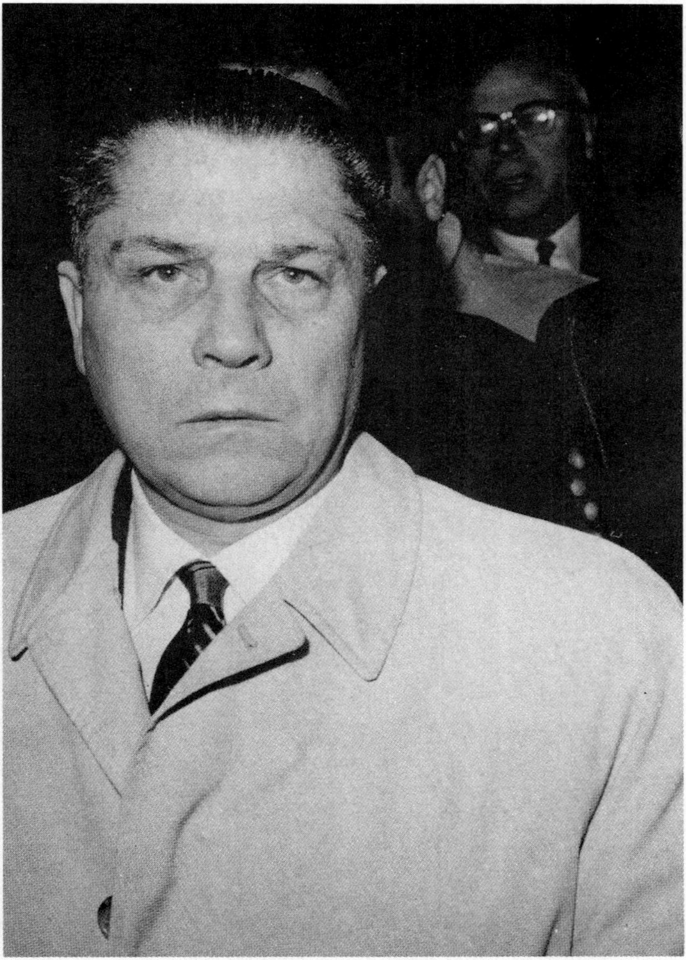

Jimmy Hoffa, als er Ende der sechziger Jahre wegen versuchter Geschworenen-Beeinflussung zu einer Gefängnisstrafe verurteilt wurde. 1972 kam er durch eine Amnestie von Präsident Nixon wieder frei. Sein mysteriöses Verschwinden im Juli 1975 war bis jetzt ungeklärt.
Foto: AP/Wide World Photos

Anthony ›Tony Jack‹ Giacalone 1975. Tony Jack, Hoffas ›Rabbi‹, half, den Transportarbeiter-Boß seinen Mördern auszuliefern.
Foto: AP/Wide World Photos

Chuckie O'Brien, Hoffas ›Adoptivsohn‹.
Foto: AP/Wide World Photos

Frankos im Gefängnis.
Foto: mit freundlicher Genehmigung von Donald Frankos

Bei anderen Gelegenheiten war es nicht so lustig, zumindest nicht für Joeys unfreiwillige Gäste, wie zum Beispiel für die zwei Schwarzen, die er zwang, sein Essen zu probieren. *Dreimal* mußte Hulk und Karim im Krankenhaus danach der Magen ausgepumpt werden.

Ich mußte vor Joey ständig auf der Hut sein. Er lag mir auch immer noch in den Ohren mit all den Mobstern, die er sich ›vorknöpfen‹ wollte, wenn er rauskäme, wie er sich all das nehmen würde, was ihm zustehe, und daß er dafür ›gute Leute‹ wie mich brauche, um ihm zu helfen. Vielleicht meinte er das auch ernst, aber ich glaubte nicht, daß er die Zurückweisung vergessen würde, die ich ihm verpaßt hatte. Und da ich außerdem unabhängig bleiben wollte, machte ich mir die Mühe, immer auf der Hut zu sein vor einem von Joey Gallo ausgesandten Mörder. Ich hatte ihn zurückgewiesen, und er war deshalb stocksauer.

Am 4. November 1970 brach die Revolte aus. Schwarze Häftlinge, die die Zustände satt hatten, begannen damit, und bald schlossen sich alle anderen an. In Auburn waren 1675 Männer eingesperrt, und so viele beteiligten sich auch an dem Aufstand.

Die Revolte begann nicht spontan, aber als die Ereignisse einmal ins Rollen gekommen waren, taten viele Gefangene einfach nur noch, was ihnen in den Sinn kam. Es begann um 8 Uhr morgens, als sich vierhundert schwarze Häftlinge, die sich untereinander abgesprochen hatten, weigerten, im Gefängnishof zur Arbeit anzutreten. Sie rechneten damit, daß sich ihnen weitere Gefangene, insbesondere die Puertorikaner, anschließen würden, aber sie wurden überrascht von der überwältigenden Reaktion auch der Weißen.

Bald waren alle Gebäude mit Ausnahme des Verwaltungsbaus unter der Kontrolle der Häftlinge. Sie nahmen Wärter und zivile Bauarbeiter als Geiseln und trieben sie auf dem Hof zusammen. Die Sträflinge überschütteten sie mit Benzin, entzündeten Fackeln und drohten den Aufsehern, die sich auf dem

Dach postiert hatten: »Wenn ihr verdammt noch mal von dort oben nicht runterkommt, dann werden wir eure Freunde hier erledigen.« Daraufhin zogen sich die Wärter mit den Maschinenpistolen außer Sichtweite zurück.

An dieser Stelle möchte ich feststellen, daß alles, was über Joey Gallo als einen der ›Helden‹ der Auburn-Revolte geschrieben worden ist, völliger Quatsch ist. Zuerst sah ich ihn im hinteren Teil von Block A, wo zwei Wärter kaltgemacht worden waren. Joey sagte zu mir: »Grieche, warum wollen wir nicht alles vergessen, was vergangen ist? Weil wir hier sowieso sterben werden, laß uns wenigstens die Hand geben, damit wir im nächsten Leben wieder Freunde sein können.«

Ich sagte: »Wer zum Teufel will denn dein Freund sein im nächsten Leben, du dreckiger Arsch?«

Anstatt loszutoben, lachte Joey nur.

»Hör zu«, sagte ich, »ich muß mich um meine Leute kümmern.« Ich meinte damit die einhundert weißen Häftlinge, die in dieser Situation darauf warteten, daß ich mich führungsstark zeigte. »Ich geh' in den Hof und werde mithelfen, den Forderungskatalog aufzustellen. Ich möchte, daß du so viele Weiße auftreibst wie möglich – auch die letzten beschissenen weißen Arschlöcher – und sie an der Mauer vor unserm Zellenblock versammelst.«

Die vier Zellenblocks in Auburn bildeten ein Quadrat mit einem Hof in der Mitte. Ich brüllte und fuchtelte in dem Gelärme herum und brachte so die Jungen dazu, daß sie sich vor den Alten aufstellen und die Männer mittleren Alters vor den Jungen. Jede der Gruppen umgab ich mit vierzig oder fünfzig wirklich erprobten Kämpfern, wie zum Beispiel Jimmy Coonan. Dahinter stand die Idee, die ›Älteren‹, die durch die Zustände im Gefängnis, gegen die wir protestierten, vorzeitig verschlissen worden waren, zu beschützen, sie aber auch in den Kampf miteinzubeziehen.

Die Atmosphäre knisterte vor Feindseligkeit und Spannung. Ich war mir sicher, die Verwaltung würde mit Knüppeln, Tränengas und Gewehren angreifen lassen. Sie würden nicht abwarten, und unser einziger Schutz waren die Geiseln. Es waren schon Nationalgardisten zur Verstärkung eingetroffen, und ich wußte, daß die vereinigten Sicherheitskräfte sich auf ihren Einsatz vorbereiteten und sich dabei gegenseitig hochputschten.

Uns gegenüber auf dem Hof standen die spanischen Jungs, viele von ihnen Young Lords. Zu unserer Rechten und Linken waren die drei Abteilungen der Schwarzen: die Black Muslims, die Five Percenters und die Black Panthers. Die Schwarzen machten ungefähr eintausendeinhundert Mann aus, die Puertorikaner dreihundert. Dazu gab es noch ein gemischtes Häuflein von ungefähr fünfzig Männern, die sich keiner Gruppe zugehörig fühlten.

Thomas Johnson, der Schwarze, der wegen der Ermordung von Malcom X inhaftiert war (ich hatte ihn schon in Dannemora getroffen), vertrat die Muslims. Ein Typ namens Raul fungierte als Sprachrohr der Young Lords, und für die Panthers sprach ein gewisser Fleer. Die anderen Gruppen wählten sich auch ihre Vertreter, und wir stellten einen Tisch mit einem Mikrofon auf, an dem wir unseren Forderungskatalog auszuarbeiten begannen.

Die Wärter mußte es verrückt machen, mitansehen zu müssen, wie wir hier an diesem Tisch unsere Aktivitäten entfalteten, und zu wissen, daß die liberalen Medien uns auch ernst nahmen. Nach Meinung der Aufseher verdienten wir einen Hieb mit dem Schlagstock oder einen Tritt mit dem Stiefel auf die Birne und die Isolierzelle – ihre Lösung für alle Probleme –, aber nicht die Anteilnahme der Öffentlichkeit.

Außer den Problemen, die ich vorhin schon aufgezählt habe, forderten wir mehr Bücher und niedrigere Preise im Einkaufsladen. Psychiatrische Hilfe war auch eine Schlüsselforderung, und der Staat wäre schlecht beraten gewesen, das zu verweigern. Denn ob es dem Staat gefiel oder nicht, früher oder später wurden die Häftlinge wieder in die Freiheit entlassen, und dann kehrten sie oft als noch viel gefährlichere Verbrecher in die Gesellschaft zurück.

Was hofften wir, mit dem Aufstand zu gewinnen? Das hat man mich oft gefragt. Die Antwort habe ich schon gegeben: erträgliche Lebensbedingungen, ein bißchen Respekt, und die Beendigung der ständigen Prügeleien. Die Häftlinge zettelten den Aufstand nicht leichtfertig an, sie riskierten dabei ihr Leben – wer hörte, wie die massierten Sicherheitskräfte uns niederbrüllten, verfluchten und bedrohten, kann das nicht bestreiten –, weil die Zustände dort einfach unerträglich waren.

Als wir unseren Forderungskatalog zusammenstellten, einigten wir uns auch darauf, daß die Beschwerden, die jede der drei Gruppen – Schwarze, Weiße und Hispanos – vorzubringen hatte, zu einer Aufstellung zusammengefaßt werden sollten. Ein Schwarzer namens Kelly und ein Weißer namens Bobby, der sich im Recht auskannte, fügten die einzelnen Klagen zu einem einzigen Schriftstück zusammen. Es mußte die Verwaltung überraschen, daß die Solidarität der Gefangenen sich auch auf die Zuteilung der Jobs erstreckte, denn das war eine beliebte Teile-und-herrsche-Taktik, mit deren Hilfe unsere Aufseher glaubten, uns immer wieder spalten zu können. So bekamen die Schwarzen und die Latinos häufig die schwersten und schmutzigsten Jobs, aber jetzt waren wir gemeinsam entschlossen, auch diese Praxis zu beenden.

Thomas Johnson rief den Direktor, Harry Fritz, an und verlas die Forderungen. Fritz sagte: »Ich glaube, darüber können wir uns verständigen.« Er fügte aber hinzu, ein Flugzeug nach Algerien – eine Forderung, die meiner Ansicht nach die Bedeutung des Forderungsdokuments entwertete und der anderen Seite ein Propagandainstrument in die Hand gab – komme nicht in Frage. Die Insassen, die Angst vor Vergeltung hatten und sich als politische Gefangene betrachteten, würden also ohne dieses Flugzeug auskommen müssen. Der einzige Punkt, über den zu verhandeln Fritz sich weigerte, weil er darüber nicht entscheiden konnte, war die Forderung, Gouverneur Rockefeller solle das Gefängnis besuchen – Rockefeller lehnte dies schließlich ab, genauso wie er sich später weigerte, mit Gefangenen aus Attica zusammenzutreffen.

Direktor Fritz befürchtete, die Situation könnte außer Kontrolle geraten, bevor eine Vereinbarung erzielt war. Die Gefangenen hatten begonnen, sich untereinander zu prügeln, alte Rechnungen zu begleichen, und die Aufseher ebenso wie die Nationalgardisten brannten darauf, auf uns loszugehen. Sie brüllten uns alle nur denkbaren Obszönitäten zu: »Wir reißen euch die Ärsche auf! Wir schneiden euch die Herzen raus!« In dieser aufgeladenen, brodelnden Atmosphäre war alles möglich. Sie betrachteten uns als Untermenschen, als mörderisches Ungeziefer, und das Bild, das wir von ihnen hatten, war auch nicht besser.

Thomas Johnson und ich gingen zu Block B, um nachzuprüfen, wie es zwei verletzten Wärtern ging, die von Schwarzen gefangengehalten wurden. »Wir müssen diese zwei Aufseher hinauf in die Krankenstation bringen«, sagte Johnson.

»Nicht mit uns«, knurrte einer der Häftlinge und trat schützend vor einen übel zugerichteten Aufpasser, wie ein halbverhungertes Raubtier, das nicht bereit ist, die erlegte Beute zu teilen. »Zum Teufel mit der Ersten Hilfe«, meinte der andere. »Wir werden diese weißen Hunde umlegen.«

»Hört auf mit dem Blödsinn«, sagte ich. »Auf diese Weise erreichen wir überhaupt nichts, es wirft uns nur zurück. Wenn du einen Wärter *verletzt*, ist das schon schlimm genug für ihn. Wenn du aber einen *tötest*, dann kommen wir hier nicht mit heiler Haut raus. Und deshalb warne ich euch: Hütet euch, sie umzubringen!«

Ob meine Worte die rachedurstigen Krieger teilweise benebelten oder sie überzeugten, weiß ich nicht. Jedenfalls setzten sie uns keinen Widerstand entgegen, als Johnson und ich mit einigen anderen begannen, die beiden Wärter und ein paar Bauarbeiter hinauszuführen, damit sie, soweit das unter diesen Umständen möglich war, notdürftig verarztet werden konnten.

Auf der Krankenstation sah es aus wie bei einer Militäreinheit aus dem Film *M. A. S. H.*, die vom Feind geplündert worden war: verschmutzte Laken, die von Betten herunterhingen, blutige Verbände und offene Medikamentenbehälter, die auf dem Boden verstreut lagen, blutende und verletzte Gefangene, die sich gegenseitig verarzteten, dazwischen immer wieder Hilferufe. Einer, der kopfüber aus der oberen Liege eines zweistöckigen Betts gefallen war, war in einem üblen Zustand. Ich glaubte nicht, daß er es noch schaffen würde.

In der Apothekenabteilung waren die Medikamentenschränkchen aufgebrochen worden, ihre Türen standen weit offen, und die Regale waren leergeräumt. Die Plünderer, die vielleicht ihre aufkeimende Angst besiegen wollten, mußten ganze Händevoll von den Pillen geschluckt haben.

Inzwischen versank das Gefängnis im Chaos. Als ich durch die Gänge, von Zellenblock zu Zellenblock und über den Hof rannte, ließen die Kommentare, die ich dabei aufschnappte, meine dunkle Ahnung zur Gewißheit werden: Wir steckten in ernsten Schwierigkeiten. Durch den Einfluß von Drogen und das Aufbrechen lange unterdrückter Haßgefühle gegen die Aufseher waren manche Gefangene schon so außer Rand und Band, daß sie von einem Massaker zu reden begannen. Ein Wärter war bereits sexuell angegriffen worden, und die besonneneren Köpfe unter den Gefangenen konnten die Schlägereien nicht mehr unterbinden.

Noch viel unheilvoller als das Durcheinander und die Raserei *im* Gefängnis war das, was sich *außerhalb* der Gefängnismauern zusammenbraute. Die Nationalgardisten waren durch Polizisten aus Auburn verstärkt worden, alles alte Waffenbrüder. Diese Männer, die sich oft mit den Wärtern und deren Familien trafen, hatten häufig mit ihnen und anderen Bürgern über das Gefängnis geschimpft, das sie als Schandfleck für ihre ehrbare Stadt betrachteten. Sie waren gut bekannt mit ihnen, tranken zusammen, kurz: sie waren *Freunde* der Männer, die wir als Geiseln hielten. Jahrelang hatten sie auch mitgeholfen, Geschichten über die ›wilden Tiere im Käfig‹ zu verbreiten und den Haß auf die Gefängnisinsassen zu schüren. Je länger nun diese Versammlung von Leuten, die Law and Order durchsetzen wollten, hingehalten wurde, desto intensiver kochte ihre Lynchstimmung hoch.

»Wir kommen in zwanzig Minuten rein und legen dann jeden in diesem Rattennest um.« brüllte eine Stimme durch den Lautsprecher. Dann explodierte die erste Tränengasgranate im Gefängnishof. Mit brennenden Augen und Kehlen bereiteten wir uns auf den Angriff vor, der nach meiner Überzeugung früher kommen würde, als sie gesagt hatten.

Nach zwanzig Minuten: nichts!

»Verdammt«, sagte einer aus meiner Truppe nervös. »Ich hätte gern noch eine geraucht, bevor ich sterbe. He, George, hast du vielleicht 'ne Kippe?«

»Nein, verdammt«, erwiderte George, »ich hab' die letzte vor einer halben Stunde mit Lefty geteilt.«

In der Rolle eines Sergeants, der eine an Feuerkraft weit unterlegene Truppe befehligte, aber seinen Leuten noch einen letzten Wunsch erfüllen wollte, bahnte ich mir einen Weg durch den Pulk der Gefangenen zu Block A, riß einen Kopfkissenbezug von einem Bett und füllte ihn schnell mit Zigarettenpackungen.

Als ich aus dem Block wieder herauskam, sah ich einen Wärter, der immer zu den wenigen anständigen Aufsehern gehört hatte, auf dem Boden liegen. Sein rechtes Auge war aus der Höhle gerissen und hing auf seinen Wangenknochen herunter, und er stöhnte, während Blut aus seinem Mund, seiner Nase und seinen Ohren sickerte – aus Verletzungen, die Häftlinge ihm beigebracht hatten, als sie ihn mit seinen eigenen Schlüsseln geschlagen hatten. »Können Sie mich hören?« fragte ich ihn und beugte mich zu ihm hinunter. Er versuchte, mich mit seinem einen Auge anzuschauen, und stöhnte dabei vor Schmerzen laut auf.

Ich hatte zu dieser Zeit zwar eine Spitzenkondition und war ein achtzig Kilo schwerer Jogger, aber als Gewichtheber war ich doch überfordert. Ich wälzte mir den Aufseher, der um die einhundert Kilo wog, auf die Schultern, versuchte aufzustehen und dachte, der Hodensack würde mir zum Hintern rauskommen. Nachdem mir klargeworden war, daß ich ihn unmöglich allein tragen konnte, rief ich einem Schwarzen zu, der vorbeikam: »Hilf mir bei diesem Verwundeten. Man wird uns die Hölle heiß machen, wenn wir den hier liegen und sterben lassen.«

Der Häftling hob den Aufseher auf meine Schultern und übernahm auch selbst einen Teil der Last. Während wir ihn in den Hof hinaustrugen, kam eine Durchsage über den Lautsprecher: »Achtung! Achtung! Frankos zu Block C! Der Direktor ist am Telefon!«

Ich schaute mich um und fragte mich, was ich mit dem Wärter tun sollte, da sah ich ausgerechnet Joey Gallo in Begleitung von zwei Gefangenen mir entgegenkommen. Diese Szene werde ich nie vergessen. Es regnete in Strömen, es war ein trüber, miserabler, beschissener Morgen, Tränengaswolken standen überall über dem Hof, der Himmel war dunkel, sehr dunkel – man nannte diesen Tag später den Schwarzen Mittwoch. Ich war über und über besprenkelt mit dem Blut des Wärters, und das schleimige Zeug, das aus seinem Auge quoll, lief mir den Rücken hinunter. Ich legte ihn vor einem Zaun nieder und sagte zu Joey: »Nimm diesen Mann mit und bring ihn in Sicherheit.« Gallo, der in seinem machiavellistischen Gehirn schon einen Plan entwickelte, sagte: »Dieser Kerl wird mein Freifahrtschein nach draußen sein.« Er und seine Leibwächter trugen den Beamten zu einer verschlossenen Tür, die die aufrührerischen Häftlinge von der Verwaltung trennte.

»Öffnen Sie!« rief Joey. »Dieser Wärter hier blutet und braucht Hilfe!«

»Weg von der Tür!« brüllte jemand zurück.

»Nein, ich muß ihn reinbringen!«

»Sie kommen hier nicht rein. Legen Sie ihn auf den Boden und verschwinden Sie dann.«

»Ich habe ihn bis hierher gebracht«, sagte Joey, der auf der Seite derer sein wollte, die die Gewehre hatten, wenn die Schießerei begann. »Lassen Sie mich rein!«

»Verpiß dich, Mann, oder wir befördern dich ins Jenseits.«

Niemandem, der diesen hinterhältigen Taktiker kannte, wäre es eingefallen, ihn für dumm zu halten.»Okay. Nicht schießen.

Aber erinnern Sie sich bitte«, sagte er, »mein Name ist Joey Gallo. Ich habe diesem Beamten das Leben gerettet.«

»Kumpel, es wäre uns auch scheißegal, wenn du Präsident Nixon wärst.«

»Gallo! Joey Gallo! Ich möchte das in meiner Akte haben. Vergessen Sie den Namen nicht.«

Der Aufseher vergaß ihn nicht, und seine Aussage über Joeys ›Heldenmut‹ verhalf diesem später in die Freiheit.

Als ich Joey dann wieder sah, stand er auf dem Hof und trug eine Baseballmütze der New York Yankees und eine dunkle Sonnenbrille. *Was soll diese Maskerade*? fragte ich mich. *Der kleine Scheißer hat doch was vor.* Da ich Joey ziemlich gut kannte, bekam ich schnell heraus, warum er seine Standard-Gefängniskleidung so auffällig aufgemotzt hatte: damit die Truppen, die bald angreifen würden, ihn nicht für einen von uns hielten.

Ich hatte mit Direktor Fritz gesprochen, und der hatte seine Zusage wiederholt, über alle unsere Forderungen außer die mit dem Flugzeug nach Algerien ›nachzudenken‹. Die Häftlinge kontrollierten zwar das gesamte Gefängnis, aber sie gaben sich keinen Illusionen hin, gegen den Angriff der starken Übermacht lange bestehen zu können, und ich wußte nicht, ob das Versprechen des Direktors ausreichte, um die Aufständler wieder in ihre Zellen zurückzubringen.

Viele Häftlinge, die in der Kälte und im Regen standen, versuchten, kleine Ansprachen zu halten – und zeigten damit, daß sie sich nicht mehr im Griff hatten. Thomas Johnson bat mich, etwas zu sagen. Umgeben von Hunderten von Häftlingen, die wiederum von Wärtern und Polizisten eingekesselt waren, trat ich ans Mikrofon, schluckte hart und begann mit der längsten Rede meines Lebens: »Wir haben richtig gehandelt mit diesem Aufstand. Sie geben uns keine Bildung, keine anständige Kleidung, das Essen ist vergammelt, und sie prügeln uns windelweich, wann immer es ihnen paßt. Aber ich warne euch: Wir können es uns nicht leisten, uns gegenseitig zu bekämpfen und gegenseitig umzubringen. Denn das ist es, was die Gefängnisverwaltung will, sie will uns teilen, um dadurch über uns zu herrschen. Hört mir aufmerksam zu: Keiner vergewaltigt hier einen anderen, keiner schlägt einen Wärter. Wir möchten das hier anständig über die Bühne bringen, so daß die Presse schreiben kann: ›Sie sind auch Menschen, die das haben wollen, was ihnen zusteht.‹ Wir wollen nichts, was uns nicht zusteht, keine Go-Go-Girls oder Cadillacs, wir möchten hier drin einfach nur überleben. Wir dürfen es nicht soweit kommen lassen, daß die Presse oder die Behörden in Albany sagen›Seht ihr denn nicht, was die gemacht haben? Wir haben es euch doch gleich gesagt. Sie vergewaltigen sich gegenseitig, bringen sich um und ermorden Wärter. Sie sind wie wilde Tiere. Warum sollten wir denen etwas geben?‹ Also, wir haben diesen Aufstand gemacht, und er war richtig. Jetzt laßt uns zusammenhalten und gemeinsam das durchstehen, was wir durchzustehen haben, damit wir am Ende als Sieger dastehen.«

Die Männer unterhielten sich angeregt untereinander. So läuft es normalerweise.

Einer präsentiert seine Ideen, und dann kann jeder entscheiden, ob er ihm zustimmt oder nicht.

»In Ordnung«, sagte Thomas Johnson. »hier ist auch noch Bruder Joey Gallo.« Ich schaute zu Joye, der bei dieser Ankündigung zusammenzuckte und wahrscheinlich am liebsten unsichtbar geworden wäre. »Bruder Gallo«, sagte Thomas Johnson, »sag ein paar Worte zu unseren Freunden.«

Die meisten Häftlinge buhten, als Gallo sich auf den Weg zum Mikrofon machte.

Sie kannten ihn als einen Zwietracht säenden kleinen Bastard, der die Leute nur benutzte. Einige wenige klatschten, Leute wie Hulk und Lucke, Schwarze, die er in seine Mannschaft aufgenommen hatte.

Und dann sagte Joey: »Gentlemen, wir sind alle Brüder vor dem Herrn. Aber wir haben euch in dreihundertfünfzig Jahren nicht geholfen. Warum sollten wir euch also jetzt helfen?«

Ich traute meinen Ohren nicht.

Obwohl er ein guter Redner war, glaubte ich zuerst, seine Worte wären nur irgendwie falsch aus seinem Mund gekommen. Die Häftlinge begannen wieder zu brüllen und Steine nach ihm zu werfen. Ich packte ihn an der Schulter und sagte: »Joey, du sagst das am besten noch mal, was du eben von dir gegeben hast.«

Er lächelte mich an, und ich kapierte immer noch nicht.

»Worauf willst du hinaus, verdammt noch mal?« fragte ich. »Für wen zum Teufel hältst du dich?«

Er lächelte weiter, und da begriff ich, was er vorhatte. Er war sich bewußt, daß die Wärter und die Polizei unsere Reden aufmerksam verfolgten, und deshalb hatte Joey die Gelegenheit genutzt, um sich bei den Leuten mit den Gewehren und mit der Macht Liebkind zu machen und ihnen zu zeigen, daß er auf ihrer Seite stand. Aber in Wirklichkeit stand er auf niemandes Seite außer auf seiner eigenen.

Während sein höhnisch lachendes Publikum immer lauter wurde, griff Gallo erneut nach dem Mikrofon. »Nein, nein, nein«, sagte er, »ihr versteht mich nicht. Ich wollte nur sagen, daß *meine Männer* euch nicht helfen können.«

»Zum Teufel mit dir, Gallo!« brüllte einer. Ich bedauerte es schon fast wieder, daß ich zuvor zur Gewaltlosigkeit aufgerufen hatte.

»Du bist ein Verbrecher«, schrie ein anderer. Und so wurde er von diesem Tag an auch genannt: The Criminal.

Thomas Johnson gelang es, die Menge zu beruhigen. Von Joey sahen wir nichts mehr. Er war einfach verschwunden. Nach acht langen und bangen Stunden – die angefüllt waren mit Verhandlungen, hitzigen Diskussionen unter den Gefangenen und der Angst vor einem Angriff – kehrten wir schließlich in unsere Zellen zurück, nachdem wir uns widerwillig bereit erklärt hatten, die Erfüllung unserer Forderungen durch die Behörden abzuwarten.

Nichts änderte sich.

Die Gefängnisverwaltung vergaß alles wieder oder ignorierte die unerträglichen Lebensbedingungen, als sich der

Staub gelegt hatte und die Schlagzeilen verschwunden waren. Aber die Gefängnisinsassen konnten nicht vergessen oder einfach alles ignorieren, und weniger als ein Jahr später explodierte Attica. Diese Revolte, an der teilweise dieselben Männer beteiligt waren, kostete dreiundvierzig Menschenleben, und die ganze Welt schaute zu.

12. Kapitel

Der Raubüberfall auf das Hotel Pierre

Die meisten Gefangenen, die am Aufstand in Auburn teilgenommen hatten, wurden danach auf verschiedene Gefängnisse verteilt, weil die Behörden dadurch hofften, die Lage zu beruhigen. Aber diese Teile-und-herrsche-Taktik erwies sich als Bumerang. Die ›Unruhestifter‹ auf mehrere Orte zu verteilen, erschloß ihnen nur eine breitere Basis für ihre Agitation.

Joey und ich kamen nach Dannemora, das ›Lager für gefährlichen Sondermüll‹ im Gefängniswesen. Nach noch nicht einmal einer Woche ritzte ich dort einem von Gallos Leibwächtern mit einem Rasiermesser die Sehnen am Fußknöchel an. Sie hatten ein paar Bemerkungen, die ich über ihren Boß gemacht hatte, als Beleidigung empfunden, und ich zeigte ihnen, daß mir ihre Gefühle scheißegal waren.

Danach kam Joey mit seinen Leuten in meine Zelle und brachte als ›Friedensofferte‹ gekochte Garnelen und Schokoladenplätzchen mit. »He, Grieche«, sagte Gallo, »komm, gib mir die Hand. Ich will keine Probleme mit dir haben.«

Ich zögerte.

Ein Mitglied der Lucchese-Familie, das die Zelle neben meiner belegte, nahm mich beiseite und flüsterte mir ins Ohr: »Hör zu, Grieche, gib ihm die Hand. Wenn die Schwarzen uns beobachten, dann sollen sie sehen, daß wir einig sind. Wir müssen das unter uns ausmachen.«

Also gab ich Joey die Hand. Nachdem er und seine Männer gegangen waren, unterdrückte ich mein Verlangen nach Meeresfrüchten und spülte seine Geschenke in der Toilette hinunter. Denn ich konnte mir keine Vorkoster leisten.

Auch in Dannemora wurde Joey von dem Gedanken

beherrscht, seine eigene kriminelle Organisation aufzuziehen, aber dieses Ziel konnte er nur erreichen, wenn er gegen die etablierte Mannschaft der Colombo-Familie Krieg führte. Er fragte mich immer wieder einmal, ob ich mitmachen würde, aber ich verweigerte ihm eine Zusage. Es war schon zuviel böses Blut zwischen uns entstanden, und außerdem glaubte ich nicht daran, daß er gewinnen konnte.

Joey und ich kamen ungefähr zur gleichen Zeit aus dem Gefängnis. Er wurde im Mai 1971 in die Freiheit entlassen, und von diesem Datum ab sollte er nur noch knapp ein Jahr zu leben haben.

Er hinterließ eine deutlich sichtbare Spur in den Monaten, die ihm noch verblieben. Am 28. Juni 1971 pumpte einer von Joeys Soldaten, ein halb verrückter Schwarzer namens Jerome Johnson, der auf einer Farm im Norden ausgebildet worden war und auf Joeys Geheiß handelte, zwei Kugeln in den Kopf von Joseph Colombo, den Padrone der nach ihm benannten Organisation. Der Anschlag wurde um 11 Uhr 45 im Columbus Circle verübt, kurz vor dem Start einer großen Kundgebung seiner Italian-American Civil Rights League, die von Colombo organisiert worden war.

Nach einer fünfstündigen Gehirnoperation konnte der Pate gerettet werden, und er lebte noch fast sieben Jahre, allerdings als geistiges und körperliche Wrack. Jerome Johnson lebte nur solange, bis er seinen Anschlag ausgeführt hatte. Gallo hatte Hitter auf ihn angesetzt, und einer von ihnen erschoß ihn in der Panik, die ausbrach, nachdem Colombo zu Boden gegangen war.

Die Bosse der übrigen New Yorker Organisationen wußten, wer hinter dem Anschlag stand, aber ihre Gefühle waren zwiespältig. Sie haßten die Publicity, die die von Colombo gegründete Italian-American Civil Rights League auf sich zog, und argwöhnten, Colombo habe sich aus dem Boß einer kriminellen Organisation in einen Medienstar verwandelt. Das letzte, was diese Dons wollten, war öffentliche Aufmerksamkeit, und Colombos Aktivitäten hatten ihnen reichlich davon beschert.

Er hatte sogar die Produzenten des Films *Der Pate* überreden können, aus ihrem Film alle Hinweise auf die Mafia zu streichen, ein Publicity-Erfolg, über den die Bosse verächtlich die Nase rümpften, den die Italoamerikaner aber mit Genugtuung zur Kenntnis nahmen – denn sie waren in ihrer überwältigenden Mehrheit schließlich anständige Bürger, die es satt hatten, daß ihre ethnische Herkunft immer mit den verbrecherischen Mobstern in Verbindung gebracht wurde. Colombo, der die öffentliche Aufmerksamkeit genoß, die seiner heuchlerischen Bürgerrechtsorganisation entgegengebracht wurde, ließ sogar vor dem New Yorker Büro des FBI demonstrieren, was dafür sorgte, daß auch diese Organisation sich mit dem Thema – und damit mit dem Mob – wieder stärker befaßte.

Aber andererseits stellten sich die Granden dieser kriminellen Familien die Frage, ob sie einen Anschlag auf einen ihresgleichen einfach so hinnehmen konnten. Wenn *sie* ihn genehmigt hätten, dann wäre er in Ordnung gegangen. Und was würde dieser Mann, den man ›Crazy Joey‹ nannte, denn als nächstes anstellen? Er hatte schon eine große Zahl Schwarzer für seine Gruppe rekrutiert und sie in die Geheimnisse des Managements einer kriminellen Organisation eingeweiht. Vielleicht würden sich diese Schwarzen eines Tages als ein viel gefährlicherer Gegner erweisen, als es die Regierung jemals gewesen war.

Die Mafia-Kommission vertage also vorerst die Entscheidung über Joey Gallos Schicksal, aber nicht lange.

Während all dieser Ereignisse machte ich einen Versuch, mein Leben wieder auf die richtige Bahn zu bringen. Ich wollte nicht einmal mehr daran denken, wieder in den Knast zu kommen. Ich erzählte Rocky Moro von meiner Gemütsverfassung, und er gab mir einen Job an einem Brezel-Stand in der 14th Street zwischen Second und Third Avenue. Das sollte sich für mich aber als eine schlechte Entscheidung erweisen.

Ich war eben kein geborener Verkäufer. Jeden Morgen strömten Hunderte von Kindern aus der U-Bahn, klauten mir Brezeln, Bonbons und Erdnüsse und verstreuten sie entlang der Straße. Ich bewunderte ihre Courage, war aber nicht in der Stimmung, hinter ihnen herzulaufen und mir die Waren zurückzuholen. Außerdem hätten die Bullen mir bestimmt eine Klage wegen Einschüchterung angehängt, wenn ich meinen Stand scharf bewacht und einen der Kleinen womöglich etwas zu hart angefaßt hätte.

Dann folgte ein weiterer Versuch, wieder auf legale Art und Weise mein Geld zu verdienen. 1965 rief ich meinen Bruder Jimmy an, der in East Orange in New Jersey lebte und eine Zweitwohnung an der Küste besaß. Wir hatten uns nur noch ein paarmal gesehen, seit wir in Louisiana getrennt worden waren, aber als ich ihn fragte, ob er einen Job für mich hätte, sagte er: »Sicher, komm einfach mal her.«

Jimmy war einen Meter neunzig groß, hatte pechschwarzes Haar und ähnelte George Hamilton. Ich sah, daß dieser sehr nette, ruhige Mann mir helfen wollte, sich mir gegenüber aber unbehaglich fühlte. Und ich mich ihm gegenüber auch. Er war ein hart arbeitender, erfolgreicher Geschäftsmann – er besaß zwei Tankstellen, ein Holzlager und eine Dachdecker-Firma –, und er hatte noch nie irgend etwas Illegales getan. Ein über die Maßen rechtschaffener, ehrbarer Bürger.

Jimmy gab mir eine Wohnung und einen Vollzeit-Job an einer Tankstelle in Newark, und er versprach mir, daß ich auch weiterkommen würde, wenn ich nichts anstellen und mich ordentlich aufführen würde. Das schaffte ich auch – und zwar drei Wochen lang –, aber die Arbeit war todlangweilig, und mein Bruder und ich hatten keinerlei Gemeinsamkeiten.

Als ich Jimmy die Hand gab und ihm sagte, ich würde wieder zurück nach New York City gehen, da spürte ich, daß er erleichtert war. Ich habe Jimmy seitdem nie mehr wiedergesehen, aber ich habe gehört, daß seine Geschäfte immer besser laufen.

Als ich mit dem Brezel-Verkaufen aufgehört hatte und für Rocky Moro wieder die Dreckarbeit erledigte, mauserte sich

Joey Gallo allmählich zu einem Mann, der in der schicken Gesellschaft gefragt war und auf bestimmten Gästelisten nicht fehlen durfte. Die Leute, die ›in‹ waren, wollten ihn auf ihren Dinnerparties sehen, nahmen begierig jedes seiner Worte auf und scharwenzelten um ihn herum, als ob er eine königliche Hoheit gewesen wäre. Das begann, als der Schauspieler Jerry Orbach in dem Film *The Gang That Couldn't Shoot Straight*, der auf einem Roman von Jimmy Breslin beruhte, die Figur des Joey Gallo verkörperte. Nachdem Gallo sich mit Jerry Orbach und dessen Frau Marta zum Essen getroffen hatte, sagte die Schauspielerfrau, Joey sei ›außergewöhnlich charmant‹.

Das glaubte ich ihr, aber so wie ich ihn kannte, wäre ›einschmeichlerisch‹ eine treffendere Beschreibung gewesen als ›charmant‹. Joey hatte hier eine Chance gewittert und sie sofort genutzt.

Mrs. Orbach sagte, bei dem Dinner habe Joey sie gefragt, wen sie vorziehe, Sarte oder Camus. Sie sei so überrascht gewesen von dieser unerwarteten Gebildetheit, daß ihr ›fast der Teller mit den Spaghetti hinuntergefallen wäre‹.

Marta Orbach nannte Joey ›brillant‹, was er ohne Zweifel auch war, und sie sagte, er sei ein ›gradliniger‹ Mensch, was er mit Sicherheit nicht war.

Durch die Orbachs lernte Joey neue Freunde kennen: die Schauspielerin Joan Hackett, die es genoß, wenn er sie eine ›Dame‹ nannte, den Komiker David Steinberg und den Schriftsteller Peter Stone. Die *New York Times* schrieb: ›Es scheint, daß er sein Leben als Mafioso eintauschen will gegen ein Leben mit Glanz und Glamour. Aus dem polizeibekannten ›Crazy Joey‹ wird der ›Joey‹ auf den Gästelisten des Broadways.‹

Marta Orbach und Joey begannen gemeinsam an einem Drehbuch für einen Film zu schreiben, ›eine Komödie über das Leben im Gefängnis‹, sowie an seinen Memoiren, die bei Viking Press erscheinen sollten. Joey war überzeugt von beiden Projekten und glaubte, damit viel Geld verdienen zu können, ohne jemals die ganze, schmutzige Wahrheit erzählen zu müssen.

1971 begegnete ich Joey in der 14th Street. Er war heimlicher

Besitzer mehrerer Nachtclubs auf der Tenth Avenue und einiger kleiner Webereien, wo vierzig bis fünfzig Mädchen Stoffe für Anzüge herstellten. Er hatte Würfel- und Kartenspiele laufen und engagierte sich auch wieder in seinem alten Spezialgebiet Schutzgelderpressung. Was Joey am besten konnte, war das Auspressen von Geschäftsleuten, denen er ›Schutz‹ verkaufte. Für ihn spielte es keine Rolle, ob ein Spielhallen-Betreiber oder ein Autohändler schon an eine andere Organisation des Mob Schutzgelder bezahlte. Wer sich weigerte, mußte damit rechnen, niedergeschlagen zu werden, die Fenster eingeworfen zu bekommen oder eines Tages vor einem bis auf die Grundmauern niedergebrannten Geschäft zu stehen – und falls er sich weiterhin weigern sollte, konnte ihm auch das alles gleichzeitig widerfahren.

Was konnte ein Geschäftsmann dagegen unternehmen? Im Vorfeld der großen Kundgebung im Columbus Circle hatten Colombos Leute den Ladenbesitzern am Broadway geraten, ihr Geschäft an diesem Tag dichtzumachen und zu der Kundgebung zu kommen. Joeys Soldaten hatten ihnen dagegen gesagt, sie sollten die Geschäfte offen halten und nicht hingehen. Das war dann so etwas Ähnliches wie die Wahl zwischen Skylla und Charybdis.

Als ich Joey in der 14th Street traf, brauchte er Geld. Carlo Gambino, der zu dieser Zeit der Boß der Bosse war, hätte wahrscheinlich auch gesagt, er ›brauche Geld‹, aber aus dem Grund, weil er nie genug davon bekommen konnte. Joey hingegen benötigte Geld, um wieder im Wucher- und Buchmachergeschäft Fuß zu fassen, und um sich diese Mittel zu beschaffen, hatte er sich zu einem der größten Kokain-Verteiler in den Vorstädten entwickelt. Vor seinem Tod wechselte er dann noch in den Handel mit Heroin über.

Joey benutzte auch Schwarze wie Lucky, mit dem er sich im Gefängnis angefreundet hatte, um Spielhallen für Schwarze einzurichten. Außerdem hatte er, dank seiner Zusammenarbeit mit schwarzen Partnern, auch in Gary in Indiana, in Cleveland und in Steubenville in Ohio Geschäfte laufen.

»Grieche, ich möchte, daß du bei mir mitmachst«, sagte er an diesem Tag in der 14th Street.

»Ich liebe meine Unabhängigkeit«, antwortete ich.

»Gut, aber wie wär's, wenn wir uns mal mit Lucky zusammensetzen würden?«

»Meinetwegen.«

Lucky, ein Schwarzer, der für Joey in Harlem das Lotterie-Geschäft aufgezogen hatte, wurde allmählich auch selbst zu einer wichtigen Größe im organisierten Verbrechen. Ich dachte mir, ich könnte vielleicht gelegentlich für ihn arbeiten und weiterhin Distanz zu Gallo bewahren, der geradewegs auf den Friedhof zusteuerte.

Ich erledigte dann auch einen Job für Lucky. Gemeinsam bearbeiteten wir mit Baseballschlägern einen konkurrierenden Lotterie-Organisator, der danach krankenhausreif war. Das brachte mir einen Fünftausend-Dollar-Hit ein, den ich für einen einflußreichen schwarzen Drogenhändler ausführte, der ebenfalls die Konkurrenz ausschalten wollte. Unter dem Vorwand, Kokain kaufen zu wollen, traf ich meine zwei Zielpersonen in einen Restaurant und erschoß sie, bevor sie überhaupt begriffen, worum es ging. Das war ein ›guter‹ Hit. Wann immer es möglich war, ging ich einfach hin und tat es, das war mir am liebsten. Manchmal freilich war es auch richtig kompliziert, und in diesen Fällen mußte ich mir genauso wie die anderen in dieser Branche ausgeklügelte Pläne zurechtbasteln.

Außerdem fand ich während dieser Zeit auch eine Beschäftigung als Geldeintreiber für einige jüdische Wucherer. Das brachte mir fünfhundert Dollar die Woche ein, und ich wurde auch nur als letztes Mittel eingesetzt. Einmal verlangten diese Kredithaie von mir, ich solle eine Frau im Beisein ihres Ehemannes töten. Der Mann sollte am Leben bleiben, um das Geld zurückzahlen zu können. Ich lehnte ab. Ich habe niemals Frauen oder Kinder umgebracht.

Aber die meiste Zeit war ich damit beschäftigt, für Rocky Moro Geld einzutreiben oder Typen, die sich auf seinem Territorium breitmachen wollten, abzuschrecken. Zu diesen Konkurrenten gehörte auch Dominick LaMonica, der mich dadurch überraschte, daß er sagte, er wollte sich gern mit Moro treffen.

Als ich Rocky davon erzählte, sagte er: »Gut, ich werde mit LaMonica reden. Sag ihm, er soll zum Lagerhaus in der Worth Street kommen.«

Dominick LaMonica antwortete mir: »Einverstanden, ich werde hinkommen. Wir werden reden.«

Also brachte ich Dominick und seinen Partner Patsy Russo zu dem Lagerhaus. In dem Augenblick, in dem wir hineingehen wollten, kamen drei Typen heraus und legten den beiden Kanonen an die Schläfen. Dann stampfte New Yorks gefürchtetster ›Durchsetzer‹, mein alter Kumpel Red, mit einem Baseballschläger durch die Tür, und LaMonica und Russo wurden bleich. Mit Schießprügeln zu hantieren, entsprach vielleicht der Art und Weise, wie Rocky Moro ein Treffen eröffnete, aber wenn Red einen Schläger in die Hand nahm, dann konnte das nur eines bedeuten.

Sie banden Dominick mit den Armen an einen Sessel und fesselten Russo mit Handschellen an einen weiteren Stuhl. Zuerst brachen sie Dominick die Beine, dann die Arme und schließlich bearbeiteten sie seinen Kopf. LaMonica brüllte wie wahnsinnig, aber niemand außer dem total verängstigen Russo und seinen Peinigern konnte ihn hören. Moro und sein Bruder prügelten Dominick mit Baseballschlägern zu Tode. Sie brauchten ungefähr dreißig Minuten, um ihn zu töten, sie ließen sich Zeit. Dann ging Red zu Russo hinüber und machte sich daran, langsam auch aus ihm alles Leben herauszuprügeln.

Als die blutigen, entstellten Überreste von Dominick und Russo von den Stühlen losgebunden wurden und wie Fleischklumpen zu Boden fielen, ordnete Moro an, ihnen die Bäuche aufzuschlitzen – damit die Leichen nicht im Wasser treiben würden – und sie in den Hudson River zu werfen.

Rocky Moro wußte, daß die Nachricht von dem, was hier passiert war, sich auf der Straße verbreiten würde, und er wollte, daß alle potentiellen Wilderer wußten, was ihnen blühen würde, wenn sie sich in seinem Territorium betätigten.

Als ich Joey Gallo gesagt hatte, daß ich nicht für ihn arbeiten wollte, hatte er gesagt: »Okay, ich verstehe.« Aber das stimmte nicht. Meine negativen Gefühle ihm gegenüber überwogen meinen positiven. Ich war einer der wenigen, die wußten, daß er zweimal wegen Vergewaltigung und Analverkehr eingebuchtet worden war.

Nicht lange nach unserem Treffen in der 14th Street schickte Joey einen seiner Leibwächter, Bobby Bongiovi, um mir ausrichten zu lassen, er wünsche mich zu sehen. Ich weigerte mich, weil ich befürchtete, Gallo könnte versuchen, mich wegen dem, was im Norden passiert war, zu entführen, niederzuschießen oder mir den Schädel einzuschlagen. Außerdem trug ich zu dieser Zeit möglichst selten eine Waffe, um zu verhindern, daß man mich erneut wegen einer Verletzung der Bewährungsauflagen einsperrte.

Anfang November 1971, einige Tage vor meinem 33. Geburtstag, saß ich mit Sammy ›The Arab‹ Nalo im Port Said, einem sehr beliebten arabischen Nachtclub in der 28th Street, zwischen der Seventh und Eight Avenue. Ich hatte keine Ahnung, daß mir hier die größte Chance meines Lebens geboten werden sollte, das beste Angebot, daß ich je auf meiner Suche nach dem Haupttreffer in der Lotterie des Lebens erhielt. Auf Nalos Anregung hin war ich nachmittags gekommen, als dort noch nicht viel los war und wir ungestört reden konnten. Ihm gehört ein Anteil am Port Said; jeden Abend traten dort Sängerinnen und Bauchtänzerinnen aus Ägypten auf, es gab ausgezeichnete Vorspeisen – griechische und türkische Fleischbällchen, gefüllte Salatblätter, Antipasti – und hervorragende Hauptgerichte, angefangen mit Lammrippchen, und unter den Besuchern war alles, was Rang und Namen hatte. An den Wochenendabenden rückten die Mobster aus der Colombo- und der Genovese-Familie die Tische dicht vor das Podium; sie fühlten sich wohl in dieser rauchgeschwängerten Atmosphäre, zwischen den vielen schönen Frauen, und hier konnten sie auch ungestört ihrer Lieblingsbeschäftigung nachgehen, nämlich die nächsten Dinger auszuhecken, die sie drehen wollten.

Fat Tony Salerno kam auch oft ins Port Said. Er trank keinen Alkohol, sondern nippte nur an türkischem Kaffee und winkte den kleinen Arschkriechern huldvoll zu. Zu den Besuchern des Port Said gehörten auch viele Berühmtheiten aus den verschiedensten Bereichen des öffentlichen Lebens. Verschiedene Male habe ich Telly Savalas gesehen, der gerne die Show-Vorstellungen besuchte, außerdem Anthony Quinn, Peter Falk und Martha Raye.

»Grieche«, sagte Nalo, »ich hab' da eine Sache in Aussicht.«

»Um was dreht es sich?«

Sammy spielte mit seinem Glas, in dem sich Ouzo befand. The Arab (er haßte diesen Namen) war ein finster dreinblickender kleiner Kerl, der nie lächelte. Er war einen Meter fünfundsechzig groß, hatte dunkle, tiefliegende Augen, behaarte Arme und Brust, war immer leicht unrasiert und vollkommen glatzköpfig. Als Sohn irakischer Emigranten in Detroit geboren, entwickelte er sich zu einem der wahrscheinlich perfektesten Überfallspezialisten aller Zeiten.

»Das kann ich dir jetzt noch nicht genau sagen«, antwortete er. »Aber ich muß wissen, ob du mitmachen willst.«

»Natürlich. Ich bin bereit.«

Ich wußte, daß alles, was Sammy Nalo auskochte, von größerem Zuschnitt war. Er und sein Partner Bobby Comfort aus Rochester in New York hatten eine Million Dollar in Juwelen und Bargeld aus dem Sherry Netherland Hotel geraubt und außerdem größere Überfälle auf andere Hotels wie das Regency, das Drake, das Carlyle und das St. Regis verübt. Nalo war die intellektuell treibende Kraft hinter diesen Überfällen, aber der verfressene Bobby Comfort war auch nicht auf den Kopf gefallen. Comfort, den seine Nachbarn in der Vorstadtsiedlung von Rochester für einen Handlungsreisenden hielten, war einer der größten Juwelendiebe der Welt. Ebenso wie Nalo war auch Comfort ein Freund von mir. Er, ich und Joe Sullivan hatten einmal im Gefängnis in derselben Football-Mannschaft gespielt.

Nalo und Comfort. Als Generäle wären sie ein unschlagbares Team gewesen, das heikle militärische Operationen chirurgisch genau geplant hätte. Ihr Philosophie lautete: zuerst einen exakten Plan entwerfen, dann die Sache in Angriff nehmen, durchziehen und verschwinden.

Ich nahm an, bei dem Job werde es sich um eine größere Sache handeln, aber ich konnte mir nicht vorstellen, daß der Ertrag ausreichen würde, um meine Pensionskasse vollständig zu füllen. Daß Sammy mit den Einzelheiten noch hinter dem Berg hielt, machte durchaus Sinn. Sicherlich waren auch noch andere beteiligt, und er wollte nicht, daß irgendeiner von uns die Sache ausplauderte.

Erst am 30. Dezember, als wir uns im Hinterzimmer des Port Said trafen, während vorne eine Bauchtanz-Show lief, gab Nalo das Zielobjekt bekannt und stellte mich dem Rest der Mannschaft vor. Später erstellte Bobby Comfort zusammen mit dem Autor Ira Berkow ein Buch, das mir sehr gefiel – *The Man Who Robbed the Pierre* –, in dem die Geschichte des größten Hotelraubs aller Zeiten beschrieben wird, wie das *Guinness-Buch der Rekorde* unser Unternehmen einstufte. Comfort sagte, nur fünf Leute hätten an dem Überfall teilgenommen, wobei er sich selbst nannte, Sammy Nalo und drei weitere Gangster, die er als City, Country und Doc bezeichnete. Er benutzte Pseudonyme, um, wie er sagte, ›die Schuldigen zu schützen‹.

Tatsache aber ist, daß fünf Leute nicht ausgereicht hätten, um den komplizierten und gefährlichen Überfall auf das Hotel Pierre durchzuführen. Außer Comfort, Nalo und mir nahmen noch die folgenden fünf Gangster an diesem Raubüberfall teil, der die Schlagzeilen beherrschen sollte:

1. Bobby G., ein Mobster franko-kanadischer Abstammung, der für die Lucchese-Organisation mit Drogen handelte. Er war einenmetersiebzig groß, hatte ein rundes Gesicht, dunkle Augen und graumelierte Haare. Bobbys Aufgabe bestand darin festzustellen, welche Schließfächer in dem offenen Tresorraum von welchen Gästen belegt waren.

2. Ali-Ben*, bekannt als The Turk. Ali-Ben, ein Freund von Nalo, war ein kräftiger, drahtiger, schwarzhaariger Hitman, der hauptsächlich für den gefürchteten albanischen Mob arbeitete. Seine Aufgabe war es, dafür zu sorgen, daß wir während der Arbeit nicht durch Hotelgäste, die mit dem Aufzug herunterkamen, überrascht werden konnten.

3. Harold Green*. Ein großgewachsener Schwarzer aus Harlem, der mit Ali-Bens Schwester verheiratet war. Während des Überfalls stand er Schmiere vor dem einzigen offenen Eingang zum Pierre in der 61st Street – der andere Eingang in der 62nd Street war zwischen 2 Uhr und 6 Uhr nachts geschlossen.

4. Petey T., der ehemalige Schwergewichtsboxer, mit dem ich Mitte der sechziger Jahre schon drei Hotelüberfälle durchgeführt hatte, war für die Überwachung der Hotel-Lobby zuständig – er kümmerte sich um die Geiseln, fesselte sie mit Handschellen und brachte sie in eine Nische der Lobby.

5. Al Visconti, ein Partner der Lucchese-Organisation, der unsere Gefangenen bewachte. Visconti, der einmal Schwergewichtschampion der New Yorker Staatsgefängnisse gewesen war, glich einer vergrößerten Ausgabe von Rocky Marciano, mit der gebrochenen Nase und all dem anderen.

Es war eine wirklich internationale Crew, die da im Hinterzimmer des Port Said versammelt war: ein Franko-Kanadier, ein Türke, ein Schwarzer, ein Araber, einer mit griechisch-sizilianischer Abstammung, ein halber Ire (Bobby Comfort) und zwei Italiener.

»Gibt es jemanden unter euch, der mit Schwarzen nicht auskommt?« fragte Nalo, als wir uns gesetzt hatten.

»Ich arbeite in der Regel nicht mit ihnen«, sagte Petey T. »Aber ich kann schon mal eine Ausnahme machen.«

Die anderen gaben ähnliche Antworten. Es war allen klar, daß Nalo sich auf Harold Green bezog, den er insbesondere wegen seiner Hautfarbe für unverzichtbar hielt. Nalo nahm an, die meisten Chauffeure seien schwarz – was nicht stimmte –, aber Harold sollte jedenfalls als Chauffeur verkleidet auftreten. Außerdem mußte der Chauffeur, der draußen vor dem Pierre stand, ein harter Bursche sein, der in der Lage war, es mit jedem aufzunehmen, der verdächtig aussah. Verdächtig war in diesem Falle gleichbedeutend mit Polizei.

Nalo war mit den Antworten zufrieden und sagte: »Das wird ein ganz, ganz großer Job.«

Wie ein guter Schauspieler ließ er seine Worte im Raum nachklingen. Dann stand er von dem Tisch auf, an dem wir saßen, entfaltete eine riesige Karte mit dem Grundriß des Hotels und pinnte sie mit Reißnägeln an die Wand. Auf der Karte waren mehrere X eingetragen, jedes X stand für einen von uns und zeigte, wo er stehen sollte.

»Das ist das Hotel Pierre«, sagte Nalo, »und ihr müßt es in- und auswendig kennen, bevor ihr den ersten Schritt dort hinein tut.«

Nalo schritt wie ein kleiner General vor seiner Karte hin und her. Auf seiner Glatze spiegelte sich das Licht, und seine Augen waren hinter einer dunklen Sonnenbrille verborgen. Er hatte einen Zeigestab, mit dem er zuerst auf die X-Markierungen deutete, die dazugehörigen Namen und Aufgaben nannte, und danach alles mehrmals wiederholte, wie wenn er es mit einem Kindergarten zu tun gehabt hätte. Wir lauschten hingerissen unserem Meister. Von vorne drangen Musik und Gelächter in unseren Raum, aber wir waren so in die Besprechung vertieft, daß wir es kaum zur Kenntnis nahmen.

Nalo war wie Pavarotti, wenn er über die Oper doziert, oder wie Nurejew, wenn er sich über Ballett ausläßt, und wir bemühten uns, keins seiner Worte zu verpassen.

Nachdem er uns eine Gesamtdarstellung des Überfall-Plans gegeben hatte – der eine steht hier, der andere da, und alles zigfach wiederholt –, trat er vor jeden Mitwirkenden hin, ließ ihn das aufsagen, was er zuvor vorgetragen hatte, und feuerte schließlich maschinengewehrähnlich seine Fragen ab: Was passiert, wenn Polizisten kommen? Was ist, wenn sie schon dort sind und in einem Hinterhalt auf uns warten? Das war Nalos größte Sorge. Er hatte uns zwar sorgfältig ausgewählt, aber die größte Gefahr bestand darin, daß einer sein Maul nicht halten konnte und sich gegenüber einer Freundin oder einem Freund verplapperte. Nalo traute keinem, und jedem im Raum war das bewußt.

Gelegentlich sagte auch Bobby Comfort etwas. Der Überfall auf das Pierre war seine Idee gewesen, aber die konkreten Einzelheiten, von denen der Erfolg des Unternehmens abhing, waren von Sammy Nalo ausgearbeitet worden. Bobby sagte uns, wie wir uns anziehen und welche Waffen wir mitnehmen sollten. Das letzte, was er wollte, war, daß geschossen wurde, aber er wußte auch, daß die Dinge außer Kontrolle geraten konnten und daß es dann soweit kommen würde.

Am Neujahrstag trafen wir uns zur zweiten fünfstündigen Sitzung im Port Said. Nalo, der wieder den Zeigestab benutzte, ging den Raub noch einmal in allen Einzelheiten und mehrmals mit uns durch. Er schloß mit einigen aufmunternden Worten, sagte, wir seien die besten und er habe uns persönlich aus einer langen Liste von vertrauenswürdigen Leuten ausgewählt.

»Wie hoch wird denn deiner Einschätzung nach die Beute sein?« wollte Ali-Ben wissen.

Nalo lächelte. Wir hätten nicht viel getaugt, wenn wir diese Frage nicht gestellt hätten. »Millionen«, sagte der glatzköpfige Mann.

»Wie viele Millionen?«

»Weiß ich auch nicht genau. Fünf oder sechs.«

Wir fragten danach, wie die Beute aufgeteilt werden würde. Nalo antwortete, das könne er jetzt noch nicht sagen, aber es werde auf jeden Fall fair sein. Er sagte, er und Comfort würden die größten Anteile erhalten – sie hatten schließlich auch die meiste Arbeit gemacht –, und ein kleinerer Teil werde an ein den Mobstern gehörendes Autogeschäft in Brooklyn gehen, das uns Transportmittel zur Verfügung stellen würde, die niemand bis zu uns würde zurückverfolgen können.

Nalo hatte einen guten Ruf in der Unterwelt, und wir akzeptierten seinen Vorschlag. Es war kein Fall bekannt, wo er irgend jemanden hereingelegt hätte, und das wäre bei dieser Sache auch eine ziemlich gefährliche Angelegenheit für ihn gewesen angesichts der Mannschaft, die er angeheuert hatte. Das gleiche galt für Bobby Comfort, ein Typ, der nicht von Geldgier angetrieben wurde, sondern genau wie ich von dem Wunsch, ein Ding zu drehen, das soviel abwarf, daß man sich danach zur Ruhe setzen konnte. Er hatte eine Frau und eine Tochter, die mit ihm in Rochester lebten, und keine Lust, sich eine ehrliche Arbeit zu suchen.

Wir fuhren in zwei Autos. Die Insassen des ersten Wagens, zu denen auch ich gehörte, kamen am 2. Januar 1972 um 3 Uhr 30 nachts vor dem Hotel an und prüften, ob alles ruhig war. Zehn Minuten später fuhr Harold Green, der eine Chauffeursuniform trug, vor dem Eingang zum Hotel Pierre in der 61st Street vor. Bobby, Petey T. und Al Visconti stiegen aus und sagten zum Wachmann: »Wir sind eingeladen, zu Dr. Fosters Party.« Nachdem der Wachmann durch einen Anruf beim Empfang erfahren hatte, daß tatsächlich ein Dr. Foster (Bobby Comfort) für eine Raumreservierung gezahlt hatte, öffnete er die Tür. Einen Augenblick später blickte er in den Lauf von Al Viscontis Kanone, während wir anderen im Hotel ausschwärmten, um nach Geiseln zu suchen. Harold Green blieb draußen auf Wache.

Datum und Zeitpunkt des Raubes waren perfekt gewählt. Die meisten Gäste schliefen tief und fest, nachdem sie am Neujahrsabend, angetan mit ihren besten Schmuckstücken, noch ausgiebig gefeiert hatten – und alle diese Pretiosen lagerten nun in Schließfächern im Hotel, bis am nächsten Morgen um 9 Uhr 00 auch die Banken ihre Tresorräume wieder öffnen würden. Außerdem arbeitete das Hotel wegen der Feiertage nur mit reduziertem Personal, und es war ein leichtes für uns, die Angestellten einschließlich der Wachmänner zusammenzutreiben.

Das Pierre war das New Yorker Spitzenhotel. Die Creme de la Creme stieg hier ab, wie zum Beispiel Prinzessin Diana von Fürstenberg, Maria Callas, Aristoteles Onassis, Merle Oberon, Prinz Philip, Mrs. DeWitt (Miteigentümerin von *Readers's Digest*), Robert J. Kleberg jr. (Inhaber der King Ranch), Lady Sarah Churchill, Kirk Douglas und sogar Präsident Nixon.

Schmuck und Geld wurden in Schließfächern in einem großen offenen Tresorraum hinter der Rezeption aufbewahrt, und nachdem wir die Wachmänner, die Liftboys, die Zimmermädchen, die Pagen und den Portier aus dem Verkehr gezogen hatten, begannen Comfort und Bobby G., die Schließfächer aufzubrechen, eine schwierige Arbeit, und Sammy Nalo räumte die Fächer aus.

Bobby Comfort hatte eine doppelte Aufgabe. Er suchte die vollen Geldboxen und hämmerte sie auf, und er machte ab und zu im Erdgeschoß die Runde, um sich zu vergewissern, ob alles in Ordnung war. Sammy Nalo warf die Wertsachen in die mitgebrachten Koffer. Mit einer .32er Automatik in der Hand und einem .38er, versteckt unter meinem Smoking, bewachte ich den Eingang von der 61st Street, legte jedem, der hereinkam, Handschellen an und führte ihn zu Al Visconti, der für die Geiseln zuständig war. Al veranlaßte dann, daß die Leute sich in einer Nische neben dem Empfang mit dem Gesicht nach unten auf den Boden legten.

Die Zahl der Geiseln wuchs ständig – schließlich waren es insgesamt neunzehn –, aber wir hatten genügend Handschellen dabei, nämlich drei Dutzend Paar.

Um 4 Uhr 45 erschien ein Gast vor dem Eingang. Ich öffnete ihm die Tür, wobei ich ihm zuerst den Rücken zukehrte, mich dann langsam umdrehte und ihm meinen .38er ins Gesicht schob. »Treten Sie ruhig ein, Sir«, sagte ich.

»Wa-was ist denn los?« stotterte er.

»Sir«, sagte ich, »ich verspreche Ihnen feierlich, daß Ihnen nichts geschehen wird, wenn Sie tun, was man Ihnen sagt.« Ich führte ihn zu der Nische, und Al Visconti befahl ihm, sich zu den anderen auf den Boden zu legen.

Die meisten von uns trugen Verkleidung und Smokings. Sammy Nalo hatte eine mächtige Perücke auf, trug eine falsche Nase und eine Brille. Natürlich hatten wir alle Handschuhe an und Schußwaffen dabei, aber jeder wußte, daß nur im äußersten Notfall geschossen werden durfte. In diesen geheiligten Hallen zu schießen, hätte nicht nur den Zorn des Herrn (in diesem Fall des Staates) auf uns herabbeschworen, sondern es hätte das Ende des Überfalls bedeutet. Comfort und Nalo hatten die Crew, wie schon gesagt, sehr sorgfältig zusammengestellt, um sicherzugehen, daß keine Hitzköpfe dabei waren oder Leute, die schnell in Panik gerieten.

Die Schließfächer wurden nicht willkürlich aufgebrochen. Nalo zwang den Portier, das Verzeichnis der Fächer herauszugeben, in das die Namen der Einleger eingetragen waren. Ein Hotelgast namens Elmer Shmergel, beispielsweise, hätte reicher als ein Saudi-Prinz sein können, aber wenn bei seinem Namen keine Glocken klingelten, blieben seine Wertsachen unangetastet. Harold Uris (Immobilien), Tom Yawkey (Eigentümer der Boston Red Sox) und Calliope Kulukundis (ein griechischer Milliardär) waren hingegen bekannte Namen, und sie bezahlten dafür.

Jedesmal, wenn Bobby Comfort seine Runde drehte, fiel uns sein nahezu ekstatischer Gesichtsausdruck auf, und er versuchte auch gar nicht, ihn zu verbergen. Er bewegte sich wie im siebten Himmel, und seine Augen glänzten wie die auf dem Boden des Tresorraums verstreuten Juwelen.,

»Große Sache, was?« fragte ich ihn lächelnd.

»Die allergrößte«, antwortete er mit breitem Grinsen.

Die Vornehmheit der Reichen färbte ein bißchen auf uns ab. So legten wir zum Beispiel einem Mann, der so mitgenommen aussah, als würde er vor Schreck gleich in Ohnmacht fallen, keine Handschellen an. Wir redete die Leute mit ›Sir‹ und ›Madam‹ an und hoben nie unsere Stimmen. Wir waren eine verdammt kaltblütige Truppe, aber nicht weniger höflich und beflissen als die Zimmerkellner – wenn man einmal davon absah, daß wir Gäste und Personal festgesetzt hatten.

Die Zeit verging langsam, sie raste nicht dahin, wie es der Fall ist, wenn man sich amüsiert und es einem gut geht. Der angenehme Teil würde später kommen, und dann würde man an diese entscheidenden Momente zurückdenken. Im Hotel dachte ich überhaupt nicht an Geld oder Juwelen, sondern war voll konzentriert bei der Sache. So ging ich auch vor, wenn ich einen Hit zu erledigen hatte: Feiern konnte man danach.

Während unserer zweieinhalbstündigen Anwesenheit im Hotel Pierre gelang es Bobby G., Nalo und Comfort, ungefähr ein Viertel der zweihundertundacht Schließfächer im Tresorraum aufzubrechen. Allmählich bekamen wir das Gefühl, wir seien schon eine Ewigkeit in diesem Hotel, und jeden Augenblick würden Polizisten oder sonst jemand auftauchen.

Wir blieben länger, als es für unsere Sicherheit gut war, aber wir hätten es uns auch nie verzeihen können, wenn wir zu früh wieder abgezogen wären. Um 6 Uhr 15 erklärte Bobby Comfort den Gefangenen mit klarer, ruhiger Stimme: »Wir verschwinden hier in fünfzehn Minuten. Ich möchte, daß Sie alle sich daran erinnern, daß niemand verletzt wurde. Wir hatten auch nicht vor, irgend jemandem weh zu tun. Falls jemand mit dem Gedanken spielen sollte, als Zeuge groß herauszukommen, indem er uns identifiziert, sollte er sich das besser noch einmal überlegen. Ich rate Ihnen, helfen Sie der Polizei in keiner Weise. Wenn Sie es doch tun, dann werden Ihre Frauen, Ihre Kinder, alle, die Ihnen auf der Welt lieb und teuer sind, sich nie mehr richtig sicher fühlen können. Ich werde zurückkommen, oder ich werde jemanden schicken. Wenn Sie mithelfen wollten, uns ins Gefängnis zu bringen, dann werden Sie die Folgen auszubaden haben. Wenn Sie sich raushalten, dann brauchen Sie auch keine Angst zu haben. Ich hoffe, Sie verstehen das.«

Dann leistete sich Comfort noch eine noble Geste und gab jedem der Hotelangestellten, die wir festgehalten hatten, zwanzig Dollar. Um 6 Uhr 30 schließlich zogen wir ab, kurz bevor die Angestellten der Tagschicht eintrafen, die um 7 Uhr begann.

Wir wußten schon zu dieser Zeit, daß wir einen großen Fang gemacht hatten – einen Haufen Juwelen, Geldbündel, alles in drei großen Koffern verstaut –, aber erst beim Zählen in Sammy Nalos Appartement in der Bronx und in einer weiteren Wohnung in Manhattan wurde uns klar, was für einen dicken Fisch wir da an Land gezogen hatten. In den Zeitungsberichten war die Rede von zehn Millionen Dollar, aber wir schätzten, daß es nahezu vierundzwanzig Millionen waren: elf Millionen in Bargeld und dreizehn Millionen in Schmuck – eine Riesenbeute, von der wir niemals zu träumen gewagt hätten.

Unsere Zahlen waren genauer als die, die von der Polizei und den Medien in Umlauf gebracht wurden. Ich glaube, viele Hotelgäste hatten Angst, die genaue Höhe ihres Verlustes bekanntzugeben. Wie hätten sie das viele Bargeld erklären sollen? Besser den Verlust einstecken, als sich die Steuerfahndung auf den Hals zu ziehen.

Einige Monate vorher, am 11. Oktober 1970, hatten Bobby Comfort und Sammy Nalo Sophia Loren in ihrer Wohnung im Manhattan Hampshire House überfallen, und sie hatte danach den Schaden mit sechshunderttausend Dollar angegeben. Sammy sagte jedoch, daß ihr Schmuck mehr als zwei Millionen wert gewesen war; wenn Mrs. Loren also seinen Wert absichtlich heruntergestuft hatte, dann lagen die Gründe dafür auf der Hand.

Am Abend des 2. Januar, als wir wieder im Port Said zusammensaßen, gab Sammy Nalo jedem von uns fünfzigtausend Dollar, fürs erste. Mir versprach er, ich würde in einem Jahr siebenhundertfünfzigtausend Dollar bekommen, und er sagte, wir müßten eine Zeitlang auf der Beute sitzenbleiben, bis sich die Aufregung wieder gelegt hatte. Er hatte ein Drittel der Beute in Verwahrung genommen, und die beiden anderen Drittel hatten Bobby Comfort und Ali-Ben.

Die Presse überschlug sich in ihrer Berichterstattung, der Fall machte weltweit Schlagzeilen, und ich stellte angenehm überrascht fest, daß diesmal der Aufschrei der Empörung fehlte, der sonst bei Raubüberfällen immer zu hören war. Peter Hamill, der Kolumnist der *New York Times*, schrieb zum Beispiel:

Der Überfall auf das Hotel Pierre war eine grandiose Sache. Niemand wurde verletzt. Es wurde peinlich genau darauf geachtet, daß niemand über Gebühr schikaniert wurde. Die Räuber entkamen mit einer Beute von vier Millionen Dollar oder vielleicht etwas mehr, und als es vorüber war, fühlte sich jeder in New York erleichtert, außer den Leuten, die ausgeraubt worden waren.

In einer Zeit, in der Junkies alte Damen in Aufzügen weg vierzehn Dollar Wechselgeld überfallen oder durch Kellerfenster einsteigen, um ein Silberstück zu klauen, das man sich vor Jahren einmal geleistet hat, kann man vor diesem großangelegten, gut organisierten Coup, bei dem es zu überhaupt keinen Gewalttätigkeiten kam, nur den Hut ziehen.

Hamill traf den Nagel auf den Kopf, als er die Operation als ›gut organisiert‹ bezeichnete. Er hätte das Ganze noch besser verstanden, wenn er die monatelange Planungsarbeit mitbekommen hätte, die Nalo und Comfort in die Sache gesteckt hatten, wenn er die Qualität der sorgfältig ausgesuchten Mannschaft gekannt hätte, und besonders, wenn er Mäuschen hätte spielen können, als der kleine glatzköpfige General im Hinterzimmer des Port Said vor der Karte hin und her marschiert war.

Der Überfall hätte wirklich als ›grandios‹ bezeichnet werden können, wenn nicht innerhalb einer knappen Woche alles wieder zunichte gemacht worden wäre und sich so meine Träume von Rückzug ins sonnige Florida in Luft aufgelöst hätten. Nalo wendete sich an die Lucchese-Organisation, und dort insbesondere an ›Tony Ducks‹ Corallo, der vollkommen unverschämt einen Anteil von dreiunddreißig Prozent für das Versetzen der Schmuckstücke verlangte. Nalo ärgerte sich über die Unverfrorenheit von Corallo so, daß er die Beute in das Haus eines Freundes in Michigan brachte.

Bobby Comfort war aus Rochester zurückgekehrt, um Nalo dabei zu helfen, die Pretiosen an Hehler loszuschlagen – Nalo stand bei einigen Buchmachern in der Kreide, die drohten, ihm die Beine zu brechen –, und Comfort, der von jemand verpfiffen worden war, wurde im Royal Manhattan Hotel hochgenommen. Er beschreibt die Szene in seinem Buch *The Man Who Robbed the Pierre* folgendermaßen:

»Wo sind die Sachen alle?« fragt mich einer der Typen. Ich sage: »Ich weiß nicht, wovon Sie reden.«

»In diesem Fall«, meint er, »sind Sie für uns wertlos.« Er sagt zu dem anderen: »He, mach mal das verdammte Fenster auf für diesen Kerl.«

Die Polizisten öffnen das Fenster, und kalte Luft strömt in das Zimmer, und dann zerrten sie mich dorthin. Was zum Teufel soll das? Sie heben mich hoch – Verdammte Scheiße! – und werfen mich raus! Aber sie halten mich noch an den Fußknöcheln fest. Ich baumele aus dem Fenster. Ich habe Todesangst. Ich pinkele so intensiv, daß der Strahl in hohem Bogen über mein Gesicht geschossen sein muß, denn ich kann mich nicht erinnern, naß geworden zu sein.

Ich schaue hinunter und sehe Menschen und Autos. Alles dreht sich. Ich habe einen Schock. Ich zittere, kann kaum atmen, werde steif. Einer der Polizisten brüllt mich an: »Willst du jetzt vielleicht reden?« Reden? Ich habe das Gefühl, meine Stimmbänder fallen mir aus dem Mund. Ich kämpfe, um ein paar Worte herauszubringen. Ich kreische: »Worüber reden?« Er sagt: »Das weißt du ganz genau. Du erzählst uns jetzt etwas über euren Überfall, und wenn du lügst, lassen wir dich runterfallen.«

Aber sie ließen ihn nicht fallen, und Comfort weigerte sich natürlich zu reden. Sogar in seinem Buch enthüllt dieser wackere Meisterdieb nicht, wer ihm und Sammy Nalo geholfen hatte.

Nalo wurde ebenfalls verhaftet, und sowohl er als auch Comfort wurden schließlich zu vier Jahren Haft verurteilt. Kurz darauf bekam es der Mann in Michigan mit der Angst und gab Juwelen im Wert von siebenhundertfünfzigtausend

Dollar, die Sammy ihm zur Aufbewahrung überlassen hatte, bei der Polizei ab. Die Polizei erfuhr nie, daß ein weiterer Freund von Nalo, der sich Bargeld und Schmuck im Wert von mehreren Millionen angeeignet hatte, mit der Beute nach Mexiko entkam.

Ali-Ben und sein Schwiegersohn Harold Green lasen darüber, daß ein Teil der Beute in Michigan aufgetaucht war, dachten, Nalo habe sie verpfiffen und flohen mit ihrem Drittel von der Beute nach Europa. Dort verbrauchten sie es nach und nach.

Bobby Comfort erwies sich auch nicht als zuverlässiger als Ali-Ben, Harold Green oder Sammy Nalo. Alle hatten sie an einem perfekt geplanten Überfall teilgenommen, aber sie wurden mit dem nicht fertig, was danach kam. Comfort verhökerte den Schmuck gutgläubig an einige Mitglieder der Rochester-Mafia, die sich sagten: »Warum zum Teufel sollen wir diesem Kerl eigentlich etwas geben dafür?« Sie behielten die Beute für sich, und als Bobby versuchte, wenigstens einen Teil zurückzubekommen, hätten sie ihn beinahe umgebracht.

Ich wollte meine siebenhundertfünfzigtausend Dollar, die mir versprochen worden waren, und ich war erbost darüber, daß bei diesem größten Hotelraub aller Zeiten nicht mehr als lumpige fünfzigtausend Dollar für mich abfallen sollten. Nach einer gewissen Zeit bekam ich schließlich noch einhundertfünfundsiebzigtausend Dollar, genausoviel wie Bobby G. und Al Visconti. Petey T. hatte mehr Glück: er bekam zweihundertfünfzigtausend. Ali-Ben und Harold Green verpraßten fast das ganze Geld in Europa. Bobby Comfort blieben schließlich einskommafünf Millionen, mehr, als ihm zukam, und Nalo hatte noch den Schmuck, den sein Freund nicht hatte mitgehen lassen.

Ich machte in erster Linie Sammy Nalo für den Fehlschlag verantwortlich und schwor, ihn zu töten – aber 1988 kam mir dabei jemand zuvor. Ich hatte auch eine Wut auf Ali-Ben und Harold Green, obwohl ich wußte, daß sie niemanden verpfiffen hatten, bevor Nalo sie hintergangen hatte. Und Comfort war einfach von härteren Burschen, als er es war, aufs Kreuz gelegt worden.

Später jagte ich schließlich doch noch zweien der an diesem Überfall Beteiligten eine Kugel in den Kopf, allerdings erst 1981. 1972 war ich noch voll damit beschäftigt, mir auszumalen, wie gut alles hätte laufen *können*, und ich hoffte, daß das nicht mein letzter Versuch gewesen war, mir ein großes Stück von dem Kuchen abzuschneiden.

13. Kapitel

Der Mord an Joey Gallo

Die Ermordung von Joey Gallo zählt immer noch zu den berühmtesten Morden in der Unterwelt, ein Verbrechen, für das nie jemand zur Rechenschaft gezogen wurde und das seit zwanzig Jahren unaufgeklärt ist.

Bis jetzt.

Mein Freund Sonny Pinto, der die tödlichen Kugeln auf Joey abfeuerte, erzählte mir die ganze Geschichte, die von anderen – insbesondere von ›Pete the Greek‹ Diapoulos – bestätigt wurde, die bei dem Mord dabei waren.

Joey Gallo wurde am 7. April 1972 erschossen, als er gerade seinen dreiundvierzigsten Geburtstag in Umberto's Clam House in der Mulberry Street in Little Italy feierte, einem beliebten Treffpunkt von Mobstern aus der Colombo- und der Genovese-Organisation. Das Lokal wurde von Matthew ›Matty the Horse‹ Ianiello betrieben, der für Fat Tony Salerno arbeitete. Ianiello war Salernos wichtigster Mann für Peep Shows, pornographische Fotos, schmutzige Filme, Prostitution und äußerst lukrative Nepp-Lokale, also Bars, in denen die Mädchen ihre Freier überreden, ihnen für drei Dollar fünfzig einen Drink zu bestellen. Davon gingen dann fünfzig Cent an das Mädchen und drei Dollar an das Haus. Matty the Horse betrieb für Fat Tony siebzig bis achtzig solcher Schuppen in Queens, Brooklyn, Manhattan und New Jersey. Funzie Tieri (der nominelle Boß), Fat Tony (Tieris gleichberechtigter Co-Boss) und Chin Gigante teilten sich den Profit.

Joey und seine Gäste hatten schon im Copacabana gefeiert, bevor sie ins Umberto's aufbrachen. In seiner Begleitung befanden sich sein Haupt-Leibwächter, ein Freund von mir namens Pete the Greek Diapoulos, dessen Freundin Edith Russo, Joeys

Ehefrau für drei Wochen, Sina, die er in einer aufwendigen Zeremonie in Jerry Orbachs Sandsteinhaus geheiratet hatte, Sinas zehnjährige Tochter Lisa und Joeys Schwester Carmella Fiorello.

Im Umberto's setzten sich Joey und Pete the Greek mit dem Rücken zur Tür hin, nicht gerade eine für Gangster typische Sitzposition. Vielleicht fühlten sie sich in Begleitung der Frauen und des Kindes sicher.

Joey wußte, das es einem Flirt mit dem Tod gleichkam, wenn er sich im Umberto's sehen ließ, aber er wollte zeigen, daß er immer noch Respekt verdiente. Es entsprach auch seiner Macho-Art, so kundzutun, daß niemand ihm vorschreiben konnte, wohin er zu gehen oder nicht zu gehen hatte. Und als er das Restaurant betrat, rollte man dort für ihn auch den roten Teppich aus, denn man wußte, daß Crazy Joey Gallo seinem Ruf entsprechend behandelt zu werden wünschte. Ich habe erlebt, wie er mit Kerlen kämpfte, die um mehr als einen Kopf größer waren als er – baumlange Schwarze oder Puertorikaner, die ihn grün und blau prügelten –, aber er hatte nie den Schwanz eingezogen. Joey war immer mit irgend etwas beschäftigt, im Geiste plante er ständig Schachzüge, mit denen er einen gegen den anderen ausspielen konnte. Er war ein Bursche, der ständig Unruhe stiftete und dann auch immer mitten drin war.

Es war bekannt, daß Carlo Gambino, Fat Tony und Junior Persico Hit-Kontrakte auf Gallos Leben ausgesetzt hatten. Diese Mafia-Granden fürchteten die kleine Armee aus Schwarzen, die Gallo um sich versammelt hatte, aber als offiziellen Grund für die Mordaufträge nannten sie ›Rache für die Ermordung von Joe Colombo‹. Joe Colombo indessen war ihnen ziemlich egal– im Gegenteil, sie waren eher froh, daß er weg vom Fenster war –, aber sie wollten nicht zugeben, daß ihnen die Vorstellung von organisierten Schwarzen Angst einjagte. »Tötet Gallo, wo immer ihr ihn findet«, lautete der Auftrag.

Nachdem Gallo das Umberto's betreten hatte, überbrachte eine kleine Ratte namens Fat Joey Luparelli diese Nachricht einigen Mobstern, die sich in einem nahegelegenen Club aufhielten. Das was ein Club, zu dem ausschließlich ›Eingeweihte‹ Zutritt hatten, Männer, die erst um Mitternacht richtig wach wurden und sich dann die Zeit mit dem Austüffteln von Überfällen und dergleichen, mit Trinken, Kartenspielen und Quatschen vertrieben.

Joe Yacovelli, ein Hauptmann in der Colombo-Organisation, teilte es den anderen mit. »Es dreht sich um *unseren Mann*«, sagt er mit einer Stimme, in der das Bedrohliche unüberhörbar mitschwang. »Er ist im Umberto's. Feiert seinen Geburtstag. Zusammen mit ein paar Leuten.«

Im ganzen Club wurde es still.

»Junior und Fat Tony möchten ihn tot sehen. *Jetzt gleich*.« Joe Yak hätte auch als unheilverkündender Prediger auftreten können. »Hört ihr mich? Sie möchten, daß er weggeputzt wird. Wir dürfen nicht lange fackeln. Wir müssen diesen Scheißkerl erledigen.«

Fat Joey Luparello, Sonny Pinto und Philly Gambino – die beiden letzteren waren Colombo-Leute – bekamen von Yakovelli Anweisungen. »Joey, du versperrst mit deinem Wagen die Einbahnstraße, die zum Umberto's führt. Philly, Sonny und ich werden mit dir fahren. Park vor der Einfahrt zu dem Lokal, aber an der Ecke, damit sie dich nicht sehen. So können wir gleich abhauen, wenn die Sache erledigt ist. Sorg dafür, daß keiner in die Nähe kommt. Du weißt, wie man das macht. Sonny und ich gehen rein.«

Pinto erzählte mir, daß ihm diese Rolle gut gefiel. »Den verdammten Störenfried aus dem Weg räumen«, sagte er.

Sie brauchten fünfzehn Minuten für die Vorbereitungen und die Fahrt zum Ort des Geschehens. Ihre Waffen bestanden aus einigen Revolvern vom Kaliber .38 Spezial und einer halbautomatischen 9-mm-Pistole. Die Männer, mit Ausnahme von Joe Luparelli, gehörten zu einer sogenannten ›Hammer & Nägel‹-Truppe, einer Crew, deren Name schon alles über sie aussagte.

Sonny Pinto arbeitete ähnlich wie Mad Dog Joe Sullivan, der größte Lohnkiller, den ich je getroffen habe. Wenn er einen Hit zu erledigen hatte, dann rannte Sonny ohne zu zögern auf sein Ziel los, schoß alles nieder, was sich ihm in den Weg stellte, und verschwand dann so schnell wieder, wie er gekommen war. Nachdem er aus dem Wagen ausgestiegen war, ging er *unverzüglich* in das Lokal hinein, um entweder zu töten oder um selbst getötet zu werden.

Ich kannte Sonny von Sing Sing her, wo ich im Todesblock gearbeitet hatte, während er auf seine Hinrichtung wartete, und ich kann mir vorstellen, was an jenem Abend in ihm vorging: Fulminante Adrenalinstöße werden, förmlich außen an seinem Körper sichtbar, durch seine Adern geschossen sein, und sein Denken wird sich ausschließlich auf dieses eine Ziel, auf den Mord ausgerichtet haben.

Sonny war ein gutaussehender Mann, mit welligem, widerborstigen Haar, ähnlich wie bei Johnny Stomp, Lana Turners altem Freund, oder bei Jeff Chandler. Zu dieser Zeit war er ungefähr vierzig Jahre alt, er trug offene Seidenhemden und goldene Halskettchen, spitze, leichte Schuhe und seidene Socken. Er prahlte damit, daß alles, sogar seine Unterwäsche, sein Monogramm trage. Er hatte ein blasses Gesicht und dunkle Augen, die einen unheimlichen Ausdruck annehmen konnten – ein Macho wie Gallo, der vollkommen in einer Macho-Welt lebte.

Joe Yacovelli war das genaue Gegenteil eines stattlichen Mannes. Ein oberflächlicher Beobachter hätte ihn wahrscheinlich als ein Nichts, eine Null eingeschätzt, und er hätte nicht unrecht gehabt damit. Er hatte eine Hakennase und Kuhaugen, und viele Mobster waren der Meinung, er gleiche eher einem Verkäufer von heißen Kastanien als einem hochrangigen Berufsverbrecher. Aber genau das war er, ein Hauptmann der Colombo-Familie, und als solcher war er für den Mord an Gallo zuständig. »Töte die Frauen nicht«, sagte er zu Sonny Pinto. »Leg jeden um, der dir in den Weg kommt, aber töte die Mädchen nicht. Das schickt sich nicht.«

Pinto wußte, daß diese Anordnung zumindest teilweise unsinnig war, denn Joey vor den Augen seiner Frau, seiner

Schwester und seiner Stieftochter zu töten, war auch ziemlich unschicklich. In Wirklichkeit wollte Joe Yak damit seinen Hals aus der Schlinge ziehen. Denn er wußte, daß es Probleme geben würde, wenn er Joey in einem Lokal, das Fat Tony Salerno gehörte, aus dem Weg räumen ließ, aber er wußte auch, daß es noch viel schlimmer kommen würde, wenn dabei auch noch Frauen und ein Kind sterben würden. Fat Tony wollte zwar auch, daß Joey starb, und deshalb würde er sich wohl damit abfinden, daß es im Umberto's geschehen war, aber er würde sehr ärgerlich werden, wenn Joe nicht um Schadensbegrenzung bemüht gewesen wäre. »Ich habe euch verdammten Idioten doch gesagt, ihr sollt Gallo umbringen«, so würde Fat Tony toben, stellte sich Joe Yak vor, »aber nicht seine Frau, seine Schwester und das kleine Mädchen, verdammt noch mal. Großer Gott! Schaut euch an, was ihr blöden Schwachköpfe uns für Ärger eingebrockt habt!«

Doch Pinto sagte mir später: »Wir wollten diesen Drecksack umlegen, egal, wo er mit wem auch immer gerade zusammen war, selbst wenn er gerade mit dem Polizeichef beim Essen gewesen wäre. Wir hätten ihn erledigt, und mit ihm auch den Polizeichef. Der verdammte Fat Tony kann seine Hits in Zukunft selbst ausführen, wenn ihm das nicht paßt!«

Natürlich nannte niemand Tony in seiner Anwesenheit ›Fat Tony‹, aber man durfte ihn so nennen, wenn er es nicht hörte.

Bis auf Luparelli waren die Typen, die sich Joey vorknöpften, lauter ausgekochte Jungs, die Junior Persico gewöhnlich mit der Ausführung seiner Hits beauftragte. Junior, de-facto-Boss der Colombo-Organisation, der zu dieser Zeit im Knast saß, hätte Joey wahrscheinlich liebend gern höchstpersönlich umgebracht.

Sonny Pinto stürmte also ins Umberto's. Pete the Greek griff nach seiner Pistole, aber bevor er sie hervorholen konnte, war Sonny schon direkt auf Joey zugelaufen, der aufstehen wollte. Pete und Gallo, beide völlig überrascht, waren zu langsam.

Pinto schrie: »Stirb, du verdammte Sau, stirb!« und schoß Joey nieder.

Sonny stieß den Stuhl um, auf dem Pete the Greek gesessen hatte, und ließ den Tisch hinterher poltern. Als sein Stuhl nach hinten wegkippte, zappelte Pete mit den Beinen in der Luft herum. Sonny schoß einmal auf Pete und traf ihn in die Hüfte.

Während Pinto das Schießen besorgte, stand Yacovelli Wache und hielt die Köche, die Kellner und die Gäste in Schach. Das war nur eine reine Vorsichtsmaßnahme, denn in der Regel suchten unbeteiligte Anwesende sofort irgendwo Schutz, wenn eine Schießerei anfing. Als er gleich hinter Sonny Pinto das Umberto's betreten hatte, hatte Yak gebrüllt: »Auf den Boden mit euch! Wir bringen euch um!« Und dann, als die Kugeln ihr Ziel gefunden hatten, konnte er es sich nicht verkneifen zu sagen: »Die letzte war für dich, Joey.«

Sonny und Yak rannten nach draußen zu dem wartenden Auto, doch als sie sich noch einmal umschauten, glaubten sie ihren Augen nicht zu trauen: Joey Gallo, der dreimal getroffen worden war, kroch hinter ihnen her, er schob sich in seinem eigenen Blut rutschend nach vorne, überall war Blut, es vermengte sich mit Salat, Spaghetti und Soßen, die über den Fußboden verstreut waren. »Ihr Drecksäue«, brachte er noch heraus. »Ich bring' euch um.«

Aber sie hatten *ihn* umgebracht. Er schaffte es noch bis zur Mitte der Straße, dann brach er zusammen und starb. Es war 5 Uhr 30 früh.

Der kräftige Pete the Greek, stand, obwohl er in die Hüfte getroffen war, wieder auf, packte Matty the Horse, schleuderte ihn gegen die Wand und drückte ihm eine Pistole an die Schläfe. Pete, ein loyaler, aufrechter Mann, der Joey wie seinen Bruder behandelt hatte, wußte, was gespielt wurde. »Du Drecksack«, raunzte er Ianiello an. »Du hast das Ganze eingefädelt.«

Matty rief erschrocken: »Nein, Pete! Ich schwör's. Ich hab' nichts damit zu tun.«

Auf Mattys Wort gab Pete Diapoulos keinen Pfifferling, aber

dann sagte der Kumpan von Fat Tony Salerno etwas, das nicht ganz von der Hand zu weisen war. »Es sind Leute hier, Grieche. Wenn du mich umlegst, wird man dich einsperren.«

Pete, der schon kurz davor war abzudrücken, hörte, wie Polizeisirenen näherkamen. Die Polizisten hatten zwar die Schießerei nicht gehört, aber sie waren von Joeys Schwester Carmella alarmiert worden, die sich schreiend nach draußen gerettet hatte. Diapoulos sagte sich: *Der Kerl hat recht. Wenn ich diesen Wurm umbringe, schmeißt man mich in den Knast.* Er nahm seine Waffe herunter, schon zu benommen, um zu merken, daß er angeschossen war, ging hinaus zu Joeys Leiche und begann zu weinen.

Diapoulos wußte sehr genau, daß Sonny Pinto und Joe Yacovelli es gewesen waren, die Joey Gallo umgebracht hatten, aber er sagte nicht gegen sie aus. Er dachte sich, Joey würde nicht gewollt haben, daß er irgend jemanden verpfiff, womit er vielleicht auch recht hatte.

Bei Gallos Beerdigung schrie Carmella: »Joey! Die Straßen werden rot werden vor Blut!«

Und das wurden sie dann auch. Genau das war es, was Joey gewollt hätte. Aber er hätte wahrscheinlich nicht gewollt, daß *seine* Soldaten es waren, die den höchsten Blutzoll zahlten. Aus seiner Mannschaft blieb nur einer übrig, der es schaffte, einen Platz in der Mafia zu ergattern, nämlich sein Bruder Albert, genannt Kid Blast, der sich der Genovese-Familie anschloß.

Es ist kaum zu glauben, aber der einzige, der im Zusammenhang mit dem Mord an Gallo ins Gefängnis kam, war Pete Diapoulos. Er wurde wegen illegalen Waffenbesitzes verurteilt – wegen der Waffe, die er Matty the Horse an die Schläfe gehalten hatte. Der Hauptbelastungszeuge gegen ihn war der Verräter Joe Luparelli, der aussagte, er habe Joey Gallo an Yacovelli, Pinto und Gambino ausgeliefert. Und obwohl Luparelli behauptete, er könne die Mörder identifizieren, wurde niemals Anklage gegen sie erhoben. Luparelli schuldete den Mobstern Geld, der schiß sich vor ihnen in die Hosen, und er hätte niemals die Courage besessen, gegen sie auszusagen.

Ich verbrachte einige Zeit zusammen mit Pete Diapoulos auf Rikers Island, als er die einjähriger Strafe wegen der Bedrohung mit der Waffe absaß. Ich mochte diesen harten Burschen, der zu seinem Wort stand. Er hatte rabenschwarzes Haar, einen dunklen Teint und sah eher wie ein Araber als wie ein Grieche aus. Er war ein Faustkämpfer, der sehr gut mit seinen Händen umgehen konnte, und ein eiskalter Killer.

Pete erzählte der Polizei einen Teil der Geschichte von Gallo, aber er weigerte sich, vor Gericht auszusagen. Er wollte keine Ratte, kein Verräter werden. Er wollte nicht in Gerichtssälen herumgereicht werden. Pete hatte keine Angst vor den ›Eingeweihten‹, er hatte vor niemandem Angst, aber er hatte einige Regeln, an die er sich hielt – und Gangster nicht der Justiz auszuliefern gehörte dazu. Und außerdem: Warum sollte er sich Sorgen machen? Er hatte sich einen guten Plan für den Start in ein neues Leben zurechtgelegt.

Pete the Greek Diapoulos stand am Ende wesentlich besser da als so viele, die sich mit dem Mob eingelassen hatten. Er schrieb zusammen mit dem Autor Steve Linakis (einem Cousin von Maria Callas) ein Buch über Joey Gallo mit dem Titel *The Sixth Family*, und mit dem Geld, das er auf die Seite gelegt hatte, übersiedelte er nach Griechenland.

Ich möchte hier zum Schluß noch eines sagen: Joey Gallo war einmalig. Er hielt sich einen Löwen namens Cleo in seinem Haus, um damit Kreditschuldner einzuschüchtern. Ein Restaurateur, aus dem er Geld herauspressen wollte, fragte einmal, ob Joey ihm noch Aufschub geben könne. »Sicher«, erwiderte Joey. »Sie können auf meine Rechnung drei Monate im Krankenhaus verbringen.« Joey Gallo war unberechenbar, aufregend, todbringend, er hatte für mich eine Anziehungskraft, die nicht von dieser Welt zu sein schien und der ich nicht widerstehen konnte.

Einige Monate vor dem Überfall auf das Pierre machte mich ein Typ, der für Raymond Marquez Lotteriespiele veranstaltete, mit seiner dreiundzwanzigjährigen Nichte Beth Rivera* bekennt. Sie war einenmeterzweiundsechzig groß, siebenundfünfzig Kilo schwer und hatte auffallende, smaragdgrüne Augen. Sie war eine echte Schönheit, und dazu auch noch intelligent. Sie beherrschte drei Fremdsprachen – Griechisch, Italienisch und Spanisch –, hatte gerade am City College ihren Abschluß gemacht und wollte Lehrerin werden.

Seit ich in den fünfziger Jahren von der Navy abgehauen war, hatte ich immer wieder auch Frauenbekanntschaften gehabt, meistens aber nur kurze Affären, One-Night-Stands. Nichts Ernstes. Ich liebte meine Freiheit zu sehr, um mich auf eine feste Beziehung einzulassen; außerdem dachte ich mir, daß das wegen meinem Beruf nur mit einer Katastrophe für die Frau enden würde.

Die Gefängnistore waren für mich zu Drehtüren geworden – ein Preis, den ich anscheinend zu zahlen bereit war für die Hochphasen, die ich dann wieder in der Freiheit durchlebte –, aber diese Lebensweise war eine denkbar ungeeignete Basis für eine längerwährende Freundschaft oder eine Ehe. Ich habe erlebt, wie viele Gefangene aus Sorge um ihre Frau oder ihre Familie schier verrückt wurden; für sie bedeutete jeder Tag hinter Gittern eine quälende Folter. Das wollte ich mir nicht zumuten, und auch einer Frau nicht. Aber obwohl ich daher ein eingefleischter Junggeselle war, überraschte mich bald, wie die Dinge mit Beth sich entwickelten.

Ihre Schönheit, ihre Persönlichkeit und insbesondere auch ihr Intellekt nahmen mich gefangen – ich verbrachte meine Zeit gern in Gesellschaft kluger Menschen beiderlei Geschlechts –, und sie hatte leider eine Schwäche für Gangster. Sie betete ihren Onkel an und verstand sich bestens mit seinen Partnern. Es gibt viele Frauen wie sie, die einiges über Verbrechen gelesen haben und dann mit Gesetzesbrechern herumhängen, um den Nervenkitzel des Gefährlichen zu spüren. Kriminelle sind oft von einer fast sichtbaren Aura des Bösen umgeben, und genauso wie der Teufel können auch sie Menschen in ihren Bann ziehen. Ich hielt mich von den Mob-Groupies fern, aber ich hatte auch noch nie ein Mädchen getroffen, bei dem all diese Eigenschaften in einem einzigen charmanten Wesen vereinigt waren wie bei Beth.

»Gehen wir morgen abend zusammen ins Port Said?« fragte ich sie, nachdem uns ihr Onkel miteinander bekannt gemacht und sich höflicherweise verdrückt hatte.

»Gehen wir lieber in *The Fantasticks*«, schlug sie vor.

Was ist das?«

»Ein süßes, nostalgisches Musical.«

Und so begann es dann, in einer kleinen Schaubühne in Greenwich Village.

Bei den nächsten Treffen besuchten wir das Metropolitan Museum, spazierten auf den Steinwegen des Cloisters und verglichen unsere Deutungen von Gemälden, die bei Kunstshows im Central Park und in der Fifth Avenue entstanden. Wir fuhren zum Fischen nach Long Island und nach Hampton hinaus, lasen uns gegenseitig Bücher vor und machten händchenhaltend Spaziergänge auf dem Land.

Im März 1972 zog Beth in meine Vierzimmerwohnung in der 15th Street ein, in der es vier Farbfernseher gab – »drei davon müssen weg«, entschied sie kurzerhand –, sowie eine Tiffany-Lampe, teure Orientteppiche, ein antikes Bett aus weißem Walnußholz, eine handgeschnitzte Speisezimmergarnitur und wertvolle Ölgemälde. Meine geschmackvoll eingerichtete, beeindruckende Wohnung machte den Anschein, als wären dafür viele Besuche und teure Einkäufe in einem der besten Einrichtungshäuser der Stadt nötig gewesen. Ich machte aber vor meiner neuen Lebensgefährtin kein Held daraus, daß die Einrichtung komplett aus Beutestücken bestand – aus passenden Stücken, die ich mir aus der Beute von verschiedenen Einbrüchen herausgesucht oder zu einem Spottpreis von einem Hehler gekauft hatte.

Nachdem Beth eingezogen war, wurde die Wohnung, die für mich zuvor nur ein Platz zum Ausspannen zwischen zwei Jobs gewesen war, zu einem Liebesnest, das ich nur noch ungern verließ: verregnete Nachmittage, an denen ihr verlangender Körper sich im Bett neben mir räkelte, Abendessen bei Kerzenschein (wobei mir schon Stunden vorher der Mund wässrig wurde, wenn sie eine Paella zubereitete, ›die Spezialität des

Hauses‹) und lange, intellektuell anspruchsvolle Unterhaltungen über gemeinsame oder auch unterschiedliche Interessen. Die Frauen, die ich bisher gekannt hatte, waren dagegen um keinen Deut klüger gewesen als meine ungebildeten Gangster-Freunde.

Beth und ich konnten gar nicht genug Zeit zusammen verbringen. Kulturelle Veranstaltungen machten uns beiden Freude, und aufgrund ihrer Schwäche für Gangster machte es Beth auch Spaß, mich in Bars und Nachtclubs zu begleiten, in denen Mobster verkehrten. Sie wollte sogar mit mir in die Clubs gehen, aber diese Clubs waren rein männliche Enklaven: Frauen hatten dort absolut keinen Zutritt.

Meine Romanze mit Beth war die erste wirkliche Liebe, die ich erlebte, aber mit dem Gedanken ans Heiraten hatte ich mich auch früher schon befaßt. Während einem meiner Gefängnisaufenthalte hatten Mobster für mich eine Heirat arrangiert. Dahinter stand die Idee, eine ›Ehefrau‹ zu haben – mit unbegrenztem Besuchsrecht –, die regelmäßig Kurierdienste leisten und den Nachrichtenaustausch von drinnen nach draußen und umgekehrt aufrechterhalten sollte. Erst im allerletzten Augenblick, es stand schon ein Priester bereit, wurde der Plan wieder aufgegeben.

Im Sommer 1972 jedenfalls hörte Beth schon die Hochzeitsglocken läuten, und ich war dieser Vorstellung gegenüber nicht völlig abgeneigt. »Wann wirst du mich denn heiraten, Tony?« fragte sie mich eines Abends nach dem Essen in unserer Wohnung und benutzte dabei einen der Namen, die ich auf der Straße trug.

»Sobald ich genug Geld habe«, sagte ich, und sofort stiegen in mir wieder Mordgedanken hoch, weil ich an das entgangene Vermögen aus dem Überfall auf das Hotel Pierre dachte.

»Vergiß das ganz große Ding. Zusammen haben wir genügend Geld, um eine Boutique zu eröffnen, von der wir ganz gut leben könnten. Tony, wenn du so weitermachst, dann liegst du eines Tages tot auf der Straße, erschossen wie ein räudiger Hund. Ich möchte nicht, daß das passiert. Ich liebe dich.«

»Ich liebe dich auch, Baby. Aber mach dir um mich keine Sorgen. Ich paß schon auf.«

»Ich weiß, mit welchen Leuten du zu tun hast. Sie werden dich umbringen, wenn es ihnen irgendwann gerade in den Kram paßt.«

»Wart einfach noch ein bißchen, Beth. Ich werde ein großes Ding drehen. Uns ein schönes Haus kaufen. Wir werden endlich wie normale Menschen leben. Und das ganze Haus voller Kinder haben.«

Letzteres war auf ihre Kindheit gemünzt. Beth stammte aus einer großen Familie, hatte als Teenager immer mit babysittenden Cousinen und Nachbarskindern zu tun gehabt, sie war daher bestens auf die Rolle als Mutter vorbereitet und sehr darauf aus, von mir Kinder zu bekommen.

Als die Liebe zwischen Beth und mit in den Herbst hineinwuchs, gab sie die Idee von der Boutique auf und begann, in einer nahegelegenen Schule als Lehrerin zu arbeiten. Ich hatte beobachtet, wie leicht sie mit Kindern ins Gespräch kam und wie gut sie mit ihnen umgehen konnte, und ich war daher überzeugt, daß dieser Beruf ihr sehr gefallen würde, was sich schließlich auch bewahrheitete. In Abstimmung mit ihrem Stundenplan und um möglichst viel Zeit zusammen verbringen zu können, reduzierte ich meine kriminellen Aktivitäten, wenngleich ich durch verschiedene Jobs immer noch ein stetiges Einkommen erzielte. Hauptsächlich befaßte ich mich damit, für Philly Rags und zwei Drogenhändler aus New Jersey, Alphonse ›Funzi‹ Sisca und Arnold Squitieri, Heroin nach Harlem zu liefern.

Bevor ich Beth kennengelernt hatte, hatte ich ziemlich gerackert, wie ein Politiker, der hochkommen will, hatte überall Kontakte geknüpft und mein Geschäft hauptsächlich durch Empfehlungen ausweiten können. Ich hing mit den Mobstern in deren Bars herum, besuchte ihre Clubs, versuchte mit den verschiedensten Unterbossen ins Gespräch zu kommen, um zu sehen, ob sie Arbeit für mich hätten. Ich war ständig verfügbar.

Nachdem Beth dann bei mir eingezogen war, stellte ich die

ständige Hetzerei ein, ließ die Leute zu mir kommen und wartete darauf, daß mir die Jobs in den Schoß fielen.

Und einer tat das auch. Philly Rags rief mich eines Tages zu Hause an und machte mit mir ein Treffen aus, wo er mir den Auftrag gab, ich solle mir einen Schwarzen vorknöpfen, der sich weigerte, ein halbes Kilo Heroin zu bezahlen. Am 21. November 1972 machte ich mich mit einer Pistole und einem Baseballschläger auf den Weg, stellte mein Opfer in der 22nd Street und begann, mit dem Schläger auf ihn einzuprügeln. Da erschien plötzlich wie aus dem Nichts ein Bulle, nahm mich fest und ließ mich ins Gefängnis schaffen.

Beth besuchte mich am nächsten Tag. »Ich werde auf dich warten, Tony. Wenn du rauskommst, dann heiraten wir und fangen zusammen ein neues Leben an.«

Ich sagte nichts, was ihre Illusionen zerstört hätte, aber ich hatte schon zu viele Männer gesehen, die während ihrer Haft ihre Frauen verloren hatten, welche zuvor genauso aufrichtig unverbrüchliche Treue gelobt hatten; ich wußte, daß Beths romantische Vorstellung der Wirklichkeit nicht würde standhalten können.

Man beschuldigte mich der schweren Körperverletzung und des unerlaubten Waffenbesitzes, aber der Schwarze erwies sich als wenig kooperativer Zeuge. Drei Tage nach dem Ereignis erklärte ich mich freiwillig der Bedrohung durch Waffengewalt für schuldig, und ich wurde daraufhin vom Gericht zu sieben Monaten Haft verurteilt.

14. Kapitel

Schutzgelderpressung in New Jersey

In Sing Sing hatte sich vieles verändert, als ich Anfang 1973, nach einem Zwischenaufenthalt auf Rikers Island, wieder dort eingeliefert wurde. Vorher hatten die Wärter das Gefängnis mit eiserner Hand regiert, aber jetzt konnten sich Gefangene, die wußten, wo es lang ging und die Geld hatten (auf mich traf beides in hohem Maße zu), sich nahezu alles erlauben und sich auch fast alles kaufen. Alkohol und Drogen gab es ebenso reichlich wie Zigaretten; es hatte sich ein reger Markt entwickelt.

In der Vergangenheit hatten die Aufseher die Vorschriften zu rigide und auch zu gewaltsam durchgesetzt, aber nach den Aufständen von Auburn und Attica schwenkten sie um 180 Grad um. Warum sollten sie sich durch Häftlingsbeschwerden, die von einer stetig wachsenden Zahl liberaler New Yorker Anwälte eingereicht wurden, aus ihrem Trott bringen lassen? sagten sie sich. Außerdem hatten sie auch materielle Vorteile dabei.

Es standen zwar keine Schilder herum mit der Aufschrift: ›Hier käuflicher Sex‹, aber in Wirklichkeit gab es das auch. Ein leeres Zimmer, üblicherweise auf einer Krankenstation, war der Treffpunkt. Weiße Hippie-Mädchen aus New York, die sich ernsthaft schuldig fühlten, wollten den – überwiegend schwarzen – Häftlingen ihre Botschaft der Liebe bringen, was sich dann konkret meistens so gestaltete, daß sie sich in solchen Zimmern mit den Gefangenen trafen, nachdem diese die Wärter mit fünfzig Dollar bestochen hatten, um ein paar Stunden ungestört zu sein. Oft wurden diese idealistischen Mädchen, die davon schwärmten, den ›Opfern des Systems‹ zu helfen, selbst Opfer, willfährige Werkzeuge in den Händen von Gefangenen.

»Du willst dich doch um mich kümmern, oder?« fragte dann zum Beispiel ein Häftling sein Blumenmädchen.

»Natürlich. Deswegen bin ich doch hier.«

»Ich habe außer dem rechtlichen Beistand auch noch andere Bedürfnisse. Körperliche Bedürfnisse. Du verstehst, was ich meine?«

»Ich glaube schon. Aber, aber ich kann nicht . . .«

»Warum nicht? Sei doch mal ehrlich. Liegt es daran, daß ich schwarz bin?«

»Nein, nein! Das ist nicht der Grund!«

Und so ging es dann weiter. Ich mußte es neidlos anerkennen: Gerissen waren sie ja, diese Schwarzen. Während unsereiner Frauen für Sex bezahlen mußte, zogen sie sich allein durch Süßholzraspeln Mädchen an Land, die glaubten, sie hätten eine revolutionäre Aufgabe zu erfüllen. Viele der Schwarzen und auch die meisten Weißen kümmerten sich einen feuchten Dreck um Politik, aber wenn sich damit ein junges Mädchen aufreißen ließ, redeten sie gerne und ausführlich auch über so was.

Ich ließ es mir verdammt gut gehen während meines kurzen Aufenthalts in Sing Sing, in meiner Zelle war praktisch ständig eine Party im Gange, und ich war vier oder fünf Tage in der Woche betrunken. Ich ließ mir das erlesenste Essen von den besten Restaurants der Stadt bringen. Steaks, Champagner, Krabben. Anscheinend waren die meisten der Wächter in Sing Sing bestechlich, und gegen entsprechende Bezahlung hätten sie wahrscheinlich auch die ausgefallendsten Aufträge ausgeführt.

Ich verschickte Post nach draußen, und ansonsten verbrachte ich meine Zeit mit den üblichen Bekannten in einer Atmosphäre, die mehr der eines Umkleideraums als der eines Gefängnisses glich. Philly Gambino war wegen einem Verstoß gegen die Bewährungsauflagen eingesperrt worden. Hank Dusablon saß immer noch wegen seiner Morde. Und Al Visconti, der beim Überfall auf das Pierre mitgemacht hatte, war wegen eines anderen Überfalls verurteilt worden. Visconti wurde später eine Knast-Berühmtheit, weil ihm der denkbar eleganteste Ausbruch gelang. Er ließ von einem Freund einen gefälschten Vorführungsbefehl erstellen, und die Verwaltung fiel darauf herein, öffnete das Tor und ließ ihn ziehen.

Für mich war die Haftstrafe unter den gegebenen Umständen eher eine Art Urlaub, und es gefiel mir, daß die Häftlinge zu mir kamen und mich um Rat fragten oder meinen Schutz erbaten. Draußen wurde mir schon hoher Respekt entgegengebracht, aber im Knast wuchs ich allmählich fast in die Rolle eines unantastbaren Padrone hinein.

Beth Rivera schrieb mir vier- bis fünfmal in der Woche, besuchte mich aber nur ein einziges Mal. Und auch das kam unerwartet, denn ich hatte ihr gesagt, sie solle wegbleiben. Aber dennoch war es schön, sie zu sehen und ihren warmen, weichen Körper zu fühlen, in einem Privatzimmer auf der Krankenstation, das sich für uns aufgetan hatte, nachdem ich einem Wärter fünfzig Dollar in die Hand gedrückt hatte.

Nachdem wir miteinander geschlafen hatten, fürchtete ich, wenn ich wieder allein war, würde mich große Sehnsucht nach ihr überkommen. Aber das war nicht der Fall. Ich redete mir zwar edelmütig ein, wie ich es schon so oft getan hatte, daß eine ernsthafte, von gegenseitigem Geben und Nehmen bestimmte Liebesbeziehung zu einer Frau *ihr* nicht gut bekommen würde (und wer hätte das auch bestreiten können?), aber in Wirklichkeit wollte ich mir meine vollständige Unabhängigkeit bewahren, als Mensch und als Krimineller, und ich wußte, daß eine Ehe für mich ein Klotz am Bein gewesen wäre. Kein Psychiater hat mir je erklärt, worauf meine Unfähigkeit, mich an Frauen zu binden, im Kern zurückzuführen war, und ich habe auch nie viel Zeit damit vertan, es ergründen zu wollen. Ich hing lieber mit Männer herum, und in ihrer Gesellschaft fühlte ich mich vor allem deswegen wohl, glaube ich, weil es unkompliziert zuging und nicht so viele Rücksichten zu nehmen waren.

Beth wohnte weiterhin in meiner Wohnung in der 15th Street und schrieb mir ständig, daß wir nach meiner Entlassung wegziehen und ein neues Leben beginnen würden. Ich hatte meine ernsten Zweifel, ob das funktionieren würde, und ich träumte außerdem immer noch von dem Haupttreffer, der mir einen sorgenfreien Ruhestand ermöglichen würde, und deshalb versuchte ich, sie zu bremsen, indem ich darauf hinwies, daß wir zuwenig Geld hätten. Es wurde mir klar, daß ich mein Leben liebte, so wie es war, und sogar in den Gefängnissen ließ es sich jetzt aushalten. *Keiner* machte mir jetzt mehr Schwierigkeiten. Die Wärter begann ich als etwas Ähnliches wie Zimmerkellner zu sehen, und sich mit den Mobstern zu besaufen, war im Gefängnis auch nicht viel anders als in einem ihrer Clubs. Außerdem war auch Jerry Rosenberg jederzeit zur Stelle, wenn ich mich mit jemandem unterhalten wollte. Der kleine Jerry the Jew war lustig, er wühlte immer irgend etwas auf, machte Witze, arbeitete an juristischen Schriftsätzen und kratzte an der Schale aufgeblasener Mobster. Er hatte die Lebensfreude eines kleinen Jungen und wurde von einem nie versiegenden Optimismus beherrscht, der es ihm ermöglichte, unablässig die Aufhebung seiner Verurteilung wegen Mordes zu betreiben.

Meine Strafe betrug sieben Monate, aber ich hatte schon soviel auf die Seite gelegt, daß ich es auch lebenslänglich ausgehalten hätte. Ich mußte ja nicht unbedingt Limousinen mieten oder mich ausgefallen anziehen, um irgendwelche Leute zu beeindrucken. Ich fühlte mich weitgehend abgesichert, denn mit meinem Anteil aus dem Überfall auf das Hotel Pierre und anderen Ersparnissen hatte ich insgesamt ungefähr zweihunderttausend Dollar auf der hohen Kante. Jemand wie ich, der abwechselnd im Gefängnis und dann wieder in Freiheit war, mußte für Rücklagen sorgen, die ihm über die Zeit im Gefängnis hinweghalfen. Ein Gefangener, der über kein Taschengeld verfügt, ist eine bedauernswerte Figur, insbesondere wenn er nikotinabhängig ist. Aber die meisten Gefangenen sind sowieso gebrochene Menschen, und ihre Freunde und Familien ebenfalls.

Während für mich und andere knasterfahrene Häftlinge das Leben in Sing Sing viele Annehmlichkeiten bereithielt, war es für die Mehrheit der Insassen kein Zuckerschlecken. Diesen Gefangenen, die häufig ungebildet und oft gewalttätig waren, hatten Auburn und Attica nicht geholfen; sie waren weiterhin dazu verdammt, sich jede Ungerechtigkeit und jede Schikane gefallen zu lassen, die man sich im Knast für sie ausdachte. Dabei hätten die Wärter, die sich meistens nur für die Gefangenen interessierten, die ihnen die Brieftaschen vollstopften, sofort von einem Häftling abgelassen, wenn dieser die geistige Stärke aufgebracht hätte, sich an eine Bürgerrechtsorganisation zu wenden, aber nur wenige konnten sich dazu aufraffen.

Doch für diejenigen, die sich auskannten, verbesserte sich das Leben in den Gefängnissen im Laufe der siebziger Jahre spürbar, bis schließlich Ronald Reagan zum Präsidenten gewählt wurde (Jimmy Carter hätte bei den Gefängnisinsassen einen Erdrutschsieg errungen, wenn sie hätten wählen dürfen). Unter Reagan begann es dann wieder bergab zu gehen, es wurde ständig schlechter, bis wir schließlich die heutigen Zustände mit der schrecklichen Überfüllung und der Gewalttätigkeit in den Gefängnissen erreichten.

Ich wurde im Juli 1973 entlassen und zog wieder mit Beth zusammen. Sie hatte ihr erstes Lehrerjahr abgeschlossen und schlug vor, Urlaub auf Puerto Rico zu machen, aber ich sagte, ich müsse mich weiter mit meinem Altersicherungsplan beschäftigen. Sicherlich hätte ich dabei mehr Erfolg gehabt, wenn ich mich mehr auf meinen Kopf als auf meine grenzenlose kriminelle Energie verlassen hätte.

Zunächst teilte ich meine Zeit zwischen zwei Tätigkeiten auf: Ich managte Glücksspiele, die John Sullivan für Fat Tony Salerno in einem Hotel in Manhattan laufen hatte, und ich beschäftigte mich mit Schutzgelderpressungen in Wildwood in New Jersey und in Atlantic City. Mit letzterem fing ich an, als mich ein Freund Gary G., einem Partner des Paten von Philadelphida, Angelo Bruno, vorgestellt hatte (eigentlich war die Bruno-Organisation aber nur ein Ableger von Fat Tonys Genovese-Familie).

Gary sagte, er habe es satt, daß das meiste Geld, das er hereinhole, in den Taschen des nimmersatten Padrone verschwinde, der den ganzen Tag nur zu Hause hocke, und er entwickelte einen gefährlichen, aber möglicherweise auch vielversprechenden Plan: Wir sollten die Geschäftsleute ausnehmen, die in New Jersey auf Brunos Gebiet tätig waren, denn diese Läden hatte der Boss von Philadelphia bisher verschont.

Der Plan, den wir ausarbeiteten, war einfach und funktionierte durchschlagend. Ich ging in einen Juwelierladen, trat hinter den Ladentisch und sagte: »Diese Uhr hätte ich gern für mein Kind.« Dann steckte ich die Ware in die Tasche, woraufhin natürlich sofort der Besitzer angeschossen kam.

»He, was machen Sie denn da?« fragte ihn Gary dann.

»Was soll ... Er muß die Uhr noch be ...«

»Nein, Alter«, unterbrach Gary ihn. »*Du* wirst in Zukunft fünfhundert Dollar die Woche an *uns* zahlen.«

»Das kann ich nicht ...«

»Sperr deine Ohren auf und mach deinen Mund zu, du alter Schwachkopf. Ich schlage dir ein verdammt faires Geschäft vor. Wir werden dich nicht so hart rannehmen, wie es andere vielleicht tun würden. Schon mal was von Angelo Bruno gehört? Sicher hast du das, du dreckiger alter Scheißer. Also, paß auf, ein paar von Brunos Knochenbrechern werden in den nächsten Tagen bei dir vorbeikommen und tausend Dollar die Woche verlangen. Wir können dich vor Bruno schützen, diese Gorillas von dir fernhalten, und wir verlangen dafür nur die Hälfte von dem, was er verlangen würde.«

Wenn ein Ladenbesitzer sich weigerte zu zahlen (was nur selten vorkam), verwüsteten wir sein Geschäft. In der Regel kam es nicht so weit, aber wenn er sich stur gab, dann mischten wir ihn ein bißchen auf und schleuderten ihm noch, bevor es wieder Tag wurde, ein paar Steinchen durch das Schaufenster.

Nachdem wir ihm Gelegenheit gegeben hatten, herauszufinden, daß die Polizei in diesem Fall vollkommen machtlos war – wir hatten immer wasserdichte Alibis –, kamen wir zurück und redeten Klartext mit ihm. »Du alter Schleimscheißer, wir haben dir doch gesagt, daß es in deinem eigenen Interesse ist, wenn du zahlst. Das hättest du wirklich auch tun sollen. Jetzt kostet es dich schon tausend Dollar, du Arschloch, weil schließlich ja auch noch das Schaufenster ersetzt werden muß. Möchtest du, daß wir dir jede Nacht dein Schaufenster einwerfen? Glaubst du vielleicht, daß die Bullen die ganze Nacht lang einen Wächter vor deinen Laden stellen?«

Es war ihm klar, daß das nicht möglich war. Und er wußte auch, daß wir immer wieder zurückkommen würden. In diesem Stadium brauchte er nur noch einen kleinen Schubs. »Wenn du die Bullen noch mal anrufst, Blödmann, werden wir dir jeden Knochen im Leib brechen. Und deinen Kopf werden wir mit einem Baseballschläger bearbeiten. Dann kannst du dein Gehirn von der Tapete abkratzen. Sei gescheit, Alter: Zahl die fünfhundert pro Woche. Es ist weniger, als Angelo Bruno verlangen würde, aber vielleicht sogar mehr, als dein beschissenes Leben wert ist.«

Daraufhin blieb dem Juwelier nichts anderes mehr übrig, als zu zahlen, aber wir waren mit ihm noch nicht fertig. Gary und ich ›ermutigten‹ ihn, befreundeten Ladenbesitzern klarzumachen, daß auch sie gut daran taten, fünfhundert Dollar pro Woche zu zahlen. »Diese Mafiosi wollen fünfhundert Dollar in der Woche«, sagte er dann, »und dieser Bruno verlangt tausend. Sie sind das kleinere Übel. Sie halten uns Bruno vom Leib. Ich sag's euch, wir können unsere Geschäfte zusperren, wenn wir uns mit diesen Burschen nicht gut stellen.«

Er gab nur die Fakten wieder – abgesehen davon, daß er uns fälschlicherweise für Angehörige der Mafia hielt, und von dem Hinweis auf das ›kleinere Übel‹ –, und es stimmte ja auch, sie hätten tatsächlich ihre Läden zusperren können, wenn sie mit uns nicht zusammengearbeitet hätten.

Wenn dann immer noch ein Geschäftsmann versuchte, sich uns zu widersetzen und zur Polizei zu gehen, dann brach in einem Teil seines Ladens plötzlich ein Feuer aus, und dadurch ging ihm dann endgültig ein Licht auf. Jede Woche kamen wir, auf die Minute genau, immer zur gleichen Zeit, um abzukassieren.

Es war für mich interessant zu beobachten, wie durch unseren Einfluß, durch den Einfluß von Leuten, die wie Mafiosi auftraten, sogar ihre Opfer korrumpiert wurden. Einmal nahm ein Geschäftsmann seinen ganzen Mut zusammen und fragte: »Ihr Burschen kommt doch bestimmt mit vielen Leuten zusammen?«

»Davon kannst du ausgehen«, antwortete ich.

»Ich habe mich gefragt . . .«

»Was, Artie? Was willst du wissen?«

»Meine Frau hat bald Geburtstag. Und ich . . .«

»Du brauchst ein schönes kleines Geschenk für deine Frau?«

»Ja, aber . . .« Er hatte Angst, er wußte nicht, wie wir reagieren würden.

»Was für eine Art Geschenk soll es denn sein, Artie?«

»Ich hab' an einen Pelzmantel gedacht.«

»Einen Pelzmantel! Können wir ihm einen Pelzmantel besorgen, Gary?«

»Natürlich«, antwortete mein Partner.

»Du willst also einen schönen Pelzmantel, stimmt's?« fragte ich.

»Ja. Wenn es nicht zuviel Mühe macht.«

»Mühe? Wir mögen dich doch, Artie. Wir helfen dir gegen Angelo Bruno, oder etwa nicht? Das ist doch unsere Hauptaufgabe, dir zu helfen. Was für ein Pelzmantel soll es denn sein?«

»Könntet ihr vielleicht einen langen Nerz besorgen?«

Wir hätten ihm alles mögliche besorgen können, von einem Karton Zigaretten bis zu einer Spitzen-Yacht. Der Nerz, den er wollte, kostete im Einzelhandel fünftausend Dollar, wir bekamen ihn für fünfhundert und verkauften ihn an Artie für zweitausend Dollar. So war jeder zufrieden.

Und Artie war korrumpiert.

Wir brachten in jedem Menschen die dunklen Seiten zum Vorschein. Manche Leute, die wir erpreßten, bezogen von uns Autos, Möbel und Segelboote. Lebensmittelhändler verlangten Fleisch, Kiosk-Besitzer bestellten Zigaretten, und Juweliere erhielten durch uns ihre Diamanten wesentlich billiger als bei ihren regulären Lieferanten.

Wir erfuhren Dinge über unsere Opfer, die nicht einmal deren Priester oder Rabbi für möglich gehalten hätte. Mehrmals wurde auch ein Mord von uns verlangt – meistens handelte es sich dabei um einen alten Knacker, der davon träumte, für seine Frau von der Lebensversicherung eine Menge Geld zu kassieren, mit dem er dann seinen Lebensabend an tropischen Stränden und an der Seite einer jungen, flotten Biene zu finanzieren gedachte. Wir übernahmen niemals einen derartigen Auftrag. Ich hatte zahlreiche Morde begangen und war für keinen einzigen belangt worden, und ich wußte genau, welche Fehler dazu führten, daß man geschnappt wurde. Für jeden einfachen Beamten der Mordkommission war der Lebenspartner des Opfers immer ein Hauptverdächtiger, und ein aggressives Verhör konnte einem dieser vom Pfad der Tugend abgekommenen Ladenbesitzer dann mühelos ein schluchzendes Geständnis entlocken.

Gary und ich weiteten unser kriminelles Geschäft aus und nahmen uns einen Bauunternehmer vor (»möchten Sie denn, daß Ihr Rohbau abgefackelt wird?«) sowie ein halbes Dutzend Nachtclubs. Allein durch die Schutzgelderpressungen nahmen wir zehntausend Dollar in der Woche ein, eine sprudelnde Geldquelle, die natürlich eines Tages versiegen würde.

Angelo Bruno bekam Wind von unseren Aktivitäten und schickte einen Muskelmann, der mit uns reden sollte. Als wir den Gorilla in einer Stehkneipe trafen, knurrte er uns an: »Angelo möchte wissen, was zum Teufel ihr da treibt.«

»Sag Angelo, er kann uns am Arsch lecken«, gab ich zurück.

Der Gorilla schaute mich mit weit aufgerissenen Augen an. »Hast du nicht mehr alle beisammen, Mann?« fragte er. »Willst du eine Kugel in den Kopf kriegen?«

»Paß mal auf«, sagte Gary, »sag deinem Boß, hier gibt es ein paar ganz gute Hitter.«

Der Typ richtete das seinem Padrone aus, der uns das aber nicht abkaufte. Er schickte erneut seinen Handlanger, um uns mitteilen zu lassen: »Verschwindet aus New Jersey, und zwar ein bißchen plötzlich.«

Und das taten wir dann auch.

Ich beklaute Fat Tony Salerno indirekt nicht nur dadurch, daß ich in New Jersey auf einem Territorium wilderte, das ihm mittels Angelo Bruno ›gehörte‹, sondern auch bei den Glücksspielen, die ich im Hotel Wilson unter seiner Ägide durchführte. Wenn ein Spieler einen großen Gewinn einfuhr, gab ich seine Beschreibung telefonisch an Verbündete durch, die draußen warteten. Diese nahmen ihn hoch, sobald er aus dem Hotel herauskam, und es war dann sehr unwahrscheinlich, daß er sein Glück nochmals im Wilson versuchen würde.

Diese Spiele, zu denen auch Blackjack gehörte, liefen nonstop von Freitag abend bis Montag früh, und dabei ging es, wie meistens bei Spielen, die von der Mafia veranstaltet wurden, ausgesprochen ehrlich zu. Die Chancen, die von vornherein zugunsten des Hauses standen, reichten allerdings aus, daß Fat Tony garantiert gewann. Es spielten dort Schauspieler und Bühnenarbeiter ebenso wie Kellner, Beschäftigte aus der Textilindustrie, Einbrecher, Bankräuber, Anwälte, Filmproduzenten, Wall Street-Broker und jede Menge Mobster.

Das Essen war kostenlos, und die Spieler fühlten sich in dieser rauchgeschwängerten, spannungsgeladenen Atmosphäre wohl. Manche kamen mit einem Zahnstocher (d. h. ein paar hundert Dollar) herein, hofften, daraus ein Schreiner-Unternehmen zu machen, und verloren schließlich alles. Ich sah das Ganze vom Standpunkt des Hauses aus – vom Standpunkt dessen, der dabei immer gewann – und konnte nicht umhin, die Pferde ständig anzutreiben. Spieler lernen nie: Später machte John Gotti Millionen mit seinem Buchmachergeschäft, verlor aber auch wieder Millionen, als er bei seinen eigenen Buchmachern setzte.

Im Wilson Hotel benutzten wir keine Chips; alles lief über Bargeld. Ich filzte jeden Besucher, wenn er hereinkam, auf Waffen, und ich hatte die Befugnis, bis zu einhunderttausend Dollar Kredit zu Wucherer-Konditionen zu vergeben, und zwar an jeden, den Tony Salerno für kreditwürdig hielt.

Der Einsatz war pro Spiel auf fünfhundert Dollar begrenzt, und das Haus brachte pro Woche dreißigtausend Dollar netto ein. Das war zwar wenig verglichen mit einer Million dreihunderttausend, die das Trump Castle täglich abwirft, aber es war auch kein Betrag, der einem die Tränen der Verzweiflung in die Augen getrieben hätte. Außerdem hatte Fat Tony insgesamt zwei Dutzend solcher Spielbetriebe in der Stadt, und diese dreißigtausend Dollar entsprachen ungefähr dem, was er an Polizisten zahlte, damit sie ein Auge zudrückten. Oft bestanden diese Polizisten darauf, auch zu spielen, und wenn sie verloren, erwarteten sie, daß man ihnen den Verlust ersetzte.

Beth und ich lebten weiterhin zusammen, aber sie begann allmählich daran zu zweifeln, ob ich überhaupt *in der Lage war*, seßhaft zu werden. Ich sagte weiterhin, ich würde nur noch ein paar Jahre lang auf diese Weise Geld verdienen müssen, und dann würden wir uns ein angenehmes Leben machen.

Aber in Wirklichkeit fragte ich mich, ob ich jemals davon loskommen würde. Ich hatte angefangen, Kokain zu nehmen, die damalige Modedroge auch unter Mobstern, und verlor hoch bei Pferdewetten. Diese Eskapaden erschwerten es natürlich, Geld zurückzulegen. Anstatt aber diese Dinge abzustellen, steigerte ich lieber meine kriminellen Aktivitäten. Ich betrieb für Fat Tony Salerno einige Pornoläden in der 42nd Street und lieferte für Arnold Squitieri Stoff nach Harlem. Manchmal machte ich mir auch gar nicht die Mühe, nachts nach Hause zu kommen.

Vielleicht war es ein Anfall von Hyperaktivität, daß ich mich in all diese Aktionen stürzte. Aber ich war schließlich ein *Krimineller*, und ich liebte es, ständig auf Achse zu sein. Ich sagte mir, ich würde aufhören, wenn ich die Million geschafft hätte – und gratulierte mir selbst dazu, daß ich mich auf diese runde Zahl festgelegt hatte. Bittere Gefühle überkamen mich immer wieder, wenn ich an die verpfuschte Sache mit dem Hotel Pierre dachte. Der verdammte Sammy Nalo, dachte ich mir, er hat Glück, daß er im Knast sitzt.

Das Heroin, das ich auslieferte, kam größtenteils aus der Gegend um die Pleasant Avenue in East Harlem. Vor sechs Monaten, im April 1973, hatten Bundesagenten und Staatspolizisten dort 86 wichtige Drogenhändler und Kuriere verhaftet, darunter auch einige meiner früheren Partner wie Ernie Boy Abbamonte (der später zum inneren Kreis der Gambino-Familie gehören sollte), Gennaro Zanfardino und Herbie Sperling.

Die Polizei nannte es den ›bisher größten Schlag gegen das organisierte Verbrechen‹, aber viele Unterweltfiguren kamen bald wieder frei. Als ich im Herbst 1973 wieder in die Pleasant Avenue kam, eine Straße mit sechs Häuserblocks zwischen dem Franklin-Delano-Roosevelt-Drive und der First Avenue, stellte ich fest, daß sich wenig verändert hatte. Die Bewohner handelten immer noch mit Heroin und konsumierten das Zeug auch selber in ihren schäbigen Mietwohnungen. Die Türen und Fenster waren geschlossen, damit auch nicht das leiseste Lüftchen hereinkommen und den Stoff, der kostbarer als Gold war, auf den Fußboden, unter die Schränke oder gar auf die Straße hinunter wehen konnte.

In der Pleasant Avenue konnte man unbehelligt spazierengehen. Die Straßenräuber, die unverfroren genug waren, einen in der Fifth oder der Park Avenue zu überfallen, wußten, daß sie sich von dieser Straße fernzuhalten hatten. Die durchschnittlichen Bewohner dieser Avenue beschwerten sich nicht über die Drogengeschäfte, denn wie später bei den Bauern in Kolumbien hing ihr Leben vom Rauschgift und vom Handel damit ab.

Auf meinen häufigen Trips nach Harlem kam ich auch mit einem der größten Drogenhändler des Landes in Kontakt, einem Schwarzen namens Nicky Barnes. Dieser nur ein Meter fünfundsechzig große, immer auffallend gekleidete Mann beschäftigte ungefähr zweihundert schwarze Helfer und beherrschte den überwiegenden Teil des Drogengeschäfts in Harlem. Einige Jahre später, im Dezember 1977, bezeichnete ihn das *Time*-Magazin als ein ›legendäres Beispiel für Unerschrockenheit und Erfolg (für Schwarze)‹.

Barnes wurde in all diesen Jahren immer wieder einmal verhaftet, wegen Bestechung, Handelns mit Drogen und dergleichen, aber bis 1978 hatte er nur eine einzige kurze Haftstrafe wegen Drogenbesitz verbüßt. Er besaß vier Mercedes, zwei

Citroën-Maserati, 300 Maßanzüge, und er hatte Umgang mit einflußreichen Politikern und Größen aus dem Showbusiness. Für zahlreiche junge Schwarze war er ein leuchtendes Symbol des Erfolgs, ein Mann, dem es nachzueifern galt. Nicky entsprach nicht dem Stereotyp des dandyhaften schwarzen Gangsters, der Ghetto-Slang spricht, sondern er war ruhig, besonnen und gelassen. Er betrachtete sich als Geschäftsmann.

Wie man eine kriminelle Organisation aufzieht, hatte Nicky Barnes von Joey Gallo gelernt, während die beiden zusammen einsaßen. Denn Gallo hatte ja beabsichtigt, schwarze Gangster in eine von ihm geführte Organisation aufzunehmen, um damit die Italiener aus dem Geschäft zu werfen. Aber nachdem sich Sonny Pinto Joey Gallos angenommen hatte, setzte Barnes seine Kenntnisse dafür ein, seine eigene Organisation aufzubauen. Und dabei hielt er sich immer an Gallos goldene Regel: *Laß immer andere die Arbeit für dich erledigen und sorge dafür, daß man nichts bis zu dir zurückverfolgen kann.* Deshalb hatte die Polizei auch solche Schwierigkeiten, ihm irgend etwas Handfestes nachzuweisen.

Barnes gab sich einmal als großzügiger Verschwender, dann wieder als knauseriger Geschäftsmann. Die jungen Frauen, die für ihn das Heroin verschnitten und eintüteten, mußten splitternackt arbeiten, damit sie nichts von dem Stoff mitgehen lassen konnten. Außerdem mußten sie einen Mund- und Nasenschutz tragen, nicht um sie vor einer unbeabsichtigten Drogeneinwirkung zu schützen, sondern um zu verhindern, daß sie sich kostenlos bedienen konnten, falls sie süchtig waren.

Barnes besaß Tankstellen, Reisebüros, Nachtclubs und Baufirmen. Er war genauso reich wie Fat Tony Salerno oder Carlo Gambino – also Multimillionär –, aber er konnte aus einem Grund nicht so mächtig werden wie sie: er hatte keinen direkten Zugang zum Rauschgift und mußte daher mit den Italienern Geschäfte machen, um an das Zeug heranzukommen.

Ich verbrachte mehrere Nächte damit, zusammen mit Nicky von Nachtclub zu Nachtclub zu ziehen. Er nahm mich in ein Lokal mit, das ihm zur Hälfte gehörte und ein Anlaufpunkt für schwarze Gangster war; dort arbeiteten ausgesprochen hübsche kubanische Bedienungen, und im Hinterzimmer wurden Glücksspiele mit hohen Einsätzen veranstaltet. Nicky ›schenkte‹ mir oft ein Mädchen, und ich nahm das auch meistens an.

Ich besuchte gemeinsam mit Nicky auch Sugar Ray Robinsons Bar in der Seventh Avenue. Dort trat eine Jazzband auf, und es gab eine Bühnenshow in einer Atmosphäre, die von blauen Spiegeln und gedämpften Lampen geprägt wurde. Robinson kam auch persönlich an unseren Tisch. Er trug ein weißes Jackett, braune Seidenhosen und einen Panama-Hut. Er verhielt sich Nicky gegenüber sehr respektvoll, bestritt den Großteil der Unterhaltung und sprang dabei von einem Punkt zum anderen, so daß ich kaum folgen konnte. Er hielt seinen Kopf gesenkt und blickte kein einziges Mal in unsere Augen.

Auch Wilt the Stilt's besuchten wir gemeinsam. In dieser Kneipe, die Wilt Chamberlain gehörte, gab es immer ein paar abenteuerlustige junge weiße Frauen, die hofften, einen Gangster oder einen Sportler an Land zu ziehen. Vom materiellen Standpunkt aus betrachtet, war ein Gangster natürlich die bessere Wahl. Für eine Nacht mit einem Gangster konnte eventuell schon ein Diamantring abfallen. Die Sportler dagegen glaubten, sie täten den Mädchen einen Gefallen, wenn sie mit ihnen ins Bett gingen.

Die Bühnenshow im Wilt the Stilt's war besser als die bei Robinson. Vielleicht wollte Sugar Ray auch nicht soviel Geld ausgeben, um bekannte Leute zu bekommen. Chamberlain jedoch engagierte große schwarze Entertainer, Sängerinnen und Komiker, von denen ich die meisten für begabter hielt als ihre hochbezahlten weißen Kollegen, die im Fernsehen auftraten.

Meine sich überschlagenden kriminellen Aktivitäten während dieser Zeit erstreckten sich auch auf den Handel mit Falschgeld. So konnte ich Blüten im Wert von eintausend Dollar in sehr guter Qualität und in Zwanzigdollarscheinen für fünfundsechzig Dollar kaufen und beinahe im Handumdrehen wieder für einhundertzwanzig Dollar verkaufen. Ich beschäftigte vier Junkies in Vollzeit als ›Geldwechsler‹. Sie machten eine kurze Fahrt mit dem Taxi, bezahlten den Fahrer mit einem falschen Schein, kassierten das Wechselgeld und begannen dann das Ganze aufs neue. Der Profit ging jeden Tag in die Tausende.

Außerdem schickte ich zwei Leute auf die Straße, die das Falschgeld in Bars, Kaufhäusern und Kiosken in New Jersey und Pennsylvania in Umlauf brachten.

Meine unternehmerische Tätigkeit vermittelte mir einen kleinen Einblick in die Art und Weise, wie die Padrones ihr Vermögen machten. Egal wie hart man arbeitete – und kaum einer in meiner Branche arbeitete härter als ich –, die Verdienstmöglichkeiten waren immer begrenzt. Was Junior Persico schon früh gewußt hatte, nämlich, daß man großes Geld nur verdienen konnte, wenn man andere für sich arbeiten ließ, diese Erkenntnis dämmerte mir erst recht spät. Mein Falschgeldunternehmen hätte mir – wenn ich es hätte weitermachen können – wesentlich mehr Geld eingebracht (für weniger Arbeit) als alle meine anderen Tätigkeiten, in denen ich immer stur vor mich hingerackert hatte.

In dieser hyperaktiven Phase meines Lebens ermordete ich nicht nur Buster DellaValle, sondern auch noch zwei weitere Drogenhändler, die bei der Genovese-Familie in Ungnade gefallen waren. Immer wenn ich in Freiheit war, sorgte ich dafür, daß ich als Vertragskiller im Geschäft blieb. Denn dadurch hatte ich mir meinen Ruf erworben, das hatte mich aus Tausenden von fleißigen Kriminellen herausgehoben, hatte mir so viele Türen geöffnet, und das war die Arbeit, die ich am besten konnte.

Mein geschäftiges Treiben kam einen Tag nach dem zweiten Jahrestag des Überfalls auf das Hotel Pierre wieder zu einem Ende. Am 3. Januar 1974, als ich einem Drogendealer seinen Stoff und sein Geld abzunehmen versuchte – was ein ganz hübsches Schnäppchen gewesen wäre –, wurde ich von einem Überwachungsteam der Polizei, das diesen Dealer beschattet hatte, festgenommen. Da ich eine Waffe trug, lautete die

Beschuldigung auf bewaffneten Raubüberfall, und obwohl John Sullivan versuchte, eine milde Strafe für mich zu erwirken, verurteilte mich das Gericht zu sechzig bis neunzig Monaten Haft.

Beth besuchte mich, bevor ich mich schuldig erklärte. Aus dem ehemaligen Gangster-Groupie war jetzt eine tüchtige und allgemein anerkannte Lehrerin geworden; sie sagte, sie könne meinen verrückten Lebenswandel nicht mehr mitmachen und wolle mich nie mehr sehen. Ich stimmte ihr zu und meinte, das wäre wohl das beste.

Ich wußte, daß damit etwas Anständiges aus meinem Leben verschwand. Und ich denke heute immer noch an sie, wenn ich über die Wege nachgrüble, die ich nicht gegangen bin, die Chancen, die ich nicht wahrgenommen habe. Ich weiß nicht, ob es mit uns beiden jemals hätte klappen können. Und ich wußte damals nicht, daß aus den sechzig bis neunzig Monaten – wobei die Strafe bei guter Führung kürzer hätte ausfallen können – volle *siebeneinhalb Jahre* werden sollten.

15. Kapitel

Der Kontrakt über Jimmy Hoffa

Es geschah im September 1973, mehrere Wochen nach dem Hit auf Buster DellaValle. John Sullivan holte mich mit seinem Mercedes vor dem Hotel Wilson ab, wo wir auf zwei Stockwerken die Glücksspiele veranstalteten. Johnny hatte gesagt, Fat Tony Salerno wolle mich sprechen.

Was hatte das zu bedeuten? Salerno, neben Funzi Tieri einer der beiden Bosse der Genovese-Organisation, würde sich mit mir bestimmt nicht darüber unterhalten, wie ich DellaValle weggeputzt hatte, oder meinen Rat in Börsenfragen einholen wollen (er besaß große versteckte Aktienpakete), und er ließ mich auch bestimmt nicht rufen, um mir zu empfehlen, mein Auto besser bei seinem Händler anstatt bei dem von Carlo Gambini zu kaufen.

Nein, dieses Treffen würde natürlich strikt geschäftlichen Charakter haben. Die Genovese-Organisation schwamm schon seit langem im Geld, und Salerno hatte überall seine Finger drin: im Heroin- und Kokainhandel, in der Prostitution, der Buchmacherei, dem Kreditwuchergeschäft, in Massagesalons, Spielhallen und Discos, in Sexblättern, Pornofilmen, Peep Shows und Homosexuellen-Magazinen sowie im Geschäft mit den Zigarettenautomaten (Fat Tony prahlte auch einmal damit, daß er an jeder Schachtel Zigaretten, die in Manhattan aus Automaten verkauft wurde, fünfzig Cent verdiene). Die Genovese-Familie besitzt auch eigene Kinos. Sie kontrollierte das gigantische, höchst lukrative New Yorker Coliseum. Und sie ist mit Sicherheit die einflußreichste Organisation in der Transportarbeitergewerkschaft und auf den Docks, von wo ihre Soldaten Tag für Tag riesige Mengen Waren entwenden. Diese mächtige Organisation könnte auf einen Schlag die Docks lahmlegen oder durch ihren Einfluß bei den Transportarbeitern die Güterbeförderung im Land empfindlich stören. Sie besitzt sogar Kaugummiautomaten in der U-Bahn und Imbißbuden neben den Straßen.

Hin und wieder streitet die Genovese-Familie mit der Gambino-Organisation um die Vorherrschaft, und das ist jedesmal ein klassischer Kampf zwischen Geld und Muskelkraft. Die mächtige Familie der Gambino hat mehr Leute (ungefähr zweitausend Soldaten), aber die Genovese-Organisation ist wesentlich reicher.

Ich war gespannt darauf, den Zweck dieser Unterredung zu erfahren. Natürlich ließ der wie immer ernste Sullivan, der durch die Windschutzscheibe seines Mercedes aufmerksam auf den Verkehr achtete, keinen Hinweis fallen.

John parkte den Wagen auf der First Avenue zwischen der 115th und 116th Street, das erste Mal in der zweiten Reihe direkt vor Fat Tonys Club – und das war genau der falsche Platz. »Bring dein verdammtes Auto von da weg«, sagte Salerno zu ihm, nachdem er erfahren hatte, wo es stand. Fat Tony vermutete, FBI-Agenten würden das Gebäude von draußen beobachten und die Nummern aller Autos notieren, die davor parkten. Aber wenn die Bundesbeamten auf ihrem Beobachtungsposten nicht gerade ein Nickerchen machten, dann hatten sie Johns Nummer sicher schon längst aufgeschrieben.

Der Club, der Mittelpunkt, um den herum sich die kriminellen Aktivitäten der Genovese-Organisation abspielten, war in einem unscheinbaren roten Ziegelbau mit schwarz gestrichenen Fenstern untergebracht. Auf einem dieser Fenster stand: ›Club‹.

Wir öffneten eine nicht verschlossene Tür und gingen hinein. Der Wachmann am Eingang, einer von Fat Tonys Neffen, erkannte John und nickte.

Es war 15 Uhr, Schlafenszeit für die Mobster, und daher saßen auch nur sieben oder acht Männer auf Holzstühlen vor den wackligen Spieltischen, die über den kahlen Raum verteilt waren, in dem es keine Teppiche gab. Auf zwei der Klappstühle aus rotem Vinyl, die hufeisenförmig an drei Wänden entlang aufgestellt waren, saßen Geschäftsmänner in blauen Anzügen, die ihre Augen nach unten in die offenen Aktenkoffer auf ihren Oberschenkeln gerichtet hatten. In einer behelfsmäßig mit einem Kühlschrank und Kaffeekesseln eingerichteten Küche im Hintergrund sah ich Fat Tony, der sich gerade von der Espressomaschine abwendete und uns entgegenkam. Wir trafen in der Mitte des Raums mit ihm zusammen.

»Wie geht's?« fragte er John.

»Gut, Tony. Gut«, antwortete Sullivan.

»Ist das der Grieche?« Der gedrungene, kleine Padrone – er war ungefähr einen Meter siebzig groß und wog einhundertzehn Kilo – musterte mich von Kopf bis Fuß.

»Ja, das ist er«, bestätigte Sullivan.

Plötzlich packte Salerno mich, umarmte mich und küßte mich auf beide Wangen. Ich war erleichtert, daß er mich zweimal küßte. Denn wenn jemand nur einen Kuß bekommt, dann bedeutet das in diesen Kreisen, daß der Betreffende zum Tode verurteilt ist.

»Ich hab' schon viel Gutes von dir gehört«, sagte er. In seiner schroffen Stimme, die es gewohnt war zu kommandieren, schwang Autorität. »Zu dumm, daß du nur ein halber Italiener bist«, sagte er, »andernfalls würde ich dich hier auf der Stelle zu einem der unseren ›machen‹.« Salerno führte uns den Gang hinunter zu seinem Privatzimmer. Auch dort gab es keine Teppiche, nur einige funktionale Möbelstücke, die nicht zusammenpaßten, und die Wände waren kahl bis auf ein Portrait von Franklin Delano Roosevelt. Dieser Mafia-Don, der dem Gerüchte nach zu den dreihundert reichsten Männern Amerikas gehörte, verzichtete auf jeden Schnick-Schnack. An der Wand lehnte ein hochklappbares Sofa, auf dem er schlief, und an der hinteren Seite führte eine Tür in einen kleinen Hof, in den er sich gelegentlich zurückzog, um sich von den Strapazen zu erholen, die das Management einer solch gewaltigen kriminellen Maschinerie mit sich brachte.

»Dann setzt euch mal«, sagte Fat Tony, und John und ich ließen uns an einem Kaffeetisch auf harten Holzstühlen Salerno gegenüber nieder. Fat Tony zündete sich eine dicke, übelriechende Zigarre an und schaute mich durch den blauen Dunst wohlwollend an.

Ich wußte schon ziemlich viel über Fat Tony Salerno und war mir klar darüber, daß diese Vertraulichkeit, die er an den Tag legte, leicht wieder umschlagen konnte. Ich war sein Angestellter. Die Eigentümerverhältnisse an den zwei pornographischen Buchhandlungen, die ich betrieb, konnten letztlich zu ihm zurückverfolgt werden; genauso war es bei den Glücksspielen.

Fat Tony hatte sich über einen Berg von Leichen bis an die Spitze hochgearbeitet, und viele dieser Leute hatte er persönlich für Vito Genovese umgelegt. Jetzt war er zweiundsechzig Jahre alt, hatte zu einem etwas geruhsameren Lebensstil gefunden und war offensichtlich nicht mehr gewillt, die Gesetze der Schwerkraft durch sportliche Betätigung herauszufordern, die den Bauch, der ihm über den Gürtel hing, etwas gestrafft hätte. Fat Tony hatte immer noch fleischige Arme und Schultern und Augen, die auch dem Furchtlosesten Angst einjagen konnten, buschige Augenbrauen, eine leicht gekrümmte Nase und graue Haare, die allmählich weniger wurden. Er trug ein weißes Hemd, dessen lange Ärmel er bis zu den Ellbogen hochgekrempelt hatte, enorm weite Hosen, die schon seit mindestens drei Jahrzehnten aus der Mode waren, und alte leichte Schuhe.

Salerno lehnte sich über den Tisch, Zigarrenrauch stand in seinen Mundwinkeln, seine dünnen, nassen Lippen lächelten, aber nicht seine Augen, und nachdem er zu reden angefangen hatte, wußte ich, daß jetzt ein größeres Problem auf mich zukam. Bei jedem Wort schleuderte er kleine Spucketeilchen in mein Gesicht. Und da sein Gesicht nicht mehr als fünfzehn Zentimeter entfernt war, gab es für mich keine Möglichkeit, diesen Mini-Geschossen auszuweichen, wenn ich nicht Schwäche zeigen wollte, einen Charakterzug, den Fat Tony zutiefst verabscheute.

»Willst du was trinken?« fragte Salerno.

»Nein«, antwortete ich.

»Ich könnte was besorgen lassen.« Ich hatte schon erfahren,

daß es im Club keinen Alkohol gab, es war ein Ort für Geschäfte der nüchternsten Art.

»Nein, danke.«

»Wie wär's mit einem Espresso? Hab' grad welchen gemacht, bevor ihr reingekommen seid.«

»Gut.«

Der Padrone verschwand über den Gang und kam einen Augenblick später mit zwei dampfenden Tassen für John und mich zurück.

Sullivan hatte während seiner Abwesenheit nicht einen Ton gesagt.

Dieser einflußreiche Gangster (der in der Hierarchie der Mafia gleich hinter Carlo Gambino kam; eine Position, von der manche Mobster meinten, sie sei zu gering für ihn) war stolz darauf, wie weit er mit seiner drittklassigen Schulbildung gekommen war. Fat Tony war zwar ungehobelt, aber deswegen keineswegs auf den Kopf gefallen. Er war ein Rechengenie und verblüffte seine Partner immer wieder dadurch, daß er komplizierte Rechenoperationen mit Computergeschwindigkeit im Kopf durchführte, und er verschlang alle möglichen Zeitungen, insbesondere die *New York Times* und das *Wall Street Journal.*

Salerno war auch eine wandelnde Sport-Enzyklopädie. Das ging weit über das hinaus, was ein normaler Fan über Spielergebnisse, Gewinnquoten und Rekordleistungen wußte. Salerno hielt sich auch etwa im Baseball über Entwicklungen auf dem laufenden, die möglicherweise später spielentscheidend sein konnten, wie zum Beispiel, welcher Sportler gerade verletzt oder nicht einsetzbar war oder welche Mannschaft durch interne Querelen geschwächt war. Insider ließen ihm ständig Informationen zukommen, und er wettete dann entsprechend, wobei er oft bis zu einhunderttausend Dollar auf eine Wette setzte. Doch er wettete nie bei den Genovese-Buchmachern, denn das hätte bedeutet, eigenes Geld zu gewinnen oder zu verlieren, eine Praxis, die später John Gotti das Kreuz brach. Im Unterschied zu Gotti war Salerno aber ein gerissener Spieler, und viele Mobster träumten davon, von ihm Tips zu kriegen.

Fat Tony hatte viele Boxkämpfe und gelegentlich auch Pferderennen manipuliert, bis er entdeckte, daß der Handel mit Informationen viel einträglicher war. Überall im Land gab es Leute aus der Unterwelt, die sich mit ihm gut gestellt hatten und daher in den Genuß von Informationen über geplante Absprachen von Buchmachern oder beabsichtigte Manipulationen bei Pferderennen kamen. Einige Male hatte er, soweit ich wußte, die Gewinner dann von John Sullivan bearbeiten lassen.

Dieses Oberhaupt der Genovese-Organisation, das mich mit Spucke eindeckte und dabei mit seinem Gesicht so dicht an mich heranrückte, daß ich kaum die Espresso-Tasse zum Mund führen konnte, begann dann mit mir in einer Art und Weise zu reden, die er wahrscheinlich für eine freundliche Unterhaltung hielt.

»Wo wohnst du?«

»In der Fifteenth Street.«

»Für wen arbeitest du noch?«

»Philly Rags. The General. Für die Leute drumherum.«

»Siehst du The General öfter?«

»Ja.«

»Was hältst du von ihm?«

Gütiger Gott! Was sollte ich darauf antworten? Die meisten Mobster hätten in dieser Situation herumgestottert, nach Ausflüchten gesucht und gehofft, Fat Tony würde ihnen sagen, was *er* von ihm hielt, bevor sie selbst eine Antwort geben mußten. Das wäre mir eigentlich auch am liebsten gewesen, aber da ich keine Ahnung hatte, worauf er hinauswollte, dachte ich mir *Scheiß drauf* und sagte ihm die Wahrheit.

»Tatsächlich?« fragte er dann. Ich befürchtete schon, er würde seine Riesenzigarre aus dem Mund nehmen und mir mit der glühenden Spitze die Haut verbrennen. Und ich wünschte, er würde endlich zur Sache kommen.

Aber statt dessen fragte er mich über einige Leute aus seiner Organisation aus, mit denen ich gesessen hatte. Was hältst du von dem? Was hast du von jenem für eine Meinung? Ganz gleich, wie meine Antwort ausfiel, sein Gesicht zeigte weder

Zustimmung noch Widerspruch. Dann sagte er: »Ich hab' gehört, du hast Schwierigkeiten mit Nunzio gehabt?«

War ich vielleicht deswegen herbestellt worden? Wegen einer alten Auseinandersetzung mit einem Mobster?

»Nichts Ernstes«, antwortete ich vorsichtig.

Fat Tony wechselte wieder das Thema: »Wie ist deine Meinung über Matty the Horse?«

»Ich hab' ihn nie kennengelernt.«

Überrascht zog er die Augenbrauen hoch. Er lehnte sich zurück und verstummte. Er schaute auf seine Hände hinunter, rückte dann noch näher heran und starrte mir direkt in die Augen.

Ich werde nie vergessen, was Fat Tony dann sagte: »Grieche, ich brauche dich und John für einen wichtigen Job, der in Kürze steigen soll.« Er ging nicht auf die Einzelheiten ein, sagte also nichts über das Wer, Wo oder Wann. Es mußte sich um eine größere Sache als bei DellaValle handeln, dachte ich mir. Er hatte zuvor offenbar John Sullivans Urteil über meine Befähigung für diesen Job eingeholt. Und deswegen wollte er mich auch persönlich in Augenschein nehmen.

Die Hautfältchen um Tonys Augen zuckten. Davon, wie ich die Charaktere seiner Freunde einschätzte, war jetzt nicht mehr die Rede. »Das ist ein *sehr großer Job*«, wiederholte er. »Dabei darf nichts schiefgehen. Du und John, ihr werdet euch danach eine Summe zwischen hundert und zweihunderttausend Dollar teilen.«

Salerno fragte nicht ein einziges Mal, ob ich den Job überhaupt annehmen wollte. Er war es gewöhnt, den Leuten zu befehlen, nicht sie zu fragen. Aber dessen ungeachtet und auch, obwohl ich noch nicht wußte, wem der Anschlag gelten und wann er ausgeführt werden sollte, hatte ich nicht die Absicht, das Angebot zurückzuweisen. Ich war stolz auf meinen Ruf im organisierten Verbrechen, den ich mir durch die Morde erworben hatte, die ich bisher ausgeführt hatte. Jeder kleine Scheißer konnte schließlich Falschgeld unter die Leute bringen oder aus wehrlosen Geschäftsleuten Schutzgelder herauspressen. Und wenn mein Ego noch eine Bestätigung dafür gebraucht hätte, daß ich Erfolg hatte, hier war sie, ausgesprochen von einem der führenden Mobster der Welt. Denn für diesen ›sehr wichtigen Job‹ hätte Salerno auch einen von tausend anderen Killern nehmen können.

Fat Tony stand von seinem Stuhl auf und ich von meinem. Er griff in die Tasche seiner weiten Hosen und holte das dickste Bündel Hunderter heraus, das ich je gesehen habe, zählte fünftausend Dollar ab und reichte sie mir. Ich dankte ihm. Dann küßte er mich erneut – wieder zweimal – und geleitete uns über den Gang zurück in das Hauptzimmer des Clubs.

Zu den zwei blaugewandeten Geschäftsmännern mit Aktenkoffern hatten sich drei weitere gesellt. Sie wollten von ihren Sitzen aufstehen, aber Salerno schüttelte den Kopf, mit einem starren Lächeln auf den Lippen, und sie sanken wieder auf die Stühle zurück. Er würde sie beizeiten rufen lassen, und sie hatten gefälligst zu warten, bis es so weit war.

»Du mußt ein bißchen abnehmen«, neckte ich Salerno, als John und ich auf die First Avenue hinaustraten.

»Und du ein bißchen zulegen«, gab Fat Tony zurück. »Ich mag dürre Burschen nicht.« Ich schaute ihn intensiv an und entdeckte ein Grinsen. »Stopf Pasta in dich hinein«, sagte er. »Damit du mehr Fleisch auf die Knochen kriegst.«

Als Schwatzkopf war John Sullivan noch von niemandem bezeichnet worden. Grimmig und humorlos und mit einer Stimme ausgestattet, die im Besetzungsbüro für einen Gangsterfilm Begeisterung ausgelöst hätte, war Sullivan jemand, der Geheimnisse zuverlässig für sich behielt. Er gab Informationen nach Art der CIA weiter, sagte immer nur soviel, wie unbedingt nötig war, und konnte durch undichte Stellen nicht in Verlegenheit gebracht werden. Um so erstaunter war ich, als er mich im Auto fragte: »Weißt du, wen Tony gemeint hat?«

Ich hatte keinen blassen Schimmer.

»Jimmy Hoffa.«

Normalerweise besorgte ich das Reden, aber diesmal erklärte mir John Sullivan, während wir in seinem Mercedes zurück in die Stadt fuhren, die Hintergründe für den Hit-Kontrakt über Hoffa. Es begann bei Tony Provenzano, Tony Pro genannt, der die örtliche Sektion der Transportarbeitergewerkschaft (die Nr. 560) in Union City in New Jersey leitete und ein einflußreicher Gewerkschaftsdelegierter und Hauptmann in der Genovese-Organisation war. Tony Pro hatte gemeinsam mit Hoffa in Lewisburg gesessen. Während einer Unterhaltung auf dem Gefängnishof hatte er Hoffa geraten, den Gedanken aufzugeben, er könne nach seiner Entlassung wieder an die Spitze der Transportarbeitergewerkschaft zurückkehren. »Wir haben dort jetzt unseren Mann drin«, sagte er und bezog sich damit auf Frank Fitzsimmons, einen Strohmann des Mobs.

Hoffa, der auch ganz schön zulangen konnte, verpaßte Tony Pro eine aufs Auge, und zwar in Gegenwart mehrerer Häftlinge. Für Mobster ist es eine Todsünde, wenn jemand, und erst recht ein Außenseiter, ein ›gemachtes‹ Mitglied einer Familie oder gar einen Hauptmann einer Organisation schlägt oder in irgendeiner anderen Form ›respektlos‹ behandelt. Hoffa machte es dann noch schlimmer, indem er Tony Pro zurief: »Bevor ich die Gewerkschaft verliere, gehe ich vors Geschworenengericht«, und er meinte damit Provenzanos und Fat Tonys Machenschaften mit und in der Gewerkschaft. Hoffa drohte, er werde auspacken und öffentlich bekanntgeben, daß er gezwungen worden war, dem Mob Gewerkschaftsgelder zur Verfügung zu stellen, damit das organisierte Verbrechen seine geschäftlichen Aktivitäten ausweiten und neue Unternehmen an sich bringen konnte, wie zum Beispiel den Rancho La Costa Country Club, ein zweiundzwanzigtausendfünfhundert Quadratkilometer großes Areal bei Carlsbad in Kalifornien, das mit Hilfe eines Kredits über dreiundneunzigmillionenundsiebenhunderttausend Dollar, den der Syndikat-Boß Moe Dalitz von der Transportarbeitergewerkschaft erhalten hatte, erworben werden konnte.

Ein Mithäftling, der Zeuge der Auseinandersetzung zwischen Hoffa und Pro geworden war, hörte, wie Tony Pro Hoffa anschrie: »Wenn du nicht endgültig aus meinem Bereich verschwindest und uns in Ruhe läßt, dann geht es dir wie Castellito. Dann wird man auch von dir nicht mal einen Fingernagel mehr finden.«

Als Tony Pro 1970 aus dem Lewisburg-Gefängnis entlassen wurde, hatte er noch einen weiteren Grund, Hoffa von der Gewerkschaftsspitze fernzuhalten. Unter der Führung von Fitzsimmons hatten die lokalen Gewerkschaftsgliederungen mehr Rechte erhalten, was bedeutete, daß Provenzano nun die Möglichkeit hatte, sich zu bereichern, indem er mit den Fuhrunternehmen, die die nationalen Tarifvereinbarungen umgehen wollten, private Verträge abschloß.

Tony Provenzanos Bruder Nunzio, ebenfalls Mitglied der Genovese-Familie, überbrachte Fat Tony die Nachricht von der Auseinandersetzung. Den Paten, der unbestreitbar die einflußreichste Kraft war, die hinter den Kulissen auf die Transportarbeitergewerkschaft einwirkte, kümmerte es nicht, daß Provenzano geschlagen worden war, aber er wollte den willfährigen Fitzsimmons unbedingt auf seinem Posten halten. Insbesondere aber alarmierte ihn das Gerede über das Geschworenengericht.

»Zuerst hat Fat Tony überhaupt nichts gemacht«, sagte John Sullivan. »Aber er hat natürlich Hoffa und das, was er tat, nicht mehr aus den Augen gelassen. Hoffa hat weiter herumkrakeelt, daß er seinen Posten zurückhaben will und daß er aufdecken wird, was unter dem Tisch gelaufen ist. Er wird seinen Posten aber nicht zurückkriegen, und der einzige Ort, wo er seine Informationen loswerden kann, ist das FBI. Keine Frage, daß Fat Tony verhindern will, daß dieser Vogel singt.«

»Hat Fat Tony schon mit den anderen Familien darüber gesprochen?« fragte ich.

»Nein. Er hat es allein entschieden.«

»Für so eine große Sache sollte er doch von den anderen das Okay haben, denke ich mir.«

»Was die Kommission sagen wird, ist ihm egal. Fat Tony braucht keine Erlaubnis.«

Das war auch der Grund, warum Salerno bei diesem Job nicht auf die üblichen Hitter des Mob zurückgriff, sondern sich Unabhängige wie Sullivan und mich geholt hatte. Wenn irgendwas schiefging, dann konnte man einen Iren und einen Griechen nicht so ohne weiteres mit den Italienern in Verbindung bringen.

Rückblickend, glaube ich, kann man sagen, daß der Gewerkschaftsführer Jimmy Hoffa unweigerlich diesen oder anderen Gangstern zum Opfer fallen mußte. Schon in seinen jungen Jahren als Gewerkschaftsorganisator war diesem zähen, eben ein Meter fünfundsechzig großen, stämmigen Aufsteiger klargeworden, daß die großen Konzerne nicht davor zurückschreckten, Schlägertypen aus der Unterwelt einzusetzen, um Streikposten niederzuknüppeln, und Hoffa begann dann, aus derselben kriminellen Quelle Gewerkschaftshelfer zu rekrutieren. Er glaubte vielleicht, diese Gangster benutzen und sie danach wieder loswerden zu können, aber ein solches Kalkül geht erfahrungsgemäß nie auf.

Im Alter von dreiundzwanzig Jahren heiratete Hoffa Josephine Poszywak, und sie hatten zwei Kinder zusammen, James P. jr., der heute in Detroit als Anwalt arbeitet, und Barbara Ann Crancer, ebenfalls als Anwältin tätig.

Leute, die ihm nahestanden, wußten, daß es noch ein drittes Kind in seinem Leben gab, aber daß er den kleinen Chuckie O'Brien adoptiert hätte, stimmte nicht. Nachdem O'Briens Vater in einer Auseinandersetzung, die mit der Gewerkschaft zu tun hatte, ums Leben gekommen war, half Hoffa, dem das Ganze sehr leid tat, das Kind und seine Mutter zu unterstützen, und er behandelte den kleinen Chuck tatsächlich wie einen leiblichen Sohn.

O'Brien, der damals, als ich Fat Tony begegnete, vierzig Jahre alt war, dankte es dem Mann, den er ›Dad‹ genannt hatte, dadurch, daß er Fitzsimmons unterstützte. Schlimmer noch, er wurde zum Judas.

Hoffa war vor allem bei den einfachen Gewerkschaftsmitgliedern populär, die überzeugt waren, in dem rauhbeinigen, kämpferische Reden schwingenden Vorsitzenden einen Mann zu haben, der in der Auseinandersetzung mit den Fuhrunternehmern ihre Interessen entschlossen vertreten würde. Und was war schon dabei, wenn er sich mit Mobstern verbündete und Schläger anheuerte? Die Unternehmer hatten schon längst solche Leute auf ihren Gehaltslisten, sogar die Polizei, wenn es galt, Streikposten auszuschalten. Mitte der fünfziger Jahre stieg Hoffa zum Vorsitzenden der größten Sektion der Transportarbeitergewerkschaft, der Sektion 229 in Detroit auf.

Am 4. Oktober 1957 wurde Jimmy Hoffa schließlich zum Präsidenten der International Brotherhood of Teamsters gewählt, der größten Gewerkschaft der USA, die aber zwei Monate später aus dem Gewerkschaftsdachverband AFL-CIO ausgeschlossen wurde, nachdem Hoffa Robert Kennedy verschiedenster krimineller Machenschaften beschuldigt hatte. Diese beiden sollten sich von nun ab ständig bekriegen, bis zu Kennedys Ermordung im Juni 1968.

Robert Kennedy zeigte sich entrüstet über Hoffas unbestreitbare Verbindungen zur Mafia, aber diese Anschuldigungen klangen in den Ohren des Gewerkschaftsführers ziemlich verlogen, weil er sich noch gut daran erinnern konnte, wie der Vater von Bobby, der alte Joseph Kennedy, in den Jahren der Prohibition mit damaligen Topgangstern wie den Alkoholschmugglern Owney Madden und Frank Costello zusammengearbeitet und dabei einen Teil seines riesigen Vermögens verdient hatte. Später erfuhr Hoffa auch, daß Robert Kennedys Bruder John mit dem Boß des Chicagoer Mob, Sam Giancana, eine gemeinsame Freundin namens Judith Campbell teilte, und daß die Kennedys einen gemeinsamen Plan der CIA und der Mafia-Bosse Johnny Roselli und Sam Giancana zur Ermordung von Fidel Castro absegneten. Natürlich bekam Hoffa auch die Affäre mit, die

Robert Kennedy mit Marilyn Monroe hatte, deren enger, der Mafia ziemlich nahe stehender Freund Frank Sinatra einmal zu Eddie Fisher gesagt hatte: »Lieber wäre ich ein Don der Mafia als Präsident der Vereinigten Staaten«.

Wie der Vater, so der Sohn, sagte sich Jimmy Hoffa, der wußte, daß Joseph Kennedy außereheliche Beziehungen unter anderem mit Gloria Swanson und Marion Davies gehabt hatte. Als Frank Sinatra einmal ein paar Frauen mit nach Hyannisport, zum Landsitz der Kennedys, brachte, stolperte ein Bediensteter herein, als der alte Kennedy gerade einer dieser Frauen den Busen begrabschte. Der Diener entschuldigte sich und brachte stammelnd hervor, er habe jetzt Kennedys Reitstiefel gewachst. »Meine Reitstiefel!« rief Joe Kennedy. »Gerade noch rechtzeitig!«

Franklin D. Roosevelt bezeichnete Joe Kennedy als ›einen der verkommensten, verabscheuungswürdigsten Männer, die ich je kennengelernt habe‹. Harry S. Truman sagte, er sei ›einer der größten Verbrecher, die es in diesem Land gibt‹.

Die Kennedys maßen auch tatsächlich nach zwei Maßstäben, wenn es um den Mob ging. »Sie benutzten sie zuerst (etwa Sinatra), um ihnen zu helfen, Geld zu verdienen«, sagte der Bostoner Mafioso Vinnie Teresa. »Und dann machen sie eine Kehrtwendung und geben sich als die großen Kämpfer gegen Korruption aus. Sie kritisieren andere, daß sie sich mit dem Mob einlassen. Sie sind die reinsten Heuchler.«

Nein, Hoffa wußte, daß die Kennedys in Wirklichkeit nicht wegen seiner Kontakte mit Mobstern empört waren. Er glaubte, sie waren grundsätzlich antigewerkschaftlich eingestellt und darauf aus, starke Gewerkschaften, die sie nicht unter ihre Kontrolle bringen konnten, zu schwächen. Und während Hoffas Präsidentschaft wuchs die Mitgliederzahl der amerikanischen Transportarbeitergewerkschaft schließlich auch von achthunderttausend auf über zwei Millionen, und sie wurde damit die größte Einzelgewerkschaft der Welt.

Eine weitere Schlüsselfigur in dem Mordplan gegen Jimmy Hoffa war neben Chuckie O'Brien, Tony Provenzano und Fat Tony Salerno ein Hauptmann der Detroiter Mafia namens Anthony »Tony Jack« Giacalone. Hoffa vertraute Giacalone, er war sein »Rabbi«, derjenige Kontaktmann im Mob, der eigentlich den Chef der Gewerkschaft schützen sollte. Statt dessen lieferte Giacalone Hoffa seinen Killern aus.

Giacalone, der in Detroit als ›King of the Streets‹ bezeichnet wurde, hatte sich einen Ruf als hartnäckiger und ruppiger Geldeintreiber für den Padrone von Michigan, Joe Zerelli, erworben. Er wechselte dann über zur Buchmacherei und zu Lotteriespielen und hatte bis 1969 schon fünfzehn Festnahmen in seinem Strafregister sowie Anklagen wegen schwerer Körperverletzung, bewaffnetem Raubüberfall und Vergewaltigung.

Je höher Giacalone in der Mafia aufstieg, desto mehr verbesserte sich sein Image. Er wurde Hoffas engster Verbündeter im Mob – und superreich durch Korruption. Giacalone erwarb eine Villa in Grosse Pointe, eine Penthouse-Anlage in Miami Beach und wurde Mitglied im exklusiven Doral Country Club. Der elegante Tony Jack trug dunkle Sonnenbrillen, Seidenhemden und einen Ring für zwanzigtausend Dollar. In dieser Stadt, die von Automobilindustriellen beherrscht wird, hielten viele ihn für einen der zwei oder drei mächtigsten Männer der Stadt.

Er war ›Mr. Giacalone‹ für die Elite von Motor City.

Als die ersten Pläne zur Ermordung Hoffas geschmiedet wurden, dachte noch kaum jemand an Giacalone, den König der Straßen von Detroit. Der Aufsteiger in die High Society von Michigan galt jetzt als ein ›Investor‹ oder ein ›Angepaßter‹.

Giacalones sorgfältig gepflegte Fassade brach zusammen, als die Bundespolizei damit begann, Verdächtige für den Mord an Hoffa zu suchen. Nicht nur, daß Tony Jack seinen feinen Freunden gegenüber plötzlich als gerissener Gangster dastand, sondern es kam auch heraus, daß der ›zweit- oder drittmächtigste

Mann‹ in Detroit nicht einmal sein eigener Herr war. Die wirklichen Fäden der Macht hielt vielmehr ein kleiner, dicker, nachlässig gekleideter Padrone in Händen, der über ein sagenhaftes Vermögen verfügte und in einem kleinen Hinterzimmer in East Harlem schlief.

16. Kapitel

Der Mord an Jimmy Hoffa

Das Verschwinden, das heißt der Mord an James Riddle Hoffa gehört zu den größten ungeklärten Kriminalfällen Amerikas, und für Leute, die die Schlußfolgerungen der Warren-Kommission akzeptieren, daß Lee Harvey Oswald der einzige Attentäter von John F. Kennedy gewesen sei, ist es vielleicht sogar der wichtigste ungeklärte Fall.

Kennedy und Hoffa. Sie wurden als Lebende in einem Atemzug genannt und werden es auch noch als Tote, zumindest von Leuten, die nicht überzeugt sind, daß man ihre Mörder – und die Gründe für ihre Ermordung – jemals aufdecken wird. Der Fall Kennedy wird vielleicht für immer ein Rätsel bleiben. Nicht aber der Fall Hoffa.

1985 sprach der stellvertretende Vorsitzende der Abteilung für Organisiertes Verbrechen im Justizministerium, Paul Coffey, mit einem Reporter der *Los Angeles Times*. »Ich glaube, wir werden diesen Fall durch Zufall lösen«, sagte er. »Eines Tages, wenn die betreffenden Leute im Gefängnis sitzen und schon ziemlich alt sind und wenn sie keine Angst mehr haben müssen, wird uns irgend jemand erzählen, wie das passiert ist. Es gibt eine Menge institutionalisierte Erinnerung im Mob, und deshalb werden wir diesen Fall vielleicht in zehn oder fünfzehn Jahren aufklären können.«

Es wird nicht ›zehn oder fünfzehn Jahre‹ dauern. Ich weiß, wer Jimmy Hoffa ermordet hat und warum, und ich werde das alles hier erzählen. Ich kenne die ganze Geschichte, denn ich war an dieser Verschwörung beteiligt. Ich habe gemordet, um sie zu vertuschen. Und ich möchte hinzufügen, ich erzähle die Geschichte aus freien Stücken, weil ich nicht möchte, daß die Wahrheit mit mir stirbt.

Aufgrund von zwei Ereignissen sollte ich dann doch nicht an dem Hit auf Jimmy Hoffa beteiligt sein: zum einen wegen meiner Haftstrafe von zweieinhalb bis fünf Jahren, die ich wegen bewaffneten Raubüberfalls erhielt, und zum anderen, was schwerwiegender war, wegen einer Mordanklage im Dezember 1974, bei der es um einen Häftling ging, den ich im Dannemora-Gefängnis erstochen hatte.

Bevor ich nach Dannemora kam, besuchte mich John Sullivan mehrmals im Tombs-Gefängnis. Er machte mir klar, wie wichtig es war, über die Sache mit Hoffa den Mund zu halten, und er sagte, er habe Jimmy Coonan als Ersatz für mich vorgesehen.

Ich konnte mir durchaus vorstellen, daß der kalte, furchtlose Coonan eine erstklassige Wahl für den Hoffa-Kontrakt war. Ich hatte ihn zu der Schießerei auf dem Dachgeschoß in der 46th Street begleitet, wo er versucht hatte, Mickey Spillane zu töten, hatte ihn dann im Gefängnis näher kennengelernt und seinen Reifungsprozeß mitverfolgt, und vor kurzem hatte ich auch Falschgeld von seinen Partnern ge- und verkauft. Coonan hatte auch Erfahrung im Zerlegen von Leichen, eine Qualifikation, auf die Fat Tony großen Wert legte.

»Zu dumm, daß Mad Dog nicht verfügbar ist, er wäre perfekt«, sagte ich mit Bezug auf Joe Sullivan. Sully wurde aber frühestens im Dezember 1975 entlassen, und das war für diesen Job möglicherweise zu spät. »Übrigens, wann soll die Sache denn steigen, John?«

»Wenn ich das wüßte«, antwortete er. »Tony beobachtet die Lage und wartet ab. Er muß noch ein paar Einzelheiten regeln.«

Ich spürte, John Sullivan brannte darauf, daß es endlich losging. Er war ein altgedienter Hitman, ein Mann, der gern tötete, und er hatte in diesem Fall immer mehr die Rolle eines Mittelsmannes übernommen, der Verträge einging und dann vertrauenswürdige Leute suchte, um sie auszuführen. John vermißte die Aufregung, den Nervenkitzel, den ein solcher Mordanschlag mit sich brachte, und er freute sich schon auf seinen Termin in Detroit.

Es vergingen mehrere Monate. Während ich mich auf meine Verteidigung gegen die Mordanklage vorbereitete, wuchs Fat Tonys Beunruhigung über Jimmy Hoffas Aktivitäten. Der frühere Gewerkschaftsführer trat als lautstarker Aktivist der National Association for Justice auf, einer Organisation, die sich um die Bürgerrechte von Gefangenen kümmerte, und sein Engagement wurde vom Feuereifer des radikalen Reformers getragen. Salerno wußte, daß jemand, der auf einem Gebiet – dem Gefängniswesen – einen Wandel verlangte, das bald auch in anderen Bereichen tun würde.

Fat Tonys schlimmste Befürchtungen begannen sich zu bewahrheiten: Der charismatische Hoffa startete eine energiegeladene Kampagne, um den Gewerkschaftsvorsitz wiederzuerlangen, und er stellte seine Wahlkampfplattform unter das Motto: ›Raus mit dem Mob!‹. Die Gewerkschaft war für die Genovese-Organisation so etwas wie eine Gans, die goldene Eier legte, wie das *Time*-Magazin später schrieb: »Ganz oben auf der Erpressungsliste der Mafia-Familie steht die International Brotherhood of Teamsters.«

Als er umgebracht wurde, hatte Hoffa gerade die Arbeit an einem Buch beendet, das er in Kooperation mit dem Autor Oscar Fraley geschrieben hatte. Fraley sprach dabei von Hoffas »Kriegserklärung gegen diejenigen, die ihn um den Gewerkschaftsvorsitz gebracht hatten, eine explosive Geschichte, die sich um Betrügereien, Vergeltungsschläge und die Verwicklung der Unterwelt dreht. Punkt für Punkt wollte er sie vorführen, mit kräftigen Fingern, die sich zur Faust ballen würden, auf sie zeigen. Und es würde noch mehr kommen, ›noch viel mehr‹, wie er sagte, wenn er erst in die Bücher der Pensionskassen der Gewerkschaft Einblick genommen haben würde.«

Fraley wies auf einen Umstand hin, der auch Tony Salerno bewußt war: »Was Hoffa sagte, meinte er durchaus ernst. So meinte einmal ein alter Fuhrunternehmer zu mir: ›Für die Arbeiter war Jimmy so etwas Ähnliches wie Gott. Sie wußten, daß er immer für ihre Interessen kämpfte, wenn's not tat, auch mit körperlichem Einsatz. Und ich will Ihnen noch was sagen:

Sein Wort war Gold wert, und ein Handschlag von ihm zählte mehr als die Berge von Schriftsätzen, die ganze Anwaltskanzleien verfaßten.,«,

Fat Tony wußte, was bei diesem Kampf um die Vorherrschaft über die Gewerkschaft auf dem Spiel stand, und dieser Padrone, der kleine Drogendealer schon dafür hatte umbringen lassen, daß sie *versehentlich* auf seinem Gebiet aktiv geworden waren, war natürlich nicht gewillt zuzuschauen, wie Hoffa ihm die Haupteinnahmequelle seiner Organisation aus der Hand riß. Mit Geld der Gewerkschaft waren solche Restaurants und Hotels wie das Desert Inn, das Fremont, Ceasar's Palace, Circus Circus, die Dunes und das Stardust gebaut oder gekauft worden.

Fat Tony fürchtete dreierlei: 1. daß der Geldfluß von der Gewerkschaft zur Genovese-Organisation abreißen würde, wenn Hoffa wieder an der Spitze der Gewerkschaft stehen würde, 2. daß Hoffa aufdecken und öffentlich bekanntgeben würde, welch riesige Summen die Organisation aus dem Pensionsfonds der Gewerkschaft abgezweigt hatte, und 3. daß eine Flut von Anklagen über die Organisation und ihre führenden Leute hereinbrechen würde, wenn das Ausmaß dieses Beutezugs bekannt werden würde.

Gerüchte aus Washington, D.C. gaben der Angelegenheit zusätzlich eine dringende Note. Fat Tony war zugetragen worden, Präsident Gerald Ford plane, eine der Bewährungsvorschriften, die Hoffa auferlegt worden waren, zu streichen, nämlich das Verbot, vor dem Jahr 1980 erneut für den Gewerkschaftsvorsitz zu kandidieren. Hoffa rechnete damit, die Wahl zum Vorsitz auf jeden Fall zu gewinnen, wenn es dabei mit rechten Dingen zuging, und es sah auch ganz so aus, als würde die kämpferisch gestimmte Mitgliedschaft auf einer solchen fairen Wahl bestehen.

Das alles war zuviel für Fat Tony. Zuvor hätte er den Hit noch jederzeit abblasen können – er hätte den Auftrag nicht einmal formell zurückziehen müssen, sondern hätte ihn nur gegenüber John Sullivan nicht mehr erwähnen müssen –, aber jetzt, wir schrieben Anfang 1975, unternahm er einige Schritte, die das Ganze unumkehrbar machten.

Sowohl John Sullivan als auch Jimmy Coonan erzählten mir später, wie es weiterging. Salerno setzte sich mit Anthony »Tony Jack« Giacalone, Hoffas Rabbi, in Verbindung, der dadurch reich geworden war, daß jeder, der in Detroit einen Kredit oder eine Vergünstigung von der Transportgewerkschaft haben wollte, bei ihm vorstellig werden mußte. Chuckie O'Briens verstorbene Mutter war Giacalones Freundin gewesen, und Chuckie nannte den Mobster ›Onkel Tony‹.

Zuerst sagte Fat Tony Giacalone, er solle sich von Hoffa ›fernhalten‹, was soviel hieß wie, er solle ihm in keiner Weise mehr behilflich sein. Dann trug er diesem Detroiter Gangster auf, sich mit Chuckie O'Brien in Verbindung zu setzen.

Giacalone versuchte kurz noch, den Rabbi zu spielen. Er riet Fat Tony, »Hoffa in Ruhe zu lassen. Er ist ein aufgeschreckter Hase, und wenn man jemanden aufgeschreckt hat, dann läuft er bei der nächsten Gelegenheit zum FBI.«

Fat Tony aber wollte so etwas nicht hören, denn er hatte sich entschieden, jetzt seine Zurückhaltung aufzugeben. »Er wird nirgendwohin laufen, weil er nämlich bald tot sein wird«, sagte er unverblümt. »Und wenn du dich nicht raushältst, dann wirst du auch bald tot sein.«

Giacalone galt in Detroit als ein hohes Tier, aber verglichen mit Salerno war er eine Null, ein Niemand im organisierten Verbrechen. Ich bin überzeugt, daß die Mafia-Größen in den anderen Teilen des Landes innerhalb ihres Bezirkes durchaus nach Gutdünken schalten und walten können, aber wenn sie Anweisungen aus New York bekommen, dann müssen sie parieren. Ein Pate in der Provinz verhält sich zu einem Paten aus der Metropole wie ein Filialleiter zum Vorstandsvorsitzenden des Unternehmens.

Salerno wies Giacalone an, ein Treffen mit Hoffa zu arrangieren, und er schlug vor, Hoffas ›Pflegesohn‹ dabei als Köder einzusetzen.

Zuerst verhielt sich Chuck O'Brien ablehnend. Er wollte nicht an einem Mord beteiligt sein, insbesondere nicht an einem Mord dieser Größenordnung. Vielleicht empfand er auch noch ein bißchen Loyalität gegenüber seinem Wohltäter, ohne dessen Hilfe er es nicht weit gebracht hätte. Wie auch immer, er zauderte und zögerte.

Dann sagte ›Onkel Tony‹ ihm, Salerno biete ihm Geld an und eine inoffizielle Führungsposition in der Gewerkschaft: das bedeutete, daß Fat Tony bereit war, ihn für den Rest seines Lebens finanziell abzusichern.

O'Brien schwankte immer noch, aber er mußte schließlich nachgeben, als der Genovese-Pate ihm die Daumenschrauben anlegte und ihm durch Giacalone reinen Wein einschenkte: »Wenn er nicht mitmacht«, sagte Salerno zu Tony Jack, »oder wenn er vielleicht seinem Vater einen Tip gibt, dann legen wir ihn um, seinen Vater und seine ganze Familie.«

Was blieb Chuckie O'Brien anderes übrig? Fat Tony war stark und einflußreich, und er war nur ein armes Würstchen. Bei ihrem nächsten Treffen erzählte ihm Tony Jack wahre Horrorgeschichten darüber, wie es Leuten ergangen war, die so dumm gewesen waren, den Boß der Genovese herauszufordern. O'Brien ließ sich dadurch dermaßen einschüchtern, daß er zustimmte, seinen Ziehvater den Mördern auszuliefern. Salerno war damit mit seinem Plan einen entscheidenden Schritt weitergekommen: Er hatte jemanden für sich gewonnen, der Hoffas Vertrauen besaß.

Giacalone vereinbarte mit Jimmy Hoffa einen Termin für ein Treffen, an dem außer ihm auch noch Tony Provenzano teilnehmen sollte, um ›über alles zu reden und das wieder auszubügeln, was in Lewisburg passiert ist‹.

Natürlich hatten Giacalone und Provenzano keineswegs die Absicht, sich in Hoffas Nähe aufzuhalten, wenn der Hit ausgeführt wurde. Für den Zeitpunkt, zu dem der Gewerkschafter ermordet wurde, konnte Tony Pro später denn auch mehrere Zeugen aufbieten, die angaben, er habe in Union City in New Jersey Karten gespielt. Und Tony Jack wurde im Southfield

Athletic Club in Detroit von so vielen Leuten gesehen, daß das FBI später feststellte: »Aus den Aussagen fast aller Befragten im Southfield Athletic Club ergab sich, daß Giacalone nur aus dem Grund dort erschien, um sich ein Alibi zu beschaffen, denn er versuchte, sich in einer Art und Weise in Szene zu setzen, die ihm normalerweise nicht entsprach.«

Im Juli 1975 wurden Joe Sullivan und ich vorgeladen, um in einem Prozeß auszusagen, den Jerry ›The Jew‹ Rosenberg angestrengt hatte, und man brachte uns von Dannemora zum Federal House of Detention in der West Street in Manhattan. John Sullivan und Jimmy Coonan besuchten mich in diesem Bundesgefängnis und sagten, der Hit werde bald stattfinden. Sie waren schon ziemlich aufgeregt. Nervös. Sie sagten, Fat Tony zahle zweihunderttausend Dollar, und ich würde davon auch einen Teil, nämlich fünfzehntausend, erhalten. Sie gaben mir Geld für meine ›Haushaltskasse‹, bestachen einen Wärter dafür, mir Alkohol und Kokain zu bringen, und sorgten sogar dafür, daß ich mich mit einer Frau treffen konnte.

Unter Angabe falscher Namen flogen Coonan und Sullivan am 29. Juli 1975 nach Detroit. Alles, was sie benötigten – Plastikbeutel, Gesichtsmasken, Schußwaffen, Schalldämpfer, Kettensäge –, war in einem der Mafia gehörenden Haus im Vorort Mount Clemens deponiert worden.

Am 30. Juli, um 14 Uhr 30, trafen sich Salvatore ›Sally Bugs‹ Brugiglio und Chuckie O'Brien auf dem Parkplatz des Machus Red Fox Restaurants, elf Kilometer nördlich von Detroit an der Telegraph Road im Bezirk Bloomfield. Hoffa hatte sein Haus in Lake Orion um 13 Uhr 15 verlassen und seiner Frau Josephine gesagt, er wolle sich »mit Tony Jack und ein paar anderen Jungs« treffen. In seinen Kalender hatte er eingetragen: ›T. J. – 2 Uhr – Red Fox‹.

Um 13 Uhr 30 legte Hoffa bei den Airport Service Lines einen

Zwischenstop ein. Die Firma gehörte Louis Linteau, dem früheren Präsidenten der Sektion der Transportarbeitergewerkschaft in Pontiac, den das FBI als ›notorischen Betrüger‹ bezeichnete. Er war gerade beim Essen, aber ein Angestellter erinnerte sich, daß Hoffa gesagt hatte, er habe gehofft, Linteau werde ihn zu seinem Treffen mit Giacalone begleiten. Als dann später das FBI Linteau verhörte, sagte er, Hoffa habe ihn am 26. Juli über das geplante Treffen mit Giacalone und eventuell mit Tony Pro informiert.

Hoffa schöpfte beim Red-Fox-Restaurant schon Verdacht, als er sah, daß anstelle seines Freundes Tony Jack Sally Bugs, ein Hauptmann der Genovese-Organisation, mit Chuckie O'Brien gekommen war.

Deshalb war auch O'Brien in die Sache eingespannt worden. Er zerstreute Hoffas Bedenken und gab ihm eine Telefonnummer, unter der er Giacalone erreichen konnte. Giacalone sagte Hoffa am Telefon, er solle zusammen mit seinem ›Sohn‹ und Sally zu einem ›hübschen‹ Haus in Mount Clemens fahren, wo er mit Tony Pro auf sie warten würde und wo sie dann in einem Gespräch ›alle Differenzen ausräumen‹ könnten.

O'Brien sagte Hoffa, er habe das Haus überprüft, und es sei sicher. Auch Hoffa kannte diese Gegend, eine gepflegte Vorstadtsiedlung, bei der ihm nicht der Gedanke an Mord in den Sinn kam.

Hoffa saß vorne im Wagen, und Sally Bugs fuhr. Hoffa kannte Bugs als wirtschaftlichen Verbindungsmann für Tony Pros Gewerkschaftssektion 560, und vielleicht wußte er auch, daß er mehrere Morde auf dem Kerbholz hatte. Bugs, ein gedrungener, ein Meter siebzig großer Mann, machte den beflissenen Eindruck eines Collegeprofessors.

Chuckie O'Brien saß hinten. Er war zu sehr eingeschüchtert, um zu fahren, aber sein Ziehvater wußte das nicht. Außerdem wollte Hoffa, daß hinter ihm jemand saß, dem er trauen konnte. Er war sich im klaren darüber, wie schnell man von hinten einen Schlag auf den Kopf bekommen konnte, und wenn Bugs schon dabeisein mußte, dann war der Platz hinterm Steuer für ihn der beste.

Sie schwiegen während der ganzen Fahrt. Hoffa hatte ständig ein Auge auf der Straße, und mit dem anderen beobachtete er Brugiglio. Mehrmals hatte Bugs den Eindruck, Hoffa wolle etwas sagen, aber er tat es dann doch nicht. Später sagte Bugs, Hoffa habe während der gesamten Fahrt nur ein Wort gesagt, und das sei auch sein letztes gewesen. »Wir sind gleich da«, hatte Sally bemerkt, als sie sich dem Haus näherten.

»Gut«, antwortete der frühere Präsident der Transportarbeitergewerkschaft.

Mittlerweile hatten John Sullivan und Jimmy Coonan in dem Haus in Mount Clemens in der kleinen Küche, die an das Wohnzimmer anschloß, ihre Plätze bezogen, von wo sie jeden, der durch die Tür kam, von links ins Visier nehmen konnten.

Die Killer machten sich keine Sorgen darüber, daß Hoffa als ziemliches Rauhbein bekannt war. Sie waren schon mit vielen ähnlichen Burschen fertig geworden, und außerdem hatten sie nicht vor, lange zu fackeln. Ihn sofort erschießen und dann das Ganze hinter sich bringen, das war ihr Plan.

Natürlich waren sie sich der Größe dieses Hits bewußt. Sie wußten auch, daß sie wahrscheinlich nie mehr eine ähnliche große Sache bekommen würden, und dieses Wissen half ihnen, sich voll und ganz auf die Aufgabe zu konzentrieren. Sie hatten silbern beschlagene .22er Pistolen bei sich, die mit Dumdum-Munition geladen waren, welche im Körper explodiert.

Sullivan war ein Mann, der nicht viel redete, und Coonan respektierte das. Deshalb warteten sie schweigend. Coonan ging gelegentlich ein paar Schritte hin und her, während John auf einem Stuhl saß und auf den Boden starrte. Sie waren darauf vorbereitet, sofort aufzuspringen, sobald die Haustür sich geschlossen hatte. Sie wußten, daß sie blitzschnell zuschlagen mußten, und sie warteten angespannt auf diesen Moment.

Nachdem Jimmy Hoffa das Haus betreten hatte und dann nach links weiterging, um sich zu setzen, sprangen Coonan und Sullivan aus der Küche hervor. Coonan jagte Hoffa zwei Kugeln in die Stirn, die nur ein leises, flüsterndes Geräusch machten – *Ssssst! Sssst!* –, und Kopf und Körper des ehemaligen Gewerkschaftsführers riß es nach hinten. Er plumpste leblos zu Boden und kam halb auf dem Stuhl, halb auf dem Teppich zu liegen.

Der Exboß der Teamsters Union war sofort tot. Die paar Sekunden, in denen die tödlichen Schüsse fielen, dürfte er nur ganz verschwommen wahrgenommen haben. Ich glaube, daß sein Gehirn gar nicht registrierte, daß ein Mordanschlag auf ihn verübt wurde. Wie bei den meisten Mordopfern blieben seine Augen auch noch im Tod offen, und keiner machte sich die Mühe, sie zu schließen.

Währenddessen begann Chuckie O'Brien zu heulen. Er schluchzte laut und mit schmerzverzerrtem Gesicht. Sally Bugs redete ihm gut zu und versuchte, ihn zu beruhigen. O'Brien beugte sich vornüber, von Zuckungen geschüttelt, wendete sich schließlich von seinem ›Vater‹ ab und brach auf dem Boden zusammen.

Coonan und Sullivan, die beiden abgebrühten Profis, kümmerten sich nicht darum. Der muskulöse Coonan hob Hoffa mit seinen starken Armen hoch und trug die Leiche in den Keller. Sullivan folgte ihm und ermahnte den Jüngeren, Ruhe zu bewahren. Coonan legte Hoffa auf einen großen Tisch, über dem eine hell leuchtende Glühbirne hing. Es gab in diesem Raum alles, was für einen Operationssaal notwendig war: Ärztekittel, Ärztehandschuhe, Schutzbrillen, elektrische Sägen, chirurgische Messer zum Durchtrennen von Sehnen, schwarze Plastiksäcke und vorbereitete kürzere Stücke von Seilen. Die beiden Männer zogen den Toten aus, verstauten die Kleidung in einem Plastiksack, warfen die elektrische Säge an und schnitten ihm den Kopf ab. Coonan holte ein Taschenmesser heraus, schnitt sich eine Locke von Hoffas Haar ab und steckte sie in die Tasche.

Jeder Körperteil wurde zweifach in Säcke verpackt, die dann verschnürt wurden. Als erstes deponierte John Sullivan den Kopf im Kühlschrank. Dann schnitt Coonan dem Toten beide Arme ab, zerteilte sie in der Mitte, und Sullivan verstaute die vier Stücke in einem Sack. Darauf trennte Coonan ein Bein ab, hackte es mit einem großen Messer in der Mitte entzwei, und wiederholte dann das gleiche mit dem anderen Bein. Sullivan legte auch die Säcke mit diesen Körperteilen in den Kühlschrank. Schließlich wurde noch der Rumpf, das, was von Hoffa noch auf dem Tisch zurückgeblieben war, in drei Teile zersägt und mit dem Rest weggepackt. Insbesondere der blutrünstige Coonan liebte diese Arbeit. Notfalls hätte er sie auch nur mit seinem Taschenmesser erledigt.

Nach getaner Arbeit reinigten sie die Instrumente, säuberten den Keller und gingen wieder nach oben. Sally Bugs versuchte immer noch, den aschfahlen, völlig weggetretenen Chuckie O'Brien wieder aufzubauen. Seit Coonan den Toten in den Keller gebracht hatte, waren nicht mehr als fünfundvierzig Minuten vergangen.

Sally Bugs ging zum Telefon und rief Giacalone an. »Der Job ist erledigt«, sagte er. »Die Männer hier möchten ihr Geld.«

»Ich werde jemanden schicken, der es rüberbringt«, sagte Tony Jack. So war es ausgemacht. Die Bezahlung hatte unmittelbar nach dem Hit zu erfolgen.

Bugs fuhr zu einem Spezialitätenrestaurant und kam mit einigen großen, mit Fleisch und Käse und Tomatensauce gefüllten Sandwiches zurück. Die Sandwiches erinnerten in gewisser Weise an das, was Coonan und Sullivan gerade zersägt hatten, aber alle außer Chuckie O'Brien griffen zu. Dieser sagte, er könne jetzt nichts hinunterbringen, und daher nahm sich Coonan, der bei seiner Arbeit richtig hungrig geworden war, auch dieses Sandwich. Irgendein Mobster (an seinen Namen kann ich mich nicht mehr erinnern) hat einmal gesagt, man sei noch kein hartgesottener Bursche, wenn man einen Mord begehen und dabei ruhig und gelassen bleiben könne; richtig abgebrüht sei einer erst, wenn er es sich danach tüchtig schmecken lasse. So gesehen, gehörte Coonan ohne jeden Zweifel zu den ganz ausgekochten Burschen.

Chuckie O'Brien bekam sich allmählich wieder in die Gewalt, und er sagte sich, es sei das beste für ihn, so schnell wie möglich aus diesem Haus zu verschwinden. Sie ließen ihn gehen. Er fuhr in dem Wagen weg, mit dem Hoffa zu seinen Killern gebracht worden war. Die anderen wollten mit Giacalones Sendboten mitfahren, der schließlich auch mit einem Koffer voller Geld erschien. Aber bevor noch das Geld gezählt werden konnte, entbrannte ein hitziger Streit.

»Tony Jack möchte, daß ihr die Leiche wegschafft«, sagte der Bote.

»Das war nicht abgemacht«, erwiderte John Sullivan.

»Aber Tony Jack will das so.«

»Können wir die Überreste auf sein Gelände bringen?« wollte Sullivan wissen.

»Davon hat er nichts gesagt.«

Sally Bugs rief Giacalone an und sagte: »Die Männer wollen wissen, ob sie die Leichenteile zu deinem Schrottplatz bringen können.«

»Um Himmels willen, nein!«

»Sie möchten mit dir reden.«

»Ich aber nicht mit ihnen. Ich will mit dieser Verschwörung nichts zu tun haben. Ich kenne keinen John Sullivan und keinen Jimmy Coonan, und sie dürfen auch mein Grundstück nicht benutzen. Sie haben den Mann umgebracht, und jetzt sollen sie sich auch um seine Beerdigung kümmern.«

Das Chaos war perfekt, und es war vor allem deswegen entstanden, weil Giacalone es mit der Angst zu tun bekommen hatte. Er hatte früher angedeutet, er werde sich um die Überreste von Hoffa kümmern und sie eventuell bei den Central Sanitation Services beseitigen lassen, einem Abfallunternehmen in der Moran Street 8215 in Hamtrack, Michigan, das zwei Unterweltfiguren namens Raffale Quasarano und Peter Vitale gehörte, die mit ihm zusammenarbeiteten. Später hatte er auch gesagt, er werde die Überreste in verschiedenen Flüssen versenken.

Das FBI folgte später einer Spur, aus der sich ergab, Hoffas Leiche sei tatsächlich in dem Abfallunternehmen beiseite geschafft worden. In der Zusammenfassung einer eidesstattlichen Erklärung, die dem FBI vorlag, hieß es: ›Informant Nr. 1

hat FBI-Agenten am 7. August 1975 mitgeteilt, daß er persönlich davon Kenntnis erlangt hat, daß die Leichen von mindestens zehn Mordopfern von Quasarano und Vitale mit Hilfe der ihnen zur Verfügung stehenden Geräte beseitigt worden sind. Quasarano und Vitale besitzen und betreiben die Central Sanitation Service, auf deren Gelände sich eine große Schredderanlage, eine Müllpresse und ein Verbrennungsofen ... befinden, die alle geschäftlich zur Abfallbeseitigung genutzt werden. ... Informant Nr. 1 hat ausgesagt, daß diese Anlagen von Quasarano und Vitale auch dafür benutzt werden, um die Opfer von Morden zu beseitigen, die für das Syndikat von außerordentlich großer Wichtigkeit waren. Informant Nr. 1 hat ausgesagt, er glaube, daß Hoffa ebenfalls Opfer eines solchen Mordes geworden sei und daß seine Leiche unter Zuhilfenahme der obengenannten Gerätschaften zum Verschwinden gebracht worden sei ...‹.

Quasarano und Vitale hatten einfach Angst bekommen und daher ihr Angebot zurückgezogen, Hoffas Leiche zu übernehmen, was wahrscheinlich nicht das verkehrteste war angesichts der Tatsache, daß ein Informant der Bundespolizei Zugang zu ihren bestgehüteten Geheimnissen hatte.

Wie also weiter? Sullivan fragte Sally Bugs: »Ist dieses Haus wirklich sicher?«

»Ja, schon, soweit ich weiß.«

»Tony Jack möchte nicht, daß die Leiche hier bleibt«, sagte der Bote von Giacalone.

»Zum Teufel mit Tony Jack«, rief Jimmy Coonan, der genausowenig Geduld hatte wie diplomatisches Geschick. »Das ist jetzt das Problem von Tony Jack. Wir lassen die Leiche hier, und ihr könnt euch drum kümmern. So war's abgemacht.«

Coonan und Sullivan besuchten mich einige Tage später im Gefängnis in der West Street. Sie lächelten wie eine Katze, die einen Kanarienvogel verspeist hat, alberten herum, machten Witze, sie zwinkerten mir zu und führten sich auf wie übermütige kleine Kinder. Coonan holte eine kleine Plastikschachtel heraus, in der sich die Locke von Hoffas Haar befand, stellte sie auf den Tisch und sagte: »Das ist mein Talismann«.

Vielleicht war sie das auch. Er beging später noch viele Morde und lebte ungefähr noch zehn Jahre in Saus und Braus, bis der Staat ihn schließlich aus dem Verkehr zog.

Ungefähr zur gleichen Zeit, als John Sullivan, Jimmy Coonan und ich uns über den Mord unterhielten, observierten verdeckte Ermittler Russell Bufalino, einen Unterboß der Genovese-Familie, bei einem Essen mit Tony Provenzano und Sally Bugs im Restaurant Vesuvio in Manhattan. Sie wußten nicht, daß Bugs Bufalino und Tony Pro darüber berichtete, was sich in Mount Clemens ereignet hatte.

Der Mord an Hoffa hatte noch einige Nachwirkungen. Chuckie O'Brien, Anthony Giacalone und Tony Pro verweigerten alle die Aussage, als sie vor dem Geschworenengericht in Detroit befragt wurden, welches das mysteriöse ›Verschwinden‹ Hoffas aufklären sollte.

O'Brien wurde schließlich wegen Schutzgelderpressung verurteilt, aber dieses Urteil war für ihn eher eine Befreiung, weil er in der Zeit seit dem Mord Tag und Nacht in schrecklicher Furcht gelebt hatte. Es besteht immer noch die Möglichkeit, daß er wegen Mordes an seinem Ziehvater angeklagt wird, und er hat nicht die Konstitution, eine lange Haftstrafe durchzustehen.

Ich halte O'Brien eigentlich nicht für einen Mörder. Fat Tony stellte ihn vor eine schreckliche Wahl – entweder Hoffa oder du und deine Familie –, und er tat das, was wohl die meisten in dieser Situation tun würden. Hier ist ein Beispiel dafür, wie leicht man ihn erschrecken kann: Als man ihm bei der Tagung der Transportarbeitergewerkschaft 1976 in Las Vegas sagte, daß Tony Provenzano nach ihm gesucht habe, versteckte er sich zwei Tage lang bei einem Freund unter dem Bett.

Tony Jack Giacalone wurde wegen Steuerhinterziehung zu zehn Jahren Gefängnis verurteilt.

Tony Pro erhielt 1978 lebenslänglich für den 1961 begangenen Mord an Anthony Castellito, der den Fehler gemacht hatte, darüber nachzudenken, ob er bei der Wahl des Vorsitzenden der Gewerkschaftssektion 560 gegen Provenzano antreten sollte. Tony Pro starb vor kurzem im Gefängnis.

Im Dezember 1975 fuhren Mad Dog Joe Sullivan und ein Partner der Gambino-Organisation namens Augie Manori eine Wagenladung voller Ölfässer von Michigan nach New Jersey. In einem der Fässer befanden sich die zerhackten Einzelteile des Mannes, der einstmals für die Rechte der Fernfahrer und der anderen Transportarbeiter des Landes gekämpft hatte.

Fat Tony hatte es satt, mit Tony Jack darüber zu streiten, wer sich um die Beseitigung der Leiche kümmern sollte, und nahm deswegen die Sache selbst in die Hand. Hoffas Überreste wurden zu den Meadowlands gebracht, wo mehrere Baufirmen des Mob damit beschäftigt waren, das Giants-Stadion zu bauen. Die Plastiksäche wurden dort in Sektion 107 in Zement eingegossen.

Im September 1981 gingen Joe Sullivan und ich zu einem Football-Spiel der Giants und suchten uns einen Platz in Sektion 107. Joe deutete auf die Stelle, an der man Hoffa begraben hatte, und sagte: »Glaubst du, daß Jimmy sich auch das Spiel anschaut? He, Jimmy, dieser Treffer war für dich!«

Nachdem ich mich den Strafverfolgungsbehörden als Zeuge zur Verfügung gestellt hatte, bekam ich Besuch von FBI-Leuten, die mir sagten, sie wüßten ›aus sicherer Quelle‹, daß John Sullivan, Joe Sullivan und ich an dem Mordkomplott gegen Hoffa beteiligt gewesen seien. Ich erzählte ihnen einzelne Teile der Geschichte, die ich in diesem und im vorhergehenden Kapitel dargestellt habe, und sie unterzogen mich einem Lügendetektor-Test, den ich mit Bravour bestand. Ich habe ihnen nicht, wie hier, alles gesagt, weil ich von ihnen als Gegenleistung noch eine Zusage erwartete, nämlich eine Reduzierung meiner Strafe. Daß sie mir das verweigerten, fand ich ziemlich eigenartig. Bei

Jimmy ›The Weasel‹ Frattiano wurde eine neunfache Mordanklage fallengelassen, obwohl die Informationen, die er zu bieten hatte, verglichen mit den meinen kaum der Rede wert waren. Ich habe den Verdacht, der Regierung ging es nur darum, zu ihrer eigenen Genugtuung den Fall aufzuklären, nicht aber um eine Strafverfolgung.

Man stelle sich vor: Das einzige, wonach mich die FBI-Leute nicht fragten, war, ob ich bei dem Mord anwesend gewesen sei. Ich glaube, sie hatten Angst, diese Frage zu stellen, weil durch meine Antwort einige der Strafvollzugsbehörden in ein schiefes Licht hätten geraten können. Es war bekannt, daß Joe Sullivan und ich zum Zeitpunkt des Mordes an Hoffa sicher im Gefängnis verwahrt waren.

Das FBI wußte aber auch, wenngleich es nichts beweisen konnte (oder nicht wollte), daß ein Gefängnisbediensteter in dieser Zeit gegen Bezahlung Hafturlaub vergeben hatte, und daß viele Mobster und andere Häftlinge sich Urlaub erkauft hatten, manche auch deswegen, um draußen Morde zu begehen. Die Gefahr, daß die Gefangenen einfach nicht mehr zurückkehren würden, bestand nicht. Denn das hätte die Bosse auf die Palme gebracht, die sich selbst dieses System zunutze machten und die einen Hit-Kontrakt auf jeden ausgesetzt hätten, der dumm genug gewesen wäre, sich auf diese Weise wieder seine Freiheit zu verschaffen.

Wenn ein Häftling nur genug zahlte, dann konnte er bis zu zwei Wochen wegbleiben. In der Regel aber dauerten die Urlaube nur ein bis vier Tage. Da hatte ein Gefangener Sehnsucht nach seiner Familie. Wollte eine Party feiern oder einen Job erledigen. Ich verübte *neun Morde* im Lauf mehrerer solcher erkaufter Freigänge.

Anwälte und Polizisten stellen nur selten eine Frage, wenn sie vermuten, daß ihnen die Antwort nicht recht gefallen wird. Die Leute, die sich mit mir beschäftigten, wußten, daß in der Öffentlichkeit ein Sturm der Entrüstung losgebrochen wäre, wenn bekannt geworden wäre, daß sich Mafiosi und andere kriminelle Gewalttäter Hafturlaub hatten erkaufen können.

Ich will es damit bewenden lassen. Ich habe gesagt, daß ich genau weiß, wie Jimmy Hoffa umgebracht wurde, und Sie als Leser wissen es jetzt auch. Die Information über den genauen Ort, wo man seine Leiche hinschaffte, stammt von Joe Sullivan, meinem besten Freund, einem Mann, von dem ich glaube, daß er mich noch nie angelogen hat.

Jerry Rosenberg und der bekannte Mob-Anwalt Gino Gallina vertraten mich in der Verhandlung wegen dem Mord, den ich in Dannemora beging (siehe nächstes Kapitel), und Gallina, ein ehemaliger Bezirksstaatsanwalt, verteidigte mich 1977 auch noch in einem anderen Fall. Ich schöpfte einen ersten Verdacht, als Gallina mich bei seinen häufigen Besuchen immer wieder über den Mord an Hoffa ausfragte. Mein Verdacht wurde bestätigt, als mir Fat Tony Salerno die Nachricht zukommen ließ, daß Gallina, der sich aus einer Kokaingeschichte herauswinden wollte, sich vom FBI hatte anheuern lassen, um ihm Informationen über Aktivitäten des Mob zu beschaffen. Gallina hatte den FBI-Leuten auch gesagt, er sei in der Lage herauszufinden, wer Hoffa umgebracht habe.

Das bezweifle ich allerdings, obwohl er außer mir auch noch Tony Pro und Sally Bugs verteidigte. Salerno befahl schließlich Gallinas Ermordung, und Joe Sullivan und ich erschossen ihn im November 1977 in Greenwich Village.

Am 21. März 1978 wurde Sally Bugs vor einem Restaurant in der Mulberry Street in Little Italy getötet, nicht weit von der Stelle entfernt, wo Joey Gallo sein Ende gefunden hatte. Es gab Gerüchte, Bugs habe mit dem FBI verhandelt, um im Austausch für Informationen über den Hoffa-Mord Straffreiheit für seine Beteiligung an der Ermordung von Anthony Castellito zu erhalten, wofür Tony Pro lebenslänglich bekommen hatte.

Somit bleiben nur noch einige wenige übrig, über die zu berichten ist. Jimmy Coonan verbüßt eine fünfundsiebzigjährige Haftstrafe nach dem ›Racketeer-Influenced and Corrupt Organization‹-Statut (abgekürzt: RICO, ein Gesetz zur Bekämpfung des organisierten Verbrechens). Joe Sullivan ist wegen Mordes zu fünfundsiebzig Jahren verurteilt. Und Fat Tony bekam einhundert Jahre, ebenfalls nach dem RICO-Statut.

John Sullivan war der einzige Gewinner. Nachdem er erkannt hatte, daß er Coonan in ihrem ständigen Kampf um die Vorherrschaft in der West Side nicht ausstechen konnte, zog er sich als reicher Mann in den Ruhestand nach Florida zurück.

Wie einflußreich war Fat Tony eigentlich in der Teamsters Union? In seinem Buch *Mobbed Up* beschrieb der Autor James Neff, wie John ›Peanuts‹ Tronolone, ein Padrone aus Cleveland, Jackie Presser (einen FBI-Spitzel) darüber informierte, daß dieser der nächste Vorsitzende der Transportarbeitergewerkschaft sein werde. »›Du hast die Unterstützung aller Familien aus dem Osten. Du wirst der nächste Präsident.‹«

Tronolone fuhr fort: »›Die Familien werden ein paar Wünsche anmelden, und du wirst ihnen hin und wieder einen Gefallen tun müssen. Alle Wünsche werden dir durch mich mitgeteilt werden. Ich weiß, daß Maishe Rockman das bisher erledigt hat. Aber jetzt wirst du Präsident, und deshalb wirst du jetzt auch mit einem Mitglied der Familie zu tun haben, wenn es um die Geschäfte der Familie geht.‹« Er sagte auch noch, Fat Tony werde als höchste Instanz alle diese Geschäfte absegnen.

Als ich dann schließlich 1981 wieder aus dem Gefängnis kam, sagte Joe Sullivan zu mir: »Hör zu, wir müssen diesen Augie Manori umbringen, er weiß zuviel, denn er hat mitgeholfen, die Leiche wegzubringen.«

Joe und ich schossen Augie mit einer halbautomatischen 9-mm-Pistole ein Loch in den Kopf, schlitzten seinen Bauch auf, wickelten ihn in ein Tuch und versenkten ihn im Hudson River.

Als wir dann später am Abend zusammensaßen und tranken, begann Joe plötzlich zu lachen. »Weißt du«, sagte er, »ich hab' Manori nicht deswegen umgebracht, weil er vielleicht geredet hätte. Ich bin überzeugt, er hat was mit meiner Frau gehabt.«

Gail Sullivan und Augie Manori waren früher verheiratet gewesen. Wenn Sullivans Verdächtigungen zutrafen, was ich eher bezweifelte, dann hatte Manori eine kolossale Dummheit begangen, als er sich wieder mit seiner alten Liebe traf.

17. Kapitel

Der Mord an Richie Bilello

Am 3. Januar 1974 rückte ich wieder ins Gefängnis ein, nachdem man mich wegen dieses bewaffneten Raubüberfalls verurteilt hatte, und erst am 24. August 1981 wurde ich wieder entlassen – sieben Jahre, acht Monate und 21 Tage später. Aber dieser relativ lange Gefängnisaufenthalt war auch eine der aktivsten Phasen in meiner kriminellen Karriere. Es begann mit einem Mord.

Er hieß Richie Bilello, ein dreckiger, verkommener Hurensohn, und ich bin stolz darauf, ihn getötet zu haben. Bilello war wegen Mordes verurteilt worden. Er hatte einen jungen Mann, der den Fehler gemacht hatte, vor seinem Eßlokal in der zweiten Reihe zu parken, in seinen Laden gezerrt und gezwungen, ihm den Schwanz zu lutschen. Nachdem er in den Mund des jungen Mannes ejakuliert hatte, fragte er ihn: »Wer ist dein Gott?«

»Du bist es«, antwortete der zitternde Junge.

»Stimmt«, sagte der kranke Perverse und schoß seinem vor ihm knienden Opfer in den Kopf.

Bilellos Verhalten während des Aufstands in Attica war beschämend. Anstatt sich den anderen Insassen anzuschließen, die versuchten, eine Verbesserung der Lebensbedingungen im Gefängnis durchzusetzen, ging er seine eigenen Wege, wozu zum Beispiel gehörte, daß er einem Wärter, der als Geisel genommen worden war, seinen Schwanz in den Mund steckte. Bilello war der erste Gefangene, der wegen eines Verbrechens verurteilt wurde, das während des Aufstands begangen wurde.

Der Mann war wirklich ein Kotzbrocken. Ein kräftiger, einhundertfünfundzwanzig Kilo schwerer Sadist, der während seines Aufenthalts in Dannemora 1974 einen Häftling nach dem anderen vergewaltigte. Da er ein Partner der Lucchese-Familie war, kannte er viele Interna und Geheimnisse dieser Organisation, und er plauderte diese bereitwillig gegenüber den Behörden aus. Er lieferte Paulie Vario ans Messer, einen Lucchese-Hauptmann, der durch den Film *Goodfellas* bekannt wurde, sowie Jimmy Burke (in demselben Film von Robert DeNiro dargestellt), welcher der planende Kopf hinter dem Lufthansa-Überfall 1978 war, bei dem acht Millionen Dollar erbeutet wurden.

Normalerweise hätte ich mit Richie Bilello nie etwas zu tun bekommen, da er von meinem üblichen Freundeskreis soweit entfernt war wie nur irgend jemand. Aber im Oktober 1974 wurde er dennoch mein Problem, genauer gesagt, ich *machte* ihn zu meinem Problem.

Joe Sullivan und ich hatten läuten gehört, daß Bilello lauthals herumerzählte, Jerry Rosenberg habe in Attica andere Häftlinge verpfiffen. Das war lächerlich. Rosenberg, einer der Helden dieses Aufstands, wäre dort beinahe umgekommen, und er war seit mehr als einem Jahrzehnt der führende Kämpfer für die Rechte der Gefangenen. Anders gesagt, er war das genaue Gegenteil von Richie Bilello, der wirklich ein Verräter war.

Die jüngeren Gefangenen kannten Jerrys Geschichte nicht. Möglicherweise hätte deshalb irgendein junger Hitzkopf aufgestachelt durch Bilellos dummes Geschwätz, dazu getrieben werden können, Jerry Rosenberg zu erstechen.

Keiner wußte dies besser als Jerry The Jew, und er sagte mir, er müsse Bilello beseitigen. Dabei hätte er das gar nicht fertiggebracht; er war nicht der Typ, der kämpfen konnte. »Das ist Selbstmord, Jerry« sagte ich zu ihm. »Laß mich sehen, was ich tun kann.«

Joe Sullivan und ich nahmen uns Bilello in seiner Zelle vor. »Du dreckiges Arschloch«, sagte ich, »warum erzählst du diese Scheiße über Jerry?«

»Weil es die verdammte Wahrheit ist. Er ist eine Ratte. Ein mieser kleiner Polizeispitzel.«

»Wenn du das noch mal sagst, dann reiß ich dir deinen Scheißschädel von den Schultern.«

»Tatsächlich? Du und wer noch?«

»Ich bring diesen Saukerl auf der Stelle um«, sagte Joe Sullivan und machte einige Schritte nach vorn.

»Ich möchte keine Probleme mit euch bekommen«, sagte Bilello schnell.

»Du willst dem Griechen Schwierigkeiten machen«, sagte Sullivan. »Und das betrifft auch mich.«

Von diesem Tag an ging es nur noch um die Frage, *wie* ich dieses Stück Scheiße umbringen würde. Ich arbeitete in der Druckerei, die gegenüber dem Besprechungszimmer lag, wo sich Bilello mit seinem Anwalt traf, und am 28. Oktober bekam ich mit, wie er zu einem Besuchstermin herausgeführt wurde. Als ich ihn auf der Bank vor dem Besprechungszimmer sitzen sah, verließ ich die Druckerei und setzte mich neben ihn. Ich verhielt mich freundlich und bot ihm unter dem Vorwand, Frieden schließen zu wollen, eine Tasse Kaffee an. Damit war eine seiner Hände beschäftigt. Als er mich fragte, ob ich eine Pall Mall möchte, und mit seiner anderen Hand eine Packung Zigaretten hervorholte, sagte ich: »Ja, danke« und stieß ihm ein Messer in die Brust.

Er kreischte: »Nein! Nein! Bitte, um Gottes willen!«

Ich stach noch zweimal mit dem Messer zu, in die Brust und in den Hals, und ließ ihn dann blutend auf dem Boden liegen.

Unglücklicherweise kam gerade, als ich wieder in der Druckerei verschwinden wollte, ein Häftling die Treppen herauf und sah mich.

Ein irischer Mobster in der Druckerei säuberte das Messer und warf es aus dem Fenster – so daß niemand mehr die Spur der Waffe zu mir zurückverfolgen konnte –, und wir kehrten wieder an unsere Arbeitsplätze zurück. Kurz darauf kam ein Wärter in unseren Laden, schaute umher, heftete seine Augen auf mich und sagte: »Du kommst mit und hilfst uns, den Kerl auf eine Bahre zu legen.«

Bilello war immer noch bei Bewußtsein, als wir ihn zum Aufzug trugen, und er stieß gurgelnd hervor: »Ich möchte meinen Anwalt sehen. Ich werd' dieses Scheißgefängnis verklagen.«

»Wer war das?« fragte ihn der Wärter.

»Tony«, antwortete er, eine Ratte bis zum Schluß.

»Welcher Tony?«

Es kam keine Antwort mehr. Bilello war bewußtlos geworden. Nachdem einige Sanitäter gekommen waren und mich beim Tragen der Bahre abgelöst hatten, kehrte ich wieder zur Druckerei zurück. Einige Minuten später standen schon wieder einige Aufseher vor mir, und sie hatten den verschreckten Zeugen bei sich.

»Bist du Tony?« fragte einer der Wärter.

»Ich heiße Donald.«

Sie warfen mich ins Loch. Und sie verhängten über das gesamte Gefängnis den Ausnahmezustand. Doch trotz mehrfacher Durchsagen über den Gefängnis-Lautsprecher erklärte sich keiner der Häftlinge bereit, Richard Bilello auch nur einen Tropfen Blut zu spenden. Fünf Stunden, nachdem ich ihn niedergestochen hatte, starb er im Gefängniskrankenhaus.

Doch trotzdem hatten mich die Behörden übel am Wickel – dank des Zeugen, den sie sofort von den übrigen Gefangenen isolierten, und auch wegen Bilellos Teilaussage, bevor er starb.

Drei Tage später suchten mich FBI-Agenten in der Einzelhaft auf und boten mir für diesen Mord Straffreiheit an, wenn ich Jerry Rosenberg kriminelle Vergehen im Gefängnis anhängen würde. Und dabei hatte ich soeben eine Ratte umgebracht, die Jerry übel mitspielen wollte. Was waren denn das für Armleuchter? Ich sagte ihnen, sie sollten sich zum Teufel scheren.

Ich hörte zwar, daß ein Bezirksstaatsanwalt aus Clinton County gesagt habe, für denjenigen, der Bilello aus dem Weg geräumt hatte, solle »eigentlich ein Denkmal errichtet werden«, aber dennoch blieb der Staat entschlossen, dieses Verbrechen zu verfolgen.

Paulie Vario war über den Mord an Bilello so erfreut, daß er mir für mein Gefängnis-Sparbuch fünfhundert Dollar zukommen ließ. Er half auch dabei, den hochgeschätzten Gino Gallina als Verteidiger für mich zu gewinnen, aber ich bestand darauf, daß Gallina und Jerry Rosenberg mich gemeinsam vertraten. Mir ist kein anderer Fall bekannt, in dem der Nutznießer eines Mordes den Angeklagten verteidigte.

Daß ich Rosenberg einsetzte, hatte nichts damit zu tun, daß ich den Justizbehörden eins auswischen wollte. Jerry Rosenberg hatte einfach mehr auf dem Kasten als die meisten Anwälte von draußen, und er setzte sich unermüdlich auch für Häftlinge ein, die nicht zu seinen Freunden gehörten. Er und Gallina begannen damit, eine fulminante Verteidigung vorzubereiten.

Schließlich kamen wir zu dem Ergebnis, daß es sinnvoller war, sich auf einen Handel einzulassen. Die Staatsanwaltschaft hatte durchblicken lassen, sie werde die Höchststrafe fordern, und sie zeigte sich überzeugt, beweisen zu können, daß der Mord eine abgekartete Sache gewesen sei (was ja auch stimmte). Im Gegenzug für die Zusage, eine Haftstrafe von sechseinhalb bis dreizehn Jahren zu bekommen, erklärte ich mich im Februar 1975 des Mordes für schuldig.

Warum, verdammt noch mal, traf es immer mich? fragte ich mich. Warum mußte immer ich derjenige sein, der ein Unrecht rächte? Tausend andere hätten auch einen guten Grund gehabt, Richie Bilello wegzuputzen, und einer hätte es wahrscheinlich irgendwann auch getan, wenn ich ihm nicht zuvorgekommen wäre. Ich verbrachte viele Nächte damit, darüber nachzugrübeln, wie teuer ich für den Ruf bezahlte, den ich im Gefängnis zu verteidigen hatte.

Die meiste Zeit des Jahres 1975 verbrachte ich im Federal House of Detention in Manhattan, wo ich in einem Prozeß als Zeuge aussagte, den Jerry Rosenberg angestrengt hatte. Während dieser Zeit erkaufte ich mir vier Hafturlaube, von denen ich zwei für Überfälle benutzte und zwei, um Morde zu begehen. Hafturlaube waren dort fast so leicht zu kaufen wie Anstecker in einem Footballstadion.

Im September kam ich wieder zurück nach Dannemora, und

dort lernte ich Willie Boy Johnson und John Gotti kennen. Letzterer fürchtete mich zu Anfang, dann benutzte er mich, und schließlich wollte er mich tot sehen.

Willie Boy mochte ich lieber. Johnson, früher ein bekannter Boxer, war ein lässiger, liebenswürdiger Halbindianer, den Gotti wie einen Fußabstreifer behandelte. Er saß wegen bewaffneten Raubüberfalls, und die meiste Zeit war er damit beschäftigt, für seinen Boß Besorgungen zu erledigen. Er war immer so freundlich und entgegenkommend, und niemand konnte sich vorstellen, daß er ein Doppelleben als FBI-Informant führte. Fünfzehn Jahre lang informierte er das FBI über jeden Schritt und Tritt von John Gotti, und ich glaube, als diese Tatsache schließlich bekannt wurde, gab es niemanden, der ihn wirklich haßte. Er ist der einzige Verräter, den ich nicht verachte, und das schließt auch den Abscheu mit ein, den ich für mich selbst empfinde. Das zeigt vielleicht, wie beliebt Willie Boy allseits war. Sogar Gotti soll eher traurig als wütend gewesen sein, als er erfuhr, daß er ständig von einem Verräter umgeben gewesen war, aber seine Trauer war doch nicht so groß, daß er sich davon hätte abhalten lassen, Willie Boy am 29. August 1988 neunzehn Kugeln in den Körper zu jagen.

Jeder tat das, was er tun mußte. Gotti konnte nicht zulassen, daß ein FBI-Informant ungeschoren davonkam. Und Willie Boy mußte gewußt haben, was ihm irgendwann bevorstehen würde, aber dennoch machte er sich nicht aus dem Staub. Ich bin überzeugt, er haßte sich selbst so sehr, daß er die tödlichen Schüsse sogar irgendwie herbeisehnte.

Ich glaube, Willie Boy wurde aus zwei Gründen zum Verräter: Er ärgerte sich über die unterwürfige Rolle, die er gegenüber Gotti spielen mußte, und seine Zusammenarbeit mit dem FBI ermöglichte es ihm, die verschiedensten Verbrechen zu begehen, ohne dafür belangt zu werden. Er wußte, die Polizei würde ihn nicht ins Gefängnis stecken, weil sie damit ihre beste Informationsquelle über die Aktivitäten der Gambino-Organisation zum Versiegen bringen würde. Er versorgte sie mit genauesten Informationen über die größte Mafia-Organisation der Welt.

Die kriminelle Familie der Gambino kontrolliert Gewerkschaften, sie steckt dick im Kreditgeschäft, befaßt sich mit Buchmacherei, Entführungen und Schutzgelderpressungen und besitzt Hunderte von Restaurants und Bars. Ihre größte Einkommensquelle aber ist der Drogenhandel.

Willie Boy redete, wenngleich sehr lückenhaft, über viele dieser Unternehmungen, und man ließ ihm sogar einen Mord durchgehen. Am 18. März 1980 fuhr John Favara, einer von Gottis Nachbarn in Howard Beach, von der Arbeit nach Hause, und da ihn die Sonne stark blendete, konnte er nicht mehr rechtzeitig reagieren, als ihm Gottis Lieblingssohn, der zwölfjährige Frank, mit seinem Minibike ins Auto fuhr. Der Junge war nach dem Zusammenstoß sofort tot.

Gotti und seine Frau Victoria waren untröstlich. Frank war ein guter Schüler gewesen und ein braver Junge, und er sollte eines Tages das Imperium übernehmen, das ihm sein Vater zu hinterlassen gedachte. Monatelang kleidete Victoria sich in schwarz, und Gotti, früher hyperaktiv und ständig auf Achse, zog sich immer mehr zurück. Das Ehepaar verwandelte einen Teil seines Hauses in eine Gedenkstätte für seinen Sohn.

»Der Fahrer des Wagens, der Frank Gotti getötet hat, soll umgelegt werden«, teilte eine anonyme Anruferin dem 106th Precinct der Polizei mit.

»So was passiert doch nur in Filmen«, meinte Favara zu einem Polizisten, der ihn darüber informierte.

Favara hatte keine Ahnung davon, daß viele Gangster ihre Identität Filmschauspielern oder berühmten Kriminellen der Vergangenheit entlehnten. So wie ein Kind vielleicht versucht, einem Sportler nachzueifern, so wollte Gotti als Al Capone II. in die Geschichte eingehen.

Obwohl Favara an dem Unfall nicht schuld war, ließ der spätere Padrone ihn entführen und ermorden. Ich habe gehört, Gotti habe ihn höchstpersönlich gefoltert, und die anderen Beteiligten seien Tony Roach Rampino, Funzi Tarricone und der FBI-Spitzel Willie Boy Johnson gewesen.

Gotti kam, nachdem er die Einlieferungsformalitäten in

Green Haven durchlaufen hatte, auch nach Dannemora, und zwar für den Mord an James McBratney, der am 22. Mai 1973 in einem Restaurant auf Staten Island erschossen worden war. Der Kontrakt über McBratney war von Carlo Gambino ausgesetzt worden, der überzeugt war, McBratney gehöre zu einer Bande, die seinen Neffen Emanuel entführt und ermordet hatte. McBratney hatte damit nichts zu tun, aber Gambino *glaubte* eben, er sei dafür verantwortlich, und das allein zählte. Und für Gotti gab es nichts Wichtigeres, als Gambino einen Gefallen zu erweisen, und damit hatte er schließlich auch Erfolg. Er verdiente sich seine ›Meriten‹ – das heißt, er wurde als Mitglied aufgenommen –, indem er mithalf, McBratney umzulegen.

Angelo Ruggiero, der John empfohlen hatte, mich in Dannemora aufzusuchen, war bei dem Mord dabeigewesen, aber die tödlichen Schüsse auf McBratney wurden von Ralph Galione abgegeben. Zeugen identifizierten Galione und Ruggiero, nicht aber Gotti, der nicht wußte, daß Willie Boy Johnson ihn ans Messer geliefert hatte.

Als ich John auf dem Gefängnishof in Dannemora das erste Mal die Hand gab, fiel mir schon auf, daß seine Haut so glatt war wie ein Babypo. Damals war er ein schlanker Mann mit dunklem Teint, durchdringenden dunklen Augen und vollem schwarzen Haar, und er sah mehr wie ein Puertoricaner als wie ein Italiener aus.

An diesem Tag, als wir uns zum ersten Mal begegneten, trug er ein graues Sweatshirt, grüne Gefängnishosen und teure, sehr auffällige Schuhe. »Diese teuren Treter müssen weg«, sagte ich zu ihm. »Besorg dir ein paar normale Schuhe.«

»Ich mag die Tennisschuhe nicht«, sagte er. »Das sieht aus, wie wenn ich Plattfüße hätte.«

»Das hier ist so etwas wie eine riesige Sportanlage«, erklärte ich ihm. »Die meisten der Männer hier machen bei irgendeinem Spiel mit. Und die, die nicht spielen, sitzen am Spielfeldrand, kratzen sich die Eier und erzählen sich Geschichten aus der guten alten Zeit. Du kannst im Gefängnis keine Dressman-

Schuhe tragen. Sobald es regnet, steht auf dem Gefängnishof knöcheltief der Schlamm.«

Aber schon bei dieser Gelegenheit lernte ich seine typische besserwisserische Art kennen: Er verzichtete nicht auf seine eleganten Schuhe, und ich erlebte mit, wie er ein Paar nach dem anderen ruinierte.

Nachdem ich ihn bei unserem Spaziergang im Gefängnishof einigermaßen einzuschätzen gelernt hatte, lud ich ihn ein, sich in meinem ›Bezirk‹ niederzulassen, der der angesehenste im ganzen Gefängnis war und wo sich Leute wie Joe Sullivan, Jerry Rosenberg, Jackie Coonan, Bobby Bongiovi und Philly Rastelli aufhielten. Er nahm die Einladung an. Wir kochten viel zusammen, spielten endlos Karten und tauschten Gangsterstories aus.

Gotti war damals schon, lange bevor er ein Padrone wurde, sehr arrogant. Außerdem laut und unverschämt. Willie Boy behandelte er wie einen Sklaven: Hol mir ein Sodawasser, bring meine Briefe zur Post, überbring diese oder jene Nachricht. Er hatte eine äußerst schmutzige Sprache. Sogar wenn er sich mit einigen Männern ganz normal unterhielt, kam er nicht ohne obszönes Vokabular aus. Wenn er redete, faltete er häufig seine Hände, wie wenn er beten wollte, fuchtelte dann aber auch wild in der Luft herum. Gotti war sehr großzügig, das unterschied ihn später von den anderen raffgierigen Padrones, und sein Draufgängertum war in gewisser Weise faszinierend.

Zu dieser Zeit war ich ein begeisterter Handballspieler, und Gotti bestand darauf, mit mir zusammenzuspielen.

»Bist du gut?« fragte ich ihn.

»Verdammt gut.«

»Bist du dir da sicher?«

»Ich hab' eine Menge gespielt. Und nie ein Spiel verloren.«

Also machten wir ein Probespiel. Er kam wieder in diesen Lackschuhen an und regte sich auf, als ich ihm sagte, er solle die Schuhe wechseln. »Verdammt noch mal, ich spiel' eben in diesen Schuhen«, rief er.

Er spielte wirklich miserabel: keine Koordination, zwei linke

Füße, Hände wie Holzklötze. Nachdem wir die ersten Punkte verloren hatten, sagte ich zu ihm: »Du spielst ja nicht besonders gut. Genauer gesagt, du spielst sauschlecht.«

Gotti fuhr herum, seine dunklen Augen blitzten, und er rief: »Komm mir nicht auf diese Tour, du Drecksack.«

Er hatte das Gefühl, ich wollte ihn vor den Augen der Zuschauer ›herabsetzen‹. Also sagte ich nichts mehr während des restlichen Spiels, das wir natürlich verloren, weil er in seinen modischen Schuhen nicht flink genug war.

Später kam er zu mir in die Zelle und beschimpfte mich wegen meiner Respektlosigkeit. Ich ging ihn frontal an: »Du hast gesagt, du bist gut«, hielt ich ihm vor. »Aber in Wirklichkeit bist du der miserabelste Spieler, den ich jemals gesehen habe. Du hast gesagt, du hast noch nie verloren. Ich glaub' eher, du hast noch kein Spiel gewonnen.«

»Ich hab' verdammt noch mal *immer* gewonnen.«

Joe Sullivan ging dazwischen, bevor die Fäuste flogen, und nachdem Gotti wieder verschwunden war, sagte ich zu Joe: »Der und noch nie verloren. Meine Güte!«

Aber es stellte sich heraus, daß Gotti die Wahrheit gesagt hatte. Die Typen, gegen die er gespielt hatte, hatten immer absichtlich verloren, weil sie Angst gehabt hatten, ihn zu schlagen. Ich hielt es schon für einigermaßen bedenklich, daß er nicht wußte, warum er immer gewonnen hatte. So lächerlich dieses Beispiel mit dem Handballspielen auch war, es zeigte doch eine typische Eigenschaft von Gotti: Er konnte es in keinem Lebensbereich ertragen, von Leuten umgeben zu sein, die stärker oder besser waren als er.

Nach der Gefängnis-Hausordnung wurden jedem Häftling maximal fünf Packungen Zigaretten zugestanden. Gotti, der nur Zigarren rauchte, hatte ständig fünf Packungen Zigaretten in seiner Zelle, und er verfügte über vierzig weitere, die andere Häftlinge für ihn aufbewahrten. Im Gefängnis sind Zigaretten bares Geld, und als Gotti eines Tages einen schwarzen Jungen mit Zigaretten dafür bezahlte, daß er seine Zelle sauber gemacht hatte, rügte ich ihn deswegen: »Glaubst du, du bist

König Faruk? Den Männern hier drin ist es doch scheißegal, wer du bist.«

Und zu dieser Zeit war er wirklich noch nicht allzuviel, höchstens außergewöhnlich ehrgeizig. »Vielleicht rennt dir jemand mal ein Messer in den Rücken, wenn du weiterhin so großkotzig auftrittst«, fuhr ich fort. »Diese Zelle ist deine Wohnung. Lern, sie besser zu schätzen. Mach sie selber sauber. Steck deine Hände ins Klo und putz es selber, genauso wie es alle anderen tun. Nur so kannst du zeigen, daß du dazugehörst.«

An seinem Gesichtsausdruck konnte ich unschwer ablesen, daß ihm dieser Ratschlag ganz und gar nicht gefiel. »Das ist nur in deinem eigenen Interesse. Im Gefängnis gibt es keine Bediensteten. Jeder macht seinen Dreck selber weg.«

Gotti las Bücher über Philosophie und Katholizismus. »Ich möchte mir Wissen aneignen«, sagte er zu mir, »damit ich mit gebildeten, intelligenten Leuten mithalten kann.« Sein Ziel war es, möglichst schnell auf illegale Art und Weise viel Geld zu verdienen, das er dann in legale Unternehmungen stecken wollte. Er machte sich sehr gern über Junkies und Drogenhändler lustig, aber die meisten seiner Freunde hatten gerade damit zu tun.

Gotti duschte sehr viel und war immer peinlich genau um seine Sauberkeit besorgt. Manchmal konnte er durchaus höflich und entgegenkommend sein, aber er war von der Einstellung geprägt, ein hartgesottener Bursche müsse ständig fluchen und herumbrüllen. Er fürchtete Joe Sullivan und mich – wir hatten schon viele Morde begangen, er höchstens drei – und eine Anzahl anderer Leute in Dannemora. Er war zwar ständig angriffslustig, aber wenn sich ihm jemand entgegenstellte, dann machte er einen Rückzieher. (Da er es aber haßte, nachgeben zu müssen, umgab er sich später nur noch mit Jasagern und Arschkriechern. Die Mannschaft, die jetzt seine Gambino-Organisation bildet, hat viel Muskeln, aber wenig Grips vorzuweisen, während letzteres bei der Genovese-Familie im Überfluß vorhanden ist.)

Einer der härtesten Brocken in Dannemora war Nicky G., ein

›Durchsetzer‹ des Mob und Gewichtheber, ein Meter fünfundsiebzig groß und einhundertdreiundzwanzig Kilo schwer. Nicky war nicht ganz so schlimm wie Harold Konigsberg (ein Einhundertfünfzig-Kilo-Mann, der als ›Durchsetzer‹ für Tony Provenzano tätig war), aber nur wer lebensmüde war, legte sich mit ihm an. Eines Tages klaute ihm John Gotti ein paar Steaks. Er ging damit in seine Zelle, briet eines davon und aß es alleine auf. Nicky bat mich, seine restlichen Steaks zurückzuholen, denn er wollte die Sache nicht gewaltsam regeln, die einzige Möglichkeit, die er kannte.

Ich ging zu Gotti und legte ihm nahe, die Steaks zurückzugeben. Er antwortete: »Der kann mich am Arsch lecken. Die Steaks gehören mir.«

»Du solltest sie ihm zurückgeben«, sagte ich. »Mit Nicky ist nicht zu spaßen.«

»Sag ihm, ich hab' sie alle schon aufgegessen.«

Als ich diese Nachricht Nicky überbrachte, reagierte er wie vorhersehbar: »Dem werd' ich sein Scheißgenick brechen.«

Einige Tage später stellte Nicky John in Block F, wo wir alle untergebracht waren, zur Rede. »Wie kommst du Scheißer eigentlich dazu, meine Steaks zu klauen?« fragte er ihn.

Obwohl ich ihn vorher gewarnt hatte, war Gotti überrascht, daß Nicky so wütend war. Er bekam es mit der Angst, versuchte aber, vor den anderen Gefangenen, unter denen auch Joe Sullivan und ich standen, sein Gesicht zu wahren.

»Vielleicht sollte ich dir ein Messer in den Arsch rammen«, knurrte Nicky, »aber ich will dir eine faire Chance geben. Du hältst dich doch für einen harten Burschen, also werd' ich dich auch als einen solchen behandeln. Komm, wir boxen es aus, damit wir die Scheiße hinter uns kriegen.«

Gotti suchte verzweifelt nach einer Möglichkeit, wie er dieser Situation entkommen konnte, schaute hilfesuchend umher, aber niemand, nicht einmal seine Arschkriecher, rührte einen Finger, um ihm zu helfen. Nicky gab ihm einen leichten Schlag in den Magen, so daß der spätere Mafia-Don einige Zentimeter zurücktaumelte. »Komm her, du Saftsack, wehr dich!« fuhr

Nicky ihn drohend an. »Ich zeig' dir, was ein hartgesottener Kerl ist.«

Der vollkommen eingeschüchterte Gotti schickte einen leichten Schwinger in Richtung Nicky. Aber da ging dieser auf ihn los und ließ zwei gewaltige linke Haken auf sein rechtes Auge krachen, und Gotti flog gegen das Zellengitter. Daraufhin verpaßte Nicky ihm noch einen Schlag mit der Rechten, der gut und gern eine Ziegelmauer hätte zerschmettern können. Gotti sackte zu Boden, total erledigt.

Ich hatte ihm ja gesagt, daß mit Nicky nicht zu spaßen war. Dieser beugte sich nach unten, packte Gottis Kopf und begann, ihn gegen den Boden zu schlagen. Er hätte ihn wahrscheinlich umgebracht, wenn nicht ein paar von uns dazwischengegangen wären und ihn weggezerrt hätten. Wir brauchten ungefähr zwanzig Minuten, um Gotti wiederzubeleben. Sein rechtes Auge war fest verklebt, und sein Gesicht war eine Landkarte mit häßlichen blauen und schwarzen Flecken. In den nächsten drei Wochen verkroch er sich und ließ sich so gut wie nicht mehr sehen, und jedesmal, wenn er doch unter die Leute gehen mußte, setzte er eine dunkle Sonnenbrille auf.

Erstaunlicherweise trug seine Auseinandersetzung mit Nicky Gotti einiges an Anerkennung ein. Er hatte sich gewehrt, hatte Nicky einen Schlag versetzt, und das war es, was zählte: sich zur Wehr setzen, statt kneifen. Niemand hatte erwartet, daß Gotti diesen Kampf gewinnen würde. Nicht einmal Nicky, der seine Steaks nie mehr zurückbekam, konnte sich einen Anflug widerwilliger Bewunderung verkneifen. Die wenigsten hätten sich getraut, diesem muskulösem Schlägertypen, der im ganzen Gefängnis gefürchtet war, auch nur einen leichten Klaps zu versetzen.

Ich hatte keine Zweifel, daß Gotti es in der Mafia-Hierarchie durch seinen Egoismus und seinen ausgeprägten Ehrgeiz so weit bringen würde, wie man eben kommen kann, wenn man auch noch Glück hat. Und nach seiner Entlassung vergaß er die hartgesottenen Burschen aus dem Knast nicht. Er engagierte Joe Sullivan, mich und einige andere, um ihm zu helfen, sich den

Weg an die Spitze der Gambino-Organisation freizuschießen.

Gotti war auch einer jener Gefangenen, die wußten, wie man sich Freigänge erkaufte. John Cummings und Ernest Volkman schrieben dazu in ihrem Buch *Goombata* folgendes: »Mehrere Wärter erhielten jeweils dreihundert Dollar, um Gotti auf Ausflüge nach Queens zu begleiten, wo er sich mit seiner Frau zu einem Schäferstündchen traf und in einem der von ihm bevorzugten italienischen Restaurants zu Abend aß. Auch für Arnold (Zeke) Squitieri, ein anderer Gangster, den Gotti im Gefängnis kennen und schätzen gelernt hatte, wurden ähnliche Ausflüge in die Bronx organisiert. Die Wärter durften sich in Motels mit Prostituierten amüsieren, während Squitieri und seine Partner aus dem Mob sich zu ihren geschäftlichen Besprechungen trafen. Da Squitieri Heroinhändler war, ging es bei diesen Unterredungen natürlich um Drogen . . .«

Gotti saß wegen der Ermordung McBratneys nur knappe zwei Jahre, und nach einem kurzen Zwischenaufenthalt in Auburn wurde er entlassen. Er lud mich ein, nach meiner Entlassung bei ihm vorbeizuschauen, und das versprach ich ihm auch.

Von Dannemora kam ich dann wieder zurück in das Federal Detention House in Manhattan.

Genauso wie Gottis Freigänge, die aus mehr als ›Schäferstündchen mit seiner Frau‹ und ›Abendessen in italienischen Restaurants‹ bestanden, so waren meine Ausflüge in erster Linie Geldbeschaffungs-Expeditionen, hauptsächlich, um die hohen Kosten für meine Anwälte aufzubringen. Der brillante Gino Gallina mit seinen glitzernden Diamantringen und goldenen Halskettchen war nicht billig, genausowenig der Anwalt, der mich 1976 in einem Prozeß gegen das Finanzamt vertrat. Denn im Jahr davor war ich in Dannemora an einer großangelegten Betrügerei beteiligt gewesen, in die zahlreiche Gefangene und auch mehrere respektable Bürger verstrickt gewesen waren, unter anderem zwei Beamte der Schulbehörde, zwei Wärter, ein Rechtsanwalt und ein katholischer Priester.

Walter S., ein Juwelendieb und Mörder, war der führende Kopf bei diesem Unternehmen, das eine Zeitlang phantastisch florierte. Wir beschafften uns Blankoformulare für die An- und Abmeldung von Arbeitgebern und Beschäftigten beim Finanzamt, suchten aus den Gelben Seiten willkürlich eine Firma heraus, füllten die Papiere aus und schickten sie an das Finanzamt mit einem Antrag auf Steuerrückerstattung. Meine Aufgabe bestand darin, von Häftling zu Häftling zu gehen und seine Sozialversicherungsnummer und andere benötigte Daten aufzuschreiben.

Bis der Betrug aufgedeckt wurde und sich dann schnell zu einem Skandal ausweitete, über den die Zeitungen im ganzen Land berichteten, kassierten wir mehr als eine Million fünfhunderttausend Dollar ein. Die Hälfte davon ging an die Häftlinge, die andere Hälfte an die Komplizen in der Freiheit. Viele der Beteiligten erklärten sich schuldig und erhielten Gefängnisstrafen, aber einige ließen es auf einen Prozeß ankommen und wurden freigesprochen. Der Staatsanwalt wußte, daß ich in der Sache drinsteckte, aber weil ich nie irgendein Papier unterschrieben hatte und er überhaupt keinen schriftlichen Beleg vorweisen konnte, wollten die Geschworenen mich nicht verurteilen.

Im Jahr 1976 beging ich noch zwei weitere Morde – und wäre auch fast selbst ermordet worden.

Es geschah im Dezember im Gefängnis Auburn. Ein guter Freund besuchte mich und klagte darüber, daß ihm ›Peanuts‹, ein ein Meter fünfundsechzig großer und einhundert Kilo schwerer Drogenhändler, der ehemals in den Diensten von Joey Gallo stand, ein halbes Kilo Heroin abgenommen hatte. Mein Freund bot mir eine Bezahlung an, wenn ich es schaffen würde, das Heroin von Peanuts wieder zurückzuholen. Ich versprach ihm, mein möglichstes zu tun. Es waren Wärter in der Nähe, als ich mich an den Kerl heranmachte, und er sagte, ich könne ihn am Arsch lecken.

Dann täuschte ich eine Krankheit vor, um ins Gefängniskrankenhaus eingewiesen zu werden, wo Peanuts arbeitete. Das war die einzige Möglichkeit, um mit ihm ungestört sein zu können, und ich dachte, ein paar Prügel würden ausreichen. Aber bevor es soweit kommen konnte, schlich er sich in mein Krankenzimmer, während ich schlief, und rammte mir ein Messer in die Brust.

Die Klinge verfehlte mein Herz nur um ein paar Zentimeter. Ich verbrachte drei Wochen auf der Intensivstation und weitere drei Wochen in einer normalen Krankenhausabteilung, bevor ich wieder in meine Zelle zurück durfte.

Ich sagte weder, wer mich niedergestochen hatte (wäre es allerdings ein Wärter gewesen, dann schon), noch versuchte ich jemals, mich an Peanuts zu rächen. Die Aufseher wußten, wer es getan hatte – und sie waren vielleicht der Auffassung, Peanuts würde dafür ein Denkmal verdienen –, und deshalb brachten sie ihn irgendwohin in Sicherheit, wo ich ihn nicht mehr finden konnte.

Joe Sullivan, der im Dezember 1975 entlassen worden war, besuchte mich mit schöner Regelmäßigkeit zweimal in der Woche während meiner langen Haft in dem Manhattaner Gefängnis. Ich war sein Beichtvater und sein bester Freund, möglicherweise sein einziger, und er brauchte einfach jemanden, bei dem er sich über seine Morde aussprechen konnte. Einmal heulte er, beim nächsten Mal lachte er und war voller Lebensfreude, wenn er von seiner jüngsten ›Umweltsäuberungsaktion‹ erzählte. Mehr als einmal auch besuchte er mich im Gefängnis und berichtete mir Einzelheiten eines Mordes, bevor darüber in den Zeitungen oder im Fernsehen etwas erschien.

Einer dieser Morde geschah am 20. August 1976, als er Eddie Cummiskey umlegte, mit dem es nur noch Jimmy Coonan an Brutalität aufnehmen konnte. Joe fuhr mit dem Fahrrad zu einer Kneipe in Hell's Kitchen – die Polizei glaubt immer noch, daß der Killer mit dem Auto kam –, ging gelassen und ruhig hinein und jagte Cummiskey aus nächster Nähe eine Kugel in den Hinterkopf – es war ein Mord im Auftrag von Fat Tony Salerno.

Um den Kontrakt über Cummiskey zu erledigen, brauchte Joe nur einen einzigen Tag. Mad Dog scherte sich nicht im geringsten darum, daß sein Opfer ein legendärer Mann war. Als Junge war Cummiskey einmal in eine Auseinandersetzung mit einem stämmigen Barkeeper geraten. Der Mann schien seine Schläge überhaupt nicht zu spüren. »Du schlägst ja wie ein kleines Mädchen«, höhnte der Barkeeper.

Cummiskey, der sich dadurch in seiner Ehre gekränkt fühlte, zog eine .38er heraus. »So, wirklich? Schieße ich vielleicht auch wie ein kleines Mädchen?« Er feuerte drei Schüsse auf den Mann ab, für den das, nachdem er tot am Boden lag, nur noch eine rhetorische Frage war.

Es war auch der in Hell's Kitchen weithin gefürchtete Cummiskey, der Jimmy Coonan beibrachte, wie man eine Leiche mit dem Messer zerlegte. (Cummiskey hatte das in seinem früheren Beruf als Metzger üben können.)

Joe hätte auch John Gotti weggeputzt, wenn ihm der Sinn danach gewesen wäre, obwohl Gotti ihm einmal fünfundsiebzigtausend Dollar geschenkt hatte. Gotti mochte Mad Dog, und das Geldgeschenk hatte auch dazu gedient, Sullivan in seiner Nähe zu behalten, um einen Mann für die Morde an der Hand zu haben, die der künftige Don als notwendig erachtete. Joe wäre imstande gewesen, buchstäblich *jeden* umzubringen, sogar seine Frau Gail.

Sullivan verwendete das Geld, das er durch seine Hits verdiente, dafür, für sich und Gail ein Haus in Richmond Hills zu kaufen, an der Grenze zwischen Brooklyn und Queens. Dort besuchte ich ihn mehrmals. Gail wohnte bis 1990 mit ihren zwei Kindern in diesem komfortablen Haus mit dem großen Garten.

Sogar Sully wurde all das Blut und die Gewalt manchmal zuviel, und dann machte er mit Gail eine Urlaubsreise nach Europa. Sie besuchten das europäische Festland und genossen das Essen und die Kultur, reisten aber auch durch Irland, wo Joe mit IRA-Mitgliedern Freundschaft schloß. Kurz bevor ihn der Arm des Gesetzes einholte, plante er, nach Irland überzusiedeln, wo er in Sicherheit gewesen wäre, aber dazu kam es nicht mehr.

1976 jedenfalls standen Joe noch viele Verbrechen und Morde bevor. Er war erstaunlicherweise immer noch nicht zu seiner Höchstform aufgelaufen. Ich allerdings auch nicht, wie ich hinzufügen muß.

18. Kapitel

Mord im Hafturlaub

Leute aus der Unterwelt, die mir während meiner Haftzeit Aufträge für draußen zuschanzten, sagten, sie wollten mir damit einen Gefallen tun. Und weil ich Geld brauchte, sagte ich zu. Aber diese Mobster hatten bei ihren Angeboten natürlich auch Hintergedanken. Indem sie einen anheuerten, der sagen konnte: »Ich war doch hinter Gittern, als das passiert ist«, schafften sie sich schon einmal eine wesentliche Sorge vom Hals: daß man die Spur eines Mordes bis zu ihnen zurückverfolgen konnte. Falls dann doch irgendwann einmal in einem Fall die Wahrheit ans Tageslicht kommen würde, würden die Behörden wahrscheinlich eher geneigt sein, darüber hinwegzugehen, anstatt einen Skandal auszulösen, der vielen Leuten in der Gefängnisverwaltung die Karriere versauen würde. Würde sich denn die Öffentlichkeit noch sicher fühlen, wenn bekannt wäre, daß Killer sich ohne weiteres Ausgang verschaffen können, um draußen Morde zu begehen?

Bei dem Hit auf Gino Gallina, den wir 1977 ausführten, trug ich einen Jogginganzug und hatte mein Gesicht mit schwarzem Make-up bedeckt. Joe Sullivan war als Priester verkleidet.

Normalerweise empfand ich keinen Haß gegenüber einem Opfer – ich betrachtete mich als professionellen Killer, der eben seinen Job machte –, aber Gallina konnte ich wirklich nicht ausstehen. Daß er eine Ratte war und der Polizei alles brühwarm weitererzählte, war schon schlimm genug, aber es ärgerte mich maßlos, wenn ich ihn in seinen zweitausend Dollar teuren Anzügen herumlaufen sah, die er unter anderem von *meinem* Geld gekauft hatte. Es war einfach grotesk. Ich mußte Leute umbringen, um ihn dafür bezahlen zu können, daß er mich wegen eines früheren Mordes verteidigte. Außerdem hatte ich das Gefühl, Jerry Rosenberg (der übrigens keinen Cent verlangte) wäre aggressiver aufgetreten und hätte in der Bilello-Sache mehr für mich herausholen können. Gallina war wie viele Anwälte in erster Linie darauf aus, Honorare einzustreichen, ohne dafür auch hart zu arbeiten.

Das *Times*-Magazin berichtete am 21. November 1977 über den Mord an Gallina und traf bei seiner Darstellung der Ursachen genau ins Schwarze:

> Ähnlich wie die Mounties scheint auch die Mafia immer den Mann zu kriegen, den sie will. Doch anders als die nationale Polizei Kanadas hat das organisierte Verbrechen dabei immer einen Mord im Sinn. Das FBI und die Vertreter des Justizministeriums lamentieren jetzt über die beunruhigende Tatsache, daß es offenbar keine Schutzmaßnahme gibt – auch nicht nach einem angeblich unter Geheimhaltung geführten Prozeß vor einem Geschworenengericht –, die die Hitmen des Mob davon abhalten könnte, dem Codex der *omerta*, dem Gebot des Schweigens über Angelegenheiten der Mafia, Geltung zu verschaffen.
>
> Gino Gallina, zweiundvierzig, ein ehemaliger Stellvertretender Bezirksstaatsanwalt aus Manhattan, aus dem ein Rechtsanwalt für den Mob wurde, ist jetzt nach Gangstermanier in Greenwich Village niedergeschossen worden. Sieben Kugeln trafen Gallina, der neunzig Minuten darauf starb.
>
> Gallina war einer der wichtigsten Zeugen in einem Geschworenenprozeß in Newark, in dem es unter anderem um Hinrichtungen geht, die von der Mafia angeordnet und von einem Exekutionskommando ausgeführt wurden, das mit schallgedämpften Pistolen vom Kaliber .22 ausgestattet ist. Auf das Konto der »Kaliber-.22-Killer« kommen in den letzten zwei Jahren mindestens zwanzig Morde, darunter auch sechs FBI-Informanten und mögliche Zeugen. Obwohl der Anwalt Gallina – der hauptsächlich Mitglieder der Genovese-Organisation von der Ostküste verteidigte –, durch Geschosse vom Kaliber .38 getötet wurde, ist er

unzweifelhaft das einundzwanzigste Opfer. FBI-Beamte erklären den Anschlag auf ihn mit einer undichten Stelle im Geschworenengericht.

Informationen, die aus geheimen Ermittlungsunterlagen der Regierung und aus Protokollen von Zeugenaussagen durchgesickert sind, haben auch zum Tode der anderen Informanten geführt.

Gallinas Aussage hinter verschlossenen Türen bezog sich auf vier führende Gangster der Genovese-Organisation: Vincent Gigante aus New Jersey, John DiGillo, Salvatore Briguglio und Tommy Principe. Das FBI hält alle vier für Hauptverdächtige bei den Kaliber-.22-Morden. Gallino erzählte den Geschworenen auch, wie die Genovese-Organisation schmutziges Geld in Immobiliengeschäften im Norden des Bundesstaates New York anlegte.

Außerdem rückte Gallina auch damit heraus, daß er die Mörder des ehemaligen Präsidenten der Transportarbeitergewerkschaft, Jimmy Hoffa, identifizieren könne. Hoffa, der seit zwei Jahren verschwunden ist, wurde möglicherweise von Mitgliedern der Genovese-Familie aus dem Weg geräumt, weil er die profitablen Geschäfte zu stören drohte, die die Organisation seit 1967 mit der Gewerkschaft tätigte. Gallina informierte die Bundespolizei darüber, daß er ein Tonband mit einem Bericht über den Hergang des Anschlags versteckt habe, auf dem auch die Stimmen einiger der Mobster zu hören seien, die mit der Sache zu tun hatten. Wo man Hoffas Leiche finden könne, gehe auch aus den Informationen auf dem Band hervor.

Es geht jetzt also nicht nur darum, die Leckstellen abzudichten und Informanten besser zu schützen, sondern es muß in erster Linie auch dieses Tonband gefunden werden. Nach Gallinos Ermordung zogen die Ermittler bei ihrer Suche nach dem Band schon die erste Niete: in einem Schließfach, das er unter falschem Namen gemietet hatte, war es jedenfalls nicht.

Ich glaube nicht, daß es irgendeine Tonbandaufnahme gab. Gallina war vom FBI dahingehend instruiert worden, solche Informationen auf Band aufzunehmen, aber die Leute, die ihn kannten, vertrauten ihm nichts Wesentliches an. Sally Bugs etwa, der kurz nach Gallina ebenfalls ermordet wurde, hatte versucht, auf eigene Rechnung mit dem FBI ins Geschäft zu kommen (warum sollte er also Gallina helfen?), und außerdem wußte Bugs nicht, wo Hoffas Leiche hingebracht worden war.

Fat Tony hätte Familiengeheimnisse nicht einmal seinem Beichtvater anvertraut, geschweige denn Gino Gallina, einem Spitzel, dessen Beseitigung er dann schließlich selbst anordnete. John Sullivan war einer der verschlossensten Gangster, die ich kannte, und ich habe wirklich viele kennengelernt. Jimmy Coonan? Undenkbar. Dieser ungehobelte Mann von der Straße empfand nur Verachtung für Gallina, diesen Dandy, der sich gewählt ausdrückte und weiche Hände hatte. Die Verbindungsmänner in Detroit? Soweit ich weiß, war es Giacalone und O'Brien gar nicht bekannt, daß es Gallina überhaupt gab. Und Joe Sullivan? Joe war gegenüber Gallina ebenfalls sehr mißtrauisch und hatte keinen Grund, ihm irgend etwas anzuvertrauen. Wenn Mad Dog jemanden brauchte, dem er sich mitteilen wollte, dann kam er zu mir.

Sich einen Hafturlaub zu erkaufen, war überhaupt nicht schwierig. Der Ablauf war ziemlich simpel. Ich mußte eine Woche vorher dem Beamten, der die Urlaubsgenehmigungen verkaufte, Bescheid sagen und auch gleich zahlen. Wenn es soweit war, rief dieser Beamte mich (oder wen auch immer) aus der Zelle und geleitete mich hinunter zur Kleiderausgabe. Dort bekam ich einen Straßenanzug, und dem Mann hinter dem Schalter wurde mitgeteilt, daß ich eine gültige Ausgangsgenehmigung hatte. Auch wenn der Mann es besser gewußt hätte, hätte er es vermutlich nicht gewagt, dem höherrangigen Beamten zu widersprechen. Dieser begleitete mich dann noch bis auf die Straße und wünschte mir eine schöne Zeit.

Wieder in das Gefängnis hineinzukommen, war genauso einfach. Ich meldete mich beim Besucherempfang, normalerweise noch vor 16 Uhr, damit ich noch rechtzeitig zum Zählappell nach oben kam.

Nachdem es Gallina nicht mehr gab, mußte ich mich nach einem neuen Anwalt umschauen, und Joe Sullivan stellte mich seinem Leib- und Magenanwalt vor, dem früheren US-Justizminister Ramsey Clark. Clark war im Gegensatz zu Gallina zutiefst idealistisch, ein Kämpfer für die Sache. Der gutaussehende, ein Meter neunzig große und fünfundneunzig Kilo schwere Mann war ein guter Freund von Joe (der sogar einem seiner Söhne den Vornamen Ramsey gab), und er entdeckte in Sully eine Menge Gutes – das auch wirklich vorhanden war, selbst wenn viele das nicht für wahr halten mögen.

Ich sprach mehrmals mit Ramsey Clark, um seinen Rat einzuholen, engagierte ihn aber nicht formell. Als er in den achtziger Jahren erfuhr, daß ich ausgepackt hatte, meinte er: »Der Grieche wäre der letzte gewesen, von dem man das vermutet hätte.«

Während meiner Hafturlaube 1977 tötete ich auch zwei Drogenhändler und führte mehrere größere Herointransporte nach Harlem durch. Doch trotz dieser gelegentlichen Ausflüge nach draußen war das Leben für mich schwieriger geworden. Mir im Gefängnis eine Position zu *erkämpfen*, in der mir Respekt entgegengebracht und Führungsfunktionen zugeschrieben wurden, hatte mir mehr Spaß gemacht (zumindest im Rückblick), als nun in dieser Position *zu sein*. In der harten Wirklichkeit gab es eben doch die Gitter, und es war immer jemand da, der einem sagte, was man zu tun oder zu lassen hatte. Wenn ich nachts wach lag, bedauerte ich es oft, daß ich Richie Bilello umgebracht hatte; ich mußte einen hohen Preis dafür bezahlen, daß ich mir Respekt verschafft hatte.

Obwohl ich 1978 noch zwei weitere Morde beging, hatte ich mit den meisten anderen kriminellen Aktivitäten nur indirekt zu tun, nämlich durch die Erzählungen von Joe Sullivan. Er besuchte mich weiterhin regelmäßig, oft in Begleitung seiner

Frau Gail. Ich schätzte diese Besuche sehr. Die beiden waren gute Freunde.

Joe, der auch für den immer noch unaufgeklärten Mord an Mickey Spillane verantwortlich war, erzählte mir, daß er in der Ninth Avenue bei einer Schießerei mit einem Polizistenmörder namens Tom the Greek gewonnen habe. *Dieser* Grieche hatte zusammen mit Jimmy Coonan und einigen anderen einen Juwelierladen auf Staten Island überfallen und war dann mit der Beute abgehauen. Die Hälfte davon gab er dem Gambino-Padrone Paul Castellano, um sich Schutz zu erkaufen.

Aber damit war er bei Coonan an den Falschen gekommen. Er betraute Joe mit dem Kontrakt; dieser spürte Tom the Greek auf, beschattete ihn und fand dabei heraus, daß er regelmäßig zu einer bestimmten Zeit ein Gebäude in der Ninth Avenue aufsuchte. An dem vorgesehenen Tag fuhr Joe, der verkleidet war, mit einem Motorrad hinter dem Griechen her, stieg dann ab und näherte sich seinem Opfer zu Fuß. Tom sah ihn kommen, wie üblich mit Schaum vor dem Mund, und eröffnete das Feuer. Joe warf sich auf den Gehsteig, zielte, und dann war klar, daß Tom the Greek nie mehr etwas klauen würde.

Eines der Glanzlichter im Jahr 1978 war für mich das Zusammentreffen mit dem Schwergewichtschampion Joe Louis, das von Harold Konigsberg vermittelt wurde. Der »Braune Bomber« besuchte Harold im Gefängnis, und der Mobster stellte uns einander vor. Ich bat Louis um sein Autogramm, und er gab es mir bereitwillig.

Die meiste Zeit des Jahres 1979 verbrachte ich im Gefängnis von Napanoch, einhundertneunzig Kilometer nördlich von New York City, einem Hochsicherheitsgefängnis, das die Behörden wie ein College zu führen versuchten. Das Hauptgebäude in Napanoch ähnelte einem Gruselschloß und hatte Wachtürme nach englischer Art. Es war um die Jahrhundertwende erbaut worden und besaß auch eine hübsche alte Kirche, die neben dem Spielfeld stand. Obwohl es sich um ein altes Gebäude handelte, gab es innen eine Bahn, auf der man joggen konnte, sowie gut gepflegte Handball- und Basketballfelder.

Das Gefängnis war geprägt von der Philosophie ›Leben und leben lassen‹, und das machte den Aufenthalt für jeden Gefangenen erträglich, solange er nicht aus der Reihe tanzte.

Wenn der Besuch von Joe Sullivan bevorstand, was für ihn nicht immer einfach war, hatte ich etwas, worauf ich mich freuen konnte, und auch einige »Liebesstunden« mit Frauen, die mich besuchen konnten, nachdem ich die Wärter bezahlt hatte, verschafften mir etwas Abwechslung.

Als weniger angenehm empfand ich einige Besucher vom FBI, die mich aus der Zelle holen und in ein leeres Büro bringen ließen. Sie kamen wie typische FBI-Leute daher, trugen graue Anzüge und schwarze, spitze Schuhe. Ohne unnütze Worte zu verlieren, sagte einer von ihnen sofort: »Wir möchten gern Näheres über Ihre Beziehung zu Joe Sullivan wissen.«

»Er ist ein Freund von mir.«

»Wir haben Grund zu der Annahme, daß er fünfzig oder sechzig Hits ausgeführt hat und daß Sie bei einigen beteiligt waren.«

»Das ist Quatsch.«

»Wir halten es für eine Tatsache.« Der FBI-Mann machte eine Pause, setzte das Lächeln einer Katze auf, die einen Kanarienvogel verspeist hat, und fuhr dann fort: »Wann kommen Sie vor den Bewährungsausschuß?«

»In acht Monaten.«

»Wir könnten Ihnen behilflich sein, daß Sie zu diesem Zeitpunkt freikommen, wenn Sie uns ein paar Informationen geben.«

»Ich kann Ihnen nichts sagen.«

Dann kam derjenige der beiden, der das Reden besorgte, zum Kern der Sache: »Sie brauchen nichts über Joe Sullivan auszusagen. Wir möchten nur etwas über Ramsey Clark wissen.«

»Da fragen Sie den Falschen.«

»Also, wie war das mit Sullivans Hits?«

»Ich weiß überhaupt nichts über solchen Quatsch.«

»Sie werden niemals auf Bewährung entlassen werden«, sagte

er daraufhin in einem gewissermaßen amtlichen Tonfall, so daß mir gar nichts anderes übrig blieb, als ihm zu glauben.

»Das ist Ihre Meinung«, versuchte ich zu bluffen. »Aber eins ist verdammt sicher: Lieber bleibe ich hier bis an mein Lebensende, statt mit Ihnen zusammenzuarbeiten.«

»Wie Sie meinen. Vielleicht buchten wir Ihren Kumpel Joe Sullivan auch gleich hier ein. Er verletzt nämlich seine Bewährungsauflagen jedesmal, wenn er Sie hier besucht.«

Sie versuchten tatsächlich, Joe Sullivan dranzukriegen, aber Ramsey Clark erteilte ihnen eine Abfuhr. Ich glaube, der Besuch der FBI-Leute bei mir hatte in Wirklichkeit damit zu tun, daß sie in einem großangelegten Plan versuchten, den ehemaligen Justizminister zu diskreditieren, dessen Politik dem FBI nicht gepaßt hatte.

1980 ereigneten sich in Napanoch mehrere Dinge: Mein Antrag auf Entlassung auf Bewährung wurde abgeschmettert – das war ein schwerer Schlag, aber auch nicht anders zu erwarten. John Gotti ließ mir eine Nachricht zukommen, ich sollte mich nach meiner Entlassung bei ihm melden, er hätte Arbeit für mich. Und ich vertrieb mir die Zeit, indem ich das Boxteam von Napanoch trainierte. Ich war jetzt einundvierzig Jahre alt und fühlte mich etwas unwohl bei dem Bild, das die meist jüngeren Gefangenen von mir hatten: ein schlauer alter Kopf, mit dem man sich aber besser nicht anlegte.

Ein schlauer alter Kopf? Ich ärgerte mich selber schwarz wegen dem blödsinnigen Mord an Bilello.

Floyd Patterson kam mit einigen der Boxer, die er managte, zu uns ins Gefängnis, denn er wußte, daß sie in Trainingskämpfen gegen wirklich harte Burschen viel Erfahrung sammeln konnten, ohne daß sich das auf ihre Position auf den offiziellen Wertungslisten auswirken würde.

»Wie geht's denn, Champion?« begrüßte ich ihn.

»Sieht so aus, als hättest du hier eine starke Mannschaft beisammen«, sagte er.

»Darauf kannst du wetten«, meinte ich, und schon im ersten Kampf besiegte einer meiner Jungs einen seiner Schützlinge.

Wir veranstalteten phantastische Boxkämpfe in Napanoch, und das sprach sich herum. Sugar Ray Leonard und Roberto Duran kamen, um die Kämpfe mitzuverfolgen.

Joe, der nicht zulassen wollte, daß die FBI-Leute unsere Freundschaft beeinträchtigten, besuchte mich weiterhin regelmäßig. Eines Nachmittags erzählte er eine Geschichte über einen Verrat in Mafia-Kreisen, die für mich die gnadenlosen Spielchen und Intrigen am treffendsten beschreibt, die das Leben im Mob prägen. Zwei bis heute immer noch unaufgeklärte Morde, die Joe im Vorfeld dieser Geschichte beging, zeigten mir ein und für allemal, daß er der unbestreitbare Meister unter den Vertragskillern seiner Generation war.

Der erste Hit war der schlagzeilenträchtige Mord an dem Paten von Philadelphia, Angelo Bruno, bekannt als Sanfter Don (ein irreführender Name). Brunos Rechtsbeistand Antonio Copinogro wollte sich absetzen, wendete sich an Frank ›Funzi‹ Tieri von der Genovese-Familie und bat um die Genehmigung, seinen Boß umlegen lassen zu dürfen. Tieri, der sich mit Fat Tony die Macht teilte, ermutigte Copinogro, weiterzumachen. Der Anwalt versprach, im Gegenzug das lukrative Glücksspielgeschäft in Atlantic City an Tieri zu übertragen. Mad Dog Joe Sullivan, der von Tieri empfohlen worden war, tötete Angelo Bruno in der Nacht zum 21. März 1980, indem er beide Läufe eines Gewehrs aus nächster Nähe auf den Kopf des Paten abfeuerte, der in einem vor seinem Haus im Süden von Philadelphia geparkten Chevrolet saß. Tieri hatte den Mord an Bruno gutgeheißen, um einen größeren Anteil an den Glücksspieleinnahmen in New Jersey zu bekommen, aber er sah nicht recht ein, warum er das Geschäft mit Copinogro teilen sollte.

Dem übermäßig ehrgeizigen Anwalt, für den das Ganze sowieso eine Nummer zu groß war, stand eine große Überraschung bevor. Er kam nach New York City, um sich mit Fat Tony zu treffen, und hoffte, er würde bei dieser Gelegenheit als neuer Pate von Philadelphia inthronisiert werden. Salerno empfing ihn in seinem Club in der 116th Street und sprach kurz mit ihm. Dann entschuldigte er sich, er müsse ›zum Pissen gehen‹, und machte sich aus dem Staub. Joe Sullivan trat aus seinem Versteck hervor und pumpte Copinogro mit Kugeln voll.

Jetzt hatten die Genovese alles für sich, genau wie Tieri es geplant hatte. Und nachdem Tieri zwölf Monate später eines natürlichen Todes starb, befand sich das gesamte Glücksspielgeschäft in Fat Tonys Hand.

So kam ein Verrat zum anderen: Capinogro verriet Bruno, Tieri legte Copinogro aufs Kreuz, Tieri trickste sich selbst aus, indem er starb, und sogar Fat Tony, auf den eine einhundertjährige Haftstrafe wartete, blieb letztlich nicht viel mehr als ein Luftschloß. Es stimmt, er war immer noch so reich wie ein arabischer Ölscheich, aber was nützte ihm das viele Geld? Ich sah Salerno zuletzt Ende der achtziger Jahre im Gefängnis, ein alter, müder Mann, auf den eine lange Reihe von Besuchern wartete. Natürlich war diesem gewieften Gangster klar, daß die Besucher sich nicht aus reiner Zuneigung zu ihm in der Schlange anstellten, sondern weil sie etwas ergattern wollten von dem riesigen Vermögen, das er hinterlassen würde – es waren Raubvögel, die ihre neue Hackordnung untereinander festlegten.

Ich habe mehrere Male gelesen, Brunos Rechtsbeistand sei schwer gefoltert worden, und man habe ihm Geld in den Mund und den After gesteckt. Ich weiß aber, daß Joe Sullivan niemals jemanden gefoltert hat, und wenn Copinogros Körper mißhandelt wurde, dann hat das jemand anders besorgt, nachdem Sullivan ihn erschossen hatte. Aber was weiß denn die Polizei überhaupt? Sie hat diesen Fall nie aufklären können, und ebensowenig den Mord an Bruno.

Als Joe die Geschichte von Bruno und Copinogro zu Ende erzählt hatte, sagte er: »Weißt du, Grieche, ich bin wirklich froh, daß wir beide einen unkomplizierten Job haben: Wir legen einfach nur Leute um und brauchen uns um den ganzen Quatsch der Familienpolitik nicht zu kümmern.«

Bei einem Besuch einige Wochen später erwischte mich Joe

bei einer meiner seltenen paranoiden Anwandlungen. Ich fragte ihn: »Sag mal, Sully, wenn dich jemand dafür bezahlen würde, würdest du dann auch mich umlegen?«

»Geschäft ist Geschäft«, antwortete er mit einem Lächeln.

Diese Antwort gefiel mir nicht, und er mußte mir das am Gesicht abgelesen haben.

»Hör mir zu, Bruder Grieche«, sagte er. »Nein, ich würde dich nicht töten. Du bist mein Freund. Ich würde eher denjenigen umlegen, der verlangen sollte, daß ich dich töte.« Dann wurde Joe ernst. »Und wenn es anders herum wäre, würdest du mich erledigen?«

»Geschäft ist Geschäft«, sagte ich und versuchte zu lächeln.

In Napanoch hatte ich lange Unterhaltungen mit Harold (Kayo) Konigsberg, der zusammen mit Tony Provenzano für den Mord an Anthony Castellito verurteilt worden war (beide Urteile wurden später übrigens wieder aufgehoben). Konigsberg hatte ausgezeichnete Beziehungen zum Mob: Carmine Galante war zu seiner Hochzeitsfeier gekommen, und er hatte auch schon für Meyer Lansky gearbeitet. Auf seiner Hühnerfarm in New Jersey waren zahlreiche Leichen verscharrt, von denen die Polizei später auch einige fand.

Am 25. Juni 1971 berichtete das Magazin *Life* in einem längeren Artikel (›Der Gorilla, der seinen Wärtern unheimlich wird‹) über Kayo und schrieb, der habe »Fäuste wie Vorschlaghämmer und Augenbrauen, die ungleichmäßig über kalten, schläfrigen Augen hervorragen«.

»Er ist ein furchteinflößender Mensch«, befand *Life*, und hatte damit sicherlich nicht unrecht. »Diejenigen, die ihn am besten kennen – Leute von den Justizbehörden, Partner aus der Unterwelt und sein eigener Anwalt – haben die meiste Angst vor ihm. Wenn sie ihn beschreiben, verwenden sie immer wieder das Wort ›Tier‹.«

Konigsberg war sehr stolz auf die Geschichte in *Life*. Er hängte sie an eine Wand in seiner Zelle und las sie mir laut vor.»Die Bastarde wissen nicht mal ein Hundertstel von dem, was alles geschehen ist«, sagte er.

Das FBI hielt Kayo einmal für den größten Kredithai im ganzen Land. Er hatte es gern, wenn er säumige Schuldner hatte, denn das gab ihm die Gelegenheit, sie mit einem bleigefüllten Gummischlauch zu schlagen, was ihm sehr gefiel, oder sie, was er noch lieber machte, aus hohen Fenstern baumeln zu lassen. Konigsberg bekam seine Investitionen immer zurück.

Kayo, ein schwerfälliger, häßlicher Klotz, sagte mir, er habe mehrmals gefilmt, wie sich der ehemalige Schwergewichtschampion Joe Louis mit Filmstars im Bett vergnügt habe, und er habe dieses Material verwendet, um Louis dazu zu bringen, bei Gerichtsverhandlungen gegen Leute des Mob zu erscheinen. 1957 zum Beispiel, als gegen Jimmy Hoffa in Washington, D. C. wegen Bestechung verhandelt wurde, erschien der Braune Bomber im Gerichtssaal. Unmittelbar vor den Augen der zwölf Geschworenen (von denen acht schwarz waren) wünschte er dem Führer der Transportarbeiter alles Gute.

Konigsberg stellte sich auch oft als Geisteskranker dar, ähnlich wie später Chin Gigante, um Gerichtsverhandlungen platzen zu lassen. So erschien er zum Beispiel in einem Rollstuhl, auf einer Liege, barfuß oder halbnackt, nur in ein paar Laken gehüllt, während ihm Speichel vom Kinn tropfte. Während sein Anwalt dann davon sprach, daß Konigsberg ›offensichtlich unzurechungsfähig‹ sei, fiel dieser urplötzlich in Trance und starrte ausdruckslos vor sich hin, was dann den Anwalt zu der Feststellung veranlaßte: »Er ist nicht nur unzurechnungsfähig, er ist ein psychisches Wrack.«

Konigsberg war aber überhaupt nicht verrückt, sondern ein ziemlich verschlagener Bursche. Die vielen Partner, die er draußen hatte, machten Aufnahmen von den Frauen und Kindern von Wärtern, und diese Bilder zeigte er dann den Aufsehern mit der Warnung, daß ihren Angehörigen leicht etwas zustoßen könnte, wenn sie sich mit ihm anlegten.

Kayo saß in vielen Gefängnissen (wenngleich nicht in so vielen wie ich; und ich glaube auch, wie ich später belegen werde, daß ich in dieser Hinsicht den Weltrekord halte), und die Gefängnisleitungen versuchten immer, ihn irgendwo anders hin abzuschieben, damit andere sich mit ihm herumschlagen sollten.

Konigsberg konnte man einfach nicht unter Kontrolle halten. Seine gutbezahlten Anwälte boten eine Gewähr dafür, daß jeder Wärter, der vielleicht mit dem Gedanken spielte, ihn umzubringen, das später zutiefst bedauern würde, und man traute sich auch nicht, ihn in Einzelhaft zu stecken, weil seine Drohung mit Vergeltung gegen die Familien der Aufseher im Raum stand. Deshalb bestand die einzige Hoffnung darin, jemanden zu finden, der dumm genug war, sich mit ihm abzugeben.

Ich kann nicht sagen, daß ich viel Gutes in Kayo gesehen hätte. Er kannte eine Menge Geschichten aus dem Mob, die ich sehr gern hörte (denn es half, die Zeit totzuschlagen), und deshalb gab ich mich mit ihm ab, aber entsprechend seiner durch und durch verkommenen Natur konnte er auch, wenn es ihm zupaß kam, eine Ratte sein. Oft steckte er mit Bundespolizisten zusammen und bot ihnen an, diesen oder jenen Burschen zu verpfeifen, wenn sie ihn dafür freilassen würden.

Das große Ereignis des Jahres 1981 – und auch das *einzige*, das für mich zählte – fand im Juni statt, als ich zusammen mit meinem Anwalt vor dem Bewährungsausschuß erschien, um meinen Antrag auf Haftverschonung zu vertreten.

Die Befragung begann nicht sehr ermutigend. »Ich glaube nicht, daß für Sie viel Hoffnung besteht, Mr. Frankos«, sagte die Vorsitzende des Ausschusses, eine etwa sechzigjährige Schwarze. »Sie sind ein schlimmer Bursche.«

»Warum sagen Sie so etwas?« fragte ich und versuchte, betroffen dreinzuschauen.

»Es gibt in Ihrer Biographie nichts außer Gewalt. Sie haben keine Ausbildung. Sie . . .«

»Ich habe die High-School absolviert.«

»Sie haben sich *hier* nicht weitergebildet. Sie haben keines der Weiterbildungsprogramme im Gefängnis genutzt.« Sie schaute mich prüfend an. »Auf welche Weise möchten *Sie* denn im Alter von vierundvierzig Jahren umgebracht werden?« Damit bezog sie sich auf Richie Bilello.

»Es tut mir leid, was ich getan habe«, sagte ich und hoffte, daß mein Gesicht auch dieses Bedauern zum Ausdruck brachte. Ich hatte das seit Wochen geübt. Und ich bedauerte es auch wirklich, aber nicht, daß ich Bilello umgebracht hatte, sondern daß ich erwischt worden war und daß ich so dumm gewesen war.

»Es tut Ihnen nicht leid. Aber ich möchte Sie fragen: Warum, meinen Sie, steht Ihnen eine vorzeitige Entlassung auf Bewährung zu?«

»Ich habe in diesen acht Jahren viel nachgedacht. Ich fühle mich schlecht bei dem, was ich getan habe. Was ich Mr. Bilellos Familie angetan habe. Ich hoffe, Sie geben mir eine Chance, das wieder gutzumachen und auch aus meinem eigenen Leben wieder etwas zu machen.« Das waren die Worte, die die Mitglieder eines Bewährungsausschusses hören wollten.

»Haben Sie eine Arbeit in Aussicht?«

»Ja.«

»Was ist das für eine Arbeit?«

»Ich könnte als Koch in einem französischen Restaurant in der East Side arbeiten, für ein Ehepaar, das so nett ist, mir eine Chance zu geben.« In Wirklichkeit betrieben die beiden den Schuppen für Fat Tony, und mein Job dort wäre in erster Linie zum Vorzeigen gewesen. Der Anwalt, der zu meiner Unterstützung mitgekommen war, bestätigte, daß ich eine Beschäftigung an der Hand hatte.

»Wo wollen Sie wohnen, Mr. Frankos?«

»In Manhattan.«

»Haben Sie vor, sich auch wieder in der West Side aufzuhalten?« Sie blickte auf ein dickes Bündel Papier, bei dem es sich unzweifelhaft um Berichte über meine ›guten Bekannten‹ handelte. Jimmy Coonan und die beiden Sullivans, diese Namen hatten bei den Häftlingen einen guten Klang, bei dieser Frau jedoch waren sie stark negativ belastet.

»Nein, Ma'am«, sagte ich. »Ich werde in der East Side bleiben. Ich werde sauber bleiben und hart arbeiten.«

»Sie *dürfen* auch nicht in die West Side, wenn wir Ihnen Haftverschonung gewähren sollten, was ich aber nicht recht glaube.«

»Ich möchte einfach nur arbeiten, etwas aus meinem Leben machen in den Jahren, die mir noch bleiben, einfach das Richtige tun.« Wieder diese Schlüsselworte: *Das Richtige tun für mein Leben.* Die Mitglieder der Bewährungsausschüsse glauben, die wichtigste Motivation sei der Eigennutz. Diesen Rat hatten mir altgediente Knastveteranen schon vor zwanzig Jahren gegeben, und jetzt war ich der Veteran. Ich hoffte, es würde funktionieren, es *mußte* einfach funktionieren, und ich glaubte fest daran, daß es das auch tun würde. Es war schon ein paar Minuten her, daß sie mich einen ›schlimmen Burschen‹ genannt hatte.

»Waren Sie schon bei einem Psychiater?«

»Ja, Ma'am.« Ich fügte nicht hinzu: *Ja, und dem habe ich einen ganz schönen Scheiß aufgetischt.*

»Das stimmt«, sagte mein Rechtsbeistand wie auf Stichwort und bestätigte, daß ich schon beim Klapsdoktor des Gefängnisses gewesen war.

»Ich will Ihnen folgendes sagen, Mr. Frankos«, fuhr die Vorsitzende fort.

»Wir werden jetzt noch keine Entscheidung treffen. Aber wenn Sie Bewährung kriegen sollten und auch nur ein einziges Mal gegen die Auflagen verstoßen, aus welchem Grund auch immer, dann werden Sie Ihr Leben lang aus dem Gefängnis nicht mehr herauskommen, das kann ich Ihnen versprechen.«

Das war natürlich eine leere Drohung, aber ich versuchte, recht untertänig, besorgt und nachdenklich dreinzuschauen.

Drei Tage später erhielt ich die schriftliche Mitteilung, daß meine Entlassung für den 24. August anberaumt worden sei. Ich stieß einen Freudenschrei aus, und jeder in unserem Zellenblock wußte, was das bedeutete. Alle klatschten mir Beifall, und bis spät in den Abend hinein hörte ich die aufmunternden Zurufe: »Alles Gute, Grieche!«

19. Kapitel

Mad Dog Sullivan

Das Ehepaar, das mir den Vorzeige-Job in Fat Tonys Restaurant verschaffte, hatte für mich eine Vierzimmerwohnung in der East 53rd Street besorgt (die allen Anforderungen meiner Bewährungsauflagen mehr als Genüge tat), aber ich sah diese Wohnung erst am 25. April um 5 Uhr früh, am Tag nach meiner Entlassung aus Napanoch. Vier von Nicky Barnes Soldaten hatten mich am Gefängnis abgeholt und zu einem Nachtclub in Harlem gefahren, wo für mich eine ›Heimkehrer-Party‹ gegeben wurde. Ich trank wie ein durstiger Seemann auf Landgang, der ich einstmals auch gewesen war, spielte mit Geld von Nicky im Hinterzimmer des Nachtclubs, hatte Sex mit einer von dem halben Dutzend Frauen, die er herangeschafft hatte, und bekam aufmunternde Klapse und Glückwünsche zu meiner Entlassung von Leuten, die ich überhaupt nicht kannte. Es war klar, daß Barnes die Absicht hatte, mich anzuheuern.

Um 9 Uhr 30, nach nur viereinhalb Stunden Schlaf noch ziemlich groggy, wurde ich durch lautes Klopfen an meiner Wohnungstür geweckt. *Wer zum Teufel ist denn das?* fragte ich mich, und als ich mich auf den Weg machte, um es herauszufinden, stieß ich mir das Schienbein an einem Stuhl an.

Es war Joe Sullivan, der einen Hut und einen dreiteiligen Anzug trug und ein verschmitztes Grinsen auf den Lippen hatte. Wir umarmten uns im Gang, und dann sagte ich: »Komm rein, mein Freund, und laß uns reden.«

»Das kann warten«, meinte er und zeigte in Richtung Treppe. »Ich hab' ein Geschenk für dich.«

Ich hörte das unverkennbare Klacken von hochhackigen Schuhen auf dem Boden, und dann trat eine wunderschöne, langbeinige, samthäutige Latino-Frau hervor, die nichts als ein schwarzes, durchsichtiges Negligé trug, das an den Hüften mit einer leuchtend roten Schärpe zusammengehalten wurde.

»Willkommen zu Hause, Grieche«, sagte Joe. »Sie gehört ganz dir. Ich bin in einer Stunde wieder zurück. Es gibt eine Menge Leute, die dich sehen wollen, also beeil dich ein bißchen.«

Ich mußte mich ziemlich zusammenreißen, daß es mir bei dieser atemberaubenden, scharfen Frau nicht zu schnell kam. Wir trieben es zweimal hintereinander, und als Mad Dog wie versprochen nach einer Stunde wieder erschien, war sie schon gegangen.

Als wir in seinem weißen Cadillac saßen, sagte er: »Eine Menge Arbeit wartet auf uns. Du wirst Millionär sein, mein Freund, bevor dieses Jahr um ist.«

Das war Musik in meinen Ohren. Ich hatte eigentlich vorgehabt, es in der ersten Woche langsamer angehen zu lassen, meine neugewonnene Freiheit zu genießen, nachdem ich siebeneinhalb Jahre in diesen Rattenlöchern verbracht hatte. *Aber, was soll's*, sagte ich mir, *das kann ich nachholen.* Es war einfach phantastisch, hier neben Sully zu sitzen. Wohin fuhren wir eigentlich? Das war mir egal. Ich war wieder frei, und Abenteuer und Geld warteten auf mich.

Wir holten John Sullivan ab, der uns am New York Coliseum erwartete, das er für Fat Tony managte. Joe sagte mir, John wolle eine private Sache mit mir besprechen, und für ihn sei das Ordnung. »Hoffentlich ist es was Gutes«, meinte er.

Aber im Gegenteil, es war eine schlimme Sache. Nachdem wir in einem Lokal in der 49th Street gefrühstückt und die alten Zeiten hatten wieder aufleben lassen, zogen John und ich uns in die Toilette zurück. Er übergab mir einen Umschlag mit zweitausendfünfhundert Dollar – »ein Geschenk für den Heimkehrer«, sagte er mit seiner schroffen Stimme – und kam dann zum Geschäft.

»Ich möchte, daß du mit Joe nicht darüber sprichst«, sagte er.

»Okay«, versprach ich ihm. Vielleicht würde ich es ihm trotzdem sagen, vielleicht auch nicht. Aber darüber ließ ich nichts gegenüber John Sullivan verlauten.

»Fat Tony möchte, daß du Jimmy Coonan erledigst«, sagte er.

Ich versuchte, meine Gefühle nicht zu zeigen, aber mein Verstand raste. Ich vermutete sofort, es sei eigentlich John Sullivan selbst, der den Boß der Westies beseitigen wollte. Denn ich glaubte, er habe es nie richtig verwunden, daß Coonan sich die illegalen Geschäfte in Hell's Kitchen allein unter den Nagel gerissen und ihn ausmanövriert hatte. »Warum Coonan?« fragte ich.

»Hinter Coonan steht Paulie Castellano«, sagte John und bezog sich damit auf den Gambino-Paten. »Und Fat Tony ist *unser* Mann. Bei der Geschichte geht es um einen Machtwechsel auf den Docks.«

Da konnte etwas Wahres dran sein. Salerno war scharf auf die Profite aus den Dockgeschäften, die ihm zugefallen wären, wenn John Sullivan den Laden in der Upper West Side geschmissen hätte. Aber es war nicht klar, wie fest Coonan an die Gambino-Organisation angebunden war; er arbeitete eigentlich für jeden, der ihm genug Geld bot. (Später sollte Coonan ein Mitglied des Mordkommandos sein, das Castellano beseitigte und damit den Weg für John Gotti freimachte.) Was aber noch wichtiger war: Mir gefiel dieses Gerede nicht, daß Fat Tony ›unser Mann‹ sei. Während meiner gesamten kriminellen Karriere hatte ich immer darum gekämpft, nicht der weisungsgebundene Lakai und Erfüllungsgehilfe eines einzigen Bosses zu werden.

Das war eine gefährliche Gratwanderung, wie dieses Treffen jetzt zeigte. Sullivan wollte, daß ich Coonan tötete – nur Gott wußte, warum, aber es konnte auch wirklich Fat Tony dahinterstecken, es konnten persönliche Gründe vorliegen, und es konnte auch zu einem längerfristig angelegten Plan gehören, jeden zu beseitigen, der mit dem Hoffa-Mord zu tun hatte. Wenn letzteres der Fall war, dann bedeutete das, daß *ich* auch irgendwann an die Reihe kam, und eines Tages vielleicht auch John Sullivan.

Was sollte ich tun, verdammt noch mal? Ich mochte Coonan, hatte für ihn Jobs erledigt. Und jetzt wollten Fat Tony und John

Sullivan, zwei Männer, die ich auch mochte, daß ich ihn umbrachte.

»Um Himmels willen«, sagte ich schließlich zu John, »ich komm' gerade aus dem Knast. Coonan ist ein schwieriger Brocken. Gib mir verdammt noch mal Zeit, mir das zu überlegen, und laß uns später noch mal drüber reden.«

John warf mir einen seiner harten Blicke zu: »Aber überleg nicht zu lange.«

Joe und ich brachten John zurück zum Coliseum, und dann hielt Joe vor dem ersten Münzfernsprecher, den er fand, und rief Jimmy Coonan an, ausgerechnet ihn, unter all den Menschen in New Jersey. Während sie miteinander sprachen, überschlugen sich meine Gedanken. Warum wollte John Sullivan, daß Mad Dog über den Hit auf Coonan im unklaren gelassen wurde? Oder war das ein Test, und Joe lockte ihn gerade in diesem Augenblick in die tödliche Falle?

Coonan traf uns neunzig Minuten später in einer Bar in der 57th Street. Alles schien in bester Ordnung zu sein. Wir umarmten uns herzlich, tanzten ein bißchen im Kreis herum und setzten uns dann hin, um anständig zu bechern. Coonan hatte einen Typen namens Tommy Collins mitgebracht. (Collins wurde später in dem gleichen Prozeß, der für Coonan das Ende bedeutete, zu vierzig Jahren Haft verurteilt.)

Ich sah, daß es dem irischen Boß blendend ging: Er war bester Laune, machte jede Menge Lärm und schien im Geld zu schwimmen. Nachdem wir ein bißchen über die Schießerei damals auf dem Dach und über den Aufstand in Auburn gequatscht hatten, schickte er Collins weg, um ›bei diesem Kerl an der Ecke vorbeizuschauen‹.

Collins kam ein paar Minuten später mit dreitausend Dollar wieder zurück, ein weiteres ›Geschenk für den Heimkehrer‹. Warum Coonan das Geld nicht einfach aus seiner Jackentasche holte, weiß ich nicht.

Coonan war eine echte Quasseltante. Er laberte Joe und mich damit voll, wieviel Arbeit er in der nächsten Zeit für uns haben würde. Zuerst seien da Schutzgelder im Textilgewerbe einzutreiben, aber dann würden auch einige Morde auf uns zukommen. Er hatte alle möglichen Mordaufträge auf Lager, die die Leute an ihn herangetragen hatten und mit denen seine eigenen Killer überlastet waren. »Das ist der Preis des Ruhms«, sagte ich.

Meine Ohren klingelten, als er sagte, er habe Probleme mit einigen der »Spaghettifresser«, aber er werde schon damit fertig werden. Das sollte heißen, er werde mit Hilfe von Joe und mir damit fertig werden. Ich rechnete schon damit, daß jetzt etwas ganz Bizarres kommen würde, etwa, daß wir John Sullivan umlegen sollten, aber statt dessen redete er über John Gotti und Paulie Castellano. Gotti, sagte er, sei ein ›guter Spaghettifresser‹. Er mache viele Geschäfte mit Gotti. Castellano sei ein ›schlechter Spaghettifresser‹, zu wenig gerissen, zu prüde (das sollte heißen: er wollte nicht, daß seine Leute mit Drogen handelten), zu hochnäsig und zu sehr ›feiner Pinkel‹. Das klang nicht ganz danach – wie John Sullivan behauptet hatte –, daß Paulie Castellano ›hinter ihm stehe‹. Ich kam immer mehr zu der Ansicht, daß der Hit auf Coonan allein Johns Idee war und daß wir dafür nicht die Rückendeckung von Fat Tony haben würden.

Coonan hörte nicht auf, von John Gottis Qualitäten zu schwärmen, und er bestand darauf, daß wir uns auf der Stelle mit ihm in Verbindung setzten. »Ich weiß, daß er euch gern sehen möchte und daß er jetzt im Moment im Ravenite ist.«

Nachdem wir noch ein paar Drinks genommen hatten, brachen Joe und ich in die Mulberry Street in Little Italy auf, wo sich der berühmte Ravenite Social Club befand, das Zentrum der Gambio-Organisation. Von außen war das Gebäude kalt und trist – es gab keinerlei Anzeichen, die Passanten auf diese New Yorker Institution aufmerksam gemacht hätten –, und die Einrichtung im Inneren war ausgesprochen karg. Im großen Vorderraum, der so hell erleuchtet war wie ein Filmstudio, standen ungeordnet Tische und Stühle herum, graue und weiße Farbe bröckelte von den Wänden ab, und kein Gangster hätte sich hier in einer dunklen Ecke verstecken können. Aber es waren überall Gangster: meistens alte Hasen, die Karten spielten und sich wie Kriegsveteranen Geschichten erzählten, dazwischen ein paar ehrgeizige Jünglinge, die sich hier ihre Marschbefehle abholten. Im Ravenite war es sehr laut, es war kein Platz zum Nachdenken oder um sich in Ruhe zu unterhalten; Mobster, die das vorhatten, gingen woanders hin.

Am beeindruckendsten im Ravenite war die Helligkeit, es war so hell, daß ein Besucher, der aus der finsteren Nacht hereinkam, unwillkürlich seine Augen schließen mußte, weil er von dem grellen Licht geblendet wurde. An diesem geheiligten Ort, zu dem nur Mobster und einige Auserwählte – wie zum Beispiel Sully und ich – Zutritt hatten (anders als in Fat Tonys Club, wo auch Geschäftsleute ihre Aufwartung machten), verkehrten nicht sehr viele Leute.

Gotti entdeckte uns schon in dem Moment, als wir eintraten. Er stand mit dreien seiner Leute mitten im Raum, redete laut und fuchtelte mit den Armen herum, zwei Angewohnheiten, die ich an ihm schon in Dannemora oft bemerkt hatte. Er brach mitten im Satz ab, lief mir buchstäblich mit offenen Armen entgegen, umarmte mich, hob mich hoch, küßte mich auf beide Wangen und trug mich in dem großen Raum von einer Ecke in die andere. Es war alles viel zu übertrieben, zu theatralisch, aber seine Leute mochten das, und ich muß sagen, mich nahm dieses Schauspiel auch gefangen.

Als ich schließlich wieder auf meine Beine zu stehen kam, musterte er mich von oben bis unten und sagte: »Du siehst gut aus. Immer noch derselbe alte griechische Haudegen.« Er machte eine kurze Pause. »Aber immer noch nicht so gut in Schuß wie ich, Mann.« Er brüllte vor Lachen, umarmte mich ein weiteres Mal so intensiv, daß es mir fast die Rippen eindrückte, und wendete sich dann Mad Dog zu. Keine Frage, der kommende Padrone wußte, wie man Leute gebührend empfing.

Gotti stellte uns seinen Leuten vor, obwohl wir die meisten dieser Mobster schon kannten, und lud uns dann in ein nahegelegenes Restaurant ein, um einen starken Espresso zu trinken und ernsthaft miteinander zu reden. Das Gespräch verlief ziemlich einseitig. Er hörte nie auf zu reden, und wir unterbrachen ihn auch nicht.

Er erzählte von seinen hochfliegenden Plänen und davon, daß er eine Menge junger Burschen um sich geschart habe, die ihm fanatisch ergeben seien. Er hatte vor, ganz an die Spitze zu kommen, und er wollte nun wissen, ob wir ›auf seiner Seite‹ seien.

Auf seiner Seite? Wir waren auf niemandes ›Seite‹, aber das sagten wir ihm nicht. Wir sagten ihm, wir stünden für Jobs zur Verfügung. Gotti drängte uns nicht, schrie nicht herum und drohte nicht. Er wußte, daß er es mit zwei professionellen Killern zu tun hatte, und gegenüber Gangstern unseres Schlages nahm er sich immer ein bißchen zurück und versuchte, diplomatisch aufzutreten.

»Gut«, sagte Gotti und stand auf, um zu gehen. »Ihr werdet eine verdammte Menge Geld mit mir verdienen. Meldet euch in den nächsten Tagen bei Angelo Ruggiero. Es ist alles vorbereitet.«

Es war an diesem 25. August 1981 schon nach 9 Uhr abends, als Joe Sullivan seinen weißen Cadillac in Richtung Richmond Hills steuerte. Er hatte Gail angerufen und ihr gesagt, ich würde zum Abendessen mitkommen.

Aber wir waren noch nicht weit gefahren, da hielt Sully auf einem der Docks, zeigte zum Wasser und fragte: »Weißt du, was das ist, Grieche?«

»Natürlich. Wenn sie ihn nicht umbenannt haben, während ich im Knast war, dann ist das der Hudson River.«

»Das ist einer meiner bevorzugten Friedhöfe. Viele Burschen habe ich hier verschwinden lassen – einige von ihnen hast du auch gekannt. Es waren auch einige dabei, die ich nicht umgelegt habe. Hier habe ich sie versenkt. Hier ruhen sie für immer.«

Als wir dann wieder auf dem Westside Highway unterwegs waren, sagte Joe: »Grieche, ich brauch' dich für ein paar Hits, die ich vorbereitet habe. Genauer gesagt, es geht um zwei Typen, die diese Woche erledigt werden sollen.« Nach einer kurzen Pause schlug er mit der Faust gegen das Lenkrad und lachte: »Du siehst also, du bist auf dem besten Weg, Millionär zu werden. Jeder will dich haben, auch ich.«

Das stimmte. Aber bis jetzt war Joe der einzige, mit dem ich zusammenarbeiten wollte.

Als wir ins Haus kamen und Gail mich überschwenglich willkommen geheißen hatte, fragte sie mich: »Hast du Hunger?«

»Wie kannst du so was fragen, wenn du weißt, wie viele Jahre ich auf ein richtiges, von einer Hausfrau zubereitetes Essen habe verzichten müssen?«

Nachdem er mit dem vorzüglichen Corned Beef fertig war, seinem Lieblingsessen, sagte Sully: »Komm mit nach unten, ich zeig' dir, was ich mir zugelegt hab', während du weg warst.«

Hätte ein durchschnittlicher Vorstadtbewohner das gesagt, so hätte man vielleicht einen hübschen, holzvertäfelten Hobby-Raum zu sehen erwartet oder einen neuen Billardtisch. Nicht so hier. Durch und durch Profi, hatte Sullivan im Keller einen Schießstand eingerichtet, um mit seiner 9-mm-Pistole und der Magnum an Sandsäcken zu üben. Wir schossen ein paar Runden, und es war für mich ein gutes Gefühl, wieder eine Schußwaffe in der Hand zu haben.

Als er mich nach Mitternacht wieder zu meiner Wohnung zurückfuhr, sagte ich: »Ich danke dir, daß du mich herumgeführt hast, Sully, aber ich möchte jetzt erst mal ein paar Tage feiern und ausspannen, wieder Boden unter den Füßen bekommen, bevor wir uns in das nächste Unternehmen stürzen.« Er, John Sullivan, Jimmy Coonan und John Gotti, alle vier an einem Tag, das war auch für mich zuviel. Mad Dog zeigte Verständnis. Deshalb war ich ziemlich überrascht, als er am 26. August vormittags um 9 Uhr 30 an meiner Tür stand und brüllte: »Steh auf, Grieche! Raus aus dem Bett! Die Party geht los!«

Und das tat sie dann auch. Alkohol und Frauen, Kokain und Glücksspiel, erstklassiges Essen und schicke Nachtclubs. Wir waren bis 4 Uhr früh unterwegs – was für ihn noch anstrengender war als für mich, weil er zwischen meiner Wohnung und Richmond Hills hin und herfahren mußte. Am nächsten Tag ging es dann um 9 Uhr 30 wieder los.

Nach drei Tagen ständigen Saufens und Herumhurens sagte ich zu ihm: »Verdammt, Sully, ich glaub', mein Körper verkraftet die Arbeit auf die Dauer doch besser als das.«

Am 30. August, als ich wieder einsatzbereit war, rief ich John Gottis guten Freund Angelo Ruggiero an. »He, Grieche«, sagte er, »John möchte dich sehen. Komm in seinen Club.« Damit meinte er den Bergin Hunt and Fish Club in Ozone Park in Queens, von wo aus Gotti seine Geschäfte führte.

Ich bestand darauf, einen Treffpunkt drei Blocks von diesem Club entfernt zu vereinbaren. Joe Sullivan hatte mir nämlich gesagt, daß dieser Club von einem ›Heer‹ von Polizisten observiert wurde, und ich wollte nicht gleich wieder wegen einer Verletzung meiner Bewährungsvorschriften belangt werden, weil ich mich mit stadtbekannten Kriminellen traf.

Gotti stand schon an der Straßenecke, als ich dort ankam, und unterhielt sich mit Willie Boy Johnson und Angelo Ruggiero. Ich trat ihm mit ausgestreckter Hand entgegen, aber er packte mich an den Schultern und küßte mich auf beide Wangen. Nachdem er mir dreitausendfünfhundert Dollar gegeben hatte – ›damit ich dieses späte Heimkehrer-Geschenk endlich an den Mann bringe‹ –, unterhielten wir uns ein paar Minuten über unsere gemeinsame Zeit in Dannemora. Wie schon bei unserer Begegnung vor einigen Tagen brachte ich auch diesmal die Rede nicht auf unsere Handballspiele oder auf seine Niederlage gegen Nicky G.

»Warum ziehst du nicht hier herüber?« fragte Gotti.

»Ich hab' eine Wohnung in Manhattan.«

»Such dir hier eine. Ich will dich in meiner Nähe haben.«

Ich sagte, ich würde es mir überlegen. Aber ich hatte nicht vor, exklusiv nur für ihn zu arbeiten.

»Also, ich freue mich wirklich, daß du wieder draußen bist. Ich möchte, daß du dich mit Funzi und Arnold triffst. Die beiden brauchen deine Unterstützung.«

Er meinte damit Alphonse Sisca und Arnold Squitieri, zwei

seiner wichtigsten Partner im Drogengeschäft. Insbesondere Squitieri kannte ich schon von früher. Er sah aus wie ein Dressman, war immer tadellos gekleidet, kiloweise mit Klunkern behängt und hatte eine gewisse Ähnlichkeit mit Warren Beatty. Wegen seines Klumpfußes hatte er den Spitznamen ›The Gimp‹. Squitieri verkaufte an die Schwarzen in Harlem – er kannte jeden wichtigen schwarzen Dealer in der Stadt – und verdiente ein Schweinegeld. Mitte der fünfziger Jahre war er noch ein Junkie gewesen, der eines Tages einfach aufgehört hatte, das Zeug zu konsumieren, und statt dessen angefangen hatte, es an andere zu verkaufen.

Squitieri und sein Jugendfreund Funzi Sisca managten Gottis Drogengeschäfte. Sie bezogen ihren Stoff hauptsächlich von der Cotroni Gang in Montreal und über andere Verbindungen, die nach Sizilien, Syrien, Afghanistan und in die Türkei reichten.

Meine erste Auslieferung allerdings machte ich nicht für Squitieri und Sisca, sondern für Gotti direkt. Ich transportierte zwei Pfund reines Heroin mit einem seiner Soldaten zu einem Nachtclub in Harlem. Ein BMW, in dem ein Dealer namens Vince saß, stellte sich neben unseren roten Corvette. »Der Grieche!« sagte Vince überrascht. »Wie geht's denn so?« Wir hatten zusammen gesessen. »Arbeitest du jetzt für Gotti?«

»Als Geleitschutz. Eine einmalige Sache.«

»Geh'n wir doch danach noch einen draufmachen.«

»Das würd' ich gern. Vince, aber ich kann nicht«, sagte ich. Der gesunde Menschenverstand verlangte, daß man aus Harlem so schnell wie möglich wieder verschwand. Abgesehen von den Gangs, die darauf lauerten, einen weißen Dealer auszunehmen, tummelten sich dort auch alle möglichen Straßenräuber, denen ich nicht unbedingt begegnen wollte. Ich vermutete – zu Recht, wie sich herausstellte –, daß Vince auf einigen nahegelegenen Dächern Scharfschützen postiert hatte.

»Habt ihr die Ware?« fragte Vince Gottis Soldaten.

»Auf dem Boden«, antwortete dieser. »Wenn du das Geld dabei hast, tauschen wir aus.«

Vince nickte einem anderen Schwarzen zu, der aus dem

BMW ausstieg und mir eine braune Papiertüte reichte, die mit Einhundertdollarscheinen gefüllt war. Wir übergaben ihnen das Heroin und fuhren weg. Gotti hatte gesagt, wir sollten uns nicht damit aufhalten, das Geld zu zählen.

Ein paar Tage später traf ich Squitieri und Sisca. Obwohl sie eigentlich in New Jersey wohnten, betrieben sie ihre Geschäfte aus dem Hotel Astoria in Queens, und ich nahm mir deshalb in dieser Gegend eine Zweitwohnung, um in ihrer Nähe zu sein.

Squitieri war äußerst großzügig. Er konnte es sich leisten, aber das konnten die anderen Mafiosi auch, die ihren Freunden gegenüber sogar noch mit einer Tasse Kaffee geizten. Arnold zahlte mir zweitausendfünfhundert Dollar als Mietzuschuß für meine Wohnung, begleitete mich zu einer Einkaufstour, auf der ich mich mit neuer Kleidung eindeckte, was ihn zehntausend Dollar kostete, und vermittelte mir einen günstigen weißen Cadillac, ein 1977er Baujahr. Aber er arrangierte noch mehr für mich: Ich bekam einen Führerschein (natürlich völlig illegal), einen Paß (falls ich Auslandsreisen unternehmen müßte, um Stoff abzuholen), eine falsche Geburtsurkunde, eine falsche Sozialversicherungsnummer sowie *fünf* Kreditkarten. Und das alles beschaffte er in einem einzigen Tag!

Mein erster Job für ihn und Sisca bestand darin, zusammen mit ihnen zur kanadischen Grenze hochzufahren, um dort fünfunddreißig Kilo Heroin von der Cotroni-Familie zu übernehmen, die die Mafia in Montreal beherrschte. Unser Geschäftspartner, ein ausgekochter internationaler Drogenhändler, der sich gern als ›professioneller Pharmazeut‹ bezeichnete, war zum großen Teil dafür verantwortlich, daß sich Montreal zur gewalttätigsten Stadt in Kanada entwickelt hatte. Seine Soldaten lieferten uns den Stoff zu einem Motel, und unsere Rückreise nach New York City verlief ohne Zwischenfälle.

Squitieri war, wie schon gesagt, kein Geizhals. Und so schenkte er mir, einem Exhäftling, der gerade frisch aus dem Knast kam, ein halbes Kilo Heroin, ›damit du wieder auf die Beine kommst‹. Squitieri wußte, daß ich schon gute Kontakte nach Harlem hatte, und half mir deshalb, mein eigenes Mini-

Geschäft aufzubauen, indem er mir Heroin kiloweise auf Kommissionsbasis zur Verfügung stellte.

Squitieri war wie ein echter Weihnachtsmann. Er trug immer ein dickes Bündel Hunderter mit sich herum und verteilte die Scheine großzügig an irgendwelche Penner, die er auf der Straße traf. Die Polizei schätzte sein persönliches Vermögen auf zehn Millionen Dollar, aber wahrscheinlich war es mehr. Wenn er verhaftet wurde – was recht häufig vorkam –, bezahlte er die Kaution immer bar. Seine Frau griff dann einfach in eines seiner Schließfächer und brachte das Geld vorbei.

Squitieri und Gotti beim Pferderennen zu beobachten, war ein Ereignis. Keiner der beiden hatte eine glückliche Hand, und ihre täglichen Verluste beliefen sich in der Regel auf mehr als dreißigtausend Dollar. An den Wochentagen, wenn der Wetteinsatz niedriger war, konnten ihre Einsätze allein schon ein Pferd zum Favoriten machen, und das Publikum wurde dann oft dazu verleitet, auf einen Verlierer zu setzen, weil es durch die hohen Summen geblendet wurde, die auf dem Totalisator erschienen. Aber was Wetten und Glücksspiele betraf, hatte Gotti einfach kein Glück.

Ich hätte 24 Stunden am Tag für Squitieri und Sisca arbeiten können und wäre trotzdem nicht mit all der Arbeit fertig geworden, die anstand. Aber ich war nicht bereit, mich derart abzuschuften. Ich reservierte immer zumindest die Hälfte meiner Zeit für Manhattan und dafür, mich mit Joe Sullivan zu treffen. Ich versuchte auch, John Sullivan aus dem Weg zu gehen, denn ich wollte mit seinem geplanten Hit auf Coonan nichts zu tun haben, doch obwohl er wußte, wo er mich erreichen konnte, meldete er sich nicht.

Wenn Mad Dog und ich in dieser Zeit einen Tag zusammen verbrachten, dann begann es in der Regel damit, daß er mich um 9 Uhr 30 durch sein energisches Klopfen an meiner Wohnungstür weckte.

Während ich duschte und mich rasierte, telefonierte Joe herum und fragte, ob es irgendwo ›Arbeit‹ für uns gäbe. ›Arbeit‹ war die Tarnbezeichnung für einen Hit. Bei diesen Rundrufen entwickelte er eine regelrechte Routine, wie ein Börsenmakler, der seine Kunden anruft, fragte zuerst bei den Clubs an, wo die Mafia-Bosse residierten, und kontaktierte danach griechische, irische, arabische und jüdische Gangster sowie den schwarzen Mob in Harlem. Meistens ergab sich irgend etwas, und dann fuhren wir zu dem vereinbarten Treffpunkt, um dort Näheres zu erfahren.

Wenn sich nichts auftat, frühstückten wir in irgendeinem billigen Freßlokal. »Keine Angst«, sagte Joe dann. »Ich hab' noch einen anderen Job auf Lager, den ich verschoben habe. Willst du mitmachen, Kumpel?«

»Was liegt für mich drin?«

»Ich geb' dir fünftausend.«

»Dann laß uns darüber bei einem Drink reden.« Er wußte, ich hatte angebissen. Und ich wollte einen Drink.

Wir gingen in eine Bar. Ich trank einen Tom Collins, und er nippte an einem Glas Weißwein und erklärte mir sein Vorhaben. Sully hatte immer ein Bild seiner Zielperson bei sich und kannte ihren Tagesablauf. Wir diskutierten dann alles bis ins kleinste – insbesondere die Frage, was wir tun würden, sollte etwas Unvorhersehbares dazwischenkommen – und machten uns dann an die Arbeit.

Wenn es einmal nichts zu tun gab, besuchten wir die verschiedenen Clubs, um die alten Kontakte zu pflegen und mit den Mobstern zu quatschen, zu trinken, zu spielen und herumzublödeln.

Auf diese Weise verbrachten wir unsere Nachmittage, fuhren von einem Club zum nächsten und kamen dabei allmählich in Stimmung. Wir genehmigten uns ein gutes Essen, besuchten vielleicht Coonan in einer der Spelunken, wo er herumhing, oder schauten kurz bei einer Koks- und Sexparty hinein, die irgendeine Nutte in ihrer Wohnung veranstaltete. Um 1 Uhr fuhr Joe dann nach Hause zu Gail, und ich zog noch bis 3 Uhr von einem Nachtclub zum anderen. Ich wußte, Sully würde am nächsten Morgen pünktlich um 9 Uhr 30 wieder vor meiner Tür stehen.

Es wurde uns nie langweilig, wenn wir zusammen waren; wir redeten über Sport, über Hits, die wir gemeinsam ausgeführt hatten, und über Typen, die wir aus dem Gefängnis kannten. Unsere Gespräche drehten sich oft auch darum, wie schlimm es sein würde, wieder eingebuchtet zu werden. Sully fragte mich manchmal auch, ob ich denn diesen oder jenen Kerl immer noch wegputzen wolle.

Ich überlegte dann kurz und sagte: »Warum denn nicht, zum Teufel.«

Hin und wieder verbrachten wir unsere Freizeit auch in Joes Haus in Richmond Hills. Gelegentlich arbeiteten wir dort auch: so zum Beispiel, als wir drei Gangster in seinem Keller töteten und in ihre Einzelteile zerlegten.

Ich hatte von John Gotti einen Hit-Kontrakt über drei unabhängige Karatekämpfer bekommen, die ich töten sollte, weil sie Gottis Kredithaie hochgenommen hatten. Das waren hartgesottene, rotzfreche Typen, die ohne weiteres auch Paul Castellano oder den Vorsteher der New Yorker Börse ausgeraubt hätten. Das spielte für sie überhaupt keine Rolle.

Joe lockte sie alle drei mit der gleichen Geschichte in sein Haus: »Ich bin ein Mittelsmann der Gambino-Familie, und ich soll euch ein Angebot von John Gotti unterbreiten: Er will Vergangenes vergangen sein lassen, wenn ihr im Gegenzug seine Geldverleiher künftig in Ruhe laßt.«

Ich glaube, es kam diesen Scheißkerlen überhaupt nicht in den Sinn, daß Joe so unverfroren sein würde, sie in seinem eigenen Haus zu erledigen.

Als wir die drei in Sullivans Keller hatten, zogen wir unsere Pistolen, redeten ihnen gut zu, sich auf den Boden zu legen, wobei wir ihnen versicherten, daß wir sie nur durchsuchen wollten, und nach weniger als zwei Sekunden hatte jeder von ihnen eine Kugel im Hinterkopf.

Das war der einfachere Teil, sie umzubringen. Dann zogen wir Schutzhandschuhe an und setzten Schutzbrillen auf und zersägten sie mit einer Kettensäge in mehrere Dutzend Einzelteile. Nachdem wir dann Stunden damit zugebracht hatten, den

Keller zu reinigen, transportierten wir die Überreste nach Norden, um sie zu verscharren.

Joe und ich liebten es, uns möglichst verrückte Aktionen auszudenken. So redeten wir darüber, den Leibwächter von Frank Sinatra, einen vollkommen überschätzten Scheißer namens Jilly Rizzo, zu kidnappen, der die meisten Medien davon überzeugt hatte, er sei der absolut härteste Bursche, der herumlaufe. »Würde es dir nicht auch gefallen, diesen arroganten Bastard zum Heulen zu bringen?« fragte mich Sully.

»Ich kann's kaum erwarten«, meinte ich. »Und ich schätze, Sinatras Kohle würde mir auch ganz gut zu Gesicht stehen. Old Blue Eyes dürfte einen hübschen Batzen locker machen, um ihn zurückzukriegen.«

Aber wie viele andere Ideen – wir dachten zum Beispiel auch daran, Kassierer-Kabinen auf der Pferderennbahn auszurauben – kam diese nicht über das Stadium der Gedankenspiele hinaus.

Wesentlich ernsthafter war ein Vertrag, den Fat Tony Salerno Joe gab. Er sollte Frank Sinatra ermorden. Salerno hatte erfahren, daß der Sänger vor einem Geschworenengericht wegen des Konkurses des Westchester Premier Theaters aussagen sollte. Sullivan haßte Sinatra und begann gleich mit der Suche nach Möglichkeiten, wie der Hit am besten ausgeführt werden könnte. Ich glaube, der Mann, der aus Attica entkam und den Paten Angelo Bruno umbrachte, wäre auch in diesem Fall erfolgreich gewesen, aber Fat Tony blies die Sache schließlich ab, aus der einer der spektakulärsten Mordfälle in der amerikanischen Geschichte geworden wäre.

Erstklassigen Lohnkillern geht die Arbeit nie aus. Wenn einem von uns die Arbeit zuviel wurde, trat er dem anderen einen oder zwei Hits ab. So brachte ich für Sully einen Drogenhändler aus Queens zum Schweigen, und er legte für mich einen schwarzen Gangster um. Wir begingen zwei Morde an dem Morgen, an dem wir nach Meadowlands hinausfuhren, wo Joe mich auf Hoffas letzte Ruhestätte hinwies, und einen weiteren in der darauffolgenden Nacht.

Unser Morden nahm allmählich so surreale Züge an, daß ich zum Beispiel einmal mit Sully zu einem zweifachen Hit ging, ohne zu wissen, wie die Opfer hießen, noch weswegen wir sie umbrachten.

Meinen kuriosesten Job übernahm ich am 11. Oktober 1981, als ich sozusagen ›die Seiten wechselte‹ und als eine Art Polizist tätig wurde. Dieser Auftrag kam direkt von Fat Tony.

Am Tag zuvor war im Frauenkloster von Mount Carmel in der 116th Street eine Nonne verprügelt, vergewaltigt und gefoltert worden. Zwei Männer hatten ihr einen Besenstiel in den After gerammt, ihr mit einer scharfen Nagelfeile siebenundzwanzig Kreuze auf Rücken und Brüste eingeritzt, auf sie gepinkelt und sie dann eine Treppe hinuntergestoßen.

Salerno war außer sich vor Wut. Er war ja nicht immer schon Fat Tony, der ungekrönte König der Mafia gewesen, auch er hatte eine Mutter gehabt, die ihn geliebt hatte, und Nonnen, die ihn erzogen hatten, und er sagte sich: Mein Gott! Was für perverse Dreckschweine, an einer Dienerin der Kirche hatten sie sich vergriffen! Deshalb setzte er alle Operationen der Genovese-Familie bis auf die allerdringlichsten aus, damit seine Soldaten sich auf die Suche nach den Tätern machen konnten.

Ich wurde auch in die 116th Street gerufen und gebeten, mich der Suche anzuschließen, weil ich mich in der Gegend auskannte. Fat Tony sagte: »Ich setze fünfundzwanzigtausend Dollar aus für denjenigen, der mir diesen Abschaum der Menschheit bringt, und zwar tot!« Zwei Tage lang hörte ich mich auf der Straße um, denn möglicherweise liefen diese verkommenen Kreaturen herum und prahlten auch noch mit ihrer Tat. Währenddessen schwärmten Salernos Leute, unterstützt durch schwarze Drogendealer aus Harlem, in der Stadt aus und nahmen sich ein Viertel nach dem anderen vor. Für die Drogenhändler und auch für Fat Tony, der über diesen grausamen Überfall wirklich erbost war, stellte die Aktion allerdings auch eine günstige Gelegenheit dar, sich Sympathien zu verschaffen. Die Nonne wurde von den Leuten sehr verehrt und war wegen ihres Einsatzes für Kinder und Arme sehr geschätzt, und die

Mobster wußten, es würde nur zu ihrem Besten sein, wenn es ihnen gelingen würde, die Täter zur Verantwortung zu ziehen. Außerdem reizte es sie natürlich ungemein, unter Beweis zu stellen, daß die Kriminellen mehr zustandebringen konnten als die Polizei, wenn es darauf ankam.

Ich hätte auch eher auf die Mafia als auf die Polizei getippt – Fat Tony hatte schließlich sehr effektive Methoden der Informationsbeschaffung –, aber am Ende war es doch ein Officer namens Bo Dietl, der die beiden Perversen schnappte – einen in Chicago und den anderen in New York. Sie hießen Harold Wells und Max Lindeman, und sie konnten sich glücklich schätzen, daß sie der Polizei in die Hände gefallen waren anstatt der Genovese-Familie.

Am 15. Oktober 1981 nahm mein Leben eine Wendung zum Schlimmsten; es ging nun endgültig bergab. Als ich Jillys Nachtklub (so genannt nach Sinatras Leibwächter) in Manhattan aufsuchen wollte, um Schulden einzutreiben, umringten mich acht Polizisten und warfen mich auf den Gehsteig. Sie preßten mir ihre Schußwaffen gegen den Kopf, legten mir Handschellen und Fußfesseln an und schleppten mich wie ein großes Stück Fleisch zu einer wartenden Limousine (ja, richtig: zu einer Limousine), mit der sie mich zum Revier brachten.

Sie nahmen mir zweitausenddreihundert Dollar Bargeld ab, dazu eine Uhr für eintausendsiebenhundert Dollar und einen Ring, der viertausend Dollar wert war.

Ich wurde in eine Zelle gesteckt, die von denen der anderen Gefangenen getrennt war, und in den folgenden Stunden schlenderten ständig schwarze Polizeidetektive vor meinem Gitter vorbei, *um mich zu sehen.* Später erfuhr ich auch den Grund dafür: Sie wollten den weißen Hitman zu Gesicht bekommen, von dem es hieß, er sei so knallhart, daß er auch in schwarze Stadtviertel ging, um dort zu töten.

Schließlich wurde ich nach Yonkers gebracht und in der dortigen Polizeistation mit Handschellen an ein Geländer gefesselt.

Kurz darauf kam ein stellvertretender Bezirksstaatsanwalt herein, der ein freundliches Lächeln aufgesetzt hatte und mit mir reden wollte.

»Wie geht's Ihnen, Donald?«

»Wer sind Sie?«

»Ich heiße Robert Neary«. Ich hatte schon von ihm gehört. »Hier ist meine Karte.«

»Ich will Ihre Scheißkarte nicht.«

»Haben Sie schon mal was von Clarence Jones gehört?«

»Nein.«

Neary seufzte. »In Ordnung, Mr. Frankos, Sie werden heute morgen unser Gast sein. Wir werden eine Gegenüberstellung machen.«

Ich konnte meinen Anwalt nicht erreichen, und für die Gegenüberstellung bekam ich einen Pflichtverteidiger zugeteilt.

Ich erfuhr dann, daß ein ehemaliger Basketball-Spieler namens Clarence Jones, der zum Drogenhändler umgestiegen war, am 12. September vor seiner Wohnung in der Bronx erschossen worden war und daß die Bullen glaubten, ich und ein Ex-Häftling namens Joe Kersch seien die Mörder.

Sie hatten eine Zeugin dafür. Die Freundin von Jones hatte miterlebt, wie er umgelegt wurde, und jetzt stand sie hinter einer als Spiegel getarnten Scheibe und identifizierte mich als Täter, eine wirklich erstaunliche Leistung. Hätte ich diesen Hit ausgeführt, dann hätte ich mich mit Sicherheit so verkleidet, daß nicht einmal Joe Sullivan mich erkannt hätte.

Aber was wäre denn das für eine Verteidigung? »He, sie kann doch gar nicht wissen, daß ich es war, denn bei allen meinen Hits habe ich mich immer stark verkleidet.«

Wie würde das den Geschworenen gefallen?

Oder meine Anwälte könnten Sid Cesspol und Ollie Outhouse aussagen lassen: »Ja, genau, der Grieche war einer der Besten. Hat immer Verkleidungen getragen. Nicht mal seine Mutter hätte ihn erkannt, wenn er unterwegs war, um alle diese Burschen umzulegen.«

Schon in dem Augenblick, als die Gegenüberstellung vorbei

war, wußte ich, daß es nicht gut aussah für mich. Ich konnte es in den Gesichtern der Polizisten lesen. Sie waren diesmal sehr ernst. Sie hielten mich für eine Gefahr und wollten mich kleinkriegen.

Ich wurde nach Attica gebracht, wo der Staatsanwalt mich schmoren ließ, bis es zum Prozeß kam. Joe Sullivan schaffte es, sich mit mir in Verbindung zu setzen, und unterbreitete mir einen seiner raffinierten Pläne. Es war im März 1982, einige Wochen, nachdem er ebenfalls wegen mehrerer Morde verhaftet worden war. Mad Dog schlug mir vor, er werde in meiner Verhandlung aussagen, er sei der Mörder gewesen, und da er als berüchtigter Lohnkiller galt, würde die Jury beträchtliche Zweifel bekommen. Und dann sollte *ich* in *seinen* Prozessen die Verantwortung für seine Morde übernehmen.

Es hätte vielleicht funktionieren können. Ich hatte natürlich Alibis für die Zeiten, in denen Joe seine Morde verübt hatte, und er hatte welche für meine, und deshalb wären wir vielleicht freigesprochen worden, auch wenn uns die Staatsanwälte auf die Schliche gekommen wären und die Mordanklagen genauso umgedreht hätten wie wir die Morde. Aber der Plan platzte dann, weil sich herausstellte, daß einer von Joes Morden *nach* meiner Verhaftung stattgefunden hatte.

Mad Dog hatte sich mehrere Monate lang versteckt gehalten, bevor er geschnappt wurde, und seine Festnahme war der *New York Post* eine ganze Titelseite wert, auf der sie auch ein Bild von Joe und einer Freundin brachte, die darauf als Bonnie und Clyde posierten. Das Mädchen war im Stil der zwanziger Jahre gekleidet, und auch Joe trug einen Hut aus dieser Zeit, dazu einen Anzug mit Weste, schwarzem Hemd und weißer Krawatte. »Ich möchte gern in einem Kugelhagel sterben«, lautete die Bildunterschrift, und ich war überzeugt, daß Sully das auch wirklich gesagt hatte.

Die reißerische Schlagzeile der *Post* lautete: MAD DOG, DER KILLER, und in der Geschichte war die Rede von dem

›gefährlichsten Mann, der jemals von der Polizei gesucht wurde‹ und von dem ›meistgesuchten Lohnkiller des Landes‹.

Acht FBI-Agenten überraschten Joe am 23. Februar 1982 vor dem Denonville Motel in Rochester. Jemand hatte ihn verpfiffen. Paul Meyers, der Betreiber des Motels, beobachtete die Festnahme: »Als sie ihn umdrehten, hatte sein Gesicht einen vollkommen gleichgültigen Ausdruck, so als ob er sagen wollte: ›Ihr habt mich gekriegt, na und?‹«

In Attica konnte ich nicht viel gegen mein Schicksal unternehmen und flüchtete mich daher in verzweifelte Aktionen. Ich entwickelte ausgeklügelte Pläne, um der *zweite* Häftling zu werden, dem die Flucht aus Attica gelang.

Ich täuschte eine Erkrankung vor und erreichte dadurch meine Verlegung ins Gefängniskrankenhaus, hinter dem ein Wachturm stand, der in der Zeit zwischen Mitternacht und 8 Uhr morgens nicht besetzt war. Ich sagte mir: *Hau doch einfach ab aus diesem Land. Geh nach Griechenland, so wie es Pete Diapoulos getan hat. Du sprichst die Sprache. Dort ist deine Heimat.*

Ein Mithäftling sagte mir zu, mir eine Pistole zu besorgen. Ein unverzichtbarer Ausrüstungsgegenstand, denn im Krankenhaus schoben gewiefte Aufseher Wache, die wahrscheinlich durch ein Rohr nicht zu beeindrucken gewesen wären. Ich stellte mir vor, ich könnte sie zusammentreiben, mit Laken fesseln, in eine Zelle sperren und dann die unbewachte Mauer erklettern. Und ein Callgirl, das ich kannte, hatte mir versprochen, draußen mit einem Auto zu warten.

Im entscheidenden Augenblick bekam aber mein Waffenlieferant offensichtlich kalte Füße, zögerte die Sache hinaus und sagte schließlich, er könne die Waffe erst in einer Woche beschaffen. Das wäre mir auch noch recht gewesen, aber dann stieg er ganz aus, und ich mußte mir etwas anderes überlegen.

Ich sah ein Verhängnis auf mich zukommen. Noch niemals war ich so deprimiert gewesen. Bei all meinen anderen Haftstrafen, auch bei derjenigen wegen der Ermordung von Richie Bilello, hatte es immer etwas gegeben, was sie erträglicher gemacht hatte. Aber wenn sie mich hier wegen Clarence Jones festnagelten, dann würde ich wahrscheinlich im Gefängnis sterben. Ich war dreiundvierzig Jahre alt und in der Lage, für mich selbst zu sorgen, aber die Häftlinge wurden immer jünger und immer gewalttätiger, und zwar auf eine *verrückte* Art gewalttätiger, und irgendwann würde ich vielleicht auch ein Ding verpaßt bekommen. Und bis es soweit war, würde ich noch einpaar von ihnen töten müssen, aber meine Begeisterung für Auseinandersetzungen im Knast hatte im Lauf der Jahre abgenommen.

Ich brütete eine neue Idee aus. Ich hatte schon des öfteren mitbekommen, wie andere bei den verschiedensten Gelegenheiten den Verrückten gespielt hatten, und entschloß mich, es auch einmal zu versuchen. Das würde zumindest, so rechnete ich mir aus, meinen bevorstehenden Prozeß so lange hinauszögern, bis eine Schar von Irrenärzten sich ein Urteil darüber gebildet hätte, ob ich simulierte oder nicht. Vielleicht konnte Gotti in der Zwischenzeit diese Zeugin auch mit Geld umstimmen. Denn sie *konnte* mich einfach nicht gesehen haben.

Ich staubte irgendwo ein Seil ab, knüpfte es zu einem Henkersknoten und warf es mir über den Kopf, wobei ich mich fragte, wie weit ich dieses Affentheater eigentlich treiben wollte. Da stand ich also, mit den Füßen noch fest auf dem Boden, und das Seil war auch nirgendwo sonst als an meinem Hals befestigt, als ein Wärter vorbeikam. Er riß seine Augen auf, drückte sofort den Knopf an seinem Walkie-Talkie und brüllte: »Selbstmord! Hier drüben hat sich einer aufgehängt!« Er meinte wohl: »Da will sich einer aufhängen.«

Ich stand immer noch da, die Füße ganz normal auf dem Boden, als die Schlägertruppe angelaufen kam. Der Diensthabende, ein alter, erfahrener Wärter, schaute mich an und schüttelte den Kopf, und auf seinem Gesicht stand ein Ausdruck, als wollte er sagen: Fällt dir denn nichts Besseres ein?

Ich tröstete mich damit, daß zumindest John Gotti sich um

mein Wohlergehen zu sorgen schien. Er füllte meine Taschengeld-Kasse ständig bis zum Maximum auf und schickte mir dreimal in der Woche Botschaften, die besagten, ich solle ›mir keine Sorgen machen‹. Und er übertraf sich selbst, als er mir eine Emissärin schickte: eine hinreißende dreiundzwanzigjährige Puertorikanerin, die sagte, John möchte, daß ich sie heirate, damit ich dann regelmäßig Ehegatten-Besuch haben könne. Und außerdem könnte sie dann Nachrichten herein- und hinausschmuggeln.

Das war ein überlegenswertes Angebot, aber ich konnte es nicht annehmen. Ich erinnerte mich an den Gesichtsausdruck dieser schwarzen Polizisten und daran, wie zuversichtlich Robert Neary geklungen hatte, und ich wußte, daß mir eine harte, qualvolle Zeit bevorstand.

20. Kapitel

Der Kontrakt über einen US-Bundesanwalt

Die Angriffe auf uns begannen am 13. Januar 1983 im Westchester-County-Gefängnis. Eine Stunde vor dem Beginn unserer Verhandlung fragte mein Mitangeklagter Joe Kersch nach einem Aspirin.

»Gibt's nicht«, antwortete der Wärter.

»Ich hab' schreckliche Kopfschmerzen«, sagte Kersch. »Ohne Aspirin geh' ich nicht zur Verhandlung.«

»O doch, du wirst.«

Daraufhin begannen ein halbes Dutzend Wärter auf uns beide einzuknüppeln, sie warfen uns auf den Boden und traten uns in die Rippen. Als sie uns zum Gericht fuhren, sagte einer von ihnen: »Wenn ihr wieder zurückkommt, haben wir eine schöne Überraschung für euch.«

Während des ersten Verhandlungstags fragte ich mich immer wieder, was die Aufseher zu dieser Prügelattacke veranlaßt haben konnte. Vielleicht hatten sie im Auftrag eines Partners von Jones gearbeitet, der immerhin ein ziemlich großer Drogenhändler war, wahrscheinlicher aber war, daß sie, wie Gefängnisaufseher eben sind, sich in eine Wut hineingesteigert hatten, weil sie unsere Geschichte kannten und uns bei der ersten günstigen Gelegenheit demonstrieren wollten, daß wir doch nicht so hartgesotten waren.

Die angekündigte ›schöne Überraschung‹ wurde uns dann um 9 Uhr abends präsentiert. Was da passierte, beschrieb meine Anwältin Julia Heit in ihrem Schriftsatz, mit dem sie ein Wiederaufnahme-Verfahren beantragte: Die Aufseher kamen in meine Zelle, warfen mich gegen die Wand, zogen mich aus und legten mir Fußfesseln an. Dann beugte sich einer zu mir herüber und biß mich in die Wange. Ein anderer schlug mir mehrmals mit der Faust ins Gesicht. Ein dritter bespuckte mich.

Zugleich verdrehten mir zwei andere Aufseher die Beine; ich hatte Angst, sie würden mir die Knochen brechen. Ein weiterer schlug mit einem metallenen Gegenstand, der in ein Handtuch eingewickelt war, auf mich ein.

Aber der Hauptpeiniger, der mir die größten Schmerzen zufügte und dem ich die meiste Aufmerksamkeit zuwandte, war der Wärter mit den Zigaretten. Er zündete sich eine an, zog daran, bis die Spitze rot glühte, und drückte sie dann auf meiner Haut aus. Dann zündete er sich die nächste an, und daraufhin wieder eine und wieder eine.

Ich lag nackt und gefesselt auf dem Boden meiner Zelle, mit dem Gesicht nach unten, und hörte Kersch aus seiner Zelle schreien; er wurde offenbar derselben Behandlung unterzogen.

Als die Wärter schließlich zufrieden waren, zogen sie mit dem Versprechen ab, am nächsten Tag werde es wieder auf die gleiche Tour weitergehen. Ich mußte die ganze Nacht in Ketten liegen, konnten nicht einmal zur Toilette kriechen, und das Zellenfenster hatten sie weit aufgemacht, damit der eiskalte Winterwind hereinblasen konnte.

Am nächsten Morgen, dem 14. Januar, prügelten die Wärter wieder wie wildgeworden mit den Fäusten auf mich ein, wobei jeder versuchte, den besten Treffer zu landen.

Als wir dann im Gerichtssaal saßen, sahen Kersch und ich ziemlich übel mitgenommen aus. Da man uns Fußketten angelegt und uns gezwungen hatte, die nicht passende Kleidung anderer Gefangener zu tragen, dürften sich die Geschworenen wahrscheinlich gefragt haben, über was für heruntergekommene Kreaturen sie hier wohl zu urteilen hätten.

Ich nahm benommen und nur halb bewußt wahr, wie der Anwalt von Kersch beim Gericht wegen unserer Behandlung protestierte. Nachdem er die Beschwerde vorgebracht hatte, vertagte der Richter die Verhandlung um einige Tage, um Kersch und mir Gelegenheit zu geben, uns zu »erholen«. Die

Aufseher sagten, sie hätten uns nur geschlagen, weil wir auszubrechen versucht hätten.

In dem Schriftsatz meiner Anwältin wurde auch dokumentiert, wie es dann im Gefängnis weiterging: Das Schlagen hörte auf, aber die Einschüchterung blieb. Das Zellenfenster ließen sie in dieser Januarkälte absichtlich offen, und sie nahmen mir auch die Matratze vom Bett. Ich mußte ständig Fußketten tragen und hatte nichts mehr, womit ich mich zudecken konnte. Schlimmer noch, die Wärter vernichteten meine Aufzeichnungen – Namen und Telefonnummern von möglichen Alibizeugen – und verweigerten mir auch Bleistift und Papier. Nach den Prügeleien war ich so durcheinander, daß ich mich nicht mehr erinnern konnte, was ich zuvor niedergeschrieben hatte.

Die Beweise gegen mich bestanden in den Aussagen dieser Augenzeugin und eines aufmerksamen Nachbarn des ermordeten Jones, der ein ›auffälliges‹ Auto auf dem Parkplatz vor dem Wohnblock gesehen und sich die Nummer notiert hatte. Diese Nummer konnte zu einem Bekannten von mir zurückverfolgt werden, der mir sein Auto geliehen hatte.

Die Atmosphäre im Gerichtssaal glich derjenigen bei einem Football-Spiel, wo beide Mannschaften von lautstarken Fans unterstützt werden. Unsere ›Anhängerschaft‹, die hauptsächlich aus weißen Frauen in mittleren oder auch älteren Jahren bestand, saß in der einen Seite des Saals. Ich hatte keine Ahnung, was diesen ›Häkel- und Strickclub von Westchester County‹, wie Kersch sie nannte, hierher zog. Außerdem kamen jeden Tag noch ein paar von Gottis Laufburschen, die mir zuwinkten und den Geschworenen finstere Blicke zuwarfen. Wenn ihre Aufgabe darin bestand, die Jury einzuschüchtern, dann blieben sie entweder nicht lang genug, oder sie traten nicht energisch genug auf.

Auf der anderen Seite des Gangs saßen Polizisten, die mindestens genauso einschüchternd wirkten wie Gottis Soldaten. Und diese Bullen kamen nicht nur für einige Minuten herein, um danach gleich wieder abzuhauen. Sie saßen die ganze Zeit über da, ein Bataillon in Blau, das durch seine Anwesenheit zu sagen schien: *Ja, wir haben unsere Arbeit und unser Heim, aber im Moment ist es für uns wichtiger, dafür zu sorgen, daß Sie diese Bestien hinter Schloß und Riegel bringen, was Sie gefälligst wohl auch tun werden, oder?* Außerdem saßen auf der anderen Seite auch noch Freunde, Verwandte und Partner von Clarence Jones, ein Meer aus schwarzen Gesichtern.

Als der Richter mir mein Strafmaß – fünfundzwanzig Jahre bis lebenslänglich – verkündete, dachte ich mir: *Oh, oh. Diesmal heißt es wirklich Abschied nehmen, Grieche.*

Was war das für ein Gerichtsverfahren, in dem ich verurteilt wurde? Meine Anwältin schrieb dazu in ihrer Begründung des Wiederaufnahmeantrags unter anderem:

> Weil die Vollzugsbeamten seine Kleidung vernichtet hatten, war der Angeklagte gezwungen, die Gefängniskleidung von anderen Häftlingen zu tragen, die ihm nicht paßte. Er mußte deshalb in einem heruntergekommenen und unwürdigen Zustand der Jury gegenübertreten, die über sein Schicksal zu befinden hatte.
>
> In der Sache *Estelle v. Williams* (425 U.S. 501, 505, 1976) befand der Oberste Gerichtshof, daß das Tragen von Anstaltskleidung eine »fortwährende Beeinflussung« darstelle, die geeignet sei, »auf das Urteil eines Geschworenen in unzulässiger Weise einzuwirken.« Der Oberste Gerichtshof hob in der Sache *Taylor v. Kentucky* (436 U.S. 478, 1978) auch hervor, daß »über Schuld oder Unschuld von jemandem, der eines Verbrechens beschuldigt ist, nur anhand von Beweisen geurteilt werden darf, die bei der Verhandlung vorgelegt werden und nicht auf der Grundlage . . . von sonstigen Umständen, die vor Gericht nicht angeführt wurden.«
>
> Die Tatsache, daß der Angeklagte unmittelbar vor und auch während des Prozesses schweren Folterungen unterworfen wurde, ist schockierend. Nicht minder schockierend ist es, daß sein Pflichtverteidiger nicht das geringste unternahm, um gegen diese schrecklichen Quälereien vorzugehen, und daß er keinerlei Bedenken hatte, unter derartigen Umständen

ein Gerichtsverfahren stattfinden zu lassen. Die Untätigkeit des Pflichtverteidigers brachte ein stillschweigendes Einverständnis damit zum Ausdruck, wie sein Mandant von den Vollzugsbeamten behandelt wurde. Aus diesen Gründen sollte das Urteil gegen den Angeklagten aufgehoben und ein neues Verfahren in die Wege geleitet werden.

Der Gedanke daran, daß ich mindestens fünfundzwanzig Jahre absitzen sollte, stürzte mich in dumpfe Verzweiflung und löste wilde Rachegefühle in mir aus. Frühestens im Jahr 2006 konnte ich also mit meiner Entlassung rechnen. Ich war überzeugt, ein guter Anwalt hätte mich aus der Mordsache Clarence Jones heraushauen können.

Mein Freund Joe Kersch, der ein Teilgeständnis ablegte (ohne allerdings mich jemals als seinen Partner zu nennen), erhielt ebenfalls 25 Jahre bis lebenslänglich. Auch dieser harte Bursche, der dreimal Weltergewicht-Boxchampion im Gefängnis war, wurde von diesen Wärtern brutal verprügelt, die es niemals gewagt hätten, sich ihm in einem fairen Kampf zu stellen.

Nach unserer Verurteilung wurden wir nach Sing Sing gebracht, wo wir eine Beschwerdeklage wegen der Behandlung ausarbeiteten, der wir im Westchester-County-Gefängnis unterworfen worden waren. Von Sing Sing aus kam ich für kurze Zeit nach Attica, aber dort wollte mich die Verwaltung nicht, sie meinte, ich sei, ähnlich wie Kayo Konigsberg, zu gefährlich. Man schickte mich nach Auburn, und während meines Aufenthalts dort erfuhr ich, daß Joe Sullivan eine Strafe von einhundert Jahren erhalten hatte. Ich wußte, wenn kein juristisches Wunder geschah oder wenn ihm, was näher lag, nicht wieder einer seiner legendären Ausbrüche gelang, würde Mad Dog wahrscheinlich nie mehr aus dem Knast herauskommen.

Ich dachte viel nach über diesen Mann, mit dem ich seit zwanzig Jahren befreundet war, und wieder einmal wurde mir klar, daß er einmalig war. Wann immer es möglich war, bestand Joe darauf, einem Opfer auch noch die Kehle durchzuschneiden, sozusagen als eine Art Versicherungspolice. Hinter seinem Rücken lästerten die Mobster über diese ›unnötige‹ Grausamkeit und meinten, darin zeigten sich seine sadistischen Charakterzüge und seine Blutgier. Vielleicht. Aber rückblickend betrachtet, muß man sagen, wenn Joe immer konsequent bei dieser Praxis geblieben wäre, egal ob es nun eine Vorsichtsmaßnahme oder exzessive Grausamkeit war, dann säße er vielleicht jetzt nicht wegen Mordes im Gefängnis. Nachdem Joe bei seinem letzten Hit einen Mann angeschossen hatte, wurde er bei seiner gräßlichen Arbeit durch ein Geräusch gestört, das von oberhalb der Treppe kam. Er ging nachschauen und sagte seinem Komplizen, er solle die Arbeit zu Ende führen. Dieser Typ hatte aber nicht die Nerven und den Magen dafür, und deshalb überlebte das verwundete Opfer und konnte gegen Joe aussagen.

Joe Sullivans Leben schrie danach, verfilmt zu werden, und es gab auch einen Schauspieler, Jon Voight, der sich häufig an Joe heranmachte, um ihm Einzelheiten seiner Lebensgeschichte zu entlocken. Joe sagte aber nur die halbe Wahrheit, wenn er ausgewählte Details aus seinem Leben preisgab. Ich frage mich, ob Voight sich darüber im klaren war, das *alles*, was Joe ihm erzählte, eine Untertreibung war.

Ich fand Sully einfach faszinierend. Er schloß sich der Fortune Society an, einer Unterstützungsgruppe für Häftlinge, half einer Menge Leute (wer hätte bestreiten können, daß er wußte, wovon er sprach?) und wurde ein gefragter Redner in Gefängnissen, in Colleges und bei politischen Veranstaltungen von Liberalen. Er entwickelte Humor, um seine Zuhörer zu unterhalten, von denen wahrscheinlich die wenigsten wußten, daß der vielleicht erbarmungsloseste Killer des Jahrhunderts vor ihnen stand. So ging er zum Beispiel unmittelbar nach einer Rede, die er für die Fortune Society gehalten hatte, hinaus und führte einen Mordauftrag aus.

Er konnte den Haß nicht unter Kontrolle bringen, der in ihm oft völlig unerwartet hochkochte. Nein, richtiger gesagt: Mad

Dog Joe Sullivan konnte diesen Haß *in sich hervorrufen*, wenn er einen Hit zu erledigen hatte.

Der einzige Mensch, vor dem Joe sich ein bißchen fürchtete, war seine Frau Gail, eine Frau, die in einer Art und Weise mit ihm umsprang, daß Fat Tony Salerno sie wahrscheinlich schon zwanzigmal umgebracht hätte, wäre sie mit ihm verheiratet gewesen. Joe versuchte einmal, darauf zu reagieren, indem er drohte, sie umzulegen, aber sie lachte nur. Sie war eine eiskalte Frau. Gail fürchtete weder den Tod noch ihn, und Joe wußte das.

Joe Sullivan beging den Großteil seiner Morde zwischen 1975 und 1981. Er führte Mordaufträge aus für John Sullivan, Jimmy Coonan, Junior Persico, Carmine Tramunti, Fat Tony Salerno sowie John Gotti, und er reiste dafür auch oft in den Norden des Staates New York oder in andere Teile des Landes. Die Männer, für die er arbeitete, waren ausgekochte, verschlagene Burschen und viel gefährlicher als die alten Gangster. Lucky Luciano und Frank Costello zum Beispiel erreichten niemals die Skrupellosigkeit eines John Gotti. Carlo Gambino und Albert Anastasia waren Diplomaten mit weichen Händen. Die Presse bezeichnete Anastasia als den ›Groß-Exekutor‹, aber die wirklich harten Burschen waren seine Killer. Sogar Al Capone wurde im Gefängnis zu einem Wrack. Ich kann mir nicht vorstellen, daß Gotti, Junior Persico oder Joe Sullivan das passieren könnte. Mad Dog war der Typ des hochmotivierten, durch nichts zu erschreckenden Straßenkämpfers, und das Herausreißen von Augen war seine bevorzugte Taktik. Er konnte seinem Gegner blitzschnell den Daumen in den Augenwinkel drücken und mit einem Ruck den Augapfel aus seiner Höhle herausspringen lassen. Damit wurde jede Gegenwehr ausgeschaltet, und es erforderte keine große Anstrengung mehr, das Opfer zu töten. Ich glaube, diese Augentechnik wäre auch etwas für Frauenselbstverteidigungskurse.

Die modernen Gangster, die uns engagierten, waren härter und brutaler als ihre Vorgänger. Und auch viel gerissener – das mußten sie auch sein, wenn sie die Polizei austricksen wollten.

Meyer Lansky, das Finanzgenie des frühen organisierten Verbrechens, hätte wahrscheinlich keine zwei Wochen dem Druck standgehalten, dem die heutigen Bosse durch das Abhören von Telefonen, die Drohung mit dem RICO-Statut, den Einsatz von Computern bei der Polizei und durch das Heer von Spitzeln und Verrätern ausgesetzt sind.

Aber, wie dem auch sei, auch mit den Bossen, die wir kannten, ging es irgendwann einmal bergab, ebenso wie mit Joe und mir. Joe hat nun sein ganzes restliches Leben lang Zeit, sich darüber zu ärgern, daß er nicht nach Irland gegangen ist, genauso wie ich darüber nachgrübeln kann, warum ich nicht nach Griechenland abgehauen bin, als ich dazu noch die Möglichkeit hatte.

Die Gefängnisverwaltungen hielten mich, wie schon erwähnt, für eine Bedrohung, und vielleicht war ich auch eine, aber auch ich war großen Gefährdungen ausgesetzt. Statistisch gesehen, standen meine Chancen, diese fünfundzwanzig Jahre im Knast zu überleben, nicht zum besten. Die Staatsgefängnisse füllten sich rasch mit außerordentlich gewalttätigen Drogendealern – mit Lateinamerikanern, Asiaten und jungen Schwarzen, die vor nichts und vor niemand Respekt hatten – und mit anderen kaputten Typen, die gern einen zähen alten Knaben wie mich kaltgemacht hätten, nur um danach verkünden zu können, daß sie es getan hatten. Dieser neuartige Typus des Gefangenen hatte sich sein Gehirn, in dem sowieso nichts mehr kaputtzumachen war, mit Drogen vollgekleistert, konnte weder lesen noch schreiben und war vollkommen frei von Angst: Wenn es für ihn nichts gab, für das es sich zu leben lohnte, warum sollte er dann Angst haben, zu sterben?

1984 wurde ich ins MCC-Gefängnis in Manhattan gebracht, um in unserer Beschwerdeangelegenheit eine Aussage zu machen. Mein Zellenmitbewohner dort war Junior Persico, der

Boß der Colombo-Organisation, ein Mann, den ich nie habe lächeln sehen. Persico hatte einen gelähmten Arm – die Folge eines Angriffs von Larry Gallo – und den Mut eines Kriegers. Er hatte die Führung über die Colombo-Familie direkt von Joseph Colombo übernommen, der am 28. Juni 1971 bei dieser italienisch-amerikanischen Kundgebung im Columbus Circle in New York von einem schwarzen Hitman ermordet worden war, der für Joey Gallo arbeitete.

Unter der Führung von Junior Persico beschäftigte sich die Colombo-Organisation mit Entführungen, Kreditgeschäften, Kokain, Glücksspielen und Schutzgelderpressung – vor allem letzteres betrieb sie in großem Stil. Und sie befaßte sich mit Mord. Wenn Junior Persico jemanden auf die Todesliste setzte, dann wurde der Betreffende auch umgelegt – oft vom Mafia-Boß persönlich. Er tötete im Handumdrehen und mußte dazu nicht groß provoziert werden.

Junior Persico kontrollierte zahlreiche Nachtclubs, von denen er einige mit Fat Tony Salerno von den Genovese teilte. Die Mitglieder seiner Organisation waren hauptsächlich junge, unerfahrene, schießwütige Leute, die ihren Mangel an Wissen und Bildung durch ihren Wagemut und ihre Einsatzbereitschaft ausglichen.

Junior Persico war nicht die einzige Berühmtheit in diesem Manhattener Gefängnis. Es saßen hier noch einige hohe Tiere des Mob, eine Schar Politiker und sogar ein Sowjetspion.

Da wir annahmen, daß unsere Zellen verwanzt waren, unterhielten wir uns auf unserem Stockwerk in Zeichensprache. Das war ziemlich umständlich, und gelegentlich wurde auch ein Code-Wort laut ausgesprochen; manchmal begann ein Häftling auch gedankenlos einfach drauflos zu reden.

Ich war sehr angesehen bei den Mafiosi, die Killer immer verehrten und es mir hoch anrechneten, daß ich in einer Zeit, in der es immer mehr Überläufer und Verräter gab, eine fünfundzwanzigjährige Gefängnisstrafe einfach schluckte. Manchmal fühlte ich mich auch wirklich gut, insbesondere wenn jemand wie Junior Persico mir seine Wertschätzung ausdrückte. Nach all den Jahren hatte ich immer noch das Verlangen danach, Anerkennung zu ernten.

In unserer Zelle begegnete ich auch zum ersten Mal dem albanischen Drogenkönig Xhevedet (Joe) Lika, der ›Der Dreibeinige‹ genannt wurde, weil er so einen langen Schwanz hatte, den er auch stolz zur Schau stellte. Er verbrachte viel Zeit damit, nackt herumzulaufen, und war oft sogar beim Kartenspielen nackt. Lika war einen Meter siebzig groß, hatte einen schlanken, länglichen Rumpf, kurze, dicke Beine und eine sehr weiße Haut. Er mochte die Italiener nicht, und die ließen ihn auch in Ruhe, weil mit ihm nicht gut auszukommen war. Ähnlich wie die japanischen Kamikazekämpfer hätten seine unter Drogen stehenden und zum Selbstmord bereiten Killer sich John Gotti, Paul Castellano oder sogar Präsident Reagan vorgenommen, wenn Lika ihnen das aufgetragen hätte. Leute seines Schlages konnte man nicht aufhalten, und das wußten auch die Mafiosi.

Einige Tage, nachdem Junior Persico uns einander vorgestellt hatte, suchte mich Lika in unserer Zelle auf, als Persico gerade nicht da war. Gewöhnlich redete er Griechisch mit mir, aber diesmal sprach er Englisch, wobei er jede Menge Schimpfwörter benutzte.

»Kennst du diesen Scheißer Mike Bici?« fragte er.

»Ja«, antwortete ich. »Der ist in Auburn.«

»Dieser stinkende Scheißkerl. Kannst du den für mich umlegen? Ich zahl' dir zwanzigtausend dafür.«

Mike Bici sollte in Likas bevorstehendem Prozeß der Hauptbelastungszeuge sein. Und da ich nach meiner Aussage nach Auburn zurückgebracht werden sollte, dachte Lika, ich sei dafür der geeignete Mann. Weil ich auch immer für meine Anwälte Geld brauchte, die mein Wiederaufnahmeverfahren vorantrieben, sagte ich ihm, ich würde versuchen, mich darum zu kümmern.

Aber das war noch nicht alles, was Lika von mir wollte. Zwei Tage später rief er mich in seine Zelle und sagte: »Ich möchte, daß du auch Bicis Vater umbringst.«

»Warum das?«

»Wenn du den Scheißkerl Mika nicht kriegst, dann soll sein Vater dran glauben. Kannst du da was für mich tun?«

Ich sagte, ich könnte jemanden für den Job finden.

»Da sind noch ein paar Leute«, sagte er.

»Was?« Vielleicht Bicis Mutter? fragte ich mich. Das war wirklich ein blutrünstiger kleiner Bastard.

Er zeigte mir die Bilder von zwei Männern.

»Der hier, das ist ein Scheißbundesanwalt. Alan Cohen heißt er. Er glaubt, er kann mich ins Gefängnis schmeißen, ohne dafür zu bezahlen.«

»Und wer ist der andere?«

»Ein Drogenfahnder. Der dreckige Scheißkerl hat mich hochgenommen. Ist in mein Haus eingebrochen. Der muß auch weg.«

»Gehört er zur Rauschgiftfahndung, zur DEA?«

»Genau. Zur D-was-zum-Teufel-das-auch-heißt-EA.«

Allmählich begriff ich. Lika wollte, daß ich Mike Bici umbrachte, und, wenn mir das nicht gelingen sollte, dessen Vater. Dann sollte ich einen stellvertretenden Bundesanwalt und einen DEA-Agenten umlegen, der ihn ins Gefängnis gebracht hatte. Ich schaute den Albaner an – der wieder einmal splitternackt war – und blickte in ein haßverzerrtes Gesicht.

»Hab' gehört, daß du ziemlich gut bist«, meinte Lika. »Die Kerle, die für mich gearbeitet haben, sind auch geschnappt worden. Und jetzt haben sie mich auch. Kannst du mir helfen, Grieche?«

»Vielleicht. Wieviel willst du denn dafür springen lassen?«

»Eine halbe Million Dollar. Ein bißchen weniger vielleicht, wenn deine Leute sie nicht alle kriegen und statt dessen die Frauen und die Kinder umbringen müssen.«

Ich glaubte ihm. Ein Grund, warum die Mafiosi einen so weiten Bogen um ihn machten, war, daß er ohne weiteres imstande gewesen wäre, eine ganze kriminelle Organisation auszurotten. Er kümmerte sich einen Scheißdreck um solch altmodische Cosa-Nostra-Tugenden wie ›Respekt‹.

»Wo hast du diese Fotos her?« fragte ich ihn und deutete auf die Bilder von Cohen und dem DEA-Agenten.

»Hör mal, es gibt nichts, was ich nicht kriegen könnte. Die haben mich drangekriegt, und jetzt werd' ich sie drankriegen.«

»Ich verstehe«, sagte ich neutral.

»Mit wem willst du zusammenarbeiten?« fragte er. »Mit Joe Sullivan? Er ist dein Freund, hab' ich gehört. Das gefällt mir. Der berühmte Joe Sullivan.«

»Joe sitzt in Comstock.«

»Fat Tony Salerno?«

»Mit so einer Scheiße kann ich nicht zu Fat Tony gehen.«

Lika machte mich nervös. Auf welchem Stern lebte er denn? Jedermann, der im organisierten Verbrechen aktiv war, wußte, daß Sully hinter Gittern saß, und sogar Schulkinder wußten wahrscheinlich, daß Fat Tony Salerno sich nicht als Killer betätigte. Ich hatte es hier mit einem wildgewordenen Mordbuben zu tun, der mir aber immerhin eine halbe Million Dollar anbot. Ich bezweifelte nicht, daß er das Geld hatte, wahrscheinlich zwanzigmal soviel. Und ich hatte den richtigen Mann für diese Sache an der Hand.

Ich rief Jimmy Coonan an. »Ich hab' was Größeres für dich«, sagte ich.

»Je größer, desto besser«, meinte Coonan.

»Komm mich mal besuchen.«

Zwei Tage später erwarteten mich Jimmy Coonan und sein Bruder Jackie, beide in eintausend Dollar teuren Maßanzügen, im Besucherzimmer. Zufällig war auch gerade Joe Lika dort anwesend und unterhielt sich mit seiner Frau und seinen drei Kindern.

»Wie geht's uns denn?« fragte Coonan.

»Nicht besonders gut«, gab ich zurück, was bei ihm ein verunglücktes Richard-Widmark-Lachen hervorrief.

»Was hast du für mich?« fragte er, nachdem er mir mehrere Hundert-Dollar-Scheine in die Hand geschoben hatte.

Ich schob sie ihm wieder zurück. »Die sind zu groß für hier

drin«, sagte ich. »Mach sie kleiner, wenn du das nächste Mal kommst. Zehner und Zwanziger.«

Dann erklärte ich Coonan das Geschäftliche: Dreihunderttausend Dollar für Cohen, hundertfünfzigtausend für den DEA-Agenten und fünfzigtausend für Bicis alten Herrn, wenn es mir nicht gelingen sollte, Mike aus dem Verkehr zu ziehen.

»Dieser Bursche ist verrückt«, sagte Coonan. »Diese Scheißalbaner sind alle verrückt.«

»Kann man wohl sagen«, stimmte ich ihm zu.

Coonan saß nachdenklich da. Sein Bruder Jackie sagte keinen Ton. Ich wußte, Coonan würde den Auftrag übernehmen. Anders als bei Fat Tony war das Ermorden von Leuten ein wichtiger Teil seiner Unternehmungen.

»Sag ihm, ich bin dabei«, gab mir der Boß der Westies seine Entscheidung bekannt.

»In Ordnung«, sagte ich. »Nimm sein Geld, erledige die Arbeit und mach dich aus dem Staub.«

»Das dürfte kein großes Problem sein«, meinte Coonan. Dann verlangte er zweihunderttausend Dollar Vorschuß.

»Ich sehe nichts, was dagegen spricht«, sagte ich.

Coonan stand auf, um zu gehen, und für einen Moment trafen sich seine und Joe Likas Blicke, der mehr auf unsere Unterhaltung gelauscht hatte, als auf das, was seine Frau und seine Kinder zu erzählen hatten. Coonan nickte ihm kaum merklich zu, was soviel bedeutete wie: Das Ding kann laufen.

Doch ganz soweit war es noch nicht. Als Lika mich ausfragte, nachdem die Besucher gegangen waren, erklärte er sich bereit, hunderttausend Dollar im voraus zu zahlen, und mehr dann nach dem ersten Mord. »Coonan würde doch auch hunderttausend nicht verachten, oder?« fragte er.

Da täuschte er sich. Coonan fühlte sich auf den Schlips getreten und drohte, die ganze Sache sausen zu lassen. Er war zu dieser Zeit schon ein reicher Mann, erledigte eine Menge Mordaufträge für die Gambino-Familie und hatte eine verläßliche Freundschaft mit John Gotti aufgebaut, dem designierten Erben von Paul Castellano. »Ich brauch' diesen Scheiß nicht unbedingt«, sagte Coonan zu mir. »Richte diesem bescheuerten Albaner aus, er soll zweihunderttausend rausrücken, oder er kann sich einen anderen suchen.«

Lika erhöhte sein Angebot auf hundertfünfzigtausend.

Das gab ich an Coonan weiter.

Coonan bestand nach wie vor auf zweihunderttausend.

Lika kam es darauf an, daß der Job erledigt wurde. »Ich bin bereit, so hoch zu gehen«, sagte er zu mir. »Aber versuch zuerst, es ein bißchen billiger zu kriegen.«

Mein Gott, ich überbrachte hier meinem Freund Jimmy Coonan Angebote von Joe Lika, einem Kerl, den ich nicht leiden konnte und der von mir verlangte, ich solle *für ihn* bei Jimmy Coonan einen günstigeren Preis aushandeln. *Was zum Teufel tust du denn hier eigentlich, Grieche?* fragte ich mich.

Diese Frage brachte mich wieder dazu, über verschiedenes nachzudenken. Da war die in mir vor sich hinköchelnde Wut über die fünfundzwanzig Jahre bis lebenslänglich, die ich abzusitzen hatte. Und jetzt spielte ich den Botenjungen für Lika und Jimmy Coonan, und Lika hatte mir nicht einen Cent über die zwanzigtausend Dollar hinaus angeboten, die ich für Mike Bici bekommen sollte, während ich überzeugt war, daß Coonen sich seinen gewünschten Anteil schon holen würde.

Eine Unmenge von Gedanken und Überlegungen ging mir durch den Kopf, und allmählich gewann eine Idee immer mehr an Gestalt, die ich seit meiner Verurteilung unterdrückt hatte: Ich mußte endlich anfangen, meine eigenen Interessen zur Grundlage meines Handelns zu machen, und es konnte sicher nicht in meinem Interesse sein, mir eine Anklage wegen Beihilfe zum Mord an einem *Agenten der Bundespolizei* einzuhandeln.

Ich haßte die Vorstellung, ein Verräter zu werden. Ich weiß, daß jeder das sagt, aber mein ganzes Leben zeigte eines überdeutlich: Die Befriedigung, die ich in meiner kriminellen Karriere fand, entsprang hauptsächlich der Tatsache, daß ich als harter Bursche und als Hitter anerkannt wurde, als ein Mensch, der wußte, was sein Handeln für Konsequenzen hatte, und diese auch akzeptierte. Wichtiger noch war, daß alle meine

Freunde auch Kriminelle gewesen waren; ich erinnerte mich auch daran, wie kläglich meine zwei Versuche gescheitert waren, auf ehrbare Weise Geld zu verdienen, als Tankwart und als Brezelverkäufer. Und ich wußte, wenn ich zu den Bullen ging, dann wurde ich ein Ausgestoßener, ein Paria.

Aber dieser Gedanke ging mir nicht mehr aus dem Kopf, obwohl ich ihn zu verbannen versuchte, ihm befahl, wieder zu verschwinden. Er verursachte mir Magenschmerzen, und ich verfluchte mich selbst und deckte mich mit allen möglichen Schimpfnamen ein. Ich wurde richtig krank dabei, erbrach mich in der Toilette, aber dieser Gedanke ließ mich nicht mehr los. Zum Teufel, versuchte ich mich zu beruhigen, das kann doch mir nichts ausmachen, der ich nicht einmal einen verhaßten Wärter oder irgendeinen Hurensohn verpfiffen hätte, der kleine Kinder quälte.

Vielleicht konnte ich es so anstellen, daß niemand etwas davon erfuhr, begann ich dann zu überlegen. Niemand würde zu Schaden kommen. Die Information über den Plan von Lika und Coonan würde natürlich beim FBI wie eine Bombe einschlagen, und ich rechnete damit, daß man sich dafür bei mir erkenntlich zeigen würde, daß etwas für mich abfallen würde. Im Klartext: daß diese verdammten fünfundzwanzig Jahre auf fünfzehn reduziert werden würden, so daß mir dann nach meiner Entlassung noch ein paar Jahre verbleiben würden.

Ich feilte an meinem Plan herum, überlegte dies und jenes. Schließlich fand ich eine Möglichkeit, wie ich es so bewerkstelligen konnte, daß niemand dabei geschädigt wurde, aber dann zögerte ich schon wieder, denn zumindest *ich* würde dann in der Gewißheit leben müssen, daß ich ein Verräter war.

Was mir dann den letzten Anstoß gab, war eine scherzhafte Bemerkung eines Wärters, der meinte, die Häftlinge sollten aufpassen, was sie sagten, denn die Wände hätten Ohren. Ich stellte mir vor, daß geheime Lauscher schon längst über dieses Mordkomplott Bescheid wußten und daß ich als einer der Hauptbeteiligten galt. Ich überzeugte mich selbst davon, daß ich vielen Leuten eine Menge Kopfschmerzen ersparen, ihnen sogar einen Gefallen tun konnte und daß ich überdies mir selbst dadurch helfen konnte. Natürlich wußte ich, daß das ein Versuch war, rationale Gründe für mein Verhalten zu suchen, aber letztlich entwickelte sich dann doch vieles so, wie ich es geplant hatte.

Einige Tage später flüsterte ich einem Wärter ins Ohr: »Ich möchte mit dem zuständigen Bundesanwalt sprechen.«

Statt dessen wurde ich, nachdem ich aus meiner Zelle geholt worden war, Jim Nauwens vorgestellt, einem polizeilichen Ermittler der Bundesanwaltschaft für den Southern District. Das Gespräch fand in seinem Büro statt, das ganz in der Nähe des Gefängnisses lag, in einem Gebäude, in dem es von Staatsanwälten nur so wimmelte.

21. Kapitel

Der Grieche packt aus

»Ich habe Informationen, die Sie interessieren«, sagte ich geradeheraus, wie es immer schon meine Art gewesen war. Immer noch widerstrebte es mir, daß ich hier war. Wie immer ich mich auch vor mir selbst rechtfertigte, ich hatte dennoch das Gefühl, daß es falsch war, was ich tat.

»Worum handelt es sich?« fragte Nauwens zurück, der auch nicht um den Brei herumredete. Er war zwar freundlich, aber er wußte, daß wir von zwei entgegengesetzten Seiten des Gesetzes herkamen. Jeder von uns war auf der Hut.

Ich erzählte ihm von meiner Verurteilung. Wenn er es schaffe, sagte ich, meine Mindeststrafe auf fünfzehn Jahre zu reduzieren, dann würde ich ihm dazu verhelfen, ein Held zu werden, der mehrere Menschenleben gerettet habe.

»Ich muß zuerst wissen, was Sie zu bieten haben.«

Er war ein einen Meter achtzig großer, blonder Mann mit angenehmer Stimme, der den Akzent eines New Yorker Mobsters blendend nachahmen konnte; ich schätzte ihn als einen direkten, geradlinigen Menschen ein, und mein erster Eindruck hatte sich schon sehr oft als richtig erwiesen. Ich gab mich nicht der Illusion hin, daß er auf meiner Seite stehen würde, aber er unterschied sich von den anderen Regierungsangestellten, die ich später kennenlernen sollte, dadurch, daß er nicht falsche Hoffnungen weckte, die er sofort wieder zerstörte, wenn er bekommen hatte, was er gewollt hatte. Ich glaubte ihm; als er während dieser ersten Unterredung sagte, er könne seinen Vorgesetzten einen solchen Handel erst dann vorschlagen, wenn er wisse, was ich anzubieten hätte.

Ich erzählte ihm die ganze Geschichte von den geplanten Morden an Bici, dessen Vater, Cohen und dem DEA-Agenten.

Nauwens machte sich dabei Notizen und stellte einige Zwischenfragen. Er trug dabei zwar ständig sein Pokerface zur Schau, aber ich wußte, daß diese Informationen für ihn von höchster Wichtigkeit waren.

»Wie ist es nun mit meinem Straferlaß?« fragte ich dann.

»Wir müssen Ihre Informationen erst noch überprüfen.«

»Das ist mir klar. Tun Sie es. Aber wie immer Sie sich auch entscheiden, *ich werde gegen niemanden aussagen.* Ich habe Ihnen Einzelheiten genannt, mit deren Hilfe Sie mehrere Menschenleben retten können, aber weiter gehe ich nicht.«

»Lassen Sie mich die Sache nachprüfen«, sagte er.

»Ja. Aber gehen Sie sorgfältig dabei vor. Ich bin ein toter Mann, wenn davon etwas durchsickert.«

Nauwens und seine Mitarbeiter stellten ihre eigenen diskreten Nachforschungen an und konnten schließlich meine Angaben bestätigen.

Eine Woche darauf saß ich wieder im Büro von Nauwens. Er fragte mich, ob ich bereit sei, das Zeugen-Schutz-Programm der Bundesregierung in Anspruch zu nehmen.

»Ich glaube nicht, daß ich daran interessiert bin«, gab ich zur Antwort. Wenn ich das Zeugen-Schutz-Programm nutzte, dann hätten sie alles von mir wissen wollen, und das konnte ich den einzigen Freunden, die ich hatte, nicht antun.

Ich wollte mein eigenes Leben verbessern. Die Bundesbehörden hatten mir noch überhaupt nichts angeboten, und ich fragte mich schon, ob ich vielleicht einen Fehler gemacht hatte, als ich Nauwens so bereitwillig über Likas Pläne berichtet hatte. Ich hätte versuchen müssen, etwas herauszuholen, bevor ich mein Wissen preisgab. Ich war ein Trottel gewesen, und jetzt verlangten sie noch mehr Informationen von mir. Diese Ermittler und Ankläger konnten sich zweifellos ziemlich gut vorstellen, was einer an detaillierten und umfassenden Informationen auszupacken hatte, der fünfundzwanzig Jahre lang mit den Mobstern und ihren Bossen zusammengearbeitet und dabei mit Sicherheit eine Menge Insider-Informationen mitbekommen hatte. Sie sagten es natürlich nicht, aber ich glaube, sie hatten überhaupt niemals vor, mit mir einen Handel abzuschließen, auch wenn ich alles rückhaltlos offengelegt hätte.

Die Regierung begann unverzüglich damit, Likas Mordkomplott zu zerschlagen. Während für Cohen und den DEA-Agenten ausgefeilte Sicherheitsvorkehrungen getroffen wurden, machten die Ermittler Lika in einem persönlichen Gespräch klar, daß seine Pläne aufgeflogen waren und daß er wirklich gut daran täte, sie endgültig fallen zu lassen. (Und es tut mir weh zu sehen, daß es für ihn im Endergebnis schlimmer nicht hätte kommen können: Er wurde wegen Drogenvergehen ins Marion-Gefängnis verlegt, einen fürchterlichen Ort, an dem er vermutlich den Rest seines Lebens verbringen dürfte.)

FBI-Agenten begannen, Jimmy Coonan auf Schritt und Tritt zu überwachen. Der bekam bald heraus, was das bedeutete, und wenngleich er schon von dem Mordplan Abstand genommen hatte, so wäre schon dieser ständige Überwachungsdruck eine Garantie dafür gewesen, daß das Verbrechen nicht ausgeführt wurde.

Niemand im Gefängnis verdächtigte mich als den Informanten, der die Verschwörung hatte auffliegen lassen. Lika und Coonan vermuteten, das FBI habe durch Tonbandmitschnitte von der Sache Wind bekommen, was durchaus plausibel war: Sie wurden nicht unter Anklage gestellt, also gab es doch offensichtlich auch keinen Zeugen, der gegen sie hätte aussagen können. Doch es lag nicht an mangelndem Eifer der Strafverfolger, daß Coonan und Lika sich nicht vor Gericht wiederfanden. Gleich von Beginn an war von mir verlangt worden, ein verstecktes Mikrofon zu tragen, damit die ganze Geschichte auf Band mitgeschnitten werden konnte. Aber ich hatte mich geweigert.

Somit war also niemand zu Schaden gekommen, nur meine Lage hatte sich nicht einmal um einen Deut verbessert. Sie hatte sich im Gegenteil eher verschlimmert. Ich war mir im klaren darüber, daß ich einen meiner geheiligten Grundsätze verletzt hatte.

Nachdem unser Prozeß wegen der Mißhandlungen im Gefängnis von Westchester beendet war – Kersch und ich bekamen je einhundertachtzigtausend Dollar Schmerzensgeld zugesprochen –, wurde ich wieder zurück nach Auburn verlegt, wo ich zwischen zwei starken Kräften hin und her gerissen wurde: zwischen der Mafia und der Regierung. Obwohl ihre Ziele entgegengesetzt waren – die Mafia wollte, daß ich mich ruhig verhielt, die Regierung dagegen, daß ich auspackte –, winkten sie mir beide mit dem Zuckerbrot. John Gotti, Junior Persico, Fat Tony Salerno und John Sullivan, sie alle schickten mir ihre Glückwünsche und versprachen, mir in jeder nur erdenklichen Weise behilflich zu sein. Das FBI blieb auch mit mir in Verbindung, und mehrmals besuchte mich ein Agent, der gelegentlich das Wort ›Schutz‹ fallen ließ.

Das machte mich nachdenklich. Brauchte ich Schutz? Vielleicht doch. Konnten nicht vielleicht einige meiner früheren Auftraggeber plötzlich zu der Einsicht kommen, daß ein toter Grieche ihnen einige Sorgen abnehmen würde? Ich konnte ihnen nicht länger von Nutzen sein, und ich kannte einige ihrer Geheimnisse.

1985 wurde ich dann nach Comstock verlegt, was für mich die vielleicht letzte Gelegenheit war, noch einmal mit Joe Sullivan zusammenzutreffen. In einer der Nachbarzellen lag ein großkotziger, kaputter Typ – Joe nannte ihn einen ›Mülleimer‹ – namens David Berkovitz, der als »Son of Sam« bekannt war.

»Du bist ja nicht sonderlich beliebt«, sagte ich zu Berkovitz, als ich ihn das erste Mal sah. »Warum hast du denn all diese jungen Mädchen erschossen?«

Er hatte ein bißchen Angst vor mir. »Was soll ich dazu sagen?« antwortete er. »Das war eben mein Leben.«

Es stellte sich heraus, daß ich mich geirrt hatte, als ich annahm, er sei nicht besonders beliebt. An *jedem* Besuchstag sah ich Frauen, die sich anstellten, um ihn zu sehen. Viele von ihnen kamen auch, um ihm eine Heirat anzutragen.

Zwei Ereignisse, die im Dezember stattfanden, waren es dann, die mich ins Lager der Regierung trieben: der Mord am

Gambino-Paten Paul Castellano und eine Nachricht, die ich von Gottis Drogenhändler Oreste ›Ernie Boy‹ Abbamonte erhielt.

Der mächtige Paul Castellano wurde am 16. Dezember 1985 zusammen mit seinem Unterboß Tom Bilotti vor Sparks Steak House in der East 46th Street in Manhattan erschossen. Ich hatte nie Zweifel daran, daß John Gotti hinter den Morden steckte – er wurde schließlich sofort danach neuer Padrone –, und später erfuhr ich von anderen Überläufern, mit denen ich zusammenkam, daß John Gottis Bruder Gene einer der Todesschützen gewesen war. Und kein Geringerer als Jimmy Coonan hatte dabei als Beobachtungsposten fungiert.

Gotti hatte jetzt noch mehr zu verlieren, wenn ich gegenüber dem FBI auspackte, war aber zu gerissen, um Ernie Boy Abbamontes Vorgehen zu decken. Dieser hatte mir eine Nachricht geschickt, die lautete: »Es gibt nirgendwo einen Felsen, der groß genug ist, daß sich ein Verräter wie du darunter verstecken kann.«

Nein, John hatte diese Warnung nicht gutgeheißen. Ich kannte ihn zu gut, um zu wissen, daß er sich hütete, das Opfer, das er ausersehen hatte, aufzuschrecken. Wir hatten uns in Dannemora angefreundet, und während meines kurzen Flirts mit der Freiheit 1981 hatte ich ihn drei- oder viermal in der Woche getroffen, und seitdem war er ständig mit mir in Kontakt geblieben. Ernie Boy handelte auf eigene Rechnung – vielleicht hatte er Gründe, mich zu hassen, wenngleich ich mir nicht vorstellen konnte, welche.

Man mußte nicht sonderlich begabt sein, um die Motive herauszufinden, die Gottis Handeln bestimmten. Ich wurde als Verräter, als ›Ratte‹ tituliert, und das bedeutete, der neue Padrone hatte herausgefunden, welche Rolle ich im Fall Lika gespielt hatte. Diese Information konnte er eigentlich nur aus dem Büro des Bundesanwalts erhalten haben. Gab es dort einen Mafia-Maulwurf? Oder kam sie von einem kleinen Angestellten, der mit seiner Bezahlung nicht zufrieden war? Auch die Bundesbehörden haben ihre Verräter.

Meine Wut auf John Gotti verdrängte alle weiteren Überlegungen. Dieser heimtückische Hurensohn wollte, daß ich umgelegt wurde. Gut, aber diesen Plan wollte ich ihm versalzen.

Ich handelte ziemlich überstürzt, aus der Erregung darüber, daß John Gotti offensichtlich meinen Tod angeordnet hatte. Ich war nicht Willie Boy Johnson, der schicksalsergeben darauf wartete, daß die Mörder auftauchten.

Ich rief Jim Nauwens an und sagte: »Ich möchte mit Ihnen reden.«

»Über das Zeugen-Schutz-Programm?« fragte er.

»Genau.«

»Dann werden Sie uns alles sagen müssen, was Sie wissen.«

»Werd' ich.«

Ich fand noch die Zeit für ein Gespräch mit Sully. Ich sagte ihm geradeheraus, was ich vorhatte. Ich rechnete damit, er würde mich umbringen, aber ich erfand keine Ausflüchte, um mich zu verteidigen. Aber statt dessen kam er mir philosophisch und redete darüber, wie erstaunlich es sei, daß wir inmitten von soviel Gewalt so lange überlebt hätten.

»Ich werde dich vermissen, Grieche«, sagte er. »Aber ich kann mich von jetzt an nicht mehr mit dir sehen lassen, das mußt du verstehen.«

Das war mir klar. Er konnte sich nicht in Gesellschaft eines Verräters blicken lassen. Er durfte von diesem Augenblick an nicht mehr das geringste mit mir zu tun haben.

Ich wurde in das Gefängnis von Goshen im Staat New York gebracht, wo die Staatsanwaltschaft mich einem Lügendetektortest unterzog, den ich natürlich bestand. Es gab dann noch mehrere Befragungen durch FBI-Agenten und Ermittler der Staatsanwaltschaft, bevor ich wieder ins MCC in Manhattan geschickt wurde, wo dann die eigentliche Veranstaltung steigen sollte.

Weiter oben habe ich bereits erwähnt, daß ich wahrscheinlich der Rekordhalter bin, was die Anzahl der Gefängnisse betrifft, in denen ich schon einsaß. Im folgenden zähle ich sie einmal alle auf, beginnend bei der Haftstrafe für den Mord an Clarence Jones: Westchester County Jail, Attica, Westchester County Jail (erneut), Attica (erneut), Auburn, MCC, Auburn, Comstock, Goshen County Jail, MCC, Otisville, MCC, Otisville, Attica, Oxford in Wisconsin, Springfield in Missouri, Washington D.C., La Tuna in Texas, El Reno in Oklahoma, Sandstone in Minnesota, Phoenix in Arizona, Attica, Maine State Prison, MCC, Ogden in Utah, San Diego in Kalifornien, Texarkana in Texas, und schließlich wieder Attica.

Im MCC in Manhattan, wo ich einen weiteren Lügendetektortest über mich ergehen lassen mußte, wurde ich schließlich formell zum Zeugen-Schutz-Programm der Bundesregierung zugelassen und in einer Abteilung untergebracht, die speziell für Überläufer reserviert war. Jeden Tag, manchmal auch an den Wochenenden, saß ich zehn bis zwölf Stunden in dem Büro irgendeines Bundesanwalts und beantwortete eine endlose Reihe von Fragen. Es war ein ziemliches Durcheinander. Ich wurde von Bundesbeamten befragt, aber auch von Ermittlern des Staates, des Countys und der Stadt.

Da kam zum Beispiel ein Polizeidetektiv herein und fragte: »Was geschah mit Tommy Trash?«

Bumm! Ich sagte es ihm, und schon rannte er weg in die Bibliothek, in das Leichenschauhaus oder zu dem Platz, wo dieser verscharrt war.

Ständig kamen irgendwelche Leute herein, stellten ihre Fragen und liefen dann sofort wieder weg, um meine Antwort zu überprüfen. Sie gaben mir zu verstehen, daß ich eine Art Blanko-Immunität hätte, aber ich war von dem ganzen Vorgang so gefangengenommen, daß mir nicht vollständig klar wurde, was das bedeutete. Ich ging in meinen Erzählungen von einem Mord zum nächsten, sprach von meinen eigenen und von denen, die andere begangen hatten, und jedesmal, wenn ich ihnen einen Ort nannte, wo eine Leiche versteckt war, fanden sie sie auch dort.

Jeden Tag durfte ich in ausgewählten Restaurants frühstücken und zu Mittag essen, und am Abend wurde Pizza ins Gefängnis gebracht. Das gehörte zu der Taktik, mich bei Laune zu halten und zum Reden zu ermuntern, aber es war auch eine Schutzmaßnahme. Die Gefängnisköche wußten natürlich, wohin ihr Essen gebracht wurde, und sie machten nichts lieber, als in die Mahlzeiten, die zu den ›Kanarienvögeln‹ gingen, hineinzupinkeln oder Gift darunter zu mischen.

Mickey Featherstone, neben Jimmy Coonan einer der Anführer der Westies, der auch in die Abteilung eingeliefert wurde, in der die Polizeispitzel und Überläufer saßen, begann prompt damit, die Überläufer zu verpfeifen. Glücklicherweise wußte ich, daß man ihm nicht trauen konnte. Er hatte sich früher als Held des Vietnam-Krieges ausgegeben, obwohl er in Wirklichkeit an keiner einzigen Kampfhandlung teilgenommen hatte. Er hatte jahrelang in den Straßen von Hell's Kitchen den Verrückten gespielt, und viele Leute fürchteten sich vor seinem kleinen Wieselgesicht.

Ich gehörte nicht zu denen. Im Jahr 1970 war er während einer Auseinandersetzung mit einer schwarzen Gang im Gefängnis Tombs plötzlich abgehauen und in seiner Zelle verschwunden. »Warum, zum Teufel, bist du denn weggerannt?« hatte ich ihn gefragt. Aber er zitterte dermaßen, daß ich ihn lieber allein ließ. Ich kannte Mickey Featherstone jedenfalls zur Genüge.

Zu dieser Zeit verpfiff er seinen Boß Jimmy Coonan gegenüber dem FBI, und später erfuhr ich, daß Coonan durch seine Kontaktleute im Gefängnis Joe Sullivan eingeschaltet hatte, der Featherstone beseitigen sollte. Joe versprach, es zu versuchen, und das nicht nur, um seinem alten Kumpel Coonan einen Gefallen zu tun. Sully befürchtete, daß Featherstone ihm eine Menge Morde anhängen könnte, und er hatte auch Angst davor, daß Coonan auspackte. Coonan konnte ihn mit dem Fall

Hoffa in Verbindung bringen, denn nur Joe und ich wußten, wo die Leiche abgeblieben war, und Joe rechnete nicht damit, daß sein bester Freund reden würde.

Sully hätte sich wegen Coonan keine Sorgen zu machen brauchen. So wie John Gotti mich umlegen lassen wollte, so ging es Coonan nur um den Tod von Featherstone, und obwohl Mad Dog sich nach Kräften bemühte, er war nicht hundertprozentig bei der Sache. Als Alternative zu der Rolle als Polizei-Informant plante er dann einen Ausbruch.

Er versuchte es immerhin, aber Featherstone wurde gut abgeschirmt, und Mad Dog schaffte es trotz seines Einfallsreichtums und seiner Gefängniskontakte nicht, den Job zu erledigen.

Featherstone ging einem der ältesten Gefängnistricks auf den Leim, und auf diese Weise erfuhr ich auch, daß er ein Spitzel war. Als er mich nach einigen Leuten fragte, die ich kannte, belog ich ihn, und wie erwartet sagte einige Tage später ein Ermittler zu mir: »Wir wissen, daß Sie uns etwas vorenthalten, Frankos. Was ist mit diesem Kerl, der Louie the Louse umgebracht hat?«

»Ich habe Ihnen die ganze verdammte Wahrheit gesagt«, fuhr ich auf, »und ich mag es nicht, wenn Sie diese Ratte Featherstone benützen, um mich aufs Glatteis zu führen.«

Manchmal, wenn meine Informationen nicht ganz ausreichten, um eine Anklage zu begründen, sagte ein Ermittlungsbeamter: »Könnte es sein, daß wir Sie mißverstanden haben? Vielleicht hat sich das, was Sie mitbekommen haben, auf diese Art und Weise abgespielt.« Und damit meinte er eine Art und Weise, die eine Anklage ermöglicht hätte.

In solchen Fällen antwortete ich immer: »Ich bin zwar ein Verräter, aber ich werde nicht zum Lügner werden.«

Nach ein paar Wochen begannen die Streicheleinheiten ihre Wirkung zu verlieren, und ich begann mich zu fragen, was *sie* denn nun wohl *für mich* tun würden. »Wir arbeiten daran«, lautete dann die Standardantwort. »Im Moment sind wir aber in erster Linie um Ihre Sicherheit besorgt.«

Ich wies darauf hin, daß ich auch woanders als im Gefängnis in Sicherheit leben könnte.

Heute weiß ich, daß das alles eine ausgemachte Scheiße war. Der ›Schutz‹, den sie meinten, bestand darin, daß sie mich im Gefängnis behalten wollten, und zwar geschützt vor den anderen Gefangenen. *Aber das sagten sie niemals.* Sie ließen mich in dem *Glauben,* daß ich in die Freiheit entlassen werden würde, so wie zum Beispiel Jimmy ›the Weasel‹ Frattiano.

Nach sieben Monaten intensiver Befragung wurde ich nach Otisville gebracht. Jetzt konzentrierten sich die ›Einvernahmen‹ auf meine bevorstehende Aussage vor dem Geschworenengericht. »Wann können wir endlich über eine Strafmilderung reden?« fragte ich, aber es hieß immer, dafür sei es noch zu früh.

Mein erster Auftritt vor dem Manhattener Geschworenengericht erstreckte sich über zwei Tage, an denen ich insgesamt vierzehn Stunden lang Rede und Antwort stand und über Rocky Moro Auskunft gab. Sie waren insbesondere daran interessiert, wie er damals Anfang der sechziger Jahre diesen Obdachlosen auf der Straße erschossen hatte und inwieweit er in die Morde an Dominick LaMonica und Patsy Russo in dem Lagerhaus in der Worth Street verwickelt war.

Moro wurde daraufhin unter Anklage gestellt.

Bei meinem nächsten Auftritt, der acht Stunden dauerte, sagte ich über John Gotti, Ernie Boy Abbamonte, Funzi Sisca, Arnold Squitieri und Angelo Ruggiero aus. Bei dieser intensiven Befragung wollte das Gericht auch etwas über die Drogengeschäfte der Gambino-Organisation erfahren, und ich erzählte bereitwillig, was ich wußte.

Daraufhin wurden Gotti, Abbamonte, Sisca, Squitieri und Ruggiero angeklagt.

»Was kriege ich denn im Gegenzug dafür?« fragte ich erneut, aber die Leute, die mich betreuten, sagten, sie brauchten noch mehr Zeit. Ich half ihnen auch noch, gegen Dutzende weitere Kriminelle Anklagen zu erstellen, und es kam zu zahlreichen Gerichtsverfahren, bei denen sie auf meine Aussage angewiesen waren. »Sie sind als Zeuge möglicherweise wertvoller als Valachi«, meinte einer der Ermittlungsbeamten, aber derartiger

Quatsch interessierte mich nicht. Es überkamen mich Schuldgefühle. Was ich tat, verursachte mir Übelkeit, und nachts wurde ich von Alpträumen gepeinigt, was zuvor nur äußerst selten vorgekommen war.

Die Situation wurde immer grotesker, und eines Tages brüllte ich schließlich: »Verdammt noch mal, jetzt hab' ich's satt. Ich trete nicht mehr als Zeuge auf.« Ich sagte ihnen auch, sie könnten gegen Moro, Gotti und all die anderen auch ohne meine Hilfe vorgehen.

Sie versuchten, mir gut zuzureden, mich zu beruhigen, aber sie hatten mir nichts anzubieten außer dem Standardsatz »Wir arbeiten daran, für Sie etwas zu finden.« Das war mir nicht genug. Ich sagte, ich möchte aus dem Zeugen-Schutz-Programm wieder ausscheiden, und nach längerem Gefeilsche gaben sie meinem Wunsch nach. Genauer gesagt, sie verhängten die Todesstrafe über mich, und das wußte ich auch.

Ich wurde in Attica in den *allgemeinen Strafvollzug* gesteckt, und dort dauerte es natürlich nicht lange, bis sich eine Gruppe von Häftlingen zusammentat, um mich umzubringen. Ich ging im Block F gerade in Richtung meiner Zelle, als ich hinter mir eine Bewegung wahrnahm: Fünf Kerle, die noch ungefähr neun Meter entfernt waren, kamen langsam näher. Dann traten aus einer Zelle am Ende des Gangs fünf weitere Burschen, die mir den Weg verstellten.

Ich ging langsam auf diese wilden, entschlossenen Typen zu, die halb so alt waren wie ich. Ich verhielt mich so, wie ich mich mein ganzes Leben lang in solchen Situationen verhalten hatte, und baute mich innerlich auf: *Tu, was du tun mußt, Grieche. Kämpfe gegen die Dreckskerle bis zum letzten Atemzug. Stirb wie ein Mann.*

»Verdammter Scheißverräter!« brüllte einer von ihnen und versetzte mir einen Schlag mit dem Rohr, der buchstäblich ein Loch in meine Wange riß. Ich versuchte, ihm mit der Faust eine zu verpassen, aber da gingen sie von hinten und von vorne auf mich los. Einer zog mir ein Rohr über die Nase, die daraufhin aufplatzte. Ein dritter erwischte mich am rechten Auge. Ich ging zu Boden, die Angreifer stürzten sich über mich, und einer rammte mir ein Messer in den Rücken. Jeder wollte seinen Teil beitragen, und die Szene ähnelte einem gigantischen Zusammenprall von Footballspielern, die alle nach dem Ball suchen. In ihrem Eifer, mir zuzusetzen, kamen sich die Kerle gegenseitig in die Quere, und ich schaffte es, mich unter ihnen hervorzuwinden und taumelnd in Richtung einer Gruppe von Wärtern zu laufen, die am Ende des Gangs beim Kaffeetrinken saßen. Als ich dort ankam und vor den Füßen der Aufseher zusammenbrach, fragte einer von ihnen: »Was ist denn mit dir passiert?«

»Du weißt genau, was passiert ist, du Scheißkerl«, stieß ich gurgelnd hervor.

»Oh, da haben wir es ja mit einem richtig harten Burschen zu tun.«

Ich wurde ins Gefängnishospital gebracht, wo man feststellte, daß meine Verletzungen zu schwerwiegend waren, um sie hier zu behandeln. Deshalb fuhren mich zwei Aufseher zu dem fünfzig oder sechzig Kilometer entfernten Buffalo Memorial Hospital.

Die Schmerzen waren fürchterlich. Mein Gesicht war in vier einzelne Teile auseinandergequollen, die linke Seite hatte ein Loch, und rechts hatte sich eine Beule gebildet, die so groß war wie eine Grapefruit. Auch auf dem Kopf hatte ich Beulen, und der Kiefer war gebrochen. Schlimmer noch war die Unterhaltung zwischen den Wärtern und der Empfangsschwester, die ich mit anhören mußte. Die Schwester wollte mich nicht aufnehmen. Während ich immer wieder für kurze Zeit bewußtlos wurde, bekam ich bruchstückhaft mit, wie sie sich über die mangelnde Sicherheit beklagte und sagte, sie habe Angst, jemand könne mir hier den Rest geben, und das Krankenhaus würde dann zur Rechenschaft gezogen werden. »Bringen Sie ihn woanders hin«, verlangte sie.

Doch die Wärter setzten sich durch, und vor meiner Tür wurde eine Wache postiert, bis dann nach einer Woche das FBI sich meiner annahm.

Ich weigerte mich aber immer noch, erneut auszusagen. Nicht bevor mir die Bundesbehörden irgend etwas Handfestes anzubieten hatten. Man mußte schon ein ziemlicher Idiot sein, ihnen alles zu geben (was in meinem Fall hieß, auch noch meine Seele), ohne dafür irgendeine Gegenleistung zu erhalten. Aber vielleicht konnten sie nicht über ihren Schatten springen und jemandem wie mir einen Handel anbieten.

So geht es nun seit fast fünf Jahren. Die Situation ist vollkommen festgefahren. Gelegentlich kommt jemand vorbei, der über dieses oder jenes Verbrechen etwas wissen will, und ich gebe dann die gewünschte Auskunft, wenn ich in einigermaßen guter Stimmung bin.

Auf Drängen der Regierung kehrte ich einige Monate, nachdem ich in Attica so schwer zusammengeschlagen worden war, in das Zeugen-Schutz-Programm zurück, aber ich weigere mich nach wie vor, vor Gericht auszusagen. Ich habe ihnen schon genug geholfen. Sie haben mich oft verlegt – ›zu Ihrer eigenen Sicherheit‹ –, und manche Gefängnisse waren besser als andere, aber meinen Traum von der Freiheit, von Griechenland, den habe ich wahrscheinlich für immer ausgeträumt.

Epilog

Ein Brief von Mad Dog

Am 10. Oktober 1990 wurde mein Antrag auf ein Wiederaufnahmeverfahren im Fall Clarence Jones abgeschmettert. Der Richter am Westchester County Court, Anthony Scarpino jr., lehnte den Antrag mit der Begründung ab, die Mißhandlungen im Gefängnis von Westchester hätten es mir nicht unmöglich gemacht, mit meinem Anwalt zusammenzuarbeiten. Zur selben Zeit allerdings befand ein Richter in einem anderen Teil des Landes in einem vergleichbaren Fall, der Verurteilte habe ein Anrecht auf einen neuen Prozeß. Das amerikanische Justizsystem ist ein Lotteriespiel, und bei meinem letzten Los zog ich eben eine Niete.

Mein damaliger Anwalt, der hochangesehene Joel Aurnou, ließ das Urteil nicht vor einem Bundesgericht überprüfen, weil das ein langwieriges und kostspieliges Verfahren geworden wäre. Das Schmerzensgeld, das mir wegen der Prügelei in Westchester zugesprochen worden war, und die beträchtliche Summe, die ich mir vor meiner Verurteilung im Jones-Prozeß zurückgelegt hatte, waren komplett aufgebraucht, hauptsächlich dafür, meine hohen Anwaltskosten zu decken.

Ungefähr um Weihnachten 1990 erhielt ich von Joe Sullivan einen Brief, es war ein Antwortbrief auf einen, den ich ihm zuvor geschickt hatte. Sully schrieb aus seiner Zelle in Fallsburg im Staat New York: »Es ist mir nicht möglich, Empörung oder Haß gegen einen Mann zu hegen, den ich wie einen Bruder geliebt habe, an den ich immer noch denke und den ich auch heute noch vermisse.« Er stellte eine Frage, die mir auch schon oft in den Sinn gekommen war: »Was sollte das Ganze, mein Freund? Ich kann verstehen, daß du Haß und Abscheu empfindest gegen alles und jeden in der Welt, die wir früher so gut zu kennen glaubten. Aber welchen Preis müssen wir dafür zahlen?«

Und was soll dieses Buch? Es soll eine in meinen Augen bemerkenswerte wahre Geschichte erzählen, die unweigerlich mit mir sterben würde, wenn ich sie nicht aufgeschrieben hätte.

Der Brief von Joe bedeutete mir sehr viel. Ich fragte mich, wie er meine Darstellung seiner Rolle im Fall Hoffa aufnehmen würde, und hoffte, er wußte, daß sie es ihm nicht anhängen konnten. Ich würde lieber so sang- und klanglos eingehen wie Willie Boy Johnson, als irgend etwas zu tun, was Joe weh tun könnte.

Im Januar 1991 flog ich von San Diego nach New York, um in einem Prozeß zugunsten meines Freundes Frank Sacco auszusagen, der wegen Mordes angeklagt war. Ich wußte, daß ich mich damit bei der Regierung nicht gerade beliebt machen würde, die mich in einem Prozeß auf der Seite der Anklage, nicht der Verteidigung sehen wollte. Auch die Tatsache, daß Sacco schließlich doch verurteilt wurde (zu fünfundzwanzig Jahren bis lebenslänglich), obwohl er von dem erfahrenen F. Lee Bailey vertreten wurde, konnte die Bundesbehörden nicht besänftigen.

Während ich auf meinen Auftritt in der Verhandlung gegen Sacco wartete, war ich im MCC untergebracht, und zwar nur einige Zellen entfernt von John Gotti und seinem Unterboß Salvatore (Sammy Bull) Gravano. Gravano machte später die entscheidenden Aussagen, die zu Gottis Verurteilung führten.

Ich wußte nicht, daß Gotti ganz in meiner Nähe war, aber *er* wußte, daß *ich* da war. Plötzlich stand er vor meinem verschlossenen Zellengitter und starrte mich an. Im ersten Augenblick erkannte ich ihn gar nicht. Wir hatten uns seit 1981 nicht mehr gesehen.

»Tony the Greek«, sagte er.

Allmählich dämmerte es mir. Er sah so vollkommen anders aus als der Mobster, den ich gekannt hatte. Ich erinnerte mich an einen Gangster, der einem auf die Schultern drosch und seine Arme um einen schlang und vor Selbstbewußtsein nur so strotzte. Der Padrone, der mir nun gegenüberstand, war gealtert und reifer geworden.

»Ich kann's nicht glauben«, sagte Gotti. »Du bist übergelaufen und hast beim FBI ausgepackt.« Der junge Gotti hätte laut und beleidigend gesprochen, aber *dieser* Gotti klang fast gekränkt. »Jeder hat vor dir den größten Respekt gehabt, Grieche, und jetzt schau dich an, was aus dir geworden ist. Und schau dir an, was *sie* aus dir gemacht haben. Diesen Scheißsäcken ist es doch völlig egal, ob du lebst oder tot bist. Das einzige, was die interessiert, ist, was du für sie tun kannst, und wenn sie mit dir fertig sind, wenn die Liebesaffäre vorbei ist, dann schicken sie einen, der dich kaltmacht.«

Unzählige Gedanken jagten mir durch den Kopf, Dinge, die ich ihm sagen wollte, aber es bestand dazu keine Notwendigkeit. Er war ein Krimineller, der zu einem anderen Kriminellen sprach, und er verstand mich auch so.

»Ich weiß sehr gut«, fuhr er fort, »daß du Angst hast. Ich weiß, daß du jetzt die Hölle durchmachst, und du mußt mir auch nicht erklären, warum du mich im Stich gelassen hast. Ich will mich hier nicht an dir vergreifen, keiner wird dir hier ein Haar krümmen. Darauf gebe ich dir mein Wort.«

Ich wußte, daß er mit seiner Rede fast fertig war. »Du kennst die Spielregeln, Grieche. Komm nie mehr zurück in diese Welt. Du kennst die Spielregeln.«

Dann verschwand er. Er hatte zweimal gesagt ›Du kennst die Spielregeln‹, und ich sagte mir, verdammt, ja, die kannte ich, und ich wußte auch, was er alles gegen mich unternehmen konnte. Die ›Spielregeln‹ besagten, daß ich die einzigen Freunde, die ich jemals gehabt hatte, nun für immer verloren hatte, und daß ich von jetzt ab Freiwild sein würde.

Nach meiner Aussage zugunsten von Frank Sacco wurde ich wieder ins Bundesgefängnis Texarkana in Texas zurückgebracht, wo ich bis zum 2. März 1992 blieb. Dann beschloß die

Regierung, es sei für mich an der Zeit, wieder einmal umzuziehen. Im Gespräch waren Florida, Minnesota, Kalifornien, Utah, Wisconsin, Maine, New Jersey, Arizona, New York und Michigan.

Michigan? Um Himmels willen, sagte ich zu meinem Anwalt. In Michigan, der Heimat von Tony Jack und Jimmy Hoffa, würde ich es keine Minute aushalten. Ich war so erbost darüber, daß sie überhaupt daran gedacht hatten, mich nach Michigan zu schicken, daß ich gar nichts über New York sagte, wo die Gefängnisse voll waren von Häftlingen, die sich bei der Gambino-Familie einen guten Namen machen wollten.

Daher wurde ich im März 1992 nach Attica verlegt und dort in Einzelhaft untergebracht, wo ich noch bin, während ich jetzt, im April 1992, dieses Buch schreibe. Es ist eine verdammt beschissene Umgebung. In meiner Nachbarzelle auf der einen Seite stirbt ein Häftling qualvoll an AIDS. Auf der anderen Seite sitzt ein Verrückter, dessen einzige Beschäftigung darin besteht, die Wärter mit seiner Scheiße zu bewerfen. Wenn sie mich in den allgemeinen Vollzug schicken sollten, dann dürfte sich meine Lebenserwartung wahrscheinlich nur noch nach Sekunden bemessen.

Zum Schluß noch dieses: Kurz bevor ich Texarkana verließ, stellte mein Anwalt ein paar Berechnungen an und fand dabei heraus (was ich allerdings schon vorher wußte), daß ich tatsächlich derjenige Amerikaner bin, der die meisten Gefängnisse durchgemacht hat.

»Was für eine verdammte Ehre«, antwortete ich ihm. »Da muß ich mich ja wirklich in aller Form bedanken.«

ENDE

Band 13 456

Peter Conradi

Der Todesengel von Rostow

Deutsche Erstveröffentlichung

Andrej Tschikatilo hat dreiundfünfzig Menschen getötet, vorwiegend Landstreicher, Geheimprostituierte, vernachlässigte oder verwaiste Kinder. Es waren die Gestrandeten einer vorgeblich klassenlosen Gesellschaft, die Tschikatilo gequält, gefoltert, ja, verstümmelt hat. Im November 1990 konnte die Miliz ihn endlich fassen, den Mann ohne Gewissen. Drei Monate lang wurde er in einer psychiatrischen Klinik untersucht. Das Ergebnis: Er ist ansonsten ziemlich normal. Konnte er gerade deswegen so lange unerkannt morden?

Dieses Buch entwirft ein psychologisch ungeheuer exaktes und facettenreiches Porträt des Massenmörders. Peter Conradi erzählt von Tschikatilos trauriger Jugend in Stalins Sowjetunion, seiner Zeit als Russischlehrer, seinen ersten Konflikten mit dem Gesetz, seinem gestörten Sexualleben, das wohl letztlich seine Untaten motivierte. Und er erzählt von einer gigantischen Fahndung, die durch die Ideologie behindert wurde, daß es in der UdSSR das ›westlich-dekadente‹ Phänomen des Serienmörders nicht gebe.

BASTEI LÜBBE

Sie erhalten diesen Band im Buchhandel, bei Ihrem Zeitschriftenhändler sowie im Bahnhofsbuchhandel.

Band 13 415

**Robert J. Dvorchak &
Lisa Holewa**

**Wer ist
Jeffrey Dahmer?**

**True Crime –
Der wahre Kriminalfall**

**Deutsche
Erstveröffentlichung**

Mit seiner Verurteilung im Februar 1992 ging einer der schaurigsten Prozesse der amerikanischen Rechtsgeschichte zu Ende: Jeffrey Dahmer hatte die Ermordung und grausame Zerstücklung von siebzehn jungen Männern gestanden. Bei seiner Verhaftung waren im Kühlschrank seines Apartments mehrere Schädel entdeckt worden.

Jeffrey Dahmer ist verurteilt, aber der Fall hinterläßt viele Fragen:
Wer ist dieser Mann, der auf die meisten seiner Opfer harmlos, ja nett wirkte?
Was trieb Dahmer zu seinen unfaßbaren Taten an?
Warum hat die Polizei ihn – trotz zahlreicher Verdachtsmomente – nicht schon lange vorher gestoppt?

Robert J. Dvorchak und Lisa Holewa, zwei der angesehensten Reporter Amerikas, durchleuchten den Fall Dahmer, seine psychologischen Verästelungen und politischen Folgen.

BASTEI
LÜBBE

Sie erhalten diesen Band im Buchhandel, bei Ihrem Zeitschriftenhändler sowie im Bahnhofsbuchhandel.

Band 13 323
Joe McGinniss
Die Unschuld des Mörders

Wie ein Donnerschlag bricht das Unheil über eine amerikanische Familie herein. Eine schwangere Mutter und ihre beiden Kinder werden in ihrem Haus erstochen und erschlagen. Nur einer kommt mit Stichwunden und einem Schock davon: Jeffrey MacDonald, der Familienvater, der selbst die Polizei ruft.
Auch wenn viele Indizien gegen ihn sprechen – die Nachbarn, die Verwandten, der Gerichtspsychologe sind sich einig: Dr. Jeffrey MacDonald, Arzt und Angehöriger der Green Berets, kommt als Täter nicht in Frage. Er ist immer ein treusorgender Familienvater gewesen, tatkräftig, hilfsbereit und charmant dazu. Wie kein zweiter hat er den amerikanischen Traum gelebt. Warum sollte er selbst diesen Traum mit Blut besudelt haben?
Kein Verbrechen in den letzten Jahren hat Amerika mehr bewegt als dieses. Kein Buch hat die amerikanische Bestsellerliste länger angeführt als dieses.

BASTEI LÜBBE